CRÍTICA DA RAZÃO PRÁTICA

Critik
der
practischen Vernunft

von

Immanuel Kant.

Riga,
bey Johann Friedrich Hartknoch
1788.

CRÍTICA DA RAZÃO PRÁTICA

Immanuel Kant

Edição bilíngue, com reprodução
da primeira edição original alemã de 1788.
Tradução baseada nessa primeira edição,
com introdução e notas de
VALERIO ROHDEN

martins Fontes
selo martins

Publisher *Evandro Mendonça Martins Fontes*
Coordenação editorial *Vanessa Faleck*
Revisão gráfica *Ana Luiza França*
Helena Guimarães Bittencourt
Ivete Batista dos Santos
Julio de Mattos
Produção gráfica *Carlos Alexandre Miranda*
Paginação/Fotolitos *Studio 3 Desenvolvimento Editorial*

Dados Internacionais de Catalogação na Publicação (CIP)
(Câmara Brasileira do Livro, SP, Brasil)

Kant, Immanuel, 1724-1804.
Crítica da razão prática / Immanuel Kant ; com reprodução da primeira edição original alemã de 1788, tradução baseada nesta primeira edição, com introdução e notas Valerio Rohden. – 2. ed. – São Paulo : Martins Fontes - selo Martins, 2015.

Edição bilíngue: português/alemão
Bibliografia.
ISBN 978-85-8063-221-7

1. Ética 2. Filosofia alemã 3. Filosofia moderna – Século 18 4. Razão I. Rohden, Valerio. II. Título.

15-02755 CDD-193

Índices para catálogo sistemático:
1. Kant : Filosofia alemã : Obras filosóficas 193

Av. Dr. Arnaldo, 2076
01255-000 São Paulo SP Brasil
Tel.: (11) 3116 0000
info@emartinsfontes.com.br
www.emartinsfontes.com.br

Índice

PRIMEIRO LIVRO

Analítica da razão prática pura

SEGUNDO LIVRO
Dialética da razão prática pura

Introdução à edição brasileira

1. Gênese da Crítica da razão prática

A presente *Crítica da razão prática* (1788, abreviatura: *KpV*) é a segunda dentre três Críticas que Immanuel Kant (1724-1804) escreveu, mas que ele inicialmente pretendera reunir todas numa única obra[1]. Embora não tenha executado o plano nesses termos, mas, por exigência dos assuntos, tenha-o desdobrado em três obras autônomas, a *Crítica da razão pura* (1781, abreviatura: *KrV*) não deixou de incluir o esboço de uma moral[2], sem abrir um espaço equivalente para a crítica do gosto. O Prefácio à segunda edição dessa primeira Crítica justificava a crítica à metafísica especulativa como meio para dar lugar a uma metafísica prática. Nem esta orientação do segundo Prefácio correspondeu à nova expectativa, gerada desta vez pela notícia veiculada na *Allgemeine Literaturzeitung*, nº 276, de 21 de fevereiro de 1786, de acordo com a qual a segunda edição da *Crítica da razão pura* (1787) incluiria uma crítica prática[3]. Aliás, em toda

....

1. Cf. a carta de Kant a Marcus Herz, de 21 de fev. de 1772. In: KANT, I. *Dissertação de 1770 / Carta a Marcus Herz* (esta traduzida por António Marques). Lisboa: Imprensa Nacional – Casa da Moeda, 1985, p. 142.

2. O ponto de vista é defendido também por ALLISON, H. *Kant's Theory of Freedom*. Cambridge: Cambridge University Press, 1993.

3. "À Crítica da razão especulativa pura, contida na primeira edição, acrescentar-se-á, na segunda edição, ainda uma Crítica da razão prática pura,

a correspondência até a segunda edição da *Crítica da razão pura*, cujo Prefácio é datado de abril de 1787, Kant jamais fez menção da intenção de escrever uma obra separada que viesse a chamar-se *Crítica da razão prática*. Referia-se sempre apenas a objetivos de escrever uma metafísica da moral, que ele executou independentemente daquela, com suas *Grundlegung zur Metaphysik der Sitten* (*Fundamentação da metafísica dos costumes*, 1785, abreviatura: *Grundlegung*) e *Metaphysik der Sitten* (*Metafísica dos costumes*, 1797, abreviatura: *MS*). Todavia no curto espaço de tempo de dois meses após aquela segunda edição da *Crítica da razão pura* Kant surpreendentemente anunciava, em carta de 25 de junho de 1787 a Christian G. Schütz, a conclusão da redação de uma obra específica, intitulada *Crítica da razão prática*[4]. Em carta de 28 de dezembro de 1787 a Carl R. Reinhold, quando esta segunda Crítica de fato apareceu (embora constando como publicada em 1788), Kant mencionava pela primeira vez em conjunto as três Críticas. E no Prefácio à *Crítica da faculdade do juízo* (1790, abreviatura: *KU*), em que esta faculdade é apresentada como mediadora entre natureza e liberdade (objetos das duas Críticas anteriores), ele anunciava o término de sua tarefa crítica com as seguintes palavras: "Com isso termino, portanto, toda a minha tarefa crítica. Passarei sem demora à tarefa doutrinal... É óbvio que não haverá aí nenhuma parte especial para a faculdade do juízo, pois com respeito a ela a crítica tomou o lugar da teoria; é óbvio, no entanto, que, segundo a divisão da Filosofia em teórica e prática e da fi-

....

que então pode servir tanto para assegurar o princípio da moralidade contra as objeções feitas ou por fazer-se como para completar o todo das investigações críticas que têm de anteceder o sistema da filosofia da razão pura." *Apud* VORLÄNDER, K. Zur Entstehung der Schrift. In: KANT, I. *Kritik der praktischen Vernunft*. Hamburg: Felix Meiner, 1993, p. XII.

4. "Concluí a minha *Crítica da razão prática*, de modo que penso enviála na próxima semana a Halle para a impressão." KANT, I. *Briefwechsel*. Hamburg: Felix Meiner, 1986, p. 320.

losofia pura nas mesmas partes, a metafísica da natureza e a metafísica da moral <*Sitten*>[5] constituirão aquela tarefa."[6]

Enfim, a *Crítica da razão prática* nasceu de um amadurecimento crítico de suas concepções teóricas e práticas, mas vacilou por algum momento a respeito de seu conteúdo, ou seja, se ela se limitaria a uma resposta às críticas dirigidas contra a sua *Fundamentação da metafísica dos costumes*. Na já mencionada carta a Reinhold, logo após o surgimento da *Crítica da razão prática*, Kant escreveu: "Neste pequeno livro são eliminadas várias contradições que os partidários do antigo supõem encontrar em minha crítica; contrariamente, são postas de modo suficientemente claro ante os olhos aquelas <contradições> em que eles, se não quiserem abandonar seu velho remendo, inevitavelmente se emaranham por si"[7].

Mais conhecida a este respeito é a crítica de Gottlob August Tittel, ao qual Kant, sem o citar pelo nome – como, aliás, procedeu com todos os seus críticos, com exceção

5. Levei em conta o hábito, mas submeto à discussão que se venha a corrigir a tradução de *Sitten*, em Kant, por "moral" e não por "costumes". Nisto concordo com a tradução inglesa de Mary Gregor da correspondente obra de Kant, *Metaphysik der Sitten*, por *The Metaphysics of Morals*. Na época tardia da *Aufklärung* (Esclarecimento/Iluminismo), o termo latino *mores* foi refletido filosoficamente e passou a dizer respeito à ideia e aos princípios de uma possível vontade pura. Kant mesmo observou, na citada obra de 1797: "A palavra alemã *Sitten* bem como a latina *mores* significam apenas maneiras e modos de vida, enquanto a razão ordena como se deve agir, ainda que não se encontrasse nenhum exemplo correspondente" (*MS*. Introdução AB 10 / Ak 216). Wolfgang Kersting observa no mesmo sentido: "O termo alemão *Sitten* (costumes) não pode encontrar nenhum lugar em uma filosofia moral da autolegislação da razão" (KERSTING, W. verbete Sitte. In: RITTER, J. / GRÜNDER, K. *Historisches Wörterbuch der Philosophie*. Darmstadt: Wissenschaftliche Buchgesellschaft, 1995, v. 9, p. 899. Cf. no mesmo sentido TUGENDHAT, E. *Vorlesungen über Ethik*. 2. ed. Frankfurt: Suhrkamp, 1994. 2ª lição, p. 34 e 6ª lição, pp. 98-9).

6. KANT, I. *Kritik der Urteilskraft* / *Crítica da faculdade do juízo*. 2. ed. Trad. Valerio Rohden e António Marques. Rio de Janeiro: Forense Universitária, 1995. B X, trad., p. 14.

7. KANT, I. *Briefwechsel*, p. 334.

apenas de Thomas Wizenmann[8] –, refere-se no Prefácio à *Crítica da razão prática*. Tittel acusou Kant de abusar de terminologias abstratas, tentando reduzir a moral a uma fórmula, que não acrescenta nada ao que já sabemos sobre conceitos e casos singulares dos quais foi abstraída. Argumentando que uma fórmula não me diz o que é bom, mas apenas recomenda em geral "faz o que é bom (de interesse comum)", ele pergunta: "Deve, pois, toda a reforma moral de Kant porventura limitar-se apenas a uma nova fórmula?" (*Soll denn die ganze kantische Moralreform etwa nur auf eine neue Formel sich beschränken?*)[9]. Segundo ele, a própria fórmula do imperativo categórico apenas parece nova, pois em verdade não acrescenta nada ao já conhecido princípio: "Age de tal modo que pela tua ação e máxima de ação (tomada no seu todo e universalidade) a perfeição seja promovida!" (p. 36). Por isso, conclui, não se deve disputar sobre fórmulas. O pomo da discórdia, no entanto, se encontra na contraposição de uma concepção moral fundada numa razão acusada de supra-humana e antinatural *versus* uma concepção moral fundada na felicidade. O ponto central, segundo Tittel – *das ist der Punkt* (p. 51) –, é que, sendo o interesse pela felicidade o supremo interesse humano, ele tem de ser compatível com uma legislação que se pretenda como moral. Em função disso, amor de si e razão identificam-se no princípio da moralidade (cf. p. 56; veja a respeito deste equívoco a seção seguinte desta Introdução). Kant tinha razão para incomodar-se com um crítico que, um ano depois da publicação da *Grundlegung*, lançava um detalhado comentário de 93 páginas que redu-

8. Cf. KANT, I. *Kritik der praktischen Vernunft*, A 259.

9. TITTEL, G. A. *Über Herrn Kant's Moralreform*. Frankfurt und Leipzig: Pfähler, 1786. Reprodução do texto original, Bruxelas: Culture et Civilisation, 1969, p. 35. Agradeço a Draiton G. de Souza ter-me presenteado, ainda em tempo, com essa cópia do livro de Tittel. Sobre os outros críticos cf. BITTNER, R. / KRAMER, K. (Ed.). *Materialien zu Kants 'Kritik der praktischen Vernunft'*. Frankfurt: Suhrkamp, 1975. Prefácio, pp. 9-29.

zira sua contribuição moral a uma frustrada questão de linguagem (que significa, por exemplo – perguntava enfim Tittel –, uma autonomia em vista de si mesma e não do objeto, e sem conceito de objeto? "Significa somente: eu quero, porque quero" [*ich will darum, weil ich will*, p. 65]), portanto, sem encontrar nenhum reconhecimento pelo que ele pretendera apresentar como novo: sua reformulação precisa do princípio da moralidade.

A propósito do sucesso dos discípulos e amigos de Kant, de demovê-lo de limitar a sua segunda Crítica a uma obra meramente polêmica contra os detratores de sua concepção moral, escreveu Vorländer: "Em relação a esses numerosos críticos, Kant parece ter pretendido inicialmente escrever uma réplica meramente polêmica. No entanto diversos discípulos e amigos, como Biester e Schütz, demoveram-no de desperdiçar seu precioso tempo com tais ninharias"[10] –, convencendo-se Kant enfim, conforme o Prefácio, de que só uma minuciosa crítica da razão prática e de seu modo de pensar consequente podia desfazer, sob clara luz, aqueles equívocos.

O título da *Crítica da razão prática* foi mencionado pela primeira vez no Prefácio da *Fundamentação da metafísica dos costumes* (1785), mas nesta sob a forma ainda preliminar de uma "crítica da razão prática pura". Essa *Grundlegung*, afora o fato de dar o primeiro passo para a tão prometida metafísica da moral, constituiu uma espécie de introdução às questões da *Crítica da razão prática*.

2. Finitude e autonomia

Ao analisar esse Prefácio da *Grundlegung*, Rüdiger Bittner considerou a questão do fundamento das leis morais como um problema legado à *Crítica da razão prática*:

10. VORLÄNDER, K. Zur Entstehung der Schrift, p. XVI.

"As leis morais têm que ter um fundamento. O único fundamento que sobra para elas é a razão. Esta não mora nem no céu nem na terra."[11] Justificando esta carência de solo da razão, ele descartou-lhe todo fundamento externo: "O mundo, a natureza, o sentido interno possuem tão pouca autoridade moral quanto Deus."[12] Por esse motivo a ética de Kant não pode ter outra base que a autonomia, demonstrada na *Crítica da razão prática* a partir de um *factum* da razão.

O texto da *Grundlegung* que, a meu ver, expressou a formação dessa consciência da autonomia foi o seguinte: "Se ora lançarmos um olhar retrospectivo sobre todos os esforços empreendidos até hoje para descobrir o princípio da moralidade, não nos admiraremos ao ver que todos eles necessariamente tinham de falhar. Via-se o homem ligado a leis pelo seu dever, mas não ocorria a ninguém que ele estava sujeito só à sua própria legislação, embora esta legislação seja universal."[13] Por isso dizer que como último funda-

....

11. BITTNER, R. Das Unternehmen einer Grundlegung zur Metaphysik der Sitten. In: HÖFFE. O. (Ed.). *'Grundlegung zur Metaphysik der Sitten'. Ein kooperativer Kommentar.* Frankfurt: Suhrkamp, 1989, p. 27.

12. BITTNER, R. Das Unternehmen einer Grundlegung zur Metaphysik der Sitten, p. 27. Tugendhat, em seus textos éticos, tem insistido na atribuição de um caráter teológico-substitutivo à razão kantiana, caracterizada pela acentuação, em vez do caráter intersubjetivo, de um caráter puro e absoluto das obrigações. Neste sentido voltou recentemente a afirmar: "Eu não sou o primeiro que considera a razão pura em Kant o substituto de Deus" (TUGENDHAT, E. Ética e justificação. *Veritas*, Porto Alegre, v. 44, nº 1, p. 8, mar. 1999). Veja-se, no entanto, o que Kant escreveu a respeito em suas lições *Sobre pedagogia*: "Quão infinitamente importante, porém, é ensinar as crianças desde a infância a detestar o vício, não somente pelo fato de que Deus o proibiu, mas porque ele é em si mesmo detestável" (KANT, I. *Über Pädagogik*, A 24-25). Em resumo, a moral não é fundamentalmente uma questão de Teologia mas de razão. É o que nos ensina a própria *KpV* em A 232.

13. KANT, I. *Grundlegung zur Metaphysik der Sitten.* BA 73 (abreviatura: *Grundlegung*). Cf. a respeito, e também sobre a questão da autonomia na ética kantiana: ROHDEN, V. *Interesse da razão e liberdade.* São Paulo: Ática / Ensaios 71, 1981, pp. 153 s.; HENRICH, D. *Selbstverhältnisse.* Stuttgart: Reclam, 1982, pp. 6-56; BITTNER, R. *Moralisches Gebot und Autonomie.* Freiburg/München: Karl Alber, 1983.

mento para a lei moral resta a razão, sem dizer o que a razão significa, parece limitar-se a uma interpretação literal da mesma. Bittner, no entanto, observou corretamente que o sentido interno, a natureza ou Deus não fundam a lei moral, porque constituem ou um fundamento insuficiente ou um fundamento externo dela: "Só as leis que emergem de uma legislação própria possuem capacidade de obrigar"[14]. Todavia, para que isso valesse, seria necessário, segundo esse intérprete, que os sujeitos agentes não apenas tivessem uma razão mas fossem exatamente razão. É certamente verdade que o homem não apenas possui uma razão mas também a é. Só que ele não se identifica imediatamente com ela, por ter também corpo e inclinações, as quais possuem como característica dominante sua insaciabilidade e constituem como tais um constante desafio ao domínio da razão. Desde a Antiguidade a moral requereu, para poder instaurar-se, um controle das apetições pela razão. Portanto, enquanto o homem for um ente racional finito, ele jamais será santo; na melhor das hipóteses, empenhar-se-á pela virtude, que a *Crítica da razão prática* definiu como a "disposição moral em luta"[15]. Quer dizer, o *vir bonus*[16] de Kant é o homem em luta contra sua propensão de transformar o amor de si no princípio objetivo da ação. Devido a sua consciência da finitude humana, a ética kantiana é uma ética do dever, que como tal implica uma autocoerção da razão, mas que torna também dever e liberdade internamente compatíveis. Sem a admissão desta compatibilidade, cairemos na heteronomia ou na presunção de um espontaneísmo moral. A compatibilidade entre dever e liberdade culmina numa compreensão autônoma e não teológica (hete-

14. BITTNER, R. Das Unternehmen einer Grundlegung zur Metaphysik der Sitten, p. 28.

15. KANT, I. *KpV* A 151.

16. A expressão é característica da ética de Cícero, que substituiu os *dogmata* dos estoicos pelos progressos morais concretos. Cf. CÍCERO, M. T. *De officiis*, I 7, III 18 (trad. bras. *Dos deveres*. São Paulo: Martins Fontes, 1999).

rônoma) do próprio princípio cristão da moral: "... O princípio cristão da própria moral não é de modo algum teológico (heteronomia) mas autonomia da razão prática pura por si mesma"[17].

Contra as ilusões da heteronomia e do espontaneísmo moral, a crítica prática justifica-se como necessária. Já no Prefácio à 2ª edição da *Crítica da razão pura* Kant criticara o dogmatismo daqueles que têm "a presunção de avançar sozinhos em seu conhecimento puro a partir de conceitos... sem investigação do modo e do direito como a razão chegou a ele"[18]. O mínimo que, segundo a *Crítica da razão prática*, se esperaria dos envolvidos em tal presunção seria que apresentassem publicamente tais supostos conhecimentos para exame e apreciação: "Eles querem provar, muito bem! Eles podem prová-los e a crítica deporá a seus pés, como vencedores, todas as suas armas. *Quid statis? Nolint. Atqui licet esse beatis.* Portanto, já que não o querem, presumivelmente porque não o podem, temos de retomar em mãos aquelas armas para procurar fundar no uso moral da razão os conceitos de Deus, liberdade e imortalidade, de cuja possibilidade a especulação não encontrara suficiente garantia"[19]. Na *Crítica da razão prática*, portanto, Kant retoma as **armas da crítica** para esclarecer o enigma de como se pode contestar um uso transcendente das categorias no domínio teórico e admiti-lo no domínio prático. A perplexidade quanto a essa pretensão desaparece, segundo ele, se se procede a uma análise completa da razão prática. Essa análise mostrará que no âmbito da razão prática não se faz nem um uso teórico nem um uso transcendente das categorias, isto é, com vistas à extensão do conhecimento ao suprassensível, mas que elas têm um objeto prático imanente na medida em que entram numa determinação *a prio-*

17. KANT, I. *KpV* A 232.
18. KANT, I. *Kritik der reinen Vernunft*, B XXXV.
19. KANT, I. *KpV* A 7-8. Cf. a respeito a nota do tradutor.

ri da vontade, que produz o seu objeto. A razão prática não conhece objetos dados mas os produz. E a questão da Crítica torna-se então uma questão de quem determina a vontade a essa produção de objetos, se unicamente uma razão pura ou uma razão empiricamente condicionada. Uma razão pura é uma razão que nos determina livre de motivos empíricos ou particulares, ou de vantagens que se possam obter de uma tal prática. Uma razão empírica é uma razão que se reduz a instrumento de nossos interesses, estabelecendo teoricamente (com base no conhecimento de experiência) os meios ou as regras de como satisfazê-los.

Segundo o parágrafo inicial da *Crítica da razão prática*, não se trata de criticar uma razão prática pura mas apenas de saber se uma tal razão pura existe. E, se ela existe, ela torna-se a "norma para a crítica de todo o seu uso"[20]. A razão torna-se praticamente crítica de um seu uso empírico, inadequado à fundamentação da moralidade, desde que saibamos que ela de fato existe. Disto, que ela existe, nós chegamos a saber pela lei moral de nossa razão, como um *factum*[21]. Esse *factum*, que se nos apresenta mediante uma reflexão sobre nossas máximas como princípios de vida, tem duas consequências sumamente relevantes: 1) conduz a uma reavaliação de todo o sistema da razão pura, inclusive da razão teórica; 2) conduz a uma crítica da preten-

20. KANT, I. *KpV* A 4.

21. Sobre o conceito de *factum* da razão cf. ALMEIDA, G. A. Kant e o "facto da razão": "cognitivismo" ou "decisionismo" moral? *Studia Kantiana*, Rio de Janeiro, v. I, nº 1, pp. 53-81, set. 1998; do mesmo autor: Crítica, dedução e facto da razão. *Analytica*, Rio de Janeiro, v. 4, nº 1, pp. 57-84, 1999; ZINGANO, M. A. A. Fait de la raison et acte de la liberté chez Kant. *Cahiers de Fontenay*, nº 67/68, pp. 209-32, set. 1992; LOPARIC, Z. Sobre a interpretação de Rawls do fato da razão. In: FELIPE, S. T. *Justiça como eqüidade. Fundamentação e interlocução polêmicas (Kant, Rawls, Habermas)*. Florianópolis: Insular, 1997, pp. 73-85; do mesmo autor: O fato da razão – uma interpretação semântica. *Analytica*, Rio de Janeiro, v. 4, nº 1, pp. 13-55, 1999.

são de nosso amor de si de converter-se em princípio objetivo e, como tal, contraditório da ação.

Em relação ao primeiro aspecto, Kant observou no parágrafo inicial da *Dedução da razão prática* que o *factum* que se admite na consciência da lei moral é o *factum* da autonomia de nossa vontade, isto é, de que as leis, cujo caráter obrigante reconhecemos, vinculam-se indissoluvelmente à consciência de liberdade da vontade[22]. Ora, assim como a consideração da unidade da razão requer o prévio estudo das partes, razão teórica e razão prática – em concordância, aliás, com a ordem de nosso conhecimento[23] –, esse *factum* repercute, a partir da análise da razão prática, sobre uma reinterpretação do sistema. Por quê? Porque, na medida em que uma lei apodíctica da razão prática prova a realidade da liberdade, converte esta liberdade no fecho de abóbada de todo o edifício de um sistema da razão pura, que inclui agora razão teórica e razão prática[24]. A reinterpretação do sistema a partir da *Crítica da razão prática* dá-se pela consideração de que a liberdade humana, como fundamento de nossas ações e máximas, é conhecida como existente na prática moral. E a partir deste conhecimento prático converte-se num problema teórico insolúvel. Não se converte num problema prático e sim teórico, porque se trata de dois pontos de vista diversos, segundo os quais o conhecimento teórico trata da ordem do ser, e o conhecimento prático, da ordem do dever-ser. Quer dizer, neste último caso não se trata do domínio do dado e sim do fazer prático, para cuja explicação a razão teórica, voltada para a experiência, não desenvolveu recursos adequados. A liberdade torna-se para a razão especulativa uma simples ideia

22. KANT, I. *KpV* A 72.

23. Paul Natorp, em sua introdução à *Crítica da razão prática*, escreveu a propósito: "A razão pura, de acordo com os conceitos de Kant, apresenta uma perfeita unidade, mas não em si, e sim só na consideração de um todo divisível" (Ak, *Anmerkungen zum Band V*, p. 491).

24. KANT, I. *KpV* A 4.

platônica, que Kant já na *Crítica da razão pura* criticou desde um ponto de vista prático. Desde este ponto de vista a ideia não é uma ficção mas um arquétipo de ação. Como decorrência do *factum* da razão prática, as ideias teóricas tomam legitimidade como arquétipos que permitem julgar nossas ações. Portanto a *Crítica da razão prática* reordena os conceitos. Ou seja, na medida em que a demonstração da realidade da liberdade torna esta o fecho de abóbada do sistema da razão pura, a *Crítica da razão prática* completa a compreensão do sistema kantiano.

Mas a outra consequência concernente ao *factum* da razão é que a consciência da realidade da liberdade torna a razão prática crítica em relação a uma pretensão indevida da mesma de legislar empiricamente sobre a ação: "Pois a razão pura, se antes de mais nada tiver sido provado que uma tal razão existe, não precisa de nenhuma crítica. É ela própria que contém a norma para a crítica de todo o seu uso"[25]. O reconhecimento da existência da razão pura legitima a crítica à razão empírica. A tarefa da crítica consiste na "obrigação de deter a presunção da razão empiricamente condicionada de querer, ela só e exclusivamente, fornecer o fundamento determinante da vontade"[26]. Mas essa presunção é uma ilusão.

A crítica dessa ilusão prática confere-lhe um nome *sui generis*: solipsismo. Esta é uma interpretação que proponho a partir da tradução do termo *Selbstsucht*. Assim como o termo latino *solipsismus* compõe-se dos elementos *solus* + *ipse*, o termo alemão *Selbstsucht* compõe-se de *selbst* (si mesmo) + *Sucht* (mania), ou seja, expressa uma relação patológica consigo mesmo. Com isso quero dizer que a *Crítica da razão prática*, como crítica de uma ilusão prática solipsista, envolve, por outro lado, uma compreensão da razão prática pura como não-solipsista. Em síntese: 1) a *Crí-*

25. KANT, I. *KpV* A 30.
26. KANT, I. *KpV* A 31.

tica da razão prática deu o nome de solipsismo ao sistema das inclinações, guiadas pelo princípio do amor de si ou da felicidade própria. Esse solipsismo prático envolve, de um lado, uma forma do amor de si chamada de amor-próprio e equivalente à sua forma grega *philautia* e, de outro, uma forma de amor de si chamada de presunção e correspondente ao que Kant chamou em latim de *arrogantia*: "Todas as inclinações em conjunto (que também podem ser reunidas em um razoável sistema, e cuja satisfação chama-se então felicidade própria) constituem o solipsismo <*Selbstsucht*> (*solipsismus*). Este é ou o solipsismo do amor de si, de uma benevolência acima de tudo em relação a si mesmo (*philautia*), ou o solipsismo da complacência em si mesmo (*arrogantia*). Aquele se chama particularmente de amor-próprio <*Eigenliebe*>, este, de presunção <*Eigendünkel*>."[27] 2) A concepção de uma razão prática não-solipsista é admitida e justificada na seguinte passagem da *Doutrina da virtude*: "Pois toda a relação moral-prática para com os homens é uma relação dos mesmos na representação da razão pura, isto é, das ações livres segundo máximas que se qualificam para uma legislação universal e, portanto, não podem ser solipsistas <*selbstsüchtig*> (*ex solipsismo prodeuntes*)."[28]

Os equívocos do solipsismo moral são determináveis como ilusões da razão prática empírica. É curioso que o capítulo da *Crítica da razão prática* sobre os "motivos da razão prática pura" trate destes no plural, já que só pode haver um motivo compatível com ela, o da ação por dever. Na verdade os seus outros pretensos motivos concernem à ilusão de que se possa seguir a lei moral por simples inclinação ou pelo mero prazer de segui-la. Mas esta suposição contém duas implicações: 1) de que a lei deixa de ser a de-

27. KANT, I. *KpV* A 129.

28. KANT, I. *Metaphysik der Sitten / Tugendlehre*, Ak 51, A 120 (abreviatura: *MS/T*). Para maior orientação sobre o assunto, v. nesta tradução a nota correspondente à p. A 129.

terminação imediata da vontade, na medida em que praticamos a ação boa por inclinação e não por dever; 2) que essa forma de proceder arranca-nos da condição de seres finitos e atribui-nos uma santidade espontânea da vontade, ao contrário de sua propensão <*Hang*>[29] para o mal, a que somente a virtude em luta consegue sobrepor-se. Não é por isso casual que desde os Antigos a moral caracterizou-se essencialmente pelo domínio da razão sobre as paixões e não pela simpatia, compaixão, solidariedade, próprias da escola do *Moral Sense* inglesa. A citação de algumas poucas passagens basta para marcar essas posições. A primeira abre o terceiro capítulo, dos motivos, e coloca o valor moral da ação na imediatidade da determinaçao da razão: "O essencial de todo o valor moral das ações depende de que a lei moral determine imediatamente a vontade"[30]. Sem esta determinação imediata o próprio conceito de razão prática é posto em causa. Se não há determinação imediata, a razão não é pura e, se ela não é pura, não é uma determinação suficiente da vontade, ou seja, admite determinações concorrentes da vontade[31]. O que está em jogo, no caso de uma determinação insuficiente da vontade pela razão pura, é a própria existência de leis morais: "Se se admite que a razão possa conter um fundamento praticamente suficiente da vontade, então existem leis práticas, do contrário todas as proposições fundamentais práticas tornam-se simples máximas"[32]. Ora, que os princípios práticos reduzam-se a máximas significa uma pretensa universalização de princípios subjetivos, baseados em inclinações. A lei prática, deixando de ser a determinação imediata ou suficiente, deixa

29. Sobre o conceito de *Hang* como uma predisposição contingente para o mal cf. KANT, I. *Die Religion innerhalb der Grenzen der bloßen Vernunft*, A 36-44 / B 39-48 (abreviatura: *Religion*).

30. KANT, I. *KpV* A 126.

31. Cf., p. ex., as críticas de Kant à pretensa convergência de razão e emoção em Schiller: KANT, I. *Religion*, nota B 11/A 10.

32. KANT, I. *KpV* A 35-36.

de existir. A contrapartida disso é uma ética de tipo estético, como na seguinte passagem: "É muito bonito, por amor aos homens e por participante benevolência, fazer o bem a eles ou por amor à ordem ser justo, mas isso não constitui ainda a autêntica máxima moral de nossa conduta, adequada à nossa posição de homens entre entes racionais, quando, por assim dizer como voluntários, arrogamo-nos com soberba fatuidade a não nos importar com as representações do dever; e, como que independentes de mandamento, querer fazer meramente por prazer próprio aquilo para o que nenhum mandamento ser-nos-á necessário"[33].

A atitude estética dispõe o homem a uma busca espontânea de si mesmo, em vez de um controle do amor-próprio, que o converteria num aceitável amor de si racional. Este amor de si racional coadunar-se-ia com o preceito evangélico de um amor ao próximo como a si mesmo mas não seria espontâneo, porque envolveria contrariedade e compatibilização do amor de si recíproco de cada um mediante uma lei da razão.

Se não nos deixarmos determinar imediatamente pela lei (= ação por dever) mas nos conformarmos apenas legalmente com ela, com o motivo posto em algo diverso, isto implicará, de um lado, o abandono do espírito da lei e, de outro, a admissão de motivos concorrentes diversos da lei, tornando a lei heterônoma. Qual seria então ainda o valor de uma ação não mais determinada em vista dela mesma? Na nossa condição de entes finitos, a autonomia está comprometida com o dever. Elevamo-nos ao nível da racionalidade como sujeitos de um mundo moral, se ao mesmo tempo formos seus súditos e não simplesmente seu soberano, o que do contrário significaria uma presunçosa negação de nossa condição de criaturas. Na formulação do princípio moral kantiano, a locução adverbial "ao mesmo tempo" tem uma importância fundamental. Nós devemos escolher má-

33. KANT, I. *KpV* A 146.

ximas que possam valer *ao mesmo tempo* como leis universais, o que significa que sejam capazes de autonomia ou, numa segunda versão dessa lei, não devemos tomar os outros somente como meios mas sempre *ao mesmo tempo* como fins. Kant pensa com isso uma ética finita, que envolve um dever, mas correspondente à condição de um ser humano capaz de autonomia e por isso digno de respeito. E é este o sentido mais alto da moralidade kantiana: de formular uma concepção moral que exige o respeito incondicional pelo ser humano enquanto capaz de autonomia, ou de formular uma concepção que faz "do pensamento do dever – que abate toda a arrogância e todo o vão amor-próprio – o princípio de vida supremo de toda a moralidade do homem"[34]. A desconsideração desses limites caracteriza-se como "transgressão dos limites que a razão prática pura estabelece para a humanidade"[35]. Kant dá a essa transgressão os nomes de exaltação, fanatismo, arrogância e *philautia*. Segundo o livro da *Religião dentro dos limites da simples razão* (1793), essa transgressão dos limites da razão envolve o estabelecimento de princípios diversos dos da própria razão, que mediante uma inversão de motivos caracteriza-se como o mal propriamente dito. Dentre os diversos níveis de propensão para o mal, o terceiro nível consiste, nas palavras de Kant, no seguinte: "A maldade (*vitiositas, pravitas*) ou, se quisermos, a corrupção do coração humano é a propensão do arbítrio a máximas de preterir o motivo da lei moral a outros motivos (não morais). Ela pode chamar-se também perversidade (*perversitas*) do coração humano, porque inverte a ordem em relação aos motivos morais e, embora com isso possam ainda subsistir sempre ações boas (legais), a maneira de pensar é corrompida em sua raiz (na disposição moral) e o homem é por isso chamado de mau"[36].

34. KANT, I. *KpV* A 153.
35. KANT, I. *KpV* A 153.
36. KANT, I. *Religion*, B 23.

Os textos práticos, como vemos, completam com matizes diversos a *Crítica da razão prática* na evolução de suas concepções. O importante, porém, independentemente de qualquer diferenciação secundária, é que a ética kantiana do dever é, enquanto ética finita, uma ética autônoma, adversa a perfeições fictícias, e que encontra a sua melhor prova de verdade na ética do Evangelho. Ou seja, "que ele, primeiramente pela *pureza* do princípio moral mas ao mesmo tempo pela sua *conformidade com os limites de entes finitos*, submeteu toda a boa conduta do homem à disciplina de um dever posto ante seus olhos, o que não o deixa vaguear entre sonhadas perfeições morais, e impôs, tanto à presunção quanto ao amor-próprio, que gostariam de ignorar seus limites, barreiras de humildade (isto é, do conhecimento de si)"[37]. Nesta medida o conceito kantiano de autonomia é um conceito humano e não um conceito abstrato. Devido à própria finitude humana e, portanto, à propensão do homem de pôr constantemente em xeque a sua própria autonomia, a razão humana é ativa e reflexiva, não pode cristalizar-se em hábitos e instituições, mas precisa a todo o momento partir do novo; ou seja – para usar uma expressão de W. Kersting –, encontra-se, enquanto razão moral, em revolução permanente[38]. Mesmo que esta revolução não se confunda com uma revolução política nem a legitime, a moralidade situa a consciência humana sobre o terreno de um desafio de constante renovação, alimentada pela busca de uma autonomia comprometida com a liberdade de todo ser humano.

37. KANT, I. *KpV* A 153-154. O grifo é do tradutor.

38. A expressão "revolução permanente" foi atribuída por ele à disposição moral. Cf. KERSTING, W. verbete *Sitte*. In: RITTER, J. / GRÜNDER K. *Historisches Wörterbuch der Philosophie*, 1995, v. 9, p. 900. A expressão "revolução", atribuída à disposição e à maneira de pensar moral como equivalente de um renascimento ou nova criação, encontra-se também na *Religião* B 54/A 50.

3. A primeira edição de 1788 como base da tradução

Esta tradução da *Crítica da razão prática* guia-se pelo uso direto do texto original da primeira edição, que se identifica como: *Critik der praktischen Vernunft* von Immanuel Kant. Riga: bey Johann Friedrich Hartknoch, 1788, também intitulada de "edição A" e referida, no que se segue, como "1ª edição".

Aliás, as seis primeiras edições dessa obra, feitas pelo mesmo editor, são chamadas de "edições originais", e sua identificação é variada: a 2ª edição, de 1792[39], é chamada de "A2" ou, seguindo a lógica de Kehrbach, também de "B"; a 4ª edição, de 1797, é chamada de "A4" ou "D"; a 5ª ed., de 1818, é chamada de "A5"; e a 6ª edição, de 1827, é chamada de "A6". Paralelamente a elas sucederam-se as reimpressões de 1791, 1795, 1796 e 1803[40].

A 2ª edição (1792) saiu com 2.000 exemplares, ao invés dos costumeiros 1.000; trouxe algumas correções, várias delas problemáticas e supostamente de segunda mão. Não há evidências de que tenha existido uma 3ª edição. Temos conhecimento apenas de que, após um suposto intervalo de cinco anos, surgiu pelo mesmo editor a 4ª edição de 1797. É pouco provável que em relação à 3ª edição, se ela realmente não existiu, tenha ocorrido alguma confusão com as várias reimpressões (1791, 1795, 1796), já que estas provieram de outros editores. Mesmo assim ofereciam um prato de ambiguidades: a primeira reimpressão trazia: *Neue Auflage, Frankfurt und Leipzig 1791*; e a seguinte: *Neueste Auflage, Frankfurt und Leipzig 1795*. A propósito da su-

39. Nas *Anmerkungen der Bände I-V*, da Academia, p. 488, constou erroneamente para a 2ª ed. a data de 1793, em vez de 1792.

40. Não consegui localizar e examinar, na Alemanha, a reimpressão de 1803. A reimpressão de 1796 apresenta uma curiosa inclusão de novos subtítulos a seções e parágrafos, além de um primeiro glossário.

posta 3ª edição, Kehrbach escreveu no Prefácio à sua edição da *Kritik der praktischen Vernunft* (1878): "Uma 3ª edição é, em verdade, mencionada por Rosenkranz, Hartenstein e Kirchmann, mas provavelmente não existiu. Hartenstein declara também expressamente não ter conseguido obter a 3ª edição. De sua edição completa de 1867 não se consegue depreender se ele teve em mãos a 3ª edição"[41]. Vejamo-lo todavia em suas fontes e por partes. No Prefácio a sua edição da *KpV* de 1838, Hartenstein admitiu a existência da 3ª edição, mas afirmando um pouco diversamente de Kerbach, que não pôde tê-la tido em mãos. Depois de afirmar a existência de seis edições originais, com as respectivas datas, à exceção da 3ª, acrescentou: "Para a presente edição comparei com a 1ª edição do ano de 1788 ainda a 2ª do ano de 1792 e a 4ª do ano de 1797; não pude ter em mãos um exemplar da 3ª edição"[42]. Na edição de 1867, ele na verdade nem sequer voltou aos termos de 1838, mas manteve, 30 anos mais tarde, a convicção de que a 3ª edição existiu: "Uma segunda edição saiu em 1792; a ela seguiram-se durante a vida de Kant até o ano de 1797 ainda uma terceira e uma quarta"[43].

41. KANT, I. *Kritik der praktischen Vernunft.* Text der Ausgabe 1788 (A), unter Berücksichtigung der 2. Ausgabe 1792 (B) und der 4. Ausgabe 1797 (D). Herausgegeben von Karl Kehrbach. Leipzig: Philipp Reclam, 1878, p. V.

42 IMMANUEL KANT'S *Werke.* Sorgfältig revidierte Gesamtausgabe in zehn Bänden. Vierter Band. Grundlegung zur Metaphysik der Sitten, Kritik der praktischen Vernunft, nebst den Abhandlungen zur Philosophie und Geschichte. Leipzig: Modes und Baumann, 1838, p. VII.

43. IMMANUEL KANT'S *Sämtliche Werke.* In chronologischer Reihenfolge herausgegeben von G. Hartenstein. Fünfter Band. Leipzig: Leopold Voss, 1867, Prefácio. – Kirchmann, por sua vez, seguindo Hartenstein, diz quase com suas palavras, mas como se conhecesse a 3ª edição: "Seguiram-se então durante a vida de Kant ainda três edições de 1792 a 1797. Kant não introduziu nenhuma mudança nessas edições posteriores <à 1ª>, também não escreveu nenhum outro Prefácio além do primeiro, enfim todas as edições concordam entre si no texto e nas notas" (KANT, I. *Kritik der praktischen Vernunft.* Herausgegeben und erläutert von J. H. v. Kirchmann. Berlin: L. Heimann, 1869, Prefácio).

A opção de basear a presente tradução principalmente no texto original da 1ª edição emergiu e consolidou-se no decurso da própria tradução. Utilizando inicialmente as edições *standard* da *KpV* (Academia, Vorländer, Weischedel), o contato com o exemplar original disponível na Biblioteca da Universidade de Freiburg, que pelo seu estado de conservação não pôde ser copiado e microfilmado, levou-me à utilização da cópia impressa feita a partir do exemplar original disponível na Biblioteca da Universidade de Erlangen-Nürnberg, reproduzido pelo Harald Fischer Verlag[44]. Nessa cópia descobri algumas incongruências com as edições *standard*, que inicialmente atribuí a imperfeições destas, e que comuniquei em congresso. Mas logo me corrigi, ao consultar o exemplar original da Biblioteca da Universidade de Münster e reexaminar o exemplar de Freiburg, concluindo ainda mais estranhamente que a divergência, se existia, teria que localizar-se entre as próprias edições originais. Esse paradoxo foi desfeito com o apoio do Prof. Dr. Jens Kulenkampff e do filólogo clássico Prof. Dr. Severin Koster, ambos da Universidade de Erlangen-Nürnberg, que (a meu pedido, o segundo pela intermediação de meu amigo e filólogo clássico de Freiburg, Prof. Dr. Eckard Lefèvre) constataram a existência, no texto original disponível na Biblioteca daquela Universidade, de correções manuscritas correspondentes às discrepâncias apontadas. O Prof. Koster analisou e datou as correções, situando-as no início ou o mais tardar antes da primeira metade do século XIX. Em viagem de pesquisa à Alemanha entre julho e agosto de 2001, descobri, mediante a comparação de manuscritos, a autoria dessas correções como sendo de Paul Joachim Sigmund Vogel (1753-1834) – um dos ex-proprietários do exemplar original da *KpV* antes de seu ingresso definitivo no

44. *Critik der praktischen Vernunft* von Immanuel Kant. Riga, bey Johann Friedrick Hartknoch, 1788. Repr. Nachdruck. Erlangen: Harald Fischer Verlag, 1984.

acervo da Biblioteca da Universidade de Erlangen entre 1810 e 1818, e que antes disso pertencera também à biblioteca da Faculdade de Teologia da mesma universidade[45]. Desta Faculdade Vogel foi professor catedrático a partir de 1808, depois de ocupar a cátedra de Filosofia Kantiana na Universidade de Altdorf a partir de 1797[46].

A descoberta das correções manuscritas de Vogel no exemplar da *KpV*, coincidentes com o período final da vida de Kant e até agora desconhecidas do público especializado[47], levou-me ainda à constatação de que grande parte das correções dessa obra, que haviam sido atribuídas principalmente a Hartenstein, além de outras que Vorländer mesmo se autoatribuía etc., foram correções feitas originalmente por Vogel. As poucas coincidências dessas correções de Vogel com as de Grillo (1795)[48] e as várias coincidências das correções de Hartenstein (1838 e 1867) com as de Vogel parecem à primeira vista ter sido casuais, contando com um desconhecimento mútuo entre eles. Neste aspecto a pesquisa está inconclusa. Maiores detalhes do andamento e dos resultados da mesma estão sendo comunicados em trabalhos específicos[49].

45. A Biblioteca da Universidade de Erlangen-Nürnberg não conhecia a procedência do exemplar que possuía.

46. As principais informações sobre Vogel encontram-se em LEDER, K. *Universität Altdorf: zur Theologie der Aufklärung. Die Theologische Fakultät in Altdorf 1750-1809.* Nürnberg: Spender, 1965, pp. 318-36. Cf. também WITTERN, R. *Die Professoren und Dozenten der Friedrich-Alexander-Universität Erlangen 1743-1960.* Teil 1: Theologische Fakultät / Juridische Fakultät. Erlangen, 1993, onde à p. 84 consta o dado divergente mas menos confiável de que ele teria assumido a cátedra de Filosofia Crítica em Altdorf a partir de 1799.

47. Embora Vogel tenha-se correspondido com Kant, não consegui apurar se as correções resultaram de alguma comunicação de Vogel com ele.

48. Cf. as correções de Friedrich Grillo no *Philosophischer Anzeiger*, Halle, n. 41-48, pp. 327 s., 1795.

49. Uma primeira comunicação sobre o assunto foi apresentada em palestra ao IX Internationaler Kant-Kongress em Berlim no dia 29/03/2001 e publicada com modificações em seus anais: ROHDEN, V. Ciceros *formula* und Kants "neue Formel" des Moralprinzips. In: GERHARDT, V. u. A. *Kant und die*

A pesquisa incluiu o exame direto de todos os exemplares disponíveis das seis edições originais, das suas reimpressões e das demais edições da *KpV* dos séculos XIX e XX, o que foi importante para uma avaliação mais precisa das diferenças do texto ou das alterações propostas desde a sua publicação. Este trabalho, contudo, se articulou – e tem nisto a sua principal limitação – a partir da avaliação da importância das correções de Vogel em relação com as demais correções conhecidas.

Tais antecedentes permitem-nos identificar a primeira razão para adotar o texto original de 1788 como base desta tradução e sua reedição em nosso meio: a admissibilidade, a partir do exame da correspondência e principalmente do *Handexemplar* de Kant, de que ele releu apenas a 1ª edição da *KpV*, sem um maior envolvimento com as suas edições subsequentes[50]. Nesse bem conservado *Handexemplar* constam somente quatro correções manuscritas, das quais apenas a primeira foi acolhida na 2ª edição[51]. Esta trouxe algumas outras correções, várias problemáticas e supostamente de segunda mão. A 4ª edição, com autorização de

Berliner Aufklärung, v. 3, parte 2, pp. 302-11, que completei com um tratamento mais específico em conferência ao III Congresso Kant Brasileiro em Itatiaia no dia 6/11/2001: "O exemplar de Erlangen da *Crítica da razão prática*. Análise de algumas correções".

50. Cf. a respeito também WEISCHEDEL, W. (Ed.). *Kant Werke*. Darmstadt: Wissenschaftliche Buchgesellschaft, 1968, v. 7, p. 884, e NATORP, P. *Anmerkungen zu den Bänden I-V*, Ak, p. 498.

51. O elenco dessas correções em seu *Handexemplar* da *KpV* é o seguinte: à p. 44, linha 26, ele acrescentou *oberes* (superior): *kein <oberes> Begehrungsvermögen*; à p. 48, linha 9, ele acrescentou *sie ist* (ela é): *allein <sie ist> die Wortbestimmung*; à p. 141, linha 15, ele substituiu *braucht* (necessita) por *beruht* (assenta/baseia-se): *auf dem bloβen Interesse... <beruht>;* à p. 238, linha 11, ele acrescentou *nicht* (não): *also zwar <nicht> das spekulative*.

52. Adickes e Wille fizeram apreciações de conjunto dessas alterações: ADICKES, E. Correkturen und Conjekturen zu Kants ethischen Schriften. *Kantstudien* V, especialmente pp. 211-4, 1901; WILLE, E. Conjecturen zu Kants Kritik der praktischen Vernunft. *Kantstudien* VIII, pp. 467-71, 1903. Sobre as diferentes edições mencionadas cf. o respectivo elenco ao final desta Introdução.

Kant, reproduziu fielmente a primeira, mas com uma alteração correta (*derselben/desseben*, cf. a nota do tradutor em A 142) e uma falsa (*Seelenruhe/Seelenunruhe*, cf. a nota em A 68), além de alguns novos erros. As edições posteriores, nomeadamente as de Hartenstein, Kehrbach e da Academia, sem esquecer a fiel reprodução feita por Weischedel, privilegiaram a 1ª edição de 1788[52]. Mas parece que Kant não fez uma releitura sistemática da 1ª edição, do contrário teria notado outras passagens duvidosas, como por exemplo a da p. A 225, linha 20, onde constou *eine oberste der Natur*, que deveria ter sido *eine oberste <Ursache> der Natur* (a frase anterior começa com: *Diese oberste Ursache*). A 2ª edição corrigiu mal essa mesma passagem para *oberste Natur* (natureza superior). As demais edições originais retomaram o texto imperfeito da 1ª edição. Cada uma das edições originais incidiu em outras espécies de erros de impressão, considerados decorrentes do desleixo com que foram impressas[53]. Ante a iminência da 4ª edição da *KpV* e o convite que lhe dirigiu o Editor, de manifestar-se se queria introduzir modificações ou um novo prefácio à nova edição, Kant pediu duas semanas de tempo para refletir sobre o assunto, mas ao mesmo tempo que considerou eventuais correções como carentes de maior importância ou de difícil

53. A respeito afirmou Hartenstein: "Todavia nessa obra encontrou-se um número maior de passagens, em relação às quais – se uma edição, ou seja, a 2ª não ofereceu a versão correta – tinha que surgir a suspeita de um erro de impressão que se reproduzia da 1ª até a 4ª, e assim também à 5ª e 6ª edições, passagens que por isso davam ensejo a uma correção, que o mais das vezes se oferecia espontaneamente e quase nunca se estendia além de uma letra ou de uma palavra." HARTENSTEIN, G. Prefácio ao v. IV de Immanuel Kant's *Werke*; Leipzig: Modes und Baumann, 1838, p. VII. Kirchmann concordava com esse ponto de vista ao afirmar: "Mas todas as edições <da *KpV*> foram impressas com igual negligência e contêm um grande número de erros de impressão." KIRCHMANN, J. H. Prefácio a Immanuel Kant's *Kritik der praktischen Vernunft*. Berlin: L. Heimann, 1869. Kehrbach repetiu o mesmo ponto de vista. Cf. KEHRBACH, K. Prefácio do Editor. *Kritik der praktischen Vernunft* von Immanuel Kant. Leipzig: Reclam, 1878, p. VI.

execução devido a sua idade, deixou que a nova edição reproduzisse a primeira[54]. Portanto foi a versão da 1ª edição a que foi corrigida por Kant e pelos demais revisores; e ela que foi constantemente restabelecida ou adotada como ponto de referência para qualquer discussão crítica a respeito do texto da *Crítica da razão prática*. E disso podemos inferir como segunda razão para basear a tradução no exemplar da 1ª edição original, que é pela comparação com ela das edições *standard*, e mesmo da até aqui imaginada reprodução fiel do exemplar original, do Harald Fischer Verlag, amplamente adotada na Alemanha, que o seu aparato crítico se revela carente de revisão e de atualização.

A edição bilíngue, aqui publicada pela Editora Martins Fontes, vem acompanhada do texto original de 1788 fornecido como microfilme pela Biblioteca da Universidade de Münster. A opção pelo exemplar original de Münster justifica-se como alternativa às alterações e anotações manuscritas encontradas e reconhecidas como introduzidas por Vogel no exemplar original de Erlangen[55]. Merece assinalar-se que o exemplar de Münster, reproduzido pela Martins Fontes, pertenceu à princesa Amalia Fürstin von Gallitzin (1748-1806) – ligada ao círculo contemporâneo de Kant – em consequência de cujo fato a Diretora da Biblioteca, Sra. I. Kießling, comunicou-me por ocasião da remessa do microfilme: *Das Buch gehört hier in der Bibliothek durch seine Provenienz in mehrfacher Hinsicht zu den besonders schützenswerten Beständen...* (por sua proveniência, o livro inclui-se aqui sob vários aspectos entre os acervos particularmente merecedores de proteção). A princesa possuía em sua vasta biblioteca as obras completas originais de Kant, mas o exemplar da *Kritik der praktischen Vernunft* foi jus-

54. Cf. a carta a Johann Friedrich Hartknoch, de 28/01/1797. In: KANT, I. *Briefwechsel*. 3ª ed. Hamburg: Felix Meiner, 1986, p. 721.

55. Essas correções, com exceção de duas, foram todas eliminadas na cópia feita pela Editora Harald Fischer, Erlangen, 1984.

tamente o único da biblioteca que sobreviveu, chegando até nós através de sua presente reprodução direta na edição bilíngue. Parecer-me-ia por isso justo considerar a princesa a musa desta edição brasileira da *Crítica da razão prática*[56].

Por outro lado, a presente tradução da *Crítica da razão prática* não alimenta a presunção de ser em todos os sentidos melhor do que as demais traduções existentes. Mas procurou exceder-se no esforço para que o texto de Kant fosse entendido e reproduzido filosoficamente. Num balanço deste empreendimento imagino que pudesse ter tido maior garantia de êxito num trabalho em parceria, com que fui honrado, na tradução da *Crítica da razão pura*, na pes-

56. Para maior conhecimento da importância do exemplar original que aqui é seguido e reproduzido, convém acrescentar que a Princesa von Gallitzin era também autora de um livro *Abhandlung vom Belohnen und Strafen* (Tratado sobre prêmio e castigo). Ela correspondia-se assiduamente com o filósofo holandês Franz Hemsterhuys (1721-1790); era amiga de J. G. Hamann (1730-1788), residente em Königsberg e frequentador da casa de Kant (cf. HAMANN, J. G. *Briefwechsel. Fünfter Band 1783-1785*. Ed. por A. Henkel. Wiesbaden: Insel, 1965. p.ex. pp. 345 etc.), de F. H. Jacobi (1743-1819) e de Thomas Wizenmann (1759-1787, cf. *KpV* A 259n). Visitou J. W. Goethe (1749-1832) em Weimar, por duas vezes em 1785 e 1792. Para completar o quadro de sua atraente personalidade, transcrevo uma citação de carta de Carolina Michaelis, mais tarde Caroline Schlegel-Schelling, à amiga Julie von Studniz, de 3.9.1781: "*Nous avons ici une visite bien singulière. C'est une princesse de Gallitzin, don't epoux est ambassadeur de la cour de Russie à la Haye. Une dame fort savante qui est vetue d'une espêce de draperie grecque, les cheveux coupés, de souliers plats, qu'ont voit rarement sans un domestique, qui porte une demie douzaine de grands livres en folio, qui va se baigner avec une suite de 6 à 8 messieurs en plein jour dans notre Leine etc [...] Elle doit avoir beaucoup de lumières, d'esprit et de connoissances. Elle lit Homêre en original, et à Hofgeismar d'ou elle vient, elle se l'a fait porter au bain tous les matins. [...] Je ne dis rien de ce que la princesse avec son métier de savante neglige aussi son epoux.*". Esta citação foi extraída do catálogo da exposição: *Amalia Fürstin von Gallitzin (1748-1806) "**Meine Seele ist auf der Spitze meiner Feder**". Austellung zum 250. Geburtstag in der Universitäts- und Landesbibliothek Münster vom 28. August bis zum 2. Oktober 1998. Herausgegeben von Petra Schulz in Zusammenarbeit mit Erpho Bell. Münster: Ardey, 1998.*

soa de Udo Baldur Moosburger e, na *Crítica da faculdade do juízo*, na pessoa de António Marques. Falhas, no entanto, fazem parte mesmo de traduções conceituadas, e não seria eu, infelizmente, a poder eximir-me delas.

Beck logrou expressar-se, em sua tradução inglesa, num estilo claro e conciso. Mas ele declarou, em sua *Note on the revised edition* (1993, p. XXII), que usara como texto-base alemão a edição da Academia, de 1922. Todavia uma comparação de sua tradução com a edição de Vorländer permite observar que – (embora a primeira edição de Vorländer seja anterior à da Academia, mas se beneficiando posteriormente desta) – Beck incidiu em geral nos mesmos erros de Vorländer, e que não são erros da Academia. Por exemplo, onde na edição original e na edição da Academia consta *Selbstliebe* (amor de si, cf. A 125 e Ak 70, linha 33), Vorländer equivocadamente escreveu *Selbsthilfe* (autoajuda, cf. p. 83) e Beck *helping itself* (cf. a respectiva p. 74). Onde nas edições A 204 e Ak 113 constou *reine* (pura), Vorländer, do mesmo modo e sem nenhuma justificação, escreveu *eine* (uma: *durch eine praktische Vernunft*, cf. p. 131), e Beck, seguindo-o, escreveu "*a*": *by a practical reason* (cf. p. 119)[57].

A edição francesa de Luc Ferry e Heinz Wismann, entre outros aspectos, traduziu *reine praktische Vernunft* por *raison pure pratique*, em vez da forma correta "razão prática pura". Às vezes procedeu diversamente (p. ex. p. 789, linha 4), como se isso fosse indiferente. E onde o "puro" foi excluído por Kant e pelas demais edições alemãs, como na chamada que antecede o título do capítulo II, essa tradução o incluiu. Ela tampouco respeitou, em geral, a distinção entre *sollen* (dever-ser) e *müssen* (ter que), que é es-

57. Um pouco tardiamente e após a entrega da minha tradução à Editora, tomei conhecimento da nova e apreciada tradução inglesa: *Critique of Practical Reason*, trad. de Mary J. Gregor, com introdução de Allen Wood. In: KANT, I. *Practical Philosophy*. Cambridge: University Press, 1996, pp. 133-271.

sencial em Kant, nem a distinção entre *Selbstliebe* (amor de si) e *Eigenliebe* (amor-próprio, *philautia*, cf. p. ex. p. 741 = A 151, e p. 712 = A 153). A tradução portuguesa de Artur Morão, ao lado de um bom desempenho estilístico, forneceu a paginação da 1ª edição original, embora nem sempre a tenha seguido. Aliás, o que pareceu sua carência principal, não ofereceu nenhuma nota sobre as inúmeras variantes de texto entre aquela edição original e as edições usuais alemãs. Afora isso, incidiu nos mesmos problemas da tradução francesa em relação às expressões *reine praktische Vernunft* e, sobretudo, em relação a *sollen* e *müssen*. Sobre outras diferenças remeto o leitor às notas de rodapé.

A tradução das obras de Kant para o latim, especialmente da segunda edição da *Crítica da razão pura*, foi um desejo expresso de Kant. Na mesma carta a Christian G. Schütz, de 25 de junho de 1787, em que mencionava pela primeira vez tanto a obra quanto o título exato e o término da redação da *Crítica da razão prática*, Kant referia-se ao trabalho de tradução de Friedrich G. Born (1743-1807, professor titular de filosofia em Leipzig) e ao que ele entendia ser essencial na tradução de sua obra: "Meu editor encomendou ao Prof. Born a tradução da 2ª edição da minha Crítica ao latim"[58]. Em verdade, o próprio Born oferecerase, em carta de 7 de maio de 1786, para a tradução das obras de Kant ao latim clássico antigo, a começar pela primeira Crítica[59]. E aí Kant fez a Schütz o pedido de zelar para que a tradução se preocupasse menos com a elegância estilística do que com sua correção escolástica: "O Sr. foi muito bondoso de oferecer-se para revisar a tradução apronțada por ele, no caso em que ela lhe fosse enviada em fascículos, para adaptar o estilo – que talvez se preocupasse excessivamente com a elegância – mais à correção e precisão escolástica, ainda que não tão latina clássica"[60].

58. KANT, I. *Briefwechsel*, p. 320.
59. KANT, I. Cf. *Briefwechsel*, p. 848.
60. KANT, I. *Briefwechsel*, p. 320.

A presente tradução tenta mais a "correção e precisão escolástica" do que a elegância de uma tradução independente de sua forma original. Certamente se deve procurar combinar ambos os ideais, mas concretizando o segundo em decorrência do primeiro, que é sua *conditio sine qua non*. Se toda obra humana deve tentar expressar-se tanto em termos de verdade quanto de beleza, esta, no entanto, pode constituir-se num *jogo* da verdade mas jamais num jogo da falsidade[61].

Ao encerrar este trabalho quero agradecer a cooperação mais próxima de algumas pessoas e instituições: dos colegas Guido Antonio de Almeida (UFRJ), Marco Antonio de Avila Zingano (USP), Marcos Lutz Müller (UNICAMP), Draiton Gonzaga de Souza (PUCRS); de Raquél da Silva Rodrigues (então bolsista de aperfeiçoamento do CNPq/Conselho Nacional de Desenvolvimento Científico e Tecnológico) e de Peter Naumann; do Prof. Dr. Eckard Lefèvre (Diretor do Departamento de Filologia Clássica da Universidade de Freiburg), do Prof. Dr. Jens Kulenkampff e do Prof. Dr. Severin Koster (Universidade de Erlangen-Nürnberg), do Prof. Dr. Eckart Förster (Universidade de Munique), da Sra. I. Kießling (Diretora da Biblioteca da Universidade de Münster) e do Dr. Keunecke (Diretor da Biblioteca da Universidade de Erlangen-Nürnberg); do Arquivo da Martin-Luther–Universität Halle-Wittenberg, dos Editores da revista *Kantstudien*, da Fundação de Amparo à Pesquisa do Estado do Rio Grande do Sul/FAPERGS, do Serviço Alemão de Intercâmbio Acadêmico/DAAD e do Conselho Nacional de Desenvolvimento Científico e Tecnológico/CNPq.

As ideias desta Introdução foram debatidas com o colega Nythamar Fernandes de Oliveira (PUC-RS). Grande par-

61. "Ela <a poesia> joga com a aparência que ela produz à vontade, sem contudo enganar através disso" (KANT, I. KU B 215, trad. bras. p. 171. Cf. a respeito ROHDEN, V. Aparências estéticas não enganam – sobre a relação entre juízo de gosto e conhecimento em Kant. In: DUARTE, R. [Org.]. *Belo, sublime e Kant*. Belo Horizonte: Editora da UFMG, 1998, pp. 54-86).

te do presente trabalho foi executada, na condição de professor titular aposentado, com bolsa de pesquisa do CNPq vinculada ao Departamento de Filosofia da Universidade Federal do Rio Grande do Sul/UFRGS. Alegro-me, no entanto, de ter podido concluí-lo na Universidade Luterana do Brasil/ULBRA, a cujo meio, pelo convite de retorno à atividade docente, o Pró-Reitor Prof. Dr. Nestor Beck me integrou.

Como termo deste empreendimento forneço em Apêndice o texto das anotações pouco conhecidas que se encontram manuscritas na última página, última capa interna e folha avulsa do exemplar pessoal de Kant – seu *Handexemplar*[62] da 1ª edição da *Critik der praktischen Vernunft*. Não incluídas na edição da Academia, elas foram publicadas por Gerhard Lehmann na revista *Kantstudien*, de cuja edição me servi para a sua tradução. Seria presunção querer vertê-las a partir de sua pouco legível letra manuscrita, forma em que, estupefato, deparei-me com elas. As anotações, além de retomarem alguns temas da *Crítica da razão prática*, satisfazem nosso desejo de saber em que pensava Kant ao reler seu exemplar. A sorte de ainda o possuirmos deve-se ao gesto de Kant, de ao término de sua vida tê-lo dado de presente ao amigo Wasianski[63], propiciando-lhe com isso um rumo diferente dos outros exemplares pessoais. Esse *Handexemplar* representou, nas posteriores mãos de Schopenhauer, "uma incalculável relíquia de Kant"[64].

62. O termo *Handexemplar* significa exemplar de uso do autor, exemplar manual. Dito isto, passarei no que se segue a usar o termo consagrado alemão, pela sua vinculação privilegiada com Kant.

63. Ehregott Andreas Christoph Wasianski (1755-1831), diácono em Königsberg, encarregado de executar o testamento de Kant, cuidou dele até sua morte, escrevendo e publicando poucos meses depois: *Immanuel Kant in seinen letzten Lebensjahren. Ein Beitrag zur Kenntnis seines Charakters und häuslichen Lebens aus dem täglichen Umgange mit ihm* (*Immanuel Kant em seus últimos anos de vida. Uma contribuição para o conhecimento de seu caráter e vida familiar a partir da convivência diária com ele*). Königsberg: Nicolivius, 1804.

64. Schopenhauer recebeu de um dos sucessores de Wasianski, Ed. Krüger, conselheiro de Bismark em Frankfurt, o *Handexemplar* da *Crítica da razão*

Para nós, que vivemos distantes de Königsberg e Frankfurt, a relíquia incalculável que temos em mãos é a própria *Crítica da razão prática*, da qual, como testemunhas de sua universalidade e pelo empenho a que nos desafia, esperamos colher os maiores frutos.

prática. Segundo a narração de sua conversação sobre Kant datada de 1857, Schopenhauer declarou: "Eu possuo uma incalculável relíquia dele". E, dizendo isso, trouxe um livro. "Trata-se do *Handexemplar* da *Kritik der praktischen Vernunft*, que ele usou em suas aulas, com anotações <*Randbemerkungen*> de sua própria mão. Devo este tesouro à amabilidade de um amigo, mas só emprestado, pois tive de prometer-lhe que ele depois de minha morte tinha de retornar aos proprietários." (Cf. GRIESEBACH, Ed. *Schopenhauers Gespräche und Selbstgespräche*... Berlin: F. Hofmann und Co. 1898, *apud* VAHINGER, H. Mitteilungen. Kants Handexemplar der 'Kritik der praktischen Vernunft'. *Kantstudien*, v. 2, p. 489, 1899).

Bibliografia

1. Edições alemãs da **Crítica da razão prática**[65]

1. *ORIGINALAUSGABE* / Edição original (A): *Critik der praktischen Vernunft* von Immanuel Kant. Riga: bei Johann Friedrich Hartknoch 1788.

2. 2ª edição: Riga 1792; 4ª edição: Riga 1797 (não se tem conhecimento de uma 3ª edição); 5ª edição: Leipzig 1818; 6ª edição: Leipzig 1827.

3. **Reimpressões**: Frankfurt/Leipzig 1791 (com uma lista de correções tipográficas), 1795, 1803; Graz 1796.

4. **ROSENKRANZ**: Immanuel Kant's *Sämtliche Werke*. Ed. por Karl Rosenkranz e Friedrich Wilhelm Schubert. v. 8. Ed. por K. Rosenkranz, Leipzig, 1838, pp. 103-318.

5. **HARTENSTEIN**: Immanuel Kant's *Werke*. Edição completa em 10 volumes, cuidadosamente revista. Ed. por G. Hartenstein, v. 4. Leipzig, 1838, pp. 95-290.

65. Estes dados baseiam-se principalmente nas informações bibliográficas de Heiner Klemme (veja abaixo sob nº 9), pp. XIX-XXI; e em HINSKE, N. / WEISCHEDEL, V. *Kant-Seitenkonkordanz*. Darmstadt: Wissenschaftliche Buchgesellschaft, 1970, pp. 144. Para informações complementares a respeito, cf. as observações de P. Natorp em *Anmerkungen der Bände I-V*, Ak pp. 489-509. As letras maiúsculas indicam a denominação habitual das principais edições.

6. **HARTENSTEIN**: Immanuel Kant's *Sämtliche Werke.* Em ordem cronológica. Ed. por G. Hartenstein, v. 5. Leipzig 1867, pp. 1-169 (2ª ed. 1867).

7. **KIRCHMANN**: *Kritik der praktischen Vernunft.* Ed. e comentada por Julius Hermann von Kirchmann. Berlin, 1869 (3ª ed. Heidelberg, 1882; 4ª ed. Leipzig, 1897 = Philosophische Bibliothek v. 7; Comentários v. 8).

8. **KEHRBACH**: *Kritik der praktischen Vernunft.* Ed. por Karl Kehrbach. Prefácio do Ed. datado de 1878 (= Reclams Universal-Bibliothek nº 1111-1112), contendo o texto da 1ª edição de 1788 (A), tomando em consideração a 2ª edição de 1792 (B) e a 4ª edição de 1797 (D).

9. **VORLÄNDER**: *Kritik der praktischen Vernunft.* Ed. com uma introdução, bem como índice de autores e glossário de Karl Vorländer. Leipzig 1906 (5ª ed. 1929, = 5ª a 9ª ed. na Philosophische Bibliothek v. 38; 10ª ed. 1990; edição do jubileu pelos 125 anos da Ph.B., como v. 2 de Immanuel Kant: *Die drei Kritiken*, com uma bibliografia de Heiner Klemme, 1993).

10. **AKADEMIE-AUSGABE**: *Kants gesammelte Schriften.* Ed. pela Königlich Preußischen Akademie der Wissenschaften, v. 5. Ed. por Paul Natorp. Berlin 1908; 2ª ed. 1913, pp. 1-163; Anotações (*Anmerkungen*) pp. 489-512 (489-511). Reimpressões: Berlin 1961; 2ª ed. 1969. Edição de bolso: *Kants Werke.* Akademie Textausgabe. Berlin 1968. Anotações (*Anmerkungen der Bände I-V*) em volume separado, Berlin 1977.

11. **CASSIRER**: Immanuel Kant's *Werke.* Em colaboração com H. Cohen, A. Buchenau O. Bueck A. Görland, B. Kellermann. Ed. por Ernst Cassirer, v. 5, Berlin 1914, *KpV* ed. por Benzion Kellermann, pp. 1-176; variantes pp. 569-81.

12. Immanuel Kant's *Sämtliche Werke in sechs Bänden.* Ed. pelo grão-duque Wilhelm Ernst, v. 5. Ed. por Felix Gross, Leipzig 1920.

13. Kants *Werke in drei Bänden*, tomando por base a ed. da Preußischen Akademie der Wissenschaften, ed. e intr. por August Messer, v. 2, Berlin/Leipzig ca.1925, pp. 407-570.

14. *Kritik der praktischen Vernunft*. Antiga edição de Kehrbach. Ed. por Raymund Schmidt. Leipzig, 1929 (edições ulteriores: Leipzig, 1957 etc. = Reclams Universal-Bibliothek nº 1111-1113).

15. **WEISCHEDEL**: Immanuel Kant. *Werke in sechs Bänden*. Ed. por Wilhelm Weischedel, v. 4, Wiesbaden, 1956 (Frankfurt, 5ª ed. 1983. Paralelamente na Wissenschaftliche Buchgesellschaft, Darmstadt: edição especial em 7 volumes, 1998 (inclui no v. 7 o dicionário de C.C.E. Schmid). Edições de bolso: Kant. *Werke in zwölf Bänden*, v. 7, Frankfurt: Suhrkamp, 1968; reimpressões 1974 etc.; Immanuel Kant *Werke in zehn Bänden*. No v. 6, Darmstadt: Wissenschaftliche Buchgesellschaft, 1968, ed. especial 1983.

16. *Kritik der praktischen Vernunft*. Ed. por Joachim Kopper. Stuttgart, 1961, etc. = Reclams Universal-Bibliothek nº 1111-1113, depois nº 1111.

17. *Kritik der praktischen Vernunft / Grundlegung zur Metaphysik der Sitten*. Ed. por Martina Thom. Leipzig, 1978 (2ª ed. 1983) = Reclams Universal-Bibliothek, nº 704.

Quando não houver outra indicação, as referências e citações de textos de Kant apoiar-se-ão na edição de W. Weischedel: KANT, I. *Werke in zehn Bänden*. Ed. por Wilhelm Weischedel. Darmstadt: Wissenschaftliche Buchgesellschaft, 1968. As da *Crítica da razão prática* apoiar-se-ão diretamente no texto da primeira edição original (edição "A"), reproduzida na edição bilíngue desta tradução: KANT, I. *Critik der praktischen Vernunft*. Riga: bey Johann Friedrich Hartknoch, 1788.

2. *Sobre a filosofia moral de Kant*[66]

ACTON, H. B. *Kant's Moral Philosophy*. London: Macmillan, 1970.

ALLISON, H. E. *Kant's Theory of Freedom*. Cambridge/New York: Cambridge University Press, 1995.

____ *Idealism and Freedom. Essays on Kant's Theoretical and Practical Philosophy*. Cambridge, 1996.

ALQUIÉ, F. *Introduction à la lecture critique de la raison practique*. Paris: Presses Universitaires de France (abreviado: PUF), 1966.

____ *La morale de Kant*. Paris: PUF, 1974.

ALTMANN, A. *Freiheit im Spiegel des rationalen Gesetzes bei Kant*. Berlin, 1992.

AMERIKS, K. *Kant and the Fate of Autonomy. Problems in the Appropriation of the Critical Philosophy*. Cambridge, 2000.

ATWELL, J. F. *Ends and Principles in Kant's Moral Thought*. Dordrecht: Martinus Nijhoff, 1986.

AUNE, B. *Kant's Theory of Morals*. Princeton, N. J.: University Press, 1979.

AUXTER, Thomas. *Kant's Moral Teleology*. Macon/Ga., 1982.

BAUCH, B. *Glückselligkeit und Persönlichkeit in der kritischen Ethik*. Stuttgart, 1902.

BARON, M. *Kantian Ethics Almost Without Apology*. Ithaca, 1995.

BAUMANN-HÖLZE, R. *Autonomie und Freiheit in der Medizin-Ethik. Immanuel Kant und Karl Barth*. Freiburg, 1999.

BAUMANNS, P. *Kants Ethik. Die Grundlehre*. Würzburg, 2000.

66. Esta é uma bibliografia básica. Nela, em regra, são listados apenas livros. Dissertações e teses não publicadas, além de artigos e capítulos que devido a sua profusão e diversidade requerem levantamentos consentâneos com os interesses da respectiva pesquisa, são com poucas exceções excluídos.

BAUMGARTEN, Hans-Ulrich / HELD, C. *Systematische Ethik mit Kant.* Freiburg, 2001.

BECK, L. W. *A Commentary on Kant's Critique of Practical Reason.* 2ª ed. Chicago: University of Chicago Press, 1966.

BEISER, F. *The Fate of Reason.* Cambridge, Mass., 1987.

BENTON, R. J. *Kant's Second Critique and the Problem of Transcendental Arguments.* Den Haag: Nijhof, 1977.

BITTNER, R. / CRAMER, K. (ed.). *Materialien zu Kants "Kritik der praktischen Vernunft".* 2ª ed. Frankfurt: Suhrkamp, 1985.

BITTNER, R. *Moralisches Gebot und Autonomie.* Freiburg/München: Karl Alber, 1983.

BLOSSER, P. *Scheler's Critique of Kant's Ethics.* Athens: Ohio University Press, 1995.

BÖCKERSTETTE, H. *Aporien der Freiheit und ihre Aufklärung durch Kant.* Stuttgart, 1982.

BOWIE, N. *Business Ethics. A Kantian Perspective.* Oxford, 1999.

BREZINA, F. F. *Die Achtung. Ethik und Moral der Achtung und Unterwerfung bei Immanuel Kant, Ernst Tugendhat, Ursula Wolf und Peter Singer.* Frankfurt: Peter Lang, 1999.

BROAD, C. D. *Five Types of Ethical Theory.* 9ª ed. London/New York: Routlege & Kegan, 1979.

BUCHENAU, A. *Kants Lehre vom kategorischen Imperativ. Eine Einführung in die Grundfragen der kantischen Ethik.* Leipzig, 1913 (reimpressão 1923).

CAIN, M. *The Notion of Supersensible in Kant's Three Critiques.* Stanford: University Press, 1992.

CAMPBELL, J. I. G. *Kantian Conceptions of Moral Worth.* Princeton, 1980.

CARNOIS, B. *La cohérence de la doctrine kantienne de la liberté.* Paris: Seuil, 1973.

CHOLDI, M. J. *Publicity and Practical Reason: Between Kantianism and Subjectivism.* Tese de doutorado, University of Virginia, 1998/99.

COHEN, H. *Kants Begründung der Ethik nebst ihren Anwendungen auf Recht, Religion und Geschichte.* 2ª ed. Berlin, 1910.

CONRAD, J. *Freiheit und Naturbeherrschung. Zur Problematik der Ethik Kants.* Würzburg, 1992.

COX, J. G. *The Will at the Crossroads. A Reconstruction of Kant's Moral Philosophy.* Washington/New York: University Press of America, 1984.

CULLITY, G. (ed.). *Ethics and Practical Reason.* New York/Oxford, 1997.

DELBOS, V. *La philosophie pratique de Kant.* 3ª ed. Paris: PUF, 1969.

DUNCAN, A. R. C. *Practical Reason and Morality. A Study of Immanuel Kant's Foundations for the Metaphysic of Morals.* London: T. Nelson, 1957.

EBBINGHAUS, J. *Gesammelte Aufsätze, Vorträge und Reden.* Darmstadt: Wissenschaftliche Buchgesellschaft, 1968.

EBELING, H. *Die ideale Sinndimension. Kants Faktum der Vernunft und die Basis-Fiktionen des Handelns.* Freiburg/München: Alber. 1982.

ESTUDIOS FILOSÓFICOS. Valladolid, v. 37, n. 104, 1988: *En el II centenario de la Crítica de la razón práctica.*

FORSCHNER, M. *Gesetz und Freiheit. Zum Problem der Autonomie bei I. Kant.* München, 1974.

FÖRSTER, E. *Kants Transcendental Deductions. The Three "Critics" and the "Opus Postumum".* Stanford, 1989.

FREUDIGER, J. *Kants Begründung der praktischen Philosophie. Systematische Stellung, Methode und Argumentationsstruktur der "Grundlegung zur Metaphysik der Sitten".* Bern/Stuttgart/Wien: Paul Haupt, 1993.

GREGOR, M. J. *Laws of Freedom. A Study on Kant's Method of Appliying the Categorical Imperative in the "Metaphysik der Sitten".* Oxford: Blackwell, 1963.

GUEVARA, D. *Kant's Theory of Moral Motivation.* Cambridge, 2000.

GUISÁN, E. *Esplendor y miseria de la ética kantiana*. Barcelona: Anthropos, 1988.

GUYER, P. *Kant and the Experience of Freedom. Essays on Aesthetics and Morality*. New York: Cambridge University Press, 1996.

____ (org.). *The "Grundwork of the Metaphysical of Morals". Critical Essays*. New York: Cambridge University Press, 1998.

____ *Kant on Freedom, Law and Happiness*. Cambridge, 2000.

GUNKEL, A. *Spontaneität und moralische Autonomie. Kants Philosophie der Freiheit*. Bern/Stuttgart: Paul Haupt, 1989.

HÄGERSTRÖM, A. *Kants Ethik in Verhältnis zu seinen erkentnistheoretischen Grundgedanken systematisch dargestellt*. Upsala & Leipzig, 1902.

HARE, J. E. *The Moral Gap: Kantian Ethics, Human Limits and God's Assistance*. Oxford: Clarendon Press, 1996.

HARPER, A. W. J. *Notes on Kant's Theory of Morals*. London: 1988.

HECK, J. *A liberdade em Kant*. Porto Alegre: Movimento, 1983.

HEIDEMANN, I. Das Ideal des höchsten Guts. Eine Interpretation des Zweiten Abschnittes im "Kanon der reinen Vernunft". In: HEIDEMANN, I. / RITZEL, W. (Ed.). *Beiträge zur "Kritik der reinen Vernunft" 1781-1981*. Berlin / New York; 1981, pp. 233-305.

HENRICH, D. Der Begriff der sittlichen Einsicht und Kants Lehre vom Faktum der Vernunft. In: HENRICH, D. / SCHULTZ, W. / VOLKMANN-SCHULCK, K. H. (Ed.). *Die Gegenwart der Griechen im neueren Denken*. Festschrift für Hans-Georg Gadamer. Tübingen: 1960, pp. 77-115 (também em PRAUS, G. (Ed.). 1973, pp. 223-54).

____ Die Deduktion des Sittengesetzes. Über die Gründe der Dunkelheit des letzten Abschnittes von Kants *Grundlegung zur Metaphysik der Sitten*. In: SCHWAN, A. (Ed.).

Denken im Schatten des Nihilismus. Festschrift für Wilhelm Weischedel. Darmstadt: 1975, pp. 55-112.

____ *Selbstverhältnisse.* Stuttgart: Reclam, 1982.

____ *Aesthetic Judgment and the Moral Image of the World. Studies in Kant.* Stanford: University Press, 1992.

____ *The Unity of Reason. Essays on Kant's Philosophy.* Cambridge Mass.: Harvard University Press, 1994.

HERMAN, B. *The Practice of Moral Judgment.* London: Harvard University Press, 1996.

HERRERO, F. J. *Religião e história em Kant.* São Paulo: Loyola, 1991.

HERRING, H. *Essentials of Kant's Theoretical and Practical Philosophy.* Delhi: Ajanta, 1993.

HESS, H.-J. *Die obersten Grundsätze Kantischer Ethik und ihre Konkretisierbarkeit.* Bonn: Kantstudien Erg.-H. n. 102, 1971.

HILL, T. E. Jr. *Autonomy and Self-Respect.* Cambridge: University Press, 1991.

____ *Dignity of Practical Reason in Kant's Ethical Theory.* Ithaca, N.Y., 1992.

HÖFFE, O. *Introduction à la philosophie pratique de Kant.* I parte. Albeuve: Castella, 1985.

____ (ed.). *Grundlegung zur Metaphysik der Sitten. Ein kooperativer Kommentar.* 3ª ed. Frankfurt: Klostermann, 2000.

____ (ed.). *Immanuel Kant: Kritik der praktischen Vernunft.* Berlin: Akademie Verlag, 2001.

INNERARITY GRAU, C. *Teoría kantiana de la acción: la fundamentación transcendental de la moralidad.* Pamplona: EUNSA, 1995.

IRIBARNE, J. V. *La libertad en Kant. Alcances éticos y connotaciones metafísicas.* Buenos Aires, 1981.

JONES, H. *Kant's Principle of Personality.* Madison, 1971.

JONES, W. Y. *Morality and Freedom in the Philosophy of Kant.* Oxford, 1940.

KAFFARENA, J. G. *El teismo moral de Kant.* Madrid: Cristianidad, 1983.

KÄUBLER, B. *Der Begriff der Triebfeder in Kants Ethik.* Tese de doutorado. Leipzig, 1917.

KAULBACH, F. *Das Prinzip Handlung in der Philosophie Kants.* Berlin/New York: Walter de Gruyter, 1978.

____ *Immanuel Kants Grundlegung zur Metaphysik der Sitten. Interpretation und Kommentar.* 2ª ed. Darmstadt: WBG, 1996.

KAWAMURA, K. *Spontaneität und Willkür. Der Freiheitsbegriff in Kants Antinomienlehre und seine historischen Wurzeln.* Stuttgart-Bad Cannstatt: Frommann-Holzboog, 1996.

KNELLER, J. / AXINN, S. *Autonomy and Community. Readings on Contemporary Kantian Social Philosophy.* Albany NY, 1998.

KÖHL, H. *Kants Gesinnungsethik.* Berlin: Walter de Gruyter, 1990.

KÖNIG, P. *Autonomie und Autokratie. Über Kants "Metaphysik der Sitten".* Berlin/New York: Walter de Gruyter, 1994.

KONHARDT, K. *Die Einheit der Vernunft. Zum Verhältnis von theoretischer und praktischer Vernunft in der Philosophie Immanuel Kants.* Königstein, 1979.

KOPPERS, R. *Zum Begriff des Bösen bei Kant.* Pfaffenweiler, 1986.

KORSGAARD, Ch. M. *The Sources of Normativity.* Cambridge: University Press, 1996.

____ *Creating the Kingdom of Ends.* Cambridge, 1997.

____ *Reclaiming the History of Ethics.* Cambridge, 1997.

KRÜGER, G. *Philosophie und Moral in der Kantischen Kritik.* 2ª ed. Tübingen: Mohr, 1967.

LAI, S.-c. *Gesinnung und Normenbegründung. Kants Gesinnungsethik in der modernen Diskussion.* Neuried, 1998.

LANDAU, A. (org.). *Rezensionen zur kantischen Philosophie,* v. 1 (1781-1787) e v. 2 (1788-c.1790). Bebra: 1990 e 1991.

LANDUCCI, S. *Sull'etica di Kant.* Milano: Guerini, 1994.
LANGTHALER, R. *Kants Ethik als System der Zwecke: Perspektiven einer modifizierten Idee der moralischen Teleologie und Ethikotheologie.* Berlin: Walter de Gruyter, 1991.
LA TORRE, M. A. *L'etica nella terzera Critica. Il "giudizio" kantiano e le recenti interpretazioni francesi.* Napoli: Edizioni Scientifiche Italiane, 1995.
LEE, M. H. *Das Problem des moralischen Gefûhls und die Entwicklung der kantischen Ethik.* Taiwan: Academia Sinica, 1994.
LO, P. C. *Treating Persons as Ends. An Essay on Kant's Moral Philosophy.* Lanham/New York, London: University Press of America, 1987.
LÖHRER, G. *Menschliche Würde. Wissenschaftliche Geltung und metaphorische Grenze der praktischen Philosophie Kants.* Freiburg/München, 1995.
LOURDEN, R. B. *Kant's Impure Ethics.* Oxford, 2000.
LUDWIG, R. *Kategorischer Imperativ und "Metaphysik der Sitten". Die Frage nach der Einheitlichkeit von Kants Ethik.* Frankfurt/Bern/New York, 1992.
MANGANARO, P. *Libertà sotto leggi. La filosofia pratica di Kant.* Catania, 1989.
MARTINS, E. de R. *Studien zu Kants Freiheitsauffassung in der vorkritischen Periode 1747-1770.* Augsburg: Blasaditsch, 1976.
MENEGONI, F. *Finalità e destinazione morale nella "Critica del giudizio" di Kant.* Trento: Verifiche, 1988.
MENZER, P. *Der Entwicklungsgang der Kantischen Ethik bis zum Erscheinen der "Grundlegung zur Metaphysik der Sitten".* Berlin, 1897.
MESSER, A. *Kants Ethik. Eine Einführung in ihre Hauptprobleme und Beiträge zu deren Lösung.* Leipzig, 1904.
____ *Kommentar zu Kants ethischen und religionsphilosophischen Hauptschriften.* Leipzig: 1929.
MILLER, E. M. *Moral Law and the Highest Good. A Study of Kant's Doctrine of the Highest Good.* Melbourne, 1928.

MILLER, R. D. *An Interpretation of Kant's Moral Philosophy*. Harrigate, 1993.

MORITZ, M. *Studien zum Pflichtbegriff in Kants kritischer Ethik*. Lund: Gleerup, 1951.

____ *Kants Einteilung der Imperative*. Lund: Gleerup, 1960.

MÜLLER, P. *Transzendentale Kritik und moralische Teleologie. Eine Auseinandersetzung mit den zeitgenössischen Transformationen der Transzendentalphilosophie im Hinblick auf Kant*. Würzburg, 1983.

MUNZEL, G. F. *Kant's Conception of Moral Character. The "Critical" Link of Morality, Anthropology, and Reflective Judgment*. Chicago: University Press, 1999.

NANCY, J. L. *L'imperativ catégorique*. Paris, 1983.

NELSON, L. *Die kritische Ethik bei Kant, Schiller und Fries*. Göttingen, 1914.

NISTERS, T. *Kants kategorischer Imperativ als Leitfaden humaner Praxis*. Freiburg: Alber Verlag, 1989.

OELMÜLLER, W. (ed.). *Transzendentalphilosophische Normenbegründung*. Paderborn, 1978.

O'FARREL, F. S. J. *Per leggere la "Critica de la ragion pratica" di Kant*. Roma: Gregoriana, 1990.

OLSON, P. *The Discipline of Freedom. A Kantian View of the Role of Moral Precepts in Zen Practice*. New York, 1993.

O'NEILL, O. *Acting on Principle: An Essay on Kantian Ethics*. New York: Columbia University Press, 1975.

____ *Constructions of Reason. Explorations on Kant's Practical Philosophy*. Cambridge/New York: University Press, 1990.

ORTWEIN, B. *Kants problematische Freiheitslehre*. Bonn, 1983.

PATON, H. J. *The Categorical Imperative. A Study in Kant's Moral Philosophy*. London: Hutchinson, 1947 (Paperback 1971).

PATZIG, G. *Ethik ohne Metaphysik*. 2ª ed. Göttingen: Vandenhoeck, 1983.

PIRILLO, N. *L'uomo di mondo farà morale e ceto. Kant e le transformazioni del Moderno.* Bologna: Il Mulino, 1987.

PLEINES, J. E. *Praxis und Vernunft. Zum Begriff praktischer Urteilskraft.* Wûrzburg: Kônigshausen & Neumann, 1983.

POTTER, N. / TIMMONS (org.). *Kant's Metaphysics of Morals.* Spindel Conference, 1997.

PRAUSS, G. (org.). *Kant. Zur Deutung seiner Theorie vom Erkennen und Handeln.* Köln, 1973.

____ *Kant über Freiheit und Autonomie.* Frankfurt: Klostermann, 1983.

____ (org.). *Handlungstheorie und Transzendentalphilosophie.* Frankfurt: Klostermann, 1986.

PROBST, P. *Kant: bestirnter Himmel und moralisches Gesetz; zum geschichtlichen Horizont einer These Immanuel Kants.* Würzburg: Königshausen und Neumann, 1994.

RASTETTER, K. *Bewusstsein als Freiheit. Zur ontologischen Struktur einer zentralen Kategorie der Philosophie Kants.* Bamberg, 1977.

RAWLS, J. *Lectures on Kant's Ethics.* Inédito.

REICH, K. *Kant und die Ethik der Griechen.* Tübingen: Mohr, 1935.

____ Rousseau und Kant. Tübingen: 1936 (reimpressão em: *Neue Hefte für Philosophie,* v. 29, pp. 80-96, 1989).

REINER, H. *Die Grundlagen der Sittlichkeit.* Meisenheim, 1974 [inclui: *Pflicht und Neigung. Die Grundlagen der Sittlichkeit erörtet und neu bestimmt mit besonderen Bezug auf Kant und Schiller,* 1951].

RIGOBELLO, A. *Kant: Che cosa posso sperare.* Roma: Studium, 1983.

____ (org.) *Il "regno dei fini" di Kant.* Napoli: Istituto Italiano per gli Studi Filosofici, 1996.

RITSERT, J. *Handlungstheorie und Freiheitsantinomie.* Berlin, 1966.

ROGOZINSKI, J. *Le don de la loi. Kant et l'énigme de l'éthique.* Paris, 1999.

ROHDEN, V. *Interesse da razão e liberdade*. São Paulo: Ática, 1981.

ROHS, P. *Die Zeit des Handelns. Eine Untersuchung zur Handlungs- und Normentheorie*. Königstein: 1980.

ROSS, W. D. *Kant's Ethical Theory. A Commentary on the "Grundlegung zur Metaphysik der Sitten"*. Oxford: Oxford University Press, 1954.

ROSSVAER, V. *Kant's Moral Philosophy. An Interpretation of the Categorical Imperativ*. Oslo: Universitätsverlag, 1979.

ROVIELLO, A.-M. *L'institution kantienne de la liberté*. Bruxelles: Ousia / Paris: Vrin, 1984.

SCHELER, M. *Der Formalismus in der Ethik und die materiale Wertethik*. 5ª ed. Bern / München, 1966.

SCHILPP, P. A. *Kant's Precritical Ethics*. Evanston/Chicago, 1938.

SCHMUCKER, J. *Die Ursprünge der Ethik Kants in seinen vorkritischen Schriften und Reflexionen*. Meisenheim am Glan: Anton Hain, 1961.

SCHNEEWIND, J. B. *A invenção da autonomia. Uma história da filosofia moral moderna*. Trad. Magda França Lopes. Rev. Álvaro M. Valls. São Leopoldo: Editora UNISINOS, 2001.

SCHRÖER, C. *Naturbegriff und Moralbegründung. Die Grundlegung der Ethik bei Christian Wolff und deren Kritik durch Immanuel Kant*. Stuttgart: Kohlhammer, 1988.

SCHNOOR, C. *Kants kategorischer Imperativ als Kriterium der Richtigkeit des Handelns*. Tübingen, 1989.

SCHÖNRICH, G. / KATO, Y. (eds.). *Kant in der Diskussion der Moderne*. Frankfurt: Suhrkamp, 1996.

SCHULTE, C. *Radikal böse: die Karriere des Bösen von Kant bis Nietzsche*. München, 1988.

SCHWAIGER, C. *Kategorische und andere Imperative. Zur Entwicklung von Kants praktischer Philosophie bis 1785*. Stuttgart-Bad Cannstatt: Frommann-Holzboog, 1999.

SCHWARTLÄNDER, J. *Der Mensch ist Person. Kants Lehre vom Menschen*. Stuttgart: Kolhammer, 1968.

SCHWEMMER, O. *Philosophie der Praxis. Versuch zur Grundlegung einer Lehre vom moralischen Argumentieren in Verbindung mit einer Interpretation der praktischen Philosophie Kants.* 2ª ed. Frankfurt: Suhrkamp: 1980.

SCIACCA, F. *Il concetto di persona in Kant. Normatività e politica.* Milano, 2000.

SEUNG, T. K. *Kant's Platonic Revolution in Moral and Political Philosophy.* Baltimore/London: J. Hopkins University Press, 1994.

SILBER, J. R. The Context of Kant's Ethical Tought. *Philosophical Quarterly*, n. 9, pp. 193-207 e 309-318, 1959.

SINGER, M. G. *Generalisation in Ethics. An Essay in the Logic of Ethics, with the Rudiments of a System of Moral Philosophy.* London: Eyre & Spotiswoode, 1963.

STANGE, C. Der Begriff der "hypothetischen Imperative" in der Ethik Kants. *Kantstudien* IV, 1900.

____ *Die Ethik Kants. Zur Einführung in die "Kritik der praktischen Vernunft".* Leipzig, 1920.

STOCKAMMER, M. *Kants Zurechnungsidee und Freiheitsantinomie.* Köln, 1961.

SULLIVAN, R. J. *Immanuel Kant's Moral Theory.* Cambridge etc.: Cambridge University Press, 1989.

____ *An Introduction to Kant's Ethics.* Cambridge: University Press, 1994.

SUSSMAN, D. *The Idea of Humanity: Anthropology and Anthroponomy in Kant's Ethics.* Tese de doutorado. University of Chicago, 1998/99.

TAFANI, D. *Christoph Andreas Leonard Creuzer. La discussione della dottrina morale di Kant alla fine del Settecento.* Genova: Erga, 1999.

TEALE, A. *Kantian Ethics.* 2ª ed. Westport/Connecticut, 1975.

TERNAY, H. d'A. de. *Traces bibliques de la loi morale chez Kant.* Paris: Beauchesne, 1986.

____ *La liberté kantienne. Un imperativ d'exode.* Paris: Les Éditions du Cerf, 1992.

TITTEL, G. A. *Über Herrn Kants Moralreform*. Frankfurt/ Leipzig: bey den Gebrüdern Pfähler, 1786 [reprod.: Bruxelles: Culture et Civilisation, 1969].

TOMASI, G. *Identità razionale e moralità. Studio sulla fondazione della "Metafisica dei costumi" di Kant*. Trento: Verifiche, 1991.

VELKLEY, R. J. *Freedom and the End of Reason. On the Moral Foundation of Kant's Critical Philosophy*. Chicago/London: Chicago Univ. Press, 1989.

VIALATOUX, J. *La morale de Kant*. 5ª ed. Paris: PUF, 1968.

VORLÄNDER, K. *Der Formalismus der kantischen Ethik in seiner Notwendigkeit und Fruchtbarkeit*. Tese de doutorado. Marburg: 1893.

WALKER, R. *Kant and Moral Law*. London, 1998.

WARD, K. *The Development of Kant's View of Ethics*. Oxford, 1972.

WEIPER, S. *Triebfeder und höchstes Gut. Untersuchungen zum Problem der sittlichen Motivation bei Kant, Schoppenhauer und Scheler*. Würzburg, 2000.

WELLMER, A. *Ethik und Dialog. Elemente des moralischen Urteils bei Kant und in der Diskursethik*. Frankfurt: Suhrkamp, 1985 [trad. esp. Barcelona: Anthropos, 1994].

WIKE, V. S. *Kant on Happiness in Ethics*. New York: State Univ. of N.Y., 1994.

WILDFEUER, A. G. *Praktische Vernunft und System. Entwicklungsgeschichtliche Untersuchungen zur ursprünglichen Kantrezeption Johann Gottlieb Fichtes*. Stuttgart-Bad Cannstatt, 1999.

WILLASCHEK, M. *Praktische Vernunft. Handlungstheorie und Moralbegründung bei Kant*. Stuttgart/Weimar, 1992.

WILLIAMS, T. C. *The Concept of the Categorical Imperative. A Study of the Place of the Categorical Imperative in Kant's Ethical Theory*. Oxford, 1968.

WOLFF, R. P. *The Autonomy of Reason. A Commentary on Kant's "Groundwork of the Metaphysics of Morals"*. Gloucester: P. Smith, 1986.

WOOD, A. *Kant's Ethical Thought*. Cambridge, 1999.

YOVEL, Y. *Kant's Practical Philosophy Reconsidered*. Papers Presented at the Seventh Jerusalem Philosophic Encounter. December 1986. Dordrecht/Boston/London: Kluwer, 1989.

ZINGANO, M. A. *Razão e história em Kant*. S. Paulo: Brasiliense, 1989.

ZWINGELBERG, H. W. *Kant's Ethik und das Problem der Einheit von Freiheit und Gesetz*. Bonn: Bouvier, 1969.

3. Principais abreviações usadas de obras de Kant

EF – *Zum ewigen Frieden. Ein philosophischer Entwurf* (À paz perpétua. Um projeto filosófico)

Fortschritte – *Welches sind die wirklichen Fortschritte, die Metaphysik seit Leibnizens und Wolffs Zeiten in Deutschland gemacht hat?* (Quais são os efetivos progressos que a Metafísica alcançou na Alemanha desde os tempos de Leibniz e Wolff?)

Grundlegung – *Grundlegung zur Metaphysik der Sitten* (Fundamentação da metafísica dos costumes)

KpV – *Kritik der praktischen Vernunft* (Crítica da razão prática)

KrV – *Kritik der reinen Vernunft* (Crítica da razão pura)

KU – *Kritik der Urteilskraft* (Crítica da faculdade do juízo)

MS – *Die Metaphysik der Sitten* (Metafísica dos costumes)

MS/R – *Metaphysische Anfangsgründe der Rechtslehre* (Primeiros fundamentos metafísicos da doutrina do direito)

MS/T – *Metaphysische Anfangsgründe der Tugendlehre* (Primeiros fundamentos metafísicos da doutrina da virtude)

Prolegomena – *Prolegomena zu einer jeden künftigen Metaphysik, die als Wissenschaft wird auftreten können* (Prolegômenos a toda metafísica futura que possa apresentar-se como ciência)

Religion – *Die Religion innerhalb der Grenzen der bloßen Vernunft* (A religião dentro dos limites da simples razão)

Cronologia[1]

1724. 22 de abril: nascimento de Immanuel Kant em Königsberg como o quarto de nove filhos do seleiro Johann Georg Kant (nascido em 1683) e de sua esposa Anna Regina (nascida em 1697).

1730. Ingresso na escola primária.

1732-1740. Estudos de ginásio no Collegium Fridericianum, dirigido pelo pastor Franz Albert Schultz (1692-1762), também professor titular de Teologia da Universidade de Königsberg. Estudo dos autores antigos e da língua latina.

1737. Morte da mãe.

1740-1746. Estudos de Filosofia, Matemática e Ciências Naturais na Universidade de Königsberg. Influência do mestre wolffiano Martin Knutzen (1713-1751) e frequência às aulas de Teologia de Franz Albert Schultz. Mora fora da casa dos pais e sustenta-se com aulas particulares.

1746. Morte do pai. Primeira publicação: *Ideias para uma verdadeira avaliação das forças vivas.* O livro come-

1. No estabelecimento desta cronologia foram consultados: SCHULTZ, U. *Kant.* 3ª ed. Hamburg: Rowohlt, 1969; GULYGA, A. *Immanuel Kant.* Frankfurt: Insel, 1981; GERRESHEIM, E. (org.). *Immanuel Kant 1724/1974. Kant als politischer Denker.* Bonn-Bad Godesberg: Inter Nationes, 1974; DGB – Handlexikon. Berlin: Ullstein, 1964; CAYGILL, H. *Dicionário Kant.* Rio de Janeiro: Zahar, 2000.

ça com uma epígrafe de Sêneca e contém no Prefácio a conhecida frase: "Sobre isto me fundo. Já tracei o caminho que quero seguir. Principiarei minha carreira e nada me impedirá de prossegui-la" (A IX).

1746-1755. Preceptor em diversas famílias dos arredores de Königsberg.

1755. Obtenção sucessiva dos títulos de Mestre e Doutor com a dissertação *Sobre o fogo*. No mesmo ano, obtenção do título de Livre-Docente com a tese *Nova elucidação dos primeiros princípios do conhecimento metafísico*. Início de atividades de livre-docência na Universidade de Königsberg.

1756. Escreve dois ensaios e um livro sobre o terremoto de Lisboa e defende em disputa pública a *Monadologia física*.

1761. Martin Lampe, ex-soldado do exército prussiano, torna-se por mais de 40 anos criado de Kant.

1762-1764. Johann Gottfried Herder (1744-1803) frequenta as aulas de Kant.

1764. Kant recebe o segundo prêmio por sua *Investigação sobre a distinção dos princípios da teologia natural e da moral*. O primeiro prêmio foi concedido a Moses Mendelssohn (1729-1786). – Kant rejeita o convite do governo para assumir uma cátedra de Arte Poética.

1765. Obtém o primeiro emprego público fixo como vice-bibliotecário na biblioteca real do castelo de Königsberg.

1769. Rejeita convites para professor titular em Erlangen e Jena, na expectativa de obter uma cátedra em Königsberg.

1770. Torna-se professor titular regular de Metafísica e Lógica na Universidade de Königsberg, mediante a apresentação em disputa pública da dissertação *Sobre as formas e princípios do mundo sensível e inteligível*.

1772. Kant abandona as atividades de bibliotecário. Expõe pela primeira vez, em carta a Marcus Herz, as linhas

fundamentais de sua concepção da *Crítica da razão pura*.

1775. Publica: *Das diversas raças dos homens*.

1781. *Crítica da razão pura*.

1783. *Prolegômenos a toda metafísica futura que possa apresentar-se como ciência*.

1784. *Ideia de uma história universal de um ponto de vista cosmopolita*.

1785. *Fundamentação da metafísica dos costumes*.

1786. Kant é escolhido Reitor da Universidade. Nestas condições, depois da morte de Frederico o Grande, presta as homenagens da Universidade ao novo rei Frederico Guilherme II, que lhe confere uma condecoração especial. Publica: *Primeiros princípios metafísicos da Ciência Natural*, bem como *Início presumível da história humana*, e ainda *Que significa orientar-se no pensamento?* É eleito membro da Academia de Ciências de Berlim.

1787. Adquire uma casa própria em Königsberg. Segunda edição da *Crítica da razão pura*.

1788. Segunda gestão como Reitor. Publicação da *Crítica da razão prática*, bem como *Sobre o uso de princípios teleológicos na Filosofia*.

1789. O escritor russo Nikolai Karamsin (1766-1826) faz uma visita imprevista a Kant, que o acolhe afavelmente por três horas.

1790. *Crítica da faculdade do juízo*.

1791. Fichte visita Kant pela primeira vez.

1793. *A religião nos limites da simples razão*. Publica ainda *Sobre a expressão corrente: "Isto pode ser correto na teoria, mas nada vale na prática"*.

1794. Conflito com o serviço de censura da Prússia. Redução progressiva da atividade docente. Kant torna-se membro da Academia Imperial-Russa de Ciências de São Petersburgo.

1795. *À paz perpétua*.

1796. Abandono da atividade docente. Última aula em 23 de junho.
1797. *Metafísica dos costumes*, com duas partes: Primeiros princípios metafísicos da doutrina do direito, e Primeiros princípios metafísicos da doutrina da virtude.
1798. *Antropologia de um ponto de vista pragmático*. Publicação também de *O conflito das faculdades*. Kant torna-se membro da Academia de Ciências, Literatura e Arte de Siena.
1799. Declaração contra Fichte.
1800. Debilitamento físico. O aluno e diácono Wasianski assume os seus cuidados. Outros alunos começam a organizar a publicação de suas lições. Jäsche edita a *Lógica* de Kant.
1802. Rink edita a *Geografia física* de Kant.
1803. 9 de abril: última carta de Kant. Outubro: primeiro adoecimento grave. Rink edita as lições *Sobre Pedagogia*.
1804. 12 de fevereiro, 11 horas: morte de Kant. Sepultamento em 28 de fevereiro. Rink edita *Quais são os verdadeiros progressos da Metafísica desde os tempos de Leibniz e Wolff?*
Setembro: Wasianski, a quem Kant presenteara com seu exemplar pessoal da *Crítica da razão prática*, publica: *Immanuel Kant em seus últimos anos de vida. Uma contribuição para o conhecimento de seu caráter e vida familiar a partir da convivência diária com ele.*

Nota à edição bilíngue

Nesta edição o texto alemão e o da tradução correspondente estão espelhados, o alemão ocupando as páginas pares e a tradução as ímpares. Nem sempre, no entanto, foi possível manter a justaposição dos dois. Para facilitar a leitura usamos o sinal ◆ ao final de cada página da tradução correspondente à página original. O mesmo critério foi usado nas notas de Kant.

Algumas notas do tradutor exigiram uma longa explanação. Nestes casos, elas foram deslocadas para o final do livro (a partir da página 579) para preservar o emparelhamento da tradução e do texto alemão. Todas as vezes que isso aconteceu foi feita remissão no local da nota.

O EDITOR

CRÍTICA DA RAZÃO PRÁTICA

Vorrede.

Warum diese Critik nicht eine Critik der **reinen** practischen, sondern schlechthin der practischen Vernunft überhaupt betitelt wird, obgleich der Parallelism derselben mit der speculativen das erstere zu erfodern scheint, darüber giebt diese Abhandlung hinreichenden Aufschluß. Sie soll blos darthun, **daß es reine practische Vernunft gebe**, und critisirt in dieser Absicht ihr ganzes **practisches Vermögen**. Wenn es ihr hiemit gelingt, so bedarf sie das **reine Vermögen selbst** nicht zu critisiren, um zu sehen, ob sich die Vernunft mit einem solchen, als einer bloßen Anmaßung, nicht **übersteige** (wie es wol mit der speculativen geschieht). Denn wenn sie, als reine Vernunft, wirklich practisch ist, so beweiset sie ihre und ihrer Begriffe Realität durch die That, und alles Vernünfteln wider die Möglichkeit, es zu seyn, ist vergeblich.

Prefácio

O presente tratado esclarece suficientemente por que esta Crítica não é intitulada *Crítica da razão prática* **pura**[1] mas simplesmente *Crítica da razão prática* em geral, ainda que o seu paralelismo com a crítica da razão especulativa pareça requerer o primeiro título. Ela deve meramente demonstrar **que há uma razão prática pura** e, em vista disso, critica toda a sua **faculdade prática**. Se ela o consegue, não precisa criticar a **própria faculdade pura** para ver se a razão não se **excede**, com uma tal faculdade pura, numa vã presunção (como certamente ocorre com a razão especulativa). Pois, se ela, enquanto razão pura, é efetivamente prática, prova sua realidade e a de seus conceitos pelo ato[2] e toda a arguição dessa possibilidade é vã. ◆

1. Sobre a questão da tradução da expressão *reine praktische Vernunft* e sua justificação, cf. ROHDEN, V. Razão prática pura. *Dissertatio*, Pelotas, n. 6, pp. 69-98, verão de 1997. O texto foi republicado em DOMINGUES, I./MARGUTTI PINTO, I./DUARTE, R. *Ética, política e cultura*. Coletânea de textos em homenagem ao prof. José Henrique Santos. B. Horizonte: UFMG, 2002, pp. 181-210.

2. O termo *Tat* provém do verbo *tun*, traduzindo-se preferentemente por "ato", com o significado de feito ou de resultado de uma ação. Mas Lewis White Beck o traduziu para o inglês por *action*: *It will show its reality and that of its concepts in action* (cf. KANT, I. *Critic of Practical Reason*. New York: Macmillan, 1993, p. 3). Na *Metafísica dos costumes* (cit. *MS*) o termo *Tat* é definido como ação produtora de um efeito, conscientemente praticada por uma pessoa,

Mit diesem Vermögen steht auch die transscendentale **Freyheit** nunmehro fest, und zwar in derjenigen absoluten Bedeutung genommen, worin die speculative Vernunft beym Gebrauche des Begriffs der Causalität sie bedurfte, um sich wider die Antinomie zu retten, darin sie unvermeidlich geräth, wenn sie in der Reihe der Causalverbindung sich das **Unbedingte** denken will, welchen Begriff sie aber nur problematisch, als nicht unmöglich zu denken, aufstellen konnte, ohne ihm seine objective Realität zu sichern, sondern allein, um nicht durch vorgebliche Unmöglichkeit dessen, was sie doch wenigstens als denkbar gelten lassen muß, in ihrem Wesen angefochten und in einen Abgrund des Scepticisms gestürzt zu werden.

Der Begriff der Freyheit, so fern dessen Realität durch ein apodictisches Gesetz der practischen Vernunft bewiesen ist, macht nun den **Schlußstein** von dem ganzen Gebäude eines Systems der reinen, selbst der speculativen, Vernunft aus, und alle andere Begriffe (die von Gott und Unsterblichkeit), welche, als bloße Ideen, in dieser ohne Haltung bleiben, schließen sich nun an ihn an, und bekommen mit ihm und durch ihn Bestand und objective Realität, d. i. die

Mög-

Com esta faculdade fica doravante estabelecida também a **liberdade** transcendental e, em verdade, naquele sentido absoluto em que a razão especulativa, no uso do conceito de causalidade, a necessitava para salvar-se da antinomia em que inevitavelmente cai ao querer pensar, na série da conexão causal, o **incondicionado**; conceito esse que ela, porém, podia fornecer só problematicamente, como não impensável, sem lhe assegurar a respectiva realidade objetiva, unicamente para não ser contestada em sua essência, mediante pretensa impossibilidade do que ela tem de considerar válido, pelo menos enquanto pensável, e não ser precipitada num abismo de ceticismo.

Ora, o conceito de liberdade, na medida em que sua realidade é provada por uma lei apodíctica da razão prática, constitui o **fecho de abóbada** de todo o edifício de um sistema da razão pura, mesmo da razão especulativa, e todos os demais conceitos (os de Deus e de imortalidade), que permanecem sem sustentação nesta <última> como simples ideias, seguem-se agora a ele e obtêm com ele e através dele consistência e realidade objetiva, isto é, a ◆

....

e em que tanto o efeito como a ação podem ser-lhe imputados (cf. *MS* AB 22). Kant mesmo usa aí, para *Tat*, o termo *Akt* (noutras vezes *actus*). Mais expressivamente ainda ele escreve pouco depois: "Imputação em sentido moral é o **juízo**, pelo qual alguém é considerado causa (*causa libera*) de uma ação, que então se chama ato (*factum*) e está subordinada a leis" (*MS* AB 29). Sobre a relação entre *Tat* e *factum* cf. ALMEIDA, G. Kant e o "facto da razão": "cognitivismo" ou "decisionismo" moral? *Studia Kantiana*, Rio de Janeiro, v. 1, n. 1, pp. 58 s., set. 1998.

Möglichkeit derselben wird dadurch bewiesen, daß Freyheit wirklich ist; denn diese Idee offenbaret sich durchs moralische Gesetz.

Freyheit ist aber auch die einzige unter allen Ideen der spec. Vernunft, wovon wir die Möglichkeit a priori wissen, ohne sie doch einzusehen, weil sie die Bedingung*) des moralischen Gesetzes ist, welches wir wissen. Die Ideen von Gott und Unsterblichkeit sind aber nicht Bedingungen des moralischen Gesetzes, sondern nur Bedingungen des nothwendigen

*) Damit man hier nicht Inconsequenzen anzutreffen wähne, wenn ich jetzt die Freyheit die Bedingung des moralischen Gesetzes nenne, und in der Abhandlung nachher behaupte, daß das moralische Gesetz die Bedingung sey, unter der wir uns allererst der Freyheit bewußt werden können, so will ich nur erinnern, daß die Freyheit allerdings die ratio essendi des moralischen Gesetzes, das moralische Gesetz aber die ratio cognoscendi der Freyheit sey. Denn, wäre nicht das moralische Gesetz in unserer Vernunft eher deutlich gedacht, so würden wir uns niemals berechtigt halten, so etwas, als Freyheit ist, (ob diese gleich sich nicht widerspricht) anzunehmen. Wäre aber keine Freyheit, so würde das moralische Gesetz in uns gar nicht anzutreffen seyn.

possibilidade dos mesmos é **provada** pelo fato de que a liberdade efetivamente existe; pois esta ideia manifesta-se pela lei moral.

Mas a liberdade é também a única entre todas as ideias da razão especulativa de cuja possibilidade **sabemos** *a priori*, sem, contudo, ter perspiciência[3] dela, porque ela é a condição* da lei moral, que conhecemos <*wissen*>. As ideias de **Deus** e de **imortalidade**, contudo, não são condições da lei moral mas somente condições do objeto

* Para que não se imagine encontrar aqui **inconsequências**, quando agora denomino a liberdade condição da lei moral e depois, no tratado, afirmo que a lei moral seja a condição sob a qual primeiramente podemos **tornar**-nos **conscientes** da liberdade, quero apenas lembrar que a liberdade é sem dúvida a *ratio essendi* da lei moral, mas que a lei moral é a *ratio cognoscendi* da liberdade. Pois, se a lei moral não fosse pensada **antes** claramente em nossa razão, jamais nos consideraríamos autorizados a **admitir** algo como a liberdade (ainda que esta não se contradiga). Mas, se não existisse liberdade alguma, a lei moral **não** seria de modo algum **encontrável** em nós. (K) ◆

3. O desenvolvimento desta nota encontra-se no final do livro, p. 579.

Objects eines durch dieses Gesetz bestimmten Willens, d. i. des bloß practischen Gebrauchs unserer reinen Vernunft; also können wir von jenen Ideen auch, ich will nicht bloß sagen, nicht die Wirklichkeit, sondern auch nicht einmal die Möglichkeit zu **erkennen** und **einzusehen** behaupten. Gleichwol aber sind sie die Bedingungen der Anwendung des moralisch bestimmten Willens auf sein ihm a priori gegebenes Object (das höchste Gut). Folglich kann und muß ihre Möglichkeit in dieser practischen Beziehung **angenommen** werden, ohne sie doch theoretisch zu erkennen und einzusehen. Für die letztere Foderung ist in practischer Absicht genug, daß sie keine innere Unmöglichkeit (Widerspruch) enthalten. Hier ist nun ein, in Vergleichung mit der speculativen Vernunft, bloß **subjectiver** Grund des Fürwahrhaltens, der doch einer eben so reinen, aber practischen Vernunft **objectiv** gültig ist, dadurch den Ideen von Gott und Unsterblichkeit vermittelst des Begriffs der Freyheit objective Realität und Befugniß, ja subjective Nothwendigkeit (Bedürfniß der reinen Vernunft) sie anzunehmen verschafft wird, ohne daß dadurch doch die Vernunft im theoretischen Erkenntnisse erweitert, sondern nur die Möglichkeit, die vorher nur **Problem** war, hier

Asser=

necessário de uma vontade determinada por essa lei, isto é, do uso meramente prático de nossa razão pura; portanto não podemos tampouco afirmar acerca daquelas ideias, não quero simplesmente dizer a efetividade mas sequer a possibilidade de **conhecê**-las e **ter perspiciência** delas. Apesar disso, elas são as condições da aplicação da vontade moralmente determinada a seu objeto, que lhe foi dado *a priori* (o sumo bem). Consequentemente, sob este aspecto prático a sua possibilidade pode e tem que ser **admitida**, sem que se a conheça e se tenha dela uma perspiciência teórica. Para a última exigência basta, de um ponto de vista prático, que ela não contenha nenhuma impossibilidade interna (contradição). Ora, aqui se encontra, em comparação com a razão especulativa, um fundamento meramente **subjetivo** do assentimento, que, todavia, é **objetivamente** válido para uma razão igualmente pura mas prática, com o que e mediante o conceito de liberdade é proporcionada realidade objetiva às ideias de Deus e de imortalidade e <é proporcionada> a faculdade, antes, a necessidade subjetiva (carência da razão pura) de admiti-las, sem que com isso, todavia, a razão seja ampliada no conhecimento teórico, mas que apenas a possibilidade, que antes não passava de **problema** e aqui ◆

Assertion wird, gegeben, und so der practische Gebrauch der Vernunft mit den Elementen des theoretischen verknüpft wird. Und dieses Bedürfniß ist nicht etwa ein hypothetisches, einer beliebigen Absicht der Speculation, daß man etwas annehmen müsse, wenn man zur Vollendung des Vernunftgebrauchs in der Speculation hinaufsteigen will, sondern ein gesetzliches, etwas anzunehmen, ohne welches nicht geschehen kann, was man sich zur Absicht seines Thuns und Lassens unnachlaßlich setzen soll.

Es wäre allerdings befriedigender für unsere speculative Vernunft, ohne diesen Umschweif jene Aufgaben für sich aufzulösen, und sie als Einsicht zum practischen Gebrauche aufzubewahren; allein es ist einmal mit unserem Vermögen der Speculation nicht so gut bestellt. Diejenige, welche sich solcher hohen Erkenntnisse rühmen, sollten damit nicht zurückhalten, sondern sie öffentlich zur Prüfung und Hochschätzung darstellen. Sie wollen beweisen; wohlan! so mögen sie denn beweisen, und die Critik legt ihnen, als Siegern, ihre ganze Rüstung zu Füßen. Quid statis? Nolint. Atqui licet esse beatis. — Da sie also in der That nicht wollen, vermuthlich weil sie nicht kön-

se torna **asserção**, seja dada, e assim o uso prático da razão é conectado com os elementos do uso teórico. E esta carência não é, por assim dizer, uma necessidade hipotética de um objetivo **qualquer** da especulação – de que se tenha de admitir algo caso se **queira** elevar-se à completude do uso da razão na especulação – mas é uma necessidade **legal** de admitir algo, sem a qual não pode ocorrer o que se **deve** pôr incessantemente como objetivo de sua conduta.

Seria certamente mais satisfatório para nossa razão especulativa resolver aqueles problemas por si e sem estes rodeios, reservando sua perspiciência para o uso prático; só que as coisas não se passam tão bem assim com a nossa faculdade especulativa. Aqueles que se vangloriam de tais conhecimentos elevados não deveriam abster-se <deles> mas apresentá-los publicamente para exame e apreciação. Eles querem **provar**; muito bem!, eles podem prová-los e a crítica deporá a seus pés, como vencedores, todas as suas armas. *Quid statis? Nolint. Atqui licet esse beatis*[4]. – Portanto, já que de fato não o querem, presumivelmente porque não o ◆

4. O desenvolvimento desta nota encontra-se no final do livro, p. 580.

können, so müssen wir jene doch nur wiederum zur Hand nehmen, um die Begriffe von Gott, Freyheit und Unsterblichkeit, für welche die Speculation nicht hinreichende Gewährleistung ihrer Möglichkeit findet, in moralischem Gebrauche der Vernunft zu suchen und auf demselben zu gründen.

Hier erklärt sich auch allererst das Räthsel der Critik, wie man dem übersinnlichen Gebrauche der Categorien in der Speculation objective Realität absprechen, und ihnen doch, in Ansehung der Objecte der reinen practischen Vernunft, diese Realität zugestehen könne; denn vorher muß dieses nothwendig inconsequent aussehen, so lange man einen solchen practischen Gebrauch nur dem Namen nach kennt. Wird man aber jetzt durch eine vollständige Zergliederung der letzteren inne, daß gedachte Realität hier gar auf keine theoretische Bestimmung der Categorien und Erweiterung des Erkenntnisses zum Uebersinnlichen hinausgehe, sondern nur hiedurch gemennet sey, daß ihnen in dieser Beziehung überall ein Object zukomme; weil sie entweder in der nothwendigen Willensbestimmung a priori enthalten, oder mit dem Gegenstande derselben unzertrennlich verbunden

sind,

podem, temos que retomar em mãos aquelas armas para procurar e fundar no uso moral da razão os conceitos de **Deus**, **liberdade** e **imortalidade**, de cuja **possibilidade** a especulação não encontra suficiente garantia.

Aqui também se esclarece, antes de mais nada, o enigma da Crítica, de como se possa contestar realidade objetiva ao **uso** suprassensível das **categorias** e contudo **conceder**-lhes[5] essa **realidade** com respeito aos objetos da razão prática pura: pois de início, enquanto se conhece um tal uso prático só pelo nome, isto necessariamente tem de parecer **inconsequente**. Mas, se agora, por uma análise completa da razão prática[6], se compreende que a mencionada realidade não culmina aqui de modo algum numa **determinação** teórica **das categorias** e numa extensão do conhecimento ao suprassensível, mas que com isso somente se quis dizer que, sob este aspecto, em toda parte convém a elas **um objeto**; assim, quer porque elas estão contidas *a priori* na necessária determinação da vontade, quer porque estão inseparavelmente ligadas ao objeto dessa determinação, ◆

....

5. Erdmann propõe *ihm* (a ele), referindo-o a uso.

6. "Razão prática" consta aí para ***der** letzteren*, que a Ak, baseada em Adickes, substituiu para ***des** letzteren* (do último), significando então "do uso prático da razão".

sind, so verschwindet jene Inconsequenz; weil man einen andern Gebrauch von jenen Begriffen macht, als speculative Vernunft bedarf. Dagegen eröffnet sich nun eine vorher kaum zu erwartende und sehr befriedigende Bestätigung der **consequenten Denkungsart** der speculativen Critik darin, daß, da diese die Gegenstände der Erfahrung, als solche, und darunter selbst unser eigenes Subject, nur für **Erscheinungen** gelten zu lassen, ihnen aber gleichwol Dinge an sich selbst zum Grunde zu legen, also nicht alles Uebersinnliche für Erdichtung und dessen Begriff für leer an Inhalt zu halten, einschärfte: practische Vernunft jetzt für sich selbst, und ohne mit der speculativen Verabredung getroffen zu haben, einem übersinnlichen Gegenstande der Categorie der Caussalität, nemlich der **Freyheit**, Realität verschafft, (obgleich, als practischem Begriffe, auch nur zum practischen Gebrauche,) also dasjenige, was dort bloß **gedacht** werden konnte, durch ein Factum bestätigt. Hiebey erhält nun zugleich die befremdliche, obzwar unstreitige, Behauptung der speculativen Critik, daß sogar **das denkende Subject ihm selbst, in der inneren Anschauung, bloß Erscheinung** sey, in der Critik der practischen Vernunft auch ihre volle Bestätigung, so gut, daß

aquela inconsequência desaparece; pois se faz daqueles conceitos um uso diverso do que a razão especulativa necessita. Contrariamente se manifesta agora uma confirmação, sequer esperável antes e muito satisfatória, do **modo de pensar consequente** da crítica especulativa, no seguinte fato: visto que esta recomendava expressamente considerar os objetos da experiência enquanto tais, e entre eles inclusive o nosso próprio sujeito, como válidos somente enquanto **fenômenos**, todavia recomendava pôr-lhes como fundamento coisas em si mesmas, portanto não considerar todo o suprassensível como ficção e seu conceito como vazio de conteúdo: a razão prática obtém agora por si mesma, e sem ter acertado um compromisso com a razão especulativa, realidade para um objeto suprassensível da categoria de causalidade, a saber, da **liberdade** (embora, como conceito prático, também só para o uso prático), portanto confirma mediante um *factum*[7] o que lá meramente podia ser **pensado**. Ora, com isso a afirmação ao mesmo tempo estranha, embora indiscutível, da crítica especulativa – de que até **o sujeito pensante seja para si mesmo, na intuição interna, simplesmente fenômeno** – alcança agora na *Crítica da razão prática* também a sua plena confirmação, a ponto de ◆

7. Emprega-se, como o fez Kant – excepcionalmente com letra maiúscula na *KpV* –, a forma latina *factum*, para distingui-la de *Tatsache*, "fato" em seu sentido empírico. A forma germanizada *Faktum*, adotada posteriormente, não é de Kant. Cf. adiante também o Corolário ao § 7, *KpV* A 56, e A 96, e ainda as Reflexões 6809 e 7131, Ak v. XIX, pp. 168 e 255, respectivamente, etc. Constata-se também em textos de J. Derrida o uso do termo latino *factum*.

man auf sie kommen muß, wenn die erstere diesen Satz auch gar nicht bewiesen hätte *).

Hiedurch verstehe ich auch, warum die erheblichsten Einwürfe wider die Critik, die mir bisher noch vorgekommen sind, sich gerade um diese zwey Angel drehen: nemlich **einerseits**, im theoretischen Erkenntniß geleugnete und im practischen behauptete objective Realität der auf Noumenen angewandten Categorien, **andererseits** die paradoxe Foderung, sich als Subject der Freyheit zum Noumen, zugleich aber auch in Absicht auf die Natur zum Phänomen in seinem eigenen empirischen Bewußtseyn zu machen. Denn, so lange man sich noch keine bestimmte Begriffe von Sittlichkeit und Freyheit machte, konnte man nicht erra-

*) Die Vereinigung der Causalität, als Freyheit, mit ihr, als Naturmechanism, davon die erste durchs Sittengesetz, die zweyte durchs Naturgesetz, und zwar in einem und demselben Subjecte, dem Menschen, fest steht, ist unmöglich, ohne diesen in Beziehung auf das erstere als Wesen an sich selbst, auf das zweyte aber als Erscheinung, jenes im **reinen**, dieses im **empirischen** Bewußtseyn, vorzustellen. Ohne dieses ist der Widerspruch der Vernunft mit sich selbst unvermeidlich.

se ter de chegar a ela mesmo que a Crítica anterior não tivesse também provado de modo algum esta proposição*.

Deste modo compreendo também por que as objeções até agora mais graves que me apareceram contra a Crítica giram precisamente em torno destes dois eixos: ou seja, **por um lado**, da realidade objetiva das categorias aplicadas aos *noumena*[8], negada no conhecimento teórico e afirmada no conhecimento prático, e, **por outro**, da exigência paradoxal de, enquanto sujeito da liberdade, considerar-se *noumenon*, ao mesmo tempo, porém, com vistas à natureza considerar-se fenômeno em sua própria consciência empírica. Pois enquanto não se formava ainda nenhum conceito determinado de moralidade e liberdade não se podia

* A união da causalidade, enquanto liberdade, com a causalidade enquanto mecanismo da natureza, sendo a primeira estabelecida pela lei moral e a segunda pela lei natural e, na verdade, em um e mesmo sujeito, o homem, é impossível sem representar a este, em relação com a lei moral, como ente em si mesmo, e em relação com a lei natural, porém como fenômeno, aquele na consciência **pura** e este na consciência **empírica**. Sem isto a contradição da razão consigo mesma é inevitável. (K) ◆

8. Em relação aos termos singular e plural *noumenon* / *noumena*, adota-se a sua forma grega, como Kant em geral também o fez; cf., p. ex., *KrV* B 294/A 235.

errathen, was man einerseits der vorgeblichen Erscheinung als Noumen zum Grunde legen wolle, und andererseits, ob es überall auch möglich sey, sich noch von ihm einen Begriff zu machen, wenn man vorher alle Begriffe des reinen Verstandes im theoretischen Gebrauche schon ausschließungsweise den bloßen Erscheinungen gewidmet hätte. Nur eine ausführliche Critik der practischen Vernunft kann alle diese Mißdeutung heben, und die consequente Denkungsart, welche eben ihren größten Vorzug ausmacht, in ein helles Licht setzen.

So viel zur Rechtfertigung, warum in diesem Werke die Begriffe und Grundsätze der reinen speculativen Vernunft, welche doch ihre besondere Critik schon erlitten haben, hier hin und wieder nochmals der Prüfung unterworfen werden, welches dem systematischen Gange einer zu errichtenden Wissenschaft sonst nicht wohl geziemet (da abgeurtheilte Sachen billig nur angeführt und nicht wiederum in Anregung gebracht werden müssen), doch **hier** erlaubt, ja nöthig war; weil die Vernunft mit jenen Begriffen im Uebergange zu einem ganz anderen Gebrauche betrachtet wird, als den sie **dort** von ihnen machte. Ein sol-

cher

supor que coisa por um lado se queria pôr, enquanto *noumenon*, como fundamento do pretenso fenômeno, e, por outro lado, se em geral também é possível formar ainda um conceito dele, quando antes se haviam consagrado todos os conceitos do entendimento puro, no uso teórico, exclusivamente aos simples fenômenos. Somente uma crítica minuciosa da razão prática pode remediar toda esta má interpretação e pôr em clara luz a maneira de pensar consequente[9], que justamente constitui a sua máxima prerrogativa.

Basta isto para justificar por que, nesta obra, os conceitos e proposições fundamentais <*Grundsätze*>[10] da razão especulativa pura, que já sofreram sua crítica particular, são aqui às vezes submetidos de novo à prova, o que, aliás, não convém muito ao curso sistemático de uma ciência a ser constituída (já que coisas ajuizadas, justamente, só têm que ser referidas e não ser de novo discutidas), o que, porém, **aqui** era permitido e mesmo necessário; porque com aqueles conceitos a razão é considerada em trânsito para um uso totalmente diferente do que ela **lá** fez deles. Semelhante ◆

9. Cf., no mesmo sentido, KANT, I. *Crítica da faculdade do juízo*. Trad., p. 141, B 158.

10. Cf. a nota do tradutor em A 26.

cher Uebergang macht aber eine Vergleichung des älteren mit dem neuern Gebrauche nothwendig, um das neue Gleis von dem vorigen wohl zu unterscheiden und zugleich den Zusammenhang derselben bemerken zu lassen. Man wird also Betrachtungen dieser Art, unter andern diejenige, welche nochmals auf den Begriff der Freyheit, aber im practischen Gebrauche der reinen Vernunft, gerichtet worden, nicht wie Einschiebsel betrachten, die etwa nur dazu dienen sollen, um Lücken des critischen Systems der speculativen Vernunft auszufüllen (denn dieses ist in seiner Absicht vollständig), und, wie es bey einem übereilten Baue herzugehen pflegt, hintennach noch Stützen und Strebepfeiler anzubringen, sondern als wahre Glieder, die den Zusammenhang des Systems bemerklich machen, und Begriffe, die dort nur problematisch vorgestellt werden konnten, jetzt in ihrer realen Darstellung einsehen zu lassen. Diese Erinnerung geht vornehmlich den Begriff der Freyheit an, von dem man mit Befremdung bemerken muß, daß noch so viele ihn ganz wohl einzusehen und die Möglichkeit derselben erklären zu können sich rühmen, indem sie ihn bloß in psychologischer Beziehung betrachten, indessen daß, wenn sie ihn vorher in transscendentaler genau erwogen hätten,

trânsito, porém, torna necessária uma comparação do uso antigo com o novo para distinguir bem a nova via da anterior e, ao mesmo tempo, permitir observar a sua interconexão. Portanto considerações dessa espécie, entre outras aquelas que foram novamente dirigidas ao conceito de liberdade mas no uso prático da razão pura, não serão vistas como obstáculos que porventura só devem servir para preencher lacunas do sistema crítico da razão especulativa (pois este é completo em seu objetivo) e[11], como sói acontecer em uma construção precipitada, para depois ainda colocar estacas e contrafortes, mas serão vistas como verdadeiros membros que tornam observável a interconexão do sistema e permitem ter agora em sua real apresentação a perspiciência[12] de conceitos que lá puderam ser representados só problematicamente. Esta advertência concerne principalmente ao conceito de liberdade, acerca do qual se tem que observar com estranheza que ainda tantos se vangloriam de sua[13] perfeita perspiciência e de serem capazes de explicar a possibilidade da mesma[14], na medida em que consideram o conceito simplesmente sob o aspecto psicológico, enquanto, se antes o tivessem considerado exatamente sob o aspecto transcendental, ◆

11. Hartenstein corrige *und* (e), substituindo-o por *um* (para).

12. Hartenstein com razão elimina o *zu* (para).

13. Kant: *ihn*, referido a conceito.

14. Na 1ª e da 4ª à 6ª edições constou *derselben* (da mesma), referido à liberdade, e na 2ª, *desselben* (do mesmo), referido ao conceito. Cf. também a nota em A 30.

ten, sie so wohl seine **Unentbehrlichkeit**, als problematischen Begriffs, in vollständigem Gebrauche der speculativen Vernunft, als auch die völlige **Unbegreiflichkeit** desselben hätten erkennen, und, wenn sie nachher mit ihm zum practischen Gebrauche giengen, gerade auf die nämliche Bestimmung des letzteren in Ansehung seiner Grundsätze von selbst hätten kommen müssen, zu welcher sie sich sonst so ungern verstehen wollen. Der Begriff der Freyheit ist der Stein des Anstoßes für alle **Empiristen**, aber auch der Schlüssel zu den erhabensten practischen Grundsätzen für **critische** Moralisten, die dadurch einsehen, daß sie nothwendig **rational** verfahren müssen. Um deswillen ersuche ich den Leser, das, was zum Schlusse der Analytik über diesen Begriff gesagt wird, nicht mit flüchtigem Auge zu übersehen.

Ob ein solches System, als hier von der reinen practischen Vernunft aus der Critik der letzteren entwickelt wird, viel oder wenig Mühe gemacht habe, um vornehmlich den rechten Gesichtspunct, aus dem das Ganze derselben richtig vorgezeichnet werden kann, nicht zu verfehlen, muß ich den Kennern einer dergleichen Arbeit zu beurtheilen überlassen. Es setzt

zwar

teriam que ter conhecido tanto a sua **indispensabilidade**, como conceito problemático no uso completo da razão especulativa, bem como a total **incompreensibilidade** do mesmo e, quando depois se dirigissem com ele ao uso prático, justamente teriam que ter chegado por si à referida determinação do último relativamente a suas proposições fundamentais, acerca de cuja determinação eles, aliás, querem tão a contragosto entender-se. O conceito de liberdade é a pedra de escândalo para todos os **empiristas** mas também a chave das mais sublimes proposições fundamentais práticas para moralistas **críticos**, que com isso têm a perspiciência de que precisam proceder de modo necessariamente **racional**. Por causa disso advirto o leitor a não reparar com olhos fugidios o que na conclusão da Analítica é dito sobre esse conceito.

Tenho que deixar aos versados em semelhante trabalho ajuizar se um tal sistema, como o que aqui é desenvolvido sobre a razão prática pura a partir da crítica da razão, envolveu muito ou pouco esforço, principalmente para não falhar o ponto de vista exato desde o qual o todo da mesma pode ser corretamente traçado. O que, ◆

zwar die **Grundlegung zur Metaphysik der Sitten** voraus, aber nur in so fern, als diese mit dem Princip der Pflicht vorläufige Bekanntschaft macht und eine bestimmte Formel derselben angiebt und rechtfertigt *); sonst besteht es durch sich selbst. Daß die **Eintheilung** aller practischen Wissenschaften zur **Vollständigkeit** nicht mit beygefügt worden, wie es die Critik der speculativen Vernunft leistete, dazu ist auch gültiger Grund in der Beschaffenheit dieses practischen Vernunftvermögens anzutreffen. Denn die besondere Bestimmung der Pflichten, als Menschen-pflich-

*) Ein Recensent, der etwas zum Tadel dieser Schrift sagen wollte, hat es besser getroffen, als er wol selbst gemeynt haben mag, indem er sagt: daß darin kein neues Princip der Moralität, sondern nur eine **neue Formel** aufgestellet worden. Wer wollte aber auch einen neuen Grundsatz aller Sittlichkeit einführen, und diese gleichsam zuerst erfinden? gleich als ob vor ihm die Welt, in dem was Pflicht sey, unwissend, oder in durchgängigem Irrthume gewesen wäre. Wer aber weiß, was dem Mathematiker eine Formel bedeutet, die das, was zu thun sey, um eine Aufgabe zu befolgen, ganz genau bestimmt und nicht verfehlen läßt, wird eine Formel, welche dieses in Ansehung aller Pflicht überhaupt thut, nicht für etwas Unbedeutendes und Entbehrliches halten.

na verdade, pressupõe a *Fundamentação da metafísica dos costumes*, mas só na medida em que esta chega a conhecer provisoriamente o princípio do dever e indica e justifica uma fórmula determinada deste*; afora isso um tal sistema subsiste por si próprio. Um argumento válido, pelo qual a **divisão** de todas as ciências práticas com vistas à **completude** não foi anexada, como o fez a crítica da razão especulativa, pode encontrar-se também na natureza desta faculdade racional prática. Pois a determinação específica dos deveres como deveres

* Um crítico*, que queria expressar algo em desabono dessa publicação, teve melhor sorte do que ele mesmo possa ter imaginado, ao dizer que nela não foi apresentado nenhum princípio novo da moralidade mas somente uma **nova fórmula**. Mas quem é que queria introduzir também uma nova proposição fundamental de toda a moralidade e como que inventá-la pela primeira vez? Quem, porém, sabe o que significa para o matemático uma **fórmula**, a qual para executar uma tarefa determina bem exatamente e não deixa malograr o que deve ser feito, não considerará uma fórmula, que faz isto com vistas a todo o dever em geral, como algo insignificante e dispensável. (K) ◆

* O crítico ao qual Kant se refere nessa nota chamou-se Gottlob August Tittel (1739-1816), conselheiro eclesiástico em Karlsruhe, adversário da ética de Kant e adepto do eudemonismo, como o seu mestre J. G. H. Feder (1740-1821), conhecido por uma polêmica recensão da *Crítica da razão pura*, atacada por Kant no Apêndice aos *Prolegomena* (cf. mais a respeito na carta de C. Garve a Kant, de 13.7.1783). O texto aqui em questão foi: TITTEL, G. A. *Über Herrn Kants Moralreform*. Frankfurt e Leipzig: bey den Gebrüdern Pfähler, 1786. Kant pretendeu responder-lhe, de acordo com carta de J. E. Biester, de 11.6.1786 (cf. KANT, I. *Briefwechsel*. Hamburgo: Felix Meiner, 1986, pp. 299 s., 304, 308 e 846).

pflichten, um sie einzutheilen, ist nur möglich, wenn vorher das Subject dieser Bestimmung (der Mensch), nach der Beschaffenheit, mit der er wirklich ist, obzwar nur so viel als in Beziehung auf Pflicht überhaupt nöthig ist, erkannt worden; diese aber gehört nicht in eine Critik der practischen Vernunft überhaupt, die nur die Principien ihrer Möglichkeit, ihres Umfanges und Grenzen vollständig ohne besondere Beziehung auf die menschliche Natur angeben soll. Die Eintheilung gehört also hier zum System der Wissenschaft, nicht zum System der Critik.

Ich habe einem gewissen, wahrheitliebenden und scharfen, dabey also doch immer achtungswürdigen Recensenten jener **Grundlegung zur Met. d. S.** auf seinen Einwurf, **daß der Begriff des Guten dort nicht** (wie es seiner Meynung nach nöthig gewesen wäre) **vor dem moralischen Princip festgesetzt worden** *), in dem zweyten Hauptstücke der Analytik, wie

*) Man könnte mir noch den Einwurf machen, warum ich nicht auch den Begriff des Begehrungsvermögens, oder des Gefühls der Lust vorher erklärt habe; obgleich die-

humanos, para dividi-los, somente é possível se antes o sujeito dessa determinação (o homem) for conhecido segundo a natureza que ele efetivamente detém, embora apenas na medida em que é necessário com relação ao dever em geral; tal determinação, porém, não pertence a uma *Crítica da razão prática* em geral, que só deve indicar completamente os princípios de sua possibilidade, de seu âmbito e limites, sem referência particular à natureza humana. Portanto a divisão pertence aqui ao sistema da ciência e não ao sistema da crítica.

Espero ter satisfeito, no segundo capítulo da Analítica, a um certo crítico[15], amante da verdade e arguto, nisso portanto sempre digno de respeito, em sua objeção à *Fundamentação da metafísica dos costumes*, **de que nela o conceito de bom não foi estabelecido antes do princípio moral** (como, de acordo com sua opinião, ◆ teria sido necessário)*;

* Poder-se-ia ainda replicar-me por que também não elucidei antes o conceito de **faculdade de apetição** ou de **sentimento de prazer**; se bem que ◆

15. Este crítico chamou-se Hermann Andreas Pistorius (1730-1798), pastor na ilha de Rügen e prior na ilha de Fehmarn, ambas no mar Báltico, que escreveu duas recensões anônimas, a primeira, aqui referida: PISTORIUS, H. A. Rezension von Kant's "Grundlegung zur Metaphysik der Sitten". *Allgemeine Deutsche Bibliothek*, v. 66, pp. 447-63, 1786 (cf. sobre a autoria do texto a carta de D. Jenisch a Kant, de 14.6.1787. KANT, I. *Briefwechsel*, p. 316); e a segunda: PISTORIUS, H. A. Rezension der 'Kritik der praktischen Vernunft'. *Allgemeine Deutsche Bibliothek*, v. 117, pp. 78-105, 1794. Os textos podem ser lidos em BITTNER, R. / CRAMER, K. (Ed.). *Materialien zu Kants "Kritik der praktischen Vernunft"*. Frankfurt: Suhrkamp, 1975, pp. 144-60 e pp. 161-78, respectivamente.

wie ich hoffe, Genüge gethan; eben so auch auf manche andere Einwürfe Rücksicht genommen, die

mir

dieser Vorwurf unbillig seyn würde, weil man diese Erklärung, als in der Psychologie gegeben, billig sollte voraussetzen können. Es könnte aber freylich die Definition daselbst so eingerichtet seyn, daß das Gefühl der Lust der Bestimmung des Begehrungsvermögens zum Grunde gelegt würde (wie es auch wirklich gemeinhin so zu geschehen pflegt), dadurch aber das oberste Princip der practischen Philosophie nothwendig empirisch ausfallen müßte, welches doch allererst auszumachen ist, und in dieser Critik gänzlich widerlegt wird. Daher will ich diese Erklärung hier so geben, wie sie seyn muß, um diesen streitigen Punct, wie billig, im Anfange unentschieden zu lassen. — *Leben* ist das Vermögen eines Wesens, nach Gesetzen des Begehrungsvermögens zu handeln. Das *Begehrungsvermögen* ist das Vermögen desselben, durch seine Vorstellungen Ursache von der Wirklichkeit der Gegenstände dieser Vorstellungen zu seyn. *Lust* ist die Vorstellung der Uebereinstimmung des Gegenstandes oder der Handlung mit den *subjectiven* Bedingungen des Lebens, d. i. mit dem Vermögen der Causalität einer Vorstellung in Ansehung der Wirklichkeit ihres Objects (oder der Bestimmung der Kräfte des Subjects zur Handlung es hervorzubringen). Mehr brauche ich nicht zum Behuf der Critik von Begriffen, die aus der Psychologie entlehnt werden, das übrige leistet die Critik selbst. Man

wird

do mesmo modo tomei em consideração várias outras objeções, que

....

esta objeção seria injusta, porque tal elucidação, do modo como é fornecida na Psicologia, justamente deveria poder ser pressuposta. Mas certamente aí mesmo a definição poderia ser estabelecida de modo tal que o sentimento de prazer fosse colocado como fundamento da determinação da faculdade de apetição (como também efetiva e geralmente costuma acontecer), pelo que porém o princípio supremo da filosofia prática necessariamente teria de acabar sendo **empírico**, o que contudo tem de ser decidido em primeiro lugar e é refutado completamente nesta Crítica. Por isso quero fornecer esta elucidação aqui do modo como ela tem de ser, para, como é justo, deixar este ponto controverso inicialmente pendente. – **Vida** é a faculdade de um ente de agir segundo leis da faculdade de apetição. A **faculdade de apetição** é a faculdade do mesmo ente de ser, mediante suas representações, causa da efetividade dos objetos destas representações. **Prazer** é a representação da concordância do objeto ou da ação com as condições **subjetivas** da vida, isto é, com a faculdade da causalidade de uma representação com vistas à efetividade de seu objeto (ou da determinação das forças do sujeito à ação de produzi-lo). Mais eu não necessito, com vistas à crítica de conceitos que são pedidos emprestados à Psicologia; do resto desincumbe-se a própria crítica. Nota-se ◆

mir von Männern zu Händen gekommen sind, die den Willen blicken lassen, daß die Wahrheit auszumitteln ihnen am Herzen liegt, (denn die, so nur ihr al-

wird leicht gewahr, daß die Frage, ob die Lust dem Begehrungsvermögen jederzeit zum Grunde gelegt werden müsse, oder ob sie auch unter gewissen Bedingungen nur auf die Bestimmung desselben folge, durch diese Erklärung unentschieden bleibt; denn sie ist aus lauter Merkmalen des reinen Verstandes d. i. Categorien zusammengesetzt, die nichts Empirisches enthalten. Eine solche Behutsamkeit ist in der ganzen Philosophie sehr empfehlungswürdig, und wird dennoch oft verabsäumt, nemlich seinen Urtheilen vor der vollständigen Zergliederung des Begriffs, die oft nur sehr spät erreicht wird, durch gewagte Definition nicht vorzugreifen. Man wird auch durch den ganzen Lauf der Critik (der theoretischen sowohl als practischen Vernunft) bemerken, daß sich in demselben mannigfaltige Veranlassung vorfinde, manche Mängel im alten dogmatischen Gange der Philosophie zu ergänzen, und Fehler abzuändern, die nicht eher bemerkt werden, als wenn man von Begriffen einen Gebrauch der Vernunft macht, der aufs Ganze derselben geht.

me chegaram às mãos de parte de pessoas que deixam ver que a investigação da verdade lhes é cara (pois aqueles que só têm

....

facilmente que a questão, se o prazer tem de ser posto sempre como fundamento da faculdade de apetição, ou se também sob certas condições ele somente se segue à determinação dela, fica mediante esta elucidação pendente; pois ela se compõe de meras características do entendimento puro, isto é, de categorias, que não contêm nada empírico. Uma tal cautela é muito recomendável em toda a Filosofia e, não obstante, é frequentemente descurada, ou seja, de não se antecipar em seus juízos, mediante temerária definição, antes da completa análise do conceito, que frequentemente é alcançada só muito tardiamente. Também se observará, durante todo o curso da Crítica (tanto da razão teórica como da prática), que nele se encontra um múltiplo ensejo para completar algumas deficiências no antigo curso dogmático da Filosofia e corrigir erros que não são notados antes, como quando se faz com conceitos um uso da razão **que concerne ao todo dela**. (K) ◆

altes System vor Augen haben, und bey denen schon vorher beschlossen ist, was gebilligt oder mißbilligt werden soll, verlangen doch keine Erörterung, die ihrer Privatabsicht im Wege seyn könnte;) und so werde ich es auch fernerhin halten.

Wenn es um die Bestimmung eines besonderen Vermögens der menschlichen Seele, nach seinen Quellen, Inhalte und Grenzen zu thun ist, so kann man zwar, nach der Natur des menschlichen Erkenntnisses, nicht anders als von den **Theilen** derselben, ihrer genauen und (so viel als nach der jetzigen Lage unserer schon erworbenen Elemente derselben möglich ist) vollständigen Darstellung anfangen. Aber es ist noch eine zweyte Aufmerksamkeit, die mehr philosophisch und **architectonisch** ist; nemlich, die **Idee des Ganzen** richtig zu fassen, und aus derselben alle jene Theile in ihrer wechselseitigen Beziehung auf einander, vermittelst der Ableitung derselben von dem Begriffe jenes Ganzen, in einem reinen Vernunftvermögen ins Auge zu fassen. Diese Prüfung und Gewähr-

wäh-

ante os olhos o seu antigo sistema, e entre os quais já se decidiu de antemão o que deve ser aprovado ou desaprovado, não reivindicam nenhuma discussão que pudesse contrariar seu objetivo privado); e assim continuarei procedendo.

Se o que importa é a determinação de uma faculdade particular da alma humana segundo suas fontes, conteúdos e limites, então, de acordo com a natureza do conhecimento humano, não[16] se pode começar de outro modo que das **partes** dela[17], de sua exata e completa apresentação (na medida do que seja possível, segundo a situação atual de nossos elementos[18] já adquiridos da mesma). Mas há ainda um segundo cuidado, que é mais filosófico e **arquitetônico**, a saber, de compreender corretamente a **ideia do todo** e a partir dela abarcar com a vista, em uma faculdade racional pura, todas aquelas partes na sua relação recíproca mediante a derivação das mesmas do conceito daquele todo. Este exame e ◆

16. Na 2ª edição original constou *nichts* (nada).

17. Kant: *derselben* (da mesma, dela), pronome feminino, gramaticalmente só poderia corresponder aos femininos *Bestimmung* (determinação), *Seele* (alma) ou *Erkenntnis* (conhecimento), e não ao masculino *Vermögen* (faculdade), como o pretenderam as traduções francesa (Ferry/Wismann) e portuguesa (Morão).

18. Vorländer: conhecimento?

währleistung ist nur durch die innigste Bekanntschaft mit dem System möglich, und die, welche in Ansehung der ersteren Nachforschung verdrossen gewesen, also diese Bekanntschaft zu erwerben nicht der Mühe werth geachtet haben, gelangen nicht zur zweyten Stufe, nemlich der Uebersicht, welche eine synthetische Wiederkehr zu demjenigen ist, was vorher analytisch gegeben worden, und es ist kein Wunder, wenn sie allerwerts Inconsequenzen finden, obgleich die Lücken, die diese vermuthen lassen, nicht im System selbst, sondern blos in ihrem eigenen unzusammenhängenden Gedankengange anzutreffen sind.

Ich besorge in Ansehung dieser Abhandlung nichts von dem Vorwurfe, eine neue Sprache einführen zu wollen, weil die Erkenntnißart sich hier von selbst der Popularität nähert. Dieser Vorwurf konnte auch niemanden in Ansehung der ersteren Critik beyfallen, der sie nicht blos durchgeblättert, sondern durchgedacht hatte. Neue Worte zu künsteln, wo die Sprache schon so an Ausdrücken für gegebene Be-

garantia somente é possível pela mais íntima familiaridade com o sistema, e aqueles que se aborreceram com a primeira investigação – portanto não consideraram que a aquisição dessa familiaridade valesse a pena – não alcançam o segundo degrau, a saber, a visão geral, que é um retorno sintético ao que antes foi dado analiticamente, e não é nenhum milagre se encontram por toda a parte inconsequências, ainda que as lacunas que estas deixam presumir não se achem no sistema mesmo mas apenas em sua própria incoerente ordem de ideias.

Não me preocupa minimamente a objeção, a respeito deste tratado, de querer introduzir uma **nova linguagem**[19], porque o modo de conhecimento aproxima-se aqui, por si, da popularidade. Esta objeção não podia tampouco ocorrer, acerca da primeira Crítica, a alguém que não a folheou simplesmente mas a examinou a fundo. Produzir artificialmente novas palavras, quando a linguagem já não tem nenhuma carência de expressões ◆

19. Objeção de G. A. Tittel, v. também a nota em A 14.

griffe keinen Mangel hat, ist eine kindische Bemühung, sich unter der Menge, wenn nicht durch neue und wahre Gedanken, doch durch einen neuen Lappen auf dem alten Kleide auszuzeichnen. Wenn daher die Leser jener Schrift populärere Ausdrücke wissen, die doch dem Gedanken eben so angemessen seyn, als mir jene zu seyn scheinen, oder etwa die Nichtigkeit dieser Gedanken selbst, mithin zugleich jedes Ausdrucks, der ihn bezeichnet, darzuthun sich getrauen; so würden sie mich durch das erstere sehr verbinden, denn ich will nur verstanden seyn; in Ansehung des zweyten aber sich ein Verdienst um die Philosophie erwerben. So lange aber jene Gedanken noch stehen, zweifele ich sehr, daß ihnen angemessene und doch gangbarere Ausdrücke dazu aufgefunden werden dürften. *)

Auf

*) Mehr (als jene Unverständlichkeit) besorge ich hier hin und wieder Misdeutung in Ansehung einiger Ausdrücke, die ich mit größter Sorgfalt aussuchte, um den Begriff nicht verfehlen zu lassen, darauf sie weisen. So hat in der Tafel der Categorien der practischen Vernunft, in dem Titel der Modalität, das Erlaubte und Unerlaubte

para conceitos dados, é um esforço pueril para distinguir-se entre a multidão, quando não mediante pensamentos novos e verdadeiros, mediante um trapo novo sobre a veste antiga. Se, pois, os leitores daquela obra conhecerem expressões mais populares, que, contudo, sejam tão adequadas ao pensamento como aquelas me parecem ser, ou porventura se atreverem a provar a nulidade destes próprios pensamentos, por conseguinte ao mesmo tempo de cada expressão que o designa, eles com isso me tornariam muito devedor por aquele primeiro aspecto, pois eu quero apenas ser entendido, porém em relação ao segundo aspecto tornar-se-iam benemerentes da Filosofia. Mas, enquanto aqueles pensamentos ainda estiverem de pé, duvido muito que pudessem encontrar-se para eles expressões adequadas e contudo mais correntes*.

* Aqui às vezes me preocupa mais (do que aquela falta de entendimento <*Unverständlichkeit*>) a falsa interpretação de algumas expressões, que escolhi com o máximo cuidado para não deixar fracassar o conceito a que elas remetem. Assim, na tábua das categorias da razão **prática**, sob o título da modalidade, o **lícito** e **ilícito** ◆

Auf diese Weise wären denn nunmehr die Principien a priori zweyer Vermögen des Gemüths, des

te (practisch-objectiv Mögliche und Unmögliche) mit der nächstfolgenden Categorie der Pflicht und des Pflichtwidrigen im gemeinen Sprachgebrauche beynahe einerley Sinn; hier aber soll das erstere dasjenige bedeuten, was mit einer blos möglichen practischen Vorschrift in Einstimmung oder Widerstreit ist (wie etwa die Auflösung aller Probleme der Geometrie und Mechanik), das zweyte, was in solcher Beziehung auf ein in der Vernunft überhaupt wirklich liegendes Gesetz steht; und dieser Unterschied der Bedeutung ist auch dem gemeinen Sprachgebrauche nicht ganz fremd, wenn gleich etwas ungewöhnlich. So ist es z. B. einem Redner, als solchem, unerlaubt, neue Worte oder Wortfügungen zu schmieden; dem Dichter ist es in gewissem Maaße erlaubt; in keinem von beiden wird hier an Pflicht gedacht. Denn wer sich um den Ruf eines Redners bringen will, dem kann es niemand wehren. Es ist hier nur um den Unterschied der Imperativen unter problematischem, assertorischen und apodictischen Bestimmungsgrunde, zu thun. Eben so habe ich in derjenigen Note, wo ich die moralischen Ideen practischer Vollkommenheit in ver-

Deste modo os princípios *a priori* de duas faculdades do ânimo – da

....

(o prático-objetivamente possível e impossível) têm no uso linguístico comum quase o mesmo sentido que a categoria subsequente do **dever** e do **contrário ao dever**. Aqui, porém, o **primeiro** deve significar aquilo que está de acordo ou colide com uma prescrição prática meramente **possível** (como aproximadamente a resolução de todos os problemas da Geometria e da Mecânica); o **segundo** deve significar o que se encontra em tal referência a uma lei que jaz **efetivamente** na razão em geral. E essa diferença de significado não é inteiramente estranha também, se bem que um tanto inabitual, ao uso linguístico comum. Assim, por exemplo, a um orador enquanto tal **não é lícito** forjar novas palavras ou junções de palavras; ao poeta isso em certa medida é **lícito**. Em nenhum dos dois casos cogita-se aqui de dever. Pois, se alguém quer perder sua reputação de orador, ninguém pode impedi-lo. Aqui se trata somente da distinção dos **imperativos** sob fundamentos determinantes **problemáticos, assertóricos e apodícticos**. Do mesmo modo naquela nota em que comparei as ideias morais de perfeição prática em ◆

Erkenntniß- und Begehrungsvermögens ausgemittelt, und, nach den Bedingungen, dem Umfange und Gren-

schiedenen philosophischen Schulen gegen einander stellete, die Idee der Weisheit von der der Heiligkeit unterschieden, ob ich sie gleich selbst im Grunde und objectiv für einerley erkläret habe. Allein ich verstehe an diesem Orte darunter nur diejenige Weisheit, die sich der Mensch (der Stoiker) anmaaßt, also subjectiv als Eigenschaft dem Menschen angedichtet. (Vielleicht könnte der Ausdruck Tugend, womit der Stoiker auch großen Staat trieb, besser das Characteristische seiner Schule bezeichnen.) Aber der Ausdruck eines Postulats der r. pr. Vern. konnte noch am meisten Misdeutung veranlassen, wenn man damit die Bedeutung vermengete, welche die Postulate der reinen Mathematik haben, und welche apodictische Gewißheit bey sich führen. Aber diese postuliren die Möglichkeit einer Handlung, deren Gegenstand man a priori theoretisch mit völliger Gewißheit als möglich voraus erkannt hat. Jenes aber postulirt die Möglichkeit eines Gegenstandes (Gottes und der Unsterblichkeit der Seele) selbst aus apodictischen practischen Gesetzen, also nur zum Behuf einer practischen Vernunft; da denn diese Gewißheit der postulirten Möglichkeit gar nicht theo-

faculdade de conhecer e da faculdade de apetição – estariam doravante descobertos e determinados, segundo as condições, a extensão e os

....
diversas escolas filosóficas, distingui a ideia de **sabedoria** da de **santidade**, embora eu mesmo as tenha declarado, no fundo e objetivamente, como idênticas. Todavia neste lugar entendo por sabedoria somente aquela que o homem (o estoico) se arroga, portanto atribuída **subjetivamente** ao homem, como propriedade. (Talvez a expressão **virtude**, que o estoico também alardeava, pudesse designar melhor o traço característico de sua escola.) Mas a expressão **postulado** da razão prática pura é a que mais ainda podia* ensejar uma falsa interpretação, quando se confundia com ela o significado que os postulados da matemática pura possuem, e os quais comportam certeza apodíctica. Mas estes postulam a **possibilidade de uma ação**, cujo objeto se conheceu teoricamente antes, *a priori*, com plena certeza como **possível**. Aquele, porém, postula a possibilidade de um **objeto** mesmo (de Deus e da imortalidade da alma) a partir de leis **práticas** apodícticas, portanto somente para o fim de uma razão prática; pois, com efeito, esta certeza da possibilidade postulada não é de modo algum ◆

* Hartenstein: *könnte* (poderia)?

Grenzen ihres Gebrauchs, bestimmt, hiedurch aber zu einer systematischen, theoretischen so wohl als practischen Philosophie, als Wissenschaft, sicherer Grund gelegt.

Was Schlimmeres könnte aber diesen Bemühungen wol nicht begegnen, als wenn jemand die unerwartete Entdeckung machte, daß es überall gar kein Erkenntniß a priori gebe, noch geben könne. Allein es hat hiemit keine Noth. Es wäre eben so viel, als ob jemand durch Vernunft beweisen wollte, daß es keine Vernunft gebe. Denn wir sagen nur, daß wir etwas durch Vernunft erkennen, wenn wir uns bewußt sind, daß wir es auch hätten wissen können, wenn es uns auch nicht so in der Erfahrung vorgekom-

theoretisch, mithin auch nicht apodictisch, d. i. in Ansehung des Objects erkannte Nothwendigkeit, sondern in Ansehung des Subjects, zu Befolgung ihrer objectiven, aber practischen Gesetze nothwendige Annehmung, mithin blos nothwendige Hypothesis ist. Ich wußte für diese subjective, aber doch wahre und unbedingte Vernunftnothwendigkeit keinen besseren Ausdruck auszufinden.

limites de seu uso; e com isso, porém, estaria assentado o fundamento seguro para uma filosofia sistemática, tanto teórica quanto prática, como ciência.

Mas nada pior poderia suceder a estes esforços do que se alguém fizesse a descoberta inopinada de que não há nem pode haver em parte alguma um conhecimento *a priori*. Este perigo, todavia, inexiste. Seria como se alguém quisesse provar pela razão que não há razão alguma. Pois apenas dizemos que conhecemos algo pela razão se estamos conscientes de que também teríamos podido conhecê-lo, mesmo que não nos tivesse ocorrido assim na

teórica, tampouco apodíctica, isto é, uma necessidade conhecida com vistas ao objeto, mas uma suposição necessária em vista do sujeito para a observância de suas leis objetivas, porém práticas, por conseguinte é apenas uma hipótese necessária. Não consegui encontrar nenhuma expressão melhor para esta necessidade subjetiva, contudo verdadeira e incondicionada, da razão. (K) ◆

men wäre; mithin ist Vernunfterkenntniß und Erkenntniß a priori einerley. Aus einem Erfahrungssatze Nothwendigkeit (ex pumice aquam) auspressen wollen, mit dieser auch wahre Allgemeinheit (ohne welche kein Vernunftschluß, mithin auch nicht der Schluß aus der Analogie, welche eine wenigstens präsumirte Allgemeinheit und objective Nothwendigkeit ist, und diese also doch immer voraussetzt,) einem Urtheile verschaffen wollen, ist gerader Widerspruch. Subjective Nothwendigkeit, d. i. Gewohnheit, statt der objectiven, die nur in Urtheilen a priori statfindet, unterschieben, heißt der Vernunft das Vermögen absprechen, über den Gegenstand zu urtheilen, d. i. ihn, und was ihm zukomme, zu erkennen, und z. B. von dem, was öfters und immer auf einen gewissen vorhergehenden Zustand folgte, nicht sagen, daß man aus diesem auf jenes schließen könne (denn das würde objective Nothwendigkeit und Begriff von einer Verbindung a priori bedeuten), sondern nur ähnliche Fälle (mit den Thieren auf ähnliche Art) erwarten dürfe, d. i. den Begriff der Ursache im Grunde als falsch und

blo=

experiência; por conseguinte conhecimento da razão e conhecimento *a priori* são o mesmo. Querer extorquir necessidade de uma proposição da experiência (*ex pumice aquam*[20]) e querer obter com esta também verdadeira universalidade para um juízo (sem a qual não há raciocínio algum, por conseguinte tampouco conclusão a partir da analogia, a qual é pelo menos uma presumida universalidade e necessidade objetiva e, portanto, sempre pressupõe a esta), é uma franca contradição. Substituir a necessidade objetiva, que só se encontra em juízos *a priori*, pela necessidade subjetiva, isto é, o hábito, significa negar à razão a faculdade de julgar sobre o objeto, isto é, de conhecer a ele e ao que lhe compete e significa, por exemplo, não dizer, acerca daquilo que frequentemente e sempre seguia de um certo estado precedente, que se possa **concluir** deste àquele (pois isto significaria necessidade objetiva e conceito de uma vinculação *a priori*) mas que só se permite esperar casos semelhantes (de como se passa com os animais), isto é, rejeitar o conceito de causa, no fundo, como falso e ◆

20. "Tirar água de pedra-pomes" (querer o impossível). Cf. PLAUTUS, T. M. (c. 251-184 a.C.). *Persa* I 1,41.

bloßen Gedankenbetrug verwerfen. Diesem Mangel der objectiven und daraus folgenden allgemeinen Gültigkeit dadurch abhelfen wollen, daß man doch keinen Grund sähe, andern vernünftigen Wesen eine andere Vorstellungsart beyzulegen, wenn das einen gültigen Schluß abgäbe, so würde uns unsere Unwissenheit mehr Dienste zu Erweiterung unserer Erkenntniß leisten, als alles Nachdenken. Denn blos deswegen, weil wir andere vernünftige Wesen außer dem Menschen nicht kennen, würden wir ein Recht haben, sie als so beschaffen anzunehmen, wie wir uns erkennen, d. i. wir würden sie wirklich kennen. Ich erwähne hier nicht einmal, daß nicht die Allgemeinheit des Fürwahrhaltens die objective Gültigkeit eines Urtheils (d. i. die Gültigkeit desselben als Erkenntnisses) beweise, sondern, wenn jene auch zufälliger Weise zuträfe, dieses doch noch nicht einen Beweis der Uebereinstimmung mit dem Object abgeben könne; vielmehr die objective Gültigkeit allein den Grund einer nothwendigen allgemeinen Einstimmung ausmache.

como simples pensamento enganoso. Querer remediar esta falta de validade objetiva e de validade universal, dela resultante, mediante o fato de que em verdade não se veja nenhum fundamento para atribuir a outros entes racionais um modo diverso de representação, se isto fornecesse uma conclusão válida, então nossa ignorância contribuiria, mais do que toda a reflexão, para a ampliação de nosso conhecimento. Pois, pelo simples fato de que não conhecemos outros entes racionais além do homem, teríamos direito de admiti-los como constituídos do modo como nos conhecemos, isto é, nós os conheceríamos efetivamente. Não menciono aqui uma única vez que não é a universalidade do assentimento que prova a validade objetiva de um juízo (isto é, a sua validade como conhecimento), mas que, mesmo que aquela casualmente estivesse certa, este ainda não poderia fornecer uma prova da concordância com o objeto; que, muito antes, só a validade objetiva constitui o fundamento de uma concordância universal necessária. ◆

Hume würde sich bey diesem System des **allgemeinen Empirisms** in Grundsätzen auch sehr wohl befinden; denn er verlangte, wie bekannt, nichts mehr, als daß, statt aller objectiven Bedeutung der Nothwendigkeit im Begriffe der Ursache, eine blos subjective, nemlich Gewohnheit, angenommen werde, um der Vernunft alles Urtheil über Gott, Freyheit und Unsterblichkeit abzusprechen; und er verstand sich gewiß sehr gut darauf, um, wenn man ihm nur die Principien zugestand, Schlüsse mit aller logischen Bündigkeit daraus zu folgern. Aber so allgemein hat selbst **Hume** den Empirism nicht gemacht, um auch die Mathematik darin einzuschließen. Er hielt ihre Sätze für analytisch, und, wenn das seine Richtigkeit hätte, würden sie in der That auch apodictisch seyn, gleichwol aber daraus kein Schluß auf ein Vermögen der Vernunft, auch in der Philosophie apodictische Urtheile, nemlich solche, die synthetisch wären, (wie der Satz der Causalität,) zu fällen, gezogen werden können. Nähme man aber den Empirism der Principien **allgemein** an, so wäre auch Mathematik damit eingeflochten.

Wenn

Hume também se sentiria muito bem neste sistema do **empirismo universal** em proposições fundamentais <*Grundsätzen*>[21]; pois ele, como se sabe, não exigia nada mais do que, em vez de toda a significação objetiva da necessidade no conceito de causa, fosse admitida uma significação meramente subjetiva, a saber, o hábito, para negar à razão todo o juízo sobre Deus, liberdade e imortalidade; e ele soube certamente muito bem, quando se lhe concederam somente os princípios <*Prinzipien*>, inferir daí conclusões com toda a concisão lógica. Mas tão universal nem mesmo **Hume** fez o empirismo, a ponto de incluir nele também a Matemática. Ele considerou as proposições dela analíticas e, na medida em que isso fosse correto, elas de fato seriam também apodícticas, ainda que não possa ser tirada daí nenhuma conclusão – acerca de uma faculdade da razão – de também na Filosofia proferir juízos apodícticos, a saber, juízos que fossem sintéticos (como a proposição da causalidade). Mas, se se admitisse **universalmente** o empirismo dos princípios, então também a Matemática seria incluída nele. ◆

21. O desenvolvimento desta nota encontra-se no final do livro, p. 581.

Wenn nun diese mit der Vernunft, die blos empirische Grundsätze zuläßt, in Widerstreit geräth, wie dieses in der Antinomie, da Mathematik die unendliche Theilbarkeit des Raumes unwidersprechlich beweiset, der Empirism aber sie nicht verstatten kann, unvermeidlich ist: so ist die größte mögliche Evidenz der Demonstration, mit den vorgeblichen Schlüssen aus Erfahrungsprincipien, in offenbarem Widerspruch, und nun muß man, wie der Blinde des **Cheselden** fragen: was betrügt mich, das Gesicht oder Gefühl? (denn der Empirism gründet sich auf einer **gefühlten**, der Rationalism aber auf einer **eingesehenen** Nothwendigkeit.) Und so offenbaret sich der allgemeine Empirism als den ächten **Scepticism**, den man dem **Hume** fälschlich in so unbeschränkter Bedeutung beylegte *), da er wenigstens einen sicheren Pro-

*) Namen, welche einen Sectenanhang bezeichnen, haben zu aller Zeit viel Rechtsverdrehung bey sich geführt; ungefehr so, als wenn jemand sagte: *N.* ist ein Idealist. Denn, ob er gleich, durchaus, nicht allein einräumt, sondern darauf dringt, daß unseren Vorstellungen äusserer

Ora, se esta entra em desacordo com aquela razão que só admite proposições fundamentais empíricas, como é inevitável na antinomia, já que a Matemática prova irrefutavelmente a divisibilidade infinita do espaço, coisa que o empirismo não pode, porém, conceder: então a máxima evidência possível da demonstração está em manifesta contradição com as pretensas conclusões a partir de princípios da experiência, e então se tem que perguntar, como o cego de **Cheselden**[22]: que é que me engana, a vista ou o sentimento? (Pois o empirismo funda-se sobre uma necessidade **sentida**; o racionalismo porém sobre uma necessidade da qual se **tem perspiciência**.) E assim o empirismo universal revela-se como o autêntico **ceticismo**, que falsamente se atribuiu a **Hume** num sentido tão ilimitado*, uma vez que ele pelo menos deixou,

....

* Nomes que designam o adepto de uma seita envolveram em todos os tempos muita rabulice; mais ou menos como se alguém dissesse: **N. é um idealista**. Pois, embora ele não apenas admita enfaticamente mas insista que a nossas representações de ◆

---

22. CHESELDEN, W., anatomista inglês – citado também por Goethe e autor de *Osteografia* e de *Anatomia do corpo humano* (esta traduzida para o alemão em 1790) –, narrou em *Phil. Transactions*, 1728, XXXV 447 a operação de um cego, de cuja descrição, segundo Natorp, Kant teria tomado conhecimento numa tradução de Abraham Gotthelf Kästner (1719-1800) da obra inglesa de Ótica: SMITH, R. *Vollständiger Lehrbegriff der Optik* (1755).

Probirstein der Erfahrung an der Mathematik übrig ließ, statt daß jener schlechterdings keinen Probirstein derselben (der immer nur in Principien a priori angetroffen werden kann) verstattet, obzwar diese doch nicht aus bloßen Gefühlen, sondern auch aus Urtheilen besteht.

Doch, da es in diesem philosophischen und critischen Zeitalter schwerlich mit jenem Empirism Ernst seyn kann, und er vermuthlich nur zur Uebung der Urtheilskraft, und um durch den Contrast die Nothwendigkeit rationaler Principien a priori in ein helleres Licht zu setzen, aufgestellet wird: so kann man es denen doch Dank wissen, die sich mit dieser sonst eben nicht belehrenden Arbeit bemühen wollen.

rer Dinge wirkliche Gegenstände äußerer Dinge correspondiren, so will er doch, daß die Form der Anschauung derselben nicht ihnen, sondern nur dem menschlichen Gemüthe anhänge.

Ein=

na Matemática, uma segura pedra de toque da experiência, enquanto aquele não permite absolutamente nenhuma pedra de toque da mesma (e que sempre só pode ser encontrada em princípios *a priori*), embora a experiência não conste de simples sentimentos mas também de juízos.

Com efeito, já que nesta época filosófica e crítica dificilmente se pode tomar aquele empirismo a sério, e ele presumivelmente é proposto somente para o exercício da faculdade de julgar e para, mediante contraste, colocar em mais clara luz a necessidade de princípios racionais *a priori*: assim se pode sempre ser grato àqueles que queiram empenhar-se por este trabalho, que afora isso não é propriamente instrutivo.

....

coisas externas correspondam objetos efetivos de coisas externas, ele contudo quer que a forma da intuição das mesmas não seja inerente a elas mas somente ao ânimo humano. (K) ◆

Einleitung.

Von der Idee einer Critik der praktischen Vernunft.

Der theoretische Gebrauch der Vernunft beschäfftigte sich mit Gegenständen des bloßen Erkenntnißvermögens, und eine Critik derselben, in Absicht auf diesen Gebrauch, betraf eigentlich nur das **reine** Erkenntnißvermögen, weil dieses Verdacht erregte, der sich auch hernach bestättigte, daß es sich leichtlich über seine Grenzen, unter unerreichbare Gegenstände, oder gar einander widerstreitende Begriffe, verlöhre. Mit dem practischen Gebrauche der Vernunft verhält es sich schon anders. In diesem beschäfftigt sich die Vernunft mit Bestimmungsgründen des Willens, welcher ein Vermögen ist, den Vorstellungen entsprechende Gegenstände entweder hervorzubringen, oder doch sich selbst zu Bewirkung derselben (das physische Vermögen mag nun hinreichend seyn,

oder

Introdução

Da ideia de uma crítica da razão prática

O uso teórico da razão ocupava-se com objetos da simples faculdade de conhecer, e uma crítica da mesma com vistas a este uso concernia propriamente só à faculdade de conhecer **pura**, porque esta provocava a suspeita, que depois também se confirmava, de que ela facilmente se perde, acima de seus limites, entre objetos inalcançáveis ou entre conceitos reciprocamente discordantes. Com o uso prático da razão já se passa diferentemente. Neste a razão ocupa-se com fundamentos determinantes da vontade, a qual é uma faculdade ou de produzir objetos correspondentes às representações, ou de então determinar a si própria para a efetuação dos mesmos (quer a faculdade física seja suficiente ◆

oder nicht) d. i. seine Causalität zu bestimmen. Denn da kann wenigstens die Vernunft zur Willensbestimmung zulangen, und hat so fern immer objective Realität, als es nur auf das Wollen ankommt. Hier ist also die erste Frage: ob reine Vernunft zur Bestimmung des Willens für sich allein zulange, oder ob sie nur als empirisch-bedingte ein Bestimmungsgrund derselben seyn könne. Nun tritt hier ein durch die Critik der reinen Vernunft gerechtfertigter, obzwar keiner empirischen Darstellung fähiger Begriff der Causalität, nemlich der der **Freyheit**, ein, und wenn wir anjetzt Gründe ausfindig machen können, zu beweisen, daß diese Eigenschaft dem menschlichen Willen (und so auch dem Willen aller vernünftigen Wesen) in der That zukomme, so wird dadurch nicht allein dargethan, daß reine Vernunft practisch seyn könne, sondern daß sie allein, und nicht die empirisch-beschränkte, unbedingterweise practisch sey. Folglich werden wir nicht eine Critik der **reinen practischen**, sondern nur der **practischen** Vernunft überhaupt, zu bearbeiten haben. Denn reine Vernunft, wenn allererst dargethan worden, daß es eine solche gebe, bedarf keiner Critik. Sie ist es, welche selbst die Richtschnur zur Critik alles ihres Gebrauchs enthält. Die

Cri-

ou não), isto é, de determinar a sua causalidade. Pois neste caso a razão pode pelo menos bastar para a determinação da vontade e, na medida em que se trata somente do querer, possui sempre realidade objetiva. Aqui, portanto, a primeira questão é se a razão pura basta por si só para a determinação da vontade ou se somente enquanto razão empiricamente condicionada ela pode ser um fundamento determinante da mesma[29]. Ora, aqui se apresenta um conceito de causalidade, a saber, de **liberdade**, justificado pela *Crítica da razão pura*, embora incapaz de uma exibição empírica; e se doravante pudermos encontrar razões para provar que esta propriedade de fato convém à vontade humana (e assim também à vontade de todos os entes racionais), então é com isso provado não apenas que a razão pura pode ser prática, mas que unicamente ela e não a razão limitada empiricamente é incondicionalmente prática. Consequentemente teremos que elaborar não uma crítica da razão **prática pura**, mas somente da razão **prática** em geral. Pois a razão pura, se antes de mais nada tiver sido provado que uma tal razão existe, não precisa de nenhuma crítica. É ela própria que contém a norma para a crítica de todo o seu uso. Portanto ◆

....

23. No exemplar original de Erlangen consta a correção de Vogel: *desselben* (do mesmo), que neste caso remete ao termo masculino *Wille* (vontade). A edição da Academia manteve a forma original *derselben* (da mesma), que neste caso como em Kant remete ao termo feminino *Vernunft* (razão). Por uma sucessão de equívocos, Kellermann (1914) atribuiu a autoria da correção a Vorländer (1906), que por sua vez a atribuiu a Hartenstein (1838, 1867), onde contudo em ambas as edições não consta correção alguma mas a versão original de Kant: *derselben*. Em português, pelo fato de "vontade" e "razão" serem ambos femininos, a explicitação daquela diferenciação vai depender de interpretação filosófica. Cf. também as notas A 12 e A 142.

Critik der practischen Vernunft überhaupt hat also die Obliegenheit, die empirisch bedingte Vernunft von der Anmaßung abzuhalten, ausschließungsweise den Bestimmungsgrund des Willens allein abgeben zu wollen. Der Gebrauch der reinen Vernunft, wenn, daß es eine solche gebe, ausgemacht ist, ist allein immanent; der empirisch-bedingte, der sich die Alleinherrschaft anmaßt, ist dagegen transscendent, und äußert sich in Zumuthungen und Geboten, die ganz über ihr Gebiet hinausgehen, welches gerade das umgekehrte Verhältniß von dem ist, was von der reinen Vernunft im speculativen Gebrauche gesagt werden konnte.

Indessen, da es immer noch reine Vernunft ist, deren Erkenntniß hier dem practischen Gebrauche zum Grunde liegt, so wird doch die Eintheilung einer Critik der practischen Vernunft, dem allgemeinen Abrisse nach, der der speculativen gemäß angeordnet werden müssen. Wir werden also eine **Elementarlehre** und **Methodenlehre** derselben, in jener, als dem ersten Theile, eine **Analytik**, als Regel der Wahrheit, und eine **Dialectik**, als Darstellung und Auflösung des Scheins in Urtheilen der practischen Vernunft haben müssen. Allein die Ordnung in der Unterabtheilung

der

a *Crítica da razão prática* em geral tem a obrigação de deter a presunção da razão empiricamente condicionada de querer, ela só e exclusivamente, fornecer o fundamento determinante da vontade. O uso da razão pura, se se concluir que uma tal razão existe, é unicamente imanente; o uso empiricamente condicionado, que se arroga ao domínio absoluto, é, ao contrário, transcendente e manifesta-se em pretensões e mandamentos que excedem totalmente seu domínio, que consiste precisamente na relação inversa do que podia ter sido dito sobre a razão pura no uso especulativo.

Todavia, visto que se trata sempre ainda da razão pura, cujo conhecimento se encontra aqui à base do uso prático, a divisão de uma *Crítica da razão prática* terá de ser disposta, segundo o plano geral, conformemente à crítica da razão especulativa. Teremos de contar, pois, com uma **doutrina dos elementos**[24] e uma **doutrina do método** da mesma, e naquela, como primeira parte, com uma **analítica** enquanto regra da verdade, e uma **dialética** enquanto apresentação e resolução da ilusão em juízos da razão prática. Só que a ordem na subdivisão ◆

24. No original: *Elementarlehre*, literalmente "doutrina elementar", mas que Kant entendeu como uma investigação de elementos (das regras de verdade e da ilusão em juízos da razão prática pura). Mais adiante Kant expressar-se-á em termos de *praktische Elementarbegriffe* (conceitos elementares práticos; cf. *KpV* A 116).

der Analytik wird wiederum das Umgewandte von der in der Critik der reinen speculativen Vernunft seyn. Denn in der gegenwärtigen werden wir von **Grundsätzen** anfangend zu **Begriffen** und von diesen allererst, wo möglich, zu den Sinnen gehen; da wir hingegen bei der speculativen Vernunft von den Sinnen anfingen, und bey den Grundsätzen endigen mußten. Hievon liegt der Grund nun wiederum darin: daß wir es jetzt mit einem Willen zu thun haben, und die Vernunft nicht im Verhältniß auf Gegenstände, sonden auf diesen Willen und dessen Causalität zu erwägen haben, da denn die Grundsätze der empirisch unbedingten Causalität den Anfang machen müssen, nach welchem der Versuch gemacht werden kann, unsere Begriffe von dem Bestimmungsgrunde eines solchen Willens, ihrer Anwendung auf Gegenstände, zuletzt auf das Subject und dessen Sinnlichkeit, allererst festzusetzen. Das Gesetz der Causalität aus Freyheit, d. i. irgend ein reiner practischer Grundsatz, macht hier unvermeidlich den Anfang, und bestimmt die Gegenstände, worauf er allein bezogen werden kann.

Der

da Analítica será, por sua vez, a inversa da que se encontra na crítica da razão especulativa pura. Pois na presente, partindo de **proposições fundamentais**, passaremos a **conceitos** e apenas destes, se possível, aos sentidos; quando, ao contrário, na razão especulativa começávamos dos sentidos e tínhamos que terminar nas proposições fundamentais. A razão disso se encontra, por sua vez, no fato de que agora tratamos de uma vontade e temos de considerar a razão não em relação com objetos, mas com esta vontade e sua causalidade, já que as proposições fundamentais da causalidade não condicionada empiricamente têm que constituir o ponto de partida, segundo o qual pode ser feita a tentativa de pela primeira vez estabelecer nossos conceitos do fundamento determinante de uma tal vontade, de sua[25] aplicação a objetos e por fim ao sujeito e sua sensibilidade. A lei da causalidade a partir da liberdade, isto é, qualquer proposição fundamental prática pura, constitui aqui inevitavelmente o começo e determina os objetos aos quais esta proposição unicamente pode ser referida. ◆

25. Kant: *ihrer* (de sua), Adickes Vorländer: *ihre* (sua). Natorp: *und ihre* (e sua).

Der

Critik der practischen Vernunft

Erster Theil.

Elementarlehre

der

reinen practischen Vernunft.

Primeira Parte

Doutrina dos elementos da razão prática pura

Erstes Buch.

Die Analytik der reinen practischen Vernunft.

Erstes Hauptstück.

Von den Grundsätzen der reinen practischen Vernunft.

§. 1.

Erklärung.

Practische **Grundsätze** sind Sätze, welche eine allgemeine Bestimmung des Willens enthalten, die mehrere practische Regeln unter sich hat. Sie sind subjectiv, oder **Maximen**, wenn die Bedingung nur als für den Willen des Subjects gültig von ihm angesehen wird; objectiv aber, oder practische **Gesetze**, wenn jene als objectiv d. i. für den Willen jedes vernünftigen Wesens gültig erkannt wird.

Anmerkung.

Wenn man annimmt, daß reine Vernunft einen practisch d. i. zur Willensbestimmung hinreichenden Grund in sich ent-

Primeiro Livro

Analítica da razão prática pura

Primeiro Capítulo
Das proposições fundamentais da razão prática pura

∫ 1. Definição

Proposições fundamentais práticas são proposições que contêm uma determinação universal[26] da vontade, <determinação> que tem sob si[27] diversas regras práticas. Essas proposições são subjetivas ou **máximas**, se a condição for considerada pelo sujeito como válida somente para a vontade dele; mas elas são objetivas ou **leis** práticas, se a condição for conhecida como objetiva, isto é, como válida para a vontade de todo ente racional.

....

26. O desenvolvimento desta nota encontra-se no final do livro, p. 581.

27. Kant: *eine allgemeine Bestimmung..., die* (uma determinação universal..., que). As traduções não logram deixar clara a referência a *Bestimmung* (determinação), evidente em alemão, do pronome relativo feminino *die* (que), que se segue a *Wille* (vontade), o qual em alemão é masculino. A expressão *unter sich haben* (ter sob si) significa, segundo o dicionário Wahrig, "ser responsável por". Enfim, para ser exato, é a determinação e não a vontade que é responsável por diversas regras práticas.

halten könne, so giebt es practische Gesetze; wo aber nicht, so werden alle practische Grundsätze bloße Maximen seyn. In einem pathologisch-afficirten Willen eines vernünftigen Wesens kann ein Widerstreit der Maximen, wider die von ihm selbst erkannte practische Gesetze, angetroffen werden. Z. B. es kann sich jemand zur Maxime machen, keine Beleidigung ungerächet zu erdulden, und doch zugleich einsehen, daß dieses kein practisches Gesetz, sondern nur seine Maxime sey, dagegen, als Regel für den Willen eines jeden vernünftigen Wesens, in einer und derselben Maxime, mit sich selbst nicht zusammen stimmen könne. In der Naturerkenntniß sind die Principien dessen, was geschieht, (z. B. das Princip der Gleichheit der Wirkung und Gegenwirkung in der Mittheilung der Bewegung) zugleich Gesetze der Natur; denn der Gebrauch der Vernunft ist dort theoretisch und durch die Beschaffenheit des Objects bestimmt. In der practischen Erkenntniß, d. i. derjenigen, welche es blos mit Bestimmungsgründen des Willens zu thun hat, sind Grundsätze, die man sich macht, darum noch nicht Gesetze, darunter man unvermeidlich stehe, weil die Vernunft im Practischen es mit dem Subjecte zu thun hat, nemlich dem Begehrungsvermögen, nach dessen besonderer Beschaffenheit sich die Regel vielfältig richten kann. — Die practische Regel ist jederzeit ein Product der Vernunft, weil sie Handlung, als Mittel zur Wirkung, als Absicht vorschreibt. Diese Regel ist aber für ein Wesen, bey dem Vernunft nicht ganz allein Bestimmungsgrund des Willens ist, ein Imperativ, d. i. eine Regel, die durch ein Sollen, welches die objective Nöthigung der Handlung ausdrückt, bezeichnet wird, und bedeutet, daß, wenn die Vernunft den Willen gänzlich bestimmete, die Handlung unausbleiblich nach dieser Regel geschehen würde. Die Imperativen gelten also objectiv,

Anotação[28]

Se se admite que a razão **pura** possa conter um fundamento praticamente suficiente para a determinação ◆ da vontade[29], então existem leis práticas; do contrário todas as proposições fundamentais práticas tornam-se simples máximas. Numa vontade de um ente racional, patologicamente afetada, pode encontrar-se um conflito das máximas com as leis práticas conhecidas por ele próprio. Por exemplo, alguém pode tomar por máxima não tolerar impunemente nenhum insulto, e ao mesmo tempo ter a perspiciência de que isso não constitui nenhuma lei prática mas somente sua máxima, e que, contrariamente, enquanto regra para a vontade de todo ente racional, não pode concordar consigo própria em uma e mesma máxima. No conhecimento natural os princípios do que acontece (por exemplo, o princípio da igualdade de ação e reação na comunicação do movimento) são ao mesmo tempo leis da natureza; pois o uso da razão é aí teórico e determinado pela natureza do objeto. No conhecimento prático, isto é, naquele que tem a ver simplesmente com fundamentos determinantes da vontade, as proposições fundamentais que formamos não são ainda leis,

28. A tradução segue aqui a diferenciação de J. e W. Grimm, para os quais *anmerken, annotare* significa *notam apponere*, isto é, apor notas a um texto prévio, enquanto *bemerken* não pressupõe nenhum texto. Todavia *anmerken* também pode ser usado neste segundo sentido. H. Paul chamou a atenção de que especialmente nos séculos XVII e XVIII *Anmerkung* era utilizada no sentido de *Bemerkung, observatio.* As traduções costumam adotar, para *Anmerkung*, "escólio". Curiosamente, porém, Kant na *Lógica*, ao tratar dos escólios (*Scholien*), acrescentou-lhes a título de comentário uma *Anmerkung* (cf. *Logik Jäsche* A 176 Ak 112). O tradutor agradece a Marcos Lutz Müller a advertência sobre a tradução de *Anmerkung.*

29. O texto original é mais sutil: *Wenn man annimmt, daß reine Vernunft einen praktisch, d. i. zur Willensbestimmung hinreichenden Grund in sich enthalten könne.* Um fundamento "prático" liga-se à determinação da vontade, mas, apresentado de um modo adverbial, liga-se a "suficiente": "praticamente-suficiente", enquanto uma determinação da razão pura. Cf. adiante a repetição dessa forma de expressão: *Diese Idee praktisch-, d. i. für die Maxime unseres vernünftigen Verhaltens, hinreichend zu bestimmen...* (*KpV* A 194).

und sind von Maximen, als subjectiven Grundsätzen, gänzlich unterschieden. Jene bestimmen aber entweder die Bedingungen der Causalität des vernünftigen Wesens, als wirkender Ursache, blos in Ansehung der Wirkung und Zulänglichkeit zu derselben, oder sie bestimmen nur den Willen, er mag zur Wirkung hinreichend seyn oder nicht. Die erstere würden hypothetische Imperativen seyn, und bloße Vorschriften der Geschicklichkeit enthalten; die zweyten würden dagegen categorisch und allein practische Gesetze seyn. Maximen sind also zwar **Grundsätze**, aber nicht **Imperativen**. Die Imperativen selber aber, wenn sie bedingt sind, d. i. nicht den Willen schlechthin als Willen, sondern nur in Ansehung einer begehrten Wirkung bestimmen, d. i. hypothetische Imperativen sind, sind zwar practische **Vorschriften**, aber keine **Gesetze**. Die letztern müssen den Willen als Willen, noch ehe ich frage, ob ich gar das zu einer begehrten Wirkung erforderliche Vermögen habe, oder was mir, um diese hervorzubringen, zu thun sey, hinreichend bestimmen, mithin categorisch seyn, sonst sind es keine Gesetze; weil ihnen die Nothwendigkeit fehlt, welche, wenn sie practisch seyn soll, von pathologischen, mithin dem Willen zufällig anklebenden Bedingungen, unabhängig seyn muß. Saget jemanden, z. B. daß er in der Jugend arbeiten und sparen müsse, um im Alter nicht zu darben: so ist dieses eine richtige und zugleich wichtige practische Vorschrift des Willens. Man sieht aber leicht, daß der Wille hier auf etwas **Anderes** verwiesen werde, wovon man voraussetzt, daß er es begehre, und dieses Begehren muß man ihm, dem Thäter selbst, überlassen, ob er noch andere Hülfsquellen, außer seinem selbst erworbenen Vermögen, vorhersehe, oder ob er gar nicht hoffe alt zu werden, oder sich denkt im Falle der Noth dereinst schlecht behelfen zu können. Die Vernunft, aus der allein

às quais inevitavelmente nos submetemos, porque no que é prático a razão tem a ver com o sujeito, ou seja, com a faculdade de apetição, com cuja natureza particular a regra pode conformar-se de múltiplos modos. – A regra prática é sempre um produto da razão, porque ela prescreve como visada a ação enquanto meio para um efeito. Mas para um ente, cuja razão não é total e exclusivamente o fundamento determinante da vontade, essa regra constitui um **imperativo**, isto é, uma regra que é caracterizada por um dever-ser, o qual expressa a necessitação objetiva da[30] ação e significa que, se a razão determinasse totalmente a vontade, a ação ocorreria inevitavelmente segundo essa regra. Portanto os imperativos valem objetivamente ◆ e diferem totalmente das máximas, enquanto proposições fundamentais subjetivas. Mas aqueles ou determinam as condições da causalidade do ente racional, enquanto causa operante, simplesmente com vistas ao efeito e ao que é suficiente para o mesmo, ou determinam somente a vontade, quer ela seja suficiente ou não para o efeito. Os primeiros seriam imperativos hipotéticos e conteriam simples preceitos de habilidade; os segundos, ao contrário, seriam imperativos categóricos e, unicamente eles, leis práticas. Portanto máximas, em verdade, são **proposições fundamentais** mas não **imperativos**. Os imperativos mesmos, se são condicionados – isto é, não determinam a vontade simplesmente enquanto vontade mas somente com vistas a um efeito apetecido, isto é, são imperativos hipotéticos –, em verdade são **preceitos** práticos mas não **leis**. As últimas têm que determinar a vontade enquanto vontade, ainda antes que eu pergunte se realmente tenho a faculdade requerida para um efeito apetecido ou que coisa me importa fazer para produzi-lo; por conseguinte elas têm de ser categóricas, do contrário não são leis; porque lhes falta a necessidade que, se deve ser

30. Adickes propõe *zur* (à). Mais adiante encontraremos expressa justamente esta variante: *Nötigung... zu einer Handlung* (necessitação a uma ação. Cf. *KpV* A 57).

alle Regel, die Nothwendigkeit enthalten soll, entspringen kann, legt in diese ihre Vorschrift zwar auch Nothwendigkeit, (denn ohne das wäre sie kein Imperativ,) aber diese ist nur subjectiv bedingt, und man kann sie nicht in allen Subjecten in gleichem Grade voraussetzen. Zu ihrer Gesetzgebung aber wird erfodert, daß sie blos sich selbst vorauszusetzen bedürfe, weil die Regel nur alsdenn objectiv und allgemein gültig ist, wenn sie ohne zufällige, subjective Bedingungen gilt, die ein vernünftig Wesen von dem anderen unterscheiden. Nun sagt jemanden: er solle niemals lügenhaft versprechen, so ist dies eine Regel, die blos seinen Willen betrift; die Absichten, die der Mensch haben mag, mögen durch denselben erreicht werden können, oder nicht; das bloße Wollen ist das, was durch jene Regel völlig a priori bestimmt werden soll. Findet sich nun, daß diese Regel practisch richtig sey, so ist sie ein Gesetz, weil sie ein categorischer Imperativ ist. Also beziehen sich practische Gesetze allein auf den Willen, unangesehen dessen, was durch die Causalität desselben ausgerichtet wird, und man kann von der letztern (als zur Sinnenwelt gehörig) abstrahiren, um sie rein zu haben.

§. 2.

Lehrsatz I.

Alle practische Principien, die ein Object (Materie) des Begehrungsvermögens, als Bestimmungsgrund des Willens, voraussetzen, sind insgesamt empirisch und können keine practische Gesetze abgeben.

Ich verstehe unter der Materie des Begehrungsvermögens einen Gegenstand, dessen Wirklichkeit begehret wird. Wenn die Begierde nach diesem Gegenstande

nun

prática, tem que ser independente de condições patológicas, por conseguinte, de condições contingentemente aderentes à vontade. Se, por exemplo, dizeis a alguém que ele tem de trabalhar e economizar na juventude para não sofrer privações na velhice, então este é um preceito prático correto, e ao mesmo tempo importante, da vontade. Mas se vê facilmente que aqui a vontade é remetida a algo **diverso**, do qual se pressupõe que ela o apeteça, e esta apetição tem que ser deixada aos cuidados do próprio agente, quer ele preveja ainda outros recursos além dos bens adquiridos por ele mesmo, quer ele não espere tornar-se velho, quer ele pense de algum dia, em caso de necessidade, mal poder socorrer-se. A razão, da qual unicamente ♦ pode surgir toda a regra que deva conter necessidade, em verdade põe necessidade também neste seu preceito (pois sem isso ele não seria nenhum imperativo), mas esta é uma necessidade apenas subjetivamente condicionada e não se pode pressupô-la em todos os sujeitos no mesmo grau. Mas para a sua legislação requer-se que ela necessite pressupor-se simplesmente **a si mesma**, porque a regra só é objetiva e universalmente válida se vale independentemente de condições subjetivas e contingentes, que distinguem um ente racional de outro. Ora, se dizeis a alguém que ele jamais deve prometer algo enganosamente, então esta é uma regra que concerne meramente à sua vontade; os objetivos que o homem possa ter podem tanto ser alcançados por ele ou não; o simples querer é que deve ser determinado de modo completamente *a priori* por aquela regra. Agora, se se considera que esta regra seja praticamente correta, então ela é uma lei, porque ela é um imperativo categórico. Portanto leis práticas referem-se unicamente à vontade, sem consideração do que é realizado através da causalidade da mesma, e pode-se abstrair desta última (enquanto pertencente ao mundo sensorial) para as ter como puras.

nun vor der practischen Regel vorhergeht, und die Bedingung ist, sie sich zum Princip machen, so sage ich (**erstlich**): dieses Princip ist alsdenn jederzeit empirisch. Denn der Bestimmungsgrund der Willkühr ist alsdenn die Vorstellung eines Objects, und dasjenige Verhältniß derselben zum Subject, wodurch das Begehrungsvermögen zur Wirklichmachung desselben bestimmt wird. Ein solches Verhältniß aber zum Subject heißt die **Lust** an der Wirklichkeit eines Gegenstandes. Also müßte diese als Bedingung der Möglichkeit der Bestimmung der Willkühr vorausgesetzt werden. Es kann aber von keiner Vorstellung irgend eines Gegenstandes, welche sie auch seyn, **a priori** erkannt werden, ob sie mit **Lust** oder **Unlust** verbunden, oder **indifferent** seyn werde. Also muß in solchem Falle der Bestimmungsgrund der Willkühr jederzeit empirisch seyn, mithin auch das practische materiale Princip, welches ihn als Bedingung voraussetzte.

Da nun (**zweytens**) ein Princip, das sich nur auf die subjective Bedingung der Empfänglichkeit einer Lust oder Unlust, (die jederzeit nur empirisch erkannt, und nicht für alle vernünftige Wesen in gleicher Art gültig seyn kann,) gründet, zwar wol für das Subject, das sie besitzt, zu ihrer **Maxime**, aber auch für diese selbst (weil es ihm an objectiver Nothwendigkeit, die **a priori** erkannt werden muß, mangelt) nicht zum

∫ 2. *Teorema*[31] *I*

Todos os princípios práticos, que pressupõem um **objeto** (matéria) da faculdade de apetição como fundamento determinante da vontade, são no seu conjunto empíricos e não podem fornecer nenhuma lei prática.

Entendo por matéria da faculdade de apetição um objeto, cuja efetividade é apetecida. Ora, se o apetite por esse objeto ◆ antecede a regra prática e é a condição para[32] fazer dela um princípio próprio, neste caso digo (**em primeiro lugar**): este princípio é então sempre empírico. Pois o fundamento determinante do arbítrio é neste caso a representação de um objeto, e é aquela relação dessa representação com o sujeito pela qual a faculdade de apetição é determinada à efetivação do mesmo. Mas uma tal relação com o sujeito chama-se **prazer** na efetividade de um objeto. Portanto este prazer teria que ser pressuposto como condição da possibilidade da determinação do arbítrio. Mas não se pode conhecer *a priori* de nenhuma representação de qualquer objeto, seja ela qual for, se ela se vinculará ao **prazer** ou **desprazer** ou se será **indiferente** a ele. Portanto em tal caso o fundamento determinante do arbítrio, e por conseguinte também o princípio material prático que o pressupunha como condição, tem que ser sempre empírico.

....

31. O termo *Lehrsatz* foi introduzido na Filosofia por WOLFF, C. *Mathematisches Lexicon*, 1716, como tradução alemã de "teorema" (cf. RITTER (Ed.). *Historisches Wörterbuch der Philosophie*, 1980, v. 5, p. 174). Significou também tese, embora em Kant o teorema, como um dos elementos principais de um sistema (*Logik Politz*. Ak v. XXIV. 2, 1966, p. 582), inclua tese e demonstração (cf. tb. *Logik Jäsche*. A 176 Ak 112). Devido às sucessivas menções, nestas notas, das contribuições terminológicas de Christian Wolff, convém acrescentar que ele, como seguidor de Christian Thomasius (1655-1728), decidiu lecionar e escrever parte de suas obras em alemão, em vez do latim então em voga, tornando-se com isso o fundador da terminologia filosófica alemã (cf. METZLER, J. B. *Metzler-Philosophen-Lexikon*. Stuttgart: Metzler, 1989, p. 824).

32. *zu* (para) é acréscimo de Grillo, introduzido também por Vogel no exemplar de Erlangen e igualmente adotado por Hartenstein, Rosen- kranz e demais edições.

Gesetze dienen kann, so kann ein solches Princip niemals ein practisches Gesetz abgeben.

§. 3.
Lehrsatz II.

Alle materiale practische Principien sind, als solche, insgesamt von einer und derselben Art, und gehören unter das allgemeine Princip der Selbstliebe, oder eigenen Glückseligkeit.

Die Lust aus der Vorstellung der Existenz einer Sache, so fern sie ein Bestimmungsgrund des Begehrens dieser Sache seyn soll, gründet sich auf der **Empfänglichkeit** des Subjects, weil sie von dem Daseyn eines Gegenstandes **abhängt**; mithin gehört sie dem Sinne (Gefühl) und nicht dem Verstande an, der eine Beziehung der Vorstellung **auf ein Object**, nach Begriffen, aber nicht auf das Subject, nach Gefühlen, ausdrückt. Sie ist also nur so fern practisch, als die Empfindung der Annehmlichkeit, die das Subject von der Wirklichkeit des Gegenstandes erwartet, das Begehrungsvermögen bestimmt. Nun ist aber das Bewußtseyn eines vernünftigen Wesens von der Annehmlichkeit des Lebens, die ununterbrochen sein ganzes Daseyn begleitet, die **Glückseligkeit**, und das Princip, diese sich zum höchsten Bestimmungsgrunde der Willkühr zu machen, das Princip der Selbstliebe. Also sind alle materiale Principien, die den Bestimmungsgrund der

Will-

Ora, visto que (**em segundo lugar**) um princípio que se funda somente sobre a condição subjetiva da receptividade de um prazer ou desprazer (que sempre só pode ser conhecido empiricamente e não pode ser válido igualmente para todos os entes racionais) em verdade pode servir, para o sujeito que possui essa condição, como sua[33] **máxima**, mas não servir a esta mesma como **lei** (porque lhe falta necessidade ◆ objetiva, que tem de ser conhecida *a priori*), um tal princípio jamais pode fornecer uma lei prática.

§ 3. Teorema II

Todos os princípios práticos materiais são, enquanto tais, no seu conjunto de uma e mesma espécie e incluem-se no princípio geral do amor de si ou da felicidade própria.

O prazer decorrente da representação da existência de uma coisa, na medida em que deve ser um fundamento determinante do apetite por essa coisa, funda-se sobre a **receptividade** do sujeito, porque ele **depende** da existência de um objeto; por conseguinte ele pertence ao sentido (sentimento) e não ao entendimento, que expressa uma referência da representação **a um objeto** segundo conceitos, mas não ao sujeito segundo sentimentos. Portanto ele é prático somente na medida em que a sensação de agrado que o sujeito espera da efetividade do objeto determina a faculdade de apetição. Ora, a consciência que um ente racional tem do agrado da vida e que acompanha ininterruptamente toda a sua existência é, porém, a **felicidade**; e o princípio de tornar esta o fundamento determinante supremo do arbítrio é o princípio do amor de si. Logo todos os princípios materiais, que põem o fundamento determinante ◆

33. Natorp, em concordância com Grillo, pondera a substituição de *ihrer-diese* por *seiner-dieses*, referindo-se neste caso explicitamente a "sujeito".

Willkühr in der, aus irgend eines Gegenstandes Wirklichkeit zu empfindenden, Lust oder Unlust setzen, so fern gänzlich von **einerley Art**, daß sie insgesamt zum Princip der Selbstliebe, oder eigenen Glückseligkeit gehören.

Folgerung.

Alle **materiale** practische Regeln setzen den Bestimmungsgrund des Willens im **unteren Begehrungsvermögen**, und, gäbe es gar keine **blos formale** Gesetze desselben, die den Willen hinreichend bestimmeten, so würde auch **kein oberes Begehrungsvermögen** eingeräumt werden können.

Anmerkung I.

Man muß sich wundern, wie sonst scharfsinnige Männer einen Unterschied zwischen dem unteren und oberen Begehrungsvermögen darin zu finden glauben können, ob die **Vorstellungen**, die mit dem Gefühl der Lust verbunden sind, in den **Sinnen**, oder dem **Verstande** ihren Ursprung haben. Denn es kommt, wenn man nach den Bestimmungsgründen des Begehrens frägt und sie in einer von irgend etwas erwarteten Annehmlichkeit setzt, gar nicht darauf an, wo die **Vorstellung** dieses vergnügenden Gegenstandes herkomme, sondern nur wie sehr sie **vergnügt**. Wenn eine Vorstellung, sie mag immerhin im Verstande ihren Sitz und Ursprung haben, die Willkühr nur dadurch bestimmen kann, daß sie ein Gefühl einer Lust im Subjecte voraussetzet, so ist, daß sie ein Bestimmungsgrund der Willkühr sey, gänzlich von der Beschaffenheit des inneren Sinnes abhängig, daß dieser nemlich dadurch mit Annehmlichkeit afficirt werden kann. Die Vor-

do arbítrio no prazer ou desprazer a ser sensorialmente sentido a partir da efetividade de qualquer objeto, são totalmente da **mesma espécie**, na medida em que pertencem no seu conjunto ao princípio do amor de si ou da felicidade própria.

Corolário

Todas as regras práticas **materiais** põem o fundamento determinante da vontade na **faculdade de apetição inferior** e, se não houvesse nenhuma lei **meramente formal** da vontade, que a determinasse suficientemente, não poderia tampouco ser admitida **uma faculdade de apetição superior**.

Anotação I

Temos de surpreender-nos de como homens, afora isso perspicazes, possam crer encontrar uma diferença entre a **faculdade de apetição inferior** e a **faculdade de apetição superior** com base na origem que as **representações**, vinculadas ao sentimento de prazer, tenham nos **sentidos** ou no **entendimento**. Pois, se nos perguntamos pelos fundamentos determinantes da apetição e os colocamos em um esperado agrado de algo qualquer, não nos interessa de onde a **representação** desse objeto deleitante provém mas somente de quanto ela **deleita**. Se uma representação, mesmo tendo sua sede e origem no entendimento, só pode determinar o arbítrio pelo fato de pressupor um sentimento de prazer no sujeito, então o fato de ela ser um fundamento determinante do arbítrio é totalmente dependente da natureza do sentido interno, ou seja, de que este pode ser afetado por ela com agrado. Além disso, ◆

stellungen der Gegenstände mögen noch so ungleichartig, sie mögen Verstandes-, selbst Vernunftvorstellungen im Gegensatze der Vorstellungen der Sinne seyn, so ist doch das Gefühl der Lust, wodurch jene doch eigentlich nur den Bestimmungsgrund des Willens ausmachen, (die Annehmlichkeit, das Vergnügen, das man davon erwartet, welches die Thätigkeit zur Hervorbringung des Objects antreibt,) nicht allein so fern von einerley Art, daß es jederzeit blos empirisch erkannt werden kann, sondern auch so fern, als er eine und dieselbe Lebenskraft, die sich im Begehrungsvermögen äußert, afficirt, und in dieser Beziehung von jedem anderen Bestimmungsgrunde in nichts, als dem Grade, verschieden seyn kann. Wie würde man sonsten zwischen zwey der Vorstellungsart nach gänzlich verschiedenen Bestimmungsgründen eine Vergleichung der Größe nach anstellen können, um den, der am meisten das Begehrungsvermögen afficirt, vorzuziehen? Eben derselbe Mensch kann ein ihm lehrreiches Buch, das ihm nur einmal zu Händen kommt, ungelesen zurückgeben, um die Jagd nicht zu versäumen, in der Mitte einer schönen Rede weggehen, um zur Mahlzeit nicht zu spät zu kommen, eine Unterhaltung durch vernünftige Gespräche, die er sonst sehr schätzt, verlassen, um sich an den Spieltisch zu setzen, so gar einen Armen, dem wohlzuthun ihm sonst Freude ist, abweisen, weil er jetzt eben nicht mehr Geld in der Tasche hat, als er braucht, um den Eintritt in die Comödie zu bezahlen. Beruht die Willensbestimmung auf dem Gefühle der Annehmlichkeit oder Unannehmlichkeit, die er aus irgend einer Ursache erwartet, so ist es ihm gänzlich einerley, durch welche Vorstellungsart er afficirt werde. Nur wie stark, wie lange, wie leicht erworben und oft wiederholt, diese Annehmlichkeit sey, daran liegt es ihm, um sich zur Wahl zu entschließen. So wie dem-

jenigen,

quer as representações dos objetos sejam heterogêneas, quer elas sejam representações do entendimento e mesmo da razão em oposição às representações dos sentidos, apesar disso o sentimento de prazer, pelo qual única e propriamente aquelas constituem o fundamento determinante da vontade (o agrado, o deleite que disso se espera e impele à atividade para a produção do objeto), não somente é da mesma espécie, na medida em que sempre só pode ser conhecido empiricamente, mas também na medida em que ele[34] afeta uma e idêntica força vital que se exterioriza na faculdade de apetição, e sob este aspecto não pode ser diferente, senão em grau, de outro fundamento determinante. Do contrário, como se poderia fazer uma comparação de **magnitude** entre dois fundamentos determinantes totalmente diversos quanto ao modo de representação, para preferir aquele que mais afeta a faculdade de apetição? Um mesmo homem pode restituir, sem ter lido, um livro instrutivo que só uma vez lhe cai às mãos, para não perder a caçada, ir embora em meio a um belo discurso para não chegar tarde demais à refeição, abandonar uma conversação racional, que ele afora isso aprecia muito, para sentar-se à mesa de jogo, e até despedir um pobre, em cuja ajuda ele afora isso sente prazer, porque justamente agora não tem no bolso mais dinheiro do que precisa para pagar o ingresso para o teatro. Se a determinação da vontade depende do sentimento de agrado ou desagrado que ele por algum motivo espera, então lhe é inteiramente indiferente através de que modo de representação é afetado. Para decidir-se pela escolha só lhe importa quão forte, quão duradouro, quão facilmente adquirido e quão frequentemente repetido seja esse agrado. Do mesmo modo como ◆

34. Na 1ª, 4ª-6ª edições constou *er* ("ele", pronome pessoal masculino singular), na 2ª edição *es* (forma neutra do pronome), concordando então com *Gefühl* (sentimento); adotado também por Hartenstein e Ak.

jenigen, der Gold zur Ausgabe braucht, gänzlich einerley ist, ob die Materie desselben, das Gold, aus dem Gebirge gegraben, oder aus dem Sande gewaschen ist, wenn es nur allenthalben für denselben Werth angenommen wird, so frägt kein Mensch, wenn es ihm blos an der Annehmlichkeit des Lebens gelegen ist, ob Verstandes- oder Sinnesvorstellungen, sondern nur **wie viel und großes Vergnügen** sie ihm auf die längste Zeit verschaffen. Nur diejenigen, welche der reinen Vernunft das Vermögen, ohne Voraussetzung irgend eines Gefühls den Willen zu bestimmen, gerne abstreiten möchten, können sich so weit von ihrer eigenen Erklärung verirren, das, was sie selbst vorher auf ein und eben dasselbe Princip gebracht haben, dennoch hernach für ganz ungleichartig zu erklären. So findet sich z. B. daß man auch an bloßer **Kraftanwendung**, an dem Bewußtseyn seiner Seelenstärke in Ueberwindung der Hindernisse, die sich unserem Vorsatze entgegensetzen, an der Cultur der Geistestalente, u. s. w., Vergnügen finden könne, und wir nennen das mit Recht feinere Freuden und Ergötzungen, weil sie mehr, wie andere, in unserer Gewalt sind, sich nicht abnutzen, das Gefühl zu noch mehrerem Genuß derselben vielmehr stärken, und, indem sie ergötzen, zugleich cultiviren. Allein sie darum für eine andere Art, den Willen zu bestimmen, als blos durch den Sinn, auszugeben, da sie doch einmal, zur Möglichkeit jener Vergnügen, ein darauf in uns angelegtes Gefühl, als erste Bedingung dieses Wohlgefallens, voraussetzen, ist gerade so, als wenn Unwissende, die gerne in der Metaphysik pfuschern möchten, sich die Materie so fein, so überfein, daß sie selbst darüber schwindlich werden möchten, denken, und dann glauben, auf diese Art sich ein geistiges und doch ausgedehntes Wesen erdacht zu haben. Wenn wir es, mit dem **Epicur**, bey der Tugend aufs

àquele que necessita ouro para pôr em circulação é totalmente indiferente se a sua matéria, o ouro, foi escavada da montanha ou se surgiu da areia, contanto que por toda parte seja aceita pelo mesmo valor, assim nenhum homem pergunta, quando apenas o agrado da vida o interessa, se se trata de representações do entendimento ou do sentido mas somente **quanto e quão grande deleite** elas pelo máximo de tempo lhe proporcionam. Somente aqueles que querem contestar à razão a faculdade de determinar a vontade sem pressuposição de nenhum sentimento podem desviar-se do rumo de sua própria definição, declarando como inteiramente indiferente aquilo que eles mesmos antes reduziram a um e mesmo princípio. Assim se considera, por exemplo, que também no simples **exercício de força física**, na consciência da sua fortaleza de alma para a superação dos obstáculos que se contrapõem a nosso propósito, na cultura dos talentos do espírito, etc. possa encontrar-se deleite, e nós com direito chamamos isto de satisfações e regozijos mais **finos**, porque estão mais em nosso poder que outros, não se desgastam, antes, fortalecem o sentimento para um gozo ainda maior dos mesmos e, enquanto regozijam, ao mesmo tempo cultivam. Todavia fazê-los passar por um modo diverso de determinação da vontade do que simplesmente pelo sentido, pelo fato de pressuporem, para a possibilidade daqueles deleites, um sentimento estabelecido em nós para isso como condição primeira dessa complacência, é exatamente como se ignorantes que gostam de meter-se na Metafísica pensassem a matéria tão finamente, tão requintadamente, que eles mesmos gostariam de sentir vertigens sobre ela, e então cressem ter desse modo inventado um ente **espiritual** e, contudo, extenso. Se com **Epicuro**, para determinar a vontade, expomo-nos na virtude ◆

bloße Vergnügen aussetzen, das sie verspricht, um den Willen zu bestimmen: so können wir ihn hernach nicht tadeln, daß er dieses mit denen der gröbsten Sinne für ganz gleichartig hält; denn man hat gar nicht Grund ihm aufzubürden, daß er die Vorstellungen, wodurch dieses Gefühl in uns erregt würde, blos den körperlichen Sinnen beygemessen hätte. Er hat von vielen derselben den Quell, so viel man errathen kann, eben sowohl in dem Gebrauch des höheren Erkenntnißvermögens gesucht; aber das hinderte ihn nicht und konnte ihn auch nicht hindern, nach genanntem Princip das Vergnügen selbst, das uns jene allenfalls intellectuelle Vorstellungen gewähren, und wodurch sie allein Bestimmungsgründe des Willens seyn können, gänzlich für gleichartig zu halten. Consequent zu seyn, ist die größte Obliegenheit eines Philosophen, und wird doch am seltensten angetroffen. Die alten griechischen Schulen geben uns davon mehr Beyspiele, als wir in unserem syncretistischen Zeitalter antreffen, wo ein gewisses Coalitionssystem widersprechender Grundsätze voll Unredlichkeit und Seichtigkeit erkünstelt wird, weil es sich einem Publicum besser empfiehlt, das zufrieden ist, von allem Etwas, und im Ganzen nichts zu wissen, und dabey in allen Sätteln gerecht zu seyn. Das Princip der eigenen Glückseligkeit, so viel Verstand und Vernunft bey ihm auch gebraucht werden mag, würde doch für den Willen keine andere Bestimmungsgründe, als die dem unteren Begehrungsvermögen angemessen sind, in sich fassen, und es giebt also entweder gar kein Begehrungsvermögen, oder reine Vernunft muß für sich allein practisch seyn, d. i. ohne Voraussetzung irgend eines Gefühls, mithin ohne Vorstellungen des Angenehmen oder Unangenehmen, als der Materie des Begehrungsvermögens, die jederzeit eine empirische Bedingung der Principien ist, durch die bloße Form der practischen Regel

den

ao simples deleite que ela promete, não podemos depois censurá-lo pelo fato de considerar este deleite totalmente homogêneo aos mais rudes sentidos: pois não se tem absolutamente razão para imputar-lhe que tivesse atribuído as representações, pelas quais este sentimento seria suscitado em nós, meramente aos sentidos corporais. Ele, tanto quanto se pode supor, procurou a fonte de muitas dessas representações igualmente no uso da faculdade de conhecer superior; mas isto não o impediu e tampouco podia impedi-lo de, segundo o mencionado princípio, considerar como totalmente homogêneo o próprio deleite, que aquelas representações porventura intelectuais nos outorgam, e mediante o qual elas unicamente podem ser fundamentos determinantes da vontade. Ser **consequente** é a maior obrigação de um filósofo e é, contudo, o que mais raramente se encontra. As antigas escolas gregas dão-nos disso mais exemplos do que encontramos em nossa época **sincretista**, em que é forjado um certo **sistema de coligação** de proposições fundamentais contraditórias, repleto de improbidade e superficialidade, porque ele se recomenda melhor a um público que se contenta em saber de tudo um pouco e em suma nada, e ser com isso apto em tudo. O princípio da felicidade própria, por mais entendimento e razão que se possa usar nele, não compreenderia mesmo assim nenhum outro fundamento determinante da vontade além dos que convêm à faculdade de apetição **inferior** e, portanto, ou não existe nenhuma faculdade de apetição <superior>[35], ou a **razão pura** tem que ser por si só prática, isto é, tem que poder determinar a vontade pela simples forma da regra prática, sem pressuposição de nenhum sentimento, por conseguinte sem representações do agradável ou desagradável enquanto matéria da faculdade de apetição, que sempre é uma ◆

35. Kant, na 1ª edição: *kein Begehrungsvermögen*. No seu *Handexemplar* consta a intercalação manuscrita *oberes* (superior), ficando: "nenhuma faculdade de apetição superior".

den Willen bestimmen können. Alsdenn allein, ist Vernunft nur, so fern sie für sich selbst den Willen bestimmt, (nicht im Dienste der Neigungen ist,) ein wahres oberes Begehrungsvermögen, dem das pathologisch bestimmbare untergeordnet ist, und wirklich, ja specifisch von diesem unterschieden, so daß sogar die mindeste Beymischung von den Antrieben der letzteren ihrer Stärke und Vorzuge Abbruch thut, so wie das mindeste Empirische, als Bedingung in einer mathematischen Demonstration, ihre Würde und Nachdruck herabsetzt und vernichtet. Die Vernunft bestimmt in einem practischen Gesetze unmittelbar den Willen, nicht vermittelst eines dazwischen kommenden Gefühls der Lust und Unlust, selbst nicht an diesem Gesetze, und nur, daß sie als reine Vernunft practisch seyn kann, macht es ihr möglich, gesetzgebend zu seyn.

Anmerkung II.

Glücklich zu seyn, ist nothwendig das Verlangen jedes vernünftigen aber endlichen Wesens, und also ein unvermeidlicher Bestimmungsgrund seines Begehrungsvermögens. Denn die Zufriedenheit mit seinem ganzen Daseyn ist nicht etwa ein ursprünglicher Besitz, und eine Seligkeit, welche ein Bewußtseyn seiner unabhängigen Selbstgenugsamkeit voraussetzen würde, sondern ein durch seine endliche Natur selbst ihm aufgedrungenes Problem, weil es bedürftig ist, und dieses Bedürfniß betrift die Materie seines Begehrungsvermögens, d. i. etwas, was sich auf ein subjectiv zum Grunde liegendes Gefühl der Lust oder Unlust bezieht, dadurch das, was es zur Zufriedenheit mit seinem Zustande bedarf, bestimmt wird. Aber eben darum, weil dieser materiale Bestimmungsgrund von dem Subjecte blos empirisch erkannt werden kann, ist es unmöglich diese Aufgabe als ein Gesetz zu betrachten, weil dieses als objectiv in allen Fällen und für alle vernünftige Wesen

eben

condição empírica dos princípios. Só então a razão, na medida em que determina por si mesma a vontade (não está a serviço das inclinações), é uma verdadeira faculdade de apetição **superior**, à qual a faculdade de apetição, determinável patologicamente, está subordinada, e é efetivamente, até **especificamente** distinta desta, a ponto de a mínima mescla dos impulsos da última prejudicar-lhe a força e excelência, do mesmo modo como o mínimo de empírico, como condição em uma demonstração matemática, reduz e aniquila sua dignidade e importância. A razão em uma lei prática determina imediatamente a vontade, não mediante um sentimento de prazer e desprazer imiscuído nela ou mesmo nessa lei, e somente o fato de ela como razão pura poder ser prática possibilita-lhe ser legislativa.

Anotação II

Ser feliz é necessariamente a aspiração de todo ente racional, porém finito e, portanto, um inevitável fundamento determinante de sua faculdade de apetição. Pois o contentamento com toda a sua existência não é obra de uma posse originária e uma bem-aventurança, que pressuporia uma consciência de sua autossuficiência independente, mas um problema imposto a ele por sua própria natureza finita, porque ele é carente e esta carência concerne à matéria de sua faculdade de apetição, isto é, a algo referente a um sentimento de prazer e desprazer que jaz subjetivamente à sua base, mediante o qual é determinado aquilo que ele necessita para o contentamento com o seu estado. Mas, justamente porque esse fundamento determinante material pode ser conhecido pelo sujeito apenas de modo empírico, é impossível considerar essa tarefa uma lei, porque esta enquanto objetiva teria de conter, em todos os casos e para ◆

eben denselben Bestimmungsgrund des Willens enthalten müßte. Denn obgleich der Begriff der Glückseligkeit der practischen Beziehung der Objecte aufs Begehrungsvermögen allerwerts zum Grunde liegt, so ist er doch nur der allgemeine Titel der subjectiven Bestimmungsgründe, und bestimmt nichts specifisch, darum es doch in dieser practischen Aufgabe allein zu thun ist, und ohne welche Bestimmung sie gar nicht aufgelöset werden kann. Worin nemlich jeder seine Glückseligkeit zu setzen habe, kommt auf jedes sein besonderes Gefühl der Lust und Unlust an, und selbst in einem und demselben Subject auf die Verschiedenheit der Bedürfniß, nach den Abänderungen dieses Gefühls, und ein subjectiv nothwendiges Gesetz (als Naturgesetz) ist also objectiv ein gar sehr zufälliges practisches Princip, das in verschiedenen Subjecten sehr verschieden seyn kann und muß, mithin niemals ein Gesetz abgeben kann, weil es, bey der Begierde nach Glückseligkeit, nicht auf die Form der Gesetzmäßigkeit, sondern lediglich auf die Materie ankommt, nemlich ob und wie viel Vergnügen ich in der Befolgung des Gesetzes zu erwarten habe. Principien der Selbstliebe können zwar allgemeine Regeln der Geschicklichkeit (Mittel zu Absichten auszufinden) enthalten, alsdenn sind es aber blos theoretische Principien *), z. B. wie der-

*) Sätze, welche in der Mathematik oder Naturlehre practisch genannt werden, sollten eigentlich technisch heißen. Denn um die Willensbestimmung ist es diesen Lehren gar nicht zu thun; sie zeigen nur das Mannigfaltige der möglichen Handlung an, welches eine gewisse Wirkung hervorzubringen hinreichend ist, und sind also eben so theoretisch, als alle Sätze, welche die Verknüpfung der Ursache mit einer Wirkung aussagen. Wem nun die letztere beliebt, der muß sich auch gefallen lassen, die erstere zu seyn.

todos os entes racionais, **exatamente o mesmo fundamento determinante** da vontade. Pois, embora o conceito de felicidade se encontre **por toda a parte** como fundamento da relação prática dos **objetos** com a faculdade de apetição, ele contudo é somente o título geral dos fundamentos determinantes subjetivos e não determina nada especificamente, e é disto que todavia e unicamente se trata nesta questão prática e sem cuja determinação ela não pode absolutamente ser resolvida. Ou seja, aquilo em que cada um costuma colocar sua felicidade tem a ver com o seu sentimento particular de prazer e desprazer e, até num e mesmo sujeito, com a carência diversa de mudanças desse sentimento; e portanto uma lei **subjetivamente necessária** (enquanto lei natural) é **objetivamente** um princípio prático muito **contingente**, que em sujeitos diversos pode e tem que variar muito, por conseguinte jamais pode fornecer uma lei, porque o apetite de felicidade não tem a ver com a forma da conformidade à lei, mas unicamente com a matéria, ou seja, se e com quanto deleite posso contar na observância da lei. Princípios do amor de si na verdade podem conter regras gerais de habilidade (de encontrar meios para objetivos), mas em tal caso são meros princípios teóricos* (por exemplo, de como

* Proposições que na Matemática ou na Ciência Natural são denominadas **práticas** deveriam propriamente chamar-se técnicas. Pois essas ciências não têm nada a ver com a determinação da vontade; elas indicam somente o múltiplo da ação possível, o qual basta para produzir um determinado efeito, e são, portanto, tão teóricas como todas as proposições que afirmam a conexão de uma causa com um efeito. Ora, se alguém deseja o último, também tem que admitir a primeira. (K) ◆

derjenige, der gerne Brodt essen möchte, sich eine Mühle auszudenken habe). Aber practische Vorschriften, die sich auf sie gründen, können niemals allgemein seyn, denn der Bestimmungsgrund des Begehrungsvermögens ist auf das Gefühl der Lust und Unlust, das niemals als allgemein auf dieselben Gegenstände gerichtet, angenommen werden kann, gegründet.

Aber gesetzt, endliche vernünftige Wesen dächten auch in Ansehung dessen, was sie für Objecte ihrer Gefühle des Vergnügens oder Schmerzens anzunehmen hätten, imgleichen sogar in Ansehung der Mittel, deren sie sich bedienen müssen, um die erstern zu erreichen, die andern abzuhalten, durchgehends einerley, so würde das Princip der Selbstliebe dennoch von ihnen durchaus für kein practisches Gesetz ausgegeben werden können; denn diese Einhelligkeit wäre selbst doch nur zufällig. Der Bestimmungsgrund wäre immer doch nur subjectiv gültig und blos empirisch, und hätte diejenige Nothwendigkeit nicht, die in einem jeden Gesetze gedacht wird, nemlich die objective aus Gründen a priori; man müßte denn diese Nothwendigkeit gar nicht für practisch, sondern für blos physisch ausgeben, nemlich daß die Handlung durch unsere Neigung uns eben so unausbleiblich abgenöthigt würde, als das Gähnen, wenn wir andere gähnen sehen. Man würde eher behaupten können, daß es gar keine practische Gesetze gebe, sondern nur Anrathungen zum Behuf unserer Begierden, als daß blos subjective Principien zum Range practischer Gesetze erhoben würden, die durchaus objective und nicht blos subjective Nothwendigkeit haben, und durch Vernunft a priori, nicht durch Erfahrung (so empirisch allgemein diese auch seyn mag) erkannt seyn müssen. Selbst die Regeln einstimmiger Erscheinungen werden nur Naturgesetze (z. B. die mechanischen) genannt, wenn man sie entweder wirklich a priori erkennt, oder

doch

aquele que gosta de comer pão tem que inventar um moinho). Mas preceitos práticos que se fundam sobre eles não podem ser nunca universais, pois o fundamento determinante da faculdade de apetição funda-se sobre o sentimento de prazer e desprazer, que jamais pode ser admitido como dirigido universalmente aos mesmos objetos.

Mas, posto que entes racionais finitos pensassem geralmente de modo uniforme também sobre o que tivessem de admitir como objetos de seus sentimentos de deleite e dor e mesmo sobre os meios de que têm de servir-se para alcançar os primeiros e impedir os demais, ainda assim eles não poderiam de modo algum fazer o **princípio do amor de si** passar por **uma lei prática**; pois essa unanimidade seria ela mesma, apesar disso, somente contingente. O fundamento determinante continuaria valendo só subjetivamente e sendo simplesmente empírico, e não teria aquela necessidade que é pensada em cada lei, ou seja, a necessidade objetiva a partir de fundamentos *a priori*; pois de modo algum se teria de considerar essa necessidade como prática, mas meramente como física, a saber, que a ação seria coagida tão inevitavelmente por nossa inclinação como o bocejo ao vermos outros bocejar. Poder-se-ia, antes, afirmar que não existe absolutamente lei prática alguma mas só **recomendações** com vistas a nossos apetites, do que <afirmar que> princípios meramente subjetivos se elevassem à categoria de leis práticas, que possuem perfeitamente necessidade objetiva e não meramente subjetiva, e que têm de ser conhecidas *a priori* pela razão e não pela experiência (por mais empiricamente geral que esta também possa ser). Mesmo as regras de fenômenos concordantes somente são denominadas leis naturais (por exemplo, as mecânicas) se as conhecemos efetivamente *a priori*, ou ◆

doch (wie bey den chemischen) annimmt, sie würden a priori aus objectiven Gründen erkannt werden, wenn unsere Einsicht tiefer gienge. Allein bey blos subjectiven practischen Principien wird das ausdrücklich zur Bedingung gemacht, daß ihnen nicht objective, sondern subjective Bedingungen der Willkühr zum Grunde liegen müssen; mithin, daß sie jederzeit nur als bloße Maximen, niemals aber als practische Gesetze, vorstellig gemacht werden dürfen. Diese letztere Anmerkung scheint beym ersten Anblicke bloße Wortklauberey zu seyn; allein die Wortbestimmung des allerwichtigsten Unterschiedes, der nur in practischen Untersuchungen in Betrachtung kommen mag.

§. 4.

Lehrsatz III.

Wenn ein vernünftiges Wesen sich seine Maximen als practische allgemeine Gesetze denken soll, so kann es sich dieselbe nur als solche Principien denken, die nicht der Materie, sondern blos der Form nach, den Bestimmungsgrund des Willens enthalten.

Die Materie eines practischen Princips ist der Gegenstand des Willens. Dieser ist entweder der Bestimmungsgrund des letzteren, oder nicht. Ist er der Bestimmungsgrund desselben, so würde die Regel des Willens einer empirischen Bedingung (dem Verhältnisse der bestimmenden Vorstellung zum Gefühle der Lust und Unlust) unterworfen, folglich kein practisches Gesetz seyn. Nun bleibt von einem Gesetze, wenn man alle Materie, d. i. jeden Gegenstand des Willens (als Bestimmungsgrund) davon absondert, nichts übrig,

se admitimos (como nas leis químicas) que elas seriam conhecidas *a priori* a partir de fundamentos objetivos, caso a nossa perspiciência avançasse mais profundamente. Todavia, no caso de princípios práticos meramente subjetivos, é tomado expressamente como condição que em sua base tenham de encontrar-se, não condições objetivas, mas condições subjetivas do arbítrio; por conseguinte, que só podem ser representadas sempre como simples máximas, jamais porém como leis práticas. Esta última Anotação parece ser à primeira vista um simples verbalismo; <ela é>[36], contudo, a determinação verbal da mais importante diferença que pode ser considerada em investigações práticas.

§ 4. Teorema III

Se um ente racional deve representar suas máximas como leis universais práticas, então ele somente pode representá-las como princípios que contêm o fundamento determinante da vontade não segundo a matéria, mas simplesmente segundo a forma.

A matéria de um princípio prático é o objeto da vontade. Este objeto ou é o fundamento determinante da vontade, ou não o é. Se ele é o fundamento determinante da mesma, então a regra da vontade estaria submetida a uma condição empírica (à relação da representação determinante com o sentimento de prazer e desprazer), consequentemente não seria nenhuma lei prática. Ora, se se separa de uma lei toda a matéria, isto é, todo objeto da vontade (enquanto fundamento determinante), dela não resta ◆

36. "Ela é" (*sie ist*) faltou e foi acrescido por Kant em seu *Handexemplar*.

als die bloße Form einer allgemeinen Gesetzgebung. Also kann ein vernünftiges Wesen sich seine subjectiv-practische Principien, d. i. Maximen, entweder gar nicht zugleich als allgemeine Gesetze denken, oder es muß annehmen, daß die bloße Form derselben, nach der jene sich zur allgemeinen Gesetzgebung schicken, sie für sich allein zum practischen Gesetze mache.

Anmerkung.

Welche Form in der Maxime sich zur allgemeinen Gesetzgebung schicke, welche nicht, das kann der gemeinste Verstand ohne Unterweisung unterscheiden. Ich habe z. B. es mir zur Maxime gemacht, mein Vermögen durch alle sichere Mittel zu vergrößern. Jetzt ist ein Depositum in meinen Händen, dessen Eigenthümer verstorben ist und keine Handschrift darüber zurückgelassen hat. Natürlicherweise ist dies der Fall meiner Maxime. Jetzt will ich nur wissen, ob jene Maxime auch als allgemeines practisches Gesetz gelten könne. Ich wende jene also auf gegenwärtigen Fall an, und frage, ob sie wol die Form eines Gesetzes annehmen, mithin ich wol durch meine Maxime zugleich ein solches Gesetz geben könnte: daß jedermann ein Depositum ableugnen dürfe, dessen Niederlegung ihm niemand beweisen kann. Ich werde sofort gewahr, daß ein solches Princip, als Gesetz, sich selbst vernichten würde, weil es machen würde, daß es gar kein Depositum gäbe. Ein practisches Gesetz, was ich dafür erkenne, muß sich zur allgemeinen Gesetzgebung qualificiren; dies ist ein identischer Satz und also für sich klar. Sage ich nun, mein Wille steht unter einem practischen Gesetze, so kann ich nicht meine Neigung (z. B. im gegenwärtigen Falle meine Habsucht) als den zu einem allgemeinen practischen Gesetze schicklichen Bestim-

senão a simples **forma** de uma legislação universal. Logo, um ente racional ou não pode absolutamente representar **seus** princípios prático-subjetivos, isto é, suas máximas, ao mesmo tempo como leis universais, ou tem de admitir que a simples forma dos mesmos, segundo a qual eles **convêm à legislação universal**, torna-os por si só uma lei prática.

Anotação

Sem instrução o entendimento comum não pode distinguir qual forma na máxima presta-se, e qual não, a uma legislação universal. Por exemplo, adotei como máxima aumentar a minha fortuna através de todos os meios seguros. Agora se encontra em minhas mãos um depósito, cujo proprietário faleceu e não deixou nenhuma manifestação escrita a respeito. Naturalmente este é o caso de minha máxima. Quero saber agora somente se aquela máxima pode valer também como lei prática universal. Aplico-a, pois, ao caso presente e pergunto se ela poderia admitir a forma de uma lei, por conseguinte, se eu mediante minha máxima poderia fornecer ao mesmo tempo uma tal lei: que seja permitido a qualquer um negar um depósito, cujo assentamento ninguém pode provar-lhe. Dou-me conta imediatamente de que um tal princípio enquanto lei destruir-se-ia a si mesmo, porque faria com que não existisse absolutamente depósito algum. Uma lei prática, que eu reconheça como tal, tem que qualificar-se a uma legislação universal; esta é uma proposição idêntica e, pois, por si clara. Ora, se digo: minha vontade está sob uma lei prática, então não posso apresentar minha inclinação (por exemplo, no presente caso, minha cobiça) como o fundamento determinante de minha vontade apto a uma ◆

mungsgrund desselben anführen; denn diese, weit gefehlt, daß sie zu einer allgemeinen Gesetzgebung tauglich seyn sollte, so muß sie vielmehr in der Form eines allgemeinen Gesetzes sich selbst aufreiben.

Es ist daher wunderlich, wie, da die Begierde zur Glückseligkeit, mithin auch die **Maxime**, dadurch sich jeder diese letztere zum Bestimmungsgrunde seines Willens setzt, allgemein ist, es verständigen Männern habe in den Sinn kommen können, es darum für ein allgemein practisches Gesetz auszugeben. Denn da sonst ein allgemeines Naturgesetz alles einstimmig macht, so würde hier, wenn man der Maxime die Allgemeinheit eines Gesetzes geben wollte, grade das äußerste Widerspiel der Einstimmung, der ärgste Widerstreit und die gänzliche Vernichtung der Maxime selbst und ihrer Absicht erfolgen. Denn der Wille Aller hat alsdenn nicht ein und dasselbe Object, sondern ein jeder hat das seinige (sein eigenes Wohlbefinden), welches sich zwar zufälligerweise, auch mit anderer ihren Absichten, die sie gleichfalls auf sich selbst richten, vertragen kann, aber lange nicht zum Gesetze hinreichend ist, weil die Ausnahmen, die man gelegentlich zu machen befugt ist, endlos sind, und gar nicht bestimmt in eine allgemeine Regel befaßt werden können. Es kommt auf diese Art eine Harmonie heraus, die derjenigen ähnlich ist, welche ein gewisses Spottgedicht auf die Seeleneintracht zweyer sich zu Grunde richtenden Eheleute schildert: **O wundervolle Harmonie, was er will, will auch sie** rc. oder was von der Anheischigmachung König **Franz** des Ersten gegen Kaiser **Carl** den Fünften erzählt wird: was mein Bruder Carl haben will, (Mayland) das will ich auch haben. Empirische Bestimmungsgründe taugen zu keiner allgemeinen äußeren Gesetzgebung, aber auch eben so wenig zur innern; denn jeder legt

sein

lei prática universal; pois essa inclinação, completamente equivocada no sentido de que devesse prestar-se a uma legislação universal, tem que, muito antes, sob a forma de uma legislação universal, destruir-se a si mesma.

Por isso é estranho – uma vez que o apetite à felicidade é geral e que, por conseguinte, geral é também a **máxima** pela qual cada um põe a felicidade como fundamento determinante de sua vontade – que tenha podido ocorrer a homens sensatos fazer isso[37] passar por uma **lei prática** universal. Pois, visto que, contrariamente, uma lei natural universal torna tudo unânime, neste caso, se se quisesse dar à máxima a universalidade de uma lei, seguir-se-ia aqui o extremo reverso da unanimidade, o pior conflito e o inteiro aniquilamento da própria máxima e de seu objetivo. Pois a vontade de todos não tem então um e mesmo objeto, mas cada um tem o seu (seu bem-estar próprio), que em verdade pode até casualmente compatibilizar-se com os objetivos de outros, que eles igualmente reportam a si mesmos, mas a longo prazo não é suficiente para uma lei, porque as exceções que eventualmente se é facultado a fazer são intermináveis e não podem absolutamente ser abrangidas de modo determinado em uma regra geral. Desse modo descobre-se uma harmonia que é semelhante àquela, que uma certa sátira retrata, da concórdia de almas de dois cônjuges prestes a arruinar-se: **Ó prodigiosa harmonia, o que ele quer, também ela o quer** etc., ou o que é narrado acerca do comprometimento do rei **Francisco I** com o imperador **Carlos V**: o que meu irmão Carlos quer ter (Milão), também eu quero tê-lo. Fundamentos determinantes empíricos não se prestam a nenhuma legislação externa universal, tampouco à interna; pois cada um[38] funda ◆

37. Kant: *es* (neutro), Adickes, considerando *es* (isso) incompreensível, propõe *sie* (ela), então referindo-se a "máxima".

38. Kant: *jeder*, Hartenstein *Jener* (aquele).

sein Subject, ein anderer aber ein anderes Subject der Neigung zum Grunde, und in jedem Subject selber ist bald die, bald eine andere im Vorzuge des Einflusses. Ein Gesetz ausfindig zu machen, das sie insgesamt unter dieser Bedingung, nemlich mit allerseitiger Einstimmung, regierte, ist schlechterdings unmöglich.

§. 5.

Aufgabe I.

Vorausgesetzt, daß die bloße gesetzgebende Form der Maximen allein der zureichende Bestimmungsgrund eines Willens sey: die Beschaffenheit desjenigen Willens zu finden, der dadurch allein bestimmbar ist.

Da die bloße Form des Gesetzes lediglich von der Vernunft vorgestellt werden kann, und mithin kein Gegenstand der Sinne ist, folglich auch nicht unter die Erscheinungen gehört; so ist die Vorstellung derselben als Bestimmungsgrund des Willens von allen Bestimmungsgründen der Begebenheiten in der Natur nach dem Gesetze der Causalität unterschieden, weil bey diesen die bestimmenden Gründe selbst Erscheinungen seyn müssen. Wenn aber auch kein anderer Bestimmungsgrund des Willens für diesen zum Gesetz dienen kann, als blos jene allgemeine gesetzgebende Form; so muß ein solcher Wille als gänzlich unabhängig von dem Naturgesetz der Erscheinungen, nemlich dem Gesetze der Causalität, beziehungsweise auf einander, gedacht werden. Eine solche Unabhängigkeit aber heißt **Freyheit** im strengsten d. i. transscendentalen Verstande. Also

a inclinação sobre seu[39] sujeito, mas um outro indivíduo funda-a sobre outro sujeito e, em cada sujeito mesmo, ora uma inclinação, ora outra tem a influência preponderante. Encontrar uma lei que sob essas condições as regesse globalmente, a saber, com uma unanimidade de todas as partes, é simplesmente impossível.

§ 5. Problema[40] *I*

Na suposição de que unicamente a simples forma legislativa das máximas seja o fundamento determinante suficiente de uma vontade: encontrar a natureza daquela vontade que somente é determinável através dela.

Já que a simples forma da lei pode ser representada exclusivamente pela razão e, por conseguinte, não é nenhum objeto dos sentidos, consequentemente tampouco faz parte dos fenômenos, assim a representação dessa forma como fundamento determinante da vontade é diversa de todos os fundamentos determinantes dos eventos na natureza segundo a lei da causalidade, porque nestes os próprios fundamentos determinantes têm que ser fenômenos. Mas, se nenhum outro fundamento determinante da vontade, a não ser meramente aquela forma legislativa universal, pode servir a esta como lei, então uma tal vontade tem que ser pensada como totalmente independente da lei natural dos fe-

39. Nas edições 4ª a 6ª constou *ein* (um).

40. Kant: *Aufgabe.* A tendência seria de traduzir esse termo por "tarefa", não fosse o fato de a partir de WOLFF, C. *Mathematisches Lexicon*, 1716, ter-se tornado corrente o seu uso no sentido de "problema" a ser resolvido teoricamente. Assim Kant, p. ex., nos *Progressos da Metafísica*, pôs como título de seção: *Auflösung der akademischen* **Aufgabe**...: Resolução do **problema** acadêmico (cf. *Fortschritte* A 109, negrito do tradutor). Em *À paz perpétua* encontram-se explícitas, num sentido prático, as expressões alemãs e latinas *Kunstaufgabe* (*problema technicum*) e *sittliche Aufgabe* (*problema morale*) (cf. EF B 88). Mas diversamente se lê, p. ex., a expressão *eine Aufgabe zu befolgen* como "executar uma tarefa" (cf. *KpV* A 14n.).

ist ein Wille, dem die bloße gesetzgebende Form der Maxime allein zum Gesetze dienen kann, ein freyer Wille.

§. 6.

Aufgabe II.

Vorausgesetzt, daß ein Wille frey sey, das Gesetz zu finden, welches ihn allein nothwendig zu bestimmen tauglich ist.

Da die Materie des practischen Gesetzes, d. i. ein Object der Maxime, niemals anders als empirisch gegeben werden kann, der freye Wille aber, als von empirischen (d. i. zur Sinnenwelt gehörigen) Bedingungen unabhängig, dennoch bestimmbar seyn muß; so muß ein freyer Wille, unabhängig von der **Materie** des Gesetzes, dennoch einen Bestimmungsgrund in dem Gesetze antreffen. Es ist aber, außer der Materie des Gesetzes, nichts weiter in demselben, als die gesetzgebende Form enthalten. Also ist die gesetzgebende Form, so fern sie in der Maxime enthalten ist, das einzige, was einen Bestimmungsgrund des Willens ausmachen kann.

Anmerkung.

Freyheit und unbedingtes practisches Gesetz weisen also wechselsweise auf einander zurück. Ich frage hier nun nicht: ob sie auch in der That verschieden seyn, und nicht vielmehr ein unbedingtes Gesetz blos das Selbstbewußtseyn einer reinen practischen Vernunft, diese aber ganz einerley mit dem positiven Begriffe der Freyheit sey; sondern wovon unsere **Erkenntniß** des unbedingt-Practischen **anhebe**, ob von der

Freyheit

nômenos, a saber, da lei da causalidade em suas relações sucessivas[41]. Uma tal independência, porém, chama-se **liberdade** no sentido mais estrito, isto é, transcendental. Logo ◆ uma vontade, à qual unicamente a simples forma legislativa da máxima pode servir de lei, é uma vontade livre.

§ 6. Problema II

Na suposição de que uma vontade seja livre, encontrar a lei que unicamente se presta para determiná-la necessariamente.

Já que a matéria da lei prática, isto é, um objeto da máxima, jamais pode ser dada senão empiricamente, mas a vontade livre tem que ser independente de condições empíricas (isto é, pertencentes ao mundo sensorial) e, contudo, determinável, assim uma vontade livre tem que encontrar, independentemente da **matéria** da lei, um fundamento determinante na lei. Nesta, todavia, não está contido, além da matéria da lei, nada mais que a forma legislativa. Logo a forma legislativa, na medida em que está contida na máxima, é a única coisa que pode constituir um fundamento determinante da vontade[42].

Anotação

Portanto liberdade e lei prática incondicionada referem-se reciprocamente. Ora, aqui eu não pergunto se elas também de fato são diversas e se, muito antes, uma lei incondicionada não é simplesmente a consciência de si de uma

41. Adickes considera que "em suas relações sucessivas" viria melhor depois de "fenômenos".

42. Vorländer alega que Hartenstein alterou *des Willens* (da vontade) para: *des freien Willens* (da vontade livre). Mas a sua 1ª edição de 1838, p. 129, reproduziu fielmente Kant. A proposta de alteração ocorreu somente na edição de 1867.

Freyheit, oder dem practischen Gesetze. Von der Freyheit kann es nicht anheben; denn deren können wir uns weder unmittelbar bewußt werden, weil sein erster Begriff negativ ist, noch darauf aus der Erfahrung schließen, denn Erfahrung giebt uns nur das Gesetz der Erscheinungen, mithin den Mechanism der Natur, das gerade Widerspiel der Freyheit, zu erkennen. Also ist es das **moralische Gesetz**, dessen wir uns unmittelbar bewußt werden (so bald wir uns Maximen des Willens entwerfen), welches sich uns zuerst darbietet, und, indem die Vernunft jenes als einen durch keine sinnliche Bedingungen zu überwiegenden, ja davon gänzlich unabhängigen Bestimmungsgrund darstellt, gerade auf den Begriff der Freyheit führt. Wie ist aber auch das Bewußtseyn jenes moralischen Gesetzes möglich? Wir können uns reiner practischer Gesetze bewußt werden, eben so, wie wir uns reiner theoretischer Grundsätze bewußt sind, indem wir auf die Nothwendigkeit, womit sie uns die Vernunft vorschreibt, und auf Absonderung aller empirischen Bedingungen, dazu uns jene hinweiset, Acht haben. Der Begriff eines reinen Willens entspringt aus den ersteren, wie das Bewußtseyn eines reinen Verstandes aus dem letzteren. Daß dieses die wahre Unterordnung unserer Begriffe sey, und Sittlichkeit uns zuerst den Begriff der Freyheit entdecke, mithin **practische Vernunft** zuerst der speculativen das unauflöslichste Problem mit diesem Begriffe aufstelle, um sie durch denselben in die größte Verlegenheit zu setzen, erhellet schon daraus: daß, da aus dem Begriffe der Freyheit in den Erscheinungen nichts erklärt werden kann, sondern hier immer Naturmechanism den Leitfaden ausmachen muß, überdem auch die Antinomie der reinen Vernunft, wenn sie zum Unbedingten in der Reihe der Ursachen aufsteigen will, sich, bey einem so sehr wie bey dem andern, in Unbegreiflich-

razão prática pura, mas esta totalmente idêntica ao conceito positivo de liberdade; e sim <pergunto> onde **começa** o nosso **conhecimento** do incondicionalmente prático, se pela ◆ liberdade ou pela lei prática. Pela liberdade ele[43] não pode começar; pois nem podemos tornar-nos imediatamente conscientes dela, porque seu[44] primeiro conceito é negativo, nem podemos inferi-la da experiência, pois a experiência só nos dá a conhecer a lei dos fenômenos, por conseguinte o mecanismo da natureza, o exato oposto da liberdade. Logo é a **lei moral**, da qual nos tornamos imediatamente conscientes (tão logo projetamos para nós máximas da vontade), que se oferece **primeiramente** a nós e que, na medida em que a razão a apresenta como um fundamento determinante sem nenhuma condição sensível preponderante, antes, totalmente independente delas, conduz diretamente ao conceito de liberdade. Mas como é possível também a consciência daquela lei moral? Podemos tornar-nos conscientes de leis práticas puras do mesmo modo como somos conscientes de proposições fundamentais teóricas puras, na medida em que prestamos atenção à necessidade com que a razão as prescreve a nós[45] e à eliminação de todas as condições empíricas, à qual aquela nos remete. O conceito de vontade pura surge das primeiras, assim como a consciência de um entendimento puro, do último[46]. Que esta seja a verdadeira subordinação de nossos conceitos e que a moralidade descubra-nos primeiro o conceito de liberdade, que, por conseguinte, a **razão prática** seja a primeira a colocar à razão especulativa com esse conceito o mais insolúvel problema, para mediante o mesmo con-

43. Kant: *es* (pronome neutro), corrigido por Vorländer para *sise* (pronome pessoal feminino), para concordar com o termo feminino *Erkenntnis* (conhecimento).

44. Kant: *sein*, Ak: *ihr* (dela).

45. A tradução segue Adickes, segundo o qual, ao invés de "*womit sie uns die Vernunft vorschreibt*", é melhor "*womit die Vernunft sie uns vorschreibt*".

46. Kant: *aus dem letzteren* (do último). Natorp propõe *aus den letzteren* (das últimas), para concordar com "proposições fundamentais teóricas puras".

keiten verwickelt, indessen daß doch der letztere (Mechanism) wenigstens Brauchbarkeit in Erklärung der Erscheinungen hat, man niemals zu dem Wagstücke gekommen seyn würde, Freyheit in die Wissenschaft einzuführen, wäre nicht das Sittengesetz und mit ihm practische Vernunft dazu gekommen und hätte uns diesen Begriff nicht aufgedrungen. Aber auch die Erfahrung bestätigt diese Ordnung der Begriffe in uns. Setzet, daß jemand von seiner wollüstigen Neigung vorgiebt, sie sey, wenn ihm der beliebte Gegenstand und die Gelegenheit dazu vorkämen, für ihn ganz unwiderstehlich, ob, wenn ein Galgen vor dem Hause, da er diese Gelegenheit trifft, aufgerichtet wäre, um ihn sogleich nach genossener Wollust daran zu knüpfen, er alsdenn nicht seine Neigung bezwingen würde. Man darf nicht lange rathen, was er antworten würde. Fragt ihn aber, ob, wenn sein Fürst ihm, unter Androhung derselben unverzögerten Todesstrafe, zumuthete, ein falsches Zeugniß wider einen ehrlichen Mann, den er gerne unter scheinbaren Vorwänden verderben möchte, abzulegen, ob er da, so groß auch seine Liebe zum Leben seyn mag, sie wol zu überwinden für möglich halte. Ob er es thun würde, oder nicht, wird er vielleicht sich nicht getrauen zu versichern; daß es ihm aber möglich sey, muß er ohne Bedenken einräumen. Er urtheilet also, daß er etwas kann, darum weil er sich bewußt ist, daß er es soll, und erkennt in sich die Freyheit, die ihm sonst ohne das moralische Gesetz unbekannt geblieben wäre.

§. 7.

Grundgesetz der reinen practischen Vernunft.

Handle so, daß die Maxime deines Willens jederzeit zugleich als Princip einer allgemeinen Gesetzgebung gelten könne.

Anmer-

ceito pô-la no máximo embaraço, aclara-se já pelo seguinte: visto que a partir do conceito de liberdade nada pode ser explicado nos fenômenos mas que aqui o mecanismo natural sempre tem que constituir o fio condutor, que além disso também a antinomia da razão pura, se ela quiser elevar-se ao incondicionado na série das causas, tanto num caso como no outro enreda-se em representações ◆ inconcebíveis, enquanto o último (mecanismo) pelo menos possui utilidade na explicação dos fenômenos, assim jamais se teria chegado à façanha de introduzir a liberdade na ciência, se a lei moral, e com ela a razão prática, não tivesse sobrevindo e impingido a nós esse conceito. Mas também a experiência confirma essa ordem dos conceitos em nós. Supondo que alguém alegue que sua voluptuosa inclinação seja-lhe totalmente irresistível no momento em que o objeto querido e a ocasião correspondente lhe ocorram, perguntar-lhe se, no caso em que se erguesse perante a casa em que ele encontra essa ocasião uma forca para suspendê-lo logo após a gozada volúpia, ele então não dominaria sua inclinação. Não se precisa de muito tempo para adivinhar o que ele responderia. Perguntai-lhe, porém, se, no caso em que seu governante sob ameaça da mesma inadiada pena de morte lhe exigisse prestar um falso testemunho contra um homem honrado, que ele sob pretextos especiosos gostaria de arruinar, se ele então, por maior que possa ser seu amor à vida, considera possível vencê-lo. Se ele o faria ou não, talvez ele não se atreva a assegurá-lo; mas que isso lhe seja possível, tem que admiti-lo sem hesitação. Portanto ele julga que pode algo pelo fato de ter a consciência de que o deve, e reconhece em si a liberdade, que do contrário, sem a lei moral, ter-lhe-ia permanecido desconhecida.

§ 7. Lei fundamental da razão prática pura

Age de tal modo que a máxima de tua vontade possa sempre valer ao mesmo tempo como princípio de uma legislação universal. ◆

Anmerkung.

Die reine Geometrie hat Postulate als practische Sätze, die aber nichts weiter enthalten, als die Voraussetzung, daß man etwas thun könne, wenn etwa gefodert würde, man solle es thun, und diese sind die einzigen Sätze derselben, die ein Daseyn betreffen. Es sind also practische Regeln unter einer problematischen Bedingung des Willens. Hier aber sagt die Regel: man solle schlechthin auf gewisse Weise verfahren. Die practische Regel ist also unbedingt, mithin, als categorisch practischer Satz, a priori vorgestellt, wodurch der Wille schlechterdings und unmittelbar (durch die practische Regel selbst, die also hier Gesetz ist,) objectiv bestimmt wird. Denn reine, an sich practische Vernunft ist hier unmittelbar gesetzgebend. Der Wille wird als unabhängig von empirischen Bedingungen, mithin als reiner Wille, durch die bloße Form des Gesetzes als bestimmt gedacht, und dieser Bestimmungsgrund als die oberste Bedingung aller Maximen angesehen. Die Sache ist befremdlich genug, und hat ihres gleichen in der ganzen übrigen practischen Erkenntniß nicht. Denn der Gedanke a priori von einer möglichen allgemeinen Gesetzgebung, der also blos problematisch ist, wird, ohne von der Erfahrung oder irgend einem äußeren Willen etwas zu entlehnen, als Gesetz unbedingt geboten. Es ist aber auch nicht eine Vorschrift, nach welcher eine Handlung geschehen soll, dadurch eine begehrte Wirkung möglich ist, (denn da wäre die Regel immer physisch bedingt,) sondern eine Regel, die blos den Willen, in Ansehung der Form seiner Maximen, a priori bestimmt, und da ist ein Gesetz, welches blos zum Behuf der subjectiven Form der Grundsätze dient, als Bestimmungsgrund durch die objective Form eines Gesetzes überhaupt, wenigstens zu denken, nicht unmöglich. Man kann das Be-

Anotação

A Geometria pura tem postulados como proposições práticas que, porém, nada contêm além da pressuposição de que se **pode** fazer algo se porventura fosse exigido que se **deva** fazê-lo, e estas são suas únicas proposições que concernem a um ser existente. Trata-se, pois, de regras práticas sob uma condição problemática da vontade. Mas aqui a regra diz: deve-se simplesmente proceder de certa maneira. Logo a regra prática é incondicionada, por conseguinte representada *a priori* como proposição categoricamente prática, pela qual a vontade é absolutamente e imediatamente determinada (pela própria regra prática, que portanto aqui é lei). Pois uma <**razão**> pura, **em si razão prática**[47], é aqui imediatamente legislativa. A vontade é pensada como independente de condições empíricas, por conseguinte como vontade pura[48], determinada **pela simples forma da lei**, e este fundamento determinante é considerado a condição suprema de todas as máximas. A coisa é bastante estranha e não tem equivalente em todo o restante conhecimento prático. Pois o pensamento *a priori* de uma possível legislação universal, que, portanto, é meramente problemático, é ordenado incondicionalmente como lei, sem tomar algo emprestado da experiência ou de qualquer vontade exterior. Mas não se trata tampouco de um preceito, segundo o qual deve ocorrer uma ação pela qual um efeito apetecido é possível (pois então a regra seria sempre condicionada fisicamente) e sim de uma regra que determina *a priori* meramente a vontade com respeito à forma de suas máximas; e neste caso não é impossível pelo menos pensar uma lei – a qual serve meramente à forma **subjetiva** das propo-

47. No original, "reine, an sich praktische Vernunft". A tradução reproduz com menos elegância a ênfase dada pelo texto à expressão "em si razão prática". A ed. Ak, em desacordo com a edição original e sem o justificar, grifou também o adjetivo *reine* (pura).

48. Segundo Adickes, em vez de "vontade pura" tem que ser aí "vontade livre".

wußtseyn dieses Grundgesetzes ein Factum der Vernunft nennen, weil man es nicht aus vorhergehenden Datis der Vernunft, z. B. dem Bewußtseyn der Freyheit (denn dieses ist uns nicht vorher gegeben), herausvernünfteln kann, sondern weil es sich für sich selbst uns aufdringt als synthetischer Satz a priori, der auf keiner, weder reinen noch empirischen Anschauung gegründet ist, ob er gleich analytisch seyn würde, wenn man die Freyheit des Willens voraussetzte, wozu aber, als positivem Begriffe, eine intellectuelle Anschauung erfodert werden würde, die man hier gar nicht annehmen darf. Doch muß man, um dieses Gesetz ohne Mißdeutung als gegeben anzusehen, wohl bemerken: daß es kein empirisches, sondern das einzige Factum der reinen Vernunft sey, die sich dadurch als ursprünglich gesetzgebend (sic volo, sic jubeo,) ankündigt.

Folgerung.

Reine Vernunft ist für sich allein practisch, und giebt (dem Menschen) ein allgemeines Gesetz, welches wir das Sittengesetz nennen.

Anmerkung.

Das vorher genannte Factum ist unleugbar. Man darf nur das Urtheil zergliedern, welches die Menschen über die Gesetzmäßigkeit ihrer Handlungen fällen: so wird man jederzeit finden, daß, was auch die Neigung dazwischen sprechen mag, ihre Vernunft dennoch, unbestechlich und durch sich selbst gezwungen, die Maxime des Willens bey einer Handlung jederzeit an den reinen Willen halte, d. i. an sich selbst, indem sie sich als a priori practisch betrachtet. Dieses Princip der Sittlichkeit nun, eben um der Allgemeinheit der Gesetzgebung willen, die es zum formalen obersten Bestimmungsgrunde des Willens, unangesehen aller subjectiven Verschiedenheiten desselben,

sições fundamentais – como fundamento determinante mediante a forma **objetiva** de uma lei em geral. Pode-se denominar ◆ a consciência desta lei fundamental um *factum* da razão, porque não se pode sutilmente inferi-la de dados antecedentes da razão, por exemplo, da consciência da liberdade (pois esta consciência não nos é dada previamente), mas porque ela se impõe por si mesma a nós como uma proposição sintética *a priori*, que não é fundada sobre nenhuma intuição, seja pura ou empírica, se bem que ela seria analítica se se pressupusesse a liberdade da vontade, para o que porém se requereria como conceito positivo uma intuição intelectual, que aqui de modo algum se pode admitir. Contudo, para considerar esta lei como inequivocamente **dada**, precisa-se observar que ela não é nenhum fato empírico mas o único *factum* da razão pura, que deste modo se proclama .como originariamente legislativa (*sic volo, sic jubeo*[49])

Corolário

A razão pura é por si só prática e dá (ao homem) uma lei universal, que chamamos de **lei moral**.

Anotação

O *factum* antes mencionado é inegável. Basta desmembrar o juízo que os homens proferem sobre a conformidade de suas ações a leis: então se descobrirá sempre que, seja o que for que a inclinação entrementes possa também expressar, a sua razão contudo, íntegra e coagida por si própria, atém sempre a máxima da vontade, em uma ação,

49. O verso completo é: *Hoc volo, sic iubeo, sit pro ratione voluntas* ("É isto que eu quero, é assim que ordeno: por razão baste a minha vontade." JUVENAL [poeta romano, 60-127 d.C.]. *Sátiras* VI, 223. A tradução da frase é de Guido de Almeida).

selben, macht, erklärt die Vernunft zugleich zu einem Gesetze für alle vernünftige Wesen, so fern sie überhaupt einen Willen d. i. ein Vermögen haben, ihre Causalität durch die Vorstellung von Regeln zu bestimmen, mithin so fern sie der Handlungen nach Grundsätzen, folglich auch nach practischen Principien a priori (denn diese haben allein diejenige Nothwendigkeit, welche die Vernunft zum Grundsatze fodert), fähig seyn. Es schränkt sich also nicht blos auf Menschen ein, sondern geht auf alle endliche Wesen, die Vernunft und Willen haben, ja schließt sogar das unendliche Wesen, als oberste Intelligenz, mit ein. Im ersteren Falle aber hat das Gesetz die Form eines Imperativs, weil man an jenem zwar, als vernünftigem Wesen, einen reinen, aber, als mit Bedürfnissen und sinnlichen Bewegursachen afficirtem Wesen, keinen heiligen Willen, d. i. einen solchen, der keiner dem moralischen Gesetze widerstreitenden Maximen fähig wäre, voraussetzen kann. Das moralische Gesetz ist daher bey jenen ein **Imperativ**, der categorisch gebietet, weil das Gesetz unbedingt ist; das Verhältniß eines solchen Willens zu diesem Gesetze ist **Abhängigkeit**, unter dem Namen der Verbindlichkeit, welche eine **Nöthigung**, obzwar durch bloße Vernunft und dessen objectives Gesetz, zu einer Handlung bedeutet, die darum **Pflicht** heißt, weil eine pathologisch afficirte (obgleich dadurch nicht bestimmte, mithin auch immer freye) Willkühr, einen Wunsch bey sich führt, der aus **subjectiven** Ursachen entspringt, daher auch dem reinen objectiven Bestimmungsgrunde oft entgegen seyn kann, und also eines Widerstandes der practischen Vernunft, der ein innerer, aber intellectueller, Zwang genannt werden kann, als moralischer Nöthigung bedarf. In der allergnugsamsten Intelligenz wird die Willkühr, als keiner Maxime fähig, die nicht zugleich objectiv Gesetz seyn konnte, mit Recht

à vontade pura, isto é, a si própria, na medida em que ela se considera como *a priori* prática. Ora, este princípio da moralidade, devido justamente à universalidade da legislação que o torna o supremo fundamento determinante formal da vontade sem consideração de todas as diferenças[50] subjetivas ◆ da mesma, esclarece a razão ao mesmo tempo como uma lei para todos os entes racionais, na medida em que de modo geral tenham uma vontade, isto é, uma faculdade de determinar a sua causalidade pela representação de regras, por conseguinte, na medida em que são capazes de ações segundo proposições fundamentais, por conseguinte também segundo princípios práticos *a priori* (pois só estes têm aquela necessidade que a razão exige para a proposição fundamental). Esse princípio, portanto, não se restringe meramente a homens mas concerne a todos os entes finitos que têm razão e vontade, antes, compreende até o ente infinito enquanto inteligência suprema. No primeiro caso, porém, a lei tem a forma de um imperativo, porque naquela, em verdade enquanto ente racional, pode pressupor-se uma vontade **pura**[51], mas, enquanto um ente afetado por carências e causas motoras sensíveis, nenhuma vontade **santa**, isto é, uma vontade que não fosse capaz de nenhuma máxima conflitante com a lei moral. Por conseguinte a lei moral é naqueles um **imperativo** que ordena categoricamente, porque a lei é incondicionada; a relação de uma tal vontade com esta lei é uma **dependência** sob o nome de obrigação, porque significa uma **necessitação** – ainda que pela simples razão e sua[52] lei objetiva – a uma ação que por isso se chama **dever**, porque um arbítrio afetado patologicamente (embora não determinado pela afecção, por conseguinte também sempre livre) comporta um dese-

50. Na 6ª ed. constou no singular *Verschiedenheit* (diferença).

51. Segundo Adickes, também aqui se deve ler "livre" ao invés de "pura".

52. Kant: *dessen*, corrigido inicialmente por Vogel, no exemplar de Erlangen, para *deren* (fem.), para concordar com *Vernunft* (razão); seguido por Hartenstein, Vorländer e Kellermann.

vorgestellt, und der Begriff der Heiligkeit, der ihr um deswillen zukommt, setzt sie zwar nicht über alle practische, aber doch über alle practisch-einschränkende Gesetze, mithin Verbindlichkeit und Pflicht weg. Diese Heiligkeit des Willens ist gleichwol eine practische Idee, welche nothwendig zum Urbilde dienen muß, welchem sich ins Unendliche zu nähern das einzige ist, was allen endlichen vernünftigen Wesen zusteht, und welche das reine Sittengesetz, das darum selbst heilig heißt, ihnen beständig und richtig vor Augen hält, von welchem ins Unendliche gehenden Progressus seiner Maximen und Unwandelbarkeit derselben zum beständigen Fortschreiten sicher zu seyn, d. i. Tugend, das höchste ist, was endliche practische Vernunft bewirken kann, die selbst wiederum wenigstens als natürlich erworbenes Vermögen nie vollendet seyn kann, weil die Sicherheit in solchem Falle niemals apodictische Gewißheit wird, und als Ueberredung sehr gefährlich ist.

§. 8.

Lehrsatz IV.

Die **Autonomie** des Willens ist das alleinige Princip aller moralischen Gesetze und der ihnen gemäßen Pflichten: Alle **Heteronomie** der Willkühr gründet dagegen nicht allein gar keine Verbindlichkeit, sondern ist vielmehr dem Princip derselben und der Sittlichkeit des Willens entgegen. In der Unabhängigkeit nemlich von aller Materie des Gesetzes (nemlich einem begehrten Objecte) und zugleich doch Bestimmung der Willkühr durch die bloße allgemeine gesetzgebende Form, deren eine Maxime fähig seyn muß, besteht das alleinige Princip der Sittlichkeit. Jene **Unabhängigkeit** aber

ist

jo que emerge de causas **subjetivas** e por isso também pode contrapor-se frequentemente ao fundamento determinante objetivo puro; logo, precisa de uma resistência da razão prática, enquanto necessitação moral, que pode ser denominada coerção interior, mas intelectual. Na Inteligência sumamente suficiente, o arbítrio é com razão representado como incapaz de uma máxima que não pudesse[53] ser ao mesmo tempo objetivamente ◆ lei, e o conceito de **santidade**, que por isso lhe convém, na verdade não a sobrepõe a todas as leis práticas mas a todas as leis praticamente restritivas, por conseguinte à obrigação e ao dever. Esta santidade da vontade é, todavia, uma ideia prática que necessariamente tem de servir como **arquétipo**, cuja aproximação infinita é a única coisa que compete a todos os entes racionais finitos e que a lei moral pura, que por isso mesmo se chama santa, lhes mantém constante e corretamente ante os olhos. Estar seguro do progresso até o infinito de suas máximas e de sua imutabilidade com vistas ao desenvolvimento constante, isto é, a virtude, é a coisa mais elevada que uma razão prática finita pode conseguir; a qual, por sua vez, pelo menos como faculdade naturalmente adquirida, jamais pode estar acabada, porque a segurança em tal caso não se converte nunca em certeza apodíctica, e como persuasão é muito perigosa.

§ 8. Teorema IV

A **autonomia** da vontade é o único princípio de todas as leis morais e dos deveres conformes a elas: contrariamente, toda a **heteronomia** do arbítrio não só não funda obrigação alguma mas, antes, contraria o princípio da mesma e da moralidade da vontade. Ou seja, o único princípio da moralidade consiste na independência de toda a matéria da lei (a saber, de um objeto apetecido) e, pois, ao mes-

53. Kant: *konnte* (podia), Ak: *könnte* (pudesse).

ist Freyheit im **negativen**, diese eigene Gesetzgebung aber der reinen, und als solche, practischen Vernunft, ist Freyheit im **positiven** Verstande. Also drückt das moralische Gesetz nichts anders aus, als die **Avtonomie** der reinen practischen Vernunft, d.i. der Freyheit, und diese ist selbst die formale Bedingung aller Maximen, unter der sie allein mit dem obersten practischen Gesetze zusammenstimmen können. Wenn daher die Materie des Wollens, welche nichts anders, als das Object einer Begierde seyn kann, die mit dem Gesetz verbunden wird, in das practische Gesetz **als Bedingung der Möglichkeit desselben** hineinkommt, so wird daraus Heteronomie der Willkühr, nemlich Abhängigkeit vom Naturgesetze, irgend einem Antriebe oder Neigung zu folgen, und der Wille giebt sich nicht selbst das Gesetz, sondern nur die Vorschrift zur vernünftigen Befolgung pathologischer Gesetze; die Maxime aber, die auf solche Weise niemals die allgemein-gesetzgebende Form in sich enthalten kann, stiftet auf diese Weise nicht allein keine Verbindlichkeit, sondern ist selbst dem Princip einer **reinen** practischen Vernunft, hiemit also auch der sittlichen Gesinnung entgegen, wenn gleich die Handlung, die daraus entspringt, gesetzmäßig seyn sollte.

Anmerkung I.

Zum practischen Gesetze muß also niemals eine practische Vorschrift gezählt werden, die eine materiale (mithin empirische)

mo tempo na determinação do arbítrio pela simples forma legislativa universal, da qual uma máxima tem que ser capaz. Mas aquela **independência** ◆ é liberdade em sentido **negativo**, porém esta **legislação própria** da razão pura e, enquanto tal, razão prática, é liberdade em sentido **positivo**. Portanto a lei moral não expressa senão a **autonomia** da razão prática pura, isto é, da[54] liberdade, e esta é ela mesma a condição formal de todas as máximas, sob a qual elas unicamente podem concordar com a lei prática suprema. Se por isso a matéria do querer, a qual não pode ser senão o objeto de um apetite ligado à lei, entra na lei prática **como condição de possibilidade da mesma**, decorrerá daí uma heteronomia do arbítrio, ou seja, uma dependência da lei natural de seguir um impulso ou inclinação qualquer, e a vontade não se dá ela mesma a lei mas somente o preceito para a persecução racional de leis patológicas; a máxima, porém, que desse modo jamais pode conter a forma universal-legislativa, não só não institui desse modo nenhuma obrigação mas contraria ela mesma o princípio de uma razão prática **pura** e com isso, portanto, também a disposição moral, ainda que a ação que deriva dela devesse ser conforme à lei.

Anotação I

Portanto jamais se pode computar como lei prática um preceito prático, que comporta uma condição material (por ◆

54. Natorp sugere *die* (a).

rische) Bedingung bey sich führt. Denn das Gesetz des reinen Willens, der frey ist, setzt diesen in eine ganz andere Sphäre, als die empirische, und die Nothwendigkeit, die es ausdrückt, da sie keine Naturnothwendigkeit seyn soll, kann also blos in formalen Bedingungen der Möglichkeit eines Gesetzes überhaupt bestehen. Alle Materie practischer Regeln beruht immer auf subjectiven Bedingungen, die ihr keine Allgemeinheit für vernünftige Wesen, als lediglich die bedingte (im Falle ich dieses oder jenes begehre, was ich alsdenn thun müsse, um es wirklich zu machen,) verschaffen, und sie drehen sich insgesamt um das Princip der eigenen Glückseligkeit. Nun ist freylich unleugbar, daß alles Wollen auch einen Gegenstand, mithin eine Materie haben müsse; aber diese ist darum nicht eben der Bestimmungsgrund und Bedingung der Maxime; denn, ist sie es, so läßt diese sich nicht in allgemein gesetzgebender Form darstellen, weil die Erwartung der Existenz des Gegenstandes alsdenn die bestimmende Ursache der Willkühr seyn würde, und die Abhängigkeit des Begehrungsvermögens von der Existenz irgend einer Sache dem Wollen zum Grunde gelegt werden müßte, welche immer nur in empirischen Bedingungen gesucht werden, und daher niemals den Grund zu einer nothwendigen und allgemeinen Regel abgeben kann. So wird fremder Wesen Glückseligkeit das Object des Willens eines vernünftigen Wesens seyn können. Wäre sie aber der Bestimmungsgrund der Maxime, so müßte man voraussetzen, daß wir in dem Wohlseyn anderer nicht allein ein natürliches Vergnügen, sondern auch ein Bedürfniß finden, so wie die sympathetische Sinnesart bey Menschen es mit sich bringt. Aber dieses Bedürfniß kann ich nicht bey jedem vernünftigen Wesen (bey Gott gar nicht) voraussetzen. Also kann zwar die Materie der Maxime bleiben, sie muß aber

nicht

conseguinte, empírica). Pois a lei da vontade pura, que é livre, põe esta numa esfera inteiramente diversa da empírica, e a necessidade que ela expressa, já que não deve ser nenhuma necessidade natural, tem que consistir, portanto, meramente em condições formais da possibilidade de uma lei em geral. Toda a matéria de regras práticas depende sempre de condições subjetivas, que não lhe[55] proporcionam nenhuma universalidade para entes racionais, a não ser a condicionada (no caso de que me **apeteça** isto ou aquilo, que tenho de então fazer para torná-lo efetivo), e que giram globalmente em torno do princípio **da felicidade própria**. Ora, certamente é inegável que todo o querer tenha de possuir também um objeto, por conseguinte uma matéria; mas esta nem por isso é o fundamento determinante e a condição da máxima; pois, se o é, então esta não se deixa apresentar em uma forma universalmente legislativa, porque neste caso a expectativa da existência do objeto seria a causa determinante do arbítrio e a dependência da faculdade de apetição da existência de uma coisa qualquer teria de ser posta então como fundamento do querer, dependência que sempre só pode ser procurada em condições empíricas, não podendo por isso jamais fornecer o fundamento para uma regra necessária e universal. Assim a felicidade de outros poderá ser o objeto da vontade de um ente racional. Mas, se ela fosse o fundamento determinante da máxima, ter-se-ia de pressupor que encontramos não apenas um deleite natural no bem-estar de outros, mas que também temos necessidade dele, como no caso da índole simpatética entre os homens. Mas não posso pressupor esta carência em todo ente racional (em Deus, de modo algum). Logo, a matéria da máxima pode em verdade permanecer, mas ela não ◆

55. Natorp sugere *ihnen* (lhes).

nicht die Bedingung derselben seyn, denn sonst würde diese nicht zum Gesetze taugen. Also die bloße Form eines Gesetzes, welches die Materie einschränkt, muß zugleich ein Grund seyn, diese Materie zum Willen hinzuzufügen, aber sie nicht vorauszusetzen. Die Materie sey z. B. meine eigene Glückseligkeit. Diese, wenn ich sie jedem beylege (wie ich es denn in der That bey endlichen Wesen thun darf) kann nur alsdenn ein objectives practisches Gesetz werden, wenn ich anderer ihre in dieselbe mit einschließe. Also entspringt das Gesetz, anderer Glückseligkeit zu befördern, nicht von der Voraussetzung, daß dieses ein Object für jedes seine Willkühr sey, sondern blos daraus, daß die Form der Allgemeinheit, die die Vernunft als Bedingung bedarf, einer Maxime der Selbstliebe die objective Gültigkeit eines Gesetzes zu geben, der Bestimmungsgrund des Willens wird, und also war das Object (anderer Glückseligkeit) nicht der Bestimmungsgrund des reinen Willens, sondern die bloße gesetzliche Form war es allein, dadurch ich meine auf Neigung gegründete Maxime einschränkte, um ihr die Allgemeinheit eines Gesetzes zu verschaffen, und sie so der reinen practischen Vernunft angemessen zu machen, aus welcher Einschränkung, und nicht dem Zusatz einer äußeren Triebfeder, alsdenn der Begriff der **Verbindlichkeit**, die Maxime meiner Selbstliebe auch auf die Glückseligkeit anderer zu erweitern, allein entspringen könnte.

Anmerkung II.

Das gerade Widerspiel des Princips der Sittlichkeit ist: wenn das der eigenen Glückseligkeit zum Bestimmungsgrunde des Willens gemacht wird, wozu, wie ich oben gezeigt habe, alles überhaupt gezählt werden muß, was den Bestimmungsgrund, der zum Gesetze dienen soll, irgend worin anders, als in der gesetzgebenden Form der Maxime setzt. Dieser

Wider-

tem que ser sua condição, pois do contrário esta não se prestaria a uma lei. Portanto a simples forma de uma lei, que[56] limita a matéria, tem que ser ao mesmo tempo uma razão para acrescentar esta matéria à vontade mas não para[57] pressupô-la. Seja a matéria, por exemplo, minha felicidade própria. Se atribuo esta a cada um (como no caso de entes finitos, de fato, me é permitido fazer), ela somente pode tornar-se uma lei prática **objetiva** se incluo na mesma a felicidade de outros. Logo, a lei de promover a felicidade de outros não surge da pressuposição de que aquela[58] seja um objeto para o arbítrio de cada um, mas simplesmente do fato de que a forma da universalidade, que a razão necessita como condição para dar a uma máxima do amor de si a validade objetiva de uma lei, torna-se o fundamento determinante da vontade; e portanto não era o objeto (a felicidade de outros) o fundamento determinante e, sim, a simples forma legal, pela qual eu limitava minha máxima fundada sobre a inclinação para propiciar-lhe a universalidade de uma lei e deste modo torná-la adequada à razão prática pura, a partir de cuja limitação, então, e não a partir do acréscimo de um motivo exterior, o conceito de **obrigação**, de estender a máxima do meu amor de si[59] também à felicidade de outros, unicamente poderia[60] surgir.

Anotação II

O exato oposto do princípio da moralidade é tornar o princípio da felicidade **própria** fundamento determinante da

56. Vorländer corrige *welches* para *welche*, remetendo com isso a "forma" em vez de "lei".

57. Natorp sugere a supressão de *zu* (para).

58. Kant: *dieses*, neutro, remete a "lei". Vorländer aventa *diese* (esta), para remeter a "felicidade".

59. Tradução literal de *meiner Selbstliebe* (cf. adiante, em A 129, a nota do tradutor sobre os empregos diversos dos termos *Selbstliebe* [amor de si] e *Eigenliebe* [amor-próprio]).

60. A ed. Ak, seguindo Natorp, corrige *könnte* para *konnte* (podia).

Widerstreit ist aber nicht blos logisch, wie der zwischen empirisch-bedingten Regeln, die man doch zu nothwendigen Erkenntnißprincipien erheben wollte, sondern practisch, und würde, wäre nicht die Stimme der Vernunft in Beziehung auf den Willen so deutlich, so unüberschreybar, selbst für den gemeinsten Menschen so vernehmlich, die Sittlichkeit gänzlich zu Grunde richten; so aber kann sie sich nur noch in den Kopfverwirrenden Speculationen der Schulen erhalten, die dreist genug seyn, sich gegen jene himmlische Stimme taub zu machen, um eine Theorie, die kein Kopfbrechen kostet, aufrecht zu erhalten.

Wenn ein dir sonst beliebter Umgangsfreund sich bey dir wegen eines falschen abgelegten Zeugnisses dadurch zu rechtfertigen vermeynete, daß er zuerst die, seinem Vorgeben nach, heilige Pflicht der eigenen Glückseligkeit vorschützte, alsdenn die Vortheile herzählte, die er sich alle dadurch erworben, die Klugheit namhaft machte, die er beobachtet, um wider alle Entdeckung sicher zu seyn, selbst wider die von Seiten deiner selbst, dem er das Geheimniß darum allein offenbaret, damit er es zu aller Zeit ableugnen könne; dann aber im ganzen Ernst vorgäbe, er habe eine wahre Menschenpflicht ausgeübt: so würdest du ihm entweder gerade ins Gesicht lachen, oder mit Abschen davon zurückbeben, ob du gleich, wenn jemand blos auf eigene Vortheile seine Grundsätze gesteuert hat, wider diese Maaßregeln nicht das mindeste einzuwenden hättest. Oder setzet, es empfehle euch jemand einen Mann zum Haushalter, dem ihr alle eure Angelegenheiten blindlings anvertrauen könnet, und, um euch Zutrauen einzuflößen, rühmete er ihn als einen klugen Menschen, der sich auf seinen eigenen Vortheil meisterhaft verstehe, auch als einen rastlos wirksamen, der keine Gelegenheit dazu ungenutzt vorbeygehen ließe, endlich, damit

auch

vontade, para o que, como mostrei acima, tem que se computar em geral tudo o que põe o fundamento determinante, que deve servir de lei, em qualquer outra coisa que na forma legislativa da máxima. Mas este ◆ desacordo <*Widerstreit*> não é simplesmente lógico, como o entre regras empiricamente condicionadas que, não obstante, se queria elevar a princípios de conhecimento necessários, mas prático; e, se a voz da razão em relação à vontade não fosse tão clara, tão intransferível, tão perceptível mesmo ao homem mais comum, ele arruinaria completamente a moralidade; como tal, porém, ele só pode ainda manter-se nas especulações desconcertantes das escolas, que são suficientemente atrevidas para fazer-se surdas àquela voz celeste, com o fim de manter uma teoria que não custa nenhuma preocupação.

Se um familiar de tua estima presumisse justificar-se junto a ti pelo proferimento de um falso testemunho, alegando em primeiro lugar o dever sagrado da felicidade própria, e enumerasse a seguir todas as vantagens que obteve por esse meio, mencionando a prudência que observou para assegurar-se de não ser descoberto, mesmo por ti, a quem revela o segredo unicamente para poder negá-lo sempre; então, porém, com a maior seriedade afirmasse que praticou um verdadeiro dever de humanidade: nesse momento ou lhe ririas na cara ou recuarias com repulsa, ainda que, no caso de alguém que tenha dirigido suas proposições fundamentais meramente para as vantagens próprias, não tivesses nada a objetar contra essa regra de proceder. Ou, supondo que alguém vos recomende como caseiro uma pessoa a quem pudésseis confiar cegamente todos os vossos negócios e, para inspirar-vos confiança, louvasse-o como um homem prudente, que entende magistralmente do interesse próprio, e também como uma pessoa infatigavelmente ativa, que não deixava passar nenhuma oportunidade sem aproveitá-la para isso; finalmente, para ◆

auch ja nicht Besorgnisse wegen eines pöbelhaften Eigennutzes desselben im Wege stünden, rühmete er, wie er recht fein zu leben verstünde, nicht im Geldsammeln oder brutaler Ueppigkeit, sondern in der Erweiterung seiner Kenntnisse, einem wohlgewählten belehrenden Umgange, selbst im Wohlthun der Dürftigen, sein Vergnügen suchte, übrigens aber wegen der Mittel (die doch ihren Werth oder Unwerth nur vom Zwecke entlehnen) nicht bedenklich wäre, und fremdes Geld und Gut ihm hiezu, so bald er nur wisse, daß er es unentdeckt und ungehindert thun könne, so gut wie sein eigenes wäre: so würdet ihr entweder glauben, der Empfehlende habe euch zum besten, oder er habe den Verstand verlohren. — So deutlich und scharf sind die Grenzen der Sittlichkeit und der Selbstliebe abgeschnitten, daß selbst das gemeinste Auge den Unterschied, ob etwas zu der einen oder der andern gehöre, gar nicht verfehlen kann. Folgende wenige Bemerkungen können zwar bey einer so offenbaren Wahrheit überflüssig scheinen, allein sie dienen doch wenigstens dazu, dem Urtheile der gemeinen Menschenvernunft etwas mehr Deutlichkeit zu verschaffen.

Das Princip der Glückseligkeit kann zwar Maximen, aber niemals solche abgeben, die zu Gesetzen des Willens tauglich wären, selbst wenn man sich die allgemeine Glückseligkeit zum Objecte machte. Denn, weil dieser ihre Erkenntniß auf lauter Erfahrungsdatis beruht, weil jedes Urtheil darüber gar sehr von jedes seiner Meynung, die noch dazu selbst sehr veränderlich ist, abhängt, so kann es wol generelle, aber niemals universelle Regeln, d. i. solche, die im Durchschnitte am öftersten zutreffen, nicht aber solche, die jederzeit und nothwendig gültig seyn müssen, geben, mithin können keine practische Gesetze darauf gegründet werden. Eben darum, weil hier ein Object der Willkühr der Regel derselben zum Grunde gelegt

und

que não se interpusessem apreensões devidas a um interesse privado grosseiro, louvasse-o de como sabia viver refinadamente, procurando o seu deleite não na acumulação de dinheiro ou na voluptuosidade brutal e, sim, na ampliação de seus conhecimentos, em uma bem selecionada e instrutiva convivência, que procurava deleite mesmo no atendimento dos necessitados, mas que de resto não fosse escrupuloso quanto aos meios (que, aliás, tomam o seu valor ou desvalor somente do fim), procedendo com dinheiro e haveres estranhos como se fossem seus tão logo soubesse que podia fazê-lo sem ser descoberto e impedido: então ou acreditaríeis que o recomendante está zombando de vós ou que ele perdeu o juízo. Tão clara e nitidamente estão separados os limites da moralidade e do amor de si, que mesmo o olho mais comum não pode deixar de distinguir se algo pertence a um ou a outro. As poucas observações que se seguem podem certamente parecer supérfluas no caso de uma verdade tão evidente, contudo servem ao menos para propiciar maior clareza ao juízo da razão humana comum.

O princípio da felicidade pode, sem dúvida, fornecer máximas mas jamais aquelas que se prestassem para leis da vontade, mesmo que se tomasse a felicidade **geral** como objeto. Pois, visto que o conhecimento desta assenta sobre meros dados de experiência, uma vez que cada juízo a respeito depende muito da opinião de cada um, que além disso é ainda muito mutável, assim pode bem haver regras **gerais** mas jamais **universais**, isto é, regras que na média são muito frequentemente certas mas não que sempre e necessariamente têm que ser válidas; por conseguinte nenhuma **lei** prática pode fundar-se sobre elas. Justamente porque aqui um objeto do arbítrio tem que <ser>[61] posto como fundamento ◆

61. Segundo Vorländer (o único a incluir a alteração) ficou subentendido *werden*. Mas se trata originalmente de um acréscimo manuscrito de Vogel no exemplar de Erlangen.

und also vor dieser vorhergehen muß, so kann diese nicht worauf anders, als auf das, was man empfiehlt, und also auf Erfahrung bezogen und darauf gegründet werden, und da muß die Verschiedenheit des Urtheils endlos seyn. Dieses Princip schreibt also nicht allen vernünftigen Wesen eben dieselbe practische Regeln vor, ob sie zwar unter einem gemeinsamen Titel, nemlich dem der Glückseligkeit, stehen. Das moralische Gesetz wird aber nur darum als objectiv nothwendig gedacht, weil es für jedermann gelten soll, der Vernunft und Willen hat.

Die Maxime der Selbstliebe (Klugheit) räth blos an; das Gesetz der Sittlichkeit **gebietet**. Es ist aber doch ein großer Unterschied zwischen dem, wozu man uns **anräthig** ist, und dem, wozu wir **verbindlich** sind.

Was nach dem Princip der Autonomie der Willkühr zu thun sey, ist für den gemeinsten Verstand ganz leicht und ohne Bedenken einzusehen; was unter Voraussetzung der Heteronomie derselben zu thun sey, schwer, und erfodert Weltkenntniß; d. i. was **Pflicht** sey, bietet sich jedermann von selbst dar; was aber wahren dauerhaften Vortheil bringe, ist allemal, wenn dieser auf das ganze Daseyn erstreckt werden soll, in undurchdringliches Dunkel eingehüllt, und erfodert viel Klugheit, um die practische darauf gestimmte Regel durch geschickte Ausnahmen auch nur auf erträgliche Art den Zwecken des Lebens anzupassen. Gleichwol gebietet das sittliche Gesetz jedermann, und zwar die pünctlichste, Befolgung. Es muß also zu der Beurtheilung dessen, was nach ihm zu thun sey, nicht so schwer seyn, daß nicht der gemeinste und ungeübteste Verstand selbst ohne Weltklugheit damit umzugehen wüßte.

Dem categorischen Gebote der Sittlichkeit Genüge zu leisten, ist in jedes Gewalt zu aller Zeit; der empirisch-bedingten

Vor-

da sua regra e, pois, precedê-la, esta não pode referir-se senão ao que se recomenda[62] e, portanto, à experiência, fundando-se sobre ela, e então a diversidade do juízo tem que ser interminável. Logo, este princípio não prescreve as mesmas regras práticas a todos os entes racionais, embora elas na verdade se situem sob um título comum, a saber, o da felicidade. A lei moral, porém, só é pensada como objetiva e necessária, porque deve valer para qualquer um que tem razão e vontade.

A máxima do amor de si (prudência) apenas **aconselha**; a lei da moralidade **ordena**. Há, porém, uma grande diferença entre aquilo que se nos **aconselha** e aquilo para o qual somos **obrigados**.

Aquilo que deve ser feito segundo o princípio da autonomia do arbítrio deve considerar-se, para o entendimento mais comum, como fácil e totalmente livre de hesitação; aquilo que deve fazer-se sob a pressuposição da heteronomia do mesmo deve considerar-se difícil e requer conhecimento do mundo; isto é, aquilo que é **dever** apresenta-se por si mesmo a qualquer um; mas o que traz verdadeira e duradoura vantagem, se esta deve estender-se a toda a existência, está sempre envolto em obscuridade impenetrável e requer muita prudência para adaptar a regra prática correspondente[63], através de hábeis exceções e ainda assim de um modo apenas sofrível, aos fins da vida. A lei moral, entretanto, ordena a cada um a mais estrita observância. Logo, para o ajuizamento do que segundo ela precisa ser feito não tem que haver tanta dificuldade, a ponto de que até o entendimento mais comum e menos exercitado, mesmo sem experiência do mundo, não soubesse lidar com ele.

Satisfazer ao mandamento categórico da moralidade está todo o tempo em poder de cada um; satisfazer ao preceito empiricamente condicionado ◆

62. Hartenstein propõe, em vez de *empfiehlt*, *empfindet* (sente).

63. Na 6ª ed. *bestimmte* (determinada).

Vorschrift der Glückseligkeit nur selten, und bey weitem nicht, auch nur in Ansehung einer einzigen Absicht, für jedermann möglich. Die Ursache ist, weil es bey dem ersteren nur auf die Maxime ankommt, die ächt nnd rein seyn muß, bey der letzteren aber auch auf die Kräfte und das physische Vermögen, einen begehrten Gegenstand wirklich zu machen. Ein Gebot, daß jedermann sich glücklich zu machen suchen sollte, wäre thöricht; denn man gebietet niemals jemanden das, was er schon unausbleiblich von selbst will. Man müßte ihm blos die Maaßregeln gebieten, oder vielmehr darreichen, weil er nicht alles das kann, was er will. Sittlichkeit aber gebieten, unter dem Namen der Pflicht, ist ganz vernünftig; denn deren Vorschrift will erstlich eben nicht jedermann gerne gehorchen, wenn sie mit Neigungen im Widerstreite ist, und was die Maaßregeln betrift, wie er dieses Gesetz befolgen könne, so dürfen diese hier nicht gelehrt werden; denn, was er in dieser Beziehung will, das kann er auch.

Der im Spiel **verlohren** hat, kann sich wol über sich selbst und seine Unklugheit ärgern, aber wenn er sich bewußt ist, im Spiel **betrogen** (obzwar dadurch gewonnen) zu haben, so muß er sich selbst **verachten**, so bald er sich mit dem sittlichen Gesetze vergleicht. Dieses muß also doch wol etwas Anderes, als das Princip der eigenen Glückseligkeit seyn. Denn zu sich selber sagen zu müssen: ich bin ein **Nichtswürdiger**, ob ich gleich meinen Beutel gefüllt habe, muß doch ein anderes Richtmaaß des Urtheils haben, als sich selbst Beyfall zu geben, und zu sagen: ich bin ein **kluger** Mensch, denn ich habe meine Casse bereichert.

Endlich ist noch etwas in der Idee unserer practischen Vernunft, welches die Uebertretung eines sittlichen Gesetzes begleitet, nemlich ihre **Strafwürdigkeit**. Nun läßt sich mit

da felicidade, raramente, e nem de longe é possível a qualquer um, sequer com vistas a um único objetivo. A causa <disso> é que no primeiro caso só importa a máxima, que tem de ser genuína e pura, enquanto no segundo importam também as forças e a faculdade física de tornar efetivo um objeto apetecido. Um mandamento de que cada um devesse procurar tornar-se feliz seria tolo; pois nunca se ordena a alguém aquilo que ele já por si inevitavelmente quer. Ter-se-ia que simplesmente ordenar-lhe ou, antes, oferecer-lhe regras de procedimento, porque ele não pode tudo o que quer. Porém ordenar a moralidade sob o nome de dever é totalmente racional; pois, em primeiro lugar, ninguém quer de bom grado obedecer a seu preceito se ele repugna às inclinações, e as regras de procedimento quanto à maneira de alguém poder seguir essa lei não precisam ser aqui ensinadas; pois aquilo que ele em relação a ela quer[64], ele também o pode.

Aquele que **perdeu** no jogo pode perfeitamente **aborrecer-se** consigo mesmo e com sua imprudência, mas, se ele está consciente de que no jogo **enganou** (embora tenha ganho com ele), tem que **desprezar-se** a si mesmo tão logo ele se compare com a lei moral. Portanto esta tem que ser algo diverso do princípio da felicidade própria. Pois ter de dizer a si mesmo: eu sou uma **pessoa indigna**, conquanto tenha enchido minha carteira, tem que ter um outro padrão de medida do juízo que aplaudir a si próprio e dizer: eu sou um homem **prudente**, pois enriqueci o meu cofre.

Finalmente, na ideia de nossa razão prática há ainda algo que acompanha a transgressão de uma lei moral, a saber, a sua **punibilidade**. Ora, ao conceito ◆

64. Na 2ª ed. *tun will* (quer fazer).

dem Begriffe einer Strafe, als einer solchen, doch gar nicht das Theilhaftigwerden der Glückseligkeit verbinden. Denn obgleich der, so da straft, wol zugleich die gütige Absicht haben kann, diese Strafe auch auf diesen Zweck zu richten, so muß sie doch zuvor als Strafe, d. i. als bloßes Uebel für sich selbst gerechtfertigt seyn, so daß der Gestrafte, wenn es dabey bliebe, und er auch auf keine sich hinter dieser Härte verbergende Gunst hinaussähe, selbst gestehen muß, es sey ihm Recht geschehen, und sein Loos sey seinem Verhalten vollkommen angemessen. In jeder Strafe, als solcher, muß zuerst Gerechtigkeit seyn, und diese macht das Wesentliche dieses Begriffs aus. Mit ihr kann zwar auch Gütigkeit verbunden werden, aber auf diese hat der Strafwürdige, nach seiner Aufführung, nicht die mindeste Ursache sich Rechnung zu machen. Also ist Strafe ein physisches Uebel, welches, wenn es auch nicht als natürliche Folge mit dem moralisch-Bösen verbunden wäre, doch als Folge nach Principien einer sittlichen Gesetzgebung verbunden werden müßte. Wenn nun alles Verbrechen, auch ohne auf die physischen Folgen in Ansehung des Thäters zu sehen, für sich strafbar ist, d. i. Glückseligkeit (wenigstens zum Theil) verwirkt, so wäre es offenbar ungereimt zu sagen: das Verbrechen habe darin eben bestanden, daß er sich eine Strafe zugezogen hat, indem er seiner eigenen Glückseligkeit Abbruch that (welches nach dem Princip der Selbstliebe der eigentliche Begriff alles Verbrechens seyn müßte). Die Strafe würde auf diese Art der Grund seyn, etwas ein Verbrechen zu nennen, und die Gerechtigkeit müßte vielmehr darin bestehen, alle Bestrafung zu unterlassen und selbst die natürliche zu verhindern; denn alsdenn wäre in der Handlung nichts Böses mehr, weil die Uebel, die sonst darauf folgeten, und um deren willen die Handlung allein böse hieß, nunmehro abgehalten wären.

de pena enquanto tal não se pode de modo algum vincular a participação da felicidade. Pois, embora aquele que castiga possa perfeitamente ter ao mesmo tempo a boa intenção de dirigir a punição também para esse fim, todavia enquanto punição, isto é, como simples mal <*Übel*>, tem que antes justificar-se por si mesma, de modo que o punido, se ficasse nisso e ele tampouco visasse algum favor oculto por trás desse rigor, tem que ele mesmo reconhecer que isso lhe ocorreu de modo justo e que sua sorte corresponde perfeitamente a sua conduta. Toda punição enquanto tal tem que conter, em primeiro lugar, justiça, e esta constitui o essencial desse conceito. A ela, na verdade, pode ligar-se também bondade, mas o punível, depois de seu procedimento, não tem a mínima razão para contar com ela. Portanto a punição é um mal <*Übel*> físico, o qual, mesmo que enquanto consequência **natural** não se vinculasse ao moralmente mau <*Bösen*>, todavia, enquanto consequência segundo princípios de uma legislação moral teria de estar vinculado a ele. Se, pois, todo o crime, mesmo sem considerar as consequências físicas para o agente, é por si punível, isto é, arruína (pelo menos em parte) a felicidade, então seria manifestamente absurdo dizer: o crime consistiu precisamente em que ele incorreu numa punição enquanto prejudicou sua felicidade própria (o que, segundo o princípio do amor de si, teria que ser o verdadeiro conceito de todo o crime). Deste modo a punição tornar-se-ia a razão para denominar algo um crime e a justiça teria que consistir, muito antes, em abster-se de toda a punição e em impedir mesmo a punição natural; pois então não haveria na ação mais nada mau, porque os males, que do contrário se seguissem a ele e em virtude dos quais, unicamente, a ação chamar-se-ia má, seriam doravante ◆

wären. Vollends aber alles Strafen und Belohnen nur als das Maschinenwerk in der Hand einer höheren Macht anzusehen, welches vernünftige Wesen dadurch zu ihrer Endabsicht (der Glückseligkeit) in Thätigkeit zu setzen allein dienen sollte, ist gar zu sichtbar ein alle Freyheit aufhebender Mechanism ihres Willens, als daß es nöthig wäre uns hiebey aufzuhalten.

Feiner noch, obgleich eben so unwahr, ist das Vorgeben derer, die einen gewissen moralischen besondern Sinn annehmen, der, und nicht die Vernunft, das moralische Gesetz bestimmete, nach welchem das Bewußtseyn der Tugend unmittelbar mit Zufriedenheit und Vergnügen, das des Lasters aber mit Seelenunruhe und Schmerz verbunden wäre, und so alles doch auf Verlangen nach eigener Glückseligkeit aussetzen. Ohne das hieher zu ziehen, was oben gesagt worden, will ich nur die Täuschung bemerken, die hiebey vorgeht. Um den Lasterhaften als durch das Bewußtseyn seiner Vergehungen mit Gemüthsunruhe geplagt vorzustellen, müssen sie ihn, der vornehmsten Grundlage seines Characters nach, schon zum voraus als, wenigstens in einigem Grade, moralisch gut, so wie den, welchen das Bewußtseyn pflichtmäßiger Handlungen ergötzt, vorher schon als tugendhaft vorstellen. Also mußte doch der Begriff der Moralität und Pflicht vor aller Rücksicht auf diese Zufriedenheit vorhergehen und kann von dieser gar nicht abgeleitet werden. Nun muß man doch die Wichtigkeit dessen, was wir Pflicht nennen, das Ansehen des moralischen Gesetzes und den unmittelbaren Werth, den die Befolgung desselben der Person in ihren eigenen Augen giebt, vorher schätzen, um jene Zufriedenheit in dem Bewußtseyn seiner Angemessenheit zu derselben, und den bitteren Verweis, wenn man sich dessen Uebertretung vorwerfen kann, zu fühlen. Man kann also

contidos. Querer, porém, depois disso considerar toda a punição e recompensa somente como uma engrenagem mecânica na mão de um poder superior, que desse modo devesse servir unicamente para pôr em ação os entes racionais com vistas a seu objetivo final (a felicidade), é um mecanismo demasiado visivelmente supressor de toda a liberdade de sua vontade, para que fosse necessário deter-nos nisso.

Mais sutil ainda, embora tão igualmente inverídica, é a alegação daqueles que admitem um certo sentido peculiar moral – o qual, e não a razão, determinasse a lei moral e segundo o qual a consciência da virtude vincular-se-ia imediatamente a contentamento e deleite, a do vício, porém, à dor – e que assim submetem tudo à aspiração da felicidade própria. Sem retomar aqui o que foi dito acima, quero somente assinalar a ilusão que ocorre nisso. Para representar o faltoso como atormentado, mediante a consciência de suas faltas, pela perturbação de ânimo, eles têm que representá-lo já antes, de acordo com a mais elevada base de seu caráter, como moralmente bom, pelo menos em algum grau, bem como representar já antes como virtuoso aquele que se regozija com a consciência de ações conformes ao dever. Logo, o conceito de moralidade e de dever tinha de preceder toda a consideração deste contentamento e não pode ser de modo algum derivado do mesmo. Ora, se tem que avaliar antes a importância do que chamamos dever, a autoridade da lei moral e o valor imediato que a sua observância dá à pessoa, a seus próprios olhos, para sentir aquele contentamento na consciência de sua conformidade ao mesmo[65] e a amarga censura, se é que se pode censurar, por sua transgressão. Logo, não se ◆

65. Vorländer corrige *derselben*, que supostamente remete ao feminino *Pflicht* (dever), para *demselben*, que então remeteria ao neutro *Gesetz* (lei).

diese Zufriedenheit oder Seelenunruhe nicht vor der Erkenntniß der Verbindlichkeit fühlen und sie zum Grunde der letzteren machen. Man muß wenigstens auf dem halben Wege schon ein ehrlicher Mann seyn, um sich von jenen Empfindungen auch nur eine Vorstellung machen zu können. Daß übrigens, so wie, vermöge der Freyheit, der menschliche Wille durchs moralische Gesetz unmittelbar bestimmbar ist, auch die öftere Ausübung, diesem Bestimmungsgrunde gemäß, subjectiv zuletzt ein Gefühl der Zufriedenheit mit sich selbst wirken könne, bin ich gar nicht in Abrede; vielmehr gehört es selbst zur Pflicht, dieses, welches eigentlich allein das moralische Gefühl genannt zu werden verdient, zu gründen und zu cultiviren; aber der Begriff der Pflicht kann davon nicht abgeleitet werden, sonst müßten wir uns ein Gefühl eines Gesetzes als eines solchen denken, und das zum Gegenstande der Empfindung machen, was nur durch Vernunft gedacht werden kann; welches, wenn es nicht ein platter Widerspruch werden soll, allen Begriff der Pflicht ganz aufheben, und an deren Statt blos ein mechanisches Spiel feinerer, mit den gröberen bisweilen in Zwist gerathender, Neigungen setzen würde.

Wenn wir nun unseren formalen obersten Grundsatz der reinen practischen Vernunft (als einer Autonomie des Willens) mit allen bisherigen materialen Principien der Sittlichkeit vergleichen, so können wir in einer Tafel alle übrige, als solche, dadurch wirklich zugleich alle mögliche andere Fälle, außer einem einzigen formalen, erschöpft sind, vorstellig machen, und so durch den Augenschein beweisen, daß es vergeblich sey, sich nach einem andern Princip, als dem jetzt vorgetragenen, umzusehen. — Alle mögliche Bestimmungsgründe des Willens sind nemlich entweder blos subjectiv und also empirisch, oder auch objectiv und rational; beide aber entweder äußere oder innere.

Practi-

pode sentir este contentamento ou a perturbação[66] de alma antes do conhecimento da obrigação e torná-los fundamento da última. Já se tem de estar pelo menos a meio caminho de um homem honesto para fazer-se uma simples representação daquelas sensações. De resto não nego que, assim como graças à liberdade a vontade humana é imediatamente determinável pela lei moral, também a prática mais frequente conforme a esse fundamento determinante pode enfim produzir subjetivamente um sentimento de contentamento consigo mesmo; muito antes, pertence ao próprio dever cultivar e fundar aquilo que de modo próprio merece unicamente chamar-se sentimento moral; mas o conceito de dever não pode ser deduzido dele, do contrário teríamos de imaginar um sentimento de uma lei enquanto tal[67] e tornar objeto da sensação aquilo que somente pode ser pensado pela razão, o que, mesmo não devendo ser uma trivial contradição, suprimiria inteiramente todo o conceito de dever e colocaria simplesmente em seu lugar um jogo mecânico de inclinações mais refinadas, que às vezes cairia em desavença com as inclinações mais grosseiras.

Se agora comparamos a nossa suprema proposição fundamental **formal** da razão prática pura (como uma autonomia da vontade) com todos os princípios **materiais** da moralidade <admitidos> até aqui, podemos representar-nos todos os princípios restantes enquanto tais em um quadro, através do qual são efetiva e simultaneamente esgotados todos os demais casos, com exceção de um único caso formal[68], e assim visivelmente comprovar que é vão procurar um outro

66. Da 2ª à 6ª ed. *Seelenruhe* (quietude de alma), em vez de *Seelenunruhe* (perturbação de alma), restabelecido por Natorp e mantido pela ed. Ak.

67. Kant: *als eines solchen* (enquanto tal). Adickes considera necessário substituir esta expressão por *statt eines solchen*, ficando então: "sentimento de uma lei, ao invés de uma tal [lei]".

68. Natorp, apoiado por Vorländer, considera insatisfatória a construção da frase kantiana. Segundo ele, "formal" deveria vincular-se a "princípio", e não a "caso".

Practische materiale Bestimmungsgründe

im Princip der Sittlichkeit sind

Subjective				Objective	
äußere		innere		innere	äußere
Der Erziehung (nach Montaigne)	Der bürgerlichen Verfassung (nach Mandeville)	Des physischen Gefühls (nach Epicur)	Des moralischen Gefühls (nach Hutcheson)	Der Vollkommenheit (nach Wolf und den Stoikern)	Des Willens Gottes (nach Crusius und andern theologischen Moralisten)

princípio além do que foi agora apresentado. – Ou seja, todos os fundamentos determinantes possíveis da vontade são ou meramente **subjetivos** e, pois, empíricos, ou também **objetivos** e racionais; ambos, porém, **externos** ou **internos**. ◆

Fundamentos determinantes materiais práticos no princípio da moralidade

Subjetivos

externos		internos	
Educação (segundo Montaigne)	Constituição civil (segundo Mandeville)	Sentimento físico (segundo Epicuro)	Sentimento moral (segundo Hutcheson)

Objetivos

internos	externos
Perfeição (segundo Wolff e os estoicos)	Vontade de Deus (segundo Crusius e outros moralistas teológicos)[69] ◆

69. As obras aqui consideradas são, respectivamente, de MANDEVILLE, B. *Inquiry into Moral Virtue*, 1723; HUTCHESON, F. *Inquiry Concerning the Original of our Ideas of Virtue or Moral Goodness*, 1725; WOLFF, C. *Ontologia*, § 128; CRUSIUS, C. A. *Anweisung, vernünftig zu leben*, 1744 (cf. a respeito a tradução inglesa, de L. W. Beck, da *Critic of Practical Reason*, p. 41. Cf. complementarmente a tradução francesa, de L. Ferry e H. Wismann, da *Critique de la raison pratique*, p. 1492).

Die auf der linken Seite stehende sind insgesamt empirisch und taugen offenbar gar nicht zum allgemeinen Princip der Sittlichkeit. Aber die auf der rechten Seite gründen sich auf der Vernunft, (denn Vollkommenheit, als **Beschaffenheit** der Dinge, und die höchste Vollkommenheit in **Substanz** vorgestellt, d. i. Gott, sind beide nur durch Vernunftbegriffe zu denken.) Allein der erstere Begriff, nemlich der **Vollkommenheit**, kann entweder in **theoretischer** Bedeutung genommen werden, und da bedeutet er nichts, als Vollständigkeit eines jeden Dinges in seiner Art (transscendentale), oder eines Dinges blos als Dinges überhaupt (metaphysische), und davon kann hier nicht die Rede seyn. Der Begriff der Vollkommenheit in **practischer** Bedeutung aber ist die Tauglichkeit, oder Zulänglichkeit eines Dinges zu allerley Zwecken. Diese Vollkommenheit, als **Beschaffenheit** des Menschen, folglich innerliche, ist nichts anders, als **Talent**, und, was dieses stärkt oder ergänzt, **Geschicklichkeit**. Die höchste Vollkommenheit in **Substanz**, d. i. Gott, folglich äußerliche, (in practischer Absicht betrachtet,) ist die Zulänglichkeit dieses Wesens zu allen Zwecken überhaupt. Wenn nun also uns Zwecke vorher gegeben werden müssen, in Beziehung auf welche der Begriff der **Vollkommenheit** (einer inneren, an uns selbst, oder einer äußeren, an Gott,) allein Bestimmungsgrund des Willens werden kann, ein Zweck aber, als **Object**, welches vor der Willensbestimmung durch eine practische Regel vorhergehen und den Grund der Möglichkeit einer solchen enthalten muß, mithin die **Materie** des Willens, als Bestimmungsgrund desselben genommen, jederzeit empirisch ist, mithin zum **epicurischen** Princip der Glückseligkeitslehre, niemals aber zum reinen Vernunftprincip der Sittenlehre und der Pflicht dienen kann, (wie denn Talente und ihre Beförderung

Os fundamentos determinantes que se situam no primeiro grupo são, no seu conjunto, empíricos e obviamente não se prestam de modo algum ao princípio universal da moralidade. Mas os do segundo grupo fundam-se sobre a razão (pois a perfeição enquanto **qualidade** das coisas e a perfeição suprema representada em **substância**, isto é, Deus, são ambas pensáveis somente através de conceitos racionais). Porém o primeiro conceito, ou seja, o de **perfeição**, pode ser tomado ou em sentido **teórico**, e então não significa senão a completude de cada coisa em sua espécie (perfeição transcendental) ou de uma coisa simplesmente enquanto coisa em geral (perfeição metafísica), e disso não pode tratar-se aqui. Mas o conceito de perfeição em sentido **prático** é a aptidão ou suficiência de uma coisa para toda sorte de fins. Esta perfeição como **qualidade** do homem, consequentemente interna, não é senão **talento** e, o que o fortalece ou completa, **habilidade**. A perfeição suprema em **substância**, isto é, Deus, consequentemente externa (considerada de um ponto de vista prático), é a suficiência deste ente para todos os fins em geral. Se, pois, tiverem de ser-nos dados antes fins, em relação aos quais o conceito de **perfeição** (de uma perfeição interna em nós próprios ou de uma externa em Deus) pode unicamente tornar-se fundamento determinante da vontade, todavia um fim enquanto **objeto**, que tem de preceder a determinação da vontade mediante uma regra prática e conter o fundamento da possibilidade de uma tal determinação, por conseguinte a **matéria** da vontade tomada como fundamento determinante desta é sempre empírica, por conseguinte pode servir ao princípio **epicurista** da doutrina da felicidade, jamais porém ao princípio racional puro da doutrina da moralidade e do dever (do mesmo modo como talentos e sua promoção, ◆

derung nur, weil sie zu Vortheilen des Lebens beytragen, oder der Wille Gottes, wenn Einstimmung mit ihm, ohne vorhergehendes von dessen Idee unabhängiges practisches Princip, zum Objecte des Willens genommen worden, nur durch die **Glückseligkeit**, die wir davon erwarten, Bewegursache desselben werden können,) so folgt **erstlich**, daß alle hier aufgestellte Principien **material** sind, **zweytens**, daß sie alle mögliche materiale Principien befassen, und daraus endlich der Schluß: daß, weil materiale Principien zum obersten Sittengesetz ganz untauglich sind, (wie bewiesen worden,) das **formale practische Princip** der reinen Vernunft, nach welchem die bloße Form einer durch unsere Maximen möglichen allgemeinen Gesetzgebung den obersten und unmittelbaren Bestimmungsgrund des Willens ausmachen muß, das **einzige mögliche** sey, welches zu categorischen Imperativen, d. i. practischen Gesetzen (welche Handlungen zur Pflicht machen), und überhaupt zum Princip der Sittlichkeit, sowohl in der Beurtheilung, als auch der Anwendung auf den menschlichen Willen, in Bestimmung desselben, tauglich ist.

---

somente porque contribuem para as vantagens da vida, ou a vontade de Deus, se a concordância com ela foi tomada como objeto da vontade sem um precedente princípio prático independente de sua ideia, somente pela **felicidade** que disso esperamos podem tornar-se causa motriz da vontade); assim segue-se, **primeiro**, que todos os princípios aqui estabelecidos são **materiais**, **segundo**, que eles compreendem todos os princípios materiais possíveis, e disso, finalmente, a conclusão: visto que princípios materiais são inteiramente impróprios para a lei moral suprema (como ficou provado), o **princípio prático formal** da razão pura, segundo o qual a simples forma de uma legislação universal possível através de nossas máximas tem que constituir o fundamento determinante supremo e imediato da vontade, é o **único princípio possível** que é apto para imperativos categóricos, isto é, para leis práticas (que tornam ações um dever), e em geral para o princípio da moralidade, tanto no ajuizamento como também na aplicação à vontade humana, na determinação da mesma. ◆

I.

Von der
Deduction der Grundsätze
der reinen practischen Vernunft.

Diese Analytik thut dar, daß reine Vernunft practisch seyn, d. i. für sich, unabhängig von allem Empirischen, den Willen bestimmen könne — und dieses zwar durch ein Factum, worin sich reine Vernunft bey uns in der That practisch beweiset, nemlich die Avtonomie in dem Grundsatze der Sittlichkeit, wodurch sie den Willen zur That bestimmt. — Sie zeigt zugleich, daß dieses Factum mit dem Bewußtseyn der Freyheit des Willens unzertrennlich verbunden, ja mit ihm einerley sey, wodurch der Wille eines vernünftigen Wesens, das, als zur Sinnenwelt gehörig, sich, gleich anderen wirksamen Ursachen, nothwendig den Gesetzen der Causalität unterworfen erkennt, im Practischen, doch zugleich sich auf einer andern Seite, nemlich als Wesen an sich selbst, seines in einer intelligibelen Ordnung der Dinge bestimmbaren Daseyns bewußt ist, zwar nicht einer besondern Anschauung seiner selbst, sondern gewissen dynamischen Gesetzen gemäß, die die Causalität desselben in der Sinnenwelt bestimmen können; denn, daß Freyheit, wenn sie uns beygelegt wird, uns in eine intelligibele Ordnung der Dinge versetze, ist anderwerts hinreichend bewiesen worden.

Wenn

I
Da dedução das proposições fundamentais da razão prática pura

Esta Analítica demonstra que a razão pura pode ser prática – isto é, pode determinar por si a vontade independentemente de todo o empírico –, e isto na verdade mediante um *factum*, no qual a razão pura deveras se prova em nós praticamente, a saber, a autonomia[70] na proposição fundamental da moralidade, pela qual ela determina a vontade ao ato. Ela mostra ao mesmo tempo que este *factum* vincula-se indissoluvelmente à consciência da liberdade da vontade, antes, é idêntico a ela; e mediante a qual a vontade de um ente racional, que como pertencente ao mundo sensorial se reconhece, do mesmo modo que outras causas eficientes, como necessariamente submetido às leis da causalidade, contudo no domínio prático, por outro lado, a saber, enquanto ente em si mesmo é ao mesmo tempo consciente de sua existência determinável em uma ordem inteligível das coisas, na verdade não de acordo com uma intuição particular de si mesmo e sim de acordo com certas leis dinâmicas que podem determinar a causalidade do mesmo ente no mundo sensorial; pois foi provado suficientemente em outro lugar[71] que a liberdade, se ela nos é atribuída, transporta-nos a uma ordem inteligível das coisas. ◆

70. Tradução literal; melhor seria: "a saber, o da autonomia" (cf., por analogia, a nota a A 159).

71. Na *Fundamentação da metafísica dos costumes*, segundo nota de Vorländer.

Wenn wir nun damit den analytischen Theil der Critik der reinen speculativen Vernunft vergleichen, so zeigt sich ein merkwürdiger Contrast beider gegen einander. Nicht Grundsätze, sondern reine sinnliche Anschauung (Raum und Zeit) war daselbst das erste Datum, welches Erkenntniß a priori und zwar nur für Gegenstände der Sinne möglich machte. — Synthetische Grundsätze aus bloßen Begriffen ohne Anschauung waren unmöglich, vielmehr konnten diese nur in Beziehung auf jene, welche sinnlich war, mithin auch nur auf Gegenstände möglicher Erfahrung stattfinden, weil die Begriffe des Verstandes, mit dieser Anschauung verbunden, allein dasjenige Erkenntniß möglich machen, welches wir Erfahrung nennen. — Ueber die Erfahrungsgegenstände hinaus, also von Dingen als Noumenen, wurde der speculativen Vernunft alles Positive einer Erkenntniß mit völligem Rechte abgesprochen. — Doch leistete diese so viel, daß sie den Begriff der Noumenen, d. i. die Möglichkeit, ja Nothwendigkeit dergleichen zu denken, in Sicherheit setzte, und z. B. die Freyheit, negativ betrachtet, anzunehmen, als ganz verträglich mit jenen Grundsätzen und Einschränkungen der reinen theoretischen Vernunft, wider alle Einwürfe rettete, ohne doch von solchen Gegenständen irgend etwas bestimmtes und erweiterndes zu erkennen zu geben, indem sie vielmehr alle Aussicht dahin gänzlich abschnitt.

Ora, se comparamos com isso a parte analítica da crítica da razão especulativa pura, mostra-se um notável contraste entre ambas. Nesta não são proposições fundamentais mas uma **intuição** sensível pura (espaço e tempo) o primeiro dado que tornou possível um conhecimento *a priori* e, em verdade, somente para objetos dos sentidos. Proposições fundamentais sintéticas a partir de simples conceitos e sem intuição eram impossíveis, muito antes, só podiam ocorrer em referência àquela intuição que era sensível, por conseguinte também só em referência a objetos da experiência possível, porque unicamente os conceitos do entendimento vinculados a essa intuição tornam possível aquele conhecimento que chamamos experiência. Para além dos objetos de experiência, portanto de coisas enquanto *noumena*, foi com pleno direito negado à razão especulativa todo o positivo de um **conhecimento**. Esta, contudo, conseguiu tanto resultado, que salvaguardou o conceito de *noumena*, isto é, a possibilidade, antes a necessidade, de pensá-los e, por exemplo, salvou contra todas as objeções a admissibilidade da liberdade, considerada negativamente, como totalmente compatível com aquelas proposições fundamentais e limitações da razão teórica pura, sem com isso dar a conhecer algo determinado e que se estendesse a tais objetos, na medida em que, muito antes, cortou totalmente qualquer perspectiva nesse sentido. ◆

Dagegen giebt das moralische Gesetz, wenn gleich keine **Aussicht**, dennoch ein schlechterdings aus allen Datis der Sinnenwelt und dem ganzen Umfange unseres theoretischen Vernunftgebrauchs unerklärliches Factum an die Hand, das auf eine reine Verstandeswelt Anzeige giebt, ja diese so gar **positiv bestimmt** und uns etwas von ihr, nemlich ein Gesetz, erkennen läßt.

Dieses Gesetz soll der Sinnenwelt, als einer **sinnlichen Natur**, (was die vernünftigen Wesen betrifft,) die Form einer Verstandeswelt d. i. einer **übersinnlichen Natur** verschaffen, ohne doch jener ihrem Mechanism Abbruch zu thun. Nun ist Natur im allgemeinsten Verstande die Existenz der Dinge unter Gesetzen. Die sinnliche Natur vernünftiger Wesen überhaupt ist die Existenz derselben unter empirisch bedingten Gesetzen, mithin für die Vernunft **Heteronomie**. Die übersinnliche Natur eben derselben Wesen ist dagegen ihre Existenz nach Gesetzen, die von aller empirischen Bedingung unabhängig sind, mithin zur **Avtonomie** der reinen Vernunft gehören. Und, da die Gesetze, nach welchen das Daseyn der Dinge vom Erkenntniß abhängt, practisch sind; so ist die übersinnliche Natur, so weit wir uns einen Begriff von ihr machen können, nichts anders, als **eine Natur unter der Avtonomie der reinen practischen Vernunft**. Das Gesetz dieser Avtonomie aber ist das moralische Gesetz; welches also das Grundgesetz einer übersinnlichen Natur und einer reinen

Ver=

Contrariamente a lei moral fornece, ainda que nenhuma **perspectiva**, contudo um *factum* absolutamente inexplicável a partir de todos os dados do mundo sensorial e de todo o âmbito de nosso uso teórico da razão. Esse *factum* oferece indícios de um mundo inteligível puro e até o **determina positivamente**, permitindo-nos conhecer algo dele, a saber, uma lei.

Essa lei deve propiciar ao mundo sensorial, enquanto **natureza sensível** (no que concerne aos entes racionais), a forma de um mundo inteligível, isto é, de uma **natureza suprassensível**, sem com isso romper seu[72] mecanismo. Ora, a natureza é, no sentido mais universal, a existência das coisas sob leis. A natureza sensível de entes racionais em geral é a existência das mesmas sob leis empiricamente condicionadas, por conseguinte é **heteronomia** para a razão. A natureza suprassensível dos mesmos entes é, ao contrário, a sua existência segundo leis que são independentes de toda a condição empírica, que, por conseguinte, pertencem à **autonomia** da razão pura. E visto que as leis, segundo as quais a existência das coisas depende do conhecimento, são práticas, a natureza suprassensível, na medida em que podemos formar um conceito dela, não é senão **uma natureza sob a autonomia da razão prática pura**. Mas a lei dessa autonomia é a lei moral, que é, portanto, a lei fundamental de uma natureza suprassensível e de um mundo inteligível ◆

72. Vogel, no exemplar de Erlangen, é o único a corrigir *jener ihrem* para *jener in ihrem*.

Verstandeswelt ist, deren Gegenbild in der Sinnenwelt, aber doch zugleich ohne Abbruch der Gesetze derselben, existiren soll. Man könnte jene die **urbildliche** (**natura archetypa**), die wir blos in der Vernunft erkennen; diese aber, weil sie die mögliche Wirkung der Idee der ersteren, als Bestimmungsgrundes des Willens, enthält, die nachgebildete (**natura ectypa**) nennen. Denn in der That versetzt uns das moralische Gesetz, der Idee nach, in eine Natur, in welcher reine Vernunft, wenn sie mit dem ihr angemessenen physischen Vermögen begleitet wäre, das höchste Gut hervorbringen würde, und bestimmt unseren Willen die Form der Sinnenwelt, als einem Ganzen vernünftiger Wesen, zu ertheilen.

Daß diese Idee wirklich unseren Willensbestimmungen gleichsam als Vorzeichnung zum Muster liege, bestätigt die gemeinste Aufmerksamkeit auf sich selbst.

Wenn die Maxime, nach der ich ein Zeugniß abzulegen gesonnen bin, durch die practische Vernunft geprüft wird, so sehe ich immer darnach, wie sie seyn würde, wenn sie als allgemeines Naturgesetz gölte. Es ist offenbar, in dieser Art würde es jedermann zur Wahrhaftigkeit nöthigen. Denn es kann nicht mit der Allgemeinheit eines Naturgesetzes bestehen, Aussagen für beweisend und dennoch als vorsetzlich unwahr gelten zu lassen. Eben so wird die Maxime, die ich in

puro, cujo equivalente deve existir no mundo sensível, mas sem ao mesmo tempo violar as leis do mesmo. Poder-se-ia chamar aquela de natureza **arquétipa** <*urbildliche*> (*natura archetypa*), que conhecemos apenas na razão, esta porém de natureza éctipa <*nachgebildete*> (*natura ectypa*), porque contém o efeito possível da ideia da primeira enquanto fundamento determinante da vontade. Pois a lei moral efetivamente nos transporta, em ideia, a uma natureza em que a razão pura, se fosse acompanhada da sua correspondente faculdade física, produziria o sumo bem, e ela determina nossa vontade a conferir ao mundo sensorial a forma de um todo de entes racionais.

Que esta ideia efetivamente se encontre, por assim dizer, sob a forma de esboço como modelo para as determinações na nossa vontade, confirma-o a mais comum observação de si mesmo.

Se a máxima de acordo com a qual tenho intenção de prestar um testemunho for examinada pela razão prática, vejo sempre como ela seria se valesse como uma lei universal da natureza. Sob tal forma, obviamente, qualquer um seria coagido à veracidade. Pois não é compatível com a universalidade de uma lei natural admitir asserções como probatórias e, não obstante, como deliberadamente falsas. Do mesmo modo a máxima que adoto ◆

Ansehung der freyen Disposition über mein Leben nehme, sofort bestimmt, wenn ich mich frage, wie sie seyn müßte, damit sich eine Natur nach einem Gesetze derselben erhalte. Offenbar würde niemand in einer solchen Natur sein Leben willkührlich endigen können, denn eine solche Verfassung würde keine bleibende Naturordnung seyn, und so in allen übrigen Fällen. Nun ist aber in der wirklichen Natur, so wie sie ein Gegenstand der Erfahrung ist, der freye Wille nicht von selbst zu solchen Maximen bestimmt, die für sich selbst eine Natur nach allgemeinen Gesetzen gründen könnten, oder auch in eine solche, die nach ihnen angeordnet wäre, von selbst passeten; vielmehr sind es Privatneigungen, die zwar ein Naturganzes nach pathologischen (physischen) Gesetzen, aber nicht eine Natur, die allein durch unsern Willen nach reinen practischen Gesetzen möglich wäre, ausmachen. Gleichwol sind wir uns durch die Vernunft eines Gesetzes bewußt, welchem, als ob durch unseren Willen zugleich eine Naturordnung entspringen müßte, alle unsere Maximen unterworfen sind. Also muß dieses die Idee einer nicht empirisch = gegebenen und dennoch durch Freyheit möglichen, mithin übersinnlichen Natur seyn, der wir, wenigstens in practischer Beziehung, objective Realität geben, weil wir sie als Object unseres Willens, als reiner vernünftiger Wesen ansehen.

acerca da livre disposição sobre minha vida é imediatamente determinada, se me pergunto como ela teria de ser para que uma natureza se mantenha segundo uma lei da mesma. Em uma tal natureza obviamente ninguém poderia **arbitrariamente** pôr fim à sua vida, pois tal disposição não constituiria nenhuma ordem natural duradoura, e o mesmo se daria em todos os demais casos. Ora, na natureza efetiva, do modo como ela é um objeto da experiência, a vontade livre não é, porém, determinada espontaneamente àquelas máximas que por si mesmas pudessem fundar uma natureza segundo leis universais, ou que também por si conviessem a uma natureza ordenada de acordo com elas; muito antes, são as inclinações privadas que em verdade constituem um todo natural segundo leis patológicas (físicas) mas não uma natureza que unicamente fosse possível mediante nossa vontade segundo leis práticas puras. Não obstante, pela razão somos conscientes de uma lei à qual todas as máximas são submetidas, como se uma ordem natural tivesse que surgir ao mesmo tempo de nossa vontade. Logo, essa lei tem que ser a ideia de uma natureza não dada empiricamente e, contudo, possível pela liberdade, por conseguinte de uma natureza suprassensível à qual conferimos realidade objetiva pelo menos numa perspectiva prática, porque enquanto entes racionais puros a consideramos objeto de nossa vontade. ◆

Der Unterschied also zwischen den Gesetzen einer Natur, welcher der **Wille unterworfen ist**, und einer **Natur, die einem Willen** (in Ansehung dessen, was Beziehung desselben auf seine freye Handlungen hat) unterworfen ist, beruht darauf, daß bey jener die Objecte Ursachen der Vorstellungen seyn müssen, die den Willen bestimmen, bey dieser aber der Wille Ursache von den Objecten seyn soll, so daß die Causalität desselben ihren Bestimmungsgrund lediglich in reinem Vernunftvermögen liegen hat, welches deshalb auch eine reine practische Vernunft genannt werden kann.

Die zwey Aufgaben also: wie reine Vernunft **einerseits** a priori Objecte **erkennen**, und wie sie **andererseits** unmittelbar ein Bestimmungsgrund des Willens d. i. der Causalität des vernünftigen Wesens in Ansehung der Wirklichkeit der Objecte (blos durch den Gedanken der Allgemeingültigkeit ihrer eigenen Maximen als Gesetzes) seyn könne, sind sehr verschieden.

Die erste, als zur Critik der reinen speculativen Vernunft gehörig, erfodert, daß zuvor erklärt werde, wie Anschauungen, ohne welche uns überall kein Object gegeben und also auch keines synthetisch erkannt werden kann, a priori möglich sind, und ihre Auflösung fällt dahin aus, daß sie insgesamt nur sinnlich seyn, daher auch kein speculatives Erkenntniß möglich werden lassen, das weiter ginge, als mögliche Erfahrung reicht,

und

Portanto a diferença entre as leis de uma natureza à qual **a vontade está submetida**, e as de uma **natureza que** está submetida **a uma vontade** (com vistas ao que dela tem relação com ações livres), depende de que naquela os objetos têm que ser causas das representações que determinam a vontade, enquanto nesta a vontade deve ser causa dos objetos, de modo que a sua causalidade colocou o seu fundamento determinante meramente na faculdade racional pura, a qual por isso também pode ser chamada de razão prática pura.

Logo, são muito diversos os dois problemas: como a razão pura pode, **por um lado, conhecer** *a priori* objetos e, **por outro,** como ela pode ser imediatamente um fundamento determinante da vontade, isto é, da causalidade do ente racional com vistas à efetividade dos objetos (simplesmente mediante o pensamento da validade universal de suas próprias máximas, enquanto lei[73]).

O primeiro problema, enquanto pertencente à crítica da razão especulativa pura, requer que se explique antes como são possíveis *a priori* intuições, sem as quais nenhum objeto pode em parte alguma ser-nos dado e, portanto, tampouco ser conhecido sinteticamente; e sua solução consiste em que elas todas são somente sensíveis, por isso tampouco concedem a possibilidade de um conhecimento especulativo que avance além do que alcança a experiência possível ◆

73. Vorländer propôs *Gesetze* (leis).

und daß daher alle Grundsätze jener reinen practischen Vernunft nichts weiter ausrichten, als Erfahrung, entweder von gegebenen Gegenständen, oder denen, die ins Unendliche gegeben werden mögen, niemals aber vollständig gegeben sind, möglich zu machen.

Die zweyte, als zur Critik der practischen Vernunft gehörig, fodert keine Erklärung, wie die Objecte des Begehrungsvermögens möglich sind, denn das bleibt, als Aufgabe der theoretischen Naturkenntniß, der Critik der speculativen Vernunft überlassen, sondern nur, wie Vernunft die Maxime des Willens bestimmen könne, ob es nur vermittelst empirischer Vorstellung, als Bestimmungsgründe, geschehe, oder ob auch reine Vernunft practisch und ein Gesetz einer möglichen, gar nicht empirisch erkennbaren, Naturordnung seyn würde. Die Möglichkeit einer solchen übersinnlichen Natur, deren Begriff zugleich der Grund der Wirklichkeit derselben durch unseren freyen Willen seyn könne, bedarf keiner Anschauung **a priori** (einer intelligibelen Welt), die in diesem Falle, als übersinnlich, für uns auch unmöglich seyn müßte. Denn es kommt nur auf den Bestimmungsgrund des Wollens in den Maximen desselben an, ob jener empirisch, oder ein Begriff der reinen Vernunft (von der Gesetzmäßigkeit derselben überhaupt) sey, und wie er letzteres seyn könne. Ob die Causalität des Willens zur Wirklichkeit der Objecte zulange, oder nicht, bleibt den theoretischen Principien

e que, pois, todas as proposições fundamentais daquela razão prática[74] pura não conseguem mais do que tornar possível a experiência de objetos dados ou daqueles que podem ser dados ao infinito, mas jamais são dados completamente.

O segundo problema, enquanto pertencente à *Crítica da razão prática*, não exige explicação de como os objetos da faculdade de apetição são possíveis, pois isso fica, enquanto problema do conhecimento natural teórico, aos cuidados da crítica da razão especulativa, mas somente de como a razão pode determinar a máxima da vontade: se isto ocorre somente mediante representações empíricas[75] como fundamentos determinantes, ou se também a razão pura seria prática e uma lei de uma possível ordem natural, não cognoscível de modo algum empiricamente. A possibilidade de uma tal natureza suprassensível, cujo conceito possa ser simultaneamente o fundamento da efetividade da mesma mediante a nossa vontade livre, não precisa de nenhuma intuição *a priori* (de um mundo inteligível), que neste caso, enquanto suprassensível, teria de ser impossível também para nós. Pois o que importa é somente o fundamento determinante do querer nas suas máximas, se aquele é empírico ou é um conceito da razão pura (da sua conformidade a leis em geral) e como ele pode ser este último. Se a causalidade da vontade basta ou não para a efetividade dos objetos, é algo que fica ao critério do ajuizamento dos princípios ◆

74. Kant: *praktische*, corrigido por Grillo para *spekulative* (especulativa).

75. Kant: *empirischer Vorstellung* (representação empírica), corrigido por Hartenstein, só na ed. de 1867, não na de 1838, cf. p. 150. Natorp (Ak) desconsidera as diferenças entre ambas as edições de Hartenstein.

cipien der Vernunft zu beurtheilen überlassen, als Untersuchung der Möglichkeit der Objecte des Wollens, deren Anschauung also in der practischen Aufgabe gar kein Moment derselben ausmacht. Nur auf die Willensbestimmung und den Bestimmungsgrund der Maxime desselben, als eines freyen Willens, kommt es hier an, nicht auf den Erfolg. Denn, wenn der **Wille** nur für die reine Vernunft gesetzmäßig ist, so mag es mit dem **Vermögen** desselben in der Ausführung stehen, wie es wolle, es mag nach diesen Maximen der Gesetzgebung einer möglichen Natur eine solche wirklich daraus entspringen, oder nicht, darum bekümmert sich die Critik, die da untersucht, ob und wie reine Vernunft practisch, d. i. unmittelbar Willenbestimmend, seyn könne, gar nicht.

In diesem Geschäffte kann sie also ohne Tadel und muß sie von reinen practischen Gesetzen und deren Wirklichkeit anfangen. Statt der Anschauung aber legt sie denselben den Begriff ihres Daseyns in der intelligibelen Welt, nemlich der Freyheit, zum Grunde. Denn dieser bedeutet nichts anders, und jene Gesetze sind nur in Beziehung auf Freyheit des Willens möglich, unter Voraussetzung derselben aber nothwendig, oder, umgekehrt, diese ist nothwendig, weil jene Gesetze, als practische Postulate, nothwendig sind. Wie nun dieses Bewußtseyn der moralischen Gesetze, oder, welches einerley ist, das der Freyheit, möglich sey, läßt sich

nicht

teóricos da razão enquanto investigação da possibilidade dos objetos do querer, cuja intuição, portanto, na questão prática não constitui de modo algum um momento da mesma. Trata-se aqui não do sucesso mas somente da determinação da vontade e do fundamento determinante da máxima da mesma enquanto vontade livre. Pois, se somente ante[76] a razão pura a **vontade** é conforme às leis, então seja como for a execução da sua **faculdade**, quer ela surja ou não efetivamente segundo essas máximas da legislação de uma natureza possível, disso não se ocupa absolutamente a Crítica, que investiga aí se e como a razão pura pode ser prática, isto é, imediatamente determinante da vontade.

Neste assunto, portanto, ela pode sem objeção começar, e tem de fazê-lo, a partir de leis práticas puras e de sua efetividade. Mas, em vez da intuição, põe-lhes como fundamento o conceito de sua existência no mundo inteligível, ou seja, da liberdade. Pois este conceito não significa outra coisa, e aquelas leis somente são possíveis em relação à liberdade da vontade, mas sob a pressuposição dela são necessárias, ou inversamente: a liberdade é necessária porque aquelas leis como postulados práticos são necessárias. Ora, não se pode explicar ulteriormente como é possível esta consciência das leis morais ou, o que é a mesma coisa, como é possível a ◆

76. Kant: *für* (para), que segundo Adickes tem que ser substituído hoje por *vor* (ante).

nicht weiter erklären, nur die Zulässigkeit derselben in der theoretischen Critik gar wohl vertheidigen.

Die **Exposition** des obersten Grundsatzes der practischen Vernunft ist nun geschehen, d. i. erstlich, was er enthalte, daß er gänzlich a priori und unabhängig von empirischen Principien für sich bestehe, und dann, worin er sich von allen anderen practischen Grundsätzen unterscheide, gezeigt worden. Mit der **Deduction**, d. i. der Rechtfertigung seiner objectiven und allgemeinen Gültigkeit und der Einsicht der Möglichkeit eines solchen synthetischen Satzes a priori, darf man nicht so gut fortzukommen hoffen, als es mit den Grundsätzen des reinen theoretischen Verstandes anging. Denn diese bezogen sich auf Gegenstände möglicher Erfahrung, nemlich auf Erscheinungen, und man konnte beweisen, daß nur dadurch, daß diese Erscheinungen nach Maaßgabe jener Gesetze unter die Categorien gebracht werden, diese Erscheinungen als Gegenstände der Erfahrung **erkannt** werden können, folglich alle mögliche Erfahrung diesen Gesetzen angemessen seyn müsse. Einen solchen Gang kann ich aber mit der Deduction des moralischen Gesetzes nicht nehmen. Denn es betrifft nicht das Erkenntniß von der Beschaffenheit der Gegenstände, die der Vernunft irgend wodurch anderwerts gegeben werden mögen, sondern ein Erkenntniß, so fern es der Grund von der Existenz der Gegenstände selbst werden kann und die Vernunft durch

die-

consciência da liberdade; na crítica teórica somente se pode defender a sua admissibilidade.

A **exposição** da proposição fundamental suprema da razão prática acaba de ocorrer, mostrando-se primeiramente o que ela contém, que ela subsiste por si totalmente *a priori* e independentemente de princípios empíricos e, então, no que ela se distingue de todas as demais proposições fundamentais práticas. Com a **dedução**, isto é, com a justificação de sua validade objetiva e universal e com a perspiciência da possibilidade de uma tal proposição sintética *a priori*, não se pode esperar avançar tão bem como se deu com as proposições fundamentais do entendimento teórico puro. Pois estas se referiam a objetos de experiência possível, a saber, a fenômenos, e podia-se provar que somente pelo fato de que estes fenômenos são submetidos às categorias em conformidade com aquelas leis, podem ser **conhecidos** como objetos da experiência, por conseguinte que toda a experiência tem de ser conforme a essas leis. Com a dedução da lei moral não posso, porém, tomar um tal caminho. Pois não se trata do conhecimento da natureza dos objetos, que de qualquer modo podem ser dados alhures à razão, mas de um conhecimento na medida em que ele pode ser o fundamento da existência dos próprios objetos e na medida em que a razão, através da ◆

dieselbe Causalität in einem vernünftigen Wesen hat, d. i. reine Vernunft, die als ein unmittelbar den Willen bestimmendes Vermögen angesehen werden kann.

Nun ist aber alle menschliche Einsicht zu Ende, so bald wir zu Grundkräften oder Grundvermögen gelanget sind; denn deren Möglichkeit kann durch nichts begriffen, darf aber auch eben so wenig beliebig erdichtet und angenommen werden. Daher kann uns im theoretischen Gebrauche der Vernunft nur Erfahrung dazu berechtigen, sie anzunehmen. Dieses Surrogat, statt einer Deduction aus Erkenntnißquellen a priori, empirische Beweise anzuführen, ist uns hier aber in Ansehung des reinen practischen Vernunftvermögens auch benommen. Denn, was den Beweisgrund seiner Wirklichkeit von der Erfahrung herzuholen bedarf, muß den Gründen seiner Möglichkeit nach von Erfahrungsprincipien abhängig seyn, für dergleichen aber reine und doch practische Vernunft schon ihres Begriffs wegen unmöglich gehalten werden kann. Auch ist das moralische Gesetz gleichsam als ein Factum der reinen Vernunft, dessen wir uns a priori bewußt sind und welches apodictisch gewiß ist, gegeben, gesetzt, daß man auch in der Erfahrung kein Beyspiel, da es genau befolgt wäre, auftreiben konnte. Also kann die objective Realität des moralischen Gesetzes durch keine Deduction, durch alle Anstrengung der theoretischen, speculativen oder empirisch unterstützten Vernunft, bewiesen, und

mesma[77], possui causalidade em um ente racional, isto é, se trata da razão pura que pode ser considerada uma faculdade que determina imediatamente a vontade.

Ora, toda a perspiciência humana termina tão logo tenhamos alcançado as forças fundamentais ou faculdades fundamentais; pois sua possibilidade não pode ser concebida por nada, tampouco pode ser também forjada e admitida arbitrariamente. Por isso no uso teórico da razão só a experiência pode conceder-nos o direito de admiti-la. Este sucedâneo, de aduzir provas empíricas em vez de uma dedução a partir de fontes cognitivas *a priori*, foi-nos, porém, tirado também aqui relativamente à faculdade da razão prática pura. Pois aquilo que precisa ir buscar na experiência o argumento de sua possibilidade tem que, de acordo com os fundamentos de sua possibilidade, ser dependente de princípios da experiência, mas é impossível considerar como tal, já em virtude de seu conceito, a razão pura e contudo prática. Também a lei moral é dada quase como um *factum* da razão pura, do qual somos conscientes *a priori* e que é apodicticamente certo, na suposição de que também na experiência não se podia[78] descobrir nenhum exemplo em que ela fosse exatamente seguida. Logo a realidade objetiva da lei moral não pode ser provada por nenhuma de-

....

77. Kant: *das Erkenntnis... / ein Erkenntnis* (neutro acus.: o conhecimento... / um conhecimento), *...durch dieselbe* (fem. acus.: pela mesma). Como a diferenciação entre die *Erkenntnis* (fem.: conhecimento) e das *Erkenntnis* (neutro: sentença judicial) só se estabeleceu a partir do século XVIII (Pfeifer), portanto desconsiderada no presente caso, *dieselbe*, como feminino, só poderia referir-se a "existência" e não a "conhecimento", como, aliás, o fizeram as traduções, sem consideração de concordância. Desde este ponto de vista, Hartenstein e Vorländer corrigiram o referido pronome para *dasselbe* (neutro), que então concordou com "conhecimento". Mas a Ak, embora advertindo que Kant em A 52 empregou *Erkenntnis* no feminino e que essa troca pode ocorrer nele, prudentemente, como Weischedel, manteve o texto original, que também é seguido na presente tradução.

78. Na 1ª e da 4ª à 6ª edições, *konnte* (podia); na 2ª, *könnte* (pudesse), adotado por Vorländer e pela Ak.

also, wenn man auch auf die apodictische Gewißheit Verzicht thun wollte, durch Erfahrung bestätigt und so a posteriori bewiesen werden, und steht dennoch für sich selbst fest.

Etwas anderes aber und ganz Widersinnisches tritt an die Stelle dieser vergeblich gesuchten Deduction des moralischen Princips, nemlich, daß es umgekehrt selbst zum Princip der Deduction eines unerforschlichen Vermögens dient, welches keine Erfahrung beweisen, die speculative Vernunft aber (um unter ihren cosmologischen Ideen das Unbedingte seiner Causalität nach zu finden, damit sie sich selbst nicht widerspreche,) wenigstens als möglich annehmen mußte, nemlich das der Freyheit, von der das moralische Gesetz, welches selbst keiner rechtfertigenden Gründe bedarf, nicht blos die Möglichkeit, sondern die Wirklichkeit an Wesen beweiset, die dies Gesetz als für sie verbindend erkennen. Das moralische Gesetz ist in der That ein Gesetz der Causalität durch Freyheit, und also der Möglichkeit einer übersinnlichen Natur, so wie das metaphysische Gesetz der Begebenheiten in der Sinnenwelt ein Gesetz der Causalität der sinnlichen Natur war, und jenes bestimmt also das, was speculative Philosophie unbestimmt lassen mußte, nemlich das Gesetz für eine Causalität, deren Begriff in der letzteren nur negativ war, und verschafft diesem also zuerst objective Realität.

Diese

dução, por nenhum[79] esforço da razão teórica, especulativa ou empiricamente apoiada, e, ◆ pois, ainda que se quisesse renunciar à certeza apodíctica, <nem> ser confirmada pela[80] experiência e deste modo ser provada *a posteriori* e, contudo, é por si mesma certa.

Mas algo diverso e inteiramente paradoxal <*Widersinnisches*>[81] substitui esta inutilmente procurada dedução do princípio moral, a saber, que ele mesmo serve, inversamente, como princípio da dedução de uma imperscrutável faculdade que nenhuma experiência tinha de[82] provar, mas que a razão especulativa (para encontrar entre as suas ideias cosmológicas, segundo sua causalidade, o incondicionado e assim não contradizer a si mesma) tinha de admitir pelo menos como possível, ou seja, a da liberdade, da qual a lei moral, que não necessita ela mesma de nenhum fundamento que a justifique, prova não apenas a possibilidade mas a efetividade em entes que reconhecem essa lei como obrigatória para eles. De fato a lei moral é uma lei da causalidade mediante liberdade e, portanto, da possibilidade de uma natureza suprassensível, assim como a lei metafísica dos eventos no mundo sensorial era uma lei da causalidade da natureza sensível; logo aquela determina aquilo que a filosofia especulativa tinha de deixar indeterminado, a saber, a lei para uma causalidade cujo conceito na última era só negativo e, portanto, proporciona a este, pela primeira vez, realidade objetiva. ◆

79. Kant: *alle Anstrengung*, mas de acordo com Adickes devendo entender-se como *keine Anstrengung* (nenhum esforço) e a seguir, ao invés de *durch Erfahrung* (por experiência), *auch durch Erfahrung nicht* (tampouco por experiência), aliás, no sentido de Grillo (cf. nota abaixo).

80. Grillo propõe *durch keine* (por nenhuma).

81. Na 2ª, 5ª e 6ª edições constou *Widersinniges*.

82. Natorp conjetura "pode" ou "podia".

Diese Art von Creditiv des moralischen Gesetzes, da es selbst als ein Princip der Deduction der Freyheit, als einer Causalität der reinen Vernunft, aufgestellt wird, ist, da die theoretische Vernunft wenigstens die Möglichkeit einer Freyheit **anzunehmen** genöthigt war, zu Ergänzung eines Bedürfnisses derselben, statt aller Rechtfertigung a priori völlig hinreichend. Denn das moralische Gesetz beweiset seine Realität dadurch auch für die Critik der speculativen Vernunft genugthuend, daß es einer blos negativ gedachten Causalität, deren Möglichkeit jener unbegreiflich und dennoch sie anzunehmen nöthig war, positive Bestimmung, nemlich den Begriff einer den Willen unmittelbar (durch die Bedingung einer allgemeinen gesetzlichen Form seiner Maximen) bestimmenden Vernunft hinzufügt, und so der Vernunft, die mit ihren Ideen, wenn sie speculativ verfahren wollte, immer überschwenglich wurde, zum erstenmale objective, obgleich nur practische Realität zu geben vermag und ihren **transscendenten** Gebrauch in einen **immanenten** (im Felde der Erfahrung durch Ideen selbst wirkende Ursachen zu seyn) verwandelt.

Die Bestimmung der Causalität der Wesen in der Sinnenwelt, als einer solchen, konnte niemals unbedingt seyn, und dennoch muß es zu aller Reihe der Bedingungen nothwendig etwas Unbedingtes, mithin auch eine sich gänzlich von selbst bestimmende Causalität ge-

Esta espécie de credencial da lei moral – visto que ela mesma é estabelecida como um princípio da dedução da liberdade enquanto uma causalidade da razão pura, uma vez que a razão teórica era coagida **a admitir** pelo menos a possibilidade de uma liberdade – é, em vez de toda a justificação *a priori*, plenamente suficiente à suplementação de uma carência da liberdade. Pois a lei moral prova satisfatoriamente sua realidade também para a crítica da razão especulativa, pelo fato de que ela acrescenta a uma causalidade pensada só negativamente, cuja possibilidade era para aquela inconcebível e, contudo, necessário admitir, uma determinação positiva, a saber, o conceito de uma razão imediatamente determinante da vontade (mediante a condição de uma forma legal universal de suas máximas), e assim consegue dar à razão, que se excedia com suas ideias sempre que queria proceder especulativamente, pela primeira vez realidade objetiva, embora apenas prática, e converte o seu uso **transcendente** em um uso **imanente** (de ser ela mesma uma causa atuante[83] no campo da experiência mediante ideias).

A determinação da causalidade dos entes no mundo sensorial jamais podia ser, enquanto tal, incondicionada e, não obstante, para toda a série das condições necessariamente tem que haver algo incondicionado, por conseguinte também uma causalidade que se determine inteiramente por ◆

....

83. Kant: *wirkende Ursachen* (causas atuantes), correção atribuída a Hartenstein, mas que originalmente é de Vogel, no exemplar de Erlangen.

ben. Daher war die Idee d r Freyheit, als eines Vermögens absoluter Spantaneität, nicht ein Bedürfniß, sondern **was deren Möglichkeit betrifft**, ein analytischer Grundsatz der reinen speculativen Vernunft. Allein, da es schlechterdings unmöglich ist, ihr gemäß ein Beyspiel in irgend einer Erfahrung zu geben, weil unter den Ursachen der Dinge, als Erscheinungen, keine Bestimmung der Causalität, die schlechterdings unbedingt wäre, angetroffen werden kann, so konnten wir nur den **Gedanken** von einer freyhandelnden Ursache, wenn wir diesen auf ein Wesen in der Sinnenwelt, so fern es andererseits auch als Noumenon betrachtet wird, anwenden, **vertheidigen**, indem wir zeigten, daß es sich nicht widerspreche, alle seine Handlungen als physisch bedingt, so fern sie Erscheinungen sind, und doch zugleich die Causalität derselben, so fern das handelnde Wesen ein Verstandeswesen ist, als physisch unbedingt anzusehen, und so den Begriff der Freyheit zum regulativen Princip der Vernunft zu machen, wodurch ich zwar den Gegenstand, dem dergleichen Causalität beygelegt wird, gar nicht erkenne, was er sey, aber doch das Hinderniß wegnehme, indem ich einerseits in der Erklärung der Weltbegebenheiten, mithin auch der Handlungen vernünftiger Wesen, dem Mechanismus der Naturnothwendigkeit, vom Bedingten zur Bedingung ins Unendliche zurückzugehen, Gerechtigkeit wiederfahren lasse, andererseits aber der speculativen Vernunft

den

si. Por isso a ideia de liberdade, como uma faculdade de absoluta espontaneidade, não era uma carência mas, **no que concerne a sua possibilidade**, uma proposição fundamental analítica da razão especulativa pura. Todavia, visto que é absolutamente impossível fornecer em qualquer experiência um exemplo adequado a ela, porque não pode encontrar-se entre as causas das coisas como fenômenos nenhuma determinação da causalidade que fosse absolutamente incondicionada, assim podíamos **defender** somente o **pensamento** de uma causa agente livre enquanto aplicamos este a um ente no mundo sensorial, contanto que ele por outro lado seja também considerado como *noumenon*; <isto> na medida em que mostrávamos que não é contraditório considerar todas as suas ações como fisicamente condicionadas, contanto que elas sejam fenômenos, e considerar ao mesmo tempo a causalidade das mesmas como fisicamente incondicionadas, contanto que o ente agente seja um ente inteligível, e assim tornar o conceito de liberdade um princípio regulativo da razão; mediante o que, na verdade, não conheço o que seja o objeto ao qual semelhante causalidade é atribuída mas removo o obstáculo enquanto, por um lado, na explicação dos acontecimentos do mundo, por conseguinte também das ações de entes racionais, faço justiça ao mecanismo da necessidade natural, de retroceder do condicionado à condição até o infinito, por outro lado, porém, mantenho aberto à ◆

den für sie leeren Platz offen erhalte, nemlich das Intelligibele, um das Unbedingte dahin zu versetzen. Ich konnte aber diesen **Gedanken** nicht **realisiren**, d. i. ihn nicht in **Erkenntniß** eines so handelnden Wesens, auch nur blos seiner Möglichkeit nach, verwandeln. Diesen leeren Platz füllt nun reine practische Vernunft, durch ein bestimmtes Gesetz der Causalität in einer intelligibelen Welt, (durch Freyheit,) nemlich das moralische Gesetz, aus. Hiedurch wächst nun zwar der speculativen Vernunft in Ansehung ihrer Einsicht nichts zu, aber doch in Ansehung der **Sicherung** ihres problematischen Begriffs der Freyheit, welchem hier **objective** und obgleich nur practische, dennoch unbezweifelte **Realität** verschafft wird. Selbst den Begriff der Causalität, dessen Anwendung, mithin auch Bedeutung, eigentlich nur in Beziehung auf Erscheinungen, um sie zu Erfahrungen zu verknüpfen, stattfindet, (wie die Critik der reinen Vernunft beweiset,) erweitert sie nicht so, daß sie seinen Gebrauch über gedachte Grenzen ausdehne. Denn wenn sie darauf ausgienge, so müßte sie zeigen wollen, wie das logische Verhältniß des Grundes und der Folge bey einer anderen Art von Anschauung, als die sinnliche ist, synthetisch gebraucht werden könne, d. i. wie **caussa noumenon** möglich sey; welches sie gar nicht leisten kann, worauf sie aber auch als practische Vernunft gar nicht Rücksicht nimmt, indem sie nur den **Bestimmungsgrund** der Causalität

razão especulativa o lugar vazio para ela, ou seja, o inteligível, para transferir a ele o incondicionado. Mas eu não podia **realizar** este **pensamento**, isto é, transformá-lo, sequer segundo sua possibilidade, em **conhecimento** de um ente agindo desse modo. Ora, esse lugar vazio é preenchido pela razão prática pura através de uma determinada lei da causalidade em um mundo inteligível (mediante liberdade), ou seja, pela lei moral. Com isso, na verdade, em nada é incrementada a razão especulativa com vistas a sua perspiciência, mas com vistas ao **asseguramento** de seu problemático conceito de liberdade, para o qual é obtida aqui **realidade objetiva** e, se bem que somente prática, todavia indubitável. Mesmo o conceito de causalidade, cuja aplicação e, por conseguinte, também a significação propriamente só se verifica em referência a fenômenos para conectá-los a experiências (como a *Crítica da razão pura* o prova), não é por ela ampliado de modo que estenda seu uso para além dos limites mencionados. Pois, se ela tivesse isso em vista, então teria de querer mostrar como a relação lógica de razão e consequência pode ser usada sinteticamente em uma espécie de intuição diversa da sensível, isto é, como uma ***causa noumenon*** é possível; o que ela não pode absolutamente efetuar e como razão prática tampouco toma em consideração, na medida em que ela apenas põe o **fundamento determinante** da causalidade ◆

des Menschen, als Sinnenwesens, (welche gegeben ist,) **in der reinen Vernunft** (die darum practisch heißt,) setzt, und also den Begriff der Ursache selbst, von dessen Anwendung auf Objecte zum Behuf theoretischer Erkenntnisse sie hier gänzlich abstrahiren kann, (weil dieser Begriff immer im Verstande, auch unabhängig von aller Anschauung, a priori angetroffen wird,) nicht um Gegenstände zu erkennen, sondern die Causalität in Ansehung derselben überhaupt zu bestimmen, also in keiner andern, als practischen Absicht braucht, und daher den Bestimmungsgrund des Willens in die intelligibele Ordnung der Dinge verlegen kann, indem sie zugleich gerne gesteht, das, was der Begriff der Ursache zur Erkenntniß dieser Dinge für eine Bestimmung haben möge, gar nicht zu verstehen. Die Causalität in Ansehung der Handlungen des Willens in der Sinnenwelt muß sie allerdings auf bestimmte Weise erkennen, denn sonst könnte practische Vernunft wirklich keine That hervorbringen. Aber den Begriff, den sie von ihrer eigenen Causalität als Noumenon macht, braucht sie nicht theoretisch zum Behuf der Erkenntniß ihrer übersinnlichen Existenz zu bestimmen, und also ihm so fern Bedeutung geben zu können. Denn Bedeutung bekommt er ohnedem, obgleich nur zum practischen Gebrauche, nemlich durchs moralische Gesetz. Auch theoretisch betrachtet bleibt er immer ein reiner a priori gegebener Verstandesbegriff, der auf

Gegen-

do homem enquanto ente sensorial (que é dado) **na razão pura** (que por isso se chama prática) e, portanto, não utiliza o próprio conceito de causa, de cuja aplicação a objetos para fins do conhecimento teórico ela aqui pode abstrair totalmente (porque esse conceito é encontrado sempre *a priori* no entendimento, independentemente mesmo de toda a intuição), não para conhecer objetos e sim para determinar em geral a causalidade em vista dos mesmos, logo sob nenhum outro ponto de vista prático; e por isso pode transferir o fundamento determinante da vontade para a ordem inteligível das coisas, na medida em que ela ao mesmo tempo e de bom grado confessa não entender que tipo de determinação o conceito de causa possa ter para o conhecimento destas coisas. Certamente ela tem que conhecer de um modo determinado a causalidade com vistas às ações da vontade no mundo sensorial, pois do contrário a razão prática não poderia produzir efetivamente nenhum ato. Mas o conceito que ela faz de sua própria causalidade como *noumenon* ela não precisa determiná-lo teoricamente para o fim do conhecimento de sua existência supra-sensível e assim, pois, poder conferir-lhe significado. Pois significado ela obtém sem isso, embora só para o uso prático, a saber, pela lei moral. Também do ponto de vista teórico esse conceito permanece sempre um puro conceito de entendimento, dado *a priori*, que pode ◆

Gegenstände angewandt werden kann, sie mögen sinnlich oder nicht sinnlich gegeben werden; wiewol er im letzteren Falle keine bestimmte theoretische Bedeutung und Anwendung hat, sondern blos ein formaler, aber doch wesentlicher Gedanke des Verstandes von einem Objecte überhaupt ist. Die Bedeutung, die ihm die Vernunft durchs moralische Gesetz verschafft, ist lediglich practisch, da nemlich die Idee des Gesetzes einer Causalität (des Willens) selbst Causalität hat, oder ihr Bestimmungsgrund ist.

II.

Von dem Befugnisse der reinen Vernunft, im practischen Gebrauche, zu einer Erweiterung, die ihr im speculativen für sich nicht möglich ist.

An dem moralischen Princip haben wir ein Gesetz der Causalität aufgestellt, welches den Bestimmungsgrund der letzteren über alle Bedingungen der Sinnenwelt wegsetzt, und den Willen, wie er als zu einer intelligibelen Welt gehörig bestimmbar sey, mithin das Subject dieses Willens (den Menschen) nicht blos als zu einer reinen Verstandeswelt gehörig, obgleich in dieser Beziehung als uns unbekannt (wie es nach der Critik

ser aplicado a objetos, quer eles sejam dados sensivelmente ou não sensivelmente; se bem que, no último caso, ele não tenha nenhum significado e aplicação teórica determinada mas é simplesmente um pensamento formal, contudo essencial, do entendimento acerca de um objeto em geral. O significado que a razão lhe proporciona pela lei moral é meramente prático, já que a própria ideia da lei de uma causalidade (da vontade) tem causalidade ou é seu fundamento determinante.

II
Da faculdade[84] de a razão pura ter no uso prático uma ampliação que no uso especulativo não lhe é por si possível

No princípio moral estabelecemos uma lei da causalidade que ultrapassa o fundamento determinante desta última para além de todas as condições do mundo sensível e **pensamos** a vontade segundo o modo como ela é determinável enquanto pertencente a um mundo inteligível, por conseguinte, o sujeito dessa vontade (o homem) não simplesmente enquanto pertencente a um puro mundo do entendimento, embora, sob este aspecto, como desconhecido a nós (como podia ocorrer ◆

84. O desenvolvimento desta nota encontra-se no final do livro, p. 582.

der reinen speculativen Vernunft geschehen konnte) **gedacht**, sondern ihn auch in Ansehung seiner Causalität, vermittelst eines Gesetzes, welches zu gar keinem Naturgesetze der Sinnenwelt gezählt werden kann, **bestimmt**, also unser Erkenntniß über die Grenzen des letzteren **erweitert**, welche Anmaaßung doch die Critik der reinen Vernunft in aller Speculation für nichtig erklärte. Wie ist nun hier practischer Gebrauch der reinen Vernunft mit dem theoretischen eben derselben, in Ansehung der Grenzbestimmung ihres Vermögens zu vereinigen.

David Hume, von dem man sagen kann, daß er alle Anfechtung der Rechte einer reinen Vernunft, welche eine gänzliche Untersuchung derselben nothwendig machten, eigentlich anfing, schloß so. Der Begriff der **Ursache** ist ein Begriff, der die **Nothwendigkeit** der Verknüpfung der Existenz des Verschiedenen, und zwar, so fern es verschieden ist, enthält, so: daß, wenn A gesetzt wird, ich erkenne, daß etwas davon ganz verschiedenes, B, nothwendig auch existiren müsse. Nothwendigkeit kann aber nur einer Verknüpfung beygelegt werden, so fern sie a priori erkannt wird; denn die Erfahrung würde von einer Verbindung nur zu erkennen geben, daß sie sey, aber nicht, daß sie so nothwendigerweise sey. Nun ist es, sagt er, unmöglich, die Verbindung, die zwischen einem Dinge und einem **anderen**, (oder einer Bestimmung und einer anderen,

Ganz

segundo a crítica da razão especulativa pura), mas também **determinamos** a vontade com vistas à sua causalidade mediante uma lei que não pode ser computada entre nenhuma lei natural do mundo sensorial, portanto **estendemos** o nosso conhecimento para além dos limites do[85] último, cuja pretensão, aliás, a **Crítica da razão pura** declarou em toda a especulação como nula. Ora, como é possível unificar aqui o uso prático da razão pura com o uso teórico da mesma com vistas à determinação do limite de sua faculdade?

David Hume, do qual se pode dizer que iniciou toda a contestação[86] dos direitos de uma razão pura que tornavam necessária uma investigação completa da mesma, concluiu: o conceito de **causa** é um conceito que contém a **necessidade** da conexão da existência do diverso e, em verdade, na medida em que é diverso, de modo que, se A é posto, conheço algo inteiramente diverso dele, B, que também tem que necessariamente existir. Mas a necessidade só pode ser atribuída a uma conexão enquanto ela é conhecida *a priori*; pois a experiência só daria a conhecer, acerca de uma vinculação, que ela existe mas não que ela necessariamente exista desse modo. Ora, diz ele, é impossível conhecer *a priori* e como necessária a vinculação entre uma coisa e **outra** ◆

85. Kant: *des* (genit. neutro), correção de Hartenstein para *der* (genit. feminino), referindo-o a *Sinnenwelt* (mundo sensorial).

86. Vorländer, seguido pela Ak, consideraria melhor o plural *Anfechtungen* (contestações), para concordar com *machten* (tornaram). O texto de Kant, em vez disso, leva a uma vinculação entre *Rechte* (direitos) e *machten*.

ganz von ihr verschiedenen,) wenn sie nicht in der Wahrnehmung gegeben werden, a priori und als nothwendig zu erkennen. Also ist der Begriff einer Ursache selbst lügenhaft und betrügerisch; und ist, am gelindesten davon zu reden, eine so fern noch zu entschuldigende Täuschung, da die **Gewohnheit** (eine **subjective** Nothwendigkeit) gewisse Dinge, oder ihre Bestimmungen, öfters neben, oder nach einander ihrer Existenz nach, als sich beygesellet, wahrzunehmen, unvermerkt für eine **objective** Nothwendigkeit in den Gegenständen selbst eine solche Verknüpfung zu setzen, genommen, und so der Begriff einer Ursache erschlichen und nicht rechtmäßig erworben ist, ja auch niemals erworben oder beglaubigt werden kann, weil er eine an sich nichtige, chimärische, vor keiner Vernunft haltbare Verknüpfung fodert, der gar kein Object jemals correspondiren kann. — So ward nun zuerst in Ansehung alles Erkenntnisses, das die Existenz der Dinge betrifft, (die Mathematik blieb also davon noch ausgenommen,) der **Empirismus** als die einzige Quelle der Principien eingeführt, mit ihm aber zugleich der härteste **Scepticism** selbst in Ansehung der ganzen Naturwissenschaft (als Philosophie). Denn wir können, nach solchen Grundsätzen, niemals aus gegebenen Bestimmungen der Dinge ihrer Existenz nach auf eine Folge schließen, (denn dazu würde der Begriff einer Ursache, der die Nothwendigkeit einer solchen Verknüpfung enthält,

 erfodert

(ou entre uma determinação e outra inteiramente diversa dela), se não são dadas na percepção. Logo, o próprio conceito de causa é mentiroso e enganador e é, para dizê-lo do modo mais brando, uma ilusão ainda desculpável, na medida em que o **hábito** (uma necessidade **subjetiva**) de perceber como associadas, segundo sua existência, certas coisas ou suas determinações mais frequentemente colaterais ou sucessivas imperceptivelmente, é tomado por uma necessidade **objetiva** de pôr nos próprios objetos uma tal conexão, e assim o conceito de causa é adquirido furtivamente e não legitimamente, antes, tampouco pode ser alguma vez adquirido ou abonado, porque ele exige uma conexão em si nula, quimérica, não sustentável por nenhuma razão, e à qual jamais pode corresponder algum objeto. – Assim, pois, primeiramente com vistas a todo o conhecimento que concerne à existência das coisas (portanto com exclusão ainda da Matemática), o **empirismo** foi introduzido como a única fonte dos princípios, mas com ele, ao mesmo tempo, o próprio **ceticismo** mais implacável com vistas a toda a ciência natural (enquanto filosofia). Pois, de acordo com tais proposições fundamentais, jamais podemos **inferir** de determinações dadas das coisas, segundo sua existência, uma consequência (pois para isso requerer-se-ia o conceito de causa, que contém a necessidade de uma ◆

erfodert werden,) sondern nur nach der Regel der Einbildungskraft, ähnliche Fälle, wie sonst, erwarten, welche Erwartung aber niemals sicher ist, sie mag auch noch so oft eingetroffen seyn. Ja bey keiner Begebenheit könnte man sagen: es **müsse** etwas vor ihr vorhergegangen seyn, worauf sie **nothwendig** folgte, d. i. sie müsse eine **Ursache** haben, und also, wenn man auch noch so öftere Fälle kennete, wo dergleichen vorherging, so daß eine Regel davon abgezogen werden konnte, so könnte man darum es nicht als immer und nothwendig sich auf die Art zutragend annehmen, und so müsse man dem blinden Zufalle, bey welchem aller Vernunftgebrauch aufhört, auch sein Recht lassen, welches denn den Scepticism, in Ansehung der von Wirkungen zu Ursachen aufsteigenden Schlüsse, fest gründet und unwiderleglich macht.

Die Mathematik war so lange noch gut weggekommen, weil **Hume** dafür hielt, daß ihre Sätze alle analytisch wären, d. i. von einer Bestimmung zur andern, um der Identität willen, mithin nach dem Satze des Widerspruchs fortschritten, (welches aber falsch ist, indem sie vielmehr alle synthetisch sind, und, obgleich z. B. die Geometrie es nicht mit der Existenz der Dinge, sondern nur ihrer Bestimmung a priori in einer möglichen Anschauung zu thun hat, dennoch eben so gut, wie durch Causalbegriffe, von einer Bestimmung A zu einer ganz verschiedenen B, als dennoch

tal conexão) mas somente esperar, de acordo com a regra da faculdade da imaginação e como de costume, casos semelhantes, expectativa essa que, porém, jamais é segura, por mais frequentemente que ela se realize. De fato de nenhum acontecimento poder-se-ia dizer: **tem de** ter-lhe antecedido algo a que ele **necessariamente** seguia, isto é, ele tem de possuir uma **causa**; e, portanto, por mais frequentes casos que se conhecessem, em que algo semelhante ocorreu, a ponto de que se tivesse podido deduzir disso uma regra, nem por isso se poderia admiti-lo como sempre e necessariamente ocorrido desse modo, e assim se tem que também deixar seu direito entregue ao puro acaso, no qual cessa todo o uso da razão; o que, pois, estabelece solidamente e torna irrefutável o ceticismo relativamente às conclusões que se elevam de efeitos a causas.

A Matemática saiu-se bem ainda por tanto tempo, porque **Hume** achou que suas proposições fossem todas analíticas, isto é, que progredissem de uma determinação a outra por identidade, por conseguinte segundo o princípio de contradição (o que, porém, é falso, posto que elas, antes, são todas sintéticas e conquanto, por exemplo, a Geometria não tenha a ver com a existência das coisas mas somente com a sua determinação *a priori* em uma intuição possível, ela todavia passa, como que também mediante conceitos causais, de uma determinação A a uma determinação totalmente diversa B, mas ◆

mit jener nothwendig verknüpft, übergeht. Aber endlich muß jene wegen ihrer apodictischen Gewißheit so hochgepriesene Wissenschaft doch dem **Empirismus in Grundsätzen**, aus demselben Grunde, warum **Hume**, an der Stelle der objectiven Nothwendigkeit in dem Begriffe der Ursache, die Gewohnheit setzte, auch unterliegen, und sich, unangesehen alles ihres Stolzes, gefallen lassen, ihre kühne, a priori Beystimmung gebietende Ansprüche herabzustimmen und den Beyfall für die Allgemeingültigkeit ihrer Sätze von der Gunst der Beobachter erwarten, die als Zeugen es doch nicht weigern würden zu gestehen, daß sie das, was der Geometer als Grundsätze vorträgt, jederzeit auch so wahrgenommen hätten, folglich, ob es gleich eben nicht nothwendig wäre, doch fernerhin, es so erwarten zu dürfen, erlauben würden. Auf diese Weise führt **Humen's** Empirism in Grundsätzen auch unvermeidlich auf den Scepticism, selbst in Ansehung der Mathematik, folglich in allem **wissenschaftlichen** theoretischen Gebrauche der Vernunft (denn dieser gehört entweder zur Philosophie, oder zur Mathematik). Ob der gemeine Vernunftgebrauch (bey einem so schrecklichen Umsturz, als man den Häuptern der Erkenntniß begegnen sieht) besser durchkommen, und nicht vielmehr, noch unwiederbringlicher, in eben diese Zerstöhrung alles Wissens werde verwickelt werden, mithin ein **allgemeiner** Scepticism nicht aus denselben Grundsätzen fol-

gen

como necessariamente conectada com aquela). Porém aquela ciência, tão enaltecida pela sua certeza apodíctica, tem que finalmente sucumbir também ao **empirismo em proposições fundamentais**, pela mesma razão por que **Hume** pôs o hábito em vez da necessidade objetiva no conceito de causa, e tem que, independentemente da admissão de todo o seu orgulho, moderar suas ousadas pretensões de exigir *a priori* a aquiescência, bem como esperar[87] o aplauso, para a validade universal de suas proposições, do favor dos observadores, que como testemunhas não recusariam confessar que aquilo que o geômetra expõe como princípios eles sempre também o tivessem percebido desse modo, consequentemente, embora não fosse necessário, doravante permitiriam esperá-lo assim. Deste modo o empirismo **humeano** nas proposições fundamentais conduz também inevitavelmente ao ceticismo, mesmo em relação à Matemática, consequentemente em todo o uso teórico **científico** da razão (pois este pertence ou à Filosofia ou à Matemática). Se o uso comum da razão (em um tão terrível soçobramento, como o que se vê suceder aos mentores do conhecimento) se sairá melhor e, muito antes, não se enredará ainda mais irreparavelmente precisamente nesta destruição de todo o saber, se, por conseguinte, das mesmas proposições fundamentais não tem de resultar um ceticismo ◆

87. Kant: *erwarten*, Natorp: *zu erwarten*.

gen müsse, (der freylich aber nur die Gelehrten treffen würde,) das will jeden selbst beurtheilen lassen.

Was nun meine Bearbeitung in der Critik der reinen Vernunft betrifft, die zwar durch jene Humische Zweifellehre veranlaßt ward, doch viel weiter ging, und das ganze Feld der reinen theoretischen Vernunft im synthetischen Gebrauche, mithin auch desjenigen, was man Metaphysik überhaupt nennt, befassete: so verfuhr ich, in Ansehung der den Begriff der Causalität betreffenden Zweifel des schottischen Philosophen, auf folgende Art. Daß **Hume**, wenn er (wie es doch auch fast überall geschieht,) die Gegenstände der Erfahrung für **Dinge an sich selbst** nahm, den Begriff der Ursache für trüglich und falsches Blendwerk erklärte, daran that er ganz recht; denn von Dingen an sich selbst und deren Bestimmungen als solchen kann nicht eingesehen werden, wie darum, weil etwas A gesetzt wird, etwas anderes B auch nothwendig gesetzt werden müsse, und also konnte er eine solche Erkenntniß a priori von Dingen an sich selbst gar nicht einräumen. Einen empirischen Ursprung dieses Begriffs konnte der scharfsinnige Mann noch weniger verstatten, weil dieser geradezu der Nothwendigkeit der Verknüpfung widerspricht, welche das Wesentliche des Begriffs der Causalität ausmacht; mithin ward der Begriff in die Acht erklärt, und in seine Stelle trat die Gewohnheit im Beobachten des Laufs der Wahrnehmungen.

Aus

universal (que certamente porém só atingiria os eruditos), é o que <eu>[88] quero deixar ao próprio ajuizamento de cada um.

Ora, no que concerne à minha elaboração na *Crítica da razão pura*, que na verdade foi propiciada por aquela doutrina humeana da dúvida e que, contudo, avançou muito mais, abrangendo todo o campo da razão teórica pura no uso sintético, por conseguinte também daquilo que se chama metafísica em geral, procedi do seguinte modo em relação à dúvida do filósofo escocês concernente ao conceito de causalidade. **Hume** procedia de modo perfeitamente correto, quando (como, aliás, também acontece quase por toda parte), ao tomar os objetos da experiência por **coisas em si mesmas**, declarava o conceito de causa como uma enganosa e falsa fantasmagoria; pois acerca de coisas em si mesmas e de suas determinações enquanto tais não se pode ter nenhuma perspiciência de como, pelo fato de algo A ser posto, algo diverso B também necessariamente tenha de ser posto e, portanto, ele não podia de modo algum admitir um tal conhecimento *a priori* de coisas em si mesmas. O perspicaz senhor podia, ainda menos, permitir uma origem empírica desse conceito, pois ela justamente contradiz a necessidade da conexão que constitui o essencial do conceito de causalidade; por conseguinte o conceito foi proscrito e em seu lugar entrou o hábito no observar o curso das percepções. ◆

88. 2ª ed., seguida por Hartenstein, acrescenta *ich*: "*ich Jedem*".

Aus meinen Untersuchungen aber ergab es sich, daß die Gegenstände, mit denen wir es in der Erfahrung zu thun haben, keinesweges Dinge an sich selbst, sondern blos Erscheinungen sind, und daß, obgleich bey Dingen an sich selbst gar nicht abzusehen ist, ja unmöglich ist einzusehen, wie, wenn A gesetzt wird, es **widersprechend** seyn solle, B, welches von A ganz verschieden ist, nicht zu setzen, (die Nothwendigkeit der Verknüpfung zwischen A als Ursache und B als Wirkung,) es sich doch ganz wohl denken lasse, daß sie als Erscheinungen **in einer Erfahrung** auf gewisse Weise (z. B. in Ansehung der Zeitverhältnisse) nothwendig verbunden seyn müssen und nicht getrennt werden können, ohne derjenigen Verbindung zu **widersprechen**, vermittelst deren diese Erfahrung möglich ist, in welcher sie Gegenstände und uns allein erkennbar sind. Und so fand es sich auch in der That: so, daß ich den Begriff der Ursache nicht allein nach seiner objectiven Realität in Ansehung der Gegenstände der Erfahrung beweisen, sondern ihn auch, als Begriff a priori, wegen der Nothwendigkeit der Verknüpfung, die er bey sich führt, **deduciren**, d. i. seine Möglichkeit aus reinem Verstande, ohne empirische Quellen, darthun, und so, nach Wegschaffung des Empirismus seines Ursprungs, die unvermeidliche Folge desselben, nemlich den Scepticism, zuerst in Ansehung der Naturwissenschaft, dann auch, wegen des ganz vollkommen aus denselben Grün-

De minhas investigações, porém, resultou que os objetos, com os quais temos a ver na experiência, não são de modo algum coisas em si mesmas mas somente fenômenos, e que – conquanto com coisas em si mesmas não se possa absolutamente prever, antes, é impossível ter a perspiciência de como, se A for posto, deva ser **contraditório** que B, que é totalmente diverso de A, não seja posto (a necessidade da conexão entre A como causa e B como efeito) – pode-se muito bem pensar que os objetos enquanto fenômenos têm que necessariamente vincular-se de algum modo **em uma experiência** (por exemplo, com respeito às relações de tempo) e não podem ser separados sem **contradizer** aquela vinculação, pela qual é possível essa experiência, na qual eles são objetos e na qual são cognoscíveis apenas a nós. E assim se passou também de fato; de modo que não só pude provar o conceito de causa segundo sua realidade, mas também **deduzi-lo** como conceito *a priori* em virtude da necessidade de conexão que ele comporta, isto é, demonstrar a sua possibilidade a partir do entendimento puro, independentemente de fontes empíricas e assim, após a eliminação da fonte do empirismo, anular em sua raiz a sua inevitável consequência, a saber, o ceticismo, primeiro em relação à Ciência Natural e então também, devido ao que se segue perfeitamente das ◆

den folgenden in Ansehung der Mathematik, beider Wissenschaften, die auf Gegenstände möglicher Erfahrung bezogen werden, und hiemit den totalen Zweifel an allem, was theoretische Vernunft einzusehen behauptet, aus dem Grunde heben konnte.

Aber wie wird es mit der Anwendung dieser Categorie der Causalität) und so auch aller übrigen; denn ohne sie läßt sich kein Erkenntniß des Existirenden zu Stande bringen;) auf Dinge, die nicht Gegenstände möglicher Erfahrung sind, sondern über dieser ihre Grenze hinaus liegen? Denn ich habe die objective Realität dieser Begriffe nur in Ansehung der **Gegenstände möglicher Erfahrung** deduciren können. Aber eben dieses, daß ich sie auch nur in diesem Falle gerettet habe, daß ich gewiesen habe, es lassen sich dadurch doch Objecte **denken**, obgleich nicht **a priori** bestimmen: dieses ist es, was ihnen einen Platz im reinen Verstande giebt, von dem sie auf Objecte überhaupt (sinnliche, oder nicht sinnliche) bezogen werden. Wenn etwas noch fehlt, so ist es die Bedingung der **Anwendung** dieser Categorien, und namentlich der der Causalität, auf Gegenstände, nemlich die Anschauung, welche, wo sie nicht gegeben ist, die Anwendung zum **Behuf der theoretischen Erkenntniß** des Gegenstandes, als Noumenon, unmöglich macht, die also, wenn es jemand darauf wagt, (wie auch in der Critik der reinen Vernunft geschehen,) gänzlich verwehrt wird, indessen,

daß

mesmas razões, em relação à Matemática, duas ciências que são referidas a objetos da experiência possível; e com isso pude desfazer cabalmente a dúvida total em tudo aquilo de que a razão teórica afirma ter perspiciência.

Mas que se passará com a aplicação desta categoria da causalidade (e[89] assim também de todas as demais, pois sem elas não se pode levar a cabo nenhum conhecimento do que existe) a coisas que não são objetos de experiência possível, mas se encontram além dos limites desta? Pois eu somente pude deduzir a realidade objetiva destes conceitos em relação aos **objetos da experiência possível**. Mas precisamente este fato, de que apenas neste caso os salvei, de que provei que através deles podem, contudo, **pensar-se** objetos, embora não se possam determiná-los *a priori*: é isto que lhes dá um lugar no entendimento puro, pelo qual eles são referidos a objetos em geral (sensíveis ou não sensíveis). Se alguma coisa ainda falta, então se trata da condição da **aplicação** destas categorias, e sobretudo da causalidade, a objetos, a saber, a intuição, que, se não é dada, torna impossível a aplicação para **fim do conhecimento teórico** do objeto enquanto *noumenon*. Portanto, se alguém a tenta (como também ocorreu na *Crítica da razão pura*), é totalmente impedido; não obstante, o fato de ◆

89. A 1ª ed. esqueceu-se do parêntese inicial: "(", corrigida por Grillo e também por Vogel no exemplar de Erlangen.

daß doch immer die objective Realität des Begriffs bleibt, auch von Noumenen gebraucht werden kann, aber ohne diesen Begriff theoretisch im mindesten bestimmen und dadurch ein Erkenntniß bewirken zu können. Denn, daß dieser Begriff auch in Beziehung auf ein Object nichts Unmögliches enthalte, war dadurch bewiesen, daß ihm sein Sitz im reinen Verstande bey aller Anwendung auf Gegenstände der Sinne gesichert war, und ob er gleich hernach etwa, auf Dinge an sich selbst (die nicht Gegenstände der Erfahrung seyn können) bezogen, keiner Bestimmung, zur Vorstellung **eines bestimmten Gegenstandes**, zum Behuf einer theoretischen Erkenntniß, fähig ist, so konnte er doch immer noch zu irgend einem anderen (vielleicht dem practischen) Behuf einer Bestimmung zur Anwendung desselben fähig seyn, welches nicht seyn würde, wenn, nach **Hume**, dieser Begriff der Causalität etwas, das überall zu denken unmöglich ist, enthielte.

Um nun diese Bedingung der Anwendung des gedachten Begriffs auf Noumenen ausfindig zu machen, dürfen wir nur zurücksehen, **weswegen wir nicht mit der Anwendung desselben auf Erfahrungsgegenstände zufrieden sind**, sondern ihn auch gern von Dingen an sich selbst brauchen möchten. Denn da zeigt sich bald, daß es nicht eine theoretische, sondern practische Absicht sey, welche uns dieses zur Nothwendigkeit macht. Zur Speculation würden wir, wenn es uns

damit

que a realidade objetiva do conceito sempre se mantém pode ser usado em relação aos *noumena* mas sem poder minimamente determinar teoricamente esse conceito e desse modo produzir um conhecimento. Pois, que esse conceito também em referência a um objeto não contém nada impossível, foi provado pelo fato de que lhe estava assegurada a sede no entendimento puro para toda a aplicação a objetos dos sentidos; e se bem que, referido a seguir a coisas em si mesmas (que não podem ser objetos da experiência), ele não seja suscetível de nenhuma determinação para a representação **de um objeto determinado** para o fim de um conhecimento teórico, mesmo assim ele podia sempre ainda ser suscetível de uma determinação para sua aplicação a algum outro fim qualquer (talvez prático), o que não ocorreria se, de acordo com **Hume**, esse conceito de causalidade contivesse algo impossível de pensar-se em parte alguma.

Ora, para encontrar esta condição da aplicação do mencionado conceito de *noumenon*, basta que nos lembremos **por que não estamos satisfeitos com sua aplicação a objetos de experiência** mas gostaríamos de aplicá-lo também a coisas em si mesmas. Pois então se mostra logo que não é um fim teórico e sim prático que torna isso uma necessidade. Para a especulação, mesmo que ◆

damit auch gelänge, doch keinen wahren Erwerb in Naturkenntniß und überhaupt in Ansehung der Gegenstände, die uns irgend gegeben werden mögen, machen, sondern allenfalls einen weiten Schritt vom Sinnlichbedingten (bey welchem zu bleiben und die Kette der Ursachen fleißig durchzuwandern wir so schon genug zu thun haben) zum Uebersinnlichen thun und unser Erkenntniß von der Seite der Gründe zu vollenden und zu begrenzen, indessen daß immer eine unendliche Kluft zwischen jener Grenze und dem, was wir kennen, unausgefüllt übrig bliebe, und wir mehr einer eiteln Fragsucht, als einer gründlichen Wißbegierde, Gehör gegeben hätten.

Außer dem Verhältnisse aber, darin der **Verstand** zu Gegenständen (im theoretischen Erkenntnisse) steht, hat er auch eines zum Begehrungsvermögen, das darum der Wille heißt, und der reine Wille, so fern der reine Verstand (der in solchem Falle Vernunft heißt) durch die bloße Vorstellung eines Gesetzes practisch ist. Die objective Realität eines reinen Willens, oder, welches einerley ist, einer reinen practischen Vernunft ist im moralischen Gesetze a priori gleichsam durch ein Factum gegeben; denn so kann man eine Willensbestimmung nennen, die unvermeidlich ist, ob sie gleich nicht auf empirischen Principien beruht. Im Begriffe eines Willens aber ist der Begriff der Causalität schon enthalten, mithin in dem eines reinen Willens der Begriff

einer

tivéssemos sucesso nela, não faríamos nenhuma verdadeira aquisição no conhecimento da natureza e, em geral, em relação aos objetos que porventura nos possam ser dados, mas quando muito daríamos um grande passo do sensivelmente condicionado (onde já nos ocupa suficientemente permanecer junto a ele e percorrer diligentemente a cadeia das causas) ao suprassensível, para[90] completar e limitar nosso conhecimento do lado das razões, embora sempre restasse não preenchido um infinito abismo entre aquele limite e o que conhecemos e tivéssemos dado mais atenção a uma vaidosa mania de questionamento do que a um sólido desejo de saber.

Mas, além da relação em que se encontra com objetos (no conhecimento teórico), **o entendimento** possui também uma relação com a faculdade de apetição, que por isso se chama vontade, e chama-se vontade pura na medida em que o entendimento puro (que em tal caso chama-se razão) é prático mediante a simples representação de uma lei. A realidade objetiva de uma vontade pura ou, o que é a mesma coisa, de uma razão prática pura, é dada *a priori* na lei moral como que mediante um *factum*; pois é assim que se pode denominar uma determinação da vontade que é inevitável, embora não dependa de princípios empíricos. No conceito de vontade, porém, já está contido o conceito de causalidade, por conseguinte no de uma vontade pura o conceito ◆

90. Kant: *und* (e); na 2ª ed. substituído por *um* (para), não mantido da 4ª à 6ª ed., incluído na reimpressão de 1796 e na correção manuscrita de Vogel, depois amplamente incorporado.

einer Causalität mit Freyheit, d. i. die nicht nach Naturgesetzen bestimmbar, folglich keiner empirischen Anschauung, als Beweises seiner Realität, fähig ist, dennoch aber in dem reinen practischen Gesetze a priori, seine objective Realität, doch (wie leicht einzusehen,) nicht zum Behufe des theoretischen, sondern blos practischen Gebrauchs der Vernunft vollkommen rechtfertigt. Nun ist der Begriff eines Wesens, das freyen Willen hat, der Begriff einer caussa noumenon und daß sich dieser Begriff nicht selbst widerspreche, dafür ist man schon dadurch gesichert, daß der Begriff einer Ursache als gänzlich vom reinen Verstande entsprungen, zugleich auch seiner objectiven Realität in Ansehung der Gegenstände überhaupt durch die Deduction gesichert, dabey seinem Ursprunge nach von allen sinnlichen Bedingungen unabhängig, also für sich auf Phänomene nicht eingeschränkt, (es sey denn, wo ein theoretischer bestimmter Gebrauch davon gemacht werden wollte,) auf Dinge als reine Verstandeswesen allerdings angewandt werden könne. Weil aber dieser Anwendung keine Anschauung, als die jederzeit nur sinnlich seyn kann, untergelegt werden kann, so ist caussa noumenon in Ansehung des theoretischen Gebrauchs der Vernunft, obgleich ein möglicher, denkbarer, dennoch leerer Begriff. Nun verlange ich aber auch dadurch nicht die Beschaffenheit eines Wesens, so fern es einen reinen Willen hat, **theoretisch zu kennen**; es ist mir

de uma causalidade com liberdade, isto é, não determinável segundo leis da natureza, consequentemente incapaz de uma intuição empírica como prova de sua[91] realidade, todavia justifica perfeitamente, na lei prática pura *a priori*, a sua realidade objetiva, porém (como se pode facilmente vê-lo) não para o fim do uso teórico e sim do uso prático da razão. Ora, o conceito de um ente que possui vontade livre é o conceito de uma *causa noumenon*; e, de que este conceito não se contradiga, está já assegurado pelo fato de que o conceito de uma causa – enquanto surgido totalmente do entendimento puro, assegurado ao mesmo tempo, pela dedução, de sua realidade objetiva com vistas aos objetos em geral e com isso independente, segundo sua origem, de todas as condições sensíveis, portanto não limitado a fenômenos (a não ser no caso em que se quisesse[92] fazer um determinado uso teórico[93] deles) – <que esse conceito> com certeza pode[94] ser aplicado a coisas enquanto puros entes de razão. Visto, porém, que a essa aplicação não pode atribuir-se nenhuma intuição, a qual sempre só pode ser sensível, assim a *causa noumenon* é, em relação ao uso teórico da razão, um conceito, ainda que possível e pensável, todavia vazio. Ora, com isso tampouco reivindico **conhecer teoricamente** a natureza de um ente **na medida** em que possui uma vontade **pura**; basta-me ◆

....

91. *seiner* (genit. masc.), referido a *eines reinen Willens* (de uma vontade pura; cf. Vorländer).

92. Natorp aventa *sollte* (devesse).

93. Kant: *ein theoretischer bestimmter Gebrauch* (um uso determinado teórico); melhor seria: *ein bestimmter theoretischer Gebrauch* (um uso teórico determinado. Cf. Vorländer).

94. Kant: *könne*; alterado por Vorländer para *könnte* (poderia).

genung, es dadurch nur als ein solches zu bezeichnen, mithin nur den Begriff der Causalität mit dem der Freyheit (und was davon unzertrennlich ist, mit dem moralischen Gesetze, als Bestimmungsgrunde derselben,) zu verbinden; welche Befugniß mir, vermöge des reinen, nicht empirischen Ursprungs des Begriffs der Ursache, allerdings zusteht, indem ich davon keinen anderen Gebrauch, als in Beziehung auf das moralische Gesetz, das seine Realität bestimmt, d. i. nur einen practischen Gebrauch zu machen mich befugt halte.

Hätte ich, mit Hume'n, dem Begriffe der Causalität die objective Realität im practischen Gebrauche nicht allein in Ansehung der Sachen an sich selbst (des Uebersinnlichen), sondern auch in Ansehung der Gegenstände der Sinne genommen: so wäre er aller Bedeutung verlustig und als ein theoretisch unmöglicher Begriff für gänzlich unbrauchbar erklärt worden; und, da von nichts sich auch kein Gebrauch machen läßt, der practische Gebrauch eines theoretisch-nichtigen Begriffs ganz ungereimt gewesen. Nun aber der Begriff einer empirisch unbedingten Causalität theoretisch zwar leer (ohne darauf sich schickende Anschauung), aber immer doch möglich ist und sich auf ein unbestimmt Object bezieht, statt dieses aber ihm doch an dem moralischen Gesetze, folglich in practischer Beziehung, Bedeutung gegeben wird, so habe ich zwar keine Anschauung, die ihm seine objective theoretische Realität bestimmte, aber

er

com isso apenas qualificá-lo como um tal ente, por conseguinte apenas vincular o conceito de causalidade com o de liberdade (e, o que lhe é inseparável, com a lei moral enquanto fundamento determinante da mesma), cuja faculdade efetivamente me compete graças à origem pura e não empírica do conceito de causa, enquanto não me considero facultado a fazer disso nenhum outro uso senão em relação à lei moral, que determina a sua realidade, isto é, a fazer disso somente um uso prático.

Se eu, com **Hume**, tivesse eliminado do conceito de causalidade a realidade objetiva no uso prático[95], não somente em relação às coisas em si mesmas (ao suprassensível), mas também em relação aos objetos dos sentidos, então esse conceito teria perdido todo o significado; desse modo, enquanto conceito teoricamente impossível, ele seria declarado totalmente inútil, e, como de nada também não se pode fazer nenhum uso, o uso prático de um conceito **teoricamente-nulo** teria sido totalmente absurdo. Ora, o conceito de uma causalidade empiricamente incondicionada é, na verdade, teoricamente vazio (sem uma intuição que lhe convenha), contudo sempre possível, e refere-se a um objeto indeterminado; em contrapartida, porém, lhe é dada significação na lei moral, portanto em uma relação prática, de modo que em verdade não possuo nenhuma intuição que lhe determinasse a realidade teórica objetiva, mas ◆

95. A ed. Ak (Schöndörfer), na suposição de que Kant tenha feito, nessa passagem, um emprego equivocado do termo "prático", corrigiu-o para "teórico".

er hat nichts desto weniger wirkliche Anwendung, die sich in Concreto in Gesinnungen oder Maximen darstellen läßt, d. i. practische Realität, die angegeben werden kann; welches denn zu seiner Berechtigung selbst in Absicht auf Noumenen hinreichend ist.

Aber diese einmal eingeleitete objective Realität eines reinen Verstandesbegriffs im Felde des Uebersinnlichen, giebt nunmehr allen übrigen Categorien, obgleich immer nur, so fern sie mit dem Bestimmungsgrunde des reinen Willens (dem moralischen Gesetze) in **nothwendiger** Verbindung stehen, auch objective, nur keine andere als blos practisch = anwendbare Realität, indessen sie auf theoretische Erkenntnisse dieser Gegenstände, als Einsicht der Natur derselben durch reine Vernunft, nicht den mindesten Einfluß hat, um dieselbe zu erweitern. Wie wir denn auch in der Folge finden werden, daß sie immer nur auf Wesen als **Intelligenzen**, und an diesen auch nur auf das Verhältniß der **Vernunft** zum **Willen**, mithin immer nur aufs **Practische** Beziehung haben und weiter hinaus sich kein Erkenntniß derselben anmaaßen; was aber mit ihnen in Verbindung noch sonst für Eigenschaften, die zur theoretischen Vorstellungsart solcher übersinnlichen Dinge gehören, herbeygezogen werden möchten, diese insgesamt alsdenn gar nicht zum Wissen, sondern nur zur Befugniß (in practischer Absicht aber gar zur Nothwendigkeit) sie anzunehmen und vorauszusetzen gezählt

nem por isso ele deixa de ter uma aplicação efetiva, que pode apresentar-se *in concreto* em disposições ou máximas, isto é, ter realidade prática que pode ser indicada; o que, pois, é suficiente para sua própria legitimidade com vistas aos *noumena*.

Mas esta realidade objetiva de um conceito intelectual puro no campo do suprassensível, uma vez introduzida, fornece doravante a todas as demais categorias, conquanto só na medida em que elas se encontram em vinculação **necessária** com o fundamento determinante da vontade pura (com a lei moral), também realidade objetiva, embora nenhuma outra que a apenas praticamente-aplicável e que, no entanto, não tem a mínima influência sobre a ampliação dos conhecimentos teóricos desses objetos, enquanto perspiciência da natureza dos mesmos pela razão pura. Como, aliás, veremos também a seguir, essas categorias referem-se sempre e somente a entes enquanto **inteligências**, e nestas somente à relação da **razão** com a **vontade**, por conseguinte sempre e somente ao **prático**, e não se arrogam a nenhum ulterior conhecimento das mesmas; mas seja que propriedades, pertencentes ao modo de representação teórico de tais coisas suprassensíveis, possam ser aduzidas em vinculação com aquelas, estas consequentemente não são no seu conjunto computadas como saber mas somente como faculdade (em sentido prático, mas de modo algum como necessidade) de admiti-las e pressupô-las, ◆

werden, selbst da, wo man übersinnliche Wesen (als Gott) nach einer Analogie, d. i. dem reinen Vernunftverhältnisse, dessen wir in Ansehung der sinnlichen uns practisch bedienen, und so der reinen theoretischen Vernunft durch die Anwendung aufs Uebersinnliche, aber nur in practischer Absicht, zum schwärmen ins Ueberschwengliche nicht den mindesten Vorschub giebt.

Der Analytik der practischen Vernunft

Zweytes Hauptstück.

Von dem

Begriffe eines Gegenstandes

der reinen practischen Vernunft.

Unter einem Begriffe der practischen Vernunft verstehe ich die Vorstellung eines Objects als einer möglichen Wirkung durch Freyheit. Ein Gegenstand der practischen Erkenntniß, als einer solchen, zu seyn, bedeutet also nur die Beziehung des Willens auf die Handlung, dadurch er, oder sein Gegentheil, wirklich gemacht würde, und die Beurtheilung, ob etwas ein Gegenstand der reinen practischen Vernunft sey, oder nicht, ist nur die Unterscheidung der Möglichkeit oder Unmöglichkeit, diejenige Handlung zu wollen, wodurch, wenn wir das Vermögen dazu hätten (worüber die Erfahrung urtheilen muß), ein gewisses Object wirklich wer-

mesmo onde <se admitem>[96] entes suprassensíveis (como Deus) segundo uma analogia, isto é, segundo a relação racional pura, da qual nos servimos praticamente com vistas à relação sensível, e assim, pela aplicação ao suprassensível mas somente de um ponto de vista prático, não se favorece minimamente a razão teórica pura a um arrebatamento transcendente.

Segundo Capítulo
Do conceito de um objeto da razão prática pura

Entendo por um conceito[97] da razão prática a representação de um objeto como um efeito possível pela liberdade. Ser um objeto do conhecimento prático enquanto tal significa, portanto, somente a referência da vontade à ação, pela qual esse objeto ou seu contrário seria tornado efetivo, e o ajuizamento se algo é ou não um objeto da razão prática **pura** é somente a distinção da possibilidade ou impossibilidade de **querer** aquela ação, pela qual, se tivéssemos a faculdade para tanto (o que a experiência tem de julgar), um certo objeto tornar-se-ia ◆

96. *annimmt* (admite). Historicamente tomado como acréscimo de Hartenstein, também proposto por Adickes e igualmente adotado por Kehrbach, Kirchmann e Vorländer; não adotado pela Ak, mas que do mesmo modo o atribuiu a Hartenstein. Na verdade constou antes no exemplar de Erlangen e foi uma correção inicial de Vogel.

97. Alterado por Vorländer para "por um conceito de objeto" e, pela Ak, para "pelo conceito de um objeto". No entanto a construção de Kant "um conceito da razão prática" parece ter sentido: a razão prática não se representa diretamente objetos mas conceitos (de objetos inexistentes), a serem realizados pela liberdade e, antes deles, regras como motivos para a ação (cf. abaixo *KpV* A 105 e, ainda, A 29 e 32).

den würde. Wenn das Object als der Bestimmungsgrund unseres Begehrungsvermögens angenommen wird, so muß die **physische Möglichkeit** desselben durch freyen Gebrauch unserer Kräfte vor der Beurtheilung, ob es ein Gegenstand der practischen Vernunft sey oder nicht, vorangehen. Dagegen, wenn das Gesetz a priori als der Bestimmungsgrund der Handlung, mithin diese als durch reine practische Vernunft bestimmt, betrachtet werden kann, so ist das Urtheil, ob etwas ein Gegenstand der reinen practischen Vernunft sey oder nicht, von der Vergleichung mit unserem physischen Vermögen ganz unabhängig, und die Frage ist nur, ob wir eine Handlung, die auf die Existenz eines Objects gerichtet ist, **wollen** dürfen, wenn dieses in unserer Gewalt wäre, mithin muß die **moralische Möglichkeit** der Handlung vorangehen; denn da ist nicht der Gegenstand, sondern das Gesetz des Willens der Bestimmungsgrund derselben.

Die alleinigen Objecte einer practischen Vernunft sind also die vom **Guten** und **Bösen**. Denn durch das erstere versteht man einen nothwendigen Gegenstand des Begehrungs-, durch das zweyte des Verabscheuungsvermögens, beides aber nach einem Princip der Vernunft.

Wenn der Begriff des Guten nicht von einem vorhergehenden practischen Gesetze abgeleitet werden, sondern diesem vielmehr zum Grunde dienen soll, so kann er

efetivo. Se o objeto é admitido como fundamento determinante de nossa faculdade de apetição, então a sua **possibilidade física** mediante o uso livre de nossas forças tem de anteceder o ajuizamento se ele é ou não um objeto da razão prática. Contrariamente, se a lei *a priori* pode ser considerada como o fundamento determinante da ação e esta, portanto, como determinada pela razão prática pura, então o juízo se algo é ou não um objeto da razão prática pura é totalmente independente da comparação com nossa faculdade física, e a questão é somente se nos é permitido **querer** uma ação que é dirigida à existência de um objeto, no caso em que este estivesse em nosso poder. Por conseguinte a **possibilidade moral** tem que preceder a ação; pois neste caso não é o objeto e sim a lei da vontade o fundamento determinante da ação.

Portanto os únicos objetos de uma razão prática são os de **bom** e **mau**[98]. Pois pelo primeiro entende-se um objeto necessário da faculdade de apetição; pelo segundo, da faculdade de aversão, ambos, porém, de acordo com um princípio da razão.

Se o conceito de bom não deve ser derivado de uma lei prática precedente mas, antes, servir de fundamento a esta, então ele só ◆

98. Kant procede a uma substantivação de adjetivos, distinguindo, no que se segue, entre o bom (*das Gute*), o mau (*das Böse*), o agradável (*das Angenehme*), o desagradável (*das Unangenehme*) e o útil (*das Nützliche*), como em outras ocasiões distinguiu entre o belo (*das Schöne*) e o verdadeiro (*das Wahre*).

nur der Begriff von etwas seyn, dessen Existenz Lust verheißt und so die Causalität des Subjects zur Hervorbringung desselben, d. i. das Begehrungsvermögen bestimmt. Weil es nun unmöglich ist a priori einzusehen, welche Vorstellung mit **Lust**, welche hingegen mit **Unlust** werde begleitet seyn, so käme es lediglich auf Erfahrung an, es auszumachen, was unmittelbar gut oder böse sey. Die Eigenschaft des Subjects, worauf in Beziehung diese Erfahrung allein angestellt werden kann, ist das **Gefühl** der Lust und Unlust, als eine dem inneren Sinne angehörige Receptivität und so würde der Begriff von dem, was unmittelbar gut ist, nur auf das gehen, womit die Empfindung des **Vergnügens** unmittelbar verbunden ist, und der von dem schlechthin-Bösen auf das, was unmittelbar **Schmerz** erregt, allein bezogen werden müssen. Weil aber das dem Sprachgebrauche schon zuwider ist, der das **Angenehme** vom **Guten**, das **Unangenehme** vom **Bösen** unterscheidet, und verlangt daß Gutes und Böses jederzeit durch Vernunft, mithin durch Begriffe, die sich allgemein mittheilen lassen, und nicht durch bloße Empfindung, welche sich auf einzelne Objecte und deren Empfänglichkeit einschränkt, beurtheilt werde, gleichwol aber für sich selbst mit keiner Vorstellung eines Objects a priori eine Lust oder Unlust unmittelbar verbunden werden kann, so würde der Philosoph, der sich genöthigt glaubte, ein Gefühl der Lust seiner practischen

Be-

pode ser o conceito de algo cuja existência promete prazer e deste modo determina a causalidade do sujeito à realização do mesmo, isto é, determina a faculdade de apetição. Ora, visto que é impossível ter *a priori* a perspiciência de qual representação será acompanhada de **prazer** e de qual, ao contrário, será acompanhada de **desprazer**, assim caberia unicamente à experiência estipular o que seja imediatamente bom e mau. A propriedade do sujeito, em relação à qual, unicamente, esta experiência pode ser feita, é o **sentimento** de prazer e desprazer, enquanto receptividade pertencente ao sentido interno, e deste modo o conceito do que é imediatamente bom remeteria somente àquilo com que a sensação de **deleite** está imediatamente vinculada, e o conceito do simplesmente mau teria de referir-se unicamente àquilo que provoca imediatamente **dor**. Mas porque isto já contraria o uso linguístico, que distingue o **agradável** do **bom**, e o **desagradável** do **mau**, e exige que bom e mau sejam sempre ajuizados pela razão, por conseguinte, mediante conceitos que se deixam comunicar universalmente e não mediante simples sensação, que se limita a objetos [sujeitos[99]] individuais e sua receptividade, embora por si mesmos prazer ou desprazer não possam ser *a priori* vinculados imediatamente a nenhuma representação de um objeto, assim o filósofo que se cresse coagido a pôr como fundamento ◆

99. Na edição original *Objekte*, que Natorp e Ak substituíram por *Subjekte* (sujeitos).

Beurtheilung zum Grunde zu legen, gut nennen, was ein **Mittel** zum Angenehmen, und **Böses**, was Ursache der Unannehmlichkeit und des Schmerzens ist; denn die Beurtheilung des Verhältnisses der Mittel zu Zwecken gehört allerdings zur Vernunft. Obgleich aber Vernunft allein vermögend ist, die Verknüpfung der Mittel mit ihren Absichten einzusehen, (so daß man auch den Willen durch das Vermögen der Zwecke definiren könnte, indem sie jederzeit Bestimmungsgründe des Begehrungsvermögens nach Principien sind,) so würden doch die practischen Maximen, die aus dem obigen Begriffe des Guten blos als Mittel folgten, nie etwas für sich selbst=, sondern immer nur **irgend wozu**-Gutes zum Gegenstande des Willens enthalten: das Gute würde jederzeit blos das Nützliche seyn, und das, wozu es nutzt, müßte allemal außerhalb dem Willen in der Empfindung liegen. Wenn diese nun, als angenehme Empfindung, vom Begriffe des Guten unterschieden werden müßte, so würde es überall nichts unmittelbar gutes geben, sondern das Gute nur in den Mitteln zu etwas anderm, nemlich irgend einer Annehmlichkeit, gesucht werden müssen.

Es ist eine alte Formel der Schulen: **nihil appetimus, nisi sub ratione boni; nihil aversamur, nisi sub ratione mali**; und sie hat einen oft richtigen, aber auch der Philosophie oft sehr nachtheiligen Gebrauch, weil die Ausdrücke des **boni** und **mali** eine Zweydeu-

 tigkeit

de seu ajuizamento prático um sentimento de prazer, denominaria **bom** o que é um **meio** para o agradável e **mau** o que é causa do desagrado e da dor; pois o ajuizamento da relação dos meios a fins pertence indubitavelmente à razão. Mas, embora unicamente a razão seja capaz de ter a perspiciência da conexão dos meios com seus objetivos (de modo que também se poderia definir a vontade pela faculdade dos fins, na medida em que eles sempre são fundamentos determinantes da faculdade de apetição segundo princípios), assim pois as máximas práticas que decorressem simplesmente como meios do anterior conceito de bom jamais conteriam como objeto da vontade algo bom por si mesmo mas sempre apenas **para outra coisa qualquer**: o bom sempre seria meramente o útil, e aquilo para que ele serve teria de encontrar-se todas as vezes fora da vontade, na sensação. Ora, se esta enquanto sensação agradável tivesse que ser distinguida do conceito de bom, então não haveria em nenhuma parte algo imediatamente bom, mas o bom teria que ser procurado somente nos meios para algo diverso, a saber, para algum agrado qualquer.

É uma antiga fórmula das escolas: *Nihil appetimus, nisi sub ratione boni; nihil aversamur, nisi sub ratione mali*[100]; e ela tem um uso frequentemente correto mas frequentemente também muito prejudicial à Filosofia, porque as expressões do *boni* e *mali* contêm ◆

100. "Não apetecemos algo senão em razão de um bem; não desapetecemos algo senão em razão de um mal."

tigkeit enthalten, daran die Einschränkung der Sprache Schuld ist, nach welcher sie eines doppelten Sinnes fähig sind und daher die practischen Gesetze unvermeidlich auf Schrauben stellen, und die Philosophie, die im Gebrauche derselben gar wohl der Verschiedenheit des Begriffs bey demselben Worte inne werden, aber doch keine besondere Ausdrücke dafür finden kann, zu subtilen Distinctionen nöthigen, über die man sich nachher nicht einigen kann, indem der Unterschied durch keinen angemessenen Ausdruck unmittelbar bezeichnet werden konnte.*)

Die deutsche Sprache hat das Glück, die Ausdrücke zu besitzen, welche diese Verschiedenheit nicht übersehen lassen. Für das, was die Lateiner mit einem einzigen Worte bonum benennen, hat sie zwey sehr verschiedene Begriffe, und auch eben so verschiedene Ausdrücke. Für bonum das **Gute** und das **Wohl**, für malum das **Böse** und das **Uebel** (oder **Weh**): so daß es zwey ganz

*) Ueberdem ist der Ausdruck sub ratione boni auch zweydeutig. Denn er kann so viel sagen: wir stellen uns etwas als gut vor, wenn und weil wir es begehren (wollen); aber auch: wir begehren etwas darum, weil wir es uns als gut vorstellen, so daß entweder die Begierde der Bestimmungsgrund des Begriffs des Objects als eines Guten, oder der Begriff des Guten der Bestimmungsgrund des Begehrens (des Willens) sey; da denn das: sub ratione boni, im ersteren Falle bedeuten würde, wir wollen etwas unter der Idee des Guten, im zweyten, zu Folge dieser Idee, welche vor dem Wollen als Bestimmungsgrund desselben vorhergehen muß.

uma ambiguidade, de que é culpada a limitação da língua e pela qual são suscetíveis de um duplo sentido; por isso elas colocam as leis práticas num círculo vicioso e coagem a Filosofia – que no uso das mesmas pode perceber bastante bem a diversidade do conceito na mesma palavra, mas não pode encontrar nenhuma expressão particular correspondente – [coagem a Filosofia] a distinções sutis, sobre as quais depois não se pode pôr-se de acordo, na medida em que a diferença não podia ser imediatamente designada por nenhuma expressão conveniente*.

A língua alemã tem a sorte de contar com expressões que não descuram essa heterogeneidade. Para aquilo que os latinos denominam com uma única palavra *bonum*, ela possui dois conceitos bem diversos e também duas expressões igualmente diversas: para *bonum* ela possui ***Gute*** e ***Wohl*** <bom e bem-estar> e, para *malum*, ***Böse*** e ***Übel*** <mau e mal-estar/infortúnio>/ (ou ***Weh*** <dor/aflição>); de modo que se trata

* Além disso, a expressão *sub ratione boni* é ainda equívoca. Pois ela pode significar: nós nos representamos algo como bom se e porque o apetecemos (queremos); mas também: nós apetecemos algo porque nos representamos como bom, de tal modo que ou o apetite seja o fundamento determinante do conceito do objeto como algo bom, ou o conceito de bom seja o fundamento determinante da apetência (da vontade); com efeito o *sub ratione boni*, no primeiro caso, significaria que queremos algo sob a ideia de bom e, no segundo, em consequência dessa ideia, que tem de preceder o querer como seu fundamento determinante. (K) ◆

ganz verschiedene Beurtheilungen sind, ob wir bey einer Handlung das **Gute** und **Böse** derselben, oder unser **Wohl** und **Weh** (Uebel) in Betrachtung ziehen. Hieraus folgt schon, daß obiger psychologischer Satz wenigstens noch sehr ungewiß sey, wenn er so übersetzt wird: wir begehren nichts, als in Rücksicht auf unser **Wohl** oder **Weh**; dagegen er, wenn man ihn so giebt: wir wollen, nach Anweisung der Vernunft, nichts, als nur so fern wir es für gut oder böse halten, ungezweifelt gewiß und zugleich ganz klar ausgedrückt wird.

Das **Wohl** oder **Uebel** bedeutet immer nur eine Beziehung auf unseren Zustand der **Annehmlichkeit** oder **Unannehmlichkeit**, des Vergnügens und Schmerzens, und, wenn wir darum ein Object begehren, oder verabscheuen, so geschieht es, nur so fern es auf unsere Sinnlichkeit und das Gefühl der Lust und Unlust, das es bewirkt, bezogen wird. Das **Gute** oder **Böse** bedeutet aber jederzeit eine Beziehung auf den **Willen**, so fern dieser durchs **Vernunftgesetz** bestimmt wird, sich etwas zu seinem Objecte zu machen; wie er denn durch das Object und dessen Vorstellung niemals unmittelbar bestimmt wird, sondern ein Vermögen ist, sich eine Regel der Vernunft zur Bewegursache einer Handlung (dadurch ein Object wirklichwerden kann) zu machen. Das Gute oder Böse wird also eigentlich auf Handlungen, nicht auf den Empfindungszustand der Person bezogen,

de dois ajuizamentos totalmente diversos se em uma ação consideramos o seu ***Gute e Böse*** <o seu caráter bom e mau> ou o nosso ***Wohl*** e ***Weh*** (*Übel*) <o nosso estado de bem-estar e mal-estar>. Disso já se segue que a proposição psicológica anterior é, pelo menos, ainda muito incerta se for traduzida assim: não apetecemos nada senão com vistas a nosso ***Wohl*** e ***Weh*** <bem-estar e mal-estar>; contrariamente, se a apresentamos assim: não queremos, de acordo com uma instrução da razão, nada senão na medida em que o consideramos bom <*gut*> ou mau <*böse*>, ela torna-se indubitavelmente certa e, ao mesmo tempo, expressa-se de modo totalmente claro.

O ***Wohl*** ou ***Übel*** <bem-estar ou mal-estar> sempre significa somente uma referência a nosso estado de **agrado** ou **desagrado**[101], de prazer[102] e dor, e se por isso apetecemos ou detestamos um objeto, isto ocorre somente na medida em que ele é referido à nossa sensibilidade e ao sentimento de prazer e desprazer que ele produz. Mas o ***Gute*** ou ***Böse*** <bom ou mau> significa sempre uma referência à **vontade**, na medida em que esta é determinada pela **lei da razão** a fazer de algo seu objeto; aliás a vontade jamais é determinada imediatamente pelo objeto e sua representação, mas é uma faculdade de fazer de uma regra da razão a causa motora de uma ação (pela qual um objeto pode tornar-se efetivo). Portanto o bom e mau são propriamente referidos a ações, não ao estado de sensação da ◆

101. Literalmente: *Annehmlichkeit* (agradabilidade) / *Unannehmlichkeit* (desagradabilidade).

102. Kant: *Vergnügen*. Diversamente de *Lust* ("prazer", em geral), *Vergnügen*, como prazer sensorial, é em geral traduzido por "deleite". Pois como gênero *Lust* inclui também o prazer estético, que é reflexivo.

zogen, und, sollte etwas schlechthin (und in aller Absicht und ohne weitere Bedingung) gut oder böse seyn, oder dafür gehalten werden, so würde es nur die Handlungsart, die Maxime des Willens und mithin die handelnde Person selbst, als guter oder böser Mensch, nicht aber eine Sache seyn, die so genannt werden könnte.

Man mochte also immer den Stoiker auslachen, der in den heftigsten Gichtschmerzen ausrief: Schmerz, du magst mich noch so sehr foltern, ich werde doch nie gestehen, daß du etwas Böses (κακον, malum) seyst! er hatte doch recht. Ein Uebel war es, das fühlte er, und das verrieth sein Geschrey; aber daß ihm dadurch ein Böses anhinge, hatte er gar nicht Ursache einzuräumen; denn der Schmerz verringert den Werth seiner Person nicht im mindesten, sondern nur den Werth seines Zustandes. Eine einzige Lüge, deren er sich bewußt gewesen wäre, hätte seinen Muth niederschlagen müssen; aber der Schmerz diente nur zur Veranlassung, ihn zu erheben, wenn er sich bewußt war, daß er sie durch keine unrechte Handlung verschuldet und sich dadurch strafwürdig gemacht habe.

Was wir gut nennen sollen, muß in jedes vernünftigen Menschen Urtheil ein Gegenstand des Begehrungsvermögens seyn, und das Böse in den Augen von jedermann ein Gegenstand des Abscheues; mithin bedarf es, außer dem Sinne, zu dieser Beurtheilung noch

Ver-

pessoa, e se algo devesse ser simplesmente (e em todo sentido, sem ulterior condição) bom ou mau ou tido por tal, então seria somente o modo de ação, a máxima da vontade e, por conseguinte, a própria pessoa agente como homem bom ou mau, não porém uma coisa, que poderia ser chamada assim.

Portanto se podia sempre rir do estoico, que em meio às mais intensas dores de gota gritava: dor, tu ainda podes torturar-me tanto, eu contudo jamais confessarei que sejas algo mau (κακόν, *malum*)! Ele tinha razão. O que ele sentia era um mal-estar, e isto traía o seu grito; mas que por isso, se lhe atribuísse algo mau, não tinha ele motivo algum para conceder; pois a dor não diminui[103] minimamente o valor de sua pessoa mas só o valor de seu estado. Uma única mentira da qual ele tivesse sido consciente teria que ter abatido sua coragem; mas a dor servia somente de ensejo para elevá-lo quando se conscientizava de que ela não o[104] tornara culpado de nenhuma ação injusta e, por isso, merecedor de castigo.

O que devemos denominar bom tem que ser, no juízo de todo homem racional, um objeto da faculdade de apetição, e o mau tem que ser aos olhos de qualquer um objeto de aversão; por conseguinte, para esse ajuizamento requer-se, além do sentido, ainda ◆

103. Natorp aventa *verringerte* (diminuía).

104. Kant: *sie* (ela), correção para *ihn* (o), inicialmente por Vogel no exemplar de Erlangen, adotada também por Hartenstein e a maioria das edições posteriores.

Vernunft. So ist es mit der Wahrhaftigkeit im Gegensatz mit der Lüge, so mit der Gerechtigkeit im Gegensatz der Gewaltthätigkeit rc. bewandt. Wir können aber etwas ein Uebel nennen, welches doch jedermann zugleich für gut, bisweilen mittelbar, bisweilen gar für unmittelbar erklären muß. Der eine chirurgische Operation an sich verrichten läßt, fühlt sie ohne Zweifel als ein Uebel; aber durch Vernunft erklärt er, und jedermann, sie für gut. Wenn aber jemand, der friedliebende Leute gerne neckt und beunruhigt, endlich einmal anläuft und mit einer tüchtigen Tracht Schläge abgefertigt wird; so ist dieses allerdings ein Uebel, aber jedermann giebt dazu seinen Beyfall und hält es an sich für gut, wenn auch nichts weiter daraus entspränge; ja selbst der, der sie empfängt, muß in seiner Vernunft erkennen, daß ihm Recht geschehe, weil er die Proportion zwischen dem Wohlbefinden und Wohlverhalten, welche die Vernunft ihm unvermeidlich vorhält, hier genau in Ausübung gebracht sieht.

Es kommt allerdings auf unser Wohl und Weh in der Beurtheilung unserer practischen Vernunft gar **sehr viel**, und, was unsere Natur als sinnlicher Wesen betrifft, **alles** auf unsere **Glückseligkeit** an, wenn diese, wie Vernunft es vorzüglich fodert, nicht nach der vorübergehenden Empfindung, sondern nach dem Einflusse, den diese Zufälligkeit auf unsere ganze Existenz und die Zufriedenheit mit derselben hat, beurtheilt

wird;

a razão. O mesmo se passa com a veracidade em oposição à mentira, com a justiça em oposição à violência, etc. Mas podemos denominar um mal algo que, todavia, qualquer um tem de ao mesmo tempo declarar bom, às vezes mediatamente, às vezes até imediatamente. Aquele que se permite a prática de uma operação cirúrgica sente-a, sem dúvida, como um mal; mas pela razão ele e qualquer um a declara boa. Mas, se com alguém que gosta de provocar e perturbar pessoas amantes da paz as coisas acabam indo mal e ele é despedido com uma boa dose de golpes, então isto certamente é um mal, mas qualquer um o aprova e considera-o em si bom, mesmo que nada decorresse ulteriormente dele; antes, mesmo aquele que os sofre tem de reconhecer em sua razão que se lhe faz justiça, porque ele vê aqui precisamente posta em prática a proporção entre o bem-estar e a boa conduta, que a razão inevitavelmente lhe apresenta.

O nosso bem e mal certamente tem **muita** importância no ajuizamento de nossa razão prática e, no que concerne a nossa natureza como entes sensíveis, **tudo** depende de nossa **felicidade**, se esta é ajuizada, como sobretudo a razão o exige, não segundo a sensação passageira mas segundo a influência que esta contingência tem sobre toda a nossa existência e o contentamento com ◆

wird; aber alles überhaupt kommt darauf doch nicht an. Der Mensch ist ein bedürftiges Wesen, so fern er zur Sinnenwelt gehört und so fern hat seine Vernunft allerdings einen nicht abzulehnenden Auftrag, von Seiten der Sinnlichkeit, sich um das Interesse derselben zu bekümmern und sich practische Maximen, auch in Absicht auf die Glückseligkeit dieses, und, wo möglich, auch eines zukünftigen Lebens, zu machen. Aber er ist doch nicht so ganz Thier, um gegen alles, was Vernunft für sich selbst sagt, gleichgültig zu seyn, und diese blos zum Werkzeuge der Befriedigung seines Bedürfnisses, als Sinnenwesens, zu gebrauchen. Denn im Werthe über die bloße Thierheit erhebt ihn das gar nicht, daß er Vernunft hat, wenn sie ihm nur zum Behuf desjenigen dienen soll, was bey Thieren der Instinct verrichtet; sie wäre alsdenn nur eine besondere Manier, deren sich die Natur bedient hätte, um den Menschen zu demselben Zwecke, dazu sie Thiere bestimmt hat, auszurüsten, ohne ihn zu einem höheren Zwecke zu bestimmen. Er bedarf also freylich, nach dieser einmal mit ihm getroffenen Naturanstalt, Vernunft, um sein Wohl und Weh jederzeit in Betrachtung zu ziehen, aber er hat sie überdem noch zu einem höheren Behuf, nemlich auch das, was an sich gut oder böse ist, und worüber reine, sinnlich gar nicht interessirte Vernunft nur allein urtheilen kann, nicht allein mit in Ueberlegung zu nehmen, sondern diese Beurtheilung

von

ela; mas nem **tudo em geral** depende disso. O homem, enquanto pertence ao mundo sensorial, é um ente carente e nesta medida sua razão tem certamente uma não desprezível incumbência, de parte da sensibilidade, de cuidar do interesse da mesma e de propor-se máximas práticas também em vista da felicidade desta vida e, se possível, também de uma vida futura. Apesar disso, ele não é tão inteiramente animal a ponto de ser indiferente a tudo o que a razão por si mesma diz e de usá-la simplesmente como instrumento de satisfação de sua carência enquanto ente sensorial. Pois o fato de ele ter uma razão não eleva, absolutamente, o seu valor sobre a simples animalidade, se a razão dever servir-lhe somente para o fim daquilo que o instinto executa nos animais. Neste caso ela não passaria de uma maneira peculiar da qual a natureza se tivesse servido para equipar o homem para o mesmo fim ao qual ela determinou os animais, sem o determinar a um fim superior. De acordo, portanto, com esta disposição natural uma vez encontrada nele, ele certamente precisa da razão para tomar sempre em consideração o seu bem e mal, mas ele, além disso, a possui ainda para um fim superior, a saber, não somente para refletir também sobre o que é em si bom ou mau e sobre o que unicamente a razão pura, de modo algum interessada sensivelmente, pode julgar, mas para distinguir ◆

von jener gänzlich zu unterscheiden, und sie zur obersten Bedingung des letzteren zu machen.

In dieser Beurtheilung des an sich Guten und Bösen, zum Unterschiede von dem, was nur beziehungsweise auf Wohl oder Uebel so genannt werden kann, kommt es auf folgende Puncte an. Entweder ein Vernunftprincip wird schon an sich als der Bestimmungsgrund des Willens gedacht, ohne Rücksicht auf mögliche Objecte des Begehrungsvermögens, (also blos durch die gesetzliche Form der Maxime,) alsdenn ist jenes Princip practisches Gesetz a priori, und reine Vernunft wird für sich practisch zu seyn angenommen. Das Gesetz bestimmt alsdenn **unmittelbar** den Willen, die ihm gemäße Handlung ist **an sich selbst gut**, ein Wille, dessen Maxime jederzeit diesem Gesetze gemäß ist, ist **schlechterdings, in aller Absicht, gut**, und die **oberste Bedingung alles Guten**: oder es geht ein Bestimmungsgrund des Begehrungsvermögens vor der Maxime des Willens vorher, der ein Object der Lust und Unlust voraussetzt, mithin etwas, das **vergnügt** oder **schmerzt**, und die Maxime der Vernunft, jene zu befördern, diese zu vermeiden, bestimmt die Handlungen, wie sie beziehungsweise auf unsere Neigung, mithin nur mittelbar (in Rücksicht auf einen anderweitigen Zweck, als Mittel zu demselben) gut sind, und diese Maximen können alsdenn niemals Gesetze, dennoch aber vernünftige, practische Vorschriften heißen. Der Zweck

selbst,

este ajuizamento totalmente do ajuizamento sensível e torná-lo condição suprema do[105] último.

Este ajuizamento do bom <*Guten*> e mau <*Böse*> em si, à diferença do que só relativamente a bem-estar <*Wohl*> ou mal-estar <*Übel*> pode ser denominado bom, depende dos seguintes pontos: ou um princípio da razão é já em si pensado como o fundamento determinante da vontade, sem consideração de possíveis objetos da faculdade de apetição (logo, meramente através da forma legal da máxima), e então aquele princípio é uma lei prática *a priori* e a razão pura será admitida como sendo por si mesma prática; a lei, então, determina **imediatamente** a vontade, a ação conforme a ela é **em si mesma boa** e uma vontade, cuja máxima é sempre conforme a essa lei, é **absolutamente** e **em todos os sentidos boa** e a **condição suprema de todo o bem**. Ou então um fundamento determinante da faculdade de apetição precede a máxima da vontade, que pressupõe um objeto de prazer e desprazer, por conseguinte algo que **deleita** ou **provoca dor**, e a máxima da razão de promover aquele e evitar este determina as ações segundo o modo como elas, relativamente a nossa inclinação, são boas, por conseguinte só mediatamente (com respeito a um outro fim, como meio para o mesmo), e estas máximas então jamais podem chamar-se leis mas preceitos práticos racionais. O próprio ◆

105. Vorländer admite que se trate de uma referência a "bom e mau". Nolte e Natorp alteram *des* para *der*, permitindo uma referência a "ajuizamento sensível".

selbst, das Vergnügen, das wir suchen, ist im letzteren Falle nicht ein **Gutes**, sondern ein **Wohl**, nicht ein Begriff der Vernunft, sondern ein empirischer Begriff von einem Gegenstande der Empfindung; allein der Gebrauch des Mittels dazu, d. i. die Handlung (weil dazu vernünftige Ueberlegung erfodert wird) heißt dennoch gut, aber nicht schlechthin, sondern nur in Beziehung auf unsere Sinnlichkeit, in Ansehung ihres Gefühls der Lust und Unlust; der Wille aber, dessen Maxime dadurch afficirt wird, ist nicht ein reiner Wille, der nur auf das geht, wobey reine Vernunft für sich selbst practisch seyn kann.

Hier ist nun der Ort, das Paradoxon der Methode in einer Critik der practischen Vernunft zu erklären: **daß nemlich der Begriff des Guten und Bösen nicht vor dem moralischen Gesetze, (dem es dem Anschein nach so gar zum Grunde gelegt werden müßte,) sondern nur (wie hier auch geschieht) nach demselben und durch dasselbe bestimmt werden müsse.** Wenn wir nemlich auch nicht wüßten, daß das Princip der Sittlichkeit ein reines a priori den Willen bestimmendes Gesetz sey, so müßten wir doch, um nicht ganz umsonst (gratis) Grundsätze anzunehmen, es anfänglich wenigstens **unausgemacht** lassen, ob der Wille blos empirische, oder auch reine Bestimmungsgründe a priori habe; denn es ist wider alle Grundregeln des philosophischen Verfahrens, das,

worüber

fim, o deleite que procuramos, não é, no último caso, algo **bom** <*ein Gutes*>, mas um bem-estar <*Wohl*>, não um conceito da razão mas um conceito empírico de um objeto da sensação; apenas o uso do meio correspondente, isto é, a ação (porque para isso é requerida reflexão racional), chama-se, contudo, boa, mas não absolutamente e sim só em relação a nossa sensibilidade, com vistas a seu sentimento de prazer e desprazer; a vontade, porém, cuja máxima é com isso afetada, não é uma vontade pura, a qual somente concerne àquilo em que a razão pura pode ser por si mesma prática.

Este é o lugar para elucidar o paradoxo do método em uma crítica da razão prática, **ou seja, que o conceito de bom e mau não tem que ser determinado antes da lei moral (no fundamento da qual**[106] **ele aparentemente até teria que ser posto), mas somente (como aqui também ocorre) depois dela e através dela.** Ou seja, se não soubéssemos também que o princípio da moralidade é uma lei pura, determinando *a priori* a vontade, então, para não admitir proposições fundamentais de modo inteiramente gratuito (*gratis*), teríamos de, pelo menos inicialmente, deixar **indecidido** se a vontade tem fundamentos determinantes meramente empíricos ou se ela tem também fundamentos determinantes puros *a priori*; pois contraria todas as regras fundamentais do modo de proceder filosófico ◆

106. *dem er*, correção atribuída a Hartenstein, embora não conste em sua edição de 1838, p. 171, e também seguida nesta tradução. A construção de Kant, *dem es*, implicaria a tradução: "no fundamento do qual esta lei..." – o contrário, portanto, do que a frase pretenderia dizer e em dissonância com o restante da mesma.

worüber man allererst entscheiden soll, schon zum voraus als entschieden anzunehmen. Gesetzt, wir wollten nun vom Begriffe des Guten anfangen, um davon die Gesetze des Willens abzuleiten, so würde dieser Begriff von einem Gegenstande (als einem guten) zugleich diesen, als den einigen Bestimmungsgrund des Willens, angeben. Weil nun dieser Begriff kein practisches Gesetz **a priori** zu seiner Richtschnur hatte; so könnte der Probirstein des Guten oder Bösen in nichts anders, als in der Uebereinstimmung des Gegenstandes mit unserem Gefühle der Lust oder Unlust gesetzt werden, und der Gebrauch der Vernunft könnte nur darin bestehen, theils diese Lust oder Unlust im ganzen Zusammenhange mit allen Empfindungen meines Daseyns, theils die Mittel, mir den Gegenstand derselben zu verschaffen, zu bestimmen. Da nun, was dem Gefühle der Lust gemäß sey, nur durch Erfahrung ausgemacht werden kann, das practische Gesetz aber, der Angabe nach, doch darauf, als Bedingung, gegründet werden soll, so würde geradezu die Möglichkeit practischer Gesetze **a priori** ausgeschlossen; weil man vorher nöthig zu finden meynte, einen Gegenstand für den Willen auszufinden, davon der Begriff, als eines Guten, den allgemeinen, obzwar empirischen Bestimmungsgrund des Willens ausmachen müsse. Nun aber war doch vorher nöthig zu untersuchen, ob es nicht auch einen Bestimmungsgrund des Willens **a priori** gebe (welcher niemals

admitir já previamente como decidido aquilo sobre que antes do mais se tem que decidir. Ora, suposto que quiséssemos começar do conceito de bom, para deduzir dele as leis da vontade, então este conceito de objeto (como bom) declararia o mesmo, simultaneamente, como o único fundamento determinante da vontade. Visto que este conceito não tinha[107] como sua norma nenhuma lei prática *a priori*, assim a pedra de toque do bom ou mau não poderia ser posta em nenhuma outra coisa que na concordância do objeto com nosso sentimento de prazer ou desprazer, e o uso da razão somente poderia consistir, em parte, em determinar esse prazer ou desprazer na inteira interconexão com todas as sensações de minha existência e, em parte, em determinar os meios de conseguir para mim o objeto das mesmas. Ora, já que somente pela experiência pode decidir-se o que seja conforme com o sentimento de prazer, mas que a lei prática supostamente deve fundar-se sobre ela como condição, então a possibilidade de leis práticas *a priori* ficaria diretamente excluída, porque se supunha necessário descobrir antes um objeto para a vontade, cujo conceito como conceito de algo bom teria de constituir o fundamento determinante geral, embora empírico, da vontade. Entretanto era necessário investigar antes se não havia também um fundamento determinante *a priori* da vontade (o qual ◆

107. Kant: *hatte*, Hartenstein: *hätte* (teria).

mals irgendwo anders, als an einem reinen practischen Gesetze, und zwar so fern dieses die bloße gesetzliche Form, ohne Rücksicht auf einen Gegenstand, den Maximen vorschreibt, wäre gefunden worden). Weil man aber schon einen Gegenstand nach Begriffen des Guten und Bösen zum Grunde alles practischen Gesetzes legte, jener aber ohne vorhergehendes Gesetz nur nach empirischen Begriffen gedacht werden konnte, so hatte man sich die Möglichkeit, ein reines practisches Gesetz auch nur zu denken, schon zum voraus benommen; da man im Gegentheil, wenn man dem letzteren vorher analytisch nachgeforscht hätte, gefunden haben würde, daß nicht der Begriff des Guten, als eines Gegenstandes, das moralische Gesetz, sondern umgekehrt das moralische Gesetz allererst den Begriff des Guten, so fern es diesen Namen schlechthin verdient, bestimme und möglich mache.

Diese Anmerkung, welche blos die Methode der obersten moralischen Untersuchungen betrifft, ist von Wichtigkeit. Sie erklärt auf einmal den veranlassenden Grund aller Verirrungen der Philosophen in Ansehung des obersten Princips der Moral. Denn sie suchten einen Gegenstand des Willens auf, um ihn zur Materie und dem Grunde eines Gesetzes zu machen, (welches alsdenn nicht unmittelbar, sondern vermittelst jenes an das Gefühl der Lust oder Unlust gebrachten Gegenstandes, der Bestimmungsgrund des Willens seyn

sollte,

jamais teria sido encontrado em nenhum outro lugar que em uma lei prática pura e, na verdade, na medida em que esta, sem consideração de um objeto, prescreve às máximas a simples forma legal). Mas visto que já se pusera como fundamento de toda a lei prática um objeto segundo conceitos do bom e mau, mas que esse, sem uma lei antecedente, só podia ser pensado segundo conceitos empíricos, assim já se tinha de antemão afastado a possibilidade de sequer pensar uma lei prática pura; já que do contrário, se se tivesse antes investigado esta lei analiticamente, ter-se-ia encontrado que não é o conceito de bom enquanto objeto que determina e torna possível a lei moral, mas que inversamente é a lei moral que antes de tudo determina e torna possível o conceito de bom, na medida em que este merece absolutamente esse nome.

Esta anotação, que concerne meramente ao método das investigações morais supremas, é importante. Ela esclarece de vez o fundamento originante de todas as confusões dos filósofos acerca do princípio supremo da moral. Pois eles procuravam um objeto da vontade para fazê-lo matéria e fundamento de uma lei (a qual então deveria ser o fundamento determinante da vontade, não imediatamente mas mediante aquele objeto remetido ao sentimento de prazer ou ◆

sollte, anstatt daß sie zuerst nach einem Gesetze hätten forschen sollen, das a priori und unmittelbar den Willen, und diesem gemäß allererst den Gegenstand bestimmete). Nun mochten sie diesen Gegenstand der Lust, der den obersten Begriff des Guten abgeben sollte, in der Glückseligkeit, in der Vollkommenheit, im moralischen Gesetze, oder im Willen Gottes setzen, so war ihr Grundsatz allemal Heteronomie, sie mußten unvermeidlich auf empirische Bedingungen zu einem moralischen Gesetze stoßen; weil sie ihren Gegenstand, als unmittelbaren Bestimmungsgrund des Willens, nur nach seinem unmittelbaren Verhalten zum Gefühl, welches allemal empirisch ist, gut oder böse nennen konnten. Nur ein formales Gesetz, d. i. ein solches, welches der Vernunft nichts weiter als die Form ihrer allgemeinen Gesetzgebung zur obersten Bedingung der Maximen vorschreibt, kann a priori ein Bestimmungsgrund der practischen Vernunft seyn. Die Alten verriethen indessen diesen Fehler dadurch unverholen, daß sie ihre moralische Untersuchung gänzlich auf die Bestimmung des Begriffs vom **höchsten Gut**, mithin eines Gegenstandes setzten, welchen sie nachher zum Bestimmungsgrunde des Willens im moralischen Gesetze zu machen gedachten: ein Object, welches weit hinterher, wenn das moralische Gesetz allererst für sich bewährt und als unmittelbarer Bestimmungsgrund des Willens gerechtfertigt ist, dem nunmehr seiner Form nach a priori be-

desprazer), enquanto primeiro deveriam ter investigado uma lei que determinasse *a priori* e imediatamente a vontade e que, de acordo com ela, determinasse pela primeira vez o objeto. Ora, eles preferiam colocar este objeto do prazer, que deveria fornecer o conceito supremo de bom, na felicidade, na perfeição, no sentimento[108] moral ou na vontade de Deus; assim a sua proposição fundamental consistia sempre em heteronomia e eles tinham que inevitavelmente encontrar condições empíricas para uma lei moral: porque eles podiam denominar bom ou mau seu objeto, enquanto fundamento determinante imediato da vontade, só segundo sua relação imediata com o sentimento, o qual é sempre empírico. Somente uma lei formal, isto é, uma lei que não prescreve à razão nada mais do que a forma de sua legislação universal como condição suprema das máximas, pode ser *a priori* um fundamento determinante da razão prática. Os Antigos, todavia, cometeram abertamente esse erro, por terem apostado a sua investigação moral totalmente na determinação do conceito de **sumo bem**, por conseguinte de um objeto que depois tencionavam tornar fundamento determinante da vontade na lei moral; um objeto que só bem mais tarde, quando a lei moral é pela primeira vez confirmada por si mesma e justificada como fundamento determinante imediato da vontade, pôde ser apresentado como objeto à vontade agora ◆

108. Kant: *Gesetze* (na lei), corrigido por Hartenstein.

stimmten Willen als Gegenstand vorgestellt werden kann, welches wir in der Dialectik der reinen practischen Vernunft uns unterfangen wollen. Die Neueren, bey denen die Frage über das höchste Gut außer Gebrauch gekommen, zum wenigsten nur Nebensache geworden zu seyn scheint, verstecken obigen Fehler (wie in vielen andern Fällen) hinter unbestimmten Worten, indessen, daß man ihn gleichwol aus ihren Systemen hervorblicken sieht, da er alsdenn allenthalben Heteronomie der practischen Vernunft verräth, daraus nimmermehr ein a priori allgemein gebietendes moralisches Gesetz entspringen kann.

Da nun die Begriffe des Guten und Bösen, als Folgen der Willensbestimmung a priori, auch ein reines practisches Princip, mithin eine Causalität der reinen Vernunft voraussetzen: so beziehen sie sich, ursprünglich, nicht (etwa als Bestimmungen der synthetischen Einheit des Mannigfaltigen gegebener Anschauungen in einem Bewußtseyn) auf Objecte, wie die reinen Verstandesbegriffe, oder Categorien der theoretischgebrauchten Vernunft, sie setzen diese vielmehr als gegeben voraus: sondern sie sind insgesamt modi einer einzigen Categorie, nemlich der der Causalität, so fern der Bestimmungsgrund derselben in der Vernunftvorstellung eines Gesetzes derselben besteht, welches, als Gesetz der Freyheit, die Vernunft sich selbst giebt und dadurch sich a priori als practisch beweiset. Da indes-

sen

determinada *a priori* segundo sua forma; é com o que queremos ocupar-nos na Dialética da razão prática pura. Os modernos, entre os quais a questão do sumo bem parece ter caído em desuso, pelo menos como algo sem importância, ocultam sob expressões vagas (como em muitos outros casos) o mesmo erro; ele, contudo, se deixa ver em seus sistemas, já que ele então trai por toda parte uma heteronomia da razão prática, da qual jamais pode surgir uma lei moral ordenando universalmente *a priori*.

Ora, visto que os conceitos de bom e mau, enquanto consequências da determinação *a priori* da vontade, também pressupõem um princípio prático puro, por conseguinte uma causalidade da razão pura, eles não se referem originariamente, por assim dizer, como determinações da unidade sintética do múltiplo de intuições dadas em uma consciência, a objetos, como os conceitos puros do entendimento ou as categorias da razão utilizada teoricamente, muito antes, os pressupõem como dados; mas tais conceitos são no seu conjunto modos <*modi*> de uma única categoria, ou seja, da de causalidade, na medida em que o seu fundamento determinante consiste na representação racional de uma lei da mesma, que, enquanto lei da liberdade, a razão dá a si mesma e deste modo prova-se *a priori* como prática. Todavia, visto ◆

sen die Handlungen, einerseits zwar unter einem Gesetze, das kein Naturgesetz, sondern ein Gesetz der Freyheit ist, folglich zu dem Verhalten intelligibeler Wesen, andererseits aber doch auch, als Begebenheiten in der Sinnenwelt, zu den Erscheinungen gehören, so werden die Bestimmungen einer practischen Vernunft nur in Beziehung auf die letztere, folglich zwar den Categorien des Verstandes gemäß, aber nicht in der Absicht eines theoretischen Gebrauchs desselben, um das Mannigfaltige der (sinnlichen) Anschauung unter ein Bewußtseyn a priori zu bringen, sondern nur um das Mannigfaltige der Begehrungen, der Einheit des Bewußtseyns einer im moralischen Gesetze gebietenden practischen Vernunft, oder eines reinen Willens a priori zu unterwerfen, Statt haben können.

Diese Categorien der Freyheit, denn so wollen wir sie, statt jener theoretischen Begriffe, als Categorien der Natur benennen, haben einen augenscheinlichen Vorzug vor den letzteren, daß, da diese nur Gedankenformen sind, welche nur unbestimmt Objecte überhaupt für jede uns mögliche Anschauung durch allgemeine Begriffe bezeichnen, diese hingegen, da sie auf die Bestimmung einer freyen Willkühr gehen, (der zwar keine Anschauung, völlig correspondirend, gegeben werden kann, die aber, welches bey keinen Begriffen des theoretischen Gebrauchs unseres Erkenntnißvermögens stattfindet, ein reines practisches Gesetz a priori zum Grunde

que as ações, **por um lado**, de fato submetem-se a uma lei, que não é nenhuma lei da natureza mas uma lei da liberdade, consequentemente pertencem à conduta de entes inteligíveis, **por outro lado**, enquanto eventos no mundo sensorial pertencem também aos fenômenos, as determinações de uma razão prática só poderão ocorrer em relação aos últimos, consequentemente de fato em conformidade com as categorias do entendimento, mas não em vista de um uso teórico das mesmas, para subordinar o múltiplo da **intuição** (sensível) a uma consciência *a priori*, e sim somente para submeter o múltiplo das **apetições** à unidade da consciência de uma razão prática, ou de uma vontade pura *a priori*, que ordena na lei moral.

Essas **categorias da liberdade**, pois assim queremos denominá-las em vez daqueles conceitos teóricos, enquanto categorias da natureza, têm uma visível vantagem sobre as últimas, pelo fato de que estas são somente formas de pensamento, que mediante conceitos universais designam apenas indeterminadamente objetos em geral para cada intuição possível a nós; aquelas[109], ao contrário, visto que concernem à determinação de um **arbítrio livre** (ao qual, na verdade, não pode ser dada nenhuma intuição de modo perfeitamente adequado, mas o qual – coisa que não ocorre com nenhum conceito do uso teórico de nossa faculdade de conhecer – tem por fundamento uma lei prática pura ◆

109. Kant: *diese* (estas). A tradução segue Adickes, que propõe *jene* (aquelas).

liegen hat,) als practische Elementarbegriffe statt der Form der Anschauung (Raum und Zeit), die nicht in der Vernunft selbst liegt, sondern anderwerts, nemlich von der Sinnlichkeit, hergenommen werden muß, die **Form eines reinen Willens** in ihr, mithin dem Denkungsvermögen selbst, als gegeben zum Grunde liegen haben; dadurch es denn geschieht, daß, da es in allen Vorschriften der reinen practischen Vernunft nur um die **Willensbestimmung**, nicht um die Naturbedingungen (des practischen Vermögens) der **Ausführung seiner Absicht** zu thun ist, die practischen Begriffe a priori in Beziehung auf das oberste Princip der Freyheit sogleich Erkenntnisse werden und nicht auf Anschauungen warten dürfen, um Bedeutung zu bekommen, und zwar aus diesem merkwürdigen Grunde, weil sie die Wirklichkeit dessen, worauf sie sich beziehen, (die Willensgesinnung) selbst hervorbringen, welches gar nicht die Sache theoretischer Begriffe ist. Nur muß man wohl bemerken, daß diese Categorien nur die practische Vernunft überhaupt angehen, und so in ihrer Ordnung, von den moralisch noch unbestimmten, und sinnlich-bedingten, zu denen, die, sinnlich-unbedingt, blos durchs moralische Gesetz bestimmt sind, fortgehen.

Tafel

a priori), como conceitos elementares práticos possuem dada como fundamento, em vez da forma da intuição (espaço e tempo), que não reside na própria razão mas tem que ser tirada de outro lugar, ou seja, da sensibilidade – a **forma de uma vontade pura** na razão, por conseguinte na própria faculdade de pensar; desta maneira, pois, ocorre que, como em todos os preceitos da razão prática pura só se tem a ver com a **determinação da vontade**, não com as condições naturais (da faculdade prática)[110] de **execução de seu objetivo**, os conceitos práticos *a priori* tornam-se, em relação ao princípio supremo da liberdade, imediatamente conhecimentos e não precisam esperar por intuições para obter significado, e em verdade por esta singular razão de que eles mesmos produzem a efetividade daquilo a que se referem (a disposição da vontade), o que não é de modo algum o caso dos conceitos teóricos. Só que se tem de observar bem que essas categorias concernem somente à razão prática em geral e deste modo procedem, em sua ordem, das categorias ainda moralmente indeterminadas e sensivelmente condicionadas àquelas que, enquanto sensivelmente incondicionadas, são determinadas meramente pela lei moral. ◆

110. A Ak, em suas *Anmerkungen* I-V, p. 503, aventa que teria sido mais razoável um deslocamento de "(da faculdade prática)" para depois de "execução de seu objetivo".

Tafel
der Categorien der Freyheit
in Ansehung der Begriffe
des Guten und Bösen.

1.

Der Quantität

Subjectiv, nach Maximen (Willensmeynungen des Individuum).

Objectiv, nach Principien (Vorschriften).

A priori objective sowol als subjective Principien der Freyheit (Gesetze).

2.

Der Qualität

practische Regeln des Begehens (praeceptiuae)

practische Regeln des Unterlassens (prohibitiuae)

practische Regeln der Ausnahmen (exceptiuae)

3.

Der Relation

Auf die Persönlichkeit

Auf den Zustand der Person

Wechselseitig einer Person auf den Zustand der anderen.

4.

Modalität

Das Erlaubte und Unerlaubte

Die Pflicht und das Pflichtwidrige

Vollkommene und unvollkommene Pflicht.

Tábua das categorias da liberdade relativamente aos conceitos de bom e mau

1.

Da quantidade
Subjetivamente, segundo máximas
(**opiniões da vontade** do indivíduo)
Objetivamente, segundo princípios (**preceitos**)
Princípios *a priori* da liberdade, tanto objetivos quanto subjetivos (**leis**)

2.

Da qualidade
Regras práticas de **execução**
(*praeceptivae*)
Regras práticas de **omissão**
(*prohibitivae*)
Regras práticas de **exceções**
(*exceptivae*)

3.

Da relação
À **personalidade**

Ao **estado** da pessoa

Reciprocamente, de uma pessoa ao estado das outras

4.

Modalidade
O **lícito** e o **ilícito**
O **dever** e o **contrário ao dever**
Dever perfeito e **dever imperfeito** ◆

Man wird hier bald gewahr, daß, in dieser Tafel, die Freyheit, als eine Art von Causalität, die aber empirischen Bestimmungsgründen nicht unterworfen ist, in Ansehung der durch sie möglichen Handlungen, als Erscheinungen in der Sinnenwelt, betrachtet werde, folglich sich auf die Categorien ihrer Naturmöglichkeit beziehe, indessen daß doch jede Categorie so allgemein genommen wird, daß der Bestimmungsgrund jener Causalität auch außer der Sinnenwelt in der Freyheit als Eigenschaft eines intelligibelen Wesens angenommen werden kann, bis die Categorien der Modalität den Uebergang von practischen Principien überhaupt zu denen der Sittlichkeit, aber nur **problematisch**, einleiten, welche nachher durchs moralische Gesetz allererst **dogmatisch** dargestellt werden können.

Ich füge hier nichts weiter zur Erläuterung gegenwärtiger Tafel bey, weil sie für sich verständlich genug ist. Dergleichen nach Principien abgefaßte Eintheilung ist aller Wissenschaft, ihrer Gründlichkeit sowol als Verständlichkeit halber, sehr zuträglich. So weiß man, z. B., aus obiger Tafel und der ersten Nummer derselben sogleich, wovon man in practischen Erwägungen anfangen müsse: von den Maximen, die jeder auf seine Neigung gründet, den Vorschriften, die für eine Gattung vernünftiger Wesen, so fern sie in gewissen Neigungen übereinkommen, gelten, und endlich dem Gesetze, welches für alle, unangesehen ihrer Nei-

Observar-se-á logo que nessa tábua a liberdade é considerada uma espécie de causalidade, que, porém, não está subordinada a fundamentos determinantes empíricos relativamente a ações possibilitadas por ela como fenômenos no mundo sensorial, que ela consequentemente se refere às categorias de sua possibilidade natural, embora cada categoria seja tomada tão universalmente que o fundamento determinante daquela causalidade pode ser admitido também fora do mundo sensorial, na liberdade enquanto propriedade de um ente inteligível, até que as categorias da modalidade introduzam, mas só **problematicamente**, a passagem de princípios práticos em geral aos princípios da moralidade; os quais podem então ser pela primeira vez apresentados **dogmaticamente** pela lei moral.

Não acrescento aqui mais nada para a elucidação da presente tábua, porque ela é por si suficientemente compreensível. Tal divisão, baseada em princípios, é, devido tanto à sua solidez quanto à sua compreensibilidade, muito útil a toda a ciência. Assim, por exemplo, sabe-se imediatamente, a partir da tábua apresentada e de seu primeiro número, de onde se tem de começar nas considerações práticas: das máximas que cada um funda sobre sua inclinação; dos preceitos que valem para uma espécie de entes racionais, na medida em que eles se põem de acordo sobre certas inclinações; e finalmente da lei que vale para todos, sem consideração de suas ◆

gungen, gilt, u. s. w. Auf diese Weise übersieht man den ganzen Plan, von dem, was man zu leisten hat, so gar jede Frage der practischen Philosophie, die zu beantworten, und zugleich die Ordnung, die zu befolgen ist.

Von der Typik der reinen practischen Urtheilskraft.

Die Begriffe des Guten und Bösen bestimmen dem Willen zuerst ein Object. Sie stehen selbst aber unter einer practischen Regel der Vernunft, welche, wenn sie reine Vernunft ist, den Willen a priori in Ansehung seines Gegenstandes bestimmt. Ob nun eine uns in der Sinnlichkeit mögliche Handlung der Fall sey, der unter der Regel stehe, oder nicht, dazu gehört practische Urtheilskraft, wodurch dasjenige, was in der Regel allgemein (in abstracto) gesagt wurde, auf eine Handlung in concreto angewandt wird. Weil aber eine practische Regel der reinen Vernunft erstlich, als **practisch**, die Existenz eines Objects betrifft, und **zweytens**, als **practische Regel** der reinen Vernunft, Nothwendigkeit in Ansehung des Daseyns der Handlung bey sich führt, mithin practisches Gesetz ist, und zwar nicht Naturgesetz, durch empirische Bestimmungsgründe, sondern ein Gesetz der Freyheit, nach welchem der Wille, unabhängig von allem Empirischen, (blos durch die Vorstellung eines Gesetzes überhaupt und dessen

inclinações etc. Deste modo abrange-se com a vista o inteiro plano completo do que se tem a executar, inclusive cada questão da filosofia prática a que se tem de responder e, ao mesmo tempo, a ordem que se tem de seguir.

Da típica da faculdade de julgar prática pura

Os conceitos de bom e mau determinam pela primeira vez um objeto à vontade. Mas eles mesmos submetem-se a uma regra prática da razão, a qual, se é uma razão pura, determina *a priori* a vontade com respeito a seu objeto. Ora, para saber se uma ação possível a nós na sensibilidade seja o caso que esteja ou não sob a regra, requer-se uma faculdade de julgar prática, pela qual aquilo que na regra foi dito universalmente (*in abstracto*) é aplicado *in concreto* a uma ação. Mas, visto que uma regra prática da razão pura comporta, **primeiro**, enquanto **prática**, a existência de um objeto e, **segundo**, enquanto **regra prática** da razão pura, necessidade com respeito à existência da ação, por conseguinte é uma lei prática e, em verdade, não uma lei natural mediante fundamentos determinantes empíricos mas uma lei da liberdade, segundo a qual a vontade deve ser determinável independentemente de todo o empírico (simplesmente pela representação de uma lei ◆

Form) bestimmbar seyn soll, alle vorkommende Fälle zu möglichen Handlungen aber nur empirisch, d. i. zur Erfahrung und Natur gehörig seyn können: so scheint es widersinnisch, in der Sinnenwelt einen Fall antreffen zu wollen, der, da er immer so fern nur unter dem Naturgesetze steht, doch die Anwendung eines Gesetzes der Freyheit auf sich verstatte, und auf welchen die übersinnliche Idee des Sittlichguten, das darin in concreto dargestellt werden soll, angewandt werden könne. Also ist die Urtheilskraft der reinen practischen Vernunft eben denselben Schwierigkeiten unterworfen, als die der reinen theoretischen, welche letztere gleichwol, aus denselben zu kommen, ein Mittel zur Hand hatte; nemlich, da es in Ansehung des theoretischen Gebrauchs auf Anschauungen ankam, darauf reine Verstandesbegriffe angewandt werden könnten, dergleichen Anschauungen (obzwar nur von Gegenständen der Sinne) doch a priori, mithin, was die Verknüpfung des Mannigfaltigen in denselben betrifft, den reinen Verstandesbegriffen a priori gemäß (als Schemate) gegeben werden können. Hingegen ist das sittlich=Gute etwas dem Objecte nach Uebersinnliches, für das also in keiner sinnlichen Anschauung etwas Correspondirendes gefunden werden kann, und die Urtheilskraft unter Gesetzen der reinen practischen Vernunft scheint daher besonderen Schwierigkeiten unterworfen zu seyn, die darauf beruhen, daß ein Gesetz der Freyheit auf Handlungen,

als

em geral e de sua forma), embora todos os casos de ações possíveis que venham a ocorrer possam ser somente empíricos, isto é, pertencentes à experiência e à natureza: assim parece absurdo querer encontrar no mundo sensorial um caso que – já que ele, nessa medida, está sempre submetido somente à lei da natureza – contudo permita a aplicação a si de uma lei da liberdade, e ao qual a ideia suprassensível do moralmente bom, que deve ser aí apresentada *in concreto*, possa vir a ser aplicada. Logo, a faculdade de julgar da razão prática pura está submetida exatamente às mesmas dificuldades da razão teórica pura, a qual, entretanto, para sair delas tinha à mão um meio; ou seja[111], visto que relativamente ao uso teórico tratava-se de intuições, às quais conceitos de entendimento puros pudessem ser aplicados, tais intuições (conquanto apenas de objetos dos sentidos) podem apesar disso ser dadas *a priori*, por conseguinte, no que concerne à conexão do múltiplo nas mesmas, elas podem ser dadas (enquanto **esquemas**) conformemente aos conceitos de entendimento puros *a priori*. Contrariamente o moralmente bom é, quanto ao objeto, algo suprassensível, para o qual, portanto, não pode ser encontrado algo correspondente em nenhuma intuição sensível, e a faculdade de julgar sob leis da razão prática pura parece estar por isso submetida a dificuldades peculiares, baseadas no fato de que uma lei da liberdade deve ser ◆

111. Vogel, no exemplar de Erlangen, acrescentou *weil* (porque): *weil nämlich, da...* (ou seja porque, visto...).

als Begebenheiten, die in der Sinnenwelt geschehen, und also so fern zur Natur gehören, angewandt werden soll.

Allein hier eröffnet sich doch wieder eine günstige Aussicht für die reine practische Urtheilskraft. Es ist bey der Subsumtion einer mir in der Sinnenwelt möglichen Handlung unter einem **reinen practischen Gesetze** nicht um die Möglichkeit der **Handlung**, als einer Begebenheit in der Sinnenwelt, zu thun; denn die gehört für die Beurtheilung des theoretischen Gebrauchs der Vernunft, nach dem Gesetze der Causalität, eines reinen Verstandesbegriffs, für den sie ein **Schema** in der sinnlichen Anschauung hat. Die physische Causalität, oder die Bedingung, unter der sie stattfindet, gehört unter die Naturbegriffe, deren Schema transscendentale Einbildungskraft entwirft. Hier aber ist es nicht um das Schema eines Falles nach Gesetzen, sondern um das Schema (wenn dieses Wort hier schicklich ist) eines Gesetzes selbst zu thun, weil die **Willensbestimmung** (nicht der Handlung in Beziehung auf ihren Erfolg) durchs Gesetz allein, ohne einen anderen Bestimmungsgrund, den Begriff der Causalität an ganz andere Bedingungen bindet, als diejenige sind, welche die Naturverknüpfung ausmachen.

Dem Naturgesetze, als Gesetze, welchem die Gegenstände sinnlicher Anschauung, als solche, unter-

aplicada a ações como eventos que acontecem no mundo sensorial e nessa medida, portanto, pertencem à natureza.

Aqui, entretanto, se abre novamente uma perspectiva favorável à faculdade de julgar prática pura. Na subsunção sob uma **lei prática pura** de uma ação possível a mim no mundo sensorial não se tem a ver com a possibilidade da **ação** enquanto um evento no mundo sensorial; pois esta concerne ao ajuizamento do uso teórico da razão segundo a lei da causalidade, um conceito intelectual puro para o qual ela tem um **esquema** na intuição sensível. A causalidade física, ou a condição sob a qual ela se encontra, faz parte dos conceitos da natureza, cujo esquema a faculdade de imaginar transcendental projeta. Aqui, porém, não se trata do esquema de um caso segundo leis, mas do esquema (se esta palavra for aqui adequada) de uma lei mesma, porque a **determinação da vontade** (não da[112] ação em relação a seu sucesso), unicamente através da lei e sem outro fundamento determinante, liga o conceito de causalidade a condições totalmente diversas daquelas que constituem a conexão da natureza.

À lei natural, enquanto lei à qual os objetos de intuição sensível como tais estão ◆

112. Hartenstein e a Ak corrigem *der* (da) para *die* (a).

worfen sind, muß ein Schema, d. i. ein allgemeines Verfahren der Einbildungskraft, (den reinen Verstandesbegriff, den das Gesetz bestimmt, den Sinnen a priori darzustellen,) correspondiren. Aber dem Gesetze der Freyheit, (als einer gar nicht sinnlich bedingten Causalität,) mithin auch dem Begriffe des unbedingt-Guten, kann keine Anschauung, mithin kein Schema zum Behuf seiner Anwendung in concreto untergelegt werden. Folglich hat das Sittengesetz kein anderes, die Anwendung desselben auf Gegenstände der Natur vermittelndes Erkenntnißvermögen, als den Verstand (nicht die Einbildungskraft), welcher einer Idee der Vernunft nicht ein **Schema** der Sinnlichkeit, sondern ein Gesetz, aber doch ein solches, das an Gegenständen der Sinne in concreto dargestellt werden kann, mithin ein Naturgesetz, aber nur seiner Form nach, als Gesetz zum Behuf der Urtheilskraft unterlegen kann, und dieses können wir daher den **Typus** des Sittengesetzes nennen.

Die Regel der Urtheilskraft unter Gesetzen der reinen practischen Vernunft ist diese: Frage dich selbst, ob die Handlung, die du vorhast, wenn sie nach einem Gesetze der Natur, von der du selbst ein Theil wärest, geschehen sollte, sie du wol, als durch deinen Willen möglich, ansehen könntest. Nach dieser Regel beurtheilt in der That jedermann Handlungen, ob sie sittlich-gut oder böse sind. So sagt man: Wie, wenn ein jeder,

wo

submetidos, tem de corresponder um esquema, isto é, um procedimento universal da faculdade da imaginação (de apresentar *a priori* aos sentidos o conceito intelectual puro, que a lei determina). Mas à lei da liberdade (enquanto uma causalidade de modo algum condicionada sensivelmente), por conseguinte, também ao conceito do incondicionalmente bom, não pode ser atribuída nenhuma intuição, portanto nenhum esquema para o fim de sua aplicação *in concreto*. Consequentemente a lei moral não possui nenhuma outra faculdade de conhecer mediadora da aplicação da mesma a objetos da natureza, a não ser o entendimento (não a faculdade da imaginação); o qual pode atribuir a uma ideia da razão não um **esquema** da sensibilidade mas uma lei e, contudo, uma tal que possa ser apresentada *in concreto* a objetos dos sentidos, por conseguinte uma lei natural mas somente segundo sua forma, enquanto lei para o fim da faculdade de julgar, e a essa lei podemos por isso chamar de **tipo** <*Typus*> da lei moral.

A regra da faculdade de julgar sob leis da razão prática pura é esta: pergunta a ti mesmo se poderias de bom grado considerar a ação, que te propões, como possível mediante a tua vontade, se ela devesse ocorrer segundo uma lei da natureza da qual tu mesmo fosses uma parte. Segundo essa regra, efetivamente, qualquer um ajuíza se as ações são moralmente boas ou más. Assim se diz: se **cada um** ◆

wo er seinen Vortheil zu schaffen glaubt, sich erlaubte, zu betrügen, oder befugt hielte, sich das Leben abzukürzen, so bald ihn ein völliger Ueberdruß desselben befällt, oder anderer Noth mit völliger Gleichgültigkeit ansähe, und du gehörtest mit zu einer solchen Ordnung der Dinge, würdest du darin wol mit Einstimmung deines Willens seyn? Nun weiß ein jeder wol: daß, wenn er sich in Geheim Betrug erlaubt, darum eben nicht jedermann es auch thue, oder wenn er unbemerkt lieblos ist, nicht sofort jedermann auch gegen ihn es seyn würde; daher ist diese Vergleichung der Maxime seiner Handlungen mit einem allgemeinen Naturgesetze auch nicht der Bestimmungsgrund seines Willens. Aber das letztere ist doch ein **Typus** der Beurtheilung der ersteren nach sittlichen Principien. Wenn die Maxime der Handlung nicht so beschaffen ist, daß sie an der Form eines Naturgesetzes überhaupt die Probe hält, so ist sie sittlich-unmöglich. So urtheilt selbst der gemeinste Verstand; denn das Naturgesetz liegt allen seinen gewöhnlichsten, selbst den Erfahrungsurtheilen immer zum Grunde. Er hat es also jederzeit bey der Hand, nur daß er in Fällen, wo die Causalität aus Freyheit beurtheilt werden soll, jenes **Naturgesetz** blos zum Typus eines **Gesetzes der Freyheit** macht, weil er, ohne etwas, was er zum Beyspiele im Erfahrungsfalle machen könnte, bey Hand zu haben, dem Gesetze einer reinen practischen Vernunft nicht den Gebrauch in der Anwendung verschaffen könnte.

se permitisse enganar onde crê alcançar o seu proveito, ou se considerasse autorizado a abreviar sua vida tão logo o acometesse um completo tédio dela, ou se olhasse com inteira indiferença para a necessidade de outros, e, se tu também pertencesses a uma tal ordem de coisas, como irias estar de bom grado nela com o assentimento de tua vontade? Ora, cada um sabe bem que, se ele se permite secretamente a fraude justamente porque nem todos também a praticam ou se ele sem ser notado é desumano, nem por isso todos também o seriam imediatamente contra ele; por isso esta comparação da máxima de suas ações com uma lei natural universal não é tampouco o fundamento determinante de sua vontade. Mas esta lei é, contudo, um **tipo** do ajuizamento daquela máxima segundo princípios morais. Se a máxima da ação não é constituída de modo tal que resista à prova na forma de uma lei natural em geral, ela é moralmente impossível. Mesmo o entendimento mais comum julga desse modo; pois a lei da natureza é encontrada sempre como fundamento de todos os seus juízos mais comuns, até dos juízos de experiência. Portanto ele a tem sempre à mão, só que, nos casos em que a causalidade deve ser ajuizada a partir da liberdade, aquela **lei da natureza** faz meramente o papel de tipo de uma **lei da liberdade**, porque, sem ter à mão algo que pudesse tomar como exemplo no caso da experiência, ele não conseguiria, na aplicação, fazer uso da lei de uma razão prática pura. ◆

Es ist also auch erlaubt, die **Natur der Sinnenwelt** als **Typus** einer **intelligibelen Natur** zu brauchen, so lange ich nur nicht die Anschauungen, und was davon abhängig ist, auf diese übertrage, sondern blos die **Form der Gesetzmäßigkeit** überhaupt (deren Begriff auch im reinsten Vernunftgebrauche stattfindet, aber in keiner anderen Absicht, als blos zum reinen practischen Gebrauche der Vernunft, a priori bestimmt erkannt werden kann,) darauf beziehe. Denn Gesetze, als solche, sind so fern einerley, sie mögen ihre Bestimmungsgründe hernehmen, woher sie wollen.

Uebrigens, da von allem Intelligibelen schlechterdings nichts als (vermittelst des moralischen Gesetzes) die Freyheit, und auch diese nur so fern sie eine von jenem unzertrennliche Voraussetzung ist, und ferner alle intelligibele Gegenstände, auf welche uns die Vernunft, nach Anleitung jenes Gesetzes, etwa noch führen möchte, wiederum für uns keine Realität weiter haben, als zum Behuf desselben Gesetzes und des Gebrauches der reinen practischen Vernunft, diese aber zum Typus der Urtheilskraft die Natur (der reinen Verstandesform derselben nach) zu gebrauchen berechtigt und auch benöthigt ist: so dient die gegenwärtige Anmerkung dazu, um zu verhüten, daß, was blos zur **Typik** der Begriffe gehört, nicht zu den Begriffen selbst gezählt werde. Diese also, als Typik der Urtheilskraft, bewahrt für dem **Empirism** der practischen Vernunft, der die

pra-

Portanto é também permitido servir-se da **natureza do mundo sensorial** como **tipo** de uma **natureza inteligível**, desde que eu não transfira a esta as intuições e o que depende delas mas refira a ela simplesmente a **forma da conformidade a leis** em geral (cujo conceito se encontra também no mais puro[113] dos usos da razão, mas não pode ser conhecido de um modo *a priori* determinado senão com vistas ao uso prático puro da razão). Pois leis enquanto tais, de onde quer que elas tirem os seus fundamentos determinantes, são sob esse aspecto idênticas.

De resto, visto que absolutamente nada de todo o inteligível a não ser a liberdade (mediante a lei moral), e esta liberdade também somente enquanto é uma pressuposição inseparável da lei moral, e além disso todos os objetos inteligíveis, aos quais a razão, instruída por aquela lei, porventura ainda pudesse conduzir-nos, não possuem ulteriormente para nós nenhuma realidade senão para o fim da mesma lei e do uso da razão prática pura, esta porém estando legitimada e necessitada de usar a natureza (segundo a sua forma intelectual pura) como tipo da faculdade de julgar, assim a presente observação serve para impedir que o que pertence simplesmente à **típica** dos conceitos não seja computado entre os próprios conceitos. Portanto esta típica, enquanto típica da faculdade de julgar, preserva do **empirismo** da razão prática, o qual coloca ◆

113. Hartenstein e a Ak corrigiram *reinsten* (no mais puro) para *gemeinsten* (no mais comum).

practischen Begriffe, des Guten und Bösen, blos in Erfahrungsfolgen (der sogenannten Glückseligkeit) setzt, obzwar diese und die unendlichen nützlichen Folgen eines durch Selbstliebe bestimmten Willens, wenn dieser sich selbst zugleich zum allgemeinen Naturgesetze machte, allerdings zum ganz angemessenen Typus für das Sittlichgute dienen kann, aber mit diesem doch nicht einerley ist. Eben dieselbe Typik bewahrt auch vor dem **Mysticism** der practischen Vernunft, welche das, was nur zum **Symbol** dienete, zum **Schema** macht, d. i. wirkliche, und doch nicht sinnliche, Anschauungen (eines unsichtbaren Reichs Gottes) der Anwendung der moralischen Begriffe unterlegt und ins Ueberschwengliche hinausschweift. Dem Gebrauche der moralischen Begriffe ist blos der **Rationalism** der Urtheilskraft angemessen, der von der sinnlichen Natur nichts weiter nimmt, als was auch reine Vernunft für sich denken kann, d. i. die Gesetzmäßigkeit, und in die übersinnliche nichts hineinträgt, als was umgekehrt sich durch Handlungen in der Sinnenwelt nach der formalen Regel eines Naturgesetzes überhaupt wirklich darstellen läßt. Indessen ist die Verwahrung vor dem **Empirism** der practischen Vernunft viel wichtiger und anrathungswürdiger, womit der **Mysticism** sich doch noch mit der Reinigkeit und Erhabenheit des moralischen Gesetzes zusammen verträgt und außerdem es nicht eben natürlich und der gemeinen Denkungsart angemessen ist, seine Einbil-

dungs-

os conceitos práticos de bom e mau meramente em consequências da experiência (da chamada felicidade), se bem que esta e as infinitas consequências úteis de uma vontade determinada pelo amor de si[114] – se essa vontade se fizesse ao mesmo tempo lei natural universal – pode todavia servir como tipo inteiramente adequado ao moralmente bom mas não é igual a este. A mesma típica preserva também do **misticismo** da razão prática, a qual[115] torna **esquema** aquilo que servia apenas como **símbolo**, isto é, atribui intuições efetivas e, contudo, não sensíveis (de um invisível reino de Deus) à aplicação dos conceitos morais e perde-se no infinito <*ins Überschwengliche*>. Adequado ao uso dos conceitos morais é apenas o **racionalismo** da faculdade de julgar, que não tira da natureza sensível mais do que também a razão pura pode por si pensar, isto é, a conformidade a leis, e não introduz no suprassensível senão o que, inversamente, se deixa apresentar efetivamente mediante ações no mundo sensorial segundo a regra formal de uma lei natural em geral. Entretanto o resguardo contra o **empirismo** da razão prática é muito mais importante e recomendável, porque[116] o **misticismo** ainda é compatível com a pureza e sublimidade da lei moral e, além disso, não é precisamente natural e adequado à maneira de pensar comum estender ◆

114. Vorländer (1993, p. 83) fez constar erroneamente *Selbsthilfe*, em vez de *Selbstliebe*, no que foi acompanhado pela tradução inglesa de L. W. Beck, p. 74.

115. Kant: *welche* (a qual), que Hartenstein e a Ak alteram para *welcher* (o qual), referido então a "misticismo".

116. Kant: *womit* (com o que), alterado por Hartenstein e a Ak para *weil* (porque). A correção original é, no entanto, de Vogel no exemplar de Erlangen.

dungskraft bis zu übersinnlichen Anschauungen anzuspannen, mithin auf dieser Seite die Gefahr nicht so allgemein ist; da hingegen der Empirism die Sittlichkeit in Gesinnungen (worin doch, und nicht blos in Handlungen, der hohe Werth besteht, den sich die Menschheit durch sie verschaffen kann und soll,) mit der Wurzel ausrottet, und ihr ganz etwas anderes, nemlich ein empirisches Interesse, womit die Neigungen überhaupt unter sich Verkehr treiben, statt der Pflicht unterschiebt, überdem auch, eben darum, mit allen Neigungen, die, (sie mögen einen Zuschnitt bekommen, welchen sie wollen,) wenn sie zur Würde eines obersten practischen Princips erhoben werden, die Menschheit degradiren, und da sie gleichwol der Sinnesart aller so günstig sind, aus der Ursache weit gefährlicher ist, als alle Schwärmerey, die niemals einen daurenden Zustand vieler Menschen ausmachen kann.

Drittes Hauptstück.

Von den Triebfedern

der reinen practischen Vernunft.

Das Wesentliche alles sittlichen Werths der Handlungen kommt darauf an, **daß das moralische Gesetz unmittelbar den Willen bestimme.** Geschieht die Willensbestimmung zwar **gemäß** dem moralischen Gesetze, aber nur vermittelst eines Gefühls, welcher

Art

a sua faculdade de imaginação até intuições suprassensíveis, por conseguinte, deste lado o perigo não é tão geral; contrariamente, o empirismo extermina na raiz a moralidade de disposições (nas quais, porém, e não simplesmente em ações, consiste o elevado valor que a humanidade pode e deve obter para si através delas) e substitui o dever por algo completamente diverso, a saber, um interesse empírico, com o qual as inclinações em geral travam relações recíprocas e, por isso mesmo, também com todas as inclinações que (tomem elas o feitio que quiserem), se são elevadas à dignidade de um princípio prático supremo, degradam a humanidade e, como elas[117], contudo, são tão favoráveis à índole de todos, o empirismo é por isso muito mais perigoso que toda a insânia da razão <*Schwärmerei*>[118], que jamais pode constituir um estado duradouro de um grande número de seres humanos.

Terceiro Capítulo
Dos motivos da razão prática pura

O essencial de todo o valor moral das ações depende de **que a lei moral determine imediatamente a vontade**. Com efeito, se a determinação da vontade acontecer **conforme** à lei moral, mas somente através de um sentimento, seja ◆

117. Adickes propõe eliminar *da sie* (como elas) e Natorp, reduzi-lo ao *sie* (elas). Vogel apenas estranha a expressão, sublinhando-a.

118. Recorre-se aqui, para traduzir o termo *Schwärmerei*, a uma expressão latina de Kant, em carta de 1792: "*Schwärmerei – qui cum ratione insaniunt...*" (KANT'S *Gesammelte Schriften*. v. XI. *Briefwechsel*, v. II, p. 345). Born traduziu aí *Schwärmerei* por *fanaticorum insania*, e A. Morão, por "exaltação mística". Cf. a esse respeito a nota do tradutor em A 153.

Art es auch sey, das vorausgesetzt werden muß, damit jenes ein hinreichender Bestimmungsgrund des Willens werde, mithin nicht **um des Gesetzes willen**; so wird die Handlung zwar **Legalität**, aber nicht **Moralität** enthalten. Wenn nun unter **Triebfeder** (elater animi) der subjective Bestimmungsgrund des Willens eines Wesens verstanden wird, dessen Vernunft nicht, schon vermöge seiner Natur, dem objectiven Gesetze nothwendig gemäß ist, so wird erstlich daraus folgen: daß man dem göttlichen Willen gar keine Triebfedern beylegen könne, die Triebfeder des menschlichen Willens aber (und des von jedem erschaffenen vernünftigen Wesen) niemals etwas anderes, als das moralische Gesetz seyn könne, mithin der objective Bestimmungsgrund jederzeit und ganz allein zugleich der subjectiv-hinreichende Bestimmungsgrund der Handlung seyn müsse, wenn diese nicht blos den **Buchstaben** des Gesetzes, ohne den **Geist** *) desselben zu enthalten, erfüllen soll.

Da man also zum Behuf des moralischen Gesetzes, und um ihm Einfluß auf den Willen zu verschaffen, keine anderweitige Triebfeder, dabey die des moralischen Gesetzes entbehrt werden könnte, suchen muß, weil das al-

*) Man kann von jeder gesetzmäßigen Handlung, die doch nicht um des Gesetzes willen geschehen ist, sagen: sie sey blos dem Buchstaben, aber nicht dem Geiste (der Gesinnung) nach moralisch gut.

ele de que espécie for e que tenha de ser pressuposto para que a lei moral se torne um fundamento determinante suficiente da vontade, por conseguinte não **por causa da lei**, nesse caso a ação em verdade conterá **legalidade** mas não **moralidade**. Ora, se por **motivo** (*elater animi*)[119] entender-se o fundamento determinante subjetivo da vontade de um ente, cuja razão não é, já por sua natureza, necessariamente conforme à lei objetiva, então disso se seguirá, primeiramente, que não se pode atribuir à vontade divina motivo algum, mas que o motivo da vontade humana (e da vontade de todo[120] ente racional criado) jamais pode[121] ser algo diverso da lei moral, por conseguinte que o fundamento determinante objetivo tem de ser sempre e unicamente o fundamento determinante ao mesmo tempo subjetivamente suficiente da ação, desde que esta não deva satisfazer apenas a **letra** da lei sem conter o seu **espírito***.

Logo, como não se tem que procurar nenhum outro motivo para o fim da lei moral e para lhe granjear influência sobre a vontade, em cujo caso o motivo da lei moral pudesse ser dispensado, por que tudo isto

* Pode-se dizer de cada ação conforme à lei, que, contudo, não ocorreu por causa da lei, que ela seja moralmente boa apenas segundo a letra, mas não segundo o espírito (segundo a disposição). (K) ◆

119. O desenvolvimento desta nota encontra-se no final do livro, p. 583.

120. Kant: *jedem*, alterado por Vorländer para *jenem* (daquele).

121. Kant: *könne*. Adickes propõe *dürfe* (se permite), e justifica-o em suas *Korrekturen und Konjekturen*, p. 213: "Não se trata de relações fácticas mas de um ideal, não de um ser mas de um dever-ser."

alles lauter Gleißnerey, ohne Bestand, bewirken würde, und so gar es **bedenklich** ist, auch nur **neben** dem moralischen Gesetze noch einige andere Triebfedern (als, die des Vortheils,) mitwirken zu lassen; so bleibt nichts übrig, als blos sorgfältig zu bestimmen, auf welche Art das moralische Gesetz Triebfeder werde, und was, indem sie es ist, mit dem menschlichen Begehrungsvermögen, als Wirkung jenes Bestimmungsgrundes, auf dasselbe vorgehe. Denn wie ein Gesetz für sich und unmittelbar Bestimmungsgrund des Willens seyn könne, (welches doch das Wesentliche aller Moralität ist,) das ist ein für die menschliche Vernunft unauflösliches Problem und mit dem einerley: wie ein freyer Wille möglich sey. Also werden wir nicht den Grund, woher das moralische Gesetz in sich eine Triebfeder abgebe, sondern was, so fern es eine solche ist, sie im Gemüthe wirkt, (besser zu sagen, wirken muß,) a **priori** anzuzeigen haben.

Das Wesentliche aller Bestimmung des Willens durchs sittliche Gesetz ist: daß er als freyer Wille, mithin nicht blos ohne Mitwirkung sinnlicher Antriebe, sondern selbst mit Abweisung aller derselben, und mit Abbruch aller Neigungen, so fern sie jenem Gesetze zuwider seyn könnten, blos durchs Gesetz bestimmt werde. So weit ist also die Wirkung des moralischen Gesetzes als Triebfeder nur negativ, und als solche kann diese Triebfeder a **priori** erkannt werden. Denn alle Nei-

ensejaria uma pura hipocrisia sem efetividade, e é até **grave** permitir que **com**[122] a lei moral concorram ainda outros motivos (como os do proveito), assim não resta senão apenas determinar cuidadosamente de que modo a lei moral torna-se motivo e, na medida em que o é[123], que coisa acontece à faculdade de apetição humana enquanto efeito daquele fundamento determinante sobre a mesma lei. Pois o modo como uma lei pode ser por si e imediatamente fundamento determinante da vontade (o que com efeito é o essencial de toda a moralidade) é um problema insolúvel para a razão humana e idêntico à <questão>: como é possível uma vontade livre. Portanto não temos que indicar *a priori* o fundamento a partir do qual a lei moral produz em si um motivo mas, na medida em que ela o é, o que ela efetiva (ou, para dizer melhor, tem de efetivar) no ânimo.

O essencial de toda a determinação da vontade pela lei moral é que ela, enquanto vontade livre – por conseguinte, não apenas independente do concurso de impulsos sensíveis mas, mesmo com a rejeição de todos eles e pela ruptura com todas as inclinações, na medida em que pudessem contrariar aquela lei –, é determinada simplesmente pela lei. Nessa medida, portanto, o efeito da lei moral como motivo é apenas negativo e esse motivo, enquanto tal, pode ser conhecido *a priori*. Pois toda a inclinação ◆

122. Literalmente, "ao lado da" (*neben des*).

123. Kant: *sie es ist*. Adickes: *es sie ist*; e justifica a inversão sob a alegação de que é a lei moral que é o motivo.

gung und jeder sinnliche Antrieb ist auf Gefühl gegründet, und die negative Wirkung aufs Gefühl (durch den Abbruch, der den Neigungen geschieht) ist selbst Gefühl. Folglich können wir a priori einsehen, daß das moralische Gesetz als Bestimmungsgrund des Willens dadurch, daß es allen unseren Neigungen Eintrag thut, ein Gefühl bewirken müsse, welches Schmerz genannt werden kann, und hier haben wir nun den ersten, vielleicht auch einzigen Fall, da wir aus Begriffen a priori das Verhältniß eines Erkenntnisses (hier ist es einer reinen practischen Vernunft) zum Gefühl der Lust oder Unlust bestimmen konnten. Alle Neigungen zusammen, (die auch wol in ein erträgliches System gebracht werden können, und deren Befriedigung alsdenn eigene Glückseligkeit heißt) machen die **Selbstsucht** (solipsismus) aus. Diese ist entweder die der **Selbstliebe**, eines über alles gehenden **Wohlwollens** gegen sich selbst (Philavtia), oder die des **Wohlgefallens** an sich selbst (Arrogantia). Jene heißt besonders **Eigenliebe**, diese **Eigendünkel.** Die reine practische Vernunft thut der Eigenliebe blos **Abbruch**, indem sie solche als natürlich, und noch vor dem moralischen Gesetze, in uns rege, nur auf die Bedingung der Einstimmung mit diesem Gesetze einschränkt; da sie alsdenn **vernünftige Selbstliebe** genannt wird. Aber den Eigendünkel **schlägt** sie gar **nieder**, indem alle Ansprüche der Selbstschätzung, die vor der Uebereinstimmung mit dem sittlichen Gesetze vor-

e cada impulso sensível é fundado sobre um sentimento, e o efeito negativo sobre o sentimento (pela ruptura com as inclinações) é ele mesmo um sentimento. Consequentemente podemos ter *a priori* a perspiciência de que a lei moral enquanto fundamento determinante da vontade, pelo fato de que ela causa dano a todas as nossas inclinações, tem de provocar um sentimento que pode denominar-se dor, e aqui temos, pois, o primeiro caso, talvez também o único, em que podíamos determinar a partir de conceitos *a priori* a relação de um conhecimento (neste caso, de uma razão prática pura) com o sentimento de prazer e desprazer. Todas as inclinações em conjunto (que certamente podem ser também compreendidas em um razoável sistema e cuja satisfação chama-se então felicidade própria) constituem o **solipsismo** <*Selbstsucht*> (*solipsismus*). Este consiste ou no solipsismo do **amor de si**, como uma **benevolência** para consigo mesmo sobre todas as coisas (*philautia*), ou no solipsismo da **complacência** em si mesmo (*arrogantia*). Aquele se chama especificamente **amor-próprio** e este, **presunção**[124]. A razão prática pura apenas causa **dano** ao amor-próprio na medida em que ela o limita – enquanto natural e ativo em nós ainda antes da lei moral – apenas à condição da concordância com esta lei, em cujo caso então ele denomina-se **amor de si racional**. Mas ela com certeza **abate** a presunção, na medida em que todas as exigências de autoestima que precedem a concordância com a lei moral ◆

124. O desenvolvimento desta nota encontra-se no final do livro, p. 584.

hergehen, nichtig und ohne alle Befugniß sind, indem eben die Gewißheit einer Gesinnung, die mit diesem Gesetze übereinstimmt, die erste Bedingung alles Werths der Person ist (wie wir bald deutlicher machen werden) und alle Anmaaßung vor derselben falsch und gesetzwidrig ist. Nun gehört der Hang zur Selbstschätzung mit zu den Neigungen, denen das moralische Gesetz Abbruch thut, so fern jene blos auf der Sittlichkeit beruht. Also schlägt das moralische Gesetz den Eigendünkel nieder. Da dieses Gesetz aber doch etwas an sich Positives ist, nemlich die Form einer intellectuellen Causalität, d. i. der Freyheit, so ist es, indem es im Gegensatze mit dem subjectiven Widerspiele, nemlich den Neigungen in uns, den Eigendünkel **schwächt**, zugleich ein Gegenstand der **Achtung**, und indem es ihn sogar **niederschlägt**, d. i. demüthigt, ein Gegenstand der größten **Achtung**, mithin auch der Grund eines positiven Gefühls des nicht empirischen Ursprungs ist, und a priori erkannt wird. Also ist Achtung fürs moralische Gesetz ein Gefühl, welches durch einen intellectuellen Grund gewirkt wird, und dieses Gefühl ist das einzige, welches wir völlig a priori erkennen, und dessen Nothwendigkeit wir einsehen können.

Wir haben im vorigen Hauptstücke gesehen: daß alles, was sich als Object des Willens **vor** dem moralischen Gesetze darbietet, von den Bestimmungsgründen des Willens, unter dem Namen des unbedingt-Guten,

durch

são nulas e totalmente ilegítimas, na medida precisamente em que a certeza de uma disposição que concorda com essa lei é a primeira condição de todo o valor da pessoa (como logo esclareceremos melhor), e toda a impertinência ante a mesma é falsa e contrária à lei. Ora, a propensão à autoestima copertence às inclinações, com as quais a lei moral rompe, na medida em que a autoestima depende meramente da moralidade[125]. Portanto a lei moral abate a presunção. Porém, visto que esta lei é algo em si positivo, a saber, a forma de uma causalidade intelectual, isto é, da liberdade, assim, na medida em que ela, em contraste com uma contra-atuação subjetiva, a saber, as inclinações em nós, **enfraquece** a presunção, é ao mesmo tempo um objeto de **respeito** e, na medida em que ela até a **abate**, isto é, a humilha, é um objeto do máximo **respeito**, por conseguinte também o fundamento de um sentimento positivo que[126] não possui origem empírica e será conhecido *a priori*. Logo, o respeito pela lei moral é um sentimento produzido por um fundamento intelectual, e esse sentimento é o único que conhecemos de modo inteiramente *a priori* e de cuja necessidade podemos ter perspiciência.

Vimos no capítulo anterior que tudo o que se oferece, **antes** da lei moral, como objeto da vontade é excluído por essa própria lei, enquanto condição suprema da razão prática, dos fundamentos determinantes da vontade ◆

....

125. A Ak e também Görland, Nolte, Wille e Adickes substituem *Sittlichkeit* (moralidade) por *Sinnlichkeit* (sensibilidade). Mesmo que a suposição de um erro tipográfico pareça procedente, uma interpretação caridosa, senão prudente, sugeriria a manutenção do texto original de Kant, pois não se exclui que ele tivesse tido aí em mente uma autoestima racional, resultante do controle das inclinações. No exemplar original de Erlangen, no entanto, Vogel fez constar, antes de "depende", *nicht* (não), permitindo com isso a manutenção de *Sittlichkeit*.

126. Na 1ª ed.: *Gefühls des*... Traduzido de acordo com a 2ª ed., considerada correta por Hartenstein: *Gefühls, das*...

durch dieses Gesetz selbst, als die oberste Bedingung der practischen Vernunft, ausgeschlossen werde, und daß die bloße practische Form, die in der Tauglichkeit der Maximen zur allgemeinen Gesetzgebung besteht, zuerst das, was an sich und schlechterdings=gut ist, bestimme, und die Maxime eines reinen Willens gründe, der allein in aller Absicht gut ist. Nun finden wir aber unsere Natur, als sinnlicher Wesen so beschaffen, daß die Materie des Begehrungsvermögens (Gegenstände der Neigung, es sey der Hoffnung, oder Furcht) sich zuerst aufdringt, und unser pathologisch bestimmbares Selbst, ob es gleich durch seine Maximen zur allgemeinen Gesetzgebung ganz untauglich ist, dennoch gleich, als ob es unser ganzes Selbst ausmachte, seine Ansprüche vorher und als die ersten und ursprünglichen geltend zu machen bestrebt sey. Man kann diesen Hang, sich selbst nach den subjectiven Bestimmungsgründen seiner Willkühr zum objectiven Bestimmungsgrunde des Willens überhaupt zu machen, die **Selbstliebe** nennen, welche, wenn sie sich gesetzgebend und zum unbedingten practischen Princip macht, **Eigendünkel** heißen kann. Nun schließt das moralische Gesetz, welches allein wahrhaftig (nemlich in aller Absicht) objectiv ist, den Einfluß der Selbstliebe auf das oberste practische Princip gänzlich aus, und thut dem Eigendünkel, der die subjectiven Bedingungen des ersteren als Gesetze vorschreibt, unendlichen Abbruch. Was nun unserem Eigendünkel in unserem

sob o nome de bem incondicionado, e que a simples forma prática, que consiste na aptidão das máximas à legislação universal, determina primeiramente aquilo que é bom em si e absolutamente e funda a máxima de uma vontade pura, que unicamente e em todo o sentido é boa. Ora, nós encontramos nossa natureza de entes sensíveis constituída de modo tal que a matéria da faculdade de apetição (objetos da inclinação, quer da esperança ou do medo) impõe-se em primeiro lugar, e o nosso si-mesmo <*Selbst*> determinável patologicamente, embora por suas máximas seja totalmente inapto à legislação universal, não obstante, como se constituísse todo o nosso si-mesmo <*unser ganzes Selbst*>, empenha-se por tornar antes válidas suas exigências como se fossem as primeiras e originais. Esta propensão a fazer de si mesmo, com base nos fundamentos determinantes subjetivos de seu arbítrio, o fundamento determinante objetivo da vontade em geral pode ser chamada de **amor de si**, o qual, se se converte em legislativo e em princípio prático incondicionado, pode ser chamado de **presunção**. Ora, a lei moral, a qual, unicamente, é verdadeiramente (a saber, sob todos os aspectos) objetiva, exclui totalmente a influência do amor de si sobre o princípio prático supremo e rompe infinitamente com a presunção, que prescreve como leis as condições subjetivas do[127] amor de si. O que, pois, em nosso próprio ◆

127. Alterado pela Ak, de *des*, que remetia a "influência", para *der*, que remete a "amor de si". A correção foi proposta por Adickes.

serem eigenen Urtheil Abbruch thut, das demüthigt. Also demüthigt das moralische Gesetz unvermeidlich jeden Menschen, indem dieser mit demselben den sinnlichen Hang seiner Natur vergleicht. Dasjenige, dessen Vorstellung, **als Bestimmungsgrund unseres Willens**, uns in unserem Selbstbewußtseyn demüthigt, erweckt, so fern als es positiv und Bestimmungsgrund ist, für sich **Achtung**. Also ist das moralische Gesetz auch subjectiv ein Grund der Achtung. Da nun alles, was in der Selbstliebe angetroffen wird, zur Neigung gehört, alle Neigung aber auf Gefühlen beruht, mithin was allen Neigungen insgesammt in der Selbstliebe Abbruch thut, eben dadurch nothwendig auf das Gefühl Einfluß hat, so begreifen wir, wie es möglich ist, a priori einzusehen, daß das moralische Gesetz, indem es die Neigungen und den Hang, sie zur obersten practischen Bedingung zu machen, d. i. die Selbstliebe, von allem Beytritte zur obersten Gesetzgebung ausschließt, eine Würkung aufs Gefühl ausüben könne, welche einerseits blos **negativ** ist, andererseits und zwar in Ansehung des einschränkenden Grundes der reinen practischen Vernunft **positiv** ist, und wozu gar keine besondere Art von Gefühle, unter dem Namen eines practischen, oder moralischen, als vor dem moralischen Gesetze vorhergehend und ihm zum Grunde liegend, angenommen werden darf.

juízo rompe com a nossa presunção humilha. Portanto, a lei moral inevitavelmente humilha todo homem na medida em que ele compara com ela a propensão sensível de sua natureza. Aquilo cuja representação, enquanto **fundamento determinante de nossa vontade**, humilha-nos em nossa autoconsciência, enquanto é positivo e é fundamento determinante desperta por si **respeito**. Logo, a lei moral é também subjetivamente um fundamento de respeito. Ora, visto que tudo o que se encontra no amor de si pertence à inclinação, mas que toda a inclinação depende de sentimentos, por conseguinte, que o que no amor de si rompe com todas as inclinações em conjunto tem, precisamente por isso, necessariamente influência sobre o sentimento, assim compreendemos como é possível ter *a priori* a perspiciência de que a lei moral – na medida em que exclui as inclinações e a propensão a torná-las condição prática suprema, ou seja, <exclui> o amor de si de toda a participação da legislação suprema – venha a exercer um efeito sobre o sentimento, que de um lado é meramente **negativo** e, de outro, na verdade em relação ao fundamento limitante da razão prática pura, é **positivo**, para o que não se precisa de modo algum admitir uma espécie particular de sentimentos sob o nome de sentimento prático ou moral, precedendo a lei moral e servindo-lhe de fundamento. ◆

Die negative Wirkung auf Gefühl (der Unannehmlichkeit) ist, so wie aller Einfluß auf dasselbe, und wie jedes Gefühl überhaupt, **pathologisch**. Als Wirkung aber vom Bewußtseyn des moralischen Gesetzes, folglich in Beziehung auf eine intelligibele Ursache, nemlich das Subject der reinen practischen Vernunft, als obersten Gesetzgeberin, heißt dieses Gefühl eines vernünftigen von Neigungen afficirten Subjects, zwar Demüthigung (intellectuelle Verachtung), aber in Beziehung auf den positiven Grund derselben das Gesetz zugleich Achtung für dasselbe, für welches Gesetz gar kein Gefühl stattfindet, sondern im Urtheile der Vernunft, indem es den Widerstand aus dem Wege schafft, die Wegräumung eines Hindernisses einer positiven Beförderung der Causalität gleichgeschätzt wird. Darum kann dieses Gefühl nun auch ein Gefühl der Achtung fürs moralische Gesetz, aus beiden Gründen zusammen aber ein **moralisches Gefühl** genannt werden.

Das moralische Gesetz also, so wie es formaler Bestimmungsgrund der Handlung ist, durch practische reine Vernunft, so wie es zwar auch materialer, aber nur objectiver Bestimmungsgrund der Gegenstände der Handlung unter dem Namen des Guten und Bösen, ist, so ist es auch subjectiver Bestimmungsgrund, d. i. Triebfeder, zu dieser Handlung, indem es auf die Sittlichkeit des Subjects Einfluß hat, und ein Gefühl bewirkt, welches dem Einflusse des Gesetzes auf den Willen beför-

O efeito negativo sobre o sentimento (de desagrado) é, como toda a influência sobre o mesmo e como cada sentimento em geral, **patológico**. Mas como efeito da consciência da lei moral, consequentemente em relação a uma causa inteligível, a saber, o sujeito da razão prática pura, enquanto legisladora suprema, esse sentimento de um sujeito racional afetado por inclinações chama-se em verdade humilhação (desdém intelectual), porém em relação ao fundamento positivo da mesma, a lei[128], chama-se ao mesmo tempo respeito pela lei; para com esta lei não se encontra absolutamente sentimento algum, mas no juízo da razão o afastamento de um obstáculo, na medida em que remove uma resistência, é igualmente estimado como uma promoção positiva da causalidade. Por isso esse sentimento pode também denominar-se sentimento de respeito pela lei moral, porém, a partir de ambos os fundamentos em conjunto, **sentimento moral**.

Portanto a lei moral, assim como ela mediante a razão pura prática é fundamento determinante formal da ação e, assim como ela, em verdade, é também fundamento determinante material mas somente objetivo, dos objetos da ação sob o nome de bom e mau, do mesmo modo ela também é fundamento determinante subjetivo[129], isto é, motivo para essa ação, na medida em que ela tem influência sobre a moralidade[130] do sujeito e provoca um sentimento que é favorável à influência da lei sobre ◆

128. A intercalação de *Gesetz* (lei) entre vírgulas foi estabelecida por Hartenstein.

129. Grillo, mais para o uso da língua alemã, reelaborou a frase de Kant desta passagem: *"Das moralische Gesetz also, als formaler Bestimmungsgrund der Handlung, durch praktische reine Vernunft, auch als materialer, aber nur objektiver Bestimmungsgrund der Gegenstände der Handlung, unter dem Name des Guten und Bösen, ist auch subjektiver Bestimmungsgrund"* etc.

130. Kant: *Sittlichkeit* (moralidade); Ak, Nolte e Wille: *Sinnlichkeit* (sensibilidade).

derlich ist. Hier geht kein Gefühl im Subject **vorher**, das auf Moralität gestimmt wäre. Denn das ist unmöglich, weil alles Gefühl sinnlich ist; die Triebfeder der sittlichen Gesinnung aber muß von aller sinnlichen Bedingung frey seyn. Vielmehr ist das sinnliche Gefühl, was allen unseren Neigungen zum Grunde liegt, zwar die Bedingung derjenigen Empfindung, die wir Achtung nennen, aber die Ursache der Bestimmung desselben liegt in der reinen practischen Vernunft, und diese Empfindung kann daher, ihres Ursprunges wegen, nicht pathologisch, sondern muß **practisch gewirkt** heißen; indem dadurch, daß die Vorstellung des moralischen Gesetzes der Selbstliebe den Einfluß, und dem Eigendünkel den Wahn benimmt, das Hinderniß der reinen practischen Vernunft vermindert, und die Vorstellung des Vorzuges ihres objectiven Gesetzes vor den Antrieben der Sinnlichkeit, mithin das Gewicht des ersteren relativ (in Ansehung eines durch die letztere afficirten Willens) durch die Wegschaffung des Gegengewichts, im Urtheile der Vernunft hervorgebracht wird. Und so ist die Achtung fürs Gesetz nicht Triebfeder zur Sittlichkeit, sondern sie ist die Sittlichkeit selbst, subjectiv als Triebfeder betrachtet, indem die reine practische Vernunft dadurch, daß sie der Selbstliebe, im Gegensatze mit ihr, alle Ansprüche abschlägt, dem Gesetze, das jetzt allein Einfluß hat, Ansehen verschafft. Hiebey ist nun zu bemerken: daß, so wie die Achtung eine Wir-

kung

a vontade. Não há aqui no sujeito nenhum sentimento **antecedente** que tendesse à moralidade. Pois isto é impossível, uma vez que todo o sentimento é sensível; o motivo da disposição moral, porém, tem que ser livre de toda a condição sensível. Muito antes, o sentimento sensorial que funda todas as nossas inclinações é, na verdade, a condição daquela sensação que chamamos respeito, mas a causa da determinação desse sentimento encontra-se na razão prática pura e por isso esta sensação não pode, em virtude de sua origem, chamar-se de patologicamente produzida e sim de **praticamente produzida**; pois, pelo fato de que a representação da lei moral impede a influência do amor de si e a ilusão da presunção, é diminuído o obstáculo à razão prática pura e é produzida, no juízo da razão, a representação da superioridade de sua lei objetiva sobre os impulsos da sensibilidade e, por conseguinte, pela eliminação do seu contrapeso, é relativamente aumentado o peso da lei (concernente a uma vontade afetada pela sensibilidade). E assim o respeito pela lei não é um motivo para a moralidade mas é a própria moralidade, considerada subjetivamente como motivo, enquanto a razão prática pura, pelo fato de abater todas as exigências do amor de si opostas a essa, proporciona autoridade à lei, que agora unicamente tem influência. Ora, sobre isso cabe observar que, assim como o respeito é um ◆

kung aufs Gefühl, mithin auf die Sinnlichkeit eines vernünftigen Wesens ist, es diese Sinnlichkeit, mithin auch die Endlichkeit solcher Wesen, denen das moralische Gesetz Achtung auferlegt, voraussetze, und daß einem höchsten, oder auch einem von aller Sinnlichkeit freyen Wesen, welchem diese also auch kein Hinderniß der practischen Vernunft seyn kann, Achtung fürs Gesetz nicht beygelegt werden könne.

Dieses Gefühl (unter dem Namen des moralischen) ist also lediglich durch Vernunft bewirkt. Es dient nicht zu Beurtheilung der Handlungen, oder wol gar zur Gründung des objectiven Sittengesetzes selbst, sondern blos zur Triebfeder, um dieses in sich zur Maxime zu machen. Mit welchem Namen aber könnte man dieses sonderbare Gefühl, welches mit keinem pathologischen in Vergleichung gezogen werden kann, schicklicher belegen? Es ist so eigenthümlicher Art, daß es lediglich der Vernunft, und zwar der practischen reinen Vernunft, zu Gebote zu stehen scheint.

Achtung geht jederzeit nur auf Personen, niemals auf Sachen. Die letztere können **Neigung**, und wenn es Thiere sind (z. B. Pferde, Hunde rc.), so gar **Liebe**, oder auch **Furcht**, wie das Meer, ein Vulcan, ein Raubthier, niemals aber **Achtung** in uns erwecken. Etwas, was diesem Gefühl schon näher tritt, ist **Bewunderung**, und diese, als Affect, das Erstaunen,

efeito sobre o sentimento, por conseguinte, sobre a sensibilidade de um ente racional, ele[131] pressupõe essa sensibilidade, logo, também a finitude dos entes aos quais a lei moral impõe respeito, e que a um ente supremo ou também a um ente livre de toda a sensibilidade, para o qual portanto esta tampouco possa constituir um obstáculo à razão prática, não pode ser atribuído respeito pela **lei**.

Portanto este sentimento (denominado sentimento moral) é produzido unicamente pela razão. Ele não serve para o ajuizamento das ações ou mesmo para a fundação da própria lei moral objetiva, mas simplesmente como motivo para fazer desta a sua máxima. Mas com que nome se poderia cunhar mais convenientemente esse estranho sentimento, que não pode ser comparado com nenhum sentimento patológico? Ele é de natureza tão peculiar, que parece estar à disposição unicamente da razão e, na verdade, da razão pura prática.

Respeito sempre tem a ver somente com pessoas e nunca com coisas. Estas podem despertar em nós **inclinação** e, tratando-se de animais (por exemplo, cavalos, cães etc.), até **amor** ou também **medo**, como o mar, um vulcão, um animal de rapina, mas jamais **respeito**. Algo que já se aproxima mais deste sentimento é a **admiração**, e esta enquanto afeto, o assombro, ◆

131. Kant: *es* (forma neutra), alterado por Vorländer para *sie*, referido ao feminino *Achtung* (respeito). Como forma neutra, concordaria com *Gefühl* (sentimento).

kann auch auf Sachen gehen, z. B. himmelhohe Berge, die Größe, Menge und Weite der Weltkörper, die Stärke und Geschwindigkeit mancher Thiere, u. s. w. Aber alles dieses ist nicht Achtung. Ein Mensch kann mir auch ein Gegenstand der Liebe, der Furcht, oder der Bewunderung, so gar bis zum Erstaunen und doch darum kein Gegenstand der Achtung seyn. Seine scherzhafte Laune, sein Muth und Stärke, seine Macht, durch seinen Rang, den er unter anderen hat, können mir dergleichen Empfindungen einflößen, es fehlt aber immer noch an innerer Achtung gegen ihn. **Fontenelle** sagt: **vor einem Vornehmen bücke ich mich, aber mein Geist bückt sich nicht.** Ich kann hinzu setzen: vor einem niedrigen, bürgerlich-gemeinen Mann, an dem ich eine Rechtschaffenheit des Characters in einem gewissen Maaße, als ich mir von mir selbst nicht bewußt bin, wahrnehme, **bückt sich mein Geist**, ich mag wollen oder nicht, und den Kopf noch so hoch tragen, um ihn meinen Vorrang nicht übersehen zu lassen. Warum das? Sein Beyspiel hält mir ein Gesetz vor, das meinen Eigendünkel niederschlägt, wenn ich es mit meinem Verhalten vergleiche, und dessen Befolgung, mithin die **Thunlichkeit** desselben, ich durch die That bewiesen vor mir sehe. Nun mag ich mir sogar eines gleichen Grades der Rechtschaffenheit bewußt seyn, und die Achtung bleibt doch. Denn, da beym Menschen immer alles Gute mangelhaft ist, so

schlägt

também pode ter a ver com coisas, por exemplo, com montanhas que se elevam até o céu, a magnitude, o grande número e a distância dos corpos celestes, a força e velocidade de muitos animais etc. Mas tudo isso não é respeito. Um homem pode ser também um objeto de amor, de medo ou de admiração até o assombro e nem por isso ser um objeto de respeito. Seu humor brincalhão, sua coragem e força, seu poder pela posição que desfruta entre outros podem inspirar-me semelhantes sensações, mas falta sempre ainda respeito para com ele. **Fontenelle**[132] diz: **Diante de um nobre eu me curvo, mas meu espírito não se curva**. Eu posso acrescentar: diante de um homem humilde e cidadão-comum, no qual percebo uma integridade de caráter numa medida tal como não sou consciente em relação a mim mesmo, **meu espírito se curva**, quer eu queira, quer não, e ainda mantendo a cabeça erguida a ponto de não lhe deixar despercebida minha preeminência. Por que isso? Seu exemplo mantém ante mim uma lei que aniquila minha presunção, quando a comparo com minha conduta e cujo cumprimento, por conseguinte sua **praticabilidade**, vejo provada ante meus olhos pelo ato. Ora, eu posso até mesmo ter consciência de um grau idêntico de integridade em mim e, não obstante, o respeito permanece. Pois, visto que no homem todo o bem é sempre deficiente, ◆

132. Bernard le Bouvier de Fontenelle (1657-1757), filósofo popular francês.

schlägt das Gesetz, durch ein Beyspiel anschaulich gemacht, doch immer meinen Stolz nieder, wozu der Mann, den ich vor mir sehe, dessen Unlauterkeit, die ihm immer noch anhängen mag, mir nicht so, wie mir die meinige, bekannt ist, der mir also in reinerem Lichte erscheint, einen Maaßstab abgiebt. **Achtung** ist ein **Tribut**, den wir dem Verdienste nicht verweigern können, wir mögen wollen oder nicht; wir mögen allenfalls äußerlich damit zurückhalten, so können wir doch nicht verhüten, sie innerlich zu empfinden.

Die Achtung ist so **wenig** ein Gefühl der **Lust**, daß man sich ihr in Ansehung eines Menschen nur ungern überläßt. Man sucht etwas ausfindig zu machen, was uns die Last derselben erleichtern könne, irgend einen Tadel, um uns wegen der Demüthigung, die uns durch ein solches Beyspiel widerfährt, schadlos zu halten. Selbst Verstorbene sind, vornehmlich wenn ihr Beyspiel unnachahmlich scheint, vor dieser Critik nicht immer gesichert. So gar das moralische Gesetz selbst, in seiner **feyerlichen Majestät**, ist diesem Bestreben, sich der Achtung dagegen zu erwehren, ausgesetzt. Meynt man wol, daß es einer anderen Ursache zuzuschreiben sey, weswegen man es gern zu unserer vertraulichen Neigung herabwürdigen möchte, und sich aus anderen Ursachen alles so bemühe, um es zur beliebten Vorschrift unseres eigenen wohlverstandenen Vortheils zu machen, als daß man der abschreckenden

a lei tornada intuível mediante um exemplo aniquila sempre meu orgulho, para o qual a pessoa que vejo ante mim –, e cuja impureza, que sempre se possa ainda atribuir-lhe, não me é tão conhecida como a minha a mim –, que, portanto, me aparece em uma luz mais pura, fornece um padrão de medida. **Respeito** é um **tributo** que não podemos recusar ao mérito, quer o queiramos ou não; podemos, quando muito, abster-nos dele exteriormente mas não podemos evitar de senti-lo interiormente.

O respeito **a tal ponto** não é <*ist so wenig*> um sentimento de **prazer**, que só de mau grado se cede a ele em relação a um ser humano. Procura-se descobrir algo que possa aliviar-nos de seu fardo, alguma censura para nos compensarmos da humilhação que sofremos com um tal exemplo. Mesmo os mortos, principalmente quando seu exemplo parece inimitável, não estão sempre protegidos contra essa crítica. Até a própria lei moral, em sua **solene majestade**, está exposta a essa tendência de precaver-se do respeito contra ela. Porventura se pensa que se deva atribuir a uma outra causa a razão pela qual se gostaria de degradá-la a uma inclinação familiar e pela qual se empenhe tanto em torná-la um preceito dileto de nosso bem-entendido interesse, além do fato de que se queira livrar-se ◆

Achtung, die uns unsere eigene Unwürdigkeit so strenge vorhält, los werden möge? Gleichwol ist darin doch auch wiederum so **wenig Unlust**: daß wenn man einmal den Eigendünkel abgelegt, und jener Achtung practischen Einfluß verstattet hat, man sich wiederum an der Herrlichkeit dieses Gesetzes nicht satt sehen kann, und die Seele sich in dem Maaße selbst zu erheben glaubt, als sie das heilige Gesetz über sich und ihre gebrechliche Natur erhaben sieht. Zwar können große Talente und eine ihnen proportionirte Thätigkeit auch Achtung, oder ein mit derselben analogisches Gefühl, bewirken, es ist auch ganz anständig es ihnen zu widmen, und da scheint es, als ob Bewunderung mit jener Empfindung einerley sey. Allein, wenn man näher zusieht, so wird man bemerken, daß, da es immer ungewiß bleibt, wie viel das angebohrne Talent und wie viel Cultur durch eigenen Fleiß an der Geschicklichkeit Theil habe, so stellt uns die Vernunft die letztere muthmaßlich als Frucht der Cultur, mithin als Verdienst vor, welches unseren Eigendünkel merklich herabstimmt, und uns darüber entweder Vorwürfe macht, oder uns die Befolgung eines solchen Beyspiels, in der Art, wie es uns angemessen ist, auferlegt. Sie ist also nicht bloße Bewunderung, diese Achtung, die wir einer solchen Person (eigentlich dem Gesetze, was uns sein Beyspiel vorhält,) beweisen; welches sich auch dadurch bestätigt, daß der gemeine Haufe der Liebhaber, wenn

er

do respeito intimidante que tão severamente nos mostra nossa própria indignidade? Mas, por outro lado, **a tal ponto** não há nisso <*ist so wenig*> um **desprazer**, que, se uma vez se abdicou da presunção e se concedeu influência prática àquele respeito, não se pode ver-se saciado da majestade dessa lei, e a alma crê elevar-se na mesma medida em que vê a lei santa elevada sobre si e sobre sua frágil natureza. Certamente também grandes talentos e uma atividade proporcional a eles podem suscitar respeito ou um sentimento análogo; é também inteiramente adequado dedicá-lo a eles, e então a admiração parece idêntica àquela sensação. No entanto, se se observa mais de perto, nota-se que, como permanece sempre incerto que parte tem, na habilidade, o talento inato e que parte tem nela, por zelo próprio, a cultura, assim a razão representa-nos a habilidade presumivelmente como fruto da cultura, portanto como mérito, o que rebaixa sensivelmente nossa presunção e/ou censura-nos a respeito, ou impõe o seguimento de tal exemplo do modo como ele nos convém. Esse respeito que demonstramos por uma tal pessoa (propriamente pela lei que o seu exemplo nos apresenta) não é, pois, simples admiração; o que também se confirma pelo fato de que a turba comum de admiradores abandona ◆

er das Schlechte des Characters eines solchen Mannes (wie etwa Voltaire,) sonst woher erkundigt zu haben glaubt, alle Achtung gegen ihn aufgiebt, der wahre Gelehrte aber sie noch immer wenigstens im Gesichtspuncte seiner Talente fühlt, weil er selbst in einem Geschäfte und Berufe verwickelt ist, welches die Nachahmung desselben ihm gewissermaaßen zum Gesetze macht.

Achtung fürs moralische Gesetz ist also die einzige und zugleich unbezweifelte moralische Triebfeder, so wie dieses Gefühl auch auf kein Object anders, als lediglich aus diesem Grunde gerichtet ist. Zuerst bestimmt das moralische Gesetz objectiv und unmittelbar den Willen im Urtheile der Vernunft; Freyheit, deren Causalität blos durchs Gesetz bestimmbar ist, besteht aber eben darin, daß sie alle Neigungen, mithin die Schätzung der Person selbst auf die Bedingung der Befolgung ihres reinen Gesetzes einschränkt. Diese Einschränkung thut nun eine Wirkung aufs Gefühl, und bringt Empfindung der Unlust hervor, die aus dem moralischen Gesetze a priori erkannt werden kann. Da sie aber blos so fern eine negative Wirkung ist, die, als aus dem Einflusse einer reinen practischen Vernunft entsprungen, vornemlich der Thätigkeit des Subjects, so fern Neigungen die Bestimmungsgründe desselben sind, mithin der Meynung seines persönlichen Werths Abbruch thut, (der ohne Einstimmung mit dem moralischen Gesetze auf nichts herabgesetzt wird,) so ist

todo o respeito por alguém (por exemplo, Voltaire) ao se crer de algum modo informada sobre a maldade de caráter de um tal homem, enquanto o verdadeiro homem culto ainda sente sempre esse respeito, pelo menos do ponto de vista de seus talentos, porque ele mesmo está envolvido em uma atividade e vocação que de certo modo torna sua imitação uma lei.

Portanto o respeito pela lei moral é o único e ao mesmo tempo indubitável motivo moral, do mesmo modo que este sentimento não se dirige a algum objeto senão a partir desse fundamento. Em primeiro lugar, a lei moral determina objetiva e imediatamente a vontade no juízo da razão; mas a liberdade, cuja causalidade é determinável simplesmente pela lei, consiste precisamente em que ela limita todas as inclinações, por conseguinte a estima da própria pessoa, à condição do cumprimento de sua lei pura. Ora, essa limitação promove um efeito sobre o sentimento e produz uma sensação de desprazer, que pode ser conhecida *a priori* a partir da lei moral. Mas, visto que ela neste caso é apenas um efeito **negativo**, que, enquanto surgido da influência de uma razão prática pura, causa dano principalmente à atividade do sujeito, na medida em que as inclinações são fundamentos determinantes deste, logo prejudica o pensamento de seu valor pessoal (que sem uma concordância com a lei moral é reduzido a nada), assim o ◆

die Wirkung dieses Gesetzes aufs Gefühl blos Demüthigung, welche wir also zwar a priori einsehen, aber an ihr nicht die Kraft des reinen practischen Gesetzes als Triebfeder, sondern nur den Widerstand gegen Triebfedern der Sinnlichkeit erkennen können. Weil aber dasselbe Gesetz doch objectiv, d. i. in der Vorstellung der reinen Vernunft, ein unmittelbarer Bestimmungsgrund des Willens ist, folglich diese Demüthigung nur relativ auf die Reinigkeit des Gesetzes stattfindet, so ist die Herabsetzung der Ansprüche der moralischen Selbstschätzung, d. i. die Demüthigung auf der sinnlichen Seite, eine Erhebung der moralischen, d. i. der practischen Schätzung des Gesetzes selbst, auf der intellectuellen, mit einem Worte Achtung für's Gesetz, also auch ein, seiner intellectuellen Ursache nach, positives Gefühl, das a priori erkannt wird. Denn eine jede Verminderung der Hindernisse einer Thätigkeit ist Beförderung dieser Thätigkeit selbst. Die Anerkennung des moralischen Gesetzes aber ist das Bewußtseyn einer Thätigkeit der practischen Vernunft aus objectiven Gründen, die blos darum nicht ihre Wirkung in Handlungen äußert, weil subjective Ursachen (pathologische) sie hindern. Also muß die Achtung fürs moralische Gesetz auch als positive aber indirecte Wirkung desselben aufs Gefühl, so fern jenes den hindernden Einfluß der Neigungen durch Demüthigung des Eigendünkels schwächt, mithin als subjectiver Grund der Thätigkeit

efeito dessa lei sobre o sentimento é simplesmente humilhação, da qual, portanto, certamente temos perspiciência *a priori*, mas não podemos conhecer nela a força da lei prática pura enquanto motivo e, sim, somente a resistência contra motivos da sensibilidade. Porém, visto que a mesma lei é apesar disso objetiva, ou seja, é, na representação da razão pura, um fundamento determinante imediato da vontade, que, consequentemente, essa humilhação só ocorre relativamente à pureza da lei, assim a redução das exigências da autoestima moral, ou seja, a humilhação é, do lado sensível, uma elevação da estima moral, isto é, prática da própria lei e, do lado intelectual, é, em uma palavra, respeito pela lei, portanto também, quanto à sua causa intelectual, um sentimento positivo que é conhecido *a priori*. Pois toda redução de obstáculos de uma atividade é promoção dessa mesma atividade. Mas o reconhecimento da lei moral é a consciência de uma atividade da razão prática a partir de fundamentos objetivos, que não expressa o seu efeito em ações simplesmente porque causas subjetivas (patológicas) a impedem. Portanto o respeito pela lei moral tem que ser considerado também um efeito positivo, embora indireto, da mesma sobre o sentimento, uma vez que ela enfraquece a influência prejudicial das inclinações pela humilhação da presunção, por conseguinte, enquanto fundamento subjetivo da atividade, ◆

d. i. als **Triebfeder** zu Befolgung desselben, und als Grund zu Maximen eines ihm gemäßen Lebenswandels angesehen werden. Aus dem Begriffe einer Triebfeder entspringt der eines **Interesse**; welches niemals einem Wesen, als was Vernunft hat, beygelegt wird, und eine **Triebfeder** des Willens bedeutet, so fern sie **durch Vernunft vorgestellt** wird. Da das Gesetz selbst in einem moralisch-guten Willen die Triebfeder seyn muß, so ist das **moralische Interesse** ein reines sinnenfreyes Interesse der bloßen practischen Vernunft. Auf dem Begriffe eines Interesse gründet sich auch der einer **Maxime**. Diese ist also nur alsdenn moralisch ächt, wenn sie auf dem bloßen Interesse, das man an der Befolgung des Gesetzes nimmt, braucht. Alle drey Begriffe aber, der einer **Triebfeder**, eines **Interesse** und einer **Maxime**, können nur auf endliche Wesen angewandt werden. Denn sie setzen insgesamt eine Eingeschränktheit der Natur eines Wesens voraus, da die subjective Beschaffenheit seiner Willkühr mit dem objectiven Gesetze einer practischen Vernunft nicht von selbst übereinstimmt; ein Bedürfniß, irgend wodurch zur Thätigkeit angetrieben zu werden, weil ein inneres Hinderniß derselben entgegensteht. Auf den göttlichen Willen können sie also nicht angewandt werden.

Es liegt so etwas besonderes in der grenzenlosen Hochschätzung des reinen, von allem Vortheil entblößten,

isto é, enquanto **motivo** para o cumprimento da lei[133] e enquanto fundamento de máximas de uma conduta conforme a ela. Do conceito de motivo surge o de **interesse**, que jamais pode ser atribuído senão a um ente dotado de razão e significa um **motivo** da vontade, na medida em que este é **representado pela razão**. Visto que numa vontade moralmente boa a própria lei tem que ser o motivo, o **interesse moral** é um interesse não sensorial puro da simples razão prática. Sobre o conceito de interesse funda-se também o de **máxima**. Esta, portanto, somente é autenticamente moral se depende[134] do mero interesse que se toma pela observância da lei. Mas todos os três conceitos, o de **motivo**, o de **interesse** e o de **máxima**, só podem aplicar-se a entes finitos. Pois eles pressupõem no seu conjunto uma limitação da natureza de um ente, uma vez que a condição subjetiva de seu arbítrio não concorda por si mesma com a lei objetiva de uma razão prática; uma carência de ser impelido por algo à atividade, porque um obstáculo interno contrapõe-se a ela. Portanto eles não podem aplicar-se à vontade divina.

Assim há algo peculiar no ilimitado apreço pela lei moral pura, despida de ◆

133. Kant: *desselben*. Hartenstein (1838, p. VIII) equivocadamente remeteu a correção a essa passagem, quando deveria remetê-la a A 142, linha 14, (v. nota correspondente).

134. Kant (A): *braucht... auf* (*brauchen* = necessitar, utilizar), corrigido na 2ª ed. para *beruht* ("repousa"; *beruhen auf* significa também "depender de"). A correção teve por origem o *Handexemplar* de Kant, foi feita também por Grillo e Vogel e foi incluída nas subsequentes edições originais e demais edições da *KpV*.

ten, moralischen Gesetzes, so wie es practische Vernunft uns zur Befolgung vorstellt, deren Stimme auch den kühnsten Frevler zittern macht, und ihn nöthigt sich vor seinem Anblicke zu verbergen: daß man sich nicht wundern darf, diesen Einfluß einer blos intellectuellen Idee aufs Gefühl für speculative Vernunft unergründlich zu finden, und sich damit begnügen zu müssen, daß man a priori doch noch so viel einsehen kann; ein solches Gefühl sey unzertrennlich mit der Vorstellung des moralischen Gesetzes in jedem endlichen vernünftigen Wesen verbunden. Wäre dieses Gefühl der Achtung pathologisch und also ein auf dem inneren **Sinne** gegründetes Gefühl der Lust, so würde es vergeblich seyn, eine Verbindung derselben mit irgend einer Idee a priori zu entdecken. Nun aber ist ein Gefühl, was blos aufs Practische geht, und zwar der Vorstellung eines Gesetzes lediglich seiner Form nach, nicht irgend eines Objects desselben wegen, anhängt, mithin weder zum Vergnügen, noch zum Schmerze gerechnet werden kann, und dennoch ein **Interesse** an der Befolgung desselben hervorbringt, welches wir das **moralische** nennen; wie denn auch die Fähigkeit, ein solches Interesse am Gesetze zu nehmen (oder die Achtung für's moralische Gesetz selbst) eigentlich **das moralische Gefühl** ist.

Das Bewußtseyn einer **freyen** Unterwerfung des Willens unter das Gesetz, doch als mit einem unvermeid-

todo o proveito, pelo modo como a razão prática no-la representa para sua observância, e cuja voz faz estremecer mesmo o mais temerário transgressor, coagindo-o a ocultar-se ante sua contemplação, de modo que ninguém precisa admirar-se de considerar insondável para a razão especulativa essa influência de uma ideia meramente intelectual sobre o sentimento e de, com isso, ter de satisfazer-se com o fato de que se possa, ainda assim, ter uma perspiciência *a priori* de que um tal sentimento encontre-se indissoluvelmente vinculado à representação da lei moral em todo ente racional finito. Se esse sentimento de respeito fosse patológico e, portanto, um sentimento de prazer fundado sobre o **sentido** interno, então seria inútil descobrir uma vinculação do respeito[135] com qualquer ideia *a priori*. Pois bem, é[136] um sentimento que concerne meramente ao prático e que, em verdade, é inerente à representação de uma lei unicamente segundo sua forma e não em decorrência de algum objeto da mesma, por conseguinte não pode ser computado nem como deleite nem como dor e, contudo, produz um **interesse** pela sua observância que chamamos de interesse **moral**, como aliás também chamamos propriamente de **sentimento moral** a capacidade de tomar um tal interesse pela lei (ou o respeito pela própria lei moral).

Ora, a consciência de uma **livre** submissão da vontade à lei, contudo vinculada a uma ◆

135. Kant: *derselben*. Na 2ª ed. alterado para *desselben*, adotado por Hartenstein, então se referindo a "sentimento". Natorp (Ak) considerou correto e manteve o texto da 1ª ed.

136. Kant: *ist* (é). Atribuída a Hartenstein e adotada por Vorländer, a alteração para: *ist es* (trata-se de) foi originalmente proposta por Vogel no exemplar de Erlangen.

meidlichen Zwange, der allen Neigungen, aber nur durch eigene Vernunft angethan wird, verbunden, ist nun die Achtung für's Gesetz. Das Gesetz, was diese Achtung fodert und auch einflößt, ist, wie man sieht, kein anderes, als das moralische (denn kein anderes schließt alle Neigungen von der Unmittelbarkeit ihres Einflusses auf den Willen aus). Die Handlung, die nach diesem Gesetze, mit Ausschließung aller Bestimmungsgründe aus Neigung, objectiv practisch ist, heißt **Pflicht**, welche, um dieser Ausschließung willen, in ihrem Begriffe practische **Nöthigung**, d. i. Bestimmung zu Handlungen, so **ungerne**, wie sie auch geschehen mögen, enthält. Das Gefühl, das aus dem Bewußtseyn dieser Nöthigung entspringt, ist nicht pathologisch, als ein solches, was von einem Gegenstande der Sinne gewirkt würde, sondern allein practisch, d. i. durch eine vorhergehende (objective) Willensbestimmung und Causalität der Vernunft, möglich. Es enthält also, als **Unterwerfung** unter ein Gesetz, d. i. als Gebot, (welches für das sinnlich-afficirte Subject Zwang ankündigt,) keine Lust, sondern, so fern, vielmehr Unlust an der Handlung in sich. Dagegen aber, da dieser Zwang blos durch Gesetzgebung der **eigenen** Vernunft ausgeübt wird, enthält es auch **Erhebung**, und die subjective Wirkung aufs Gefühl, so fern davon reine practische Vernunft die alleinige Ursache ist, kann also blos **Selbstbilligung** in Ansehung der letzteren

inevitável coerção que é exercida sobre todas as inclinações, porém apenas pela própria razão, é o respeito pela lei. A lei que exige e também inspira esse respeito não é, como se vê, nenhuma outra que a lei moral (pois nenhuma outra exclui todas as inclinações da imediatidade de sua influência sobre a vontade). A ação que, de acordo com essa lei e com exclusão de todos os fundamentos determinantes da inclinação, é objetivamente prática chama-se **dever**, o qual, em virtude dessa exclusão, contém em seu conceito uma **necessitação** prática, isto é, uma determinação a ações, por mais **a contragosto** que elas possam acontecer. O sentimento que emerge da consciência dessa necessitação não é possível patologicamente, no sentido de um sentimento que fosse produzido por um objeto dos sentidos, mas só praticamente, isto é, mediante uma antecedente determinação (objetiva) da vontade e uma causalidade da razão. Logo este sentimento, enquanto **submissão** a uma lei, isto é, enquanto mandamento (o qual, para o sujeito afetado sensivelmente, anuncia coerção), não contém nenhum prazer mas como tal contém, muito antes, um desprazer na ação. Contrariamente, porém, visto que essa coerção é exercida simplesmente pela legislação da razão de **cada um**, tal sentimento contém inclusive **elevação**, e o efeito subjetivo sobre o sentimento, na medida em que a razão prática pura é sua única causa, pode, portanto, chamar-se simplesmente **autoaprovação** em relação à ◆

teren heißen, indem man sich dazu ohne alles Interesse, blos durchs Gesetz bestimmt erkennt, und sich nunmehro eines ganz anderen, dadurch subjectiv hervorgebrachten, Interesse, welches rein practisch und **frey** ist, bewußt wird, welches an einer pflichtmäßigen Handlung zu nehmen, nicht etwa eine Neigung anräthig ist, sondern die Vernunft durchs practische Gesetz schlechthin gebietet und auch wirklich hervorbringt, darum aber einen ganz eigenthümlichen Namen, nemlich den der Achtung, führt.

Der Begriff der Pflicht fodert also an der Handlung, **objectiv**, Uebereinstimmung mit dem Gesetze, an der Maxime derselben aber, subjectiv, Achtung fürs Gesetz, als die alleinige Bestimmungsart des Willens durch dasselbe. Und darauf beruht der Unterschied zwischen dem Bewußtseyn, **pflichtmäßig** und **aus Pflicht**, d. i. aus Achtung für's Gesetz, gehandelt zu haben, davon das erstere (die Legalität) auch möglich ist, wenn Neigungen blos die Bestimmungsgründe des Willens gewesen wären, das zweyte aber, (die **Moralität**,) der moralische Werth, lediglich darin gesetzt werden muß, daß die Handlung aus Pflicht, d. i. blos um des Gesetzes willen geschehe. *)

Es

*) Wenn man den Begriff der Achtung für Personen, so wie er vorher dargelegt worden, genau erwägt, so wird man gewahr, daß sie immer auf dem Bewußtseyn einer Pflicht beruhe, die uns

última, enquanto sem nenhum interesse reconhecemo-nos como determinados unicamente pela lei. Desde então tomamos consciência de um interesse totalmente diverso, produzido subjetivamente através dela, que é puramente prático e **livre** e não é obra eventual de uma inclinação que nos aconselha a assumi-lo em uma ação conforme ao dever, mas que a razão ordena absolutamente pela lei prática e também efetivamente realiza; mas por isso leva um nome totalmente peculiar, ou seja, o de respeito.

Portanto o conceito de dever exige na ação, **objetivamente**, concordância com a lei, mas na sua máxima, subjetivamente, respeito pela lei, como o único modo de determinação da vontade pela lei. E disso depende a diferença entre a consciência de ter agido **conformemente ao dever** e a de ter agido **por dever**, isto é, por respeito à lei, cuja primeira forma de consciência (a legalidade) é possível mesmo que apenas as inclinações tivessem sido os fundamentos determinantes da vontade, enquanto a segunda forma (a **moralidade**), o valor moral, tem que ser posta unicamente em que a ação ocorra por dever, isto é, simplesmente por causa da lei*.

* Se se examina exatamente o conceito de respeito por pessoas, do modo como foi exposto antes, descobre-se que o respeito depende sempre da consciência de um dever que ◆

Es ist von der größten Wichtigkeit in allen moralischen Beurtheilungen auf das subjective Princip aller Maximen mit der äußersten Genauigkeit Acht zu haben, damit alle Moralität der Handlungen in der Nothwendigkeit derselben **aus Pflicht** und aus Achtung fürs Gesetz, nicht aus Liebe und Zuneigung zu dem, was die Handlungen hervorbringen sollen, gesetzt werde. Für Menschen und alle erschaffene vernünftige Wesen ist die moralische Nothwendigkeit Nöthigung, d. i. Verbindlichkeit, und jede darauf gegründete Handlung als Pflicht, nicht aber als eine uns von selbst schon beliebte, oder beliebt werden könnende Verfahrungsart vorzustellen. Gleich als ob wir es dahin jemals bringen könnten, daß ohne Achtung fürs Gesetz, welche mit Furcht oder wenigstens Besorgniß vor Uebertretung verbunden ist, wir, wie die über alle Abhängigkeit erhabene Gottheit, von selbst, gleichsam durch eine uns zur Natur gewordene, niemals zu verrückende Uebereinstimmung des Willens mit dem reinen Sittengesetze, (welches also, da wir niemals versucht werden können, ihm untreu

uns ein Beyspiel vorhält, und daß also Achtung niemals einen andern als moralischen Grund haben könne, und es sehr gut, so gar in psychologischer Absicht zur Menschenkenntniß sehr nützlich sey, allerwerts, wo wir diesen Ausdruck brauchen, auf die geheime und wundernswürdige, dabey aber oft vorkommende Rücksicht, die der Mensch in seinen Beurtheilungen aufs moralische Gesetz nimmt, Acht zu haben.

É da maior importância, em todos os ajuizamentos morais, prestar atenção com extrema exatidão ao princípio subjetivo de todas as máximas, para que toda a moralidade das ações seja posta na necessidade das mesmas **por dever** e por respeito à lei, não por amor e afeição àquilo que as ações devem realizar. Para os homens e todos os entes racionais criados a necessidade moral é necessitação, isto é, obrigação, e toda ação fundada sobre ela tem de ser representada como dever, não porém como um modo de procedimento já espontaneamente querido por nós ou que possa vir a ser querido como tal[137]. É como se nós alguma vez – sem respeito pela lei, o qual se vincula ao temor ou pelo menos à apreensão com a transgressão – pudéssemos chegar por nós mesmos, tal como a divindade inteiramente independente, à posse de uma **santidade** da vontade como que mediante uma concordância, tornada natureza e jamais removível, da vontade com a lei moral pura (a qual, portanto, já que nunca poderíamos[138] ser tentados a

....

um exemplo nos mostra e que, portanto, o respeito jamais pode ter outro fundamento que o moral e que é muito bom e, do ponto de vista psicológico, até muito útil ao conhecimento do homem, sempre que usamos essa expressão, prestar atenção à deferência secreta e admirável e, além disso, frequente, que o homem em seus ajuizamentos confere à lei moral. (K) ◆

137. Grillo propôs vírgula.

138. Kant: *können*; correção da Ak (Nolte) para *könnten* (poderíamos).

untreu zu werden, wol endlich gar aufhören könnte für uns Gebot zu seyn,) jemals in den Besitz einer **Heiligkeit** des Willens kommen könnten.

Das moralische Gesetz ist nemlich für den Willen eines allervollkommensten Wesens ein Gesetz der **Heiligkeit**, für den Willen jedes endlichen vernünftigen Wesens aber ein Gesetz der **Pflicht**, der moralischen Nöthigung und der Bestimmung der Handlungen desselben durch **Achtung** für dies Gesetz und aus Ehrfurcht für seine Pflicht. Ein anderes subjectives Princip muß zur Triebfeder nicht angenommen werden, denn sonst kann zwar die Handlung, wie das Gesetz sie vorschreibt, ausfallen, aber, da sie zwar pflichtmäßig ist, aber nicht aus Pflicht geschieht, so ist die Gesinnung dazu nicht moralisch, auf die es doch in dieser Gesetzgebung eigentlich ankömmt.

Es ist sehr schön, aus Liebe zu Menschen und theilnehmendem Wohlwollen ihnen Gutes zu thun, oder aus Liebe zur Ordnung gerecht zu seyn, aber das ist noch nicht die ächte moralische Maxime unsers Verhaltens, die unserm Standpuncte, unter vernünftigen Wesen, **als Menschen**, angemessen ist, wenn wir uns anmaaßen, gleichsam als Volontaire, uns mit stolzer Einbildung über den Gedanken von Pflicht wegzusetzen, und uns, als vom Gebote unabhängig, blos aus eigener Lust das thun zu wollen, wozu für uns kein Gebot

nö-

tornar-nos infiéis a ela, enfim pudesse até deixar de ser um mandamento para nós).

Com efeito, a lei moral é, para a vontade de um ente sumamente perfeito, uma lei de **santidade** mas, para a vontade de todo ente racional finito, é uma lei do **dever**, da necessitação moral e da determinação das suas ações mediante o **respeito** por essa lei e por veneração de seu dever. Não se tem que admitir outro princípio subjetivo como motivo; pois do contrário a ação certamente pode ocorrer do modo como a lei a prescreve, mas, já que ela em verdade é conforme ao dever porém não ocorre por dever, a disposição para ela, que nessa legislação propriamente importa, não é moral.

É muito bonito, por amor aos homens e por participante benevolência, fazer o bem a eles ou, por amor à ordem, ser justo, mas isso não constitui ainda a autêntica máxima moral de nossa conduta, adequada a nosso ponto de vista **de homens** entre entes racionais, quando por assim dizer como voluntários arrogamo-nos com soberba fatuidade a não nos importar com as representações do dever e[139] como independentes de mandamento, querer fazer meramente por prazer próprio aquilo para o qual nenhum mandamento ◆

139. Kant: *und uns als* (e nos, como), corrigido pela Ak (Rosenkranz, Hartenstein) para *und, als* (e, como).

nöthig wäre. Wir stehen unter einer Disciplin der Vernunft, und müssen in allen unseren Maximen der Unterwürfigkeit unter derselben nicht vergessen, ihr nichts zu entziehen, oder dem Ansehen des Gesetzes (ob es gleich unsere eigene Vernunft giebt) durch eigenliebigen Wahn dadurch etwas abkürzen, daß wir den Bestimmungsgrund unseres Willens, wenn gleich dem Gesetze gemäß, doch worin anders, als im Gesetze selbst, und in der Achtung für dieses Gesetz setzten. Pflicht und Schuldigkeit sind die Benennungen, die wir allein unserem Verhältnisse zum moralischen Gesetze geben müssen. Wir sind zwar Gesetzgebende Glieder eines durch Freyheit möglichen, durch practische Vernunft uns zur Achtung vorgestellten Reichs der Sitten, aber doch zugleich Unterthanen, nicht das Oberhaupt desselben, und die Verkennung unserer niederen Stufe, als Geschöpfe, und Weigerung des Eigendünkels gegen das Ansehen des heiligen Gesetzes, ist schon eine Abtrünnigkeit von demselben, dem Geiste nach, wenn gleich der Buchstabe desselben erfüllt würde.

Hiemit stimmt aber die Möglichkeit eines solchen Gebots, als: **Liebe Gott über alles und deinen Nächsten als dich selbst** *), ganz wohl zusammen. Denn

*) Mit diesem Gesetze macht das Princip der eigenen Glückseligkeit, welches einige zum obersten Grundsatze der Sittlichkeit machen wol-

ser-nos-ia necessário. Nós estamos subordinados a uma **disciplina** da razão, e em todas as nossas máximas não temos de esquecer-nos da nossa sujeição à mesma, de nada subtrair-lhe[140] ou de, por uma ilusão de amor-próprio, restringir a reputação da lei (embora ela seja dada por nossa própria razão) pelo fato de que pomos o fundamento determinante de nossa vontade, ainda que conforme com a lei, em algo diverso da própria lei e do respeito por ela. Dever e obrigação são as únicas denominações que temos de dar a nossa relação com a lei moral. De fato somos membros legislantes de um reino moral possível pela liberdade, representado pela razão prática para o nosso respeito, mas ao mesmo tempo seus súditos, não o seu soberano, e o desconhecimento de nossa posição inferior como criaturas, bem como a negação, por presunção, de respeito à lei santa é já, segundo o espírito, uma deserção dela, mesmo que a sua letra fosse observada.

Com isso, porém, concorda perfeitamente a possibilidade de um tal mandamento: **ama a Deus acima de tudo e teu próximo como a ti mesmo***. Pois

* Com essa lei forma um estranho contraste o princípio da felicidade própria, que alguns querem tornar a proposição fundamental suprema ◆

140. Kant: *ihr nichts zu entziehen*. Vogel elimina o "*zu*", aliás uma correção exclusiva dele.

es fodert doch, als Gebot, Achtung für ein Gesetz, das Liebe befiehlt, und überläßt es nicht der beliebigen Wahl, sich diese zum Princip zu machen. Aber Liebe zu Gott als Neigung (pathologische Liebe) ist unmöglich; denn er ist kein Gegenstand der Sinne. Eben dieselbe gegen Menschen ist zwar möglich, kann aber nicht geboten werden; denn es steht in keines Menschen Vermögen, jemanden blos auf Befehl zu lieben. Also ist es blos die practische Liebe, die in jenem Kern aller Gesetze verstanden wird. Gott lieben, heißt in dieser Bedeutung, seine Gebote gerne thun; den Nächsten lieben, heißt, alle Pflicht gegen ihn gerne ausüben. Das Gebot aber, das dieses zur Regel macht, kann auch nicht diese Gesinnung in pflichtmäßigen Handlungen zu haben, sondern blos darnach zu streben gebieten. Denn ein Gebot, daß man etwas gerne thun soll, ist in sich widersprechend, weil, wenn wir, was uns zu thun obliege, schon von selbst wissen, wenn wir uns überdem auch bewußt wären, es gerne zu thun, ein Gebot darüber ganz unnöthig, und, thun wir es zwar, aber eben nicht gerne, sondern nur aus Achtung fürs Gesetz, ein Gebot, welches diese Achtung eben zur Triebfeder der Maxime macht, gerade der gebotenen Gesinnung zuwi-

der

wollen, einen seltsamen Contrast: Dieses würde so lauten: Liebe dich selbst über alles, Gott aber und deinen Nächsten um dein selbst willen.

como mandamento ele exige respeito por uma lei que **ordena amor** e não deixa ao cuidado de uma escolha arbitrária fazer deste um princípio. Mas amor a Deus como inclinação (amor patológico) é impossível, pois Deus não é nenhum objeto dos sentidos. O mesmo amor, na verdade, é possível para com o homem mas não pode ser ordenado; pois o homem não tem a capacidade de amar alguém meramente por mando. Portanto somente o **amor prático** é compreendido naquele núcleo de todas as leis. Amar a Deus significa, neste sentido, praticar **de bom grado** seus mandamentos; amar o próximo significa praticar **de bom grado** todos os deveres para com ele. Mas o mandamento que torna isso uma regra não pode tampouco ordenar que se **tenha** essa disposição em ações conformes ao dever, mas simplesmente que se **aspire** a isso. Pois um mandamento de que se deva fazer algo de bom grado é em si contraditório, porque, se já sabemos espontaneamente o que nos obriga a fazer algo, se além disso também fôssemos conscientes de fazê-lo espontaneamente, um mandamento correspondente resultaria totalmente desnecessário e, se de fato o fazemos mas não precisamente de bom grado e, sim, somente por respeito à lei, um mandamento que precisamente tornasse esse respeito um motivo da máxima atuaria exatamente de encontro à

....

da moralidade. Ela soaria assim: Ama a ti mesmo sobre todas as coisas, mas a Deus e teu próximo por amor a ti. (K) ◆

der wirken würde. Jenes Gesetz aller Gesetze stellt also, wie alle moralische Vorschrift des Evangelii, die sittliche Gesinnung in ihrer ganzen Vollkommenheit dar, so wie sie als ein Ideal der Heiligkeit von keinem Geschöpfe erreichbar, dennoch das Urbild ist, welchem wir uns zu näheren, und in einem ununterbrochenen, aber unendlichen Progressus, gleich zu werden streben sollen. Könnte nemlich ein vernünftig Geschöpf jemals dahin kommen, alle moralische Gesetze völlig gerne zu thun, so würde das so viel bedeuten, als, es fände sich in ihm auch nicht einmal die Möglichkeit einer Begierde, die ihn zur Abweichung von ihnen reizte; denn die Ueberwindung einer solchen kostet dem Subject immer Aufopferung, bedarf also Selbstzwang, d. i. innere Nöthigung zu dem was man nicht ganz gern thut. Zu dieser Stufe der moralischen Gesinnung aber kann es ein Geschöpf niemals bringen. Denn da es ein Geschöpf, mithin in Ansehung dessen, was er zur gänzlichen Zufriedenheit mit seinem Zustande fodert, immer abhängig ist, so kann es niemals von Begierden und Neigungen ganz frey seyn, die, weil sie auf physischen Ursachen beruhen, mit dem moralischen Gesetze, das ganz andere Quellen hat, nicht von selbst stimmen, mithin es jederzeit nothwendig machen, in Rücksicht auf dieselbe, die Gesinnung seiner Maximen auf moralische Nöthigung, nicht auf bereitwillige Ergebenheit, sondern auf Achtung, welche die Befolgung des Gesetzes, obgleich sie

disposição ordenada. Portanto aquela lei de todas as leis, como todo o preceito moral do Evangelho, apresenta a disposição moral em toda a sua perfeição do modo como ela enquanto ideal de santidade não é atingível por nenhuma criatura, contudo é o arquétipo do qual devemos aspirar aproximar-nos e, em um ininterrupto mas infinito progresso, aspirar a ela igualar-nos. Ou seja, se uma criatura racional pudesse alguma vez chegar a praticar todas as leis morais inteiramente **de bom grado**, isso equivaleria a que não se encontrasse nela sequer a possibilidade de um apetite que o[141] estimulasse a desviar-se delas; pois o domínio de um tal apetite sempre custa sacrifício ao sujeito, portanto requer autocoerção, isto é, necessitação íntima para o que não se faz inteiramente de bom grado. Mas a esse grau de disposição moral nenhuma criatura consegue elevar-se. Pois, visto que se trata de uma criatura, por conseguinte sempre dependente em relação ao que ela[142] reclama para o inteiro contentamento com o seu estado, ela jamais pode ser totalmente livre de apetites e inclinações, as quais, porque dependem de causas físicas, não concordam por si mesmas com a lei moral, que possui fontes totalmente diversas, por conseguinte tornam a todo momento necessário, com respeito às mesmas, fundar a disposição de suas máximas sobre necessitação moral, não sobre pronta submissão mas sobre respeito, que **exige** o cumprimento ◆

141. Kant: *ihn* (acus. masc. = o), que Hartenstein substituiu por *es*, pelo fato de aquele não concordar com o neutro *Geschöpf* (criatura). No entanto Weischedel, Vorländer e Ak mantiveram a forma original masculina, sob alegação da Ak de um caso semelhante, presumivelmente aceitável, em A 139: *sein Beispiel* (seu exemplo).

142. Kant: *er* (nom. masc. = ele), corrigido por Grillo para *es*, com vistas ao neutro *Geschöpf* (criatura) e adotado pela Ak. Tratando-se de três artigos semelhantes na mesma frase, Vorländer, contudo, não os situou corretamente em relação ao texto da 1ª edição e à correção de Grillo. Mas seu equívoco parece ter provindo de Hartenstein (cf. 1838, p. VIII e 197). Mais precisamente: A 149, linha 12: Kant *ihn*, Hartenstein *es*; linha 18: Kant *was er*, corrigido por Grillo para *was es*; linha 20: Kant *kann es*, enquanto Hartenstein e Vorländer atribuíram a Kant *er*, e presumem corrigi-lo para *es*. Na verdade, confundiram os casos das linhas 18 e 20.

sie ungerne geschähe, **fodert**, nicht auf Liebe, die keine innere Weigerung des Willens gegen das Gesetz besorgt, zu gründen, gleichwol aber diese letztere, nemlich die blosse Liebe zum Gesetze (da es alsdenn aufhören würde **Gebot** zu seyn, und Moralität, die nun subjectiv in Heiligkeit übergienge, aufhören würde **Tugend** zu seyn) sich zum beständigen, obgleich unerreichbaren Ziele seiner Bestrebung zu machen. Denn an dem, was wir hochschätzen, aber doch (wegen des Bewußtseyns unserer Schwächen) scheuen, verwandelt sich, durch die mehrere Leichtigkeit ihm Gnüge zu thun, die ehrfurchtsvolle Scheu in Zuneigung, und Achtung in Liebe, wenigstens würde es die Vollendung einer dem Gesetze gewidmeten Gesinnung seyn, wenn es jemals einem Geschöpfe möglich wäre sie zu erreichen.

Diese Betrachtung ist hier nicht so wohl dahin abgezweckt, das angeführte evangelische Gebot auf deutliche Begriffe zu bringen, um der **Religionsschwärmerey** in Ansehung der Liebe Gottes, sondern die sittliche Gesinnung, auch unmittelbar in Ansehung der Pflichten gegen Menschen, genau zu bestimmen, und einer **blos moralischen** Schwärmerey, welche viel Köpfe ansteckt, zu steuren, oder, wo möglich, vorzubeugen. Die sittliche Stufe, worauf der Mensch (aller unserer Einsicht nach auch jedes vernünftige Geschöpf) steht, ist Achtung fürs moralische Gesetz. Die Gesinnung, die ihm, dieses zu befolgen, obliegt, ist, es aus Pflicht,

nicht

da lei mesmo que ele não ocorra de bom grado, não sobre amor, que não envolve nenhuma recusa interna da vontade à lei, conquanto tornem necessário fazer para si deste último, a saber, do simples amor à lei (já que ela então deixaria de ser **mandamento** e a moralidade, que com isso se converteria subjetivamente em santidade, deixaria de ser **virtude**), o objetivo constante, embora inalcançável, de seu empenho. Pois naquilo que estimamos muito, mas que, contudo (pela consciência de nossas fraquezas), tememos, transformam-se – pela maior facilidade em satisfazê-los – o mais reverente temor em inclinação e o respeito em amor; pelo menos seria esta a consumação de uma disposição consagrada à lei, se alguma vez fosse possível a uma criatura alcançá-la.

Essa consideração não tem em vista aqui tanto reportar a conceitos evidentes o citado mandamento evangélico para determinar o **fanatismo** <*Schwärmerei*> **religioso**, em face do amor a Deus, quanto determinar também imediatamente de modo preciso a disposição moral em relação aos deveres para com os homens e impedir ou, se possível, prevenir um fanatismo <*Schwärmerei*> **meramente moral** que contagia muitas cabeças. O nível moral, em que o homem (de acordo com toda a nossa perspiciência, também cada criatura racional) se situa, é o do respeito pela lei moral. A disposição que o obriga a observá-la é a de cumpri-la ◆

nicht aus freywilliger Zuneigung und auch allenfalls unbefohlener von selbst gern unternommener Bestrebung zu befolgen, und sein moralischer Zustand, darin er jedesmal seyn kann, ist **Tugend**, d. i. moralische Gesinnung **im Kampfe**, und nicht **Heiligkeit im** vermeinten **Besitze** einer völligen **Reinigkeit** der Gesinnungen des Willens. Es ist lauter moralische Schwärmerey und Steigerung des Eigendünkels, wozu man die Gemüther durch Aufmunterung zu Handlungen, als edler, erhabener und großmüthiger stimmt, dadurch man sie in den Wahn versetzt, als wäre es nicht Pflicht, d. i. Achtung fürs Gesetz, dessen Joch (das gleichwol, weil es uns Vernunft selbst auferlegt, sanft ist,) sie, wenn gleich ungern, tragen **müßten**, was den Bestimmungsgrund ihrer Handlungen ausmachte; und welches sie immer noch demüthigt, indem sie es befolgen (ihm **gehorchen**), sondern als ob jene Handlungen nicht aus Pflicht, sondern als baarer Verdienst von ihnen erwartet würde. Denn nicht allein, daß sie durch Nachahmung solcher Thaten, nemlich aus solchem Princip, nicht im mindesten dem Geiste des Gesetzes ein Genüge gethan hätten, welcher in der dem Gesetze sich unterwerfenden Gesinnung, nicht in der Gesetzmäßigkeit der Handlung, (das Princip möge seyn, welches auch wolle,) besteht, und die Triebfeder **pathologisch** (in der Sympathie oder auch Philavtie), nicht moralisch (im Gesetze) setzen, so bringen sie auf diese Art eine windige, überfliegende, phantasti-

por dever, não por espontânea inclinação e por esforço porventura não ordenado, assumido por si e de bom grado; e seu estado moral, em que ele pode cada vez encontrar-se, é o de **virtude**, isto é, de disposição moral em **luta** e não o de **santidade, na** pretensa **posse** de uma completa **pureza** das disposições da vontade. É puro fanatismo <*Schwärmerei*> moral e redobramento de presunção dispor os ânimos, mediante incitamento, a ações como nobres, sublimes e magnânimas, levando-os à ilusão de que não fosse dever, isto é, respeito pela lei – cujo jugo (o qual, contudo, pelo fato de ser-nos imposto pela própria razão, é suave), e, embora a contragosto, **teriam de** suportar – que constituiria o fundamento determinante de suas ações e sempre ainda os humilha, na medida em que o seguem (**obedecem**-no); como se, contudo, aquelas ações não fossem[143] esperadas deles por dever e sim por simples mérito. Pois não se trata apenas de que eles, por imitação de tais atos, ou seja, a partir de um tal princípio, não tivessem satisfeito minimamente o espírito da lei, que consiste na disposição de submeter-se à lei e não na conformidade da ação à lei (seja qual for[144] o princípio), e que ponham o motivo **patologicamente** (na simpatia ou ainda na *philautia*) e não moralmente (na lei); eles desse modo produzem uma leviana, superficial e fantástica ◆

143. Kant: *würde* (fosse), corrigido por Hartenstein para *würden* (fossem).
144. Kant: *welches*, corrigido por Rosenkranz e Hartenstein para *welches es*.

tastische Denkungsart hervor, sich mit einer freywilligen Gutartigkeit ihres Gemüths, das weder Sporns noch Zügel bedürfe, für welches gar nicht einmal ein Gebot nöthig sey, zu schmeicheln, und darüber ihrer Schuldigkeit, an welche sie doch eher denken sollten, als an Verdienst, zu vergessen. Es lassen sich wol Handlungen anderer, die mit großer Aufopferung, und zwar blos um der Pflicht willen, geschehen sind, unter dem Namen **edler** und **erhabener** Thaten preisen, und doch auch nur so fern Spuren da sind, welche vermuthen lassen, daß sie ganz aus Achtung für seine Pflicht, nicht aus Herzensaufwallungen geschehen sind. Will man jemanden aber sie als Beyspiele der Nachfolge vorstellen, so muß durchaus die Achtung für Pflicht (als das einzige ächte, moralische Gefühl) zur Triebfeder gebraucht werden: diese ernste, heilige Vorschrift, die es nicht unserer eitelen Selbstliebe überläßt, mit pathologischen Antrieben (so fern sie der Moralität analogisch sind) zu tändeln, und uns auf **verdienstlichen** Werth was zu Gute zu thun. Wenn wir nur wohl nachsuchen, so werden wir zu allen Handlungen, die anpreisungswürdig sind, schon ein Gesetz der Pflicht finden, welches gebietet und nicht auf unser Belieben ankommen läßt, was unserem Hange gefällig seyn möchte. Das ist die einzige Darstellungsart, welche die Seele moralisch bildet, weil sie allein fester und genau bestimmter Grundsätze fähig ist.

Wenn

maneira de pensar, que consiste em lisonjear-se de uma espontânea bondade de seu ânimo, que não precise nem de aguilhão nem de freio e para o qual não se necessite sequer um mandamento e, além disso, se esquecem de sua obrigação, na qual deveriam pensar antes que no mérito. Podem bem enaltecer-se, sob o nome de atos **nobres** e **sublimes**, ações de outros que ocorreram com grande sacrifício e, na verdade, meramente por amoroso dever e certamente só enquanto existem rastros que permitam supor que elas ocorreram totalmente por respeito a seu dever e não por impulsos do coração. Mas, se se quiser representá-las a alguém como exemplos a serem seguidos, então se tem que de modo absoluto utilizar o respeito pelo dever (enquanto o único sentimento moral autêntico) como motivo: este[145] preceito severo e sagrado, que não deixa ao cuidado de nosso vão amor de si jogar com impulsos patológicos (na medida em que são análogos à moralidade) e fazer-nos algo bom sobre a base do **mérito**. Basta que investiguemos bem, para logo encontrarmos para todas as ações dignas de elogio uma lei do dever que **ordena** e não deixa na dependência de nosso arbítrio o que possa ser agradável à nossa propensão. Esta é a única maneira de pensar que forma moralmente a alma, porque somente ela é capaz de proposições fundamentais firmes e rigorosamente determinadas. ◆

145. Na 1ª e 2ª edições: *diese* (esta); nas edições seguintes: *die* (a), em ambos os casos, referidos ao feminino *Vorschrift* (preceito).

Wenn Schwärmerey in der allergemeinsten Bedeutung eine nach Grundsätzen unternommene Ueberschreitung der Grenzen der menschlichen Vernunft ist, so ist moralische Schwärmerey diese Ueberschreitung der Grenzen, die die practische reine Vernunft der Menschheit setzt, dadurch sie verbietet den subjectiven Bestimmungsgrund pflichtmäßiger Handlungen, d. i. die moralische Triebfeder derselben, irgend worin anders, als im Gesetze selbst, und die Gesinnung, die dadurch in die Maximen gebracht wird, irgend anderwerts, als in der Achtung für dies Gesetz, zu setzen, mithin den alle Arroganz sowol als eitele Philavtie niederschlagenden Gedanken von Pflicht zum obersten Lebensprincip aller Moralität im Menschen zu machen gebietet.

Wenn dem also ist, so haben nicht allein Romanschreiber, oder empfindelnde Erzieher (ob sie gleich noch so sehr wider Empfindeley eifern), sondern bisweilen selbst Philosophen, ja die strengsten unter allen, die Stoiker, moralische Schwärmerey, statt nüchterner, aber weiser Disciplin der Sitten, eingeführt, wenn gleich die Schwärmerey der letzteren mehr heroisch, der ersteren von schaaler und schmelzender Beschaffenheit war, und man kann es, ohne zu heucheln, der moralischen Lehre des Evangelii mit aller Wahrheit nachsagen: daß es zuerst, durch die Reinigkeit des moralischen Princips, zugleich aber durch die Angemessenheit dessel-

Se **fanatismo** <*Schwärmerei*>[146], no significado mais geral, é uma transgressão dos limites da razão humana, empreendida sobre a base de proposições fundamentais, então o fanatismo **moral** é essa transgressão dos limites que a razão pura prática estabelece para a humanidade, pelos quais proíbe pôr o fundamento determinante subjetivo de ações conformes ao dever, isto é, o motivo moral das mesmas, em qualquer outro lugar que na própria lei e pôr a disposição <*Gesinnung*>, que desse modo é introduzida nas máximas, em qualquer outra parte que no respeito por essa lei, por conseguinte ordena fazer do pensamento do dever – que abate toda a **arrogância** e toda a vã ***philautia*** – o **princípio de vida** supremo de toda a moralidade no homem.

Se assim é, então não apenas romancistas ou educadores sentimentais (ainda que se oponham zelosamente ao sentimentalismo), mas às vezes até filósofos, e os mais severos entre todos, os estoicos, estatuíram um **fanatismo moral** em vez de uma austera mas sábia disciplina dos costumes, ainda que o fanatismo dos últimos fosse mais heroico e o dos primeiros de natureza mais insossa e langorosa. E, sem dissimulação, pode-se dizer com toda a verdade, acerca da doutrina moral do Evangelho, que ele, primeiramente pela pureza do princípio moral, mas ao mesmo tempo pela sua conformidade ◆

146. O desenvolvimento desta nota encontra-se no final do livro, p. 585.

ben mit den Schranken endlicher Wesen, alles Wohlverhalten des Menschen der Zucht einer ihnen vor Augen gelegten Pflicht, die sie nicht unter moralischen geträumten Vollkommenheiten schwärmen läßt, unterworfen und dem Eigendünkel sowol als der Eigenliebe, die beide gerne ihre Grenzen verkennen, Schranken der Demuth (d. i. der Selbsterkenntniß) gesetzt habe.

Pflicht! du erhabener großer Name, der du nichts Beliebtes, was Einschmeichelung bey sich führt, in dir fassest, sondern Unterwerfung verlangst, doch auch nichts drohest, was natürliche Abneigung im Gemüthe erregte und schreckte, um den Willen zu bewegen, sondern blos ein Gesetz aufstellst, welches von selbst im Gemüthe Eingang findet, und doch sich selbst wider Willen Verehrung (wenn gleich nicht immer Befolgung) erwirbt, vor dem alle Neigungen verstummen, wenn sie gleich in Geheim ihm entgegen wirken, welches ist der deiner würdige Ursprung, und wo findet man die Wurzel deiner edlen Abkunft, welche alle Verwandtschaft mit Neigungen stolz ausschlägt, und von welcher Wurzel abzustammen, die unnachlaßliche Bedingung desjenigen Werths ist, den sich Menschen allein selbst geben können?

Es kann nichts Minderes seyn, als was den Menschen über sich selbst (als einen Theil der Sinnenwelt) erhebt, was ihn an eine Ordnung der Dinge knüpft, die nur der Verstand denken kann, und die zugleich

com os limites de entes finitos, submeteu toda a boa conduta do homem à disciplina de um dever posto ante seus olhos, que não a deixa vaguear entre sonhadas perfeições morais, e impôs tanto à presunção quanto ao amor-próprio, que gostam de ignorar seus limites, barreiras da humildade (isto é, do conhecimento de si).

Oh dever! Sublime e grande nome, que não compreendes[147] em ti nada benquisto que comporte adulação mas reivindicas submissão, contudo tampouco ameaças com algo que para mover a vontade provocasse no ânimo aversão natural e o atemorizasse, porém simplesmente propões uma lei que por si encontra acesso ao ânimo e que, todavia, mesmo a contragosto granjeia para si veneração (embora nem sempre observância), ante a qual todas as inclinações emudecem, mesmo que secretamente se oponham a ela[148]: qual é a origem digna de ti e onde se encontra a raiz de tua nobre linhagem, que altivamente rejeita todo o parentesco com inclinações e de cuja raiz descender constitui a condição indispensável daquele valor que unicamente os homens podem dar a si mesmos?

Não pode ser nada menos do que aquilo que eleva o homem sobre si mesmo (como parte do mundo sensorial), que o conecta a uma ordem de coisas que só o entendimento pode pensar e que ao ◆

147. Kant: *fassest*, Grillo: *befassest*.

148. No *Handexemplar* de Kant, a partir de *nichts drohest* (tampouco ameaças) até o fim da alínea consta um risco vertical a lápis na margem.

gleich die ganze Sinnenwelt, mit ihr das empirisch-bestimmbare Daseyn des Menschen in der Zeit und das Ganze aller Zwecke (welches allein solchen unbedingten practischen Gesetzen, als das moralische, angemessen ist,) unter sich hat. Es ist nichts anders als die **Persönlichkeit**, d. i. die Freyheit und Unabhängigkeit von dem Mechanism der ganzen Natur, doch zugleich als ein Vermögen eines Wesens betrachtet, welches eigenthümlichen, nemlich von seiner eigenen Vernunft gegebenen reinen practischen Gesetzen die Person also, als zur Sinnenwelt gehörig, ihrer eigenen Persönlichkeit unterworfen ist, so fern sie zugleich zur intelligibelen Welt gehört; da es denn nicht zu verwundern ist, wenn der Mensch, als zu beiden Welten gehörig, sein eigenes Wesen, in Beziehung auf seine zweyte und höchste Bestimmung, nicht anders, als mit Verehrung und die Gesetze derselben mit der höchsten Achtung betrachten muß.

Auf diesen Ursprung gründen sich nun manche Ausdrücke, welche den Werth der Gegenstände nach moralischen Ideen bezeichnen. Das moralische Gesetz ist **heilig** (unverletzlich). Der Mensch ist zwar unheilig genug, aber die **Menschheit** in seiner Person muß ihm heilig seyn. In der ganzen Schöpfung kann alles, was man will, und worüber man etwas vermag, auch **blos als Mittel** gebraucht werden; nur der Mensch, und mit ihm jedes vernünftige Geschöpf, ist

mesmo tempo tem sob si o inteiro mundo sensorial, e com ele a existência empiricamente determinável do homem no tempo, bem como a totalidade completa dos fins (a qual unicamente é adequada a leis práticas incondicionadas como a lei moral). Não é outra coisa que a **personalidade**, isto é, a liberdade e independência do mecanismo de toda a natureza, considerada ao mesmo tempo como faculdade de um ente submetido a leis peculiares, a saber, leis práticas puras dadas por sua própria razão; portanto a pessoa enquanto pertencente ao mundo sensorial está submetida a sua própria personalidade, na medida em que ela pertence ao mesmo tempo ao mundo inteligível; não é de surpreender então que o homem enquanto pertencente a ambos os mundos tenha de considerar seu próprio ente, em relação a sua segunda e mais alta destinação, com veneração e as leis da mesma com o máximo respeito.

Ora, diversas expressões que indicam o valor dos objetos segundo ideias morais fundam-se sobre essa origem. A lei moral é **santa** (inviolável). O homem é deveras bastante ímpio, mas a **humanidade** em sua pessoa tem que ser santa. Em toda a criação tudo o que se queira e sobre o que se exerça algum poder também pode ser usado **simplesmente como meio**; somente o homem, e com ele cada criatura racional, é ◆

Zweck an sich selbst. Er ist nemlich das Subject des moralischen Gesetzes, welches heilig ist, vermöge der Autonomie seiner Freyheit. Eben um dieser willen, ist jeder Wille, selbst jeder Person ihr eigener, auf sie selbst gerichteter Wille, auf die Bedingung der Einstimmung mit der **Autonomie** des vernünftigen Wesens eingeschränkt, es nemlich keiner Absicht zu unterwerfen, die nicht nach einem Gesetze, welches aus dem Willen des leidenden Subjects selbst entspringen könnte, möglich ist; also dieses niemals blos als Mittel, sondern zugleich selbst als Zweck zu gebrauchen. Diese Bedingung legen wir mit Recht sogar dem göttlichen Willen, in Ansehung der vernünftigen Wesen in der Welt, als seiner Geschöpfe, bey, indem sie auf der **Persönlichkeit** derselben beruht, dadurch allein sie Zwecke an sich selbst sind.

Diese Achtung erweckende Idee der Persönlichkeit, welche uns die Erhabenheit unserer Natur (ihrer Bestimmung nach) vor Augen stellt, indem sie uns zugleich den Mangel der Angemessenheit unseres Verhaltens in Ansehung derselben bemerken läßt, und dadurch den Eigendünkel niederschlägt, ist selbst der gemeinsten Menschenvernunft natürlich und leicht bemerklich. Hat nicht jeder auch nur mittelmäßig ehrlicher Mann bisweilen gefunden, daß er eine sonst unschädliche Lüge, dadurch er sich entweder selbst, aus einem verdrießlichen Handel ziehen, oder wol gar einem geliebten und verdienst-

fim em si mesmo. Ou seja, ele é o sujeito da lei moral, que é santa em virtude da autonomia de sua liberdade. Por causa dela justamente toda vontade, mesmo a vontade própria de cada pessoa voltada para si mesma, é limitada à condição da concordância com a **autonomia** do ente racional, ou seja, de não se submeter a nenhum objetivo que não seja possível segundo uma lei que pudesse surgir da vontade do próprio sujeito que a padece; portanto de jamais usar este simplesmente como meio mas ao mesmo tempo como fim. Com razão atribuímos essa condição até à vontade divina em relação aos entes racionais no mundo, como suas criaturas, na medida em que ela se funda sobre a **personalidade** dos mesmos, pela qual, unicamente, eles são fins em si mesmos.

Esta ideia de personalidade, despertadora de respeito, que nos coloca ante os olhos a sublimidade de nossa natureza (segundo sua destinação), na medida em que ela ao mesmo tempo nos deixa notar a falta de conformidade de nossa conduta em vista da mesma e com isso abate a presunção, pode ser observada natural e facilmente até pela razão humana mais comum. Não descobriu às vezes todo homem, mesmo o apenas medianamente honesto, que ele deixou de praticar uma mentira, afora isso inofensiva, pela qual ele ou podia livrar-se de um negócio incômodo ou até ◆

vollen Freunde Nutzen schaffen konnte, blos darum unterließ, um sich in Geheim in seinen eigenen Augen nicht verachten zu dürfen? Hält nicht einen rechtschaffenen Mann im größten Unglücke des Lebens, das er vermeiden konnte, wenn er sich nur hätte über die Pflicht wegsetzen können, noch das Bewußtseyn aufrecht, daß er die Menschheit in seiner Person doch in ihrer Würde erhalten und geehrt habe, daß er sich nicht vor sich selbst zu schämen und den inneren Anblick der Selbstprüfung zu scheuen Ursache habe? Dieser Trost ist nicht Glückseligkeit, auch nicht der mindeste Theil derselben. Denn niemand wird sich die Gelegenheit dazu, auch vielleicht nicht einmal ein Leben in solchen Umständen wünschen. Aber er lebt, und kann es nicht erdulden, in seinen eigenen Augen des Lebens unwürdig zu seyn. Diese innere Beruhigung ist also blos negativ, in Ansehung alles dessen, was das Leben angenehm machen mag; nemlich sie ist die Abhaltung der Gefahr, im persönlichen Werthe zu sinken, nachdem der seines Zustandes von ihm schon gänzlich aufgegeben worden. Sie ist die Wirkung von einer Achtung für etwas ganz anderes, als das Leben, womit in Vergleichung und Entgegensetzung, das Leben vielmehr, mit aller seiner Annehmlichkeit, gar keinen Werth hat. Er lebt nur noch aus Pflicht, nicht weil er am Leben den mindesten Geschmack findet.

ser útil a um amigo querido e benemérito, simplesmente para não precisar desprezar-se secretamente ante seus próprios olhos? Um homem honrado, na máxima desgraça da vida, que ele teria podido evitar desde que não se importasse com o dever, não mantém ainda a consciência de que ele, não obstante, preservou e honrou em sua pessoa a dignidade da humanidade, que ele não tem de envergonhar-se ante si mesmo nem tem razão para temer o escrutínio interno do autoexame? Este consolo não é felicidade e tampouco a mínima parte dela. Pois ninguém desejará a ocasião para isso, e talvez nem mesmo uma vida em tais circunstâncias. Mas ele vive e não pode suportar ser a seus próprios olhos indigno da vida. Portanto esta tranquilização interna é meramente negativa em relação a tudo o que possa tornar a vida agradável; ou seja, ela é o afastamento do perigo de decair no valor pessoal, depois que o valor de seu estado já foi completamente abandonado por ele. Ela é o efeito de um respeito por algo totalmente diverso da vida, em comparação e contraposição com o qual a vida, muito antes, com todo o seu agrado, não tem absolutamente valor algum. Ele só vive ainda por dever e não porque encontra na vida o mínimo gosto. ◆

So ist die ächte Triebfeder der reinen practischen Vernunft beschaffen; sie ist keine andere, als das reine moralische Gesetz selber, so fern es uns die Erhabenheit unserer eigenen übersinnlichen Existenz spüren läßt, und subjectiv, in Menschen, die sich zugleich ihres sinnlichen Daseyns und der damit verbundenen Abhängigkeit von ihrer so fern sehr pathologisch afficirten Natur bewußt sind, Achtung für ihre höhere Bestimmung wirkt. Nun lassen sich mit dieser Triebfeder gar wohl so viele Reize und Annehmlichkeiten des Lebens verbinden, daß auch um dieser willen allein schon die klügste Wahl eines vernünftigen und über das größte Wohl des Lebens nachdenkenden Epicuräers sich für das sittliche Wohlverhalten erklären würde, und es kann auch rathsam seyn, diese Aussicht auf einen fröhlichen Genuß des Lebens mit jener obersten und schon für sich allein hinlänglich=bestimmenden Bewegursache zu verbinden; aber nur um den Anlockungen, die das Laster auf der Gegenseite vorzuspiegeln nicht ermangelt, das Gegengewicht zu halten, nicht um hierin die eigentliche bewegende Kraft, auch nicht dem mindesten Theile nach, zu setzen, wenn von Pflicht die Rede ist. Denn das würde so viel seyn, als die moralische Gesinnung in ihrer Quelle verunreinigen wollen. Die Ehrwürdigkeit der Pflicht hat nichts mit Lebensgenuß zu schaffen; sie hat ihr eigenthümliches Gesetz, auch ihr eigenthümliches Gericht, und wenn man auch beide noch so sehr zusammenschütteln wollte, um

Desse modo constitui-se o autêntico motivo da razão prática pura; ele não é outro que a própria lei moral pura, na medida em que ela nos deixa perceber a sublimidade de nossa própria existência suprassensível e produz subjetivamente nos homens – que ao mesmo tempo são conscientes de sua existência sensível e da dependência, vinculada a ela, da sua natureza, como tal muito afetada patologicamente – um respeito por sua superior destinação. Ora, a esse motivo deixam mesmo ligar-se tantos atrativos e agrados da vida, que só por isso a mais prudente escolha de um **epicurista** racional e que refletisse sobre o máximo bem-estar da vida declarar-se-ia a favor da boa conduta moral, e pode ser até aconselhável ligar essa perspectiva de um alegre gozo da vida àquela suprema e já por si só suficientemente determinante causa motora; mas <isto> somente para manter o equilíbrio dos aliciamentos que o vício em contrapartida não tem necessidade de dissimular e não para pôr aí, sequer em sua mínima parte quando se trata do dever, a verdadeira e própria força motriz. Pois isso equivaleria a querer tornar impura em sua fonte a disposição moral. A venerabilidade do dever não tem nada a ver com o gozo da vida; ela tem sua lei peculiar, como também seu foro peculiar, e, por mais que se quisesse verter ambos em uma mesma vasilha, para, ◆

sie vermischt, gleichsam als Arzeneymittel, der kranken Seele zuzureichen, so scheiden sie sich doch alsbald von selbst, und, thun sie es nicht, so wirkt das erste gar nicht, wenn aber auch das physische Leben hiebey einige Kraft gewönne, so würde doch das moralische ohne Rettung dahin schwinden.

Critische Beleuchtung der Analytik der reinen practischen Vernunft.

Ich verstehe unter der critischen Beleuchtung einer Wissenschaft, oder eines Abschnitts derselben, der für sich ein System ausmacht, die Untersuchung und Rechtfertigung, warum sie gerade diese und keine andere systematische Form haben müsse, wenn man sie mit einem anderen System vergleicht, das ein ähnliches Erkenntnißvermögen zum Grunde hat. Nun hat practische Vernunft mit der speculativen so fern einerley Erkenntnißvermögen zum Grunde, als beide **reine Vernunft** sind. Also wird der Unterschied der systematischen Form der einen, von der anderen, durch Vergleichung beider bestimmt und Grund davon angegeben werden müssen.

Die Analytik der reinen theoretischen Vernunft hatte es mit dem Erkenntnisse der Gegenstände, die dem

misturados, oferecê-los por assim dizer como medicamento à alma doente, ambos imediatamente se separam por si e, se assim não procedem, o primeiro não faz absolutamente efeito, e, por mais que a vida física ganhasse com isso alguma força, a vida moral desvanecer-se-ia irreparavelmente.

Elucidação crítica da analítica da razão prática pura[149]

Entendo por elucidação crítica de uma ciência ou de uma seção dela, que constitui por si um sistema, a investigação e justificação de por que ela tem de possuir exatamente esta forma sistemática e nenhuma outra, se a comparamos com um outro sistema que tenha como fundamento uma faculdade de conhecer semelhante. Ora, a razão prática tem como fundamento a mesma faculdade de conhecer que a razão especulativa, na medida em que ambas são **razão pura**. Portanto a diferença da forma sistemática de uma em relação à <da>[150] outra terá de ser determinada pela comparação de ambas, com a indicação do respectivo fundamento.

A Analítica da razão teórica pura ocupava-se com o conhecimento dos objetos ◆

149. Esta parte apresenta-se em Kant graficamente subordinada ao título corrente do terceiro capítulo, Dos motivos, mas na verdade constitui uma consideração conclusiva sobre todo o primeiro livro, Da analítica.

150. Cf. *Anmerkungen der Bände I-V*, Ak p. 504.

Verstande gegeben werden mögen, zu thun, und mußte also von der **Anschauung**, mithin (weil diese jederzeit sinnlich ist,) von der Sinnlichkeit anfangen, von da aber allererst zu Begriffen (der Gegenstände dieser Anschauung) fortschreiten, und durfte, nur nach beider Voranschickung, mit **Grundsätzen** endigen. Dagegen, weil practische Vernunft es nicht mit Gegenständen, sie zu **erkennen**, sondern mit ihrem eigenen Vermögen, jene (der Erkenntniß derselben gemäß) **wirklich zu machen**, d. i. es mit einem **Willen** zu thun hat, welcher eine Causalität ist, so fern Vernunft den Bestimmungsgrund derselben enthält, da sie folglich kein Object der Anschauung, sondern (weil der Begriff der Causalität jederzeit die Beziehung auf ein Gesetz enthält, welches die Existenz des Mannigfaltigen im Verhältnisse zu einander bestimmt,) als practische Vernunft, **nur ein Gesetz** derselben anzugeben hat: so muß eine Critik der Analytik derselben, so fern sie eine practische Vernunft seyn soll, (welches die eigentliche Aufgabe ist,) von der **Möglichkeit practischer Grundsätze** *a priori* anfangen. Von da konnte sie allein zu **Begriffen** der Gegenstände einer practischen Vernunft, nemlich denen des schlechthin=Guten und Bösen fortgehen, um sie jenen Grundsätzen gemäß allererst zu geben, (denn diese sind vor jenen Principien als Gutes und Böses durch gar kein Erkenntnißvermögen zu geben möglich,) und nur alsdenn konnte allererst das letzte Hauptstück, nemlich

das

que possam ser dados ao entendimento, e tinha de começar pela **intuição**, por conseguinte (porque esta é sempre sensível) pela sensibilidade, e a partir daí pela primeira vez avançar até conceitos (dos objetos dessa intuição), e só após o tratamento de ambos era-lhe permitido terminar nas **proposições fundamentais**. Contrariamente, porque a razão prática não se ocupa com objetos para **conhecê**-los mas com sua própria faculdade de (conformemente ao seu conhecimento) **torná**-los **efetivos**, isto é, tem a ver com uma **vontade** que é uma causalidade na medida em que a razão contém o fundamento determinante desta, já que ela, consequentemente, não pode indicar nenhum objeto da intuição mas (porque o conceito de causalidade contém sempre a referência a uma lei que determina a existência do múltiplo na relação de um com outro) enquanto razão prática pode indicar **somente uma lei** da intuição[151]: assim uma crítica da Analítica da razão prática pura[152], na medida em que esta deve ser uma razão prática (que é o problema propriamente dito), tem que começar da **possibilidade de proposições fundamentais práticas** *a priori*. Unicamente a partir daí ela podia avançar a **conceitos** dos objetos de uma razão prática, isto é, aos de absolutamente bom e mau, para pela primeira vez fornecê-los em acordo com aquelas proposições fundamentais (pois esses, enquanto bom e mau, não podem ser dados antes daqueles princípios por nenhuma faculdade de conhecer), e somente então o último capítulo, concernente ◆

151. Kant: *derselben* (da mesma).

152. Natorp (Ak) considera falsa a formulação kantiana *Kritik der Analytik derselben...*, supondo mais correto *Kritik derselben... welches die eigentliche Aufgabe der Analytik ist* (crítica da mesma... que é o problema propriamente dito da Analítica).

das von dem Verhältnisse der reinen practischen Vernunft zur Sinnlichkeit und ihrem nothwendigen, a priori zu erkennenden Einflusse auf dieselbe, d. i. vom **moralischen Gefühle**, den Theil beschließen. So theilete denn die Analytik der practischen reinen Vernunft ganz analogisch mit der theoretischen den ganzen Umfang aller Bedingungen ihres Gebrauchs, aber in umgekehrter Ordnung. Die Analytik der theoretischen reinen Vernunft wurde in transscendentale Aesthetik und transscendentale Logik eingetheilt, die der practischen umgekehrt in Logik und Aesthetik der reinen practischen Vernunft, (wenn es mir erlaubt ist, diese sonst gar nicht angemessene Benennungen, blos der Analogie wegen, hier zu gebrauchen,) die Logik wiederum dort in die Analytik der Begriffe und die der Grundsätze, hier in die der Grundsätze und Begriffe. Die Aesthetik hatte dort noch zwey Theile, wegen der doppelten Art einer sinnlichen Anschauung; hier wird die Sinnlichkeit gar nicht als Anschauungsfähigkeit, sondern blos als Gefühl (das ein subjectiver Grund des Begehrens seyn kann,) betrachtet, und in Ansehung dessen verstattet die reine practische Vernunft keine weitere Eintheilung.

Auch, daß diese Eintheilung in zwey Theile mit deren Unterabtheilung nicht wirklich (so wie man wol im Anfange durch das Beyspiel der ersteren verleitet werden konnte, zu versuchen) hier vorgenommen wurde, davon läßt sich auch der Grund gar wohl einsehen.

à relação da razão prática pura[153] com a sensibilidade e à sua influência necessária (cognoscível *a priori*) sobre a mesma, isto é, concernente ao **sentimento moral**, podia encerrar essa parte. Assim, pois, a Analítica da razão pura prática dividiu bem analogicamente à <da> teórica o âmbito completo de todas as condições de seu uso, porém em ordem inversa. A Analítica da razão pura teórica foi dividida em Estética transcendental e Lógica transcendental, a da razão prática, inversamente, em Lógica e Estética da razão prática pura (se me for permitido, simplesmente por razões de analogia, utilizar aqui essas denominações, afora isso inadequadas). A Lógica, por sua vez, foi dividida lá em Analítica dos conceitos e Analítica das proposições fundamentais e aqui, em Analítica das proposições fundamentais e Analítica dos conceitos. A Estética ainda tinha lá duas partes, devido ao duplo modo de intuição sensível; aqui a sensibilidade de modo algum será considerada como capacidade de intuição mas simplesmente como sentimento (que pode ser um fundamento subjetivo da apetência), e em relação a ele a razão prática pura não permite nenhuma divisão ulterior.

Também se pode ter perfeitamente perspiciência da razão pela qual essa divisão em duas partes e sua subdivisão não foi aqui efetivamente levada a cabo (assim como de início, mediante o exemplo da primeira, se podia ser induzido a tentar). ◆

153. Kant aqui, no espaço de uma página, fez um uso desordenado das expressões, ora *reine praktische Vernunft* (razão prática pura), ora *praktische reine Vernunft* (razão pura prática), ora *theoretische reine Vernunft* (razão pura teórica), e por fim mais duas vezes *reine praktische Vernunft* (razão prática pura). Cf. o já referido artigo do tradutor a respeito (A 3), em que foi mostrado que essa ordem de adjetivos não é indiferente, como parece aqui, embora caiba ao tradutor, antes de tudo, respeitar a gramática da língua.

Denn weil es **reine Vernunft** ist, die hier in ihrem practischen Gebrauche, mithin von Grundsätzen a priori und nicht von empirischen Bestimmungsgründen ausgehend, betrachtet wird: so wird die Eintheilung der Analytik der r. pr. V. der eines Vernunftschlusses ähnlich ausfallen müssen, nemlich vom Allgemeinen im **Obersatze** (dem moralischen Princip), durch eine im **Untersatze** vorgenommene Subsumtion möglicher Handlungen (als guter oder böser) unter jenen, zu dem **Schlußsatze**, nemlich der subjectiven Willensbestimmung (einem Interesse an dem practisch-möglichen Guten und der darauf gegründeten Maxime) fortgehend. Demjenigen, der sich von den in der Analytik vorkommenden Sätzen hat überzeugen können, werden solche Vergleichungen Vergnügen machen; denn sie veranlassen mit Recht die Erwartung, es vielleicht dereinst bis zur Einsicht der Einheit des ganzen reinen Vernunftvermögens (des theoretischen sowol als practischen) bringen, und alles aus einem Princip ableiten zu können; welches das unvermeidliche Bedürfniß der menschlichen Vernunft ist, die nur in einer vollständig systematischen Einheit ihrer Erkenntnisse völlige Zufriedenheit findet.

Betrachten wir nun aber auch den Inhalt der Erkenntniß, die wir von einer reinen practischen Vernunft, und durch dieselbe, haben können, so wie ihn die Analytik derselben darlegt, so finden sich, bey einer merkwürdigen Analogie zwischen ihr und der theoretischen, nicht

weni-

Pois, visto que aqui é a **razão pura** que é considerada no seu uso prático, por conseguinte, partindo de proposições fundamentais *a priori* e não de fundamentos determinantes empíricos, a divisão da Analítica da razão prática pura terá de resultar semelhante à de um silogismo, ou seja, procedendo do universal na **premissa maior** (do princípio moral), mediante uma subsunção, na **premissa menor**, de possíveis ações (como boas ou más) sob aquela, à **conclusão**, ou seja, à determinação subjetiva da vontade (a um interesse pelo bem praticamente possível e à máxima fundada sobre aquele). Aquele que pôde convencer-se das proposições que ocorrem na Analítica deleitar-se-á com tais comparações; pois elas com razão propiciam a expectativa de poderem talvez um dia levar à perspiciência da unidade de toda a faculdade da razão pura (tanto da faculdade teórica como da prática) e deduzir tudo de um princípio, o que é a inevitável necessidade da razão humana, que somente encontra plena satisfação numa unidade completamente sistemática de seus conhecimentos.

Pois bem, se considerarmos também o conteúdo do conhecimento, que podemos ter de uma razão prática pura e através da mesma, segundo o modo como o expõe a sua Analítica, então se encontram, ao lado de uma notável analogia entre ela e a razão teórica, diferenças ◆

weniger merkwürdige Unterschiede. In Ansehung der theoretischen könnte das **Vermögen eines reinen Vernunfterkenntnisses** *a priori* durch Beyspiele aus Wissenschaften, (bey denen man, da sie ihre Principien auf so mancherley Art durch methodischen Gebrauch auf die Probe stellen, nicht so leicht, wie im gemeinen Erkenntnisse, geheime Beymischung empirischer Erkenntnißgründe zu besorgen hat) ganz leicht und evident bewiesen werden. Aber daß reine Vernunft, ohne Beymischung irgend eines empirischen Bestimmungsgrundes, für sich allein auch practisch sey; das mußte man aus dem **gemeinsten practischen Vernunftgebrauche** darthun können, indem man den obersten practischen Grundsatz, als einen solchen, den jede natürliche Menschenvernunft, als völlig a priori, von keinen sinnlichen Datis abhängend, für das oberste Gesetz seines Willens erkennt, beglaubigte. Man mußte ihn zuerst, der Reinigkeit seines Ursprungs nach, selbst **im Urtheile dieser gemeinen Vernunft** bewähren und rechtfertigen, ehe ihn noch die Wissenschaft in die Hände nehmen konnte, um Gebrauch von ihm zu machen, gleichsam als ein Factum, das vor allem Vernünfteln über seine Möglichkeit und allen Folgerungen, die daraus zu ziehen seyn möchten, vorhergeht. Aber dieser Umstand läßt sich auch aus dem kurz vorher angeführten gar wohl erklären; weil practische reine Vernunft nothwendig von Grundsätzen anfangen muß, die also aller Wissenschaft, als erste

não menos notáveis. Em relação à razão teórica, a **faculdade de um conhecimento racional puro** *a priori* poderia[154] ser provada de modo totalmente fácil e evidente, mediante exemplos das ciências (nas quais, visto que elas por um uso metódico põem seus princípios à prova de modo tão diverso, não se precisa recear, como no conhecimento comum, uma mistura secreta de fundamentos cognitivos empíricos). Mas que a razão pura, sem mistura de nenhum fundamento determinante empírico, também seja por si só prática tinha que poder demonstrar-se a partir do **uso prático mais comum da razão**, na medida em que se abonava a proposição fundamental prática suprema como uma proposição que toda razão humana natural, enquanto inteiramente *a priori* e sem dependência de nenhum dado sensível, reconhece como a lei suprema de sua vontade. Primeiro se tinha que estabelecer e justificar essa proposição fundamental segundo a pureza de sua origem, mesmo no **juízo dessa razão comum**, ainda antes que a ciência pudesse tomá-la em mãos para fazer uso dela, como se fosse um *factum* que antecede toda a argumentação sutil sobre sua possibilidade e sobre todas as consequências que se desejassem tirar dela. Mas esta circunstância também pode explicar-se perfeitamente a partir do que foi alegado pouco antes; porque uma razão pura prática tem de partir necessariamente de proposições fundamentais, que, pois, têm de ser postas, enquanto ◆

154. Grillo alterou *könnte* para *konnte* (podia).

Data, zum Grunde gelegt werden müssen, und nicht allererst aus ihr entspringen können. Diese Rechtfertigung der moralischen Principien, als Grundsätze einer reinen Vernunft, konnte aber auch darum gar wohl, und mit gnugsamer Sicherheit, durch bloße Berufung auf das Urtheil des gemeinen Menschenverstandes geführet werden, weil sich alles Empirische, was sich als Bestimmungsgrund des Willens in unsere Maximen einschleichen möchte, durch das Gefühl des Vergnügens oder Schmerzens, das ihm so fern, als es Begierde erregt, nothwendig anhängt, sofort **kenntlich macht**, diesem aber jene reine practische Vernunft geradezu **widersteht**, es in ihr Princip, als Bedingung, aufzunehmen. Die Ungleichartigkeit der Bestimmungsgründe (der empirischen und rationalen) wird durch diese Widerstrebung einer practisch-gesetzgebenden Vernunft, wider alle sich einmengende Neigung, durch eine eigenthümliche Art von **Empfindung**, welche aber nicht vor der Gesetzgebung der practischen Vernunft vorhergeht, sondern vielmehr durch dieselbe allein und zwar als ein Zwang gewirkt wird, nemlich durch das Gefühl einer Achtung, dergleichen kein Mensch für Neigungen hat, sie mögen seyn, welcher Art sie wollen, wohl aber fürs Gesetz, so kenntlich gemacht und so gehoben und hervorstechend, daß keiner, auch der gemeinste Menschenverstand, in einem vorgelegten Beyspiele nicht den Augenblick inne werden sollte, daß durch empirische Grün-

de

dados primeiros, como fundamento de toda a ciência e não se originar pela primeira vez dela. Mas esta justificação dos princípios morais como proposições fundamentais de uma razão pura também podia ser perfeitamente conduzida com suficiente certeza pelo simples apelo ao juízo do entendimento humano comum, porque todo o empírico, que quisesse introduzir-se furtivamente em nossas máximas como fundamento determinante da vontade, **dá**-se imediatamente **a conhecer** pelo sentimento de prazer ou de dor, que, na medida em que suscita apetites, é-lhe necessariamente inerente. Mas a razão prática pura **opõe-se** terminantemente a admiti-lo como condição em seu princípio. A heterogeneidade dos fundamentos determinantes (empíricos e racionais) torna-se, mediante esta resistência de uma razão praticamente legislativa contra toda a mescla de inclinação, tão cognoscível, tão excelsa e saliente através de uma peculiar espécie de **sensação**, que, porém, não precede a legislação da razão prática mas, muito antes, é produzida unicamente por ela e, na verdade, como uma coerção, ou seja, pelo sentimento de um respeito como nenhum homem tem por inclinações, seja de que espécie forem, mas sim pela lei, a ponto de ninguém, mesmo o entendimento humano mais comum, dever deixar de perceber momentaneamente, em um exemplo apresentado, que mediante fundamentos empíricos ◆

de des Wollens ihm zwar ihren Anreizen zu folgen, gerathen, niemals aber einem anderen, als lediglich dem reinen practischen Vernunftgesetze, zu **gehorchen**, zugemuthet werden könne.

Die Unterscheidung der **Glückseligkeitslehre** von der **Sittenlehre**, in derer ersteren empirische Principien das ganze Fundament, von der zweyten aber auch nicht den mindesten Beysatz derselben ausmachen, ist nun in der Analytik der reinen practischen Vernunft die erste und wichtigste ihr obliegende Beschäftigung, in der sie so **pünctlich**, ja, wenn es auch hieße, **peinlich**, verfahren muß, als je der Geometer in seinem Geschäfte. Es kommt aber dem Philosophen, der hier (wie jederzeit im Vernunfterkenntnisse durch bloße Begriffe, ohne Construction derselben) mit größerer Schwierigkeit zu kämpfen hat, weil er keine Anschauung (reinem Noumen) zum Grunde legen kann, doch auch zu statten: daß er, beynahe wie der Chemist, zu aller Zeit ein Experiment mit jedes Menschen practischer Vernunft anstellen kann, um den moralischen (reinen) Bestimmungsgrund vom empirischen zu unterscheiden; wenn er nemlich zu dem empirisch-afficirten Willen (z. B. desjenigen, der gerne lügen möchte, weil er sich dadurch was erwerben kann) das moralische Gesetz (als Bestimmungsgrund) zusetzt. Es ist, als ob der Scheidekünstler der Solution der Kalkerde in Salzgeist Alkali zusetzt; der Salzgeist verläßt so fort den Kalk, vereinigt

do querer na verdade se pode aconselhá-lo a seguir seus impulsos, mas jamais pretender que **obedeça** a uma outra lei que a lei prática pura da razão.

Ora, a distinção da **doutrina da felicidade** (cujos princípios empíricos constituem todo o fundamento, sem nada acrescentar à segunda) da **doutrina da moralidade** é a primeira e mais importante ocupação da Analítica da razão prática pura, na qual ela tem de proceder tão **exatamente** e, por assim dizer, tão **meticulosamente** como o geômetra em seu trabalho. Vem também ao encontro do filósofo – que aqui (como sempre, no conhecimento da razão mediante simples conceitos, sem construção dos mesmos) tem de lutar com dificuldade maior, porque ele não pode pôr nenhuma intuição como fundamento (de um puro[155] *noumenon*) – o fato de ele, quase como o químico, poder fazer a todo o momento um experimento com a razão prática de cada homem, para distinguir o fundamento determinante moral (puro) do fundamento determinante empírico; ou seja, acrescentando à vontade afetada empiricamente (por exemplo, daquele que gostaria de mentir porque poderia[156] obter algo com isso) a lei moral (como fundamento determinante). É como quando o analista adiciona álcali à solução de terra calcária no[157] ácido muriático; o ácido abandona imediatamente a cal, combina-se ◆

155. Kant: *reinem Noumen* (a um puro *noumenon*). Incorreto, segundo Natorp (Ak), que, ao invés de *reinem*, supõe *seinem* (a seu *noumenon*), enquanto Adickes por sua vez supõe que Kant tivesse escrito *von einem* (de um *noumenon*). Na tradução é seguida a sugestão de Kellermann, "*einem reinen*", considerada por Vorländer a mais correta.

156. Kant: *kann* (pode).

157. Na 1ª ed. e da 4ª à 6ª constou *in* (em), enquanto na 2ª ed. foi modificado para *im* (no).

sich mit dem Alkali, und jener wird zu Boden gestürzt. Eben so haltet dem, der sonst ein ehrlicher Mann ist (oder sich doch diesmal nur in Gedanken in die Stelle eines ehrlichen Mannes versetzt) das moralische Gesetz vor, an dem er die Nichtswürdigkeit eines Lügners erkennt, so fort verläßt seine practische Vernunft (im Urtheil über das, was von ihm geschehen sollte) den Vortheil, vereinigt sich mit dem, was ihm die Achtung für seine eigene Person erhält (der Wahrhaftigkeit), und der Vortheil wird nun von jedermann, nachdem er von allem Anhängsel der Vernunft (welche nur gänzlich auf der Seite der Pflicht ist) abgesondert und gewaschen worden, gewogen, um mit der Vernunft noch wohl in anderen Fällen in Verbindung zu treten, nur nicht, wo er dem moralischen Gesetze, welches die Vernunft niemals verläßt, sondern sich innigst damit vereinigt, zuwider seyn könnte.

Aber diese **Unterscheidung** des Glückseligkeitsprincips von dem der Sittlichkeit, ist darum nicht so fort **Entgegensetzung** beyder, und die reine practische Vernunft will nicht, man solle die Ansprüche auf Glückseligkeit **aufgeben**, sondern nur, so bald von Pflicht die Rede ist, darauf gar **nicht Rücksicht** nehmen. Es kann sogar in gewissem Betracht Pflicht seyn, für seine Glückseligkeit zu sorgen; theils weil sie (wozu Geschicklichkeit, Gesundheit, Reichthum gehört) Mittel zu Erfüllung seiner Pflicht enthält, theils weil der Mangel derselben

com o álcali e a cal precipita-se ao fundo. Do mesmo modo, se um homem, que comumente é honesto (ou que desta vez se coloca apenas em pensamento no lugar de um homem honesto), é confrontado com a lei moral, na qual ele conhece a indignidade de um mentiroso, imediatamente a sua razão prática (no juízo sobre o que ele deveria fazer) abandona o proveito, une-se ao que lhe mantém o respeito por sua própria pessoa (à veracidade), e o proveito, depois de ser separado e desembaraçado de toda aderência à razão (a qual somente[158] se encontra totalmente do lado do dever), é então pesado por cada um para entrar em vinculação com a razão ainda em outros casos, só não naqueles em que ela pudesse contrariar a lei moral, que a razão jamais abandona mas se une a ela do modo mais íntimo.

Mas essa **distinção** do princípio da felicidade e do princípio da moralidade nem por isso é imediata **oposição** entre ambos, e a razão prática pura não quer que se **abandonem** as reivindicações[159] de felicidade mas somente que, tão logo se trate do dever, ela **não** seja de modo algum tomada **em consideração**. Sob certo aspecto pode ser até dever cuidar de sua felicidade: em parte, porque ela (e a isso pertencem habilidade, saúde, riqueza) contém meios para o cumprimento do próprio dever e, em parte, porque sua falta ◆

....

158. Kant: **nur** (somente). No exemplar da 1ª ed., da Biblioteca da Universidade de Erlangen-Nürnberg, ele foi corrigido a mão para **nun** (agora), segundo o descobri, por Paul Joachim Sigmund Vogel. Trata-se de uma correção única em toda a história da *KpV* e desconhecida até aqui, embora incluída furtivamente na cópia impressa dessa edição, na série *Kant im Original*, da editora Harald Fischer (1984). A correção é significativa pelo fato de a dinâmica do experimento de Kant com a razão prática parecer reclamar como correta essa alteração. Cf. passagem semelhante em *KpV* A 44 s. e A 158 s., e principalmente a seção 3 da Introdução a esta edição brasileira.

159. Kant: *Ansprüche*. O termo *Anspruch* significa, num sentido ainda não enfraquecido do século XVIII, "uma exigência juridicamente fundamentada" (H. Paul). Logo, a utilização desse termo por Kant significa, nesse contexto, o seu reconhecimento da legitimidade da busca humana da felicidade.

(z. B. Armuth) Versuchungen enthält, seine Pflicht zu übertreten. Nur, seine Glückseligkeit zu befördern, kann unmittelbar niemals Pflicht, noch weniger ein Princip aller Pflicht seyn. Da nun alle Bestimmungsgründe des Willens, ausser dem einigen reinen practischen Vernunftgesetze, (dem moralischen) insgesamt empirisch sind, als solche also zum Glückseligkeitsprincip gehören, so müssen sie insgesamt vom obersten sittlichen Grundsatze abgesondert, und ihm nie als Bedingung einverleibt werden, weil dieses eben so sehr allen sittlichen Werth, als empirische Beymischung zu geometrischen Grundsätzen, alle mathematische Evidenz, das Vortreflichste, was (nach Platos Urtheile) die Mathematik an sich hat, und das selbst allem Nutzen derselben vorgeht, aufheben würde.

Statt der Deduction des obersten Princips der reinen practischen Vernunft, d. i. der Erklärung der Möglichkeit einer dergleichen Erkenntniß a priori, konnte aber nichts weiter angeführt werden, als, daß, wenn man die Möglichkeit der Freyheit einer wirkenden Ursache einsähe, man auch, nicht etwa blos die Möglichkeit, sondern gar die Nothwendigkeit des moralischen Gesetzes, als obersten practischen Gesetzes vernünftiger Wesen, denen man Freyheit der Causalität ihres Willens beylegt, einsehen würde; weil beide Begriffe so unzertrennlich verbunden sind, daß man practische Freyheit auch durch Unabhängigkeit des Willens von jedem anderen,

(por exemplo, pobreza) envolve tentações à transgressão de seu dever. Só que promover a sua felicidade jamais pode ser imediatamente um dever, menos ainda um princípio de todo o dever. Ora, já que todos os fundamentos determinantes da vontade, com exceção da única lei prática pura da razão (a lei moral), são no seu conjunto empíricos, logo pertencem como tais ao princípio da felicidade, eles têm que ser todos segregados da proposição fundamental moral suprema e jamais incorporados como condição, porque isto suprimiria todo o valor moral, tanto quanto a mistura empírica com axiomas[160] da Geometria suprimiria toda a evidência matemática – a máxima excelência que (segundo o juízo de Platão) a Matemática contém e que precede mesmo toda a sua utilidade.

Em vez da dedução do princípio supremo da razão prática pura, isto é, da explicação da possibilidade de tal conhecimento *a priori*, nada mais, porém, podia ser ulteriormente alegado senão que, se se tivesse a perspiciência da possibilidade da liberdade de uma causa eficiente, ter-se-ia também a perspiciência talvez não apenas da possibilidade mas inclusive da necessidade da lei moral enquanto lei prática suprema de entes racionais, aos quais se atribui liberdade da causalidade de sua vontade; pelo fato de que ambos os conceitos estão tão inseparavelmente vinculados, poder-se-ia definir a liberdade prática também pela independência da vontade ◆

160. Kant: *Grundsätzen*; termo introduzido por Wolff, no sentido inicial de axioma (cf., junto a A 26, a nota do tradutor sobre *Grundsatz* e *Prinzip*).

ren, ausser allein dem moralischen Gesetze, definiren könnte. Allein die Freyheit einer wirkenden Ursache, vornehmlich in der Sinnenwelt, kann ihrer Möglichkeit nach keinesweges eingesehen werden; glücklich! wenn wir nur, daß kein Beweis ihrer Unmöglichkeit stattfindet, hinreichend versichert werden können, und nun, durchs moralische Gesetz, welches dieselbe postulirt, genöthigt, eben dadurch auch berechtigt werden, sie anzunehmen. Weil es indessen noch viele giebt, welche diese Freyheit noch immer glauben nach empirischen Principien, wie jedes andere Naturvermögen, erklären zu können, und sie als psychologische Eigenschaft, deren Erklärung lediglich auf einer genaueren Untersuchung der Natur der Seele und der Triebfeder des Willens ankäme, nicht als transscendentales Prädicat der Causalität eines Wesens, das zur Sinnenwelt gehört, (wie es doch hierauf wirklich allein ankommt) betrachten, und so die herrliche Eröffnung, die uns durch reine practische Vernunft vermittelst des moralischen Gesetzes widerfährt, nemlich die Eröffnung einer intelligibelen Welt, durch Realisirung des sonst transscendenten Begriffs der Freyheit und hiemit das moralische Gesetz selbst, welches durchaus keinen empirischen Bestimmungsgrund annimmt, aufheben; so wird es nöthig seyn, hier noch etwas zur Verwahrung wider dieses Blendwerk, und der Darstellung des Empirismus in der ganzen Blöße seiner Seichtigkeit anzuführen.

Der

de toda outra lei, com exceção unicamente da lei moral. Todavia não se pode de modo algum ter perspiciência relativamente à possibilidade da liberdade de uma causa eficiente, principalmente no mundo sensorial – felizmente! – contanto que possamos estar suficientemente assegurados de que não ocorra nenhuma prova de sua impossibilidade e que ora, necessitados pela lei moral, que postula isso, precisamente por isso estejamos também legitimados a admiti-la. Como apesar disso há ainda muitos que continuam crendo poder explicar essa liberdade segundo princípios empíricos, como qualquer outra faculdade natural, e considerá-la uma propriedade **psicológica**, cuja explicação consistisse unicamente numa investigação mais exata da **natureza da alma** e dos motivos da vontade, em vez de considerá-la um predicado **transcendental** da causalidade de um ente que pertence ao mundo sensorial (de que, a seguir, de fato unicamente se trata), e deste modo suprimir a esplêndida abertura que a razão prática pura nos propicia[161] mediante a lei moral, a saber, a abertura a um mundo inteligível pela realização do conceito afora isso transcendente de liberdade, e com isso suprimir a própria lei moral, que não admite absolutamente nenhum fundamento determinante empírico, de modo que se torna necessário acrescentar aqui ainda algo para premunir contra essa ilusão e para a apresentação do **empirismo** em toda a nudez de sua superficialidade. ◆

161. Kant: *widerfährt*. Grillo propôs *gegeben wird* ou *verschaft wird*.

Der Begriff der Causalität, als **Naturnothwendigkeit**, zum Unterschiede derselben, als **Freyheit**, betrifft nur die Existenz der Dinge, so fern sie **in der Zeit bestimmbar** ist, folglich als Erscheinungen, im Gegensatze ihrer Causalität, als Dinge an sich selbst. Nimmt man nun die Bestimmungen der Existenz der Dinge in der Zeit für Bestimmungen der Dinge an sich selbst, (welches die gewöhnlichste Vorstellungsart ist,) so läßt sich die Nothwendigkeit in Causalverhältnisse mit der Freyheit auf keinerley Weise vereinigen; sondern sie sind einander contradictorisch entgegengesetzt. Denn aus der ersteren folgt: daß eine jede Begebenheit, folglich auch jede Handlung, die in einem Zeitpuncte vorgeht, unter der Bedingung dessen, was in der vorhergehenden Zeit war, nothwendig sey. Da nun die vergangene Zeit nicht mehr in meiner Gewalt ist, so muß jede Handlung, die ich ausübe, durch bestimmende Gründe, **die nicht in meiner Gewalt seyn**, nothwendig seyn, d. i. ich bin in dem Zeitpuncte, darin ich handle, niemals frey. Ja, wenn ich gleich mein ganzes Daseyn als unabhängig von irgend einer fremden Ursache (etwa von Gott) annähme, so daß die Bestimmungsgründe meiner Causalität, so gar meiner ganzen Existenz, gar nicht außer mir wären: so würde dieses jene Naturnothwendigkeit doch nicht im mindesten in Freyheit verwandeln. Denn in jedem Zeitpuncte stehe ich doch immer unter der Nothwendigkeit, durch das zum han=

O conceito de causalidade enquanto **necessidade natural**, à diferença da causalidade enquanto **liberdade**, concerne somente à existência das coisas na medida em que ela é **determinável no tempo**, por conseguinte, das coisas como fenômenos em oposição à causalidade delas como coisas em si mesmas. Ora, se são tomadas as determinações da existência das coisas no tempo por determinações das coisas em si mesmas (que é o modo de representação mais habitual), a necessidade na[162] relação causal não pode de modo algum unificar-se com a liberdade; mas elas se opõem contraditoriamente entre si. Pois da primeira segue-se que cada evento, consequentemente também cada ação que precede um determinado momento, está necessariamente sob a condição daquilo que era no tempo precedente. Ora, visto que o tempo passado não está mais em meu poder, cada ação que pratico tem que ser necessária mediante fundamentos determinantes **que não estão**[163] **em meu poder**, isto é, jamais sou livre no momento em que ajo. Com efeito, ainda que eu admitisse toda a minha existência como independente de qualquer causa estranha (porventura de Deus), de modo que os fundamentos determinantes de minha causalidade e até de toda a minha existência não fossem absolutamente externos a mim: isso não transformaria minimamente aquela necessidade natural em liberdade. Pois a cada momento estou sempre sob a necessidade de ser determinado ◆

162. No original A: *in* (em), corrigido pela Ak para *im* ("no", no caso "na").
163. Kant: *sein* (estar), Ak: *sind* (estão).

handeln bestimmt zu seyn, **was nicht in meiner Gewalt ist**, und die a parte priori unendliche Reihe der Begebenheiten, die ich immer nur, nach einer schon vorherbestimmten Ordnung, fortsetzen, nirgend von selbst anfangen würde, wäre eine stetige Naturkette, meine Causalität also niemals Freyheit.

Will man also einem Wesen, dessen Daseyn in der Zeit bestimmt ist, Freyheit beylegen: so kann man es, so fern wenigstens, vom Gesetze der Naturnothwendigkeit aller Begebenheiten in seiner Existenz, mithin auch seiner Handlungen, nicht ausnehmen; denn das wäre so viel, als es dem blinden Ungefehr übergeben. Da dieses Gesetz aber unvermeidlich alle Causalität der Dinge, so fern ihr **Daseyn in der Zeit** bestimmbar ist, betrifft, so würde, wenn dieses die Art wäre, wornach man sich auch das **Daseyn dieser Dinge an sich selbst** vorzustellen hätte, die Freyheit, als ein nichtiger und unmöglicher Begriff verworfen werden müssen. Folglich, wenn man sie noch retten will, so bleibt kein Weg übrig, als das Daseyn eines Dinges, so fern es in der Zeit bestimmbar ist, folglich auch die Causalität nach dem Gesetze der **Naturnothwendigkeit**, **blos der Erscheinung**, die **Freyheit** aber eben **demselben Wesen, als Dinge an sich selbst**, beyzulegen. So ist es allerdings unvermeidlich, wenn man beide einander widerwärtige Begriffe zugleich erhalten will; allein in der Anwendung, wenn man sie als in einer und derselben Handlung vereinigt,

a agir mediante aquilo **que não está em meu poder**, e a – *a parte priori* – série infinita dos eventos, que eu sempre só prosseguiria segundo uma ordem já predeterminada e não iniciaria espontaneamente em parte alguma, seria uma cadeia natural constante, portanto minha causalidade jamais seria liberdade.

Logo, se se quer atribuir liberdade a um ente cuja existência é determinada no tempo, neste caso pelo menos não se pode excluí-lo da lei da necessidade natural de todos os eventos em sua existência, por conseguinte também de suas ações; pois isto equivaleria a entregá-lo ao cego acaso. Mas, como essa lei diz respeito inevitavelmente a toda causalidade das coisas na medida em que sua **existência** é determinável **no tempo**, então, se esse fosse o modo segundo o qual também se teria de representar a **existência dessas coisas em si mesmas**, a liberdade teria de ser rejeitada como um conceito nulo e impossível. Por conseguinte, se ainda se quiser salvá-la, não resta outro caminho senão atribuir a existência de uma coisa, no caso em que seja determinável no tempo, por conseguinte também a causalidade segundo a lei da **necessidade natural, simplesmente ao fenômeno**, porém atribuir a **liberdade ao mesmo ente enquanto coisa em si mesma**. O que é certamente inevitável, desde que se queira ao mesmo tempo conservar ambos os conceitos entre si adversos; só que na aplicação, se se quiser explicá-los como unidos em uma e mesma ◆

einigt, und also diese Vereinigung selbst erklären will, thun sich doch große Schwierigkeiten hervor, die eine solche Vereinigung unthunlich zu machen scheinen.

Wenn ich von einem Menschen, der einen Diebstahl verübt, sage: diese That sey nach dem Naturgesetze der Causalität aus den Bestimmungsgründen der vorhergehenden Zeit ein nothwendiger Erfolg, so war es unmöglich, daß sie hat unterbleiben können; wie kann denn die Beurtheilung nach dem moralischen Gesetze hierin eine Aenderung machen, und voraussetzen, daß sie doch habe unterlassen werden können, weil das Gesetz sagt, sie hätte unterlassen werden sollen, d. i. wie kann derjenige, in demselben Zeitpuncte, in Absicht auf dieselbe Handlung, ganz frey heißen, in welchem, und in derselben Absicht, er doch unter einer unvermeidlichen Naturnothwendigkeit steht? Eine Ausflucht darin suchen, daß man blos die **Art** der Bestimmungsgründe seiner Causalität nach dem Naturgesetze einem **comparativen** Begriffe von Freyheit anpaßt, (nach welchem das bisweilen freye Wirkung heißt, davon der bestimmende Naturgrund **innerlich** im wirkenden Wesen liegt, z. B. das was ein geworfener Körper verrichtet, wenn er in freyer Bewegung ist, da man das Wort Freyheit braucht, weil er, während, daß er im Fluge ist, nicht von außen wodurch getrieben wird, oder wie wir die Bewegung einer Uhr auch eine freye Bewegung nennen, weil sie ihren Zeiger selbst treibt, der also

nicht

ação e, portanto, explicar essa própria união, manifestam-se grandes dificuldades que parecem tornar uma tal união inviável.

Se digo acerca de um homem que comete um furto: este ato é um resultado necessário segundo a lei natural da causalidade a partir dos fundamentos determinantes do tempo precedente, neste caso era impossível que ele deixasse de realizar-se; como pode então o ajuizamento segundo a lei moral produzir, neste caso, uma alteração e pressupor que tal ato, não obstante, tivesse podido deixar de realizar-se, porque a lei diz que ele deveria ter sido evitado, isto é, como pode aquele, no mesmo momento e com vistas à mesma ação, denominar-se totalmente livre, se naquele momento e com vistas à mesma ação ele, contudo, encontra-se submetido a uma inevitável necessidade natural? É um mísero subterfúgio procurar uma evasiva numa simples adaptação do **modo** dos fundamentos determinantes de sua causalidade, segundo a lei natural, a um conceito **comparativo** de liberdade (de acordo com o qual às vezes se chama efeito livre aquilo cujo fundamento natural determinante encontra-se **internamente** no ente operante, por exemplo, aquilo que um corpo lançado executa quando ele está em livre movimento, em cujo caso se recorre à palavra liberdade, porque ele, enquanto se encontra em voo, não é impelido externamente por algo; ou, assim como chamamos também de movimento livre o movimento de um relógio, porque ele mesmo move os seus ponteiros e, portanto, não precisa ◆

nicht äußerlich geschoben werden darf, eben so die Handlungen des Menschen, ob sie gleich, durch ihre Bestimmungsgründe, die in der Zeit vorhergehen, nothwendig sind, dennoch frey nennen, weil es doch innere durch unsere eigene Kräfte hervorgebrachte Vorstellungen, dadurch nach veranlassenden Umständen erzeugte Begierden und mithin nach unserem eigenen Belieben bewirkte Handlungen sind,) ist ein elender Behelf, womit sich noch immer einige hinhalten lassen, und so jenes schwere Problem mit einer kleinen Wortklauberey aufgelöset zu haben meynen, an dessen Auflösung Jahrtausende vergeblich gearbeitet haben, die daher wol schwerlich so ganz auf der Oberfläche gefunden werden dürfte. Es kommt nemlich bey der Frage nach derjenigen Freyheit, die allen moralischen Gesetzen und der ihnen gemäßen Zurechnung zum Grunde gelegt werden muß, darauf gar nicht an, ob die nach einem Naturgesetze bestimmte Causalität, durch Bestimmungsgründe, die **im** Subjecte, oder **außer** ihm liegen, und im ersteren Fall, ob sie durch Instinct oder mit Vernunft gedachte Bestimmungsgründe nothwendig sey, wenn diese bestimmende Vorstellungen nach dem Geständnisse eben dieser Männer selbst, den Grund ihrer Existenz doch in der Zeit und zwar dem **vorigen Zustande** haben, dieser aber wieder in einem vorhergehenden rc. so mögen sie diese Bestimmungen, immer innerlich seyn, sie mögen psychologische und nicht mechanische Causalität haben,

d. i.

ser impelido externamente, do mesmo modo que as ações do homem, embora sejam necessárias pelos seus fundamentos determinantes que as precedem no tempo, são chamadas livres porque se trata de representações internas produzidas por nossas próprias faculdades, mediante cujas representações elas são apetites gerados segundo situações que os ensejam e, por conseguinte, são ações produzidas segundo nosso próprio arbítrio). Com esse subterfúgio alguns sempre ainda se deixam entreter e deste modo supõem ter resolvido com um pequeno verbalismo aquele difícil problema, para cuja solução milênios trabalharam em vão e que, por isso, dificilmente poderia ser encontrada tão na superfície. Ou seja, na questão daquela liberdade, que tem de ser posta como fundamento de todas as leis morais e de sua correspondente imputação, não se trata de se a causalidade determinada segundo uma lei natural seja necessária por fundamentos determinantes que jazem no sujeito ou **fora** dele e se, no primeiro caso, ela é necessária por instinto ou por fundamentos determinantes pensados racionalmente. Se essas representações determinantes, de acordo com a confissão dessas próprias pessoas, têm, contudo, o fundamento de sua existência no tempo e, em verdade, no **estado anterior** e este, por sua vez, de novo em um estado precedente, etc., então essas determinações, quer sejam sempre internas, quer tenham uma causalidade psicológica e não mecânica, ◆

d. i. durch Vorstellungen, und nicht durch körperliche Bewegung, Handlung hervorbringen, so sind es immer **Bestimmungsgründe** der Causalität eines Wesens, so fern sein Daseyn in der Zeit bestimmbar ist, mithin unter nothwendig machenden Bedingungen der vergangenen Zeit, die also, wenn das Subject handeln soll, **nicht mehr in seiner Gewalt sind**, die also zwar psychologische Freyheit, (wenn man ja dieses Wort von einer blos inneren Verkettung der Vorstellungen der Seele brauchen will,) aber doch Naturnothwendigkeit bey sich führen, mithin keine **transscendentale Freyheit** übrig lassen, welche als Unabhängigkeit von allem empirischen und also von der Natur überhaupt gedacht werden muß, sie mag nun Gegenstand des inneren Sinnes, blos in der Zeit, oder auch äußeren Sinne, im Raume und der Zeit zugleich betrachtet werden, ohne welche Freyheit (in der letzteren eigentlichen Bedeutung), die allein **a priori** practisch ist, kein moralisch Gesetz, keine Zurechnung nach demselben, möglich ist. Eben um deswillen kann man auch alle Nothwendigkeit der Begebenheiten in der Zeit nach dem Naturgesetze der Causalität, den **Mechanismus** der Natur nennen, ob man gleich darunter nicht versteht, daß Dinge, die ihm unterworfen sind, wirkliche materielle **Maschinen** seyn müßten. Hier wird nur auf die Nothwendigkeit der Verknüpfung der Begebenheiten in einer Zeitreihe, so wie sie sich nach dem Naturgesetze entwi-

ckelt,

isto é, produzam uma ação mediante representações e não mediante movimento corporal, trata-se sempre de **fundamentos determinantes** da causalidade de um ente enquanto sua existência é determinável no tempo, por conseguinte sob condições necessitantes do tempo passado, as quais, quando o sujeito deve agir, **não estão mais em seu poder**, que, pois, em verdade comportam liberdade psicológica (se se quiser utilizar esta palavra a respeito de um encadeamento meramente interno das representações da alma) e, contudo, necessidade natural. Por conseguinte elas não dão margem a nenhuma **liberdade transcendental**, que tem de ser pensada como independência de todo o empírico e portanto da natureza em geral, quer ela seja considerada objeto do sentido interno simplesmente no tempo, ou também simultaneamente do sentido externo[164] no espaço e no tempo. Sem esta liberdade (no último e autêntico sentido), a qual unicamente é *a priori* prática, nenhuma lei moral e nenhuma imputação segundo a mesma é possível. Precisamente por isso também toda a necessidade dos acontecimentos no tempo segundo a lei natural da causalidade pode chamar-se de **mecanismo** da natureza, ainda que com isso não se entenda que as coisas a ele submetidas tivessem de ser efetivas **máquinas** materiais. Aqui se presta atenção somente à necessidade da conexão dos eventos em uma série temporal, do modo como ela se desenvolve de acordo com a ◆

164. Kant: *äußeren Sinne*, corrigido por Grillo para *des äußeren Sinnes*. Vorländer atribuiu a Hartenstein a correção para *der äußeren Sinne*. Na verdade, esta foi uma proposta de Hartenstein na sua 2ª ed. de 1867. Em 1838, p. VIII e 213, ele escreveu, apenas acrescentando a Kant um "s": *äußeren Sinnes*.

ckelt, gesehen, man mag nun das Subject, in welchem dieser Ablauf geschieht, Avtomaton materiale, da das Maschinenwesen durch Materie, oder mit Leibnitzen spirituale, da es durch Vorstellungen betrieben wird, nennen, und wenn die Freyheit unseres Willens keine andere als die letztere (etwa die psychologische und comparative, nicht transscendentale d. i. absolute zugleich) wäre, so würde sie im Grunde nichts besser, als die Freyheit eines Bratenwenders seyn, der auch, wenn er einmal aufgezogen worden, von selbst seine Bewegungen verrichtet.

Um nun den scheinbaren Widerspruch zwischen Naturmechanismus und Freyheit in ein und derselben Handlung an dem vorgelegten Falle aufzuheben, muß man sich an das erinnern, was in der Critik der reinen Vernunft gesagt war, oder daraus folgt: daß die Naturnothwendigkeit, welche mit der Freyheit des Subjects nicht zusammen bestehen kann, blos den Bestimmungen desjenigen Dinges anhängt, das unter Zeitbedingungen steht, folglich nur dem des handelnden Subjects als Erscheinung, daß also so fern die Bestimmungsgründe einer jeden Handlung desselben in demjenigen liegen, was zur vergangenen Zeit gehört, und **nicht mehr in seiner Gewalt ist**, (wozu auch seine schon begangene Thaten, und der ihm dadurch bestimmbare Character in seinen eigenen Augen, als Phänomens, gezählt werden müssen). Aber ebendasselbe

lei natural, quer se chame o sujeito, no qual esse transcurso se dá, de *automaton materiale*, já que a maquinaria é movida pela matéria ou, com Leibniz, de *automaton spirituale*, já que ela é movida por representações. E, se a liberdade de nossa vontade não fosse nenhuma outra que a última (isto é, a psicológica e comparativa, não a transcendental, quer dizer, absoluta ao mesmo tempo), então ela no fundo não seria melhor que a liberdade de um assador giratório, o qual, uma vez posto em marcha, executa por si os seus movimentos.

Ora, para suprimir, no caso exposto, a aparente contradição entre mecanismo natural e liberdade em uma e mesma ação, é preciso que nos recordemos do que fora dito na *Crítica da razão pura* ou do que dela se segue: que a necessidade natural, que não pode coexistir com a liberdade do sujeito, é atribuída simplesmente às determinações daquela coisa que está submetida às condições de tempo, consequentemente só ao[165] que pertence ao sujeito agente enquanto fenômeno, logo, na medida em que os fundamentos determinantes de cada ação do mesmo se situam naquilo que pertence ao tempo passado e **não está mais em meu poder** (para o que também têm de ser computados seus atos já praticados e o seu caráter, determinável por eles a seus próprios olhos, enquanto fenômeno). Mas o mesmo ◆

165. Na 1ª edição consta *dem* (ao), e não *den*, como o pretendeu Vorländer; *den* constou em Hartenstein, Kehrbach e Kirchmann; substituído por Vorländer e pela Ak por *denen* (àquelas), neste caso referindo-se a "determinações". A correção foi atribuída pela Ak a Vorländer, que também a assumiu como própria, embora tenha sido originalmente de Vogel no exemplar de Erlangen.

selbe Subject, das sich anderseits auch seiner, als Dinges an sich selbst, bewußt ist, betrachtet auch sein Daseyn, **so fern es nicht unter Zeitbedingungen steht**, sich selbst aber nur als bestimmbar durch Gesetze, die es sich durch Vernunft selbst giebt, und in diesem seinem Daseyn ist ihm nichts vorhergehend vor seiner Willensbestimmung, sondern jede Handlung, und überhaupt jede dem innern Sinne gemäß wechselnde Bestimmung seines Daseyns, selbst die ganze Reihenfolge seiner Existenz, als Sinnenwesen, ist im Bewußtseyn seiner intelligibelen Existenz nichts als Folge, niemals aber als Bestimmungsgrund seiner Causalität, als **Noumens**, anzusehen. In diesem Betracht nun kann das vernünftige Wesen, von einer jeden gesetzwidrigen Handlung, die es verübt, ob sie gleich, als Erscheinung, in dem Vergangenen hinreichend bestimmt, und so fern unausbleiblich nothwendig ist, mit Recht sagen, daß er sie hätte unterlassen können; denn sie, mit allem Vergangenen, das sie bestimmt, gehört zu einem einzigen Phänomen seines Characters, den er sich selbst verschafft, und nach welchem er sich als einer von aller Sinnlichkeit unabhängigen Ursache, die Causalität jener Erscheinungen selbst zurechnet.

Hiemit stimmen auch die Richteraussprüche desjenigen wundersammen Vermögens in uns, welches wir Gewissen nennen, vollkommen überein. Ein Mensch mag künsteln, so viel als er will, um ein gesetzwidri-

sujeito que, por outro lado, é também consciente de si como coisa em si mesma, considera do mesmo modo sua existência **enquanto não está submetida a condições de tempo** mas a si mesmo somente como determinável por leis que ele mesmo se dá pela razão, e nesta sua existência nada precede a determinação de sua vontade mas cada ação e em geral cada determinação de sua existência, mutável de acordo com o sentido interno, e mesmo toda a sequência serial de sua existência como ente de sentidos não pode, na consciência de sua existência inteligível, passar senão por consequência, jamais por fundamento determinante de sua causalidade enquanto ***noumenon***. Ora, sob este aspecto o ente racional de cada ação contrária à lei cometida por ele, ainda que ela como fenômeno seja no passado suficientemente determinada e, nesta medida, necessária, pode com direito dizer que ele[166] poderia tê-la evitado; pois ela, com todo o passado que a determina[167], pertence a um único fenômeno de seu caráter que ele conquista para si mesmo e de acordo com o qual ele, enquanto causa independente de toda a sensibilidade, imputa-se a causalidade daqueles fenômenos.

Com isso também concordam perfeitamente os veredictos judiciais daquela maravilhosa faculdade em nós que denominamos consciência moral[168]. Um homem pode dissimular o quanto ele quiser, para dourar ◆

....

166. Kant: *er* ("ele", masc.), tanto aí como logo abaixo "ele (*er*) enquanto causa independente"; em ambos deveria ser *es* (neutro), como observa Vorländer, para concordar com *vernünftiges Wesen* (ente racional).

167. F. Marty, sem razão, supõe que a passagem seja gramaticalmente equívoca, de modo que também se pudesse com muito sentido dizer: "ela (a ação), com todo o passado que *ela* determina". Mas esta possibilidade não é dada senão na parte final da frase, desde a perspectiva do caráter (inteligível). Cf. MARTY, F. *La naissance de la métaphysique chez Kant*. Paris: Beauchesne, 1980, p. 263 (o destaque é do tradutor).

168. O desenvolvimento desta nota encontra-se no final do livro, p. 586.

ges Betragen, dessen er sich erinnert, sich als unvorsetzliches Versehen, als bloße Unbehutsamkeit, die man niemals gänzlich vermeiden kann, folglich als etwas, worin er vom Strom der Naturnothwendigkeit fortgerissen wäre, vorzumalen und sich darüber für schuldfrey zu erklären, so findet er doch, daß der Advocat, der zu seinem Vortheil spricht, den Ankläger in ihm keinesweges zum Verstummen bringen könne, wenn er sich bewußt ist, daß er zu der Zeit, als er das Unrecht verübte, nur bey Sinnen, d. i. im Gebrauche seiner Freyheit war, und gleichwol erklärt er sich sein Vergehen, aus gewisser übeln, durch allmälige Vernachlässigung der Achtsamkeit auf sich selbst zugezogener Gewohnheit, bis auf den Grad, daß er es als eine natürliche Folge derselben ansehen kann, ohne daß dieses ihn gleichwol wider den Selbsttadel und den Verweis sichern kann, den er sich selbst macht. Darauf gründet sich denn auch die Reue über eine längst begangene That bey jeder Erinnerung derselben; eine schmerzhafte, durch moralische Gesinnung gewirkte Empfindung, die so fern practisch leer ist, als sie nicht dazu dienen kann, das Geschehene ungeschehen zu machen, und sogar ungereimt seyn würde, (wie **Priestley**, als ein ächter, consequent verfahrender **Fatalist**, sie auch dafür erklärt, und in Ansehung welcher Offenherzigkeit er mehr Beyfall verdient, als diejenige, welche, indem sie den Mechanism des Willens in der That, die

Frey-

perante si mesmo um comportamento ilegal do qual se recorda, e declarar-se não-culpado a seu respeito, como se se tratasse de um engano não premeditado e de um simples descuido que jamais se pode evitar totalmente, consequentemente de algo em que fosse arrastado pelo caudal da necessidade natural; ele descobre, contudo, que o advogado que fala em seu favor de modo algum consegue fazer calar o acusador nele, tão logo ele se dê conta de que no momento em que praticava a injustiça estava de posse do seu juízo, isto é, no exercício de sua liberdade e, apesar disso, ele **explica** o seu delito a partir de certo mau hábito contraído por crescente abandono do cuidado para consigo próprio até o ponto em que pode considerá-lo uma consequência natural do mesmo, sem que isto, contudo, possa assegurá-lo contra a autorrepreensão e a censura que ele próprio se faz. Pois sobre isso se funda também o arrependimento relativamente a um ato cometido há bastante tempo, em toda recordação dele; uma sensação dolorosa, produzida por disposição moral e que é praticamente vazia, na medida em que ela não pode servir para tornar o acontecido não acontecido, e que seria até absurda (como **Priestley**[169], enquanto autêntico **fatalista**, que procede consequentemente, também o declara e em relação a cuja franqueza ele merece mais aplauso do que aqueles que – enquanto afirmam de fato o mecanismo da vontade, em palavras, ◆

169. Joseph Priestley (1733-1804), naturalista inglês, descobridor do oxigênio e da assimilação das plantas, publicou *The Doctrine of Philosophical Necessity Illustrated* (1777).

Freyheit desselben aber mit Worten behaupten, noch immer dafür gehalten seyn wollen, daß sie jene, ohne doch die Möglichkeit einer solchen Zurechnung begreiflich zu machen, in ihrem syncretistischen System mit einschließen,) aber, als Schmerz, doch ganz rechtmäßig ist, weil die Vernunft, wenn es auf das Gesetz unserer intelligibelen Existenz (das moralische) ankommt, keinen Zeitunterschied anerkennt, und nur frägt, ob die Begebenheit mir als That angehöre, alsdenn aber immer dieselbe Empfindung damit moralisch verknüpft, sie mag jetzt geschehen, oder vorlängst geschehen seyn. Denn das **Sinnenleben** hat in Ansehung des **intelligibelen** Bewußtseyns seines Daseyns (der Freyheit) absolute Einheit eines Phänomens, welches, so fern es blos Erscheinungen von der Gesinnung, die das moralische Gesetz angeht, (von dem Character) enthält, nicht nach der Naturnothwendigkeit, die ihm als Erscheinung zukommt, sondern nach der absoluten Spontaneität der Freyheit beurtheilt werden muß. Man kann also einräumen, daß, wenn es für uns möglich wäre, in eines Menschen Denkungsart, so wie sie sich durch innere sowol als äußere Handlungen zeigt, so tiefe Einsicht zu haben, daß jede, auch die mindeste Triebfeder dazu uns bekannt würde, imgleichen alle auf diese wirkende äußere Veranlassungen, man eines Menschen Verhalten auf die Zukunft mit Gewißheit, so wie eine Mond- oder Sonnenfinsterniß, ausrechnen könnte, und dennoch

contudo afirmam a sua liberdade – sempre ainda querem ser considerados favoráveis à liberdade pelo fato de a incluírem em seu sistema sincretista, embora sem poder tornar concebível a possibilidade de uma tal imputação), mas enquanto dor é perfeitamente legítima, porque a razão, se se trata da lei de nossa existência inteligível (da lei moral), não reconhece diferença de tempo e pergunta somente se o evento me pertence como ato, a seguir, porém, vincula-lhe sempre moralmente a mesma sensação, quer ele tenha ocorrido agora ou há muito tempo. Pois a **vida dos sentidos** tem, em relação à consciência **inteligível** de sua existência (da liberdade), unidade absoluta de um fenômeno, o qual, na medida em que contém simplesmente fenômenos da disposição concernente à lei moral (do caráter), tem que ser ajuizado não segundo a necessidade natural que lhe pertence como fenômeno mas segundo a espontaneidade absoluta da liberdade. Portanto podemos admitir que, se nos fosse possível ter uma tão profunda perspiciência da maneira de pensar de um homem do modo como esta se mostra através de ações tanto internas como externas, a ponto de que cada motivo para ela, mesmo o menor, do mesmo modo como ocorre com todos os seus estímulos externos, fosse-nos conhecido, poderíamos futuramente calcular a conduta de um homem com a certeza de um eclipse lunar ou solar e, todavia, ◆

daben behaupten, daß der Mensch frey sey. Wenn wir nemlich noch eines andern Blicks, (der uns aber freylich gar nicht verliehen ist, sondern an dessen Statt wir nur den Vernunftbegriff haben,) nemlich einer intellectuellen Anschauung desselben Subjects fähig wären, so würden wir doch inne werden, daß diese ganze Kette von Erscheinungen in Ansehung dessen, was nur immer das moralische Gesetz angehen kann, von der Spontaneität des Subjects, als Dinges an sich selbst, abhängt, von deren Bestimmung sich gar keine physische Erklärung geben läßt. In Ermangelung dieser Anschauung versichert uns das moralische Gesetz diesen Unterschied der Beziehung unserer Handlungen, als Erscheinungen, auf das Sinnenwesen unseres Subjects, von derjenigen, dadurch dieses Sinnenwesen selbst auf das intelligibele Substrat in uns bezogen wird. — In dieser Rücksicht, die unserer Vernunft natürlich, obgleich unerklärlich ist, lassen sich auch Beurtheilungen rechtfertigen, die mit aller Gewissenhaftigkeit gefället, dennoch dem ersten Anscheine nach aller Billigkeit ganz zu widerstreiten scheinen. Es giebt Fälle, wo Menschen von Kindheit auf, selbst unter einer Erziehung, die, mit der ihrigen zugleich, andern ersprießlich war, dennoch so frühe Bosheit zeigen, und so bis in ihre Mannesjahre zu steigen fortfahren, daß man sie für gebohrne Bösewichter, und gänzlich, was die Denkungsart betrifft, für unbesserlich hält, gleichwol aber sie wegen

ihres

afirmar a propósito que o homem seja livre. Ou seja, se ainda fôssemos capazes de uma outra visão (mas que certamente não nos foi concedida, em vez da qual temos apenas o conceito da razão), quer dizer, de uma intuição intelectual do mesmo sujeito, então, contudo, perceberíamos que toda esta cadeia de fenômenos em relação ao que sempre e somente pode dizer respeito à lei moral depende da espontaneidade do sujeito como coisa em si mesma, de cuja determinação não pode absolutamente ser dada nenhuma explicação física. Na falta dessa intuição, a lei moral assegura-nos desta diferença entre a relação de nossas ações como fenômenos com o ente de sentidos de nosso sujeito e aquelas pelas quais este ente de sentidos é referido ao substrato inteligível em nós. Sob este ponto de vista, que é natural conquanto inexplicável para nossa razão, podem também justificar-se ajuizamentos que, embora proferidos com toda a retidão, à primeira vista parecem com justiça totalmente conflitantes. Há casos em que homens desde a infância, até sob uma educação ao mesmo tempo vantajosa a outros, revelam, contudo, uma maldade tão precoce e continuam a crescer nela até a idade adulta, que são tomados por um malvado inato e com uma maneira de pensar incapaz de qualquer melhora; todavia são julgados ◆

ihres Thuns und Lassens eben so richtet, ihnen ihre Verbrechen eben so als Schuld verweiset, ja sie (die Kinder) selbst diese Verweise so ganz gegründet finden, als ob sie, ungeachtet der ihnen beygemessenen hoffnungslosen Naturbeschaffenheit ihres Gemüths, eben so verantwortlich blieben, als jeder andere Mensch. Dieses würde nicht geschehen können, wenn wir nicht voraussetzten, daß alles, was aus seiner Willkühr entspringt (wie ohne Zweifel jede vorsetzlich verübte Handlung) eine freye Causalität zum Grunde habe, welche von der frühen Jugend an ihren Character in ihren Erscheinungen (den Handlungen) ausdrückt, die wegen der Gleichförmigkeit des Verhaltens einen Naturzusammenhang kenntlich machen, der aber nicht die arge Beschaffenheit des Willens nothwendig macht, sondern vielmehr die Folge der freywillig angenommenen bösen und unwandelbaren Grundsätze ist, welche ihn nur noch um desto verwerflicher und strafwürdiger machen.

Aber noch steht eine Schwierigkeit der Freyheit bevor, so fern sie mit dem Naturmechanism, in einem Wesen, das zur Sinnenwelt gehört, vereinigt werden soll. Eine Schwierigkeit, die, selbst nachdem alles bisherige eingewilligt worden, der Freyheit dennoch mit ihrem gänzlichen Untergange droht. Aber bey dieser Gefahr giebt ein Umstand doch zugleich Hoffnung zu einem für die Behauptung der Freyheit noch glück-

pelo que fazem e deixam de fazer e repreendidos pelos seus crimes como culpados; e, mais ainda, elas mesmas (as crianças) consideram esta censura completamente fundada, como se elas, apesar da a elas atribuída desesperançosa constituição natural de seu ânimo, permanecessem tão responsáveis como todo outro homem. Isto não poderia ocorrer se não pressupuséssemos que tudo o que emerge de seu arbítrio (como sem dúvida cada ação praticada intencionalmente) tem como fundamento uma causalidade livre que desde cedo expressa seu caráter em seus fenômenos (as ações), os quais, em virtude da uniformidade da conduta, dão a conhecer um nexo natural que, porém, não torna necessária a qualidade viciosa da vontade, mas, muito antes, é a consequência de proposições fundamentais más e imutáveis, livremente assumidas, as quais só tornam a vontade tanto mais reprovável e condenável.

Mas está ainda pendente uma outra dificuldade acerca da liberdade, na medida em que ela deve unir-se ao mecanismo natural em um ente que pertence ao mundo sensorial; uma dificuldade que, mesmo depois de tudo o que foi concedido até aqui, ameaça a liberdade de completo naufrágio. Diante desse perigo, porém, uma circunstância fornece ao mesmo tempo esperança de uma saída feliz para a afirmação ◆

lichen Ausgange, nemlich daß dieselbe Schwierigkeit viel stärker (in der That, wie wir bald sehen werden, allein,) das System drückt, in welchem die in Zeit und Raum bestimmbare Existenz für die Existenz der Dinge an sich selbst gehalten wird, sie uns also nicht nöthigt, unsere vornehmste Voraussetzung von der Idealität der Zeit, als bloßer Form sinnlicher Anschauung, folglich als bloßer Vorstellungsart, die dem Subjecte als zur Sinnenwelt gehörig eigen ist, abzugehen, und also nur erfodert sie mit dieser Idee zu vereinigen.

Wenn man uns nemlich auch einräumt, daß das intelligibele Subject in Ansehung einer gegebenen Handlung noch frey seyn kann, obgleich es als Subject, das auch zur Sinnenwelt gehörig, in Ansehung derselben mechanisch bedingt ist, so scheint es doch, man müsse, so bald man annimmt, **Gott**, als allgemeines Urwesen, sey **die Ursache** auch **der Existenz der Substanz** (ein Satz, der niemals aufgegeben werden darf, ohne den Begriff von Gott als Wesen aller Wesen, und hiemit seine Allgenugsamkeit, auf die alles in der Theologie ankommt, zugleich mit aufzugeben), auch einräumen. Die Handlungen des Menschen haben in demjenigen ihren bestimmenden Grund, **was gänzlich außer ihrer Gewalt ist**, nemlich in der Causalität eines von ihm unterschiedenen höchsten Wesens, von welchem das Daseyn des erstern, und die ganze Bestimmung seiner Causalität ganz und gar abhängt. In

der

da liberdade, ou seja, o fato de que essa dificuldade pressiona muito mais fortemente (na verdade, como veremos em seguida, unicamente) o sistema, no qual a existência determinável no espaço e no tempo é tomada pela existência das coisas em si mesmas, portanto ela não nos coage a abandonar[170] a nossa mais excelsa pressuposição da idealidade do tempo como simples forma da intuição sensível, consequentemente como simples modo de representação que é próprio do sujeito enquanto pertencente ao mundo sensorial e, pois, somente requer sua união com essa ideia.

Ou seja, se também se admite que o sujeito inteligível ainda pode ser livre em relação a uma ação dada, conquanto ele como sujeito que também pertence ao mundo sensorial seja mecanicamente condicionado em relação a ela, parece que, tão logo se admita que **Deus** enquanto ente originário universal seja **a causa** também **da existência da substância** (uma proposição a que jamais se pode renunciar sem ao mesmo tempo renunciar ao conceito de Deus como ser de todos os entes e, com isso, à sua total suficiência, à qual tudo na Teologia diz respeito), ter-se-á também[171] de admitir que as ações do homem tenham o seu fundamento determinante – **o que excede totalmente o seu poder** – naquele Ser, ou seja, na causalidade de um Ser supremo[172] distinto dele e do qual a sua existência e a determinação total de sua causalidade dependem de modo absoluto. Deveras, ◆

170. Kant: *aufzugehen*; Hartenstein: *aufzugeben*.

171. Na 2ª ed. faltou *auch* (também). Além disso, na 1ª ed. o ponto depois de *einräumen* (admitir) é inadequado. Corrigido por Grillo e por Vogel para "*einräumen, die*". Vorländer seguiu Hartenstein: "*einräumen: die*".

172. Kant: *höchsten Wesens*. A distinção feita adiante entre *höchster* e *oberster*, aplicada a "sumo bem" e "bem supremo", respectivamente (cf. *KpV* A 198 e a nota do tradutor a respeito), não se justifica em relação a Deus, como Ser supremo, pois naquele caso a distinção fundava-se numa diferenciação entre dois elementos do sumo bem.

der That: wären die Handlungen des Menschen, so wie sie zu seinen Bestimmungen in der Zeit gehören, nicht bloße Bestimmungen desselben als Erscheinung, sondern als Dinges an sich selbst, so würde die Freyheit nicht zu retten seyn. Der Mensch wäre Marionette, oder ein Vaucansonsches Avtomat, gezimmert und aufgezogen von dem obersten Meister aller Kunstwerke, und das Selbstbewußtseyn würde es zwar zu einem denkenden Avtomate machen, in welchem aber das Bewußtseyn seiner Spontaneität, wenn sie für Freyheit gehalten wird, bloße Täuschung wäre, indem sie nur comparativ so genannt zu werden verdient, weil die nächsten bestimmenden Ursachen seiner Bewegung, und eine lange Reihe derselben zu ihren bestimmenden Ursachen hinauf, zwar innerlich sind, die letzte und höchste aber doch gänzlich in einer fremden Hand angetroffen wird. Daher sehe ich nicht ab, wie diejenige, welche noch immer dabey beharren, Zeit und Raum für zum Daseyn der Dinge an sich selbst gehörige Bestimmungen anzusehen, hier die Fatalität der Handlungen vermeiden wollen, oder, wenn sie so geradezu (wie der sonst scharfsinnige Mendelssohn that,) beide nur als zur Existenz endlicher und abgeleiteter Wesen, aber nicht zu der des unendlichen Urwesens nothwendig gehörige Bedingungen einräumen, sich rechtfertigen wollen, woher sie diese Befugniß nehmen, einen solchen Unterschied zu machen, sogar wie sie auch nur dem Wi-

se as ações do homem, da maneira como elas pertencem às suas determinações no tempo, não fossem simples determinações dele enquanto fenômeno mas enquanto coisa em si mesma, a liberdade não se salvaria. O homem seria uma marionete ou um autômato de Vaucanson[173], fabricado e posto em movimento pelo mestre supremo de todas as obras de arte; e a consciência de si fá-lo-ia certamente um autômato pensante, no qual, porém, a consciência de sua espontaneidade, se fosse[174] tomada pela liberdade, seria um simples engano, enquanto ela apenas comparativamente merece ser chamada assim, porque as causas determinantes próximas de seu movimento e uma longa série delas, em verdade, são internas, mas a última e suprema é encontrada totalmente em mão estranha. Por isso eu não vejo como aqueles que sempre ainda insistem em tomar tempo e espaço por determinações pertencentes à existência das coisas, querem evitar aqui a fatalidade das ações ou, se tão decididamente (como o fez o, afora isso, perspicaz Mendelssohn[175]) admitem ambos como condições necessariamente pertencentes somente à existência de entes finitos e derivados mas não à existência do ente originário infinito, <como> querem justificar a si mesmos de onde tomam essa autorização para fazer uma tal distinção e mesmo como querem sequer ◆

173. A. Vaucanson, de Grenoble, expôs pela primeira vez, no ano de 1738 em Paris, figuras automáticas, utilizadas frequentemente pelos materialistas para tentar confirmar suas hipóteses mecanicistas.

174. Kant: *wird* (for).

175. Moses Mendelssohn (1729-1786), em suas *Morgenstunden oder über das Dasein Gottes* (1785).

dersprüche ausweichen wollen, den sie begehen, wenn sie das Daseyn in der Zeit als den endlichen Dingen an sich nothwendig anhängende Bestimmung ansehen, da Gott die Ursache dieses Daseyns ist, er aber doch nicht die Ursache der Zeit (oder des Raums) selbst seyn kann, (weil diese als nothwendige Bedingung a priori dem Daseyn der Dinge vorausgesetzt seyn muß,) seine Causalität folglich in Ansehung der Existenz dieser Dinge, selbst der Zeit nach, bedingt seyn muß, wobey nun alle die Widersprüche gegen die Begriffe seiner Unendlichkeit und Unabhängigkeit unvermeidlich eintreten müssen. Hingegen ist es uns ganz leicht, die Bestimmung der göttlichen Existenz, als unabhängig von allen Zeitbedingungen, zum Unterschiede von der eines Wesens der Sinnenwelt, als die **Existenz eines Wesens an sich selbst**, von der eines **Dinges in der Erscheinung** zu unterscheiden. Daher, wenn man jene Idealität der Zeit und des Raums nicht annimmt, nur allein der **Spinozism** übrig bleibt, in welchem Raum und Zeit wesentliche Bestimmungen des Urwesens selbst sind, die von ihm abhängige Dinge aber (also auch wir selbst) nicht Substanzen, sondern blos ihm inhärirende Accidenzen sind; weil, wenn diese Dinge blos, als seine Wirkungen, **in der Zeit** existiren, welche die Bedingung ihrer Existenz an sich wäre, auch die Handlungen dieser Wesen blos seine Handlungen seyn müßten, die er irgendwo und irgendwann ausübte. Daher schließt

der

evitar a contradição que cometem, ao considerar uma existência no tempo como determinação em si necessariamente aderente às coisas finitas, uma vez que Deus é a causa dessa existência mas não pode de modo algum evitar ser a causa do tempo (ou espaço) mesmo (porque esta, como condição necessária, tem que ser pressuposta *a priori* à existência das coisas), consequentemente sua causalidade em relação à existência dessas coisas tem que ser condicionada mesmo quanto ao tempo, em cujo caso então todas as contradições acerca dos conceitos de sua infinitude e independência têm de inevitavelmente apresentar-se. Contrariamente à diferença da determinação de um ente do mundo sensorial, é-nos totalmente fácil distinguir a determinação da existência divina como independente de todas as determinações temporais, bem como distinguir a **existência de um ente em si mesmo** da existência de uma **coisa no fenômeno**. Por isso, se não se admite aquela idealidade do tempo e do espaço, resta unicamente o **espinosismo**, no qual espaço e tempo são determinações essenciais do Ser primeiro, porém as coisas dependentes deste (portanto também nós mesmos) não são substâncias e sim meros acidentes inerentes a ele; porque, se essas coisas como seus efeitos existem simplesmente **no tempo**, que seria a condição de sua existência em si, também as ações desses entes teriam de ser meramente ações suas que ele exercesse em algum lugar ou tempo qualquer. Por isso o ◆

der Spinozism, unerachtet der Ungereimtheit seiner Grundidee, doch weit bündiger, als es nach der Schöpfungstheorie geschehen kann, wenn die für Substanzen angenommene und an sich **in der Zeit existirende Wesen** Wirkungen einer obersten Ursache, und doch nicht zugleich zu ihm und seiner Handlung, sondern für sich als Substanzen angesehen werden.

Die Auflösung obgedachter Schwierigkeit geschicht, kurz und einleuchtend, auf folgende Art: Wenn die Existenz **in der Zeit** eine bloße sinnliche Vorstellungsart der denkenden Wesen in der Welt ist, folglich sie, als Dinge an sich selbst, nicht angeht: so ist die Schöpfung dieser Wesen eine Schöpfung der Dinge an sich selbst; weil der Begriff einer Schöpfung nicht zu der sinnlichen Vorstellungsart der Existenz und zur Causalität gehört, sondern nur auf Noumenen bezogen werden kann. Folglich, wenn ich von Wesen in der Sinnenwelt sage: sie sind erschaffen; so betrachte ich sie so fern als Noumenen. So, wie es also ein Widerspruch wäre, zu sagen, Gott sey ein Schöpfer von Erscheinungen, so ist es auch ein Widerspruch, zu sagen, er sey, als Schöpfer, Ursache der Handlungen in der Sinnenwelt, mithin als Erscheinungen, wenn er gleich Ursache des Daseyns der handelnden Wesen (als Noumenen) ist. Ist es nun möglich, (wenn wir nur das Daseyn in der Zeit für etwas, was blos von Erscheinungen, nicht von Dingen an sich selbst gilt, annehmen,) die Freyheit, unbeschadet

espinosismo, apesar da absurdidade de sua ideia fundamental, conclui bem mais convincentemente do que pode ocorrer segundo a teoria da criação, se os **entes** tomados por substâncias e **existentes** em si **no tempo** são considerados[176] efeitos de uma causa suprema e, contudo, não são considerados ao mesmo tempo pertencentes[177] ao Ser primeiro e à sua ação, mas por si como substâncias.

A resolução da dificuldade mencionada ocorre sucinta e claramente da maneira seguinte: se a existência **no tempo** é um simples modo de representação sensível dos entes pensantes no mundo, consequentemente não lhes concerne enquanto coisas em si mesmas, então a criação desses entes é uma criação de coisas em si mesmas, porque o conceito de criação não pertence ao modo de representação sensível da existência e à causalidade mas só pode ser referido aos *noumena*. Por conseguinte, se de entes no mundo sensorial digo que são criados, então e nessa medida os considero como *noumena*. Assim, do mesmo modo que seria uma contradição dizer que Deus é um criador de fenômenos, é também contraditório dizer que ele como Criador seja causa de ações no mundo sensorial, por conseguinte enquanto fenômenos, embora ele seja causa da existência dos entes agentes (enquanto *noumena*). Ora, se é possível (no caso de admitirmos somente a existência no tempo como algo que vale simplesmente para fenômenos, não para coisas em si mesmas) afirmar a liberdade, ◆

176. Hartenstein acrescenta *als* (como), dispensável em português.
177. *gehörig* (pertencentes) é acréscimo de Hartenstein.

dem Naturmechanism der Handlungen als Erscheinungen, zu behaupten, so kann, daß die handelnden Wesen Geschöpfe sind, nicht die mindeste Aenderung hierin machen, weil die Schöpfung ihre intelligibele, aber nicht sensibele Existenz betrifft, und also nicht als Bestimmungsgrund der Erscheinungen angesehen werden kann; welches aber ganz anders ausfallen würde, wenn die Weltwesen als Dinge an sich selbst **in der Zeit** existirten, da der Schöpfer der Substanz, zugleich der Urheber des ganzen Maschinenwesens an dieser Substanz seyn würde.

Von so großer Wichtigkeit ist die in der Crit. der r. spec. V. verrichtete Absonderung der Zeit (so wie des Raums) von der Existenz der Dinge an sich selbst.

Die hier vorgetragene Auflösung der Schwierigkeit hat aber, wird man sagen, doch viel Schweres in sich, und ist einer hellen Darstellung kaum empfänglich. Allein, ist denn jede andere, die man versucht hat, oder versuchen mag, leichter und faßlicher? Eher möchte man sagen, die dogmatischen Lehrer der Metaphysik hätten mehr ihre Verschmitztheit als Aufrichtigkeit darin bewiesen, daß sie diesen schwierigen Punct, so weit wie möglich, aus den Augen brachten, in der Hoffnung, daß, wenn sie davon gar nicht sprächen, auch wol niemand leichtlich an ihn denken würde. Wenn einer Wissenschaft geholfen werden soll, so müssen alle Schwierigkeiten **aufgedecket** und sogar diejenigen **aufgesucht** werden,

sem detrimento do mecanismo natural das ações enquanto fenômenos, então o fato de que os entes agentes são criaturas não pode fazer aqui a mínima diferença, porque a criação concerne à sua existência inteligível e não à sensível e, portanto, não pode ser vista como fundamento determinante dos fenômenos; o que, porém, ocorreria de modo totalmente diverso se os entes mundanos existissem como coisas em si mesmas **no tempo**, já que o criador da substância tornar-se-ia ao mesmo tempo o autor de todo o mecanismo nessa substância.

Tal é a importância da abstração do tempo (e do espaço), levada a cabo na crítica da razão especulativa pura em relação à existência das coisas em si mesmas.

Dir-se-á que a resolução da dificuldade aqui exposta encerra muitos obstáculos internos e que não é sequer suscetível de uma apresentação clara. Mas por acaso alguma outra, que se tentou ou possa tentar, é mais fácil e compreensível? Antes, poder-se-ia dizer que os mestres dogmáticos da Metafísica teriam provado mais a sua astúcia que a sua fraqueza no fato de ter afastado tanto quanto possível da vista este ponto difícil, na esperança de que, se não falassem dele, tampouco alguém facilmente pensaria nele. Se se deve auxiliar uma ciência, então todas as dificuldades têm de ser **descobertas** e têm de ser **procuradas**, até aquelas ◆

den, die ihr noch so in geheim im Wege liegen; denn jede derselben ruft ein Hülfsmittel auf, welches, ohne der Wissenschaft einen Zuwachs, es sey an Umfang, oder an Bestimmtheit, zu verschaffen nicht gefunden werden kann, wodurch also selbst die Hindernisse Beförderungsmittel der Gründlichkeit der Wissenschaft werden. Dagegen, werden die Schwierigkeiten absichtlich verdeckt, oder blos durch Palliativmittel gehoben, so brechen sie, über kurz oder lang, in unheilbare Uebel aus, welche die Wissenschaft in einem gänzlichen Scepticism zu Grunde richten.

* * *

Da es eigentlich der Begriff der Freyheit ist, der unter allen Ideen der reinen speculativen Vernunft, allein so große Erweiterung im Felde des Uebersinnlichen, wenn gleich nur in Ansehung des practischen Erkenntnisses verschafft, so frage ich mich: **woher denn ihm ausschließungsweise eine so große Fruchtbarkeit zu Theil geworden sey,** indessen die übrigen zwar die leere Stelle für reine mögliche Verstandeswesen bezeichnen, den Begriff von ihnen aber durch nichts bestimmen können. Ich begreife bald, daß, da ich nichts ohne Categorie denken kann, diese auch in der Idee der Vernunft, von der Freyheit, mit der ich mich beschäftige, zuerst müsse aufgesucht werden, welche hier die Categorie der **Causalität** ist, und daß ich, wenn gleich dem **Vernunftbegriffe** der Freyheit,

 als

que tão secretamente ainda a estorvam, pois cada uma delas apela a um expediente que não pode ser encontrado sem proporcionar à ciência um aumento, quer na abrangência, quer na certeza, mediante o qual, portanto, mesmo os obstáculos tornam-se meios de promoção da solidez da ciência. Contrariamente, se as dificuldades forem intencionalmente ocultadas ou afastadas por meios paliativos, elas cedo ou tarde irrompem em males incuráveis que levam a ciência à ruína de um completo ceticismo.

* * *

Já que propriamente apenas o conceito de liberdade, entre todas as ideias da razão especulativa pura, alcança tão grande ampliação no campo do suprassensível, se bem que somente em relação ao conhecimento prático, pergunto-me: **donde lhe adveio, com exclusividade, uma fecundidade tão grande**, tanto que as demais certamente podem designar o lugar vazio para possíveis entes de entendimento puros mas não podem por nenhum meio determinar o conceito delas? Compreendo logo que, como não posso pensar nada sem categoria, esta também tem que ser procurada primeiro na ideia de liberdade, da razão, com a qual me ocupo e que é aqui a categoria de **causalidade**, e compreendo que[178], embora ao **conceito racional** de liberdade, ◆

178. Kant: *daß ich, wenn gleich* (que eu, embora), corrigido por Rosenkranz e Hartenstein para: *und daß, wenngleich.*

als überschwenglichem Begriffe, keine correspondirende Anschauung untergelegt werden kann, dennoch dem Verstandesbegriffe (der Causalität), für dessen Synthesis jener das Unbedingte fodert, zuvor eine sinnliche Anschauung gegeben werden müsse, dadurch ihm zuerst die objective Realität gesichert wird. Nun sind alle Categorien in zwey Classen, die **mathematische**, welche blos auf die Einheit der Synthesis in der Vorstellung der Objecte, und die **dynamische**, welche auf die in der Vorstellung der Existenz der Objecte gehen, eingetheilt. Die erstere (die der Größe und der Qualität) enthalten jederzeit eine Synthesis des **Gleichartigen**, in welcher das Unbedingte, zu dem in der sinnlichen Anschauung gegebenen Bedingten in Raum und Zeit, da es selbst wiederum zum Raume und der Zeit gehören, und also immer wieder unbedingt seyn mußte, gar nicht kann gefunden werden; daher auch in der Dialectik der reinen theoretischen Vernunft die einander entgegengesetzte Arten, das Unbedingte und die Totalität der Bedingungen für sie zu finden, beide falsch waren. Die Categorien der zweyten Classe (die der Causalität und der Nothwendigkeit eines Dinges) erforderten diese Gleichartigkeit (des Bedingten und der Bedingung in der Synthesis) gar nicht, weil hier nicht die Anschauung, wie sie aus einem Mannigfaltigen in ihr zusammengesetzt, sondern nur wie die Existenz des ihr correspondirenden bedingten Gegenstandes zu der Existenz der Bedingung,

(im

enquanto conceito transcendental, não possa ser atribuída nenhuma intuição correspondente, todavia ao **conceito do entendimento** (a causalidade), para cuja síntese **aquele** conceito exige o incondicionado, tem que ser dada antes uma intuição sensível, pela qual lhe é primeiramente assegurada a realidade objetiva. Ora, todas as categorias são divididas em duas classes, as **matemáticas**, que concernem simplesmente à unidade da síntese na representação dos objetos, e as **dinâmicas**, que concernem à unidade da síntese na representação da existência dos objetos. As primeiras (as da quantidade e da qualidade) contêm em qualquer tempo uma síntese do **homogêneo**, na qual o incondicionado para o condicionado dado à intuição sensível no espaço e no tempo não pode ser de modo algum encontrado, uma vez que ele mesmo tinha que[179], por sua vez, pertencer ao espaço e ao tempo e, portanto, ser sempre de novo condicionado[180]. Por isso também na dialética da razão teórica pura ambos os modos opostos de encontrar para eles o incondicionado e a totalidade das condições eram falsos. As categorias da segunda classe (as da causalidade e da necessidade de uma coisa) não requeriam de modo algum essa homogeneidade (do condicionado e da condição da síntese), porque aqui não se deve[181] representar a intuição como composta a partir de um múltiplo nela mas só segundo o modo como a existência do objeto condicionado correspondente a ela é acrescida à existência da ◆

179. Kant: *mußte* (tinha que), alterado por Hartenstein e Natorp para *müßte* (teria que).

180. Kant: *wieder unbedingt* (de novo incondicionado), corrigido por Natorp para *wiederum bedingt* (por sua vez condicionado), e por Hartenstein para *wieder bedingt* (de novo condicionado). Na verdade, a correção já é de Vogel no exemplar de Erlangen.

181. Alterado por Hartenstein de *soll* (deve) para *sollte* (deveria).

(im Verstande als damit verknüpft) hinzukomme, vorgestellt werden solle, und da war es erlaubt, zu dem durchgängig Bedingten in der Sinnenwelt (so wohl in Ansehung der Causalität als des zufälligen Daseyns der Dinge selbst) das Unbedingte, obzwar übrigens unbestimmt, in der intelligibelen Welt zu setzen, und die Synthesis transscendent zu machen; daher denn auch in der Dialectik der r. spec. V. sich fand, daß beide, dem Scheine nach, einander entgegengesetzte Arten das Unbedingte zum Bedingten zu finden, z. B. in der Synthesis der Causalität zum Bedingten, in der Reihe der Ursachen und Wirkungen der Sinnenwelt, die Causalität, die weiter nicht sinnlich bedingt ist, zu denken, sich in der That nicht widerspreche, und daß dieselbe Handlung, die, als zur Sinnenwelt gehörig, jederzeit sinnlich bedingt, d. i. mechanisch-nothwendig ist, doch zugleich auch, als zur Causalität des handelnden Wesens, so fern es zur intelligibelen Welt gehörig ist, eine sinnlich unbedingte Causalität zum Grunde haben, mithin als frey gedacht werden könne. Nun kam es blos darauf an, daß dieses **Können** in ein **Seyn** verwandelt würde, d. i., daß man in einem wirklichen Falle, gleichsam durch ein Factum, beweisen könne: daß gewisse Handlungen eine solche Causalität (die intellectuelle, sinnlich unbedingte) voraussetzen, sie mögen nun wirklich, oder auch nur geboten, d. i. objectiv practisch nothwendig seyn. An wirklich in der Erfahrung gegebenen Handlun-

condição (enquanto conectada com ela no entendimento). E neste caso era permitido pôr para o universalmente condicionado no mundo sensorial (tanto com vistas à causalidade quanto com vistas à existência contingente das próprias coisas) o incondicionado – embora, afora isso, desconhecido – no[182] mundo inteligível e tornar a síntese transcendente. Por isso também na dialética da razão especulativa pura julgou-se que ambos os modos aparentemente opostos entre si de encontrar o incondicionado para o condicionado – por exemplo, de pensar, na síntese da causalidade, para o condicionado na série das causas e efeitos do mundo sensorial, a causalidade que não é ulteriormente condicionada sensivelmente – de fato não se contradizem, e que a mesma ação, que enquanto pertencente ao mundo sensorial é sempre sensivelmente condicionada, isto é, mecanicamente necessária, pode ao mesmo tempo, enquanto pertence à causalidade do ente agente como parte do mundo inteligível, ter também como fundamento uma causalidade sensivelmente incondicionada, portanto ser pensada como livre. Ora, tudo dependeu meramente de que esse **poder** fosse transformado em um **ser**, isto é, de que se pudesse provar em um caso efetivo, como que através de um *factum*, que certas ações, quer elas sejam efetivas ou também só ordenadas, isto é, praticamente necessárias, pressupõem uma tal causalidade (a intelectual, sensivelmente incondicionada). Não podíamos esperar encontrar essa ◆

182. Kant: *in der*. Grillo: *in die*.

lungen, als Begebenheiten der Sinnenwelt, konnten wir diese Verknüpfung nicht anzutreffen hoffen, weil die Causalität durch Freyheit immer außer der Sinnenwelt im Intelligibelen gesucht werden muß. Andere Dinge, außer den Sinnenwesen, sind uns aber zur Wahrnehmung und Beobachtung nicht gegeben. Also blieb nichts übrig, als daß etwa ein unwidersprechlicher und zwar objectiver Grundsatz der Causalität, welcher alle sinnliche Bedingung von ihrer Bestimmung ausschließt, d. i. ein Grundsatz, in welchem die Vernunft sich nicht weiter auf etwas **Anderes** als Bestimmungsgrund in Ansehung der Causalität beruft, sondern den sie durch jenen Grundsatz schon selbst enthält, und wo sie also, als **reine Vernunft**, selbst practisch ist, gefunden werde. Dieser Grundsatz aber bedarf keines Suchens und keiner Erfindung; er ist längst in aller Menschen Vernunft gewesen und ihrem Wesen einverleibt, und ist der Grundsatz der **Sittlichkeit**. Also ist jene unbedingte Causalität und das Vermögen derselben, die Freyheit, mit dieser aber ein Wesen (ich selber), welches zur Sinnenwelt gehört, doch zugleich als zur intelligibelen gehörig nicht blos unbestimmt und problematisch **gedacht**, (welches schon die speculative Vernunft als thunlich ausmitteln konnte) sondern sogar **in Ansehung des Gesetzes** ihrer Causalität **bestimmt** und assertorisch **erkannt**, und so uns die Wirklichkeit der intelligibelen Welt, und zwar in practischer Rücksicht **bestimmt**, gegeben worden,

conexão em ações efetivamente dadas na experiência como eventos do mundo sensorial, porque a causalidade por liberdade sempre tem que ser procurada fora do mundo sensorial, no inteligível. Outras coisas, além dos entes sensíveis, não são dadas à nossa percepção e observação. Logo, não restou senão que porventura seja encontrada uma proposição fundamental da causalidade que seja incontestável e, em verdade, objetiva, que exclua de sua determinação toda a condição sensível, isto é, uma proposição fundamental na qual a razão não recorre ulteriormente a algo **diverso** como fundamento determinante em relação à causalidade, mas o qual ela mesma já contém através daquela proposição fundamental e em cujo caso, portanto, enquanto **razão pura** ela mesma é prática. Esta proposição fundamental, porém, não requer nenhuma busca nem invenção; ela encontra-se há muito tempo em toda a razão humana e incorporada a sua essência, e é a proposição fundamental da **moralidade**. Portanto aquela causalidade incondicionada e sua faculdade, a liberdade – com esta, porém, um ente (eu mesmo) que pertence ao mundo inteligível – é não apenas **pensada** indeterminada e problematicamente (o que já a razão especulativa podia descobrir como factível), mas é até **determinada em relação à lei** de sua causalidade e **conhecida** assertoricamente; e deste modo a efetividade do mundo inteligível foi-nos dada e, em verdade, **determinada** de um ponto de vista prático; ◆

den, und diese Bestimmung, die in theoretischer Absicht **transscendent** (überschwenglich) seyn würde, ist in practischer **immanent**. Dergleichen Schritt aber konnten wir in Ansehung der zweyten dynamischen Idee, nemlich der eines **nothwendigen Wesens** nicht thun. Wir konnten zu ihm aus der Sinnenwelt, ohne Vermittelung der ersteren dyn. Idee, nicht hinauf kommen. Denn, wollten wir es versuchen, so müßten wir den Sprung gewagt haben, alles das, was uns gegeben ist, zu verlassen, und uns zu dem hinzuschwingen, wovon uns auch nichts gegeben ist, wodurch wir die Verknüpfung eines solchen intelligibelen Wesens mit der Sinnenwelt vermitteln könnten (weil das nothwendige Wesen als **außer uns** gegeben erkannt werden sollte); welches dagegen in Ansehung **unseres eignen** Subjects, so fern es sich durchs moralische Gesetz **einerseits** als intelligibeles Wesen (vermöge der Freyheit) bestimmt, **andererseits** als nach dieser Bestimmung in der Sinnenwelt thätig, selbst erkennt, wie jetzt der Augenschein darthut, ganz wohl möglich ist. Der einzige Begriff der Freyheit verstattet es, daß wir nicht außer uns hinausgehen dürfen, um das Unbedingte und Intelligibele zu dem Bedingten und Sinnlichen zu finden. Denn es ist unsere Vernunft selber, die sich durchs höchste und unbedingte practische Gesetz, und das Wesen, das sich dieses Gesetzes bewußt ist, (unsere eigene Person) als zur reinen Verstandeswelt gehörig, und zwar sogar mit Bestim-

mung

e esta determinação, que de um ponto de vista teórico seria **transcendente** (extravagante), é, de um ponto de vista prático, **imanente**. Mas não podíamos efetuar um passo semelhante com respeito à segunda ideia dinâmica, ou seja, à de um **Ser necessário**. Sem a mediação da primeira ideia dinâmica não podíamos elevar-nos a ele a partir do mundo sensorial. Pois, se quiséssemos tentá-lo, precisaríamos ter ousado o salto de abandonar tudo o que nos foi dado e alçar-nos àquilo do qual tampouco[183] nos é dado algo, mediante o que pudéssemos intermediar a conexão de um tal ente inteligível com o mundo sensorial (porque o Ser necessário deveria tornar-se conhecido como dado **fora de nós**), o que, contrariamente, como agora parece demonstrar-se, é perfeitamente possível com respeito a **nosso próprio** sujeito, na medida em que ele mesmo se reconhece, **de um lado**, como ente inteligível (em virtude de sua liberdade) determinado pela lei moral e, **de outro**, como atuando no mundo sensorial de acordo com essa determinação. Unicamente o conceito de liberdade concede que não devemos sair de nós para encontrar o incondicionado e inteligível para o condicionado sensível. Pois é nossa própria razão que reconhece a si mediante a lei prática suprema e incondicionada e ao ente, que é autoconsciente dessa lei (nossa própria pessoa), como pertencente ao mundo puro do entendimento e, em verdade, com a determinação ◆

183. Kant: *auch nichts* (tampouco/também nada). Grillo propôs a supressão de *auch* (também), ficando: "do qual nada nos é dado".

mung der Art, wie es als ein solches thätig seyn könne, erkennt. So läßt sich begreifen, warum in dem ganzen Vernunftvermögen **nur das Practische** dasjenige seyn könne, welches uns über die Sinnenwelt hinaushilft, und Erkenntnisse von einer übersinnlichen Ordnung und Verknüpfung verschaffe, die aber eben darum freylich nur so weit, als es gerade für die reine practische Absicht nöthig ist, ausgedehnt werden können.

Nur auf Eines sey es mir erlaubt bey dieser Gelegenheit noch aufmerksam zu machen, nemlich daß jeder Schritt, den man mit der reinen Vernunft thut, sogar im practischen Felde, wo man auf subtile Speculation gar nicht Rücksicht nimmt, dennoch sich so genau und zwar von selbst an alle Momente der Critik der theoretischen Vernunft anschließe, als ob jeder mit überlegter Vorsicht, blos um dieser Bestätigung zu verschaffen, ausgedacht wäre. Eine solche auf keinerley Weise gesuchte, sondern (wie man sich selbst davon überzeugen kann, wenn man nur die moralischen Nachforschungen bis zu ihren Principien fortsetzen will) sich von selbst findende, genaue Eintreffung der wichtigsten Sätze der practischen Vernunft, mit denen oft zu subtil und unnöthig scheinenden Bemerkungen der Critik der speculativen, überrascht und setzt in Verwunderung, und bestärkt die schon von andern erkannte und gepriesene Maxime in jeder wissenschaftlichen Untersuchung mit aller möglichen Genauigkeit und Offenheit seinen Gang ungestört fortzusetzen,

até do modo como ele enquanto tal pode ser operante. Assim se torna compreensível por que em toda a faculdade da razão **somente o domínio prático** possa ser o que nos eleva acima do mundo sensorial e proporcione conhecimentos de uma ordem e conexão suprassensível, mas que precisamente por isso podem ser estendidos somente tão longe quanto exatamente é necessário ao ponto de vista prático puro.

Seja-me permitido, nesta ocasião, chamar ainda a atenção sobre uma coisa apenas, a saber, que cada passo que se dá com a razão pura, mesmo no campo prático, em que a especulação sutil de modo algum é tomada em consideração, concorda todavia tão precisamente e em verdade espontaneamente com todos os momentos da crítica da razão teórica, como se cada um fosse projetado com refletido cuidado simplesmente para proporcionar confirmação a esta. Uma tal concordância tão exata – de modo algum artificial mas (como a gente pode convencer-se a si mesma, contanto apenas que queira prosseguir as investigações morais até seus princípios) espontaneamente encontrável – das mais importantes proposições da razão prática com as observações, que frequentemente parecem demasiado sutis e desnecessárias, da crítica da razão especulativa, surpreende e assombra e fortalece a máxima, já de outros conhecida e enaltecida, de em toda investigação científica prosseguir seu caminho com toda a exatidão e largueza ◆

tzen, ohne sich an das zu kehren, wowider sie außer ihrem Felde etwa verstoßen möchte, sondern sie für sich allein, so viel man kann, wahr und vollständig zu vollführen. Oeftere Beobachtung hat mich überzeugt, daß, wenn man diese Geschäffte zu Ende gebracht hat, das, was in der Hälfte desselben, in Betracht anderer Lehren außerhalb, mir bisweilen sehr bedenklich schien, wenn ich diese Bedenklichkeit nur so lange aus den Augen ließ, und blos auf mein Geschäfft Acht hatte, bis es vollendet sey, endlich auf unerwartete Weise mit demjenigen vollkommen zusammenstimmte, was sich ohne die mindeste Rücksicht auf jene Lehren, ohne Parteylichkeit und Vorliebe für dieselbe, von selbst gefunden hatte. Schriftsteller würden sich manche Irrthümer, manche verlohrne Mühe (weil sie auf Blendwerk gestellt war) ersparen, wenn sie sich nur entschließen könnten, mit etwas mehr Offenheit zu Werke zu gehen.

possível, sem se voltar para o que ela porventura pudesse infringir fora de seu campo, mas, na medida do possível, executando-a por si só, verdadeira e completamente. Uma observação reiterada convenceu-me de que, se a gente levou estes[184] assuntos a termo, aquilo que no meio do caminho pareceu-me por vezes muito duvidoso acerca de outras doutrinas estranhas, tão logo eu afastei por longo tempo dos olhos essa dúvida e prestei atenção meramente ao meu assunto até que ele estivesse concluído, finalmente de um modo inesperado concordava perfeitamente com aquilo que, sem a mínima consideração por aquelas doutrinas, sem parcialidade e preferência por elas, por mim mesmo encontrara. Os escritores poupariam muitos erros, de muito esforço desperdiçado (pois ele se fundava em ilusão), desde que somente pudessem decidir-se a proceder com um pouco mais de largueza. ◆

184. Kant: *diese Geschäffte*. A correção abreviada de Grillo *dieses Gesch.* foi transformada por Vorländer e pela Ak em: *dieses Geschäfte*.

Zweytes Buch.

Dialectik der reinen practischen Vernunft.

Erstes Hauptstück.

Von einer Dialectik der reinen practischen Vernunft überhaupt.

Die reine Vernunft hat jederzeit ihre Dialectik, man mag sie in ihrem speculativen oder practischen Gebrauche betrachten; denn sie verlangt die absolute Totalität der Bedingungen zu einem gegebenen Bedingten, und diese kann schlechterdings nur in Dingen an sich selbst angetroffen werden. Da aber alle Begriffe der Dinge auf Anschauungen bezogen werden müssen, welche, bey uns Menschen, niemals anders als sinnlich seyn können, mithin die Gegenstände, nicht als Dinge an sich selbst, sondern blos als Erscheinungen erkennen lassen, in deren Reihe des Bedingten und der Bedingungen das Unbedingte niemals angetroffen werden kann, so entspringt ein unvermeidlicher Schein aus der

Segundo Livro

Dialética da razão prática pura

Primeiro Capítulo

De uma dialética da razão prática pura em geral

A razão pura, quer seja considerada em seu uso especulativo ou em seu uso prático, tem sempre a sua dialética; pois ela reclama a totalidade absoluta das condições para um condicionado dado, e essa só pode absolutamente encontrar-se em coisas em si mesmas. Mas, visto que todos os conceitos das coisas têm que ser referidos a intuições que entre nós, homens, jamais podem ser senão sensíveis, por conseguinte não deixam conhecer os objetos como coisas em si mesmas mas simplesmente como fenômenos, em cuja série do condicionado e das condições o incondicionado jamais pode ser encontrado, assim, da aplicação dessa ideia racional ◆

Anwendung dieser Vernunftidee der Totalität der Bedingungen (mithin des Unbedingten) auf Erscheinungen, als wären sie Sachen an sich selbst (denn dafür werden sie, in Ermangelung einer warnenden Critik, jederzeit gehalten), der aber niemals als trüglich bemerkt werden würde, wenn er sich nicht durch einen **Widerstreit** der Vernunft mit sich selbst, in der Anwendung ihres Grundsatzes, das Unbedingte zu allem Bedingten vorauszusetzen, auf Erscheinungen, selbst verriethen. Hiedurch wird aber die Vernunft genöthigt, diesem Scheine nachzuspüren, woraus er entspringe, und wie er gehoben werden könne, welches nicht anders, als durch eine vollständige Critik des ganzen reinen Vernunftvermögens, geschehen kann; so daß die Antinomie der reinen Vernunft, die in ihrer Dialectik offenbar wird, in der That die wohlthätigste Verirrung ist, in die die menschliche Vernunft je hat gerathen können, indem sie uns zuletzt antreibt, den Schlüssel zu suchen, aus diesem Labyrinthe herauszukommen, der, wenn er gefunden worden, noch das entdeckt, was man nicht suchte und doch bedarf, nemlich eine Aussicht in eine höhere, unveränderliche Ordnung der Dinge, in der wir schon jetzt sind, und in der unser Daseyn der höchsten Vernunftbestimmung gemäß fortzusetzen, wir durch bestimmte Vorschriften nunmehr angewiesen werden können.

da totalidade das condições (por conseguinte, do incondicionado) a fenômenos surge uma inevitável ilusão, como se eles fossem coisas em si mesmas (pois, na falta de uma crítica preventiva, serão sempre tomados por tais), <ilusão>, porém, que jamais seria notada como enganosa se ela própria não se traísse[185] por um **desacordo** da razão consigo mesma na aplicação a fenômenos de sua proposição fundamental, de pressupor o incondicionado para todo o condicionado. Deste modo, porém, a razão é coagida a investigar de onde essa ilusão surge e de que modo se pode pôr termo a ela, o que não pode ocorrer senão mediante uma crítica completa de toda a faculdade racional pura; de modo que a antinomia da razão pura que se evidencia em sua dialética é de fato o mais benfazejo extravio em que a razão humana jamais tenha podido cair, na medida em que ela finalmente nos impele a procurar a chave para sair desse labirinto, a qual, uma vez encontrada, ainda descobre o que não se procurava e de que, contudo, se carece, a saber, uma perspectiva sobre uma superior e imutável ordem das coisas na qual já agora nos encontramos e na qual doravante podemos ser instruídos, mediante determinados preceitos, a prosseguir a nossa existência em conformidade com a suprema destinação da razão. ◆

185. Kant: *verrieten* (traíssem). Vorländer atribuiu a correção a Rosenkranz e Hartenstein para *verriethe*, enquanto em Grillo já constou *verrieth*.

Wie im speculativen Gebrauche der reinen Vernunft jene natürliche Dialectik aufzulösen, und der Irrthum, aus einem übrigens natürlichen Scheine, zu verhüten sey, kann man in der Critik jenes Vermögens ausführlich antreffen. Aber der Vernunft in ihrem practischen Gebrauche geht es um nichts besser. Sie sucht, als reine practische Vernunft, zu dem practisch-Bedingten (was auf Neigungen und Naturbedürfniß beruht) ebenfalls das Unbedingte, und zwar nicht als Bestimmungsgrund des Willens, sondern, wenn dieser auch (im moralischen Gesetze) gegeben worden, die unbedingte Totalität des **Gegenstandes** der reinen practischen Vernunft, unter dem Namen des **höchsten Guts**.

Diese Idee practisch-, d. i. für die Maxime unseres vernünftigen Verhaltens, hinreichend zu bestimmen, ist die **Weisheitslehre**, und diese wiederum als **Wissenschaft**, ist **Philosophie**, in der Bedeutung, wie die Alten das Wort verstanden, bey denen sie eine Anweisung zu dem Begriffe war, worin das höchste Gut zu setzen, und zum Verhalten, durch welches es zu erwerben sey. Es wäre gut, wenn wir dieses Wort bey seiner alten Bedeutung ließen, als eine **Lehre vom höchsten Gut**, so fern die Vernunft bestrebt ist, es darin zur **Wissenschaft** zu bringen. Denn einestheils würde die angehängte einschränkende Bedingung dem griechischen Ausdrucke (welcher Liebe zur **Weisheit** bedeutet) angemessen und doch zugleich hinreichend seyn,

O modo como, no uso especulativo da razão pura, deve ser resolvida aquela dialética natural e evitado o erro decorrente de uma ilusão, de resto natural, pode encontrar-se detalhadamente na crítica dessa faculdade. Mas com a razão no seu uso prático as coisas não se passam melhor. Como razão prática pura ela procura para o praticamente condicionado (que depende de inclinações e de uma carência natural) igualmente o incondicionado e, em verdade, não como fundamento determinante da vontade; mas, ainda que este tenha sido dado (na lei moral), ela procura a totalidade incondicionada do **objeto** da razão prática pura sob o nome de **sumo bem**.

Determinar essa ideia de um modo praticamente suficiente para a máxima de nossa conduta racional[186] é a **doutrina da sabedoria** e esta, por sua vez, enquanto **ciência**, é **filosofia** no sentido em que a palavra foi entendida pelos Antigos, entre os quais ela era uma indicação do conceito em que o sumo bem deve ser posto e da conduta mediante a qual ele deve ser adquirido. Seria bom se mantivéssemos o antigo significado dessa palavra como uma **doutrina do sumo bem**, na medida em que a razão aspira chegar nela à **ciência**. Pois, de um lado, a inerente condição limitadora seria adequada à expressão grega (que significa amor à **sabedoria**) e, contudo, ao mesmo tempo suficiente ◆

186. A frase de Kant contém um refinamento simplificado pela tradução: *Diese Idee praktisch-, d. i. für die Maxime unseres vernünftigen Verhaltens, hinreichend zu bestimmen...* (cf. *KpV* A 35).

die Liebe zur **Wissenschaft**, mithin aller speculativen Erkenntniß der Vernunft, so fern sie ihr, sowol zu jenem Begriffe, als auch dem practischen Bestimmungsgrunde dienlich ist, unter dem Namen der Philosophie, mit zu befassen, und doch den Hauptzweck, um dessentwillen sie allein Weisheitslehre genannt werden kann, nicht aus den Augen verlieren lassen. Anderen Theils würde es auch nicht übel seyn, den Eigendünkel desjenigen, der es wagte sich des Titels eines Philosophen selbst anzumaaßen, abzuschrecken, wenn man ihm schon durch die Definition den Maaßstab der Selbstschätzung vorhielte, der seine Ansprüche sehr herabstimmen wird; denn ein **Weisheitslehrer** zu seyn, möchte wol etwas mehr, als einen Schüler bedeuten, der noch immer nicht weit genug gekommen ist, um sich selbst, vielweniger um andere, mit sicherer Erwartung eines so hohen Zwecks, zu leiten; es würde einen **Meister in Kenntniß der Weisheit** bedeuten, welches mehr sagen will, als ein bescheidener Mann sich selber anmaaßen wird, und Philosophie würde, so wie die Weisheit, selbst noch immer ein Ideal bleiben, welches objectiv in der Vernunft allein vollständig vorgestellt wird, subjectiv aber, für die Person, nur das Ziel seiner unaufhörlichen Bestrebung ist, und in dessen Besitz, unter dem angemaaßten Namen eines Philosophen, zu seyn, nur der vorzugeben berechtigt ist, der auch die unfehlbare Wirkung derselben (in Beherrschung seiner selbst,

para compreender sob o nome de filosofia o amor à **ciência**, por conseguinte, a todo o conhecimento especulativo da razão, na medida em que ele é útil a esta tanto em vista daquele conceito quanto do fundamento determinante prático, mas sem perder de vista o fim principal em virtude do qual, unicamente, ela pode chamar-se doutrina da sabedoria. De outro lado, tampouco faria mal dissuadir[187] a presunção daquele que ousasse arrogar-se ele mesmo o título de filósofo, se já pela definição se lhe antepusesse o padrão de medida da autoestima que moderará muito suas exigências; pois ser um **professor de sabedoria** poderia bem significar algo mais do que ser um aluno, que ainda não chegou tão longe para guiar a si mesmo e, muito menos, a outros com a segura expectativa de um fim tão elevado; significaria um **mestre no conhecimento da sabedoria**, que quer dizer mais do que uma pessoa modesta arrogará a si própria, e a Filosofia, assim como a própria sabedoria, permaneceria ela mesma ainda um ideal que objetivamente só na razão é representado de modo completo, mas subjetivamente para a pessoa é somente a meta de sua incessante aspiração, cuja posse, sob o presunçoso nome de filósofo, somente está legitimado a pretendê-lo aquele que também pode apresentar em sua pessoa, a título de exemplo, o infalível efeito da mesma aspiração (no domínio ◆

187. Kant: *abzuschrecken* (dissuadir). Grillo propôs *nieder zu schlagen* (abater).

und dem ungezweifelten Interesse, das er vorzüglich am allgemeinen Guten nimmt) an seiner Person, als Beyspiele, aufstellen kann, welches die Alten auch fodertén, um jenen Ehrennamen verdienen zu können.

In Ansehung der Dialectik der reinen practischen Vernunft, im Puncte der Bestimmung des Begriffs **vom höchsten Gute**, (welche, wenn ihre Auflösung gelingt, eben sowol, als die der theoretischen, die wohlthätigste Wirkung erwarten läßt, dadurch daß die aufrichtig angestellte und nicht verheelte Widersprüche der reinen practischen Vernunft mit ihr selbst, zur vollständigen Critik ihres eigenen Vermögens nöthigen,) haben wir nur noch eine Erinnerung voranzuschicken.

Das moralische Gesetz ist der alleinige Bestimmungsgrund des reinen Willens. Da dieses aber blos formal ist, (nemlich, allein die Form der Maxime, als allgemein gesetzgebend, fodert,) so abstrahirt es, als Bestimmungsgrund, von aller Materie, mithin von allem Objecte, des Wollens. Mithin mag das höchste Gut immer der ganze **Gegenstand** einer reinen practischen Vernunft, d. i. eines reinen Willens seyn, so ist es darum doch nicht für den **Bestimmungsgrund** desselben zu halten, und das moralische Gesetz muß allein als der Grund angesehen werden, jenes, und dessen Bewirkung oder Beförderung, sich zum Objecte zu machen. Diese Erinnerung ist in einem so delicaten

de si mesmo e no indubitado interesse que ele toma principalmente pelo bem geral), o que também os Antigos exigiam para poder merecer aquele nome honroso.

Só temos ainda uma advertência a adiantar, relativamente à dialética da razão prática pura, no ponto da determinação do conceito **de sumo bem** (a qual, se a sua resolução for bem sucedida, permite esperar, tanto quanto a resolução da razão teórica, o efeito benéfico pelo qual as contradições da razão prática pura consigo mesma, expostas lealmente e sem dissimulação, coagem à crítica completa de sua própria faculdade).

A lei moral é o único fundamento determinante da vontade pura. Mas já que este é meramente formal (a saber, exige unicamente a forma da máxima como universalmente legislativa), ele, enquanto fundamento determinante, abstrai de toda a matéria, por conseguinte, de todo o objeto do querer. Logo, por mais que o sumo bem seja sempre o **objeto** total de uma razão prática pura, isto é, de uma vontade pura, nem por isso ele deve ser tomado pelo seu **fundamento determinante** e a lei moral, unicamente, tem que ser considerada o fundamento para tomar para si como objeto aquele sumo bem e a sua realização ou promoção. Esta é uma advertência relevante em um caso ◆

Falle, als die Bestimmung sittlicher Principien ist, wo auch die kleinste Mißdeutung Gesinnungen verfälscht, von Erheblichkeit. Denn man wird aus der Analytik ersehen haben, daß, wenn man vor dem moralischen Gesetze irgend ein Object, unter dem Namen eines Guten, als Bestimmungsgrund des Willens annimmt, und von ihm denn das oberste practische Princip ableitet, dieses alsdenn jederzeit Heteronomie herbeybringen und das moralische Princip verdrängen würde.

Es versteht sich aber von selbst, daß, wenn im Begriffe des höchsten Guts das moralische Gesetz, als oberste Bedingung, schon mit eingeschlossen ist, alsdenn das höchste Gut nicht blos **Object**, sondern auch sein Begriff, und die Vorstellung der durch unsere practische Vernunft möglichen Existenz desselben zugleich der **Bestimmungsgrund** des reinen Willens sey; weil alsdenn in der That das in diesem Begriffe schon eingeschlossene und mitgedachte moralische Gesetz und kein anderer Gegenstand, nach dem Princip der Avtonomie, den Willen bestimmt. Diese Ordnung der Begriffe von der Willensbestimmung darf nicht aus den Augen gelassen werden; weil man sonst sich selbst mißversteht und sich zu widersprechen glaubt, wo doch alles in der vollkommensten Harmonie neben einander steht.

---

tão delicado como o da determinação de princípios morais, em que também a mínima interpretação errônea falsifica as disposições. Pois da Analítica se conclui que, se antes da lei moral se admite como fundamento determinante da vontade qualquer objeto sob o nome de bem, e então se deduz dele o princípio prático supremo, este em tal caso redundaria sempre em heteronomia e eliminaria o princípio moral.

Mas é evidente que, se no conceito de sumo bem a lei moral já está compreendida como condição suprema, então o sumo bem não é simplesmente **objeto**, mas também o seu conceito e a representação de sua existência possível mediante a nossa razão prática é ao mesmo tempo o **fundamento determinante** da vontade pura; porque então a lei moral – já efetivamente incluída e pensada conjuntamente nesse conceito – e nenhum outro objeto determina a vontade segundo o princípio da autonomia. Esta[188] ordem dos conceitos da determinação da vontade não pode ser perdida de vista, porque do contrário a gente compreende-se mal a si mesma e crê contradizer-se onde, entretanto, tudo se encontra, lado a lado, na mais perfeita harmonia. ◆

188. Na 1ª e 2ª edições: *diese* (esta); da 4ª à 6ª: *die* (a).

Zweytes Hauptstück.

Von der

Dialectik der reinen Vernunft

in Bestimmung des Begriffs

vom höchsten Gut.

Der Begriff des **Höchsten** enthält schon eine Zweydeutigkeit, die, wenn man darauf nicht Acht hat, unnöthige Streitigkeiten veranlassen kann. Das Höchste kann das Oberste (supremum) oder auch das Vollendete (consummatum) bedeuten. Das erstere ist diejenige Bedingung, die selbst unbedingt d. i. keiner andern untergeordnet ist (originarium); das zweyte, dasjenige Ganze, das kein Theil eines noch grösseren Ganzen von derselben Art ist (perfectissimum). Daß Tugend (als die Würdigkeit glücklich zu seyn) die oberste Bedingung alles dessen, was uns nur wünschenswerth scheinen mag, mithin auch aller unserer Bewerbung um Glückseligkeit, mithin das **oberste** Gut sey, ist in der Analytik bewiesen worden. Darum ist sie aber noch nicht das ganze und vollendete Gut, als Gegenstand des Begehrungsvermögens vernünftiger endlicher Wesen; denn, um das zu seyn, wird auch Glückseligkeit dazu erfodert, und zwar nicht blos in den par-

Segundo Capítulo
Da dialética da razão pura na determinação do conceito de sumo bem

O conceito de **sumo** <*Höchsten*> contém já uma ambiguidade, que, se não se presta atenção a ela, pode ensejar contendas desnecessárias. Sumo pode significar o supremo (*supremum*) <*das Oberste*>[189] ou também o consumado (*consummatum*). O primeiro é aquela condição que é ela mesma incondicionada, quer dizer, não está subordinada a nenhuma outra (*originarium*); o segundo é aquele todo que não é nenhuma parte de um todo ainda maior da mesma espécie (*perfectissimum*). Que a **virtude** (como o merecimento a ser feliz) seja a **condição suprema** de tudo o que possa parecer-nos sequer desejável, por conseguinte também de todo o nosso concurso à felicidade, portanto seja o bem **supremo**, foi provado na Analítica. Mas nem por isso ela é ainda o bem completo e consumado, enquanto objeto da faculdade de apetição de entes finitos racionais; pois para sê-lo requer-se também a **felicidade** e, em verdade, não apenas aos ◆

....

189. Kant distingue neste parágrafo os conceitos de *höchster Gut* e *oberster Gut*, acrescentando a este último o adjetivo latino *supremum*. Para marcar essa diferença de expressões, justificada no texto, traduz-se a última expressão, *oberster Gut*, por "bem supremo" e a primeira, *höchster Gut*, com base numa longa e antiga tradição latina, por "sumo bem". A essa tradição Kant mesmo remete no capítulo anterior (cf. *KpV* A 194 s.). Quer dizer, o bem supremo chama-se virtude, como o bem parcial mais alto do sumo bem, o qual por sua vez inclui, além daquela, também a felicidade.

parteyischen Augen der Person, die sich selbst zum Zwecke macht, sondern selbst im Urtheile einer unparteyischen Vernunft, die jene überhaupt in der Welt als Zweck an sich betrachtet. Denn der Glückseligkeit bedürftig, ihrer auch würdig, dennoch aber derselben nicht theilhaftig zu seyn, kann mit dem vollkommenen Wollen eines vernünftigen Wesens, welches zugleich alle Gewalt hätte, wenn wir uns auch nur ein solches zum Versuche denken, gar nicht zusammen bestehen. So fern nun Tugend und Glückseligkeit zusammen den Besitz des höchsten Guts in einer Person, hiebey aber auch Glückseligkeit, ganz genau in Proportion der Sittlichkeit (als Werth der Person und deren Würdigkeit glücklich zu seyn) ausgetheilt, das **höchste Gut** einer möglichen Welt ausmachen: so bedeutet dieses das Ganze, das vollendete Gute, worin doch Tugend immer, als Bedingung, das oberste Gut ist, weil es weiter keine Bedingung über sich hat, Glückseligkeit immer etwas, was dem, der sie besitzt, zwar angenehm, aber nicht für sich allein schlechterdings und in aller Rücksicht gut ist, sondern jederzeit das moralische gesetzmäßige Verhalten als Bedingung voraussetzt.

Zwey in einem Begriffe **nothwendig** verbundene Bestimmungen müssen als Grund und Folge verknüpft seyn, und zwar entweder so, daß diese **Einheit** als **analytisch** (logische Verknüpfung) oder als **synthetisch** (reale Verbindung), jene nach dem Gesetze der

olhos facciosos da pessoa que se faz a si mesma fim, mas até no juízo de uma razão imparcial que considera aquela felicidade em geral no mundo como fim em si. Pois ser carente de felicidade e também digno dela, mas apesar disso não ser participante dela, não pode coexistir com o querer perfeito de um ente racional que ao mesmo tempo tivesse todo o poder, ainda que pensemos um tal ente apenas a título de ensaio. Ora, na medida em que virtude e felicidade constituem em conjunto a posse do sumo bem em uma pessoa, mas que com isso também a felicidade, distribuída bem exatamente em proporção à moralidade (enquanto valor da pessoa e do seu merecimento de ser feliz), constitui o **sumo bem** de um mundo possível, assim este <sumo bem> significa o todo, o bem consumado, no qual, contudo, a virtude é sempre como condição o bem supremo, porque ele não tem ulteriormente nenhuma condição acima de si, enquanto a felicidade, sem dúvida, é sempre algo agradável ao que a possui mas não algo que é por si só, absolutamente e sob todos os aspectos, bom, porém pressupõe sempre como condição a conduta legal moral.

Duas determinações **necessariamente** vinculadas em um conceito têm que estar conectadas como razão e consequência e, em verdade, de modo que esta **unidade** seja considerada ou como **analítica** (conexão lógica), ou como **sintética** (vinculação real), aquela segundo ◆

Identität, diese der Causalität betrachtet wird. Die Verknüpfung der Tugend mit der Glückseligkeit kann also entweder so verstanden werden, daß die Bestrebung tugendhaft zu seyn und die vernünftige Bewerbung um Glückseligkeit nicht zwey verschiedene, sondern ganz identische Handlungen wären, da denn der ersteren keine andere Maxime, als zu der letztern zum Grunde gelegt zu werden brauchte: oder jene Verknüpfung wird darauf ausgesetzt, daß Tugend die Glückseligkeit als etwas von dem Bewußtseyn der ersteren unterschiedenes, wie die Ursache eine Wirkung, hervorbringe.

Von den alten griechischen Schulen waren eigentlich nur zwey, die in Bestimmung des Begriffs vom höchsten Gute so fern zwar einerley Methode befolgten, daß sie Tugend und Glückseligkeit nicht als zwey verschiedene Elemente des höchsten Guts gelten ließen, mithin die Einheit des Princips nach der Regel der Identität suchten; aber darin schieden sie sich wiederum, daß sie unter beiden den Grundbegriff verschiedentlich wählten. Der Epicuräer sagte: sich seiner auf Glückseligkeit führenden Maxime bewußt seyn, das ist Tugend; der Stoiker: sich seiner Tugend bewußt seyn, ist Glückseligkeit. Dem erstern war Klugheit so viel als Sittlichkeit; dem zweyten, der eine höhere Benennung für die Tugend wählete, war Sittlichkeit allein wahre Weisheit.

Man

a lei da identidade e esta segundo a lei da causalidade. A conexão da virtude com a felicidade pode ser, pois, ou entendida de modo que a aspiração a ser virtuoso e o concurso racional à felicidade não fossem duas ações diversas mas completamente idênticas, já que em tal caso não precisaria ser colocada como fundamento da primeira nenhuma máxima diversa do fundamento da segunda; ou aquela conexão é assentada sobre o fato de que a virtude produza a felicidade como algo diverso da consciência da primeira, do mesmo modo a causa produz um efeito.

Entre as escolas gregas antigas havia propriamente só duas que, na determinação do sumo bem, em verdade seguiam o mesmo método, na medida em que não deixavam virtude e felicidade valer como dois elementos diversos do sumo bem, por conseguinte procuravam a unidade do princípio segundo a regra da identidade, mas por sua vez se separavam no fato de que, dentre ambos, escolhiam diversamente o conceito fundamental. O **epicurista** dizia: ser autoconsciente de sua máxima que conduz à felicidade, eis a virtude; e o **estoico**: ser autoconsciente de sua virtude, eis a felicidade. Para o primeiro a **prudência** equivalia à moralidade; para o segundo, que escolhia uma denominação superior para a virtude, unicamente a **moralidade** era verdadeira sabedoria. ◆

Man muß bedauren, daß die Scharfsinnigkeit dieser Männer (die man doch zugleich darüber bewundern muß, daß sie in so frühen Zeiten schon alle erdenkliche Wege philosophischer Eroberungen versuchten) unglücklich angewandt war, zwischen äußerst ungleichartigen Begriffen, dem der Glückseligkeit und dem der Tugend, Identität zu ergrübeln. Allein es war dem dialectischen Geiste ihrer Zeiten angemessen, was auch jetzt bisweilen subtile Köpfe verleitet, wesentliche und nie zu vereinigende Unterschiede in Principien dadurch aufzuheben, daß man sie in Wortstreit zu verwandeln sucht, und so, dem Scheine nach, Einheit des Begriffs blos unter verschiedenen Benennungen erkünstelt, und dieses trifft gemeiniglich solche Fälle, wo die Vereinigung ungleichartiger Gründe so tief oder hoch liegt, oder eine so gänzliche Umänderung der sonst im philosophischen System angenommenen Lehren erfodern würde, daß man Scheu trägt sich in den realen Unterschied tief einzulassen, und ihn lieber als Uneinigkeit in bloßen Formalien behandelt.

Indem beide Schulen Einerleyheit der practischen Principien der Tugend und Glückseligkeit zu ergrübeln suchten, so waren sie darum nicht unter sich einhellig, wie sie diese Identität herauszwingen wollten, sondern schieden sich in unendliche Weiten von einander, indem die eine ihr Princip auf der ästhetischen, die andere auf der logischen Seite, jene im Bewußtseyn der sinn-

 lichen

Tem-se que lamentar que a perspicácia desses homens (a qual ao mesmo tempo se tem de admirar pelo fato de que eles já tão cedo tentaram todos os caminhos imagináveis de conquistas filosóficas) era tão desafortunadamente aplicada ao esquadrinhar uma identidade entre conceitos extremamente desiguais, como o de felicidade e o de virtude. Todavia convinha ao espírito dialético de suas épocas – o que até hoje seduz, às vezes, pessoas sutis – suprimir diferenças essenciais e jamais unificáveis em princípios, mediante a tentativa de transformá-las em conflito de palavras e a simulação de uma aparente unidade de conceito simplesmente sob denominações diversas; e isto costuma atingir aqueles casos em que a unificação de fundamentos desiguais situa-se tão profunda ou elevadamente ou requereria uma transformação tão completa das doutrinas, afora isso admitidas no sistema filosófico, que se tem medo de envolver-se na diferença real e se prefere tratá-la como falta de unidade em simples questões formais.

Ao procurarem perscrutar uma identidade entre os princípios práticos da virtude e da felicidade, ambas as escolas nem por isso eram tão unânimes no modo como queriam extorquir essa identidade, antes, se separavam infinitamente uma da outra, enquanto uma punha seu princípio do lado estético e a outra do lado lógico, aquela na consciência da carência ◆

lichen Bedürfniß, die andere in der Unabhängigkeit der practischen Vernunft von allen sinnlichen Bestimmungsgründen setzte. Der Begriff der Tugend lag, nach dem Epicuräer, schon in der Maxime seine eigene Glückseligkeit zu befördern; das Gefühl der Glückseligkeit war dagegen nach dem Stoiker schon im Bewußtseyn seiner Tugend enthalten. Was aber in einem andern Begriffe enthalten ist, ist zwar mit einem Theile des Enthaltenden, aber nicht mit dem Ganzen einerley und zween Ganze können überdem specifisch von einander unterschieden seyn, ob sie zwar aus eben demselben Stoffe bestehen, wenn nemlich die Theile in beiden auf ganz verschiedene Art zu einem Ganzen verbunden werden. Der Stoiker behauptete, Tugend sey das ganze höchste Gut, und Glückseligkeit nur das Bewußtseyn des Besitzes derselben, als zum Zustand des Subjects gehörig. Der Epicuräer behauptete, Glückseligkeit sey das ganze höchste Gut, und Tugend nur die Form der Maxime sich um sie zu bewerben, nemlich im vernünftigen Gebrauche der Mittel zu derselben.

Nun ist aber aus der Analytik klar, daß die Maximen der Tugend und die der eigenen Glückseligkeit in Ansehung ihres obersten practischen Princips ganz ungleichartig sind, und, weit gefehlt, einhellig zu seyn, ob sie gleich zu einem höchsten Guten gehören, um das letztere möglich zu machen, einander in demselben Subjecte gar sehr einschränken und Abbruch thun. Also

bleibt

e esta na independência da razão prática de todos os fundamentos determinantes sensíveis. Segundo o **epicurista**, o conceito de virtude encontrava-se já na máxima de promover sua própria felicidade; contrariamente, segundo o **estoico**, o sentimento de felicidade já estava contido na consciência de sua virtude. Mas o que está contido em um outro conceito, em verdade, é idêntico a uma parte do continente mas não ao todo, e, além disso, duas totalidades podem ser especificamente distintas entre si, embora elas, em verdade, se constituam da mesma matéria, a saber, quando as partes em ambas são vinculadas a um todo de modo totalmente diverso. O estoico afirmava que a virtude é o **sumo bem total**, e a felicidade apenas a consciência da sua posse como pertencente ao estado do sujeito. O epicurista afirmava que a felicidade é o **sumo bem total** e a virtude somente a forma da máxima de concorrer a ela, a saber, no uso racional dos meios para a mesma.

Ora, a partir da Analítica ficou claro que as máximas da virtude são completamente heterogêneas em relação a seu princípio prático supremo e, longe de serem unânimes, apesar de pertencerem a um sumo bem com o fim de torná-lo possível, a rigor elas limitam-se e prejudicam-se mutuamente muito no mesmo sujeito. Portanto ◆

bleibt die Frage: **wie ist das höchste Gut practisch möglich**, noch immer, unerachtet aller bisherigen **Coalitionsversuche**, eine unaufgelösete Aufgabe. Das aber, was sie zu einer schwer zu lösenden Aufgabe macht, ist in der Analytik gegeben, nemlich daß Glückseligkeit und Sittlichkeit zwey specifisch ganz **verschiedene Elemente** des höchsten Guts sind, und ihre Verbindung also **nicht analytisch** erkannt werden könne, (daß etwa der, so seine Glückseligkeit sucht, in diesem seinem Verhalten sich durch bloße Auflösung seiner Begriffe tugendhaft, oder der, so der Tugend folgt, sich im Bewußtseyn eines solchen Verhaltens schon ipso facto glücklich finden werde,) sondern eine Synthesis der Begriffe sey. Weil aber diese Verbindung als a priori, mithin practisch nothwendig, folglich nicht als aus der Erfahrung abgeleitet, erkannt wird, und die Möglichkeit des höchsten Guts also auf keinen empirischen Principien beruht, so wird die **Deduction** dieses Begriffs **transscendental** seyn müssen. Es ist a priori (moralisch) nothwendig, **das höchste Gut durch Freyheit des Willens hervorzubringen**; es muß also auch die Bedingung der Möglichkeit desselben lediglich auf Erkenntnißgründen a priori beruhen.

---

a questão de **como o sumo bem é praticamente possível** permanece, apesar de todas as **tentativas de convergência** até aqui, um problema sem solução. O que, porém, a torna um problema de difícil solução foi mostrado na Analítica, a saber, que felicidade e moralidade são, **quanto à sua espécie**, dois **elementos do sumo bem** totalmente **diversos** e que, portanto, a sua vinculação **não** pode ser conhecida **analiticamente** (como se aquele que procura desse modo a sua felicidade descobrisse nesta sua conduta como virtuoso mediante uma simples resolução de seus conceitos, ou se aquele que desse modo segue a virtude descobrisse já na consciência de uma tal conduta *ipso facto* como feliz), mas é uma **síntese** de conceitos. Todavia, visto que essa vinculação é conhecida como *a priori*, por conseguinte de modo praticamente necessário, consequentemente não pode ser conhecida como inferida da experiência e que, pois, a possibilidade do sumo bem não depende de nenhum princípio empírico, assim a **dedução** desse conceito terá de ser **transcendental**. É *a priori* (moralmente) necessário **produzir o sumo bem mediante a liberdade da vontade**; logo, também a condição de possibilidade do mesmo tem que depender meramente de fundamentos cognitivos *a priori*. ◆

I.

Die Antinomie
der practischen Vernunft.

In dem höchsten für uns practischen, d. i. durch unsern Willen wirklich zu machenden, Gute, werden Tugend und Glückseligkeit als nothwendig verbunden gedacht, so, daß das eine durch reine practische Vernunft nicht angenommen werden kann, ohne daß das andere auch zu ihm gehöre. Nun ist diese Verbindung (wie eine jede überhaupt) entweder **analytisch**, oder **synthetisch**. Da diese gegebene aber nicht analytisch seyn kann, wie nur eben vorher gezeigt worden, so muß sie synthetisch, und zwar als Verknüpfung der Ursache mit der Wirkung gedacht werden; weil sie ein practisches Gut, d. i. was durch Handlung möglich ist, betrifft. Es muß also entweder die Begierde nach Glückseligkeit die Bewegursache zu Maximen der Tugend, oder die Maxime der Tugend muß die wirkende Ursache der Glückseligkeit seyn. Das erste ist **schlechterdings** unmöglich; weil (wie in der Analytik bewiesen worden) Maximen, die den Bestimmungsgrund des Willens in dem Verlangen nach seiner Glückseligkeit setzen, gar nicht moralisch sind, und keine Tugend gründen können. Das zweyte ist aber **auch unmöglich**, weil alle practische Verknüpfung der Ursachen und der Wirkungen in der Welt, als Erfolg der Wil-

lens-

I
A antinomia da razão prática

No sumo bem, que para nós é prático, isto é, efetivamente realizável por nossa vontade, virtude e felicidade são pensadas como necessariamente vinculadas, de sorte que uma não pode ser admitida pela razão prática pura[190] sem que a outra também lhe pertença. Ora, essa vinculação (como cada uma em geral) é ou **analítica** ou **sintética**. Mas, já que essa vinculação dada não pode ser analítica, como acaba de ser mostrado, ela tem que ser pensada sinteticamente e, em verdade, como conexão da causa com o efeito, porque ela diz respeito a um bem prático, isto é, àquilo que é possível mediante uma ação. Portanto ou o apetite de felicidade tem que ser a causa motriz de máximas da virtude, ou a máxima da virtude tem que ser a causa eficiente da felicidade. O primeiro caso é **absolutamente** impossível, porque (como foi provado na Analítica) máximas que põem o fundamento determinante da vontade na aspiração à sua felicidade não são de modo algum morais e não podem fundar nenhuma virtude. Mas o segundo caso é **também impossível**, porque toda a conexão prática das causas e dos efeitos no mundo, como resultado da ◆

190. Kant: ***eine** durch **reine** praktische Vernunft*. Na ed. Vorländer (1993, p. 131) constou erroneamente: *eine...eine* (uma...uma), em vez de *eine... **reine*** (uma... **pura**). L. W. Beck, na tradução inglesa (p. 119), inadvertidamente seguiu Vorländer no mesmo equívoco: ***one** cannot be assumed by **a** practical reason* (negritos do tradutor). As edições Weischedel e Ak reproduziram fielmente o texto original.

lensbestimmung sich nicht nach moralischen Gesinnungen des Willens, sondern der Kenntniß der Naturgesetze und dem physischen Vermögen, sie zu seinen Absichten zu gebrauchen, richtet, folglich keine nothwendige und zum höchsten Gut zureichende Verknüpfung der Glückseligkeit mit der Tugend in der Welt, durch die pünctlichste Beobachtung der moralischen Gesetze, erwartet werden kann. Da nun die Beförderung des höchsten Guts, welches diese Verknüpfung in seinem Begriffe enthält, ein a priori nothwendiges Object unseres Willens ist, und mit dem moralischen Gesetze unzertrennlich zusammenhängt, so muß die Unmöglichkeit des ersteren auch die Falschheit des zweyten beweisen. Ist also das höchste Gut nach practischen Regeln unmöglich, so muß auch das moralische Gesetz, welches gebietet dasselbe zu befördern, phantastisch und auf leere eingebildete Zwecke gestellt, mithin an sich falsch seyn.

II.

Critische Aufhebung

der Antinomie der practischen Vernunft.

In der Antinomie der reinen speculativen Vernunft findet sich ein ähnlicher Widerstreit zwischen Naturnothwendigkeit und Freyheit, in der Causalität der Begebenheiten in der Welt. Er wurde dadurch gehoben, daß bewiesen wurde, es sey kein wahrer Widerstreit,

wenn

determinação da vontade, não se guia segundo disposições morais da vontade mas segundo o conhecimento das leis naturais e segundo a faculdade física de usá-las para seus propósitos, consequentemente não pode ser esperada nenhuma conexão necessária, e suficiente ao sumo bem, da felicidade com a virtude no mundo através da mais estrita observância das leis morais. Ora, visto que a promoção do sumo bem, que contém esta conexão em seus conceitos, é um objeto aprioristicamente necessário de nossa vontade e interconecta-se inseparavelmente com a lei moral, a impossibilidade do primeiro caso tem que provar também a falsidade do segundo. Portanto, se o sumo bem for impossível segundo regras práticas, então também a lei moral, que ordena a promoção do mesmo, tem que ser fantasiosa e fundar-se sobre fins fictícios vazios, por conseguinte tem que ser em si falsa.

II
Supressão crítica da antinomia da razão prática

Na antinomia da razão especulativa pura encontra-se uma semelhante colisão entre necessidade natural e liberdade na causalidade dos eventos no mundo. Ela foi afastada mediante a prova de que não se trata de nenhuma verdadeira ◆

wenn man die Begebenheiten, und selbst die Welt, darin sie sich ereignen, (wie man auch soll) nur als Erscheinungen betrachtet; da ein und dasselbe handelnde Wesen, als Erscheinung (selbst vor seinem eignen innern Sinne) eine Causalität in der Sinnenwelt hat, die jederzeit dem Naturmechanism gemäß ist, in Ansehung derselben Begebenheit aber, so fern sich die handelnde Person zugleich als Noumenon betrachtet (als reine Intelligenz, in seinem nicht der Zeit nach bestimmbaren Daseyn), einen Bestimmungsgrund jener Causalität nach Naturgesetzen, der selbst von allem Naturgesetze frey ist, enthalten könne.

Mit der vorliegenden Antinomie der reinen practischen Vernunft ist es nun eben so bewandt. Der erste von den zwey Sätzen, daß das Bestreben nach Glückseligkeit einen Grund tugendhafter Gesinnung hervorbringe, ist **schlechterdings falsch**; der zweyte aber, daß Tugendgesinnung nothwendig Glückseligkeit hervorbringe, ist **nicht schlechterdings**, sondern nur so fern sie als die Form der Causalität in der Sinnenwelt betrachtet wird, und, mithin, wenn ich das Daseyn in derselben für die einzige Art der Existenz des vernünftigen Wesens annehme, also nur **bedingter Weise** falsch. Da ich aber nicht allein befugt bin, mein Daseyn auch als Noumenon in einer Verstandeswelt zu denken, sondern sogar am moralischen Gesetze einen rein intellectuellen Bestimmungsgrund meiner Causalität (in der Sinnenwelt)

colisão, se considerados (como, aliás, devem ser considerados) os eventos e mesmo o mundo em que eles se produzem somente como fenômenos; pois um e mesmo ente agente tem **como fenômeno** (mesmo para seu próprio sentido interno[191]) uma causalidade no mundo sensorial que sempre é conforme ao mecanismo natural, mas com respeito ao mesmo evento, na medida em que a pessoa agente considera-se ao mesmo tempo como ***noumenon*** (como inteligência pura, em sua existência não determinável segundo o tempo), pode conter um fundamento determinante daquela causalidade segundo leis naturais, que é livre mesmo de toda a lei natural.

Ora, o mesmo se passou com a presente antinomia da razão prática pura. A primeira das duas proposições, de que a aspiração à felicidade produz um fundamento de disposição virtuosa, é **absolutamente falsa**; a segunda, porém, de que a disposição à virtude produza necessariamente a felicidade, **não** é falsa **de modo absoluto** mas só na medida em que ela for considerada a forma da causalidade no mundo sensorial e, por conseguinte, se eu admito o existir nele como a única espécie de existência do ente racional, portanto é só **condicionalmente** falsa. Mas, visto que eu não apenas estou facultado a pensar a minha existência também como *noumenon* em um mundo do entendimento, porém tenho até na lei moral um fundamento determinante puramente intelectual de minha causalidade (no mundo dos ◆

191. A eliminação, nas edições alemãs Ak e Vorländer, com exceção da edição Weischedel, das vírgulas anterior e posterior a *als Erscheinung* (como fenômeno) leva ao risco de uma compreensão equivocada do texto. Não se trata de que "um ente agindo no mundo como fenômeno tem uma causalidade" (cf. trad. Beck, p. 114) e sim, de que "um ente agente tem, como fenômeno, uma causalidade". Isto permite compreendê-lo, logo a seguir, também como *noumenon*.

welt) habe, so ist es nicht unmöglich, daß die Sittlichkeit der Gesinnung einen, wo nicht unmittelbaren, doch mittelbaren (vermittelst eines intelligibelen Urhebers der Natur) und zwar nothwendigen Zusammenhang, als Ursache, mit der Glückseligkeit, als Wirkung in der Sinnenwelt habe, welche Verbindung in einer Natur, die blos Object der Sinne ist, niemals anders als zufällig stattfinden, und zum höchsten Gute nicht zulangen kann.

Also ist, unerachtet dieses scheinbaren Widerstreits einer practischen Vernunft mit sich selbst, das höchste Gut der nothwendige höchste Zweck eines moralisch bestimmten Willens, ein wahres Object derselben; denn es ist practisch möglich, und die Maximen des letzteren, die sich darauf ihrer Materie nach beziehen, haben objective Realität, welche anfänglich durch jene Antinomie in Verbindung der Sittlichkeit mit Glückseligkeit nach einem allgemeinen Gesetze getroffen wurde, aber aus bloßem Mißverstande, weil man das Verhältniß zwischen Erscheinungen für ein Verhältniß der Dinge an sich selbst zu diesen Erscheinungen hielte.

Wenn wir uns genöthigt sehen, die Möglichkeit des höchsten Guts, dieses durch die Vernunft allen vernünftigen Wesen ausgesteckten Ziels aller ihrer moralischen Wünsche, in solcher Weite, nemlich in der Verknüpfung mit einer intelligibelen Welt, zu suchen, so

muß

sentidos), não é impossível que a moralidade da disposição tenha um nexo, se não imediato, contudo mediato (através de um autor inteligível na natureza) e, em verdade, necessário como causa, com a felicidade como efeito no mundo sensorial, cuja vinculação em uma natureza que é simplesmente objeto dos sentidos jamais pode ocorrer de outro modo senão contingentemente e não pode bastar para o sumo bem.

Portanto, apesar desta aparente colisão de uma razão prática consigo mesma, o sumo bem é o fim supremo necessário de uma vontade determinada moralmente, um verdadeiro objeto da mesma; pois ele é possível praticamente, e as máximas da última, que em sua matéria se referem a ele, têm realidade objetiva que através daquela autonomia foi inicialmente encontrada na vinculação da moralidade com a felicidade segundo uma lei universal, mas a partir de um simples mal-entendido, porque se tomou a relação entre os fenômenos por uma relação das coisas em si mesmas com esses fenômenos.

Se nos vemos necessitados a procurar a uma tal distância, a saber, na conexão com um mundo inteligível, a possibilidade do sumo bem – esta meta de todos os desejos morais, assignada pela razão a todos os entes racionais – tem ◆

muß es befremden, daß gleichwol die Philosophen, alter so wol, als neuer Zeiten, die Glückseligkeit mit der Tugend in ganz geziemender Proportion schon **in diesem Leben** (in der Sinnenwelt) haben finden, oder sich ihrer bewußt zu seyn haben überreden können. Denn Epikur sowol, als die Stoiker, erhoben die Glückseligkeit, die aus dem Bewußtseyn der Tugend im Leben entspringe, über alles, und der erstere war in seinen practischen Vorschriften nicht so niedrig gesinnt, als man aus den Principien seiner Theorie, die er zum Erklären, nicht zum Handeln brauchte, schließen möchte, oder, wie sie viele, durch den Ausdruck Wollust, für Zufriedenheit, verleitet, ausdeuteten, sondern rechnete die uneigennützigste Ausübung des Guten mit zu den Genußarten der innigsten Freude, und die Genügsamkeit und Bändigung der Neigungen, so wie sie immer der strengste Moralphilosoph fodern mag, gehörte mit zu seinem Plane eines Vergnügens (er verstand darunter das stets fröhliche Herz); wobey er von den Stoikern vornemlich nur darin abwich, daß er in diesem Vergnügen den Bewegungsgrund setzte, welches die letztern, und zwar mit Recht, verweigerten. Denn einestheils fiel der tugendhafte Epicur, so wie noch jetzt viele moralisch wohlgesinnte, obgleich über ihre Principien nicht tief genug nachdenkende Männer, in den Fehler, die tugendhafte **Gesinnung** in denen Personen schon vorauszusetzen, für die er die Triebfeder zur Tugend zuerst an-

geben

de causar estranheza que, apesar disso, os filósofos tanto da Idade Antiga quanto da Moderna tenham podido encontrar a felicidade numa proporção totalmente adequada à virtude já **nesta vida** (no mundo sensorial), ou tenham podido deixar-se persuadir de ser conscientes dessa proporção. Pois tanto Epicuro quanto os estóicos sobrepuseram a tudo a felicidade que na vida surge da consciência da virtude, e o primeiro não estava tão vilmente intencionado em seus preceitos práticos, como se poderia concluir dos princípios de sua teoria que ele precisava para explicar e não para agir ou como muitos, induzidos pela expressão "volúpia" para contentamento, a interpretaram; mas ele incluiu a mais desinteressada prática do bem entre os modos de gozo da mais íntima alegria, e a moderação e sujeição das inclinações, do modo como o mais rigoroso filósofo moral sempre as possa exigir, pertencia conjuntamente a seu plano de deleite (pelo qual ele compreendia o coração constantemente jovial); com isso ele divergia principalmente dos estoicos apenas no fato de que ele punha nesse deleite o motivo que os últimos em verdade legitimamente rejeitavam. Pois, de um lado, o virtuoso Epicuro, assim como ainda hoje muitos homens moralmente bem-intencionados, conquanto sem refletirem assaz profundamente sobre seus princípios, caiu no erro de pressupor já a **disposição** virtuosa naquelas pessoas às quais ele queria indicar antes o motivo à ◆

geben wollte (und in der That kann der Rechtschaffene sich nicht glücklich finden, wenn er sich nicht zuvor seiner Rechtschaffenheit bewußt ist; weil, bey jener Gesinnung, die Verweise, die er bey Uebertretungen sich selbst zu machen durch seine eigene Denkungsart genöthigt seyn würde, und die moralische Selbstverdammung ihn alles Genusses der Annehmlichkeit, die sonst sein Zustand enthalten mag, berauben würden). Allein die Frage ist: wodurch wird eine solche Gesinnung und Denkungsart, den Werth seines Daseyns zu schätzen, zuerst möglich; da vor derselben noch gar kein Gefühl für einen moralischen Werth überhaupt im Subjecte angetroffen werden würde. Der Mensch wird, wenn er tugendhaft ist, freylich, ohne sich in jeder Handlung seiner Rechtschaffenheit bewußt zu seyn, des Lebens nicht froh werden, so günstig ihm auch das Glück im physischen Zustande desselben seyn mag; aber um ihn allererst tugendhaft zu machen, mithin ehe er noch den moralischen Werth seiner Existenz so hoch anschlägt, kann man ihm da wol die Seelenruhe anpreisen, die aus dem Bewußtseyn einer Rechtschaffenheit entspringen werde, für die er doch keinen Sinn hat?

Andrerseits aber liegt hier immer der Grund zu einem Fehler des Erschleichens (vitium subreptionis) und gleichsam einer optischen Illusion in dem Selbstbewußtseyn dessen, was man thut, zum Unterschiede dessen was man empfindet, die auch der versuchteste nicht völ-

virtude (e, de fato, o homem honesto não pode considerar-se feliz se não está previamente autoconsciente de sua honestidade, porque, no caso daquela disposição, as censuras que nas transgressões ele seria necessitado por sua própria mentalidade fazer-se e a autorreprovação moral privá-lo-iam de todo o gozo do agrado que, afora isso, seu estado possa conter). Entretanto a questão é: por meio de quê torna-se pela primeira vez possível uma tal disposição e mentalidade de apreciar o valor de sua existência, já que antes da mesma não se encontraria no sujeito absolutamente nenhum sentimento por um valor moral em geral? Por mais propícia que a felicidade no estado físico da vida possa ser, o homem virtuoso certamente não estará contente com a vida se não for consciente de sua honestidade em cada ação; mas para fazê-lo pela primeira vez virtuoso, por conseguinte ainda antes que ele estime tão alto o valor moral de sua existência, pode-se enaltecer-lhe a tranquilidade da alma que surgirá da consciência de uma honestidade para a qual ele, contudo, não tem nenhum sentimento?

Mas, por outro lado, aqui se encontra a razão para um erro de sub-repção (*vitium subreptionis*) e, por assim dizer, para uma ilusão ótica na autoconsciência daquilo que se **faz** à diferença daquilo que se **sente**, que mesmo a pessoa mais experimentada não é ◆

lig vermeiden kann. Die moralische Gesinnung ist mit einem Bewußtseyn der Bestimmung des Willens **unmittelbar durchs Gesetz** nothwendig verbunden. Nun ist das Bewußtseyn einer Bestimmung des Begehrungsvermögens immer der Grund eines Wohlgefallens an der Handlung, die dadurch hervorgebracht wird; aber diese Lust, dieses Wohlgefallen an sich selbst, ist nicht der Bestimmungsgrund der Handlung, sondern die Bestimmung des Willens unmittelbar, blos durch die Vernunft, ist der Grund des Gefühls der Lust, und jene bleibt eine reine practische nicht ästhetische Bestimmung des Begehrungsvermögens. Da diese Bestimmung nun innerlich gerade dieselbe Wirkung eines Antriebs zur Thätigkeit thut, als ein Gefühl der Annehmlichkeit, die aus der begehrten Handlung erwartet wird, würde gethan haben, so sehen wir das, was wir selbst thun, leichtlich für etwas an, was wir blos leidentlich fühlen, und nehmen die moralische Triebfeder für sinnlichen Antrieb, wie das allemal in der sogenannten Täuschung der Sinne (hier des innern) zu geschehen pflegt. Es ist etwas sehr Erhabenes in der menschlichen Natur, unmittelbar durch ein reines Vernunftgesetz zu Handlungen bestimmt zu werden, und sogar die Täuschung, das Subjective dieser intellectuellen Bestimmbarkeit des Willens für etwas ästhetisches und Wirkung eines besondern sinnlichen Gefühls (denn ein intellectuelles wäre ein Widerspruch) zu halten. Es ist auch von großer Wichtigkeit, auf

totalmente capaz de evitar. A disposição moral está necessariamente vinculada a uma consciência da determinação da vontade **imediatamente pela lei**. Ora, a consciência de uma determinação da faculdade de apetição é sempre o fundamento de uma complacência na ação, que é produzida através dela; mas este prazer, esta complacência em si mesma, não é o fundamento determinante da ação, mas <ao contrário> a determinação da vontade imediatamente e apenas pela razão é o fundamento do sentimento de prazer e aquela permanece uma determinação prática pura, não uma determinação estética, da faculdade de apetição. Ora, visto que esta determinação produz internamente exatamente o mesmo efeito de um impulso à atividade que um sentimento de agrado, que é esperado a partir de ação apetecida, teria produzido, assim facilmente vemos aquilo que nós próprios fazemos como algo que sentimos apenas passivamente e tomamos o motivo moral por um impulso sensível, como costuma acontecer na chamada ilusão dos sentidos (aqui do sentido interno). É algo muito sublime na natureza humana <o> ser determinado imediatamente a ações por uma lei racional pura e até a ilusão de considerar o subjetivo dessa determinabilidade intelectual da vontade como algo estético e como efeito de um particular sentimento orgânico (pois um sentimento intelectual seria uma contradição). É também de grande importância ◆

diese Eigenschaft unserer Persönlichkeit aufmerksam zu machen, und die Wirkung der Vernunft auf dieses Gefühl bestmöglichst zu cultiviren. Aber man muß sich auch in Acht nehmen, durch unächte Hochpreisungen dieses moralischen Bestimmungsgrundes, als Triebfeder, indem man ihm Gefühle besonderer Freuden, als Gründe (die doch nur Folgen sind) unterlegt, die eigentliche ächte Triebfeder, das Gesetz selbst, gleichsam wie durch eine falsche Folie, herabzusetzen und zu verunstalten. Achtung und nicht Vergnügen, oder Genuß der Glückseligkeit, ist also etwas, wofür kein der Vernunft zum Grunde gelegtes, vorhergehendes Gefühl (weil dieses jederzeit ästhetisch und pathologisch seyn würde) möglich ist, als Bewußtseyn der unmittelbaren Nöthigung des Willens durch Gesetz, ist kaum ein Analogon des Gefühls der Lust, indem es im Verhältnisse zum Begehrungsvermögen gerade eben dasselbe, aber aus andern Quellen, thut; durch diese Vorstellungsart aber kann man allein erreichen, was man sucht, nemlich daß Handlungen nicht blos pflichtmäßig (angenehmen Gefühlen zu Folge), sondern aus Pflicht geschehen, welches der wahre Zweck aller moralischen Bildung seyn muß.

Hat man aber nicht ein Wort, welches nicht einen Genuß, wie das der Glückseligkeit, bezeichnete, aber doch ein Wohlgefallen an seiner Existenz, ein Analogon der Glückseligkeit, welche das Bewußtseyn der Tugend

 noth-

chamar a atenção para essa propriedade de nossa personalidade e cultivar do melhor modo possível o efeito da razão sobre esse sentimento. Mas também é preciso precaver-se de, mediante inautênticos elogios a esse fundamento determinante moral enquanto motivo – na medida em que se lhe atribuem sentimentos de alegrias particulares como fundamentos (que contudo são só consequências) –, como que por um falso contraste, degradar e desfigurar os verdadeiros e autênticos motivos e a própria lei. Respeito e não deleite ou gozo da felicidade é, portanto, algo para o que não é possível nenhum sentimento posto como fundamento **antecedente** da razão (porque este seria sempre estético e patológico); enquanto consciência da imediata necessitação da vontade pela[192] lei, ele não é nem sequer um *analogon* do sentimento de prazer, enquanto, em relação com a faculdade de apetição, ele produz exatamente o mesmo resultado mas a partir de outras fontes. Mas unicamente através deste modo de representação pode-se alcançar o que se procura, a saber, que ações não ocorram apenas em concordância com o dever (em consequência de sentimentos agradáveis) e, sim, por dever, o que tem de ser o verdadeiro fim de toda a cultura moral.

Mas não se tem uma palavra que não designasse um gozo, como a "felicidade", porém indicasse uma complacência em sua existência, um *analogon* da felicidade que tem de acompanhar necessariamente a ◆

192. Kant: *durch* (por), correção de Vorländer: *durchs* (pela).

nothwendig begleiten muß, anzeigete? Ja! dieses Wort ist **Selbstzufriedenheit**, welches in seiner eigentlichen Bedeutung jederzeit nur ein negatives Wohlgefallen an seiner Existenz andeutet, in welchem man nichts zu bedürfen sich bewußt ist. Freyheit und das Bewußtseyn derselben, als eines Vermögens, mit überwiegender Gesinnung das moralische Gesetz zu befolgen, ist **Unabhängigkeit von Neigungen**, wenigstens als bestimmenden (wenn gleich nicht als **afficirenden**) Bewegursachen unseres Begehrens, und, so fern, als ich mir derselben in der Befolgung meiner moralischen Maximen bewußt bin, der einzige Quell einer nothwendig damit verbundenen, auf keinem besonderen Gefühle beruhenden, unveränderlichen Zufriedenheit, und diese kann intellectuel heißen. Die ästhetische (die uneigentlich so genannt wird), welche auf der Befriedigung der Neigungen, so fein sie auch immer ausgeklügelt werden mögen, beruht, kann niemals dem, was man sich darüber denkt, adäquat seyn. Denn die Neigungen wechseln, wachsen mit der Begünstigung, die man ihnen widerfahren läßt, und lassen immer ein noch größeres Leeres übrig, als man auszufüllen gedacht hat. Daher sind sie einem vernünftigen Wesen jederzeit **lästig**, und wenn es sie gleich nicht abzulegen vermag, so nöthigen sie ihm doch den Wunsch ab, ihrer entledigt zu seyn. Selbst eine Neigung zum Pflichtmäßigen (z. B. zur Wohlthätigkeit) kann zwar die Wirksamkeit der **moralischen** Ma-

consciência da virtude? Sim! Esta palavra é "**autocontentamento**", que em seu sentido próprio sempre alude somente a uma complacência negativa em sua existência, na qual se é autoconsciente de não carecer de nada. A liberdade e a consciência dela como uma faculdade de seguir com preponderante disposição a lei moral é **independência de inclinações**, pelo menos enquanto motivos determinantes (se bem que não enquanto **afectantes**) de nosso apetite e, na medida em que sou autoconsciente dela no cumprimento de minhas máximas morais, é a única fonte de um imutável contentamento necessariamente ligado a ela, e que não depende de nenhum sentimento particular. Esse contentamento pode chamar-se intelectual. O contentamento estético (impropriamente chamado assim), que depende da satisfação das inclinações por mais finamente que elas possam vir a ser forjadas, jamais pode ser adequado ao que se imagina a seu respeito. Pois as inclinações mudam, crescem com a proteção que se lhes concede e deixam um vazio ainda maior do que se pensara preencher. Em virtude disso são sempre **penosas** para um ente racional e, se ele não consegue corrigir-se delas logo, coagem-lhe o desejo a livrar-se delas. Mesmo uma inclinação ao que é conforme ao dever (por exemplo, à caridade) pode, em verdade, facilitar muito a eficácia das ◆

nmen sehr erleichtern, aber keine hervorbringen. Denn alles muß in dieser auf der Vorstellung des Gesetzes, als Bestimmungsgrunde, angelegt seyn, wenn die Handlung nicht blos **Legalität**, sondern auch **Moralität** enthalten soll. Neigung ist blind und knechtisch, sie mag nun gutartig seyn oder nicht, und die Vernunft, wo es auf Sittlichkeit ankommt, muß nicht blos den Vormund derselben vorstellen, sondern, ohne auf sie Rücksicht zu nehmen, als reine practische Vernunft ihr eigenes Interesse ganz allein besorgen. Selbst dies Gefühl des Mitleids und der weichherzigen Theilnehmung, wenn es vor der Ueberlegung, was Pflicht sey, vorhergeht und Bestimmungsgrund wird, ist wohldenkenden Personen selbst lästig, bringt ihre überlegte Maximen in Verwirrung, und bewirkt den Wunsch, ihrer entledigt und allein der gesetzgebenden Vernunft unterworfen zu seyn.

Hieraus läßt sich verstehen: wie das Bewußtseyn dieses Vermögens einer reinen practischen Vernunft durch That (die Tugend) ein Bewußtseyn der Obermacht über seine Neigungen, hiemit also der Unabhängigkeit von denselben, folglich auch der Unzufriedenheit, die diese immer begleitet, und also ein negatives Wohlgefallen mit seinem Zustande, d. i. **Zufriedenheit**, hervorbringen könne, welche in ihrer Quelle Zufriedenheit mit seiner Person ist. Die Freyheit selbst wird auf solche Weise (nemlich indirect) eines Genusses fähig,

 welcher

máximas **morais** mas não pode produzir nenhuma delas. Pois nesta, se a ação não deve conter simplesmente **legalidade** mas também **moralidade**, tudo tem de estar voltado para a representação da lei como fundamento determinante. A inclinação, quer seja de boa índole ou não, é cega e servil, e a razão, onde se tratar da moralidade, não tem que simplesmente representar a menoridade da mesma, mas, sem a tomar em consideração, tem de cuidar totalmente sozinha como razão prática pura de seu próprio interesse. Até este sentimento de compaixão e de meiga participação, se precede a reflexão sobre o que é dever e torna-se fundamento determinante, é penoso mesmo a pessoas bem-pensantes, confunde suas refletidas máximas e provoca o desejo de livrar-se dele e de submeter-se unicamente à razão legislativa.

A partir daí pode-se compreender como a consciência desta faculdade de uma razão prática pura possa produzir pelo ato (a virtude) uma consciência da supremacia sobre suas inclinações e com isso, portanto, da independência das mesmas, consequentemente também da insatisfação que sempre acompanha estas e, pois, uma complacência negativa com seu estado, isto é, **contentamento**, que em sua origem é um contentamento com sua pessoa. A própria liberdade torna-se desse modo (ou seja, indiretamente) capaz de um gozo, ◆

welcher nicht Glückseligkeit heißen kann, weil er nicht vom positiven Beytritt eines Gefühls abhängt, auch genau zu reden nicht **Seligkeit**, weil er nicht gänzliche Unabhängigkeit von Neigungen und Bedürfnissen enthält, der aber doch der letztern ähnlich ist, so fern nemlich wenigstens seine Willensbestimmung sich von ihrem Einflusse frey halten kann, und also, wenigstens seinem Ursprunge nach, der Selbstgenugsamkeit analogisch ist, die man nur dem höchsten Wesen beylegen kann.

Aus dieser Auflösung der Antinomie der practischen reinen Vernunft folgt, daß sich in practischen Grundsätzen eine natürliche und nothwendige Verbindung zwischen dem Bewußtseyn der Sittlichkeit, und der Erwartung einer ihr proportionirten Glückseligkeit, als Folge derselben, wenigstens als möglich denken (darum aber freylich noch eben nicht erkennen und einsehen) lasse: dagegen, daß Grundsätze der Bewerbung um Glückseligkeit unmöglich Sittlichkeit hervorbringen können: daß also das **oberste** Gut (als die erste Bedingung des höchsten Guts) Sittlichkeit, Glückseligkeit dagegen zwar das zweyte Element desselben ausmache, doch so, daß diese nur die moralisch-bedingte, aber doch nothwendige Folge der ersteren sey. In dieser Unterordnung allein ist das **höchste Gut** das ganze Object der reinen practischen Vernunft, die es sich nothwendig als möglich vorstellen muß, weil es ein Gebot derselben ist, zu dessen Hervorbringung alles Mögliche

bey-

que não pode chamar-se felicidade, porque ele não depende da adesão positiva de um sentimento e tampouco, para falar precisamente, pode chamar-se **bem-aventurança**, porque ele não contém independência completa de inclinações e carências contudo é semelhante à última, na medida em que pelo menos sua determinação de vontade pode manter-se livre da influência delas e, pois, pelo menos quanto a sua origem, é análogo à autossuficiência que se pode atribuir somente ao Ser supremo.

Dessa resolução da antinomia da razão pura prática segue-se que em proposições fundamentais práticas pode-se imaginar pelo menos como possível uma vinculação natural e necessária entre a consciência da moralidade e – como consequência dela – a expectativa de uma felicidade proporcionada à mesma (mas certamente nem por isso ainda conhecê-la e ter uma perspiciência da mesma); contrariamente, que proposições fundamentais do granjeamento de felicidade de modo algum podem produzir moralidade; que, portanto, o bem **supremo** enquanto primeira condição do sumo bem constitui a moralidade e que, contrariamente, a felicidade em verdade constitui o segundo elemento do mesmo, contudo de modo tal que esta seja a consequência moralmente condicionada, embora necessária, da primeira. Unicamente nesta subordinação o **sumo bem** é o objeto total da razão prática pura, a qual necessariamente tem de representá-lo como possível, porque é um mandamento da mesma contribuir com todo o possível para a sua ◆

beyzutragen. Weil aber die Möglichkeit einer solchen Verbindung des Bedingten mit seiner Bedingung gänzlich zum übersinnlichen Verhältnisse der Dinge gehört, und nach Gesetzen der Sinnenwelt gar nicht gegeben werden kann, obzwar die practische Folge dieser Idee, nemlich die Handlungen, die darauf abzielen, das höchste Gut wirklichzumachen, zur Sinnenwelt gehören; so werden wir die Gründe jener Möglichkeit erstlich in Ansehung dessen, was unmittelbar in unserer Gewalt ist, und dann zweytens in dem, was uns Vernunft, als Ergänzung unseres Unvermögens, zur Möglichkeit des höchsten Guts (nach practischen Principien nothwendig) darbietet und nicht in unserer Gewalt ist, darzustellen suchen.

III.

Von dem Primat der reinen practischen Vernunft in ihrer Verbindung mit der speculativen.

Unter dem Primate zwischen zweyen oder mehreren durch Vernunft verbundenen Dingen verstehe ich den Vorzug des einen, der erste Bestimmungsgrund der Verbindung mit allen übrigen zu seyn. In engerer, practischen Bedeutung bedeutet es den Vorzug des Interesse des einen, so fern ihm (welches keinem andern nachgesetzt werden kann) das Interesse der andern un-

produção. Mas, visto que a possibilidade de uma tal vinculação do condicionado a sua condição pertence inteiramente à relação suprassensível das coisas e não pode absolutamente ser dada segundo leis do mundo sensorial, apesar de a consequência prática dessa ideia, ou seja, as ações que objetivam tornar efetivo o sumo bem, pertencerem ao mundo sensorial: assim procuraremos apresentar os fundamentos daquela possibilidade, primeiro, em vista do que se encontra imediatamente em nosso poder e então, em segundo lugar, no que a razão nos oferece como complementação à nossa incapacidade relativamente à possibilidade do sumo bem (necessário segundo princípios práticos) e que não se encontra em nosso poder.

III
Do primado da razão prática pura em sua vinculação com a razão especulativa

Pelo primado entre duas ou mais coisas vinculadas pela razão entendo a prerrogativa de uma de ser o primeiro fundamento determinante da vinculação com todas as demais. Num sentido mais estrito e prático, ele significa a prerrogativa do interesse de uma coisa, na medida em que o interesse das demais está subordinado a ela (que não pode ser preterida por ◆

tergeordnet ist. Einem jeden Vermögen des Gemüths kann man ein **Interesse** beylegen, d. i. ein Princip, welches die Bedingung enthält, unter welcher allein die Ausübung desselben befördert wird. Die Vernunft, als das Vermögen der Principien, bestimmt das Interesse aller Gemüthskräfte, das ihrige aber sich selbst. Das Interesse ihres speculativen Gebrauchs besteht in der **Erkenntniß** des Objects bis zu den höchsten Principien a priori, das des practischen Gebrauchs in der Bestimmung des **Willens**, in Ansehung des letzten und vollständigen Zwecks. Das, was zur Möglichkeit eines Vernunftgebrauchs überhaupt erfoderlich ist, nemlich daß die Principien und Behauptungen derselben einander nicht widersprechen müssen, macht keinen Theil ihres Interesse aus, sondern ist die Bedingung überhaupt Vernunft zu haben; nur die Erweiterung, nicht die bloße Zusammenstimmung mit sich selbst, wird zum Interesse derselben gezählt.

Wenn practische Vernunft nichts weiter annehmen und als gegeben denken darf, als was speculative Vernunft für sich, ihr aus ihrer Einsicht darreichen konnte, so führt diese das Primat. Gesetzt aber, sie hätte für sich ursprüngliche Principien a priori, mit denen gewisse theoretische Positionen unzertrennlich verbunden wären, die sich gleichwol aller möglichen Einsicht der speculativen Vernunft entzögen, (ob sie zwar derselben auch nicht widersprechen müßten) so ist die Frage, welches

In-

nenhuma outra). A cada faculdade do ânimo pode atribuir-se um **interesse**, isto é, um princípio que contém a condição sob a qual, unicamente, o exercício da mesma é promovido. A razão, como a faculdade dos princípios, determina o interesse de todas as faculdades do ânimo, mas determina a si própria o seu[193]. O interesse de seu uso especulativo consiste no **conhecimento** do objeto até os princípios supremos *a priori*, e o do uso prático na determinação da **vontade** em relação ao fim último e completo. Aquilo que é requerido para a possibilidade de um uso da razão em geral, a saber, que os princípios e afirmações da mesma não têm de contradizer uns aos outros, não constitui nenhuma parte de seu interesse mas é a condição em geral para se ter uma razão; só a ampliação e não a simples concordância consigo mesma é computada como interesse da razão.

Se à razão prática não for permitido admitir e pensar como dado nada além do que a razão **especulativa** a partir de sua perspiciência podia por si oferecer-lhe, então esta toma o primado. Mas, posto que ela tivesse por si princípios originários *a priori*, com os quais estivessem inseparavelmente vinculadas certas posições teóricas que, contudo, se subtraíssem a toda a perspiciência possível da razão especulativa (ainda que, em verdade, não tivessem também de contradizê-la), então a questão é: qual ◆

193. L. Ferry e H. Wismann propõem, para a oração coordenada sindética adversativa, *das ihrige aber sich selbst*, uma outra tradução, que parece errônea, por substituir nela o sujeito "razão" por "interesse": *mais le sien se détermine lui-même* (cf. KANT, I. *Oeuvres philosophiques*, II. Paris: Gallimard, 1985, p. 754 e nota p. 1504).

Interesse das oberste sey, (nicht, welches weichen müßte, denn eines widerstreitet dem andern nicht nothwendig); ob speculative Vernunft, die nicht von allem dem weiß, was practische ihr anzunehmen darbietet, diese Sätze aufnehmen, und sie, ob sie gleich für sie überschwenglich sind, mit ihren Begriffen, als einen fremden auf sie übertragenen Besitz, zu vereinigen suchen müsse, oder ob sie berechtigt sey, ihrem eigenen abgesonderten Interesse hartnäckig zu folgen, und, nach der Canonik des Epicurs, alles als leere Vernünfteley auszuschlagen, was seine objective Realität nicht durch augenscheinliche in der Erfahrung aufzustellende Beyspiele beglaubigen kann, wenn es gleich noch so sehr mit dem Interesse des practischen (reinen) Gebrauchs verwebt, an sich auch der theoretischen nicht widersprechend wäre, blos weil es wirklich so fern dem Interesse der speculativen Vernunft Abbruch thut, daß es die Grenzen, die diese sich selbst gesetzt, aufhebt, und sie allem Unsinn oder Wahnsinn der Einbildungskraft preisgiebt.

In der That, so fern practische Vernunft als pathologisch bedingt, d. i. das Interesse der Neigungen unter dem sinnlichen Princip der Glückseligkeit blos verwaltend, zum Grunde gelegt würde, so ließe sich diese Zumuthung an die speculative Vernunft gar nicht thun. Mahomets Paradies oder der Theosophen und Mystiker schmelzende Vereinigung mit der Gottheit, so wie jedem sein Sinn steht, würden der Vernunft ihre

 Unge-

interesse é o supremo (e, não, qual teria de ceder, pois um não contradiz necessariamente o outro); <ou seja, a questão> se a razão especulativa, que nada[194] sabe do que a razão prática lhe propõe admitir, tem de acolher essas proposições e se, conquanto sejam para ela excessivas, tem de procurar unificá-las com seus conceitos como uma posse estranha transferida a ela; ou se ela está justificada a seguir obstinadamente o seu próprio interesse particular e, de acordo com o cânon <*Kanonik*>[195] de Epicuro, rejeitar como vazia racionalização tudo o que não deixa certificar sua realidade objetiva através de exemplos evidentes apresentáveis na experiência – ainda que isso, entrelaçado com o interesse do uso prático (puro), não fosse em si contraditório com a razão teórica – simplesmente porque efetivamente prejudica o interesse da razão especulativa, na medida em que suprime os limites que esta pusera a si própria e a abandona a todo o sem-sentido ou desvario da faculdade de imaginação.

Com efeito, na medida em que a razão prática enquanto patologicamente condicionada, isto é, simplesmente administrando o interesse das inclinações sob o princípio sensível da felicidade, fosse posta como fundamento, essa reclamação à razão especulativa absolutamente não ocorreria. O paraíso de **Maomé** ou a união fundente com a divindade dos **teósofos** e **místicos**, de acordo com o sentido de cada um, imporiam à razão os ◆

194. Na 1ª edição, e da 4ª à 6ª, constou *nicht* (não); na 2ª, *nichts* (nada), adotado pela Ak.

195. O cânon, literalmente a canônica, equivaleu no epicurismo ao que a filosofia grega chamava de "lógica". *Canon* é também o título de uma obra de Epicuro (341-271 a.C.).

Ungeheuer aufdringen, und es wäre eben so gut, gar keine zu haben, als sie auf solche Weise allen Träumereyen preiszugeben. Allein wenn reine Vernunft für sich practisch seyn kann und es wirklich ist, wie das Bewußtseyn des moralischen Gesetzes es ausweiset, so ist es doch immer nur eine und dieselbe Vernunft, die, es sey in theoretischer oder practischer Absicht, nach Principien a priori urtheilt, und da ist es klar, daß, wenn ihr Vermögen in der ersteren gleich nicht zulangt, gewisse Sätze behauptend festzusetzen, indessen daß sie ihr auch eben nicht widersprechen, eben diese Sätze, so bald sie unabtrennlich zum practischen Interesse der reinen Vernunft gehören, zwar als ein ihr fremdes Angebot, das nicht auf ihrem Boden erwachsen, aber doch hinreichend beglaubigt ist, annehmen, und sie, mit allem was sie als speculative Vernunft in ihrer Macht hat, zu vergleichen und zu verknüpfen suchen müsse; doch sich bescheidend, daß dieses nicht ihre Einsichten, aber doch Erweiterungen ihres Gebrauchs in irgend einer anderen, nemlich practischen, Absicht sind, welches ihrem Interesse, das in der Einschränkung des speculativen Frevels besteht, ganz und gar nicht zuwider ist.

In der Verbindung also der reinen speculativen mit der reinen practischen Vernunft zu einem Erkenntnisse führt die letztere das **Primat**, vorausgesetzt nemlich, daß diese Verbindung nicht etwa **zufällig** und beliebig,

seus monstros, e seria igualmente tão bom não ter absolutamente razão alguma como abandoná-la desse modo a todas as espécies de sonhos. Todavia, se a razão pura pode ser por si prática, e efetivamente o é, como a consciência da lei moral o acusa, então se trata sempre de uma e mesma razão que, seja de um ponto de vista teórico ou prático, julga segundo princípios *a priori*, e com isso fica claro que, embora sua faculdade, do primeiro ponto de vista, não baste para estabelecer afirmativamente certas proposições, que, no entanto, tampouco a contradizem, tão logo essas mesmas proposições pertençam **inseparavelmente** ao interesse **prático** da razão pura, <ela>[196] tem de assumi-las, em verdade como uma oferta estranha a ela, que não proveio de seu solo mas está suficientemente certificada, e ela tem de procurar compará-las e conectá-las com tudo o que ela como razão especulativa tem em seu poder; todavia, resignando-se com o fato de que elas não são perspiciência sua e, contudo, extensões de seu uso em alguma outra perspectiva, a saber, a perspectiva prática, o que não é de modo algum contraditório ao seu interesse, que consiste na limitação da temeridade especulativa.

Portanto, na vinculação da razão especulativa pura com a razão prática pura em vista de um conhecimento, a última toma o **primado**, pressupondo-se que essa vinculação não seja porventura **contingente** e ◆

196. *Sie* (ela, a razão), adotado por Vorländer. Em Kant faltou o sujeito da frase.

liebig, sondern a priori auf der Vernunft selbst gegründet, mithin nothwendig sey. Denn es würde ohne diese Unterordnung ein Widerstreit der Vernunft mit ihr selbst entstehen; weil, wenn sie einander blos beygeordnet (coordinirt) wären, die erstere für sich ihre Grenze enge verschließen und nichts von der letzteren in ihr Gebiet aufnehmen, diese aber ihre Grenzen dennoch über alles ausdehnen, und, wo es ihr Bedürfniß erheischt, jene innerhalb der ihrigen mit zu befassen suchen würde. Der speculativen Vernunft aber untergeordnet zu seyn, und also die Ordnung umzukehren, kann man der reinen practischen gar nicht zumuthen, weil alles Interesse zuletzt practisch ist, und selbst das der speculativen Vernunft nur bedingt und im practischen Gebrauche allein vollständig ist.

IV.

Die Unsterblichkeit der Seele, als ein Postulat der reinen practischen Vernunft.

Die Bewirkung des höchsten Guts in der Welt ist das nothwendige Object eines durchs moralische Gesetz bestimmbaren Willens. In diesem aber ist die **völlige Angemessenheit** der Gesinnungen zum moralischen Gesetze die oberste Bedingung des höchsten Guts. Sie muß also eben sowol möglich seyn, als ihr Object, weil

arbitrária mas fundada *a priori* sobre a própria razão, por conseguinte seja **necessária**. Pois sem esta subordinação surgiria um desacordo da razão com ela mesma; porque, se elas fossem meramente agregadas (coordenadas) uma à outra, a primeira fechar-se-ia estritamente em seus limites e não assumiria nada da última em seu domínio mas esta, contudo, estenderia seus limites sobre todas as coisas e, sempre que sua carência o reclamasse, procuraria compreender aquela dentro dos seus limites. Porém não se pode de modo algum exigir da razão prática pura estar subordinada à razão especulativa e, pois, inverter a ordem, porque todo o interesse é por fim prático e mesmo o interesse da razão especulativa é somente condicionado e unicamente no uso prático é completo.

IV
A imortalidade da alma como um postulado da razão prática pura

A realização do sumo bem no mundo é o objeto necessário de uma vontade determinável pela lei moral. Nessa vontade, porém, a **conformidade plena** das disposições à lei moral é a condição suprema do sumo bem. Logo, ela tem que ser tão possível quanto o seu objeto, porque ◆

sie in demselben Gebote dieses zu befördern enthalten ist. Die völlige Angemessenheit des Willens aber zum moralischen Gesetze ist **Heiligkeit**, eine Vollkommenheit, deren kein vernünftiges Wesen der Sinnenwelt, in keinem Zeitpuncte seines Daseyns, fähig ist. Da sie indessen gleichwol als practisch nothwendig gefodert wird, so kann sie nur in einem ins **Unendliche** gehenden **Progressus** zu jener völligen Angemessenheit angetroffen werden, und es ist, nach Principien der reinen practischen Vernunft, nothwendig, eine solche practische Fortschreitung als das reale Object unseres Willens anzunehmen.

Dieser unendliche Progressus ist aber nur unter Voraussetzung einer ins **Unendliche** fortdaurenden **Existenz** und Persönlichkeit desselben vernünftigen Wesens (welche man die Unsterblichkeit der Seele nennt,) möglich. Also ist das höchste Gut, practisch, nur unter der Voraussetzung der Unsterblichkeit der Seele möglich; mithin diese, als unzertrennlich mit dem moralischen Gesetz verbunden, ein **Postulat** der reinen practischen Vernunft (worunter ich einen **theoretischen**, als solchen aber nicht erweislichen Satz verstehe, so fern er einem **a priori** unbedingt geltenden **practischen** Gesetze unzertrennlich anhängt).

Der Satz von der moralischen Bestimmung unserer Natur, nur allein in einem ins Unendliche gehenden Fortschritte zur völligen Angemessenheit mit dem

Sitten-

ela está contida no mesmo mandamento que ordena a promoção dele. Mas a plena conformidade da vontade à lei moral é **santidade**, uma perfeição da qual nenhum ente racional do mundo sensorial é capaz em nenhum momento de sua existência. Porém, visto que ainda assim ela é necessariamente requerida como prática, ela somente pode ser encontrada em um **progresso** que avança ao **infinito** em direção àquela conformidade plena, e é necessário, segundo princípios da razão prática pura, assumir um tal prosseguimento prático como o objeto real de nossa vontade.

Entretanto este progresso infinito somente é possível sob a pressuposição de uma **existência** e personalidade do mesmo ente racional perdurável ao **infinito** (a qual se chama imortalidade da alma). Logo, o sumo bem é praticamente possível somente sob a pressuposição da imortalidade da alma; por conseguinte esta, enquanto inseparavelmente vinculada à lei moral, é um **postulado** da razão prática pura (pelo qual entendo uma proposição **teórica** mas indemonstrável enquanto tal, na medida em que ele é inseparavelmente inerente a uma lei **prática** que vale incondicionalmente *a priori*).

A proposição da destinação moral de nossa natureza, de poder alcançar a plena conformidade com a lei moral unicamente em um ◆

Sittengesetze gelangen zu können, ist von dem größten Nutzen, nicht blos in Rücksicht auf die gegenwärtige Ergänzung des Unvermögens der speculativen Vernunft, sondern auch in Ansehung der Religion. In Ermangelung desselben wird entweder das moralische Gesetz von seiner **Heiligkeit** gänzlich abgewürdigt, indem man es sich als **nachsichtlich**, (indulgent) und so unserer Behaglichkeit angemessen, verkünstelt, oder auch seinen Beruf und zugleich Erwartung zu einer unerreichbaren Bestimmung, nemlich einem verhofften völligen Erwerb der Heiligkeit des Willens, spannt, und sich in schwärmende, dem Selbsterkenntniß ganz widersprechende **theosophische** Träume verliert, durch welches beides das unaufhörliche **Streben** zur pünctlichen und durchgängigen Befolgung eines strengen unnachsichtlichen, dennoch aber nicht idealischen, sondern wahren Vernunftgebots, nur verhindert wird. Einem vernünftigen, aber endlichen Wesen ist nur der Progressus ins Unendliche, von niederen zu den höheren Stufen der moralischen Vollkommenheit, möglich. Der **Unendliche**, dem die Zeitbedingung Nichts ist, sieht, in dieser für uns endlosen Reihe, das Ganze der Angemessenheit mit dem moralischen Gesetze, und die Heiligkeit, die sein Gebot unnachlaßlich fodert, um seiner Gerechtigkeit in dem Antheil, den er jedem am höchsten Gute bestimmt, gemäß zu seyn, ist in einer einzigen intellectuellen Anschauung des Daseyns vernünftiger Wesen

ganz

progresso que avança ao infinito, é da máxima utilidade não simplesmente com respeito à presente complementação da incapacidade da razão especulativa mas também em relação à religião. Na falta dessa proposição, ou a lei moral é totalmente degradada de sua **santidade**, na medida em que por um artifício se a torna **indulgente** e desse modo adaptada a nossa comodidade, ou também se ilude o seu chamamento e ao mesmo tempo a expectativa de uma destinação inalcançável, ou seja, de uma esperada aquisição plena da santidade da vontade, perdendo-se em exaltantes sonhos **teosóficos** que contradizem totalmente o conhecimento de si. Por intermédio de ambas apenas é impedida a **aspiração** incessante à observância exata e sem exceção de um rigoroso, não indulgente e, contudo, não ideal mas verdadeiro mandamento da razão. Somente o progresso ao infinito, de degraus mais baixos aos mais altos da perfeição moral, é possível a um ente racional mas finito. O progresso **infinito**, para o qual a condição temporal nada é, vê nessa série para nós interminável o todo da conformidade com a lei moral, e a santidade, que seu mandamento incessantemente exige para ser conforme à sua justiça na participação do sumo bem que ele determina a cada um, pode ser totalmente encontrada em uma intuição intelectual singular da existência de ◆

ganz anzutreffen. Was dem Geschöpfe allein in Ansehung der Hoffnung dieses Antheils zukommen kann, wäre das Bewußtseyn seiner erprüften Gesinnung, um aus seinem bisherigen Fortschritte vom Schlechteren zum Moralischbesseren und dem dadurch ihm bekannt gewordenen unwandelbaren Vorsatze eine fernere ununterbrochene Fortsetzung desselben, wie weit seine Existenz auch immer reichen mag, selbst über dieses Leben hinaus zu hoffen, *) und so, zwar niemals hier, oder in

*) Die Ueberzeugung von der Unwandelbarkeit seiner Gesinnung im Fortschritte zum Guten, scheint gleichwol auch einem Geschöpfe für sich unmöglich zu seyn. Um deswillen läßt die christliche Religionslehre sie auch von demselben Geiste, der die Heiligung, d. i. diesen festen Vorsatz und mit ihm das Bewußtseyn der Beharrlichkeit im moralischen Progressus, wirkt, allein abstammen. Aber auch natürlicher Weise darf derjenige, der sich bewußt ist, einen langen Theil seines Lebens bis zu Ende desselben, im Fortschritte zum Bessern, und zwar aus ächten moralischen Bewegungsgründen, angehalten zu haben, sich wol die tröstende Hoffnung, wenn gleich nicht Gewißheit, machen, daß er, auch in einer über dieses Leben hinaus fortgesetzten Existenz, bey diesen Grundsätzen beharren werde, und, wiewol er in seinen eigenen Augen hier nie gerechtfertigt ist, noch, bey dem verhofften künftigen Anwachs seiner Naturvollkommenheit, mit ihr aber auch seiner Pflichten, es jemals hoffen darf, dennoch in diesem Fortschritte, der, ob er zwar ein ins Unendliche hinausgerücktes Ziel betrifft, dennoch für Gott als Besitz gilt, eine Aussicht in eine selige Zukunft haben; denn dieses ist der Ausdruck, dessen sich die Vernunft bedient, um ein von allen zufälligen Ursachen der Welt unabhängiges vollständiges Wohl zu bezeichnen, welches eben so, wie

entes racionais. O que unicamente pode convir à criatura, em relação à esperança dessa participação, é a consciência de sua provada disposição para – a partir de seu atual progresso do pior para o moralmente melhor e do propósito imutável, tornado conhecido a ele por esse meio – esperar uma ulterior continuação ininterrupta desse progresso, por mais que sua existência possa durar mesmo além desta vida*, e assim ser plenamente adequado à

* Entretanto mesmo a convicção da imutabilidade de sua disposição no progresso para o bem parece ser em princípio impossível a uma criatura. Em virtude disso a doutrina religiosa cristã fá-la derivar também do mesmo espírito que gera a santificação, isto é, esta firme resolução e com ela a consciência da perseverança no progresso moral. Mas naturalmente também àquele que tem consciência de, por uma longa parte de sua vida até o seu fim, ter perseverado no progresso para o melhor e, em verdade, a partir de autênticos motivos <*Bewegungsgründe*> morais, é permitido ter a consoladora esperança, ainda que não a certeza, de que ele ater-se-á a esses princípios em uma existência que se prolongue para além desta vida, e, embora ele aqui a seus próprios olhos jamais será justo, nem no caso de um esperado crescimento futuro da perfeição de sua natureza e com ela também de seus deveres, ele, apesar disso, poderá esperar ter nesse progresso – que, embora diga respeito a uma meta que remete ao infinito, para Deus vale todavia como posse – uma perspectiva de um futuro de beatitude; pois esta é a expressão de que a razão se serve para designar um bem-estar completo, independente de todas as causas contingentes do mundo, bem-estar que ◆

in irgend einem absehlichen künftigen Zeitpuncte seines Daseyns, sondern nur in der (Gott allein übersehbaren) Unendlichkeit seiner Fortdauer dem Willen desselben (ohne Nachsicht oder Erlassung, welche sich mit der Gerechtigkeit nicht zusammenreimt) völlig adäquat zu seyn.

V.

Das Daseyn Gottes, als ein Postulat der reinen practischen Vernunft.

Das moralische Gesetz führete in der vorhergehenden Zergliederung zur practischen Aufgabe, welche, ohne allen Beytritt sinnlicher Triebfedern, blos durch reine Vernunft vorgeschrieben wird, nemlich der nothwendigen Vollständigkeit des ersten und vornehmsten Theils des höchsten Guts, der **Sittlichkeit**, und, da diese nur in einer Ewigkeit völlig aufgelöset werden kann, zum Postulat der **Unsterblichkeit**. Eben dieses Gesetz muß auch zur Möglichkeit des zweyten Elements des höchsten Guts, nemlich der jener Sittlichkeit angemessenen **Glückseligkeit**, eben so uneigennützig, wie

wie Heiligkeit eine Idee ist, welche nur in einem unendlichen Progressus und dessen Totalität enthalten seyn kann, mithin vom Geschöpfe niemals völlig erreicht wird.

vontade de Deus (sem indulgência ou remissão, que não combina com a justiça), em verdade jamais aqui ou em qualquer previsível momento futuro de sua existência, mas só na infinitude de sua duração (abarcável unicamente por Deus).

V
A existência de Deus como um postulado da razão prática pura

Na análise precedente a lei moral conduziu ao problema prático, imposto simplesmente pela razão pura sem nenhuma participação de motivos sensíveis, a saber, da necessária completude da primeira e principal parte do sumo bem, a **moralidade**, e, como esse problema só pode ser resolvido inteiramente em uma eternidade, conduziu ao postulado da **imortalidade**. Essa mesma lei tem de remeter também, tão desinteressadamente como antes a partir de uma simples razão imparcial, à possibilidade do segundo elemento do sumo bem, a saber, a **felicidade**

....

como a santidade é uma ideia que pode ser contida somente em um progresso infinito e na sua totalidade, por conseguinte jamais é alcançado plenamente por uma criatura. (K) ◆

wie vorher, aus bloßer unparteyischer Vernunft, nemlich auf die Voraussetzung des Daseyns einer dieser Wirkung adäquaten Ursache führen, d. i. die **Existenz Gottes**, als zur Möglichkeit des höchsten Guts (welches Object unseres Willens mit der moralischen Gesetzgebung der reinen Vernunft nothwendig verbunden ist) nothwendig gehörig, postuliren. Wir wollen diesen Zusammenhang überzeugend darstellen.

Glückseligkeit ist der Zustand eines vernünftigen Wesens in der Welt, dem es, im Ganzen seiner Existenz, **alles nach Wunsch und Willen geht**, und beruhet also auf der Uebereinstimmung der Natur zu seinem ganzen Zwecke, ingleichen zum wesentlichen Bestimmungsgrunde seines Willens. Nun gebietet das moralische Gesetz, als ein Gesetz der Freyheit, durch Bestimmungsgründe, die von der Natur und der Uebereinstimmung derselben zu unserem Begehrungsvermögen (als Triebfedern) ganz unabhängig seyn sollen; das handelnde vernünftige Wesen in der Welt aber ist doch nicht zugleich Ursache der Welt und der Natur selbst. Also ist in dem moralischen Gesetze nicht der mindeste Grund zu einem nothwendigen Zusammenhang zwischen Sittlichkeit und der ihr proportionirten Glückseligkeit eines zur Welt als Theil gehörigen, und daher von ihr abhängigen, Wesens, welches eben darum durch seinen Willen nicht Ursache dieser Natur seyn, und sie, was seine Glückseligkeit betrifft, mit seinen practischen Grund-

adequada àquela moralidade, ou seja, à pressuposição da existência de uma causa adequada a esse efeito, isto é, postular a **existência de Deus** como necessariamente pertencente à possibilidade do sumo bem (que como objeto de nossa vontade está necessariamente vinculado à legislação moral da razão pura). Queremos apresentar de modo convincente esta interconexão.

Felicidade é o estado de um ente racional no mundo para o qual, no todo de sua existência, **tudo se passa segundo seu desejo e vontade** e depende, pois, da concordância da natureza com todo o seu fim, assim como com os fundamentos determinantes essenciais de sua vontade. Ora, a lei moral como uma lei da liberdade ordena mediante fundamentos determinantes que devem ser totalmente independentes (como motivos) da natureza e da concordância da mesma com nossa faculdade de apetição; porém o ente racional agindo no mundo não é ao mesmo tempo causa do mundo e da própria natureza. Logo, não há na lei moral o mínimo fundamento para uma interconexão necessária entre a moralidade e a felicidade, proporcionada a ela, de um ente pertencente ao mundo e por isso dependente dele, o qual justamente por isso não pode ser por sua vontade causa dessa natureza e torná-la, no que concerne à sua felicidade e a partir das próprias forças, exaustivamente ◆

sätzen aus eigenen Kräften nicht durchgängig einstimmig machen kann. Gleichwol wird in der practischen Aufgabe der reinen Vernunft, d. i. der nothwendigen Bearbeitung zum höchsten Gute, ein solcher Zusammenhang als nothwendig postulirt: wir **sollen** das höchste Gut (welches also doch möglich seyn muß) zu befördern suchen. Also wird auch das Daseyn einer von der Natur unterschiedenen Ursache der gesammten Natur, welche den Grund dieses Zusammenhanges, nemlich der genauen Uebereinstimmung der Glückseligkeit mit der Sittlichkeit, enthalte, **postulirt**. Diese oberste Ursache aber soll den Grund der Uebereinstimmung der Natur nicht blos mit einem Gesetze des Willens der vernünftigen Wesen, sondern mit der Vorstellung dieses **Gesetzes**, so fern diese es sich zum **obersten Bestimmungsgrunde des Willens** setzen, also nicht blos mit den Sitten der Form nach, sondern auch ihrer Sittlichkeit, als dem Bewegungsgrunde derselben, d. i. mit ihrer moralischen Gesinnung enthalten. Also ist das höchste Gut in der Welt nur möglich, so fern eine oberste der Natur angenommen wird, die eine der moralischen Gesinnung gemäße Causalität hat. Nun ist ein Wesen, das der Handlungen nach der Vorstellung von Gesetzen fähig ist, eine **Intelligenz** (vernünftig Wesen) und die Causalität eines solchen Wesens nach dieser Vorstellung der Gesetze ein **Wille** desselben. Also ist die oberste Ursache der Natur, so fern sie zum höchsten Gute voraus-

concordante com suas proposições fundamentais práticas. Não obstante, no problema prático da razão pura, isto é, do necessário empenho em favor do sumo bem, uma tal interconexão é postulada como necessária: nós **devemos** procurar promover o sumo bem (o qual, pois, tem de ser possível). Portanto é **postulada** também a existência de uma causa da natureza distinta da natureza em conjunto, e que contenha o fundamento dessa interconexão, a saber, da exata concordância da felicidade com a moralidade. Esta causa suprema, porém, deve conter o fundamento da concordância da natureza não simplesmente com uma lei da vontade dos entes racionais mas com a representação dessa **lei**, na medida em que estes a põem para si como **fundamento determinante supremo da vontade**, portanto não simplesmente com os costumes segundo a forma, mas também com a sua moralidade como motivo <*Bewegungsgrund*> dos mesmos, isto é, com a sua disposição moral. Logo, o sumo bem só é possível no mundo na medida em que for admitida uma <causa>[197] suprema da natureza que contenha uma causalidade adequada à disposição moral. Ora, um ente que é capaz de ações segundo a representação de leis é uma **inteligência** (um ente racional), e a causalidade de um tal ente segundo esta representação das leis é uma **vontade** do mesmo. Logo a causa suprema da natureza, na medida em que tem de ser pressuposta ◆

197. Kant, na 1ª ed. escreveu: *oberste der Natur.* Não o corrigiu posteriormente em seu *Handexemplar.* O acréscimo *Ursache* costuma ser atribuído a Grillo e Hartenstein, mas já constou antes deste na correção manuscrita de Vogel sobre seu exemplar de Erlangen. Na 2ª ed. original constou: *oberste Natur* (natureza suprema), seguida apenas pela reimpressão de 1796. Hartenstein, tanto em 1867 quanto em 1838, p. VIII, equivocou-se ao dizer que na 1ª e 2ª edições constava *oberste Natur* e que *oberste der Natur* era uma versão da 4ª edição. Ao contrário, como observei, *oberste Natur* é uma expressão da 2ª ed., enquanto na 1ª constou *oberste der Natur,* que foi restabelecida da 4ª à 6ª edições. É provável que Kant, na releitura de seu exemplar da *KpV,* não tenha percebido a falha e, por razões principalmente de idade, orientou o editor a reeditar na 4ª edição o texto da 1ª.

gesetzt werdeu muß, ein Wesen, das durch **Verstand** und **Willen** die Ursache (folglich der Urheber) der Natur ist, d. i. **Gott**. Folglich ist das Postulat der Möglichkeit des **höchsten abgeleiteten Guts** (der besten Welt) zugleich das Postulat der Wirklichkeit eines **höchsten ursprünglichen Guts**, nemlich der Existenz Gottes. Nun war es Pflicht für uns das höchste Gut zu befördern, mithin nicht allein Befugniß, sondern auch mit der Pflicht als Bedürfniß verbundene Nothwendigkeit, die Möglichkeit dieses höchsten Guts vorauszusetzen; welches, da es nur unter der Bedingung des Daseyns Gottes stattfindet, die Voraussetzung desselben mit der Pflicht unzertrennlich verbindet, d. i. es ist moralisch nothwendig, das Daseyn Gottes anzunehmen.

Hier ist nun wohl zu merken, daß diese moralische Nothwendigkeit **subjectiv**, d. i. Bedürfniß, und nicht **objectiv**, d. i. selbst Pflicht sey; denn es kann gar keine Pflicht geben, die Existenz eines Dinges anzunehmen (weil dieses blos den theoretischen Gebrauch der Vernunft angeht). Auch wird hierunter nicht verstanden, daß die Annehmung des Daseyns Gottes, **als eines Grundes aller Verbindlichkeit überhaupt**, nothwendig sey (denn dieser beruht, wie hinreichend bewiesen worden, lediglich anf der Avtonomie der Vernunft selbst). Zur Pflicht gehört hier nur die Bearbeitung zu Hervorbringung und Beförderung des höchsten Guts in der Welt, dessen Möglichkeit also postulirt werden kann,

die

para o sumo bem, é um ente que mediante **entendimento** e **vontade** é a causa (consequentemente o Autor) da natureza, isto é, **Deus**. Consequentemente o postulado da possibilidade do **sumo bem derivado** (do melhor mundo) é ao mesmo tempo o postulado da efetividade de um **sumo bem originário**, ou seja, da existência de Deus. Ora, a promoção do sumo bem era para nós um dever, por conseguinte não apenas uma faculdade mas também uma necessidade, vinculada ao dever como carência, de pressupor a possibilidade desse sumo bem, o qual, uma vez que só ocorre sob a condição da existência de Deus, vincula sua pressuposição inseparavelmente com o dever, quer dizer, é moralmente necessário admitir a existência de Deus.

É o caso de observar aqui que essa necessidade moral é **subjetiva**, isto é, uma carência, e não **objetiva**, ou seja, ela mesma um dever; pois não pode haver absolutamente um dever de admitir a existência de uma coisa (porque isto concerne meramente ao uso teórico da razão). Tampouco se entende com isso que a admissão da existência de Deus **como um fundamento de toda a obrigação em geral** seja necessária (pois uma obrigação, como foi suficientemente provado, depende apenas da autonomia da própria razão). Ao dever cabe aqui somente o empenho para a produção do sumo bem no mundo, cuja possibilidade, pois, pode ser postulada ◆

die aber unsere Vernunft nicht anders denkbar findet, als unter Voraussetzung einer höchsten Intelligenz, deren Daseyn anzunehmen also mit dem Bewußtseyn unserer Pflicht verbunden ist, obzwar diese Annehmung selbst für die theoretische Vernunft gehört, in Ansehung deren allein sie als Erklärungsgrund betrachtet, **Hypothese**, in Beziehung aber auf die Verständlichkeit eines uns doch durchs moralische Gesetz aufgegebenen Objects (des höchsten Guts), mithin eines Bedürfnisses in practischer Absicht, **Glaube**, und zwar reiner **Vernunftglaube**, heißen kann, weil blos reine Vernunft (sowol ihrem theoretischen als practischen Gebrauche nach) die Quelle ist, daraus er entspringt.

Aus dieser **Deduction** wird es nunmehr begreiflich, warum die **griechischen** Schulen zur Auflösung ihres Problems von der practischen Möglichkeit des höchsten Guts niemals gelangen konnten; weil sie nur immer die Regel des Gebrauchs, den der Wille des Menschen von seiner Freyheit macht, zum einzigen und für sich allein zureichenden Grunde derselben machten, ohne, ihrem Bedünken nach, das Daseyn Gottes dazu zu bedürfen. Zwar thaten sie daran recht, daß sie das Princip der Sitten unabhängig von diesem Postulat, für sich selbst, aus dem Verhältniß der Vernunft allein zum Willen, festsetzten, und es mithin zur **obersten** practischen Bedingung des höchsten Guts machten; es war aber darum nicht die **ganze** Bedingung der Möglichkeit dessel-

mas não é considerada pela nossa razão como pensável senão sob pressuposição de uma inteligência suprema. Portanto a admissão de sua existência está vinculada à consciência de nosso dever, conquanto esta admissão mesma pertença à razão teórica, com respeito à qual, unicamente, ela, considerada como fundamento explicativo, pode chamar-se **hipótese** mas, com referência à inteligibilidade de um objeto (o sumo bem) dado a nós pela lei moral, por conseguinte de uma carência de um ponto de vista prático, pode chamar-se **fé** e, na verdade, **fé racional** pura, porque simplesmente a razão pura (tanto segundo o seu uso teórico como prático) é a fonte da qual ela surge.

A partir desta **dedução** torna-se doravante concebível por que as escolas **gregas** jamais podiam chegar à solução de seu problema da possibilidade prática do sumo bem: porque elas sempre faziam da regra do uso que a vontade do homem faz de sua liberdade um fundamento único e por si só suficiente de sua possibilidade, sem precisarem para tanto, na sua opinião, da existência de Deus. Em verdade eles procederam corretamente ao estabelecer o princípio da moral, independentemente desse postulado, por si mesmo, unicamente a partir da relação da razão com a vontade, e, por conseguinte, o fizeram condição prática **suprema** do sumo bem; mas nem por isso ele era a condição **completa** da possibilidade ◆

desselben. Die Epikuräer hatten nun zwar ein ganz falsches Princip der Sitten zum obersten angenommen, nemlich das der Glückseligkeit, und eine Maxime der beliebigen Wahl, nach jedes seiner Neigung, für ein Gesetz untergeschoben: aber darin verfuhren sie doch consequent genug, daß sie ihr höchstes Gut eben so, nemlich der Niedrigkeit ihres Grundsatzes proportionirlich, abwürdigten, und keine größere Glückseligkeit erwarteten, als die sich durch menschliche Klugheit (wozu auch Enthaltsamkeit und Mäßigung der Neigungen gehört) erwerben läßt, die, wie man weiß, kümmerlich genug und nach Umständen sehr verschiedentlich, ausfallen muß; die Ausnahmen, welche ihre Maximen unaufhörlich einräumen mußten, und die sie zu Gesetzen untauglich machen, nicht einmal gerechnet. Die Stoiker hatten dagegen ihr oberstes practisches Princip, nemlich die Tugend, als Bedingung des höchsten Guts ganz richtig gewählt, aber indem sie den Grad derselben, der für das reine Gesetz derselben erforderlich ist, als in diesem Leben völlig erreichbar vorstelleten, nicht allein das moralische Vermögen des Menschen, unter dem Namen eines Weisen, über alle Schranken seiner Natur hoch gespannt, und etwas, das aller Menschenkenntniß widerspricht, angenommen, sondern auch, vornemlich das zweyte zum höchsten Gut gehörige Bestandstück, nemlich die Glückseligkeit, gar nicht für einen besonderen Gegenstand des menschlichen Begehrungsvermögens

wol-

do mesmo. Ora, os **epicuristas**, na verdade, tomaram como princípio supremo um princípio totalmente falso da moral, a saber, o da felicidade, e substituíram a lei por uma máxima da escolha arbitrária segundo a inclinação de cada um: mas nisso procederam, ainda assim, de modo bastante **consequente** ao igualmente rebaixar seu sumo bem proporcionalmente ao nível pouco elevado de sua proposição fundamental, e não esperaram nenhuma felicidade maior do que a que deve ser obtida pela prudência humana (à qual pertencem também a temperança e moderação das inclinações), que, como se sabe, tem de revelar-se de modo suficientemente pobre e muito diversamente de acordo com as circunstâncias; sem contar as exceções que suas máximas tinham de incessantemente conceber e que as tornam inaptas para leis. Os **estoicos**, ao contrário, escolheram de modo totalmente correto o seu princípio prático supremo, a saber, a virtude como condição do sumo bem, mas enquanto representavam o grau dela, requerido para a lei pura da mesma, como plenamente alcançável nesta vida, não somente elevaram demasiadamente a capacidade moral do **homem** sob o nome de **sábio** para além de todos os limites de sua natureza e admitiram algo que contradiz todo o conhecimento dos homens, mas principalmente não quiseram de modo algum considerar também a validade do segundo **elemento** pertencente ao sumo bem, ou seja, a felicidade, como um objeto particular da faculdade de apetição ◆

wollen gelten lassen, sondern ihren Weisen, gleich einer Gottheit, im Bewußtseyn der Vortrefflichkeit seiner Person, von der Natur (in Absicht auf seine Zufriedenheit) ganz unabhängig gemacht, indem sie ihn zwar Uebeln des Lebens aussetzten, aber nicht unterwarfen, (zugleich auch als frey vom Bösen darstelleten) und so wirklich das zweyte Element des höchsten Guts, eigene Glückseligkeit wegließen, indem sie es blos im Handeln und der Zufriedenheit mit seinem persönlichen Werthe setzten, und also im Bewußtseyn der sittlichen Denkungsart mit einschlossen, worin sie aber durch die Stimme ihrer eigenen Natur hinreichend hätten widerlegt werden können.

Die Lehre des Christenthums *), wenn man sie auch noch nicht als Religionslehre betrachtet, giebt in

*) Man hält gemeiniglich dafür, die christliche Vorschrift der Sitten habe in Ansehung ihrer Reinigkeit vor dem moralischen Begriffe der Stoiker nichts voraus; allein der Unterschied beider ist doch sehr sichtbar. Das stoische System machte das Bewußtseyn der Seelenstärke zum Angel, um den sich alle sittliche Gesinnungen wenden sollten, und, ob die Anhänger dessen zwar von Pflichten redeten, auch sie ganz wohl bestimmeten, so setzten sie doch die Triebfeder und den eigentlichen Bestimmungsgrund des Willens, in einer Erhebung der Denkungsart über die niedrige und nur durch Seelenschwäche machthabende Triebfedern der Sinne. Tugend war also bey ihnen ein gewisser Heroism des über thierische Natur des Menschen sich erhebenden Weisen, der ihm selbst genug ist, andern zwar Pflichten vorträgt, selbst aber über sie erhoben, und keiner Versuchung zu

humana, mas tornaram o seu **sábio**, na consciência da excelência de sua pessoa totalmente independente da natureza (com vistas a seu contentamento), igual a uma divindade, enquanto em verdade o expunham mas não o submetiam a males da vida (ao mesmo tempo o apresentavam também livre do mal); e assim efetivamente eliminaram o segundo elemento do sumo bem, a felicidade própria, enquanto o puseram simplesmente na ação e no contentamento com seus valores pessoais e, portanto, o incluíram na consciência da maneira de pensar moral, no que, porém, teriam podido ser suficientemente refutados pela voz de sua própria natureza.

A doutrina do Cristianismo*, ainda que não seja considerada como doutrina religiosa, fornece, sob

* Supõe-se geralmente que o preceito moral cristão não ofereça nenhuma vantagem, relativamente a sua pureza, sobre os conceitos morais dos estoicos; todavia a diferença entre ambos é muito visível. O sistema estoico fez da consciência da fortaleza de alma o eixo em torno do qual todas as disposições morais deviam girar e, embora os seus discípulos na verdade falassem de deveres e também os determinassem muito bem, punham o motivo e o fundamento determinante propriamente dito da vontade em uma elevação da maneira de pensar acima dos motivos inferiores dos sentidos, que são poderosos graças apenas às fraquezas de alma. Logo, a virtude consistia entre eles num certo heroísmo do sábio que se eleva sobre a* natureza animal do homem e basta-se a si próprio, propõe deveres aos outros, mas ele mesmo sobrepõe-se** a eles e não está submetido ◆

diesem Stücke einen Begriff des höchsten Guts (des Reichs Gottes), der allein der strengsten Foderung der practi=

Uebertretung des sittlichen Gesetzes unterworfen ist. Dieses alles aber konnten sie nicht thun, wenn sie sich dieses Gesetz in der Reinigkeit und Strenge, als es die Vorschrift des Evangelii thut, vorgestellt hätten. Wenn ich unter einer Idee eine Vollkommenheit verstehe, der nichts in der Erfahrung adäquat gegeben werden kann, so sind die moralischen Ideen darum nichts Ueberschwengliches, d. i. dergleichen, wovon wir auch nicht einmal den Begriff hinreichend bestimmen könnten, oder von dem es ungewiß ist, ob ihm überall ein Gegenstand correspondire, wie die Ideen der speculativen Vernunft, sondern dienen, als Urbilder der practischen Vollkommenheit, zur unentbehrlichen Richtschnur des sittlichen Verhaltens, und zugleich zum Maaßstabe der Vergleichung. Wenn ich nun die christliche Moral von ihrer philosophischen Seite betrachte, so würde sie, mit den Ideen der griechischen Schulen verglichen, so erscheinen: Die Ideen der Cyniker, der Epicuräer, der Stoiker und des Christen, sind: die Natureinfalt, die Klugheit, die Weisheit und die Heiligkeit. In Ansehung des Weges, dazu zu gelangen, unterschieden sich die griechischen Philosophen so von einander, daß die Cyniker dazu den gemeinen Menschenverstand, die andern nur den Weg der Wissenschaft, beide also doch bloßen Gebrauch der natürlichen Kräfte dazu hinreichend fanden. Die christliche Moral, weil sie ihre Vorschrift (wie es auch seyn muß) so rein und unnachsichtlich einrichtet, benimmt dem Menschen das Zutrauen, wenigstens hier im Leben, ihr völlig adäquat zu seyn, richtet es aber doch auch dadurch wiederum auf, daß, wenn wir so gut handeln, als in unserem Vermögen ist, wir hoffen können, daß, was nicht in unserm Vermögen ist, uns anderweitig werde zu statten kommen, wir mögen nun wissen, auf welche Art, oder nicht. Aristoteles und Plato unterschieden sich nur in Ansehung des Ursprungs unserer sittlichen Begriffe.

esse aspecto, um conceito de sumo bem (do reino de Deus) que, unicamente, satisfaz à mais

....

a nenhuma tentação de transgressão da lei moral. Mas eles não podiam fazer tudo isto se tivessem representado esta lei na pureza e rigor como o preceito do Evangelho o faz. Se por ideia entendo uma perfeição à qual não pode ser dado nada adequado na experiência, nem por isso as ideias morais são algo transcendente, isto é, tais que não pudéssemos jamais determinar suficientemente o seu conceito ou acerca do qual é incerto se lhe corresponde sempre um objeto, como as ideias da razão especulativa, mas servem, enquanto arquétipos de perfeição prática, como norma indispensável da conduta moral e ao mesmo tempo como critério de comparação. Ora, se considero a moral cristã desde seu lado filosófico, ela, comparada com as ideias das escolas gregas, apareceria assim: as ideias dos cínicos, dos epicuristas, dos estoicos e dos*** cristãos são: a simplicidade natural, a prudência, a sabedoria e a santidade. Os filósofos gregos distinguiram-se entre si em relação ao caminho para chegar a elas, a ponto de os cínicos considerarem suficiente a elas o entendimento humano comum, os outros, somente o caminho da ciência, ambos, contudo, consideraram suficiente o simples uso das forças naturais. A moral cristã, porque estabelece o seu preceito (como, aliás, tem de ser) tão pura e inabalavelmente, tira do homem a confiança de pelo menos nesta vida ser-lhe plenamente conforme, mas também a**** reergue de modo que, se agimos tão bem quanto está em nosso poder, podemos esperar que o que não está em nosso poder favorecer-nos-á de outra forma, quer o saibamos de que modo, quer não. Aristóteles e Platão distinguiram-se somente em relação à origem de nossos conceitos morais. (K) ◆

* *die* (a), acréscimo de Hartenstein.

** Na 1ª e da 4ª à 6ª edições: *erhoben*; na 2ª: *erhaben*.

*** Na 1ª e da 4ª à 6ª edições: *des* (do); Ak: *der* (dos).

**** Kant: *es* (referido a confiança), mantido pela Ak; Natorp propõe *ihn*, referido a homem.

practischen Vernunft ein Gnüge thut. Das moralische Gesetz ist heilig (unnachsichtlich) und fodert Heiligkeit der Sitten, obgleich alle moralische Vollkommenheit, zu welcher der Mensch gelangen kann, immer nur Tugend ist, d. i. gesetzmäßige Gesinnung aus **Achtung** fürs Gesetz, folglich Bewußtseyn eines continuirlichen Hanges zur Uebertretung, wenigstens Unlauterkeit d. i. Beymischung vieler unächter (nicht moralischer) Bewegungsgründe zur Befolgung des Gesetzes, folglich eine mit Demuth verbundene Selbstschätzung, und also in Ansehung der Heiligkeit, welche das christliche Gesetz fodert, nichts als Fortschritt ins Unendliche dem Geschöpfe übrig läßt, eben daher aber auch dasselbe zur Hoffnung seiner ins Unendliche gehenden Fortdauer berechtigt. Der **Werth** einer dem moralischen Gesetze **völlig** angemessenen Gesinnung ist unendlich; weil alle mögliche Glückseligkeit, im Urtheile eines weisen und alles vermögenden Austheilers derselben, keine andere Einschränkung hat, als den Mangel der Angemessenheit vernünftiger Wesen an ihrer Pflicht. Aber das moralische Gesetz für sich **verheißt** doch keine Glückseligkeit; denn diese ist, nach Begriffen von einer Naturordnung überhaupt, mit der Befolgung desselben nicht nothwendig verbunden. Die christliche Sittenlehre ergänzt nun diesen Mangel (des zweyten unentbehrlichen Bestandstücks des höchsten Guts) durch die Darstellung der Welt, darin vernünftige Wesen sich dem sittlichen Gesetze von ganzer Seele

rigorosa exigência da razão prática. A lei moral é santa (inflexível) e exige santidade moral, embora toda a perfeição moral que o homem pode alcançar seja sempre somente virtude, isto é, disposição conforme à lei por **respeito** a esta, consequentemente consciência de uma propensão contínua à transgressão, pelo menos à impureza, isto é, à adição de muitos motivos <*Bewegungsgründe*> espúrios (não morais) à observância da lei, consequentemente uma autoestima vinculada à humildade; e, pois, em relação à santidade que a lei cristã exige não deixa, de resto, à criatura senão um progresso ao infinito, mas pela mesma razão a legitima à esperança de uma duração infinita. O **valor** de uma disposição **plenamente** conforme com a lei moral é infinito, porque toda a felicidade possível, no juízo de um sábio e onipotente distribuidor da mesma, não tem nenhuma outra limitação senão a falta de conformidade de entes racionais a seu dever. Mas a lei moral por si não **promete** nenhuma felicidade; pois esta, em conformidade com conceitos de uma ordem natural em geral, não está necessariamente vinculada ao cumprimento da mesma lei. Ora, a doutrina moral cristã complementa essa falta (do segundo elemento indispensável ao sumo bem) pela apresentação do mundo, em que entes racionais consagram-se com toda a alma à lei ◆

weihen, als eines **Reichs Gottes**, in welchem Natur und Sitten in eine, jeder von beiden für sich selbst fremde, Harmonie, durch einen heiligen Urheber kommen, der das abgeleitete höchste Gut möglich macht. Die **Heiligkeit** der Sitten wird ihnen in diesem Leben schon zur Richtschnur angewiesen, das dieser proportionirte Wohl aber, die **Seligkeit**, nur als in einer Ewigkeit erreichbar vorgestellt; weil jene immer das Urbild ihres Verhaltens in jedem Stande seyn muß, und das Fortschreiten zu ihr schon in diesem Leben möglich und nothwendig ist, diese aber in dieser Welt, unter dem Namen der Glückseligkeit, gar nicht erreicht werden kann, (so viel auf unser Vermögen ankommt) und daher lediglich zum Gegenstande der Hoffnung gemacht wird. Diesem ungeachtet ist das christliche Princip der **Moral** selbst doch nicht theologisch (mithin Heteronomie) sondern Autonomie der reinen practischen Vernunft für sich selbst, weil sie die Erkenntniß Gottes und seines Willens nicht zum Grunde dieser Gesetze, sondern nur der Gelangung zum höchsten Gute, unter der Bedingung der Befolgung derselben macht, und selbst die eigentliche **Triebfeder** zu Befolgung der ersteren nicht in den gewünschten Folgen derselben, sondern in der Vorstellung der Pflicht allein setzt, als in deren treuer Beobachtung die Würdigkeit des Erwerbs der letztern allein besteht.

Auf

moral, como o **reino de Deus** no qual natureza e moralidade chegam a uma harmonia por si mesma estranha a cada um dos dois, mediante um Autor santo que torna possível o sumo bem derivado. A **santidade** dos costumes já lhes é indicada nesta vida como norma, mas o bem-estar consentâneo a esta, a **beatitude**, é representado como alcançável somente em uma eternidade; porque **aquela** tem de ser sempre em cada estado o arquétipo de sua conduta, e o progredir em direção a ela é possível e necessário já nesta vida: **esta**, porém, sob o nome de felicidade, não pode absolutamente ser alcançada neste mundo (no que depende de nossa capacidade) e por isso torna-se meramente objeto de esperança. Apesar disso o princípio cristão da própria **moral** não é de modo algum teológico (por conseguinte heteronomia) mas autonomia da razão prática pura por si mesma, porque ela não torna o conhecimento de Deus e de sua vontade fundamento dessas leis mas somente do acesso ao sumo bem sob a condição do cumprimento das mesmas, e ela não põe sequer o motivo propriamente dito do cumprimento das primeiras nas suas desejadas consequências mas unicamente na representação do dever, em cuja fiel observância unicamente consiste a dignidade do alcance das últimas. ◆

Auf solche Weise führt das moralische Gesetz durch den Begriff des höchsten Guts, als das Object und den Endzweck der reinen practischen Vernunft, zur **Religion**, d. i. **zur Erkenntniß aller Pflichten als göttlicher Gebote, nicht als Sanctionen, d. i. willkührliche für sich selbst zufällige Verordnungen, eines fremden Willens**, sondern als wesentlicher Gesetze eines jeden freyen Willens für sich selbst, die aber dennoch als Gebote des höchsten Wesens angesehen werden müssen, weil wir nur von einem moralisch=vollkommenen, (heiligen und gütigen) zugleich auch allgewaltigen Willen, das höchste Gut, welches zum Gegenstande unserer Bestrebung zu setzen uns das moralische Gesetz zur Pflicht macht, und also durch Uebereinstimmung mit diesem Willen dazu zu gelangen hoffen können. Auch hier bleibt daher alles uneigennützig und blos auf Pflicht gegründet; ohne daß Furcht oder Hoffnung als Triebfedern zum Grunde gelegt werden dürften, die, wenn sie zu Principien werden, den ganzen moralischen Werth der Handlungen vernichten. Das moralische Gesetz gebietet, das höchste mögliche Gut in einer Welt mir zum letzten Gegenstande alles Verhaltens zu machen. Dieses aber kann ich nicht zu bewirken hoffen, als nur durch die Uebereinstimmung meines Willens mit dem eines heiligen und gütigen Welturhebers, und, obgleich in dem Begriffe des höchsten Guts, als dem eines Ganzen, worin die größte Glückseligkeit mit dem größten

Dessa maneira a lei moral conduz, mediante o conceito de sumo bem enquanto objeto e fim terminal da razão prática pura, à **religião**, quer dizer, ao **conhecimento de todos os deveres como mandamentos divinos, não enquanto sanções, isto é, decretos arbitrários**[198], **por si próprios contingentes, de uma vontade estranha** e, sim, enquanto **leis** essenciais de cada vontade livre por si mesma mas que apesar disso têm que ser consideradas mandamentos do Ser supremo, porque somente de uma vontade moralmente perfeita (santa e benévola), ao mesmo tempo onipotente, podemos esperar alcançar o sumo bem que a lei moral torna dever pôr como objeto de nosso esforço e, portanto, esperar alcançá-lo mediante concordância com essa vontade. Por isso também aqui tudo permanece desinteressado e fundado simplesmente sobre o dever; sem que se permita[199] que temor ou esperança sejam postos no fundamento como motivos, os quais, se se tornam princípios, aniquilam todo o valor moral das ações. A lei moral ordena-me fazer do sumo bem possível no mundo o objeto último de toda a conduta. Mas eu não posso esperar efetuar isso senão pela concordância de minha vontade com a de um santo e benévolo Autor do mundo; e conquanto no conceito de sumo bem como um todo, no qual a máxima felicidade é representada ◆

198. Kant: *willkürliche... zufällige*, alterado por Hartenstein, seguido por Vorländer, para *willkürlicher... zufälliger* (de decretos arbitrários... contingentes). A Ak manteve o texto de Kant.

199. Kant: *durften* (se permitisse).

Maaße sittlicher (in Geschöpfen möglicher) Vollkommenheit, als in der genausten Proportion verbunden vorgestellt wird, **meine eigene Glückseligkeit** mit enthalten ist: so ist doch nicht sie, sondern das moralische Gesetz (welches vielmehr mein unbegrenztes Verlangen darnach auf Bedingungen strenge einschränkt) der Bestimmungsgrund des Willens, der zur Beförderung des höchsten Guts angewiesen wird.

Daher ist auch die Moral nicht eigentlich die Lehre, wie wir uns glücklich **machen**, sondern wie wir der Glückseligkeit **würdig** werden sollen. Nur denn, wenn Religion dazu kommt, tritt auch die Hoffnung ein, der Glückseligkeit dereinst in dem Maaße theilhaftig zu werden, als wir darauf bedacht gewesen, ihrer nicht unwürdig zu seyn.

Würdig ist jemand des Besitzes einer Sache, oder eines Zustandes, wenn, daß er in diesem Besitze sey, mit dem höchsten Gute zusammenstimmt. Man kann jetzt leicht einsehen, daß alle Würdigkeit auf das sittliche Verhalten ankomme, weil dieses im Begriffe des höchsten Guts die Bedingung des übrigen, (was zum Zustande gehört) nemlich des Antheils an Glückseligkeit ausmacht. Nun folgt hieraus: daß man die **Moral** an sich niemals als **Glückseligkeitslehre** behandeln müsse, d. i. als eine Anweisung der Glückseligkeit theilhaftig zu werden; denn sie hat es lediglich mit der

como vinculada na mais exata proporção com a máxima medida de perfeição moral (possível em criaturas), a **minha felicidade própria** esteja também incluída, não é, contudo, ela mas a lei moral (a qual, muito antes, limita rigorosamente sob condições a minha ilimitada aspiração por ela) o fundamento determinante da vontade que é dirigida à promoção do sumo bem.

Por isso a moral tampouco é propriamente a doutrina de como nos **fazemos** felizes mas de como devemos tornar-nos **dignos** da felicidade. Só se a religião é acrescida a ela, realiza-se também a esperança de tornar-nos algum dia partícipes da felicidade na proporção em que cuidamos de não ser indignos dela.

Alguém é **digno** da posse de uma coisa ou de um estado, se o fato de ele encontrar-se nessa posse concorda com o sumo bem. Pode-se agora ver facilmente que toda a dignidade tem a ver com a conduta moral, porque esta constitui, no conceito de sumo bem, a condição de todo o mais (que pertence ao estado), a saber, da participação da felicidade. Ora, disso segue-se que jamais se tem de tratar a **moral** em si como uma **doutrina da felicidade**, isto é, como uma diretriz sobre o modo de tornar-se participante da felicidade; pois ela tem a ver meramente com a ◆

Vernunftbedingung (conditio sine qua non) der letzteren, nicht mit einem Erwerbmittel derselben zu thun. Wenn sie aber (die blos Pflichten auferlegt, nicht eigennützigen Wünschen Maaßregeln an die Hand giebt,) vollständig vorgetragen worden: alsdenn allererst kann, nachdem der sich auf ein Gesetz gründende moralische Wunsch das höchste Gut zu befördern (das Reich Gottes zu uns zu bringen), der vorher keiner eigennützigen Seele aufsteigen konnte, erweckt, und ihm zum Behuf der Schritt zur Religion geschehen ist, diese Sittenlehre auch Glückseligkeitslehre genannt werden, weil die **Hoffnung** dazu nur mit der Religion allererst anhebt.

Auch kann man hieraus ersehen: daß, wenn man nach dem **letzten Zwecke Gottes** in Schöpfung der Welt frägt, man nicht die **Glückseligkeit** der vernünftigen Wesen in ihr, sondern **das höchste Gut** nennen müsse, welches jenem Wunsche dieser Wesen noch eine Bedingung, nemlich die der Glückseligkeit würdig zu seyn, d. i. die **Sittlichkeit** eben derselben vernünftigen Wesen, hinzufügt, die allein den Maaßstab enthält, nach welchem sie allein der ersteren, durch die Hand eines **weisen** Urhebers, theilhaftig zu werden hoffen können. Denn, da **Weisheit**, theoretisch betrachtet, die **Erkenntniß des höchsten Guts**, und practisch, die **Angemessenheit des Willens zum höchsten Gute** bedeutet, so kann man einer höchsten selbstständigen Weisheit nicht einen Zweck beylegen, der blos

condição racional (*conditio sine qua non*) da última, e não com um meio de adquiri-la. Mas, se a moral (que simplesmente impõe deveres e não fornece regras para desejos interesseiros) tiver sido exposta completamente, só então – depois que o desejo moral, que se funda sobre uma lei, foi despertado a promover o sumo bem (trazer o reino de Deus a nós), desejo que não pôde ocorrer antes a nenhuma alma interesseira, e para cujo fim foi dado o passo à religião – essa doutrina moral pode chamar-se também doutrina da felicidade, porque a **esperança** dela só começa com a religião.

Disso pode-se também concluir que, se for perguntado pelo **fim último de Deus** na criação do mundo, não se tem de mencionar a **felicidade** dos entes racionais nela mas **o sumo bem**, que acrescenta ainda uma condição àquele desejo destes entes, a saber, a de ser digno da felicidade, isto é, a **moralidade** dos mesmos entes racionais, a qual unicamente contém o padrão de medida de acordo com o qual eles, unicamente, podem esperar tornar-se participantes da primeira pela mão de um **sábio** Autor. Pois, visto que a **sabedoria**, considerada teoricamente, significa **o conhecimento do sumo bem** e, praticamente, **a conformidade da vontade ao sumo bem**, não se pode atribuir a uma sabedoria independente suprema um fim que fosse ◆

auf Gütigkeit gegründet wäre. Denn dieser ihre Wirkung (in Ansehung der Glückseligkeit der vernünftigen Wesen) kann man nur unter den einschränkenden Bedingungen der Uebereinstimmung mit der **Heiligkeit** *) seines Willens, als dem höchsten ursprünglichen Gute angemessen, denken. Daher diejenige, welche den Zweck der Schöpfung in die Ehre Gottes (vorausgesetzt, daß man diese nicht anthropomorphistisch, als Neigung gepriesen zu werden, denkt,) setzten, wol den besten Ausdruck getroffen haben. Denn nichts ehrt Gott mehr, als das, was das schätzbarste in der Welt ist, die Achtung für sein Gebot, die Beobachtung der heiligen Pflicht, die uns sein Gesetz auferlegt, wenn seine

*) Hiebey, und um das Eigenthümliche dieser Begriffe kenntlich zu machen, merke ich nur noch an: daß, da man Gott verschiedene Eigenschaften beylegt, deren Qualität man auch den Geschöpfen angemessen findet, nur daß sie dort zum höchsten Grade erhoben werden, z. B. Macht, Wissenschaft, Gegenwart, Güte rc. unter den Benennungen der Allmacht, der Allwissenheit, der Allgegenwart, der Allgütigkeit rc. es doch drey giebt, die ausschließungsweise, und doch ohne Beysatz von Größe, Gott beygelegt werden, und die insgesamt moralisch sind. Er ist der allein Heilige, der allein Selige, der allein Weise; weil diese Begriffe schon die Uneingeschränktheit bey sich führen. Nach der Ordnung derselben ist er denn also auch der heilige Gesetzgeber (und Schöpfer) der gütige Regierer (und Erhalter) und der gerechte Richter. Drey Eigenschaften, die alles in sich enthalten, wodurch Gott der Gegenstand der Religion wird, und denen angemessen die metaphysischen Vollkommenheiten sich von selbst in der Vernunft hinzu fügen.

fundado simplesmente sobre a **benevolência**. Pois somente se pode pensar adequadamente o efeito desta benevolência (em relação à felicidade dos entes racionais) sob as condições limitadoras da concordância com a santidade* de sua vontade enquanto conforme com o sumo bem originário. Por isso aqueles que puseram o fim da criação na glória de Deus (sob a pressuposição de que não se pense esta antropomorficamente como inclinação a ser louvado), talvez tenham encontrado o melhor termo. Pois nada glorifica mais a Deus do que – o que é a coisa mais estimada no mundo – o respeito por seu mandamento, a observância do sagrado dever que sua lei nos impõe, se

* Com isso e para marcar a peculiaridade desses conceitos, apenas observo ainda que, pelo fato de atribuírem-se a Deus diversas propriedades cuja qualidade também se considera adequada às criaturas, com a diferença que lá elas são elevadas ao sumo grau, p. ex., poder, ciência, presença, bondade etc., sob as denominações de onipotência, onisciência, onipresença, bondade perfeita etc., há contudo três que, exclusivamente e sem indicação complementar de grandeza, são atribuídas a Deus e são todas morais: ele é o unicamente santo, o unicamente bem-aventurado, o unicamente sábio, porque estes conceitos já implicam a ilimitação. De acordo com a ordem dos mesmos, ele é pois também o santo legislador (e criador), o bondoso governante (e sustentáculo) e o justo juiz: três propriedades que contêm em si tudo aquilo pelo qual Deus torna-se o objeto da religião e de acordo com as quais as perfeições metafísicas são por si acrescentadas na razão. (K) ◆

seine herrliche Anstalt dazu kommt, eine solche schöne Ordnung mit angemessener Glückseligkeit zu krönen. Wenn ihn das letztere (auf menschliche Art zu reden,) liebenswürdig macht, so ist er durch das erstere ein Gegenstand der Anbetung (Adoration). Selbst Menschen können sich durch Wohlthun zwar Liebe, aber dadurch allein niemals Achtung erwerben, so daß die größte Wohlthätigkeit ihnen nur dadurch Ehre macht, daß sie nach Würdigkeit ausgeübt wird.

Daß, in der Ordnung der Zwecke, der Mensch (mit ihm jedes vernünftige Wesen) **Zweck an sich selbst** sey, d. i. niemals blos als Mittel von jemanden (selbst nicht von Gott) ohne zugleich hiebey selbst Zweck zu seyn, könne gebraucht werden, daß also die **Menschheit** in unserer Person uns selbst **heilig** seyn müsse, folgt nunmehr von selbst, weil er das Subject **des moralischen Gesetzes**, mithin dessen ist, was an sich heilig ist, um dessen willen und in Einstimmung mit welchem auch überhaupt nur etwas heilig genannt werden kann. Denn dieses moralische Gesetz gründet sich auf der Autonomie seines Willens, als eines freyen Willens, der nach seinen allgemeinen Gesetzen nothwendig zu demjenigen zugleich muß **einstimmen** können, welchem er sich **unterwerfen** soll.

a ela se acrescentar seu maravilhoso plano de coroar uma tal bela ordem com uma correspondente felicidade. Se esta última coisa (para falar à maneira humana) torna-o amável, ele é pela primeira um objeto de adoração. Mesmo os homens por sua boa obra podem em verdade obter amor, mas por ela apenas jamais podem obter respeito, de sorte que a máxima beneficência somente os honra se for exercida com dignidade.

O fato de que, na ordem dos fins, o homem (e com ele todo ente racional) seja **fim em si mesmo**, isto é, jamais possa ser usado por alguém (nem mesmo por Deus) simplesmente como meio, sem que ele mesmo seja com isso ao mesmo tempo fim, que, portanto, a **humanidade** em nossa pessoa tenha de ser a nós mesmos **santa**, segue-se doravante por si, porque ele é o **sujeito da lei moral**, por conseguinte daquilo que é em si santo, somente em vista do qual e também em concordância com o qual algo pode em geral ser denominado santo. Pois esta lei moral funda-se sobre a autonomia de sua vontade, como uma vontade livre que, de acordo com suas leis universais, necessariamente tem de ao mesmo tempo poder **concordar** com aquilo ao qual deve **submeter**-se. ◆

VI.

Ueber die Postulate der reinen practischen Vernunft überhaupt.

Sie gehen alle vom Grundsatze der Moralität aus, der kein Postulat, sondern ein Gesetz ist, durch welches Vernunft mittelbar den Willen bestimmt, welcher Wille eben dadurch, daß er so bestimmt ist, als reiner Wille, diese nothwendige Bedingungen der Befolgung seiner Vorschrift fodert. Diese Postulate sind nicht theoretische Dogmata, sondern **Voraussetzungen** in nothwendig practischer Rücksicht, erweitern also zwar das speculative Erkenntniß, geben aber den Ideen der speculativen Vernunft **im Allgemeinen** (vermittelst ihrer Beziehung aufs Practische) objective Realität, und berechtigen sie zu Begriffen, deren Möglichkeit auch nur zu behaupten sie sich sonst nicht anmaaßen könnte.

Diese Postulate sind die der **Unsterblichkeit**, der **Freyheit**, positiv betrachtet, (als der Causalität eines Wesens, so fern es zur intelligibelen Welt gehört,) und des **Daseyns Gottes**. Das **erste** fließt aus der practisch nothwendigen Bedingung der Angemessenheit der Dauer zur Vollständigkeit der Erfüllung des moralischen Gesetzes; das **zweyte** aus der nothwendigen Voraussetzung der Unabhängigkeit von der Sinnenwelt und des Vermögens der Bestimmung seines Willens, nach dem

VI
Sobre os postulados da razão prática pura em geral

Todos esses postulados partem da proposição fundamental da moralidade, que não é nenhum postulado mas uma lei pela qual a razão determina <i>mediatamente[200] a vontade; esta vontade, precisamente por ser determinada desse modo, como vontade pura, exige essas condições necessárias ao cumprimento de seu preceito. Esses postulados não são dogmas teóricos mas **pressuposições** em sentido necessariamente prático, logo, em verdade, <não>[201] ampliam o nosso conhecimento especulativo mas conferem realidade objetiva às ideias da razão especulativa **em geral** (mediante sua referência ao domínio prático) e justificam conceitos, cuja possibilidade ela, do contrário, nem sequer poderia arrogar-se afirmar.

Esses postulados são os da **imortalidade**, da **liberdade**, considerada positivamente (enquanto causalidade de um ente pertencente ao mundo inteligível), e da **existência de Deus**. O **primeiro** decorre da condição praticamente necessária da adequação da duração à completude do cumprimento da lei moral; o **segundo**, da necessária pressuposição da independência do mundo sensorial e da faculdade de determinação de sua vontade segundo a ◆

200. Kant: *mittelbar* (mediatamente), corrigido por Hartenstein para *unmittelbar* (imediatamente) e adotado pela Ak.

201. Na edição original faltou o "não", acrescentado por Kant em seu *Handexemplar*. Esta correção manuscrita de Kant foi feita a tinta, à diferença das demais.

Gesetze einer intelligibelen Welt, d. i. der Freyheit; das **dritte** aus der Nothwendigkeit der Bedingung zu einer solchen intelligibelen Welt, um das höchste Gut zu seyn, durch die Voraussetzung des höchsten selbstständigen Guts, d. i. des Daseyns Gottes.

Die durch die Achtung fürs moralische Gesetz nothwendige Absicht aufs höchste Gut und daraus fließende Voraussetzung der objectiven Realität desselben, führt also durch Postulate der practischen Vernunft zu Begriffen, welche die speculative Vernunft zwar als Aufgaben vortragen, sie aber nicht auflösen konnte. Also 1. zu derjenigen, in deren Auflösung die letztere nichts, als **Paralogismen** begehen konnte, (nemlich der Unsterblichkeit) weil es ihr am Merkmale der Beharrlichkeit fehlete, um den psychologischen Begriff eines letzten Subjects, welcher der Seele im Selbstbewußtseyn nothwendig beygelegt wird, zur realen Vorstellung einer Substanz zu ergänzen, welches die practische Vernunft, durch das Postulat, einer zur Angemessenheit mit dem moralischen Gesetze im höchsten Gute, als dem ganzen Zwecke der practischen Vernunft, erforderlichen Dauer, ausrichtet. 2. Führt sie zu dem, wovon die speculative Vernunft nichts als **Antinomie** enthielt, deren Auflösung sie nur auf einem problematisch zwar denkbaren, aber seiner objectiven Realität nach für sie nicht erweislichen und bestimmbaren Begriffe gründen konnte, nemlich die **cosmologische** Idee

einer

lei de um mundo inteligível, isto é, da liberdade; o **terceiro**, da necessidade da condição de um tal mundo inteligível para que exista o sumo bem mediante a pressuposição do sumo bem independente, isto é, da existência de Deus.

O ponto de vista do sumo bem, necessário mediante o respeito pela lei moral, e a daí decorrente pressuposição da realidade objetiva do sumo bem conduz, portanto, através de postulados da razão prática, a conceitos que a razão especulativa em verdade podia apresentar como problemas mas que ela não podia resolver. Portanto, 1) ele conduz ao problema, em cuja solução a razão não podia senão cometer **paralogismos**, a saber, o da imortalidade, porque lhe faltava o traço da persistência para completar o conceito psicológico de um sujeito último, necessariamente atribuído, na consciência de si, à alma para a representação real de uma substância, o que a razão prática consegue pelo postulado de uma duração requerida para a conformidade com a lei moral no sumo bem, enquanto fim total da razão prática. 2) Ele conduz àquilo do qual a razão especulativa não continha senão **antinomia**, cuja solução ela podia fundar somente sobre um conceito, em verdade pensável problematicamente mas para ela indemonstrável e independente quanto a sua realidade objetiva, a saber, a ideia **cosmológica** ◆

einer intelligibelen Welt und das Bewußtseyn unseres Daseyns in derselben, vermittelst des Postulats der Freyheit, (deren Realität sie durch das moralische Gesetz darlegt, und mit ihm zugleich das Gesetz einer intelligibelen Welt, worauf die speculative nur hinweisen, ihren Begriff aber nicht bestimmen konnte). 3. Verschafft sie dem, was speculative Vernunft zwar denken, aber als bloßes transscendentales **Ideal** unbestimmt lassen mußte, dem **theologischen** Begriffe des **Urwesens**, Bedeutung, (in practischer Absicht, d. i. als einer Bedingung der Möglichkeit des Objects eines durch jenes Gesetz bestimmten Willens,) als dem obersten Princip des höchsten Guts in einer intelligibelen Welt, durch gewalthabende moralische Gesetzgebung in derselben.

Wird nun aber unser Erkenntniß auf solche Art durch reine practische Vernunft wirklich erweitert, und ist das, was für die speculative **transscendent** war, in der practischen **immanent**? Allerdings, aber **nur in practischer Absicht.** Denn wir erkennen zwar dadurch weder unserer Seele Natur, noch die intelligibele Welt, noch das höchste Wesen, nach dem, was sie an sich selbst sind, sondern haben nur die Begriffe von ihnen im **practischen** Begriffe **des höchsten Guts** vereinigt, als dem Objecte unseres Willens, und völlig **a priori**, durch reine Vernunft, aber nur vermittelst des moralischen Gesetzes, und auch blos in Beziehung auf dasselbe, in Ansehung des Objects, das es gebietet.

de um mundo inteligível e a consciência de nossa existência no mesmo, mediante o postulado da liberdade (cuja realidade ela mostra pela lei moral e, com essa, ao mesmo tempo a lei de um mundo inteligível, sobre o qual a razão especulativa podia somente chamar a atenção mas não podia determinar seu conceito). 3) Ele consegue significação (de um ponto de vista prático, isto é, enquanto uma condição da possibilidade do objeto de uma vontade determinada por aquela lei) para aquilo que a razão especulativa, em verdade, tinha de pensar mas tinha de deixar indeterminado como simples **ideal** transcendental, o conceito **teológico** do Ser primeiro como princípio supremo do sumo bem em um mundo inteligível, mediante uma legislação moral detentora de poder no mesmo.

Mas desse modo o nosso conhecimento é efetivamente ampliado pela razão prática pura, e aquilo que para a razão especulativa era **transcendente** é na razão prática **imanente**? Certamente, mas **só de um ponto de vista prático**. Pois por ele em verdade não conhecemos, segundo o que são em si mesmo, nem a natureza de nossa alma, nem o mundo inteligível, nem o Ser supremo, mas apenas unificamos seus conceitos no conceito **prático** de **sumo bem** enquanto objeto de nossa vontade e de um modo totalmente *a priori* pela razão pura, mas só mediante a lei moral e também apenas em referência à mesma relativamente ao objeto que ela ordena. ◆

Wie aber auch nur die Freyheit möglich sey, und wie man sich diese Art von Causalität theoretisch und positiv vorzustellen habe, wird dadurch nicht eingesehen, sondern nur, daß eine solche sey, durchs moralische Gesetz und zu dessen Behuf postulirt. So ist es auch mit den übrigen Ideen bewandt, die nach ihrer Möglichkeit kein menschlicher Verstand jemals ergründen, aber auch, daß sie nicht wahre Begriffe sind, keine Sophisterey der Ueberzeugung, selbst des gemeinsten Menschen, jemals entreißen wird.

VII.

Wie eine Erweiterung der reinen Vernunft, in practischer Absicht, ohne damit ihr Erkenntniß, als speculativ, zugleich zu erweitern, zu denken möglich sey?

Wir wollen diese Frage, um nicht zu abstract zu werden, sofort in Anwendung auf den vorliegenden Fall beantworten. — Um ein reines Erkenntniß **practisch** zu erweitern, muß eine **Absicht** a priori gegeben seyn, d. i. ein Zweck, als Object (des Willens), welches, unabhängig von allen theologischen Grundsätzen, durch einen den Willen unmittelbar bestimmenden (categorischen) Imperativ, als practisch-nothwendig vorgestellt wird, und das ist hier das **höchste Gut**. Dieses ist aber nicht möglich, ohne drey theoretische Begriffe (für die sich, weil sie bloße reine Vernunftbegriffe sind,

Mas com isso não se tem a perspiciência de como a liberdade sequer seja possível e de como se deva representar teórica e positivamente essa espécie de causalidade, mas somente se postula, através da lei moral e para o fim dela, que uma tal causalidade existe. O mesmo se passa com as demais ideias, que nenhum entendimento humano algum dia perscrutará quanto à sua possibilidade, mas também acerca das quais nenhum sofisma jamais arrebatará a convicção, mesmo do homem mais comum, de que não são verdadeiros conceitos.

VII
Como é possível pensar uma ampliação da razão pura, desde um ponto de vista prático, sem com isso ao mesmo tempo ampliar o seu conhecimento como especulativo?

Para não nos tornarmos demasiado abstratos, queremos responder a esta pergunta imediatamente por uma aplicação ao caso em questão. – Para ampliar **praticamente** um conhecimento puro, tem que ser dada *a priori* uma **intenção**, isto é, um fim como objeto (da vontade) que, independentemente de todas as proposições fundamentais teológicas[202], é necessariamente representado como prático por um imperativo (categórico) que determina imediatamente a vontade; e esse é aqui o **sumo bem**. Mas este não é possível sem pressupor três conceitos teóricos (para os quais, por serem simples conceitos ◆

202. Grillo propôs, em vez de "teológicas", "teleológicas". A Ak, pretendendo seguir Hartenstein, corrigiu para "teóricas". Na verdade, a correção de Hartenstein constou apenas na sua 2ª ed. de 1867; na 1ª, de 1838, p. 257, constou a versão de Kant "teológicas".

keine correspondirende Anschauung, mithin, auf dem theoretischen Wege, keine objective Realität finden läßt,) vorauszusetzen: nemlich Freyheit, Unsterblichkeit, und Gott. Also wird durchs practische Gesetz, welches die Existenz des höchsten in einer Welt möglichen Guts gebietet, die Möglichkeit jener Objecte der reinen speculativen Vernunft, die objective Realität, welche diese ihnen nicht sichern konnte, postulirt; wodurch denn die theoretische Erkenntniß der reinen Vernunft allerdings einen Zuwachs bekommt, der aber blos darin besteht, daß jene für sie sonst problematische (blos denkbare) Begriffe, jetzt assertorisch für solche erklärt werden, denen wirklich Objecte zukommen, weil practische Vernunft die Existenz derselben zur Möglichkeit ihres, und zwar practisch-schlechthin nothwendigen, Objects des höchsten Guts unvermeidlich bedarf, und die theoretische dadurch berechtigt wird, sie vorauszusetzen. Diese Erweiterung der theoretischen Vernunft ist aber keine Erweiterung der Speculation, d. i. um in theoretischer Absicht nunmehr einen positiven Gebrauch davon zu machen. Denn da nichts weiter durch practische Vernunft hiebey geleistet worden, als daß jene Begriffe real sind, und wirklich ihre (mögliche) Objecte haben, dabey aber uns nichts von Anschauung derselben gegeben wird, (welches auch nicht gefodert werden kann,) so ist kein synthetischer Satz durch diese eingeräumte Realität derselben möglich. Folglich hilft

uns

puros da razão, não se deixa encontrar nenhuma intuição correspondente, por conseguinte, pelo caminho teórico, nenhuma realidade objetiva), a saber, liberdade, imortalidade e Deus. Logo, pela lei prática, que ordena a existência do sumo bem possível num mundo, é postulada a possibilidade daqueles objetos da razão especulativa pura, cuja realidade objetiva esta não lhes podia assegurar; mediante o que, pois, o conhecimento teórico da razão pura certamente obtém um crescimento, mas que consiste simplesmente em que aqueles conceitos, afora isso problemáticos para ela (só pensáveis), agora são declarados assertoricamente como conceitos aos quais efetivamente convêm objetos, porque a razão prática precisa fatalmente da existência deles para a possibilidade de seu objeto, o sumo bem, em verdade absolutamente necessário sob o aspecto prático, e porque a razão teórica é com isso justificada a pressupô-los. Mas esta ampliação da razão teórica não é nenhuma extensão da especulação, isto é, para doravante fazer dela, de um **ponto de vista teórico**, um uso positivo. Pois, já que com isso não se conseguiu pela razão prática senão que aqueles conceitos são reais e têm efetivamente os seus (possíveis) objetos, mas que, além disso, nenhuma intuição deles nos é dada (o que tampouco pode ser exigido), assim não é possível nenhuma proposição sintética mediante esta concedida realidade dos mesmos. Consequentemente, de um ◆

uns diese Eröffnung nicht im mindesten in speculativer Absicht, wol aber in Ansehung des practischen Gebrauchs der reinen Vernunft, zur Erweiterung dieses unseres Erkenntnisses. Die obige drey Ideen der speculativen Vernunft sind an sich noch keine Erkenntnisse; doch sind es (transscendente) **Gedanken**, in denen nichts Unmögliches ist. Nun bekommen sie durch ein apodictisches practisches Gesetz, als nothwendige Bedingungen der Möglichkeit dessen, was dieses sich **zum Objecte zu machen** gebietet, objective Realität, d. i. wir werden durch jenes angewiesen, **daß sie Objecte haben**, ohne doch, wie sich ihr Begriff auf ein Object bezieht, anzeigen zu können, und das ist auch noch nicht Erkenntniß **dieser Objecte**; denn man kann dadurch gar nichts über sie synthetisch urtheilen, noch die Anwendung derselben theoretisch bestimmen, mithin von ihnen gar keinen theoretischen Gebrauch der Vernunft machen, als worin eigentlich alle speculative Erkenntniß derselben besteht. Aber dennoch ward das theoretische Erkenntniß, **zwar nicht dieser Objecte**, aber der Vernunft überhaupt, dadurch so fern erweitert, daß durch die practischen Postulate jenen Ideen doch **Objecte gegeben** wurden, indem ein blos problematischer Gedanke dadurch allererst objective Realität bekam. Also war es keine Erweiterung der Erkenntniß **von gegebenen übersinnlichen Gegenständen**, aber doch eine Erweiterung der theoretischen Vernunft und

ponto de vista especulativo essa abertura não nos auxilia em nada mas certamente auxilia, em relação ao uso prático da razão pura, para a ampliação deste nosso conhecimento. As três ideias da razão especulativa já mencionadas não são em si ainda nenhum conhecimento; são, contudo, **pensamentos** (transcendentes) nos quais nada é impossível. Ora, mediante uma lei prática apodíctica elas, enquanto condições necessárias da possibilidade do que esta ordena **tomar-se por objetos**, obtêm realidade objetiva. Isto é, nós somos instruídos por aquela lei **que essas ideias têm objetos**, sem, contudo, podermos indicar como o conceito delas refere-se a um objeto, e isto tampouco é ainda um conhecimento **desses objetos**; pois com isso não podemos de modo algum julgar sinteticamente sobre essas ideias, nem determinar teoricamente sua aplicação, por conseguinte, fazer com elas qualquer uso teórico da razão, no que propriamente consiste todo o conhecimento especulativo da mesma. Mas, apesar disso, o conhecimento teórico, **em verdade não desses objetos** e sim da razão em geral, foi ampliado, na medida em que pelos postulados práticos foram, contudo, **dados objetos** àquelas ideias, enquanto por eles um pensamento meramente problemático obteve pela primeira vez realidade objetiva. Portanto não se trata de nenhuma ampliação do conhecimento **de objetos suprassensíveis dados**, mas de uma ampliação da razão teórica e ◆

der Erkenntniß derselben in Ansehung des Uebersinnlichen überhaupt, so fern als sie genöthigt wurde, daß es **solche Gegenstände gebe**, einzuräumen, ohne sie doch näher bestimmen, mithin dieses Erkenntniß von den Objecten (die ihr nunmehr aus practischem Grunde, und auch nur zum practischen Gebrauche, gegeben worden,) selbst erweitern zu können, welchen Zuwachs also die reine theoretische Vernunft, für die alle jene Ideen transscendent und ohne Object sind, lediglich ihrem reinen practischen Vermögen zu verdanken hat. Hier werden sie **immanent** und **constitutiv**, indem sie Gründe der Möglichkeit sind. Das **nothwendige Object** der reinen practischen Vernunft (das höchste Gut) **wirklich zu machen**, da sie, ohne dies, **transscendent** und blos **regulative** Principien der speculativen Vernunft sind, die ihr nicht ein neues Object über die Erfahrung hinaus anzunehmen, sondern nur ihren Gebrauch in der Erfahrung der Vollständigkeit zu näheren, auferlegen. Ist aber die Vernunft einmal im Besitze dieses Zuwachses, so wird sie, als speculative Vernunft, (eigentlich nur zur Sicherung ihres practischen Gebrauchs) negativ, d. i. nicht erweiternd, sondern läuternd, mit jenen Ideen zu Werke gehen, um einerseits den **Anthropomorphism** als den Quell der **Superstition**, oder scheinbare Erweiterung jener Begriffe durch vermeynte Erfahrung, andererseits den **Fanaticism**, der sie durch übersinnliche Anschauung oder der-

gleichen

do conhecimento da mesma em relação ao suprassensível em geral, na medida em que ela, ao ser coagida a conceder **que tais objetos existem**, sem todavia os determinar mais proximamente, por conseguinte, sem ela mesma poder ampliar esse conhecimento dos objetos (que agora lhe foram dados a partir de razões práticas e somente para o uso prático), a razão teórica pura, portanto, para a qual todas aquelas ideias são transcendentes e sem objeto, deve esse incremento unicamente à sua faculdade prática pura. Aqui elas se tornam **imanentes** e **constitutivas**, enquanto elas são fundamentos da possibilidade[203] de **tornar efetivo o objeto necessário** da razão prática pura (o sumo bem), uma vez que sem isso elas são **transcendentes** e são princípios meramente **regulativos** da razão especulativa, que não lhe impõem admitir um novo objeto para além da experiência mas somente aproximar-se da completude de seu uso na experiência. Porém, se a razão está uma vez de posse desse incremento, ela torna-se, enquanto razão especulativa (propriamente só para assegurar seu uso prático), negativa, isto é, procedendo com aquelas ideias não de modo extensivo mas purificante, para deter, de um lado, o **antropomorfismo** como **fonte da superstição** ou como uma ampliação ilusória daqueles conceitos mediante uma pretensa experiência e, de outro lado, o **fanatismo** <*Fanatizismus*> que ela[204] promete através de uma intuição suprassensível ◆

203. A pontuação original (onde consta um ponto) é aqui obviamente equivocada. A correção foi feita por Hartenstein e Vorländer, mas sem registro de que foi originariamente apontada por Grillo.

204. A saber, a ampliação (Vorländer).

gleichen Gefühle verspricht, abzuhalten; welches alles Hindernisse des practischen Gebrauchs der reinen Vernunft sind, deren Abwehrung also zu der Erweiterung unserer Erkenntniß in practischer Absicht allerdings gehört, oder daß es dieser widerspricht, zugleich zu gestehen, daß die Vernunft in speculativer Absicht dadurch im mindesten nichts gewonnen habe.

Zu jedem Gebrauche der Vernunft in Ansehung eines Gegenstandes werden reine Verstandesbegriffe (Categorien) erfodert, ohne die kein Gegenstand gedacht werden kann. Diese können zum theoretischen Gebrauche der Vernunft, d. i. zu dergleichen Erkenntniß nur angewandt werden, so fern ihnen zugleich Anschauung (die jederzeit sinnlich ist) untergelegt wird, und also blos, um durch sie ein Object möglicher Erfahrung vorzustellen. Nun sind hier aber Ideen der Vernunft, die in gar keiner Erfahrung gegeben werden können, das, was ich durch Categorien denken müßte, um es zu erkennen. Allein es ist hier auch nicht um das theoretische Erkenntniß der Objecte dieser Ideen, sondern nur darum, daß sie überhaupt Objecte haben, zu thun. Diese Realität verschafft reine practische Vernunft, und hiebey hat die theoretische Vernunft nichts weiter zu thun, als jene Objecte durch Categorien blos zu denken, welches, wie wir sonst deutlich gewiesen haben, ganz wohl, ohne Anschauung (weder sinnliche, noch übersinnliche) zu bedürfen, angeht, weil die Cate-

ou de sentimentos semelhantes. Todos esses são obstáculos ao uso prático da razão pura, cuja salvaguarda, portanto, certamente pertence à ampliação de nosso conhecimento de um ponto de vista prático, ou[205] que a este contradiga ao mesmo tempo admitir que, de um ponto de vista especulativo, a razão não ganhou minimamente com isso.

Para cada uso da razão em relação a um objeto são requeridos conceitos do entendimento (**categorias**), sem os quais nenhum objeto pode ser pensado. Estes podem ser aplicados ao uso teórico da razão, isto é, a semelhante conhecimento somente na medida em que ao mesmo tempo lhes seja atribuída uma intuição (que sempre é sensível) e, portanto, simplesmente para representar por meio deles um objeto de experiência possível. Ora, aqui são, porém, **ideias** da razão – que não podem ser dadas em experiência alguma –, o que eu teria de pensar mediante categorias, para conhecê-lo. Entretanto não se trata aqui tampouco do conhecimento teórico dos objetos dessas ideias, mas somente de que elas em geral têm objetos. Esta realidade é obtida pela razão prática pura e, relativamente a isso, a razão não tem outra coisa a fazer senão simplesmente **pensar** aqueles objetos por meio de categorias; o que é perfeitamente possível, como, além do mais, mostramos claramente sem precisar de intuição (nem sensível nem suprassensível), porque as ◆

205. Kant: *oder*, alterado por Hartenstein para *ohne* (sem) e adotado pela Ak. A correção original é, no entanto, de Vogel no exemplar de Erlangen.

tegorien im reinen Verstande unabhängig und vor aller Anschauung, lediglich als dem Vermögen zu denken, ihren Sitz und Ursprung haben, und sie immer nur ein Object überhaupt bedeuten, **auf welche Art es uns auch immer gegeben werden mag.** Nun ist den Categorien, so fern sie auf jene Ideen angewandt werden sollen, zwar kein Object in der Anschauung zu geben möglich; es ist ihnen aber doch, **daß ein solches wirklich sey**, mithin die Categorie, als eine bloße Gedankenform, hier nicht leer sey, sondern Bedeutung habe, durch ein Object, welches die practische Vernunft im Begriffe des höchsten Guts ungezweifelt darbietet, die **Realität der Begriffe**, die zum Behuf der Möglichkeit des höchsten Guts gehören, hinreichend gesichert, ohne gleichwol durch diesen Zuwachs die mindeste Erweiterung des Erkenntnisses nach theoretischen Grundsätzen zu bewirken.

* * *

Wenn, nächstdem, diese Ideen von Gott, einer intelligibelen Welt (dem Reiche Gottes) und der Unsterblichkeit durch Prädicate bestimmt werden, die von unserer eigenen Natur hergenommen sind, so darf man diese Bestimmung weder als **Versinnlichung** jener reinen Vernunftideen (Anthropomorphismen), noch als überschwengliches Erkenntniß **übersinnlicher** Gegenstände ansehen; denn diese Prädicate sind keine andere als

Ver=

categorias têm sua sede e origem, independentemente e antes de toda a intuição, no entendimento puro meramente enquanto faculdade de pensar, e elas sempre significam somente um objeto em geral, **seja de que modo ele nos possa sempre ser dado**. Ora, na medida em que as categorias devem ser aplicadas àquelas ideias, nenhum objeto em verdade pode ser-lhes dado na intuição. E, não obstante, **pelo fato de que um tal objeto existe**[206], que, por conseguinte, a categoria não seja aqui vazia como uma simples forma de pensamento mas tenha significado, é-lhes suficientemente assegurada, mediante um objeto que a razão prática indubitavelmente oferece no conceito de sumo bem, a **realidade dos conceitos** pertencentes à possibilidade do sumo bem, sem, contudo, produzir por esse acréscimo a mínima ampliação do conhecimento com base em princípios teóricos.

* * *

Se depois disso estas ideias de Deus, de um mundo inteligível (do reino de Deus) e da imortalidade forem determinadas por predicados derivados de nossa própria natureza, não se pode ver essa determinação nem como **sensificação** daquelas ideias racionais puras (antropomorfismos), nem como conhecimento transcendente de objetos **suprassensíveis**; pois esses predicados não são nenhum outro senão o ◆

206. A Ak vê na frase uma incongruência de dois sujeitos: "pelo fato – existe" e "a realidade dos conceitos" (cf. *Anmerkungen der Bände I-V*, p. 505).

Verstand und Wille, und zwar so im Verhältnisse gegen einander betrachtet, als sie im moralischen Gesetze gedacht werden müssen, also nur, so weit von ihnen ein reiner practischer Gebrauch gemacht wird. Von allem übrigen, was diesen Begriffen psychologisch anhängt, d. i. so fern wir diese unsere Vermögen in ihrer Ausübung empirisch beobachten, (z. B., daß der Verstand des Menschen discursiv ist, seine Vorstellungen also Gedanken, nicht Anschauungen sind, daß diese in der Zeit auf einander folgen, daß sein Wille immer mit einer Abhängigkeit der Zufriedenheit von der Existenz seines Gegenstandes behaftet ist, u. s. w. welches im höchsten Wesen so nicht seyn kann,) wird alsdenn abstrahirt, und so bleibt von den Begriffen, durch die wir uns ein reines Verstandeswesen denken, nichts mehr übrig, als gerade zur Möglichkeit erfoderlich ist, sich ein moralisch Gesetz zu denken, mithin zwar ein Erkenntniß Gottes, aber nur in practischer Beziehung, wodurch, wenn wir den Versuch machen, es zu einem theoretischen zu erweitern, wir einen Verstand desselben bekommen, der nicht denkt, sondern anschaut, einen Willen, der auf Gegenstände gerichtet ist, von deren Existenz seine Zufriedenheit nicht im Mindesten abhängt, (ich will nicht einmal der transscendentalen Prädicate erwähnen, als z. B. eine Größe der Existenz, d. i. Dauer, die aber nicht in der Zeit, als dem einzigen uns möglichen Mittel uns Daseyn als Größe vorzustel-

entendimento e vontade e, na verdade, considerados em relação recíproca do modo como têm de ser pensados na lei moral, portanto somente enquanto for feito deles um uso prático puro. Todo o mais que é psicologicamente inerente a eles, isto é, na medida em que observamos essas nossas faculdades empiricamente **em seu exercício**, é então abstraído (por exemplo, que o entendimento do homem é discursivo, que suas representações são, pois, pensamentos e não intuições, que estas seguem-se uma à outra no tempo, que sua vontade é sempre acometida de uma dependência do contentamento com a existência de seu objeto etc., o que não pode ser o caso do Ser supremo). E deste modo nada mais resta dos conceitos, pelos quais pensamos um ente intelectual puro, do que é diretamente requerido para a possibilidade de representar-se uma lei moral, por conseguinte, em verdade um conhecimento de Deus mas somente em sentido prático, mediante o qual, se fizermos a tentativa de ampliá-lo para um conhecimento teórico, obteremos do mesmo um entendimento que não pensa mas **intui**, uma vontade que é dirigida a objetos, de cuja existência o seu contentamento não depende minimamente (não quero nem sequer citar, dos predicados transcendentais, por exemplo, uma magnitude da existência, isto é, uma duração, que, porém, não ocorre no tempo, como o único meio possível de representar uma existência como ◆

len, stattfindet,) lauter Eigenschaften, von denen wir uns gar keinen Begriff, zum Erkenntnisse des Gegenstandes tauglich, machen können, und dadurch belehrt werden, daß sie niemals zu einer Theorie von übersinnlichen Wesen gebraucht werden können, und also, auf dieser Seite, ein speculatives Erkenntniß zu gründen gar nicht vermögen, sondern ihren Gebrauch lediglich auf die Ausübung des moralischen Gesetzes einschränken.

Dieses letztere ist so augenscheinlich, und kann so klar durch die That bewiesen werden, daß man getrost alle vermeynte natürliche Gottesgelehrte (ein wunderlicher Name) *) auffodern kann, auch nur eine diesen ihren Gegenstand (über die blos ontologischen Prädicate hinaus) bestimmende Eigenschaft, etwa des Verstandes, oder des Willens, zu nennen, an der man nicht unwidersprechlich darthun könnte, daß, wenn man alles

*) Gelehrsamkeit ist eigentlich nur der Inbegriff historischer Wissenschaften. Folglich kann nur der Lehrer der geoffenbarten Theologie ein Gottesgelehrter heißen. Wollte man aber auch den, der im Besitze von Vernunftwissenschaften (Mathematik und Philosophie) ist, einen Gelehrten nennen, obgleich dieses schon der Wortbedeutung (als die jederzeit nur dasjenige, was man durchaus gelehret werden muß, und was man also nicht von selbst, durch Vernunft, erfinden kann, zur Gelehrsamkeit zählt,) widerstreiten würde: so möchte wol der Philosoph mit seiner Erkenntniß Gottes, als positiver Wissenschaft, eine zu schlechte Figur machen, um sich deshalb einen Gelehrten nennen zu lassen.

magnitude), puras propriedades das quais não podemos fazer absolutamente nenhum conceito apto ao **conhecimento** do objeto, e desse modo somos instruídos a que elas jamais podem vir a ser utilizadas para uma **teoria** de entes suprassensíveis e que, portanto, sob este aspecto, não somos absolutamente capazes de fundar um conhecimento especulativo mas de apenas limitar o seu uso à prática da lei moral.

Este último aspecto é tão óbvio e pode ser tão claramente provado pelo fato de que se pode desafiar sem receio todos os pretensos **naturais eruditos acerca de Deus** <*natürliche Gottesgelehrte*> (uma esquisita expressão)* a citarem uma única propriedade determinante deste seu objeto (para além dos meros predicados ontológicos), seja do entendimento ou da vontade, na qual não se pudesse provar incontestavelmente que, se

* Erudição é propriamente apenas o conjunto das ciências históricas. Consequentemente somente o professor de teologia revelada pode denominar-se um erudito acerca de Deus. Mas, se quiséssemos denominar erudito também o detentor de ciências racionais (Matemática e Filosofia), embora isto já estivesse em desacordo com o sentido do termo (segundo o qual é computado como erudição somente aquilo que tem de ser completamente ensinado e que, pois, não se pode descobrir por si mesmo pela razão), assim o filósofo, com seu conhecimento de Deus como ciência positiva, certamente poderia fazer uma figura demasiado ruim para deixar-se chamar por isso de erudito. (K) ◆

alles Anthropomorphistische davon absondert, uns nur das bloße Wort übrig bleibe, ohne damit den mindesten Begriff verbinden zu können, dadurch eine Erweiterung der theoretischen Erkenntniß gehofft werden dürfte. In Ansehung des Practischen aber bleibt uns von den Eigenschaften eines Verstandes und Willens doch noch der Begriff eines Verhältnisses übrig, welchem das practische Gesetz (das gerade dieses Verhältniß des Verstandes zum Willen a priori bestimmt) objective Realität verschafft. Ist dieses nun einmal geschehen, so wird dem Begriffe des Objects eines moralisch bestimmten Willens (dem des höchsten Guts) und mit ihm den Bedingungen seiner Möglichkeit, den Ideen von Gott, Freyheit und Unsterblichkeit, auch Realität, aber immer nur in Beziehung auf die Ausübung des moralischen Gesetzes (zu keinem speculativen Behuf), gegeben.

Nach diesen Erinnerungen ist nun auch die Beantwortung der wichtigen Frage leicht zu finden: **Ob der Begriff von Gott ein zur Physik** (mithin auch zur Metaphysik, als die nur die reinen Principien a priori der ersteren in allgemeiner Bedeutung enthält) **oder ein zur Moral gehöriger Begriff sey.** Natureinrichtungen, oder deren Veränderung zu **erklären**, wenn man da zu Gott, als dem Urheber aller Dinge, seine Zuflucht nimmt, ist wenigstens keine physische Erklärung, und überall ein Geständniß, man sey mit seiner Philosophie zu Ende; weil man genöthigt ist, etwas, wovon

abstraímos de todo o antropomorfístico nela, somente nos resta a simples palavra, sem poder vincular a ela o mínimo conceito pelo qual fosse permitido esperar uma ampliação do conhecimento teórico. Mas, no que concerne ao prático, resta-nos ainda, das propriedades de um entendimento e de uma vontade, o conceito de uma relação à qual a lei prática (que justamente determina *a priori* esta relação do entendimento com a vontade) proporciona realidade objetiva. Uma vez ocorrido isto, será conferida também realidade ao conceito do objeto de uma vontade determinada moralmente (ao de sumo bem) e, com ele, às condições de sua possibilidade, as ideias de Deus, liberdade e imortalidade, mas sempre só em referência à prática da lei moral (para nenhum fim especulativo).

Depois dessas advertências pode-se agora encontrar também facilmente a resposta à importante questão: **se o conceito de Deus pertence à Física** (por conseguinte também à Metafísica, como única detentora dos princípios puros *a priori* da primeira, em sentido geral), **ou se é um conceito próprio da Moral**. **Explicar** arranjos da natureza ou sua transformação pelo recurso a Deus como Autor de todas as coisas não é, no mínimo, uma explicação física e é, em todo caso, uma confissão de que sua filosofia chegou ao fim; pois, se é coagido a admitir algo, ◆

man sonst für sich keinen Begriff hat, anzunehmen, um sich von der Möglichkeit dessen, was man vor Augen sieht, einen Begriff machen zu können. Durch Metaphysik aber von der Kenntniß dieser Welt zum Begriffe von Gott und dem Beweise seiner Existenz durch sichere Schlüsse zu gelangen, ist darum unmöglich, weil wir diese Welt als das vollkommenste mögliche Ganze, mithin, zu diesem Behuf, alle mögliche Welten (um sie mit dieser vergleichen zu können) erkennen, mithin allwissend seyn müßten, um zu sagen, daß sie nur durch einen Gott (wie wir uns diesen Begriff denken müssen,) möglich war. Vollends aber die Existenz dieses Wesens aus bloßen Begriffen zu erkennen, ist schlechterdings unmöglich, weil ein jeder Existentialsatz, d. i. der, so von einem Wesen, von dem ich mir einen Begriff mache, sagt, daß es existire, ein synthetischer Satz ist, d. i. ein solcher, dadurch ich über jenen Begriff hinausgehe und mehr von ihm sage, als im Begriffe gedacht war: nemlich daß diesem Begriffe im Verstande noch ein Gegenstand außer dem Verstande correspondirend gesetzt sey, welches offenbar unmöglich ist durch irgend einen Schluß herauszubringen. Also bleibt nur ein einziges Verfahren für die Vernunft übrig, zu diesem Erkenntnisse zu gelangen, da sie nemlich, als reine Vernunft, von dem obersten Princip ihres reinen practischen Gebrauchs ausgehend, (indem dieser ohnedem blos auf die Existenz von Etwas, als Folge der Vernunft, gerichtet ist,) ihr

Ob-

do que, de mais a mais, não se tem conceito algum, para poder formar-se um conceito da possibilidade daquilo que se vê diante de si. Mas pela Metafísica e **através de inferências seguras** é impossível chegar, do conhecimento **deste** mundo, ao conceito de Deus e à prova de sua existência, porque teríamos de conhecer este mundo como a mais perfeita totalidade possível, por conseguinte conhecer para este fim todos os mundos possíveis (para poder compará-los com este) e, pois, ser oniscientes, para dizer que ela somente era possível por meio de um **Deus** (como temos de representar este conceito). Mas conhecer completamente a existência deste Ser a partir de simples conceitos é absolutamente impossível, porque cada proposição existencial, isto é, que diz de um ente do qual formo um conceito que ele existe, é uma proposição sintética, isto é, uma proposição pela qual saio daquele conceito e digo dele mais do que era pensado no conceito, ou seja, que para esse conceito no **entendimento** é posto ainda **fora do entendimento** um objeto correspondente, cuja descoberta obviamente é impossível por qualquer inferência. Portanto só resta à razão um único procedimento para chegar a esse conhecimento, ou seja, aquele em que ela enquanto razão pura determina o seu objeto partindo do princípio supremo de seu uso prático puro (enquanto este uso, além disso, é dirigido simplesmente à **existência** de algo como consequência ◆

Object bestimmt. Und da zeigt sich, nicht allein in ihrer unvermeidlichen Aufgabe, nemlich der nothwendigen Richtung des Willens auf das höchste Gut, die Nothwendigkeit, ein solches Urwesen, in Beziehung auf die Möglichkeit dieses Guten in der Welt, anzunehmen, sondern, was das Merkwürdigste ist, etwas, was dem Fortgange der Vernunft auf dem Naturwege ganz mangelte, nemlich **ein genau bestimmter Begriff dieses Urwesens.** Da wir diese Welt nur zu einem kleinen Theile kennen, noch weniger sie mit allen möglichen Welten vergleichen können, so können wir von ihrer Ordnung, Zweckmäßigkeit und Größe wol auf einen **weisen, gütigen, mächtigen** &c. Urheber derselben schließen, aber nicht auf seine **Allwissenheit, Allgütigkeit, Allmacht,** u. s. w. Man kann auch gar wohl einräumen: daß man diesen unvermeidlichen Mangel durch eine erlaubte ganz vernünftige Hypothese zu ergänzen wohl befugt sey; daß nemlich, wenn in so viel Stücken, als sich unserer näheren Kenntniß darbieten, Weisheit, Gütigkeit &c. hervorleuchtet, in allen übrigen es eben so seyn werde, und es also vernünftig sey, dem Welturheber alle mögliche Vollkommenheit beyzulegen; aber das sind keine **Schlüsse,** wodurch wir uns auf unsere Einsicht etwas dünken, sondern nur Befugnisse, die man uns nachsehen kann, und doch noch einer anderweitigen Empfehlung bedürfen, um davon Gebrauch zu machen. Der Begriff von Gott bleibt also auf dem empirischen

da razão). E então se mostra, não somente em seu incontornável problema, a saber, da necessária orientação da vontade ao sumo bem, a necessidade de admitir um tal Ser primeiro em referência à possibilidade desse bem no mundo, mas, o que é o mais notável, mostra-se algo que pela via da natureza faltava totalmente ao avanço da razão, ou seja, **um conceito exatamente determinado desse Ser primeiro**. Visto que conhecemos apenas uma pequena parte deste mundo e que, menos ainda, podemos compará-lo com todos os mundos possíveis, assim podemos muito bem inferir de sua ordem, conformidade a fins e magnitude, um **sábio, benévolo, poderoso** etc. Autor do mesmo, mas não sua **onisciência**, **infinita benevolência**, **onipotência** etc. Até se pode muito bem conceder que se está facultado a complementar essa inevitável falta por uma consentida e inteiramente razoável hipótese, a saber, que, se em tantos fragmentos que se oferecem ao nosso conhecimento mais próximo brilham sabedoria, benevolência etc., em todos os demais ocorrerá o mesmo e que, portanto, é razoável atribuir ao Autor do mundo toda a perfeição possível; só que essas não são **inferências**, pelas quais damos alguma impressão de nossa perspiciência, mas são apenas faculdades que nos podem ser concedidas e que, contudo, carecem de uma ulterior orientação para fazer uso delas. Portanto pela via empírica ◆

Wege (der Physik) immer ein **nicht genau bestimmter Begriff** von der Vollkommenheit des ersten Wesens, um ihn dem Begriffe einer Gottheit für angemessen zu halten (mit der Metaphysik aber in ihrem transscendentalen Theile ist gar nichts auszurichten).

Ich versuche nun diesen Begriff an das Object der practischen Vernunft zu halten, und da finde ich, daß der moralische Grundsatz ihn nur als möglich, unter Voraussetzung eines Welturhebers von **höchster Vollkommenheit**, zulasse. Er muß **allwissend** seyn, um mein Verhalten bis zum Innersten meiner Gesinnung in allen möglichen Fällen und in alle Zukunft zu erkennen; **allmächtig**, um ihm die angemessenen Folgen zu ertheilen; eben so **allgegenwärtig**, **ewig**, u. s. w. Mithin bestimmt das moralische Gesetz durch den Begriff des höchsten Guts, als Gegenstandes einer reinen practischen Vernunft, den Begriff des Urwesens **als höchsten Wesens**, welches der physische (und höher fortgesetzt der metaphysische) mithin der ganze speculative Gang der Vernunft nicht bewirken konnte. Also ist der Begriff von Gott ein ursprünglich nicht zur Physik, d. i. für die speculative Vernunft, sondern zur Moral gehöriger Begriff, und eben das kann man auch von den übrigen Vernunftbegriffen sagen, von denen wir, als Postulaten derselben in ihrem practischen Gebrauche, oben gehandelt haben.

Wenn

(da Física) o conceito de Deus permanece sempre um **conceito imprecisamente determinado** da perfeição do Ser primeiro, para considerá-lo adequado ao conceito de uma divindade (com a Metafísica, porém, em sua parte transcendental não se consegue absolutamente nada).

Se tento então comparar esse conceito com o objeto da razão prática, descubro que a proposição fundamental moral somente o[207] admite como possível sob a pressuposição de um Autor do mundo de **suma perfeição**. Ele tem de ser **onisciente** para poder conhecer minha conduta até o mais íntimo de minha disposição, em todos os casos possíveis e por todo o futuro; **onipotente**, para outorgar-lhe as convenientes consequências e, do mesmo modo, **onipresente**, **eterno** etc. Por conseguinte a lei moral determina pelo conceito de sumo bem, como objeto de uma razão prática pura, o conceito de Ser primeiro como **Ser supremo**, o que o curso físico (e o superiormente continuado, curso metafísico) e, pois, todo o curso especulativo da razão não conseguiu realizar. Logo, o conceito de Deus é um conceito não originalmente pertencente à Física, isto é, destinado à razão especulativa mas pertencente à Moral, e o mesmo pode dizer-se também dos demais conceitos racionais, dos quais acabamos de tratar como postulados da mesma no seu uso prático. ◆

207. Kant: *ihn*, referido a "conceito", também mantido pela Ak, enquanto Natorp aventa a forma neutra *es*, para referi-la a "objeto".

Wenn man in der Geschichte der griechischen Philosophie über den **Anaxagoras** hinaus keine deutliche Spuren einer reinen Vernunfttheologie antrifft, so ist der Grund nicht darin gelegen, daß es den älteren Philosophen an Verstande und Einsicht fehlte, um durch den Weg der Speculation, wenigstens mit Beyhülfe einer ganz vernünftigen Hypothese, sich dahin zu erheben; was konnte leichter, was natürlicher seyn, als der sich von selbst jedermann darbietende Gedanke, statt unbestimmter Grade der Vollkommenheit verschiedener Weltursachen, eine einzige vernünftige anzunehmen, die **alle Vollkommenheit** hat? Aber die Uebel in der Welt schienen ihnen viel zu wichtige Einwürfe zu seyn, um zu einer solchen Hypothese sich für berechtigt zu halten. Mithin zeigten sie darin eben Verstand und Einsicht, daß sie sich jene nicht erlaubten, und vielmehr in den Natururſachen herum suchten, ob sie unter ihnen nicht die zu Urwesen erfoderliche Beschaffenheit und Vermögen antreffen möchten. Aber nachdem dieses scharfsinnige Volk so weit in Nachforschungen fortgerückt war, selbst sittliche Gegenstände, darüber andere Völker niemals mehr als geschwatzt haben, philosophisch zu behandeln: da fanden sie allererst ein neues Bedürfniß, nemlich ein practisches, welches nicht ermangelte ihnen den Begriff des Urwesens bestimmt anzugeben, wobey die speculative Vernunft das Zusehen hatte, höchstens noch das Verdienst, einen Begriff, der nicht auf ihrem Boden er-

wach-

Se na história da filosofia grega não se encontra, além de **Anaxágoras**, nenhum claro vestígio de uma teologia racional pura, a razão disso não se encontra em que os antigos filósofos carecessem de entendimento e perspiciência para elevarem-se a ela pela via especulativa, ao menos com a ajuda de uma hipótese totalmente racional. Que podia ser mais fácil e mais natural do que o pensamento, que se apresenta por si a qualquer um, de admitir, em vez de um grau indeterminado de perfeição de diversas causas do mundo, uma única causa racional, dotada de **toda a perfeição**? Mas os males no mundo pareceram-lhes objeções demasiado importantes, para se considerarem justificados a uma tal hipótese. Por conseguinte eles revelaram justamente entendimento e perspiciência no fato de que não se permitiram aquela hipótese e, muito antes, procuraram por toda parte, nas causas naturais, se não podiam encontrar entre elas a qualidade e o poder requeridos para entes originários[208]. Mas depois que esse povo perspicaz progredira tanto nas investigações, tratando filosoficamente mesmo objetos morais, sobre os quais outros povos jamais fizeram mais que tagarelar, eles descobriram pela primeira vez uma nova carência, ou seja, uma carência prática, à qual não faltou fornecer-lhes determinadamente o conceito de Ser primeiro, enquanto a razão especulativa limitou-se a ser espectadora, no máximo teve ainda o mérito de adornar um conceito que não ◆

208. Kant: *zu Urwesen*; Hartenstein aventa: *zum Urwesen* (para o Ser primeiro).

wachsen war, auszuschmücken, und mit einem Gefolge von Bestätigungen aus der Naturbetrachtung, die nun allererst hervortraten, wol nicht das Ansehen desselben, (welches schon gegründet war) sondern vielmehr nur das Gepränge mit vermeynter theoretischer Vernunfteinsicht zu befördern.

* * *

Aus diesen Erinnerungen wird der Leser der Crit. d. r. spec. Vernunft sich vollkommen überzeugen: wie höchstnöthig, wie ersprießlich für Theologie und Moral, jene mühsame Deduction der Categorien war. Denn dadurch allein kann verhütet werden, sie, wenn man sie im reinen Verstande setzt, mit Plato, für angebohren zu halten, und darauf überschwengliche Anmaaßungen mit Theorien des Uebersinnlichen, wovon man kein Ende absieht, zu gründen, dadurch aber die Theologie zur Zauberlaterne von Hirngespenstern zu machen; wenn man sie aber für erworben hält, zu verhüten, daß man nicht, mit Epicur, allen und jeden Gebrauch derselben, selbst den in practischer Absicht, blos auf Gegenstände und Bestimmungsgründe der Sinne einschränke. Nun aber, nachdem die Critik in jener Deduction erstlich bewies, daß sie nicht empirischen Ursprungs seyn, sondern a priori im reinen Verstande ihren Sitz und Quelle haben; zweytens auch, daß, da sie auf Gegenstände überhaupt, unabhängig von ihrer Anschauung, bezogen wer-

den,

nascera em seu solo, e de promovê-lo com uma série de confirmações extraídas da contemplação da natureza, que agora pela primeira vez se puseram em evidência, talvez não de promover o prestígio desse conceito (o qual já estava estabelecido) mas, muito antes, apenas a ostentação com uma pretensa perspiciência teórica da razão.

* * *

A partir dessas advertências o leitor da crítica da razão especulativa pura convencer-se-á totalmente de quão altamente necessária, quão vantajosa foi para a Teologia e a Moral aquela penosa **dedução** das categorias. Pois unicamente por ela pode impedir-se de, pondo-as no entendimento puro, tomá-las com **Platão** por inatas e fundar sobre elas presunções exorbitantes com teorias do suprassensível que não se sabe como vão terminar, mas tornando com isso a Teologia uma lanterna mágica de imagens fantasiosas. Mas, se elas são tomadas por adquiridas, pode-se impedir que com **Epicuro** se limite cada e todo o emprego das mesmas, inclusive o seu uso de um ponto de vista prático, meramente a objetos e fundamentos determinantes dos sentidos. Então, depois que a Crítica provou naquela dedução, **primeiro**, que elas não são de origem empírica mas têm sua sede e fonte *a priori* no entendimento puro; **segundo**, também que, como elas são referidas a **objetos em geral**, independentemente de sua intuição, ◆

den, sie zwar nur in Anwendung auf empirische Gegenstände theoretisches Erkenntniß zu Stande bringen, aber doch auch, auf einen durch reine practische Vernunft gegebenen Gegenstand angewandt, zum bestimmten Denken des Uebersinnlichen dienen, jedoch nur, so fern dieses blos durch solche Prädicate bestimmt wird, die nothwendig zur reinen a priori gegebenen practischen Absicht und deren Möglichkeit gehören. Speculative Einschränkung der reinen Vernunft und practische Erweiterung derselben bringen dieselbe allererst in dasjenige Verhältniß der Gleichheit, worin Vernunft überhaupt zweckmäßig gebraucht werden kann, und dieses Beyspiel beweiset besser, als sonst eines, daß der Weg zur Weisheit, wenn er gesichert und nicht ungangbar oder irreleitend werden soll, bey uns Menschen unvermeidlich durch die Wissenschaft durchgehen müsse, wovon man aber, daß diese zu jenem Ziele führe, nur nach Vollendung derselben überzeugt werden kann.

VIII.

Vom Fürwahrhalten aus einem Bedürfnisse der reinen Vernunft.

Ein Bedürfniß der reinen Vernunft in ihrem speculativen Gebrauche führt nur auf Hypothesen, das der

rei-

elas em verdade realizam o **conhecimento teórico** somente na aplicação a objetos empíricos, entretanto, aplicadas a um objeto dado pela razão prática pura, servem também para o **pensamento determinado** do **suprassensível**, todavia somente na medida em que este for determinado meramente por aqueles predicados que pertencem necessariamente ao **propósito prático** puro, dado *a priori*, e à sua possibilidade[209]. A limitação especulativa da razão pura e a ampliação prática da mesma conduzem-na, pela primeira vez, àquela **relação de igualdade** em que a razão em geral pode ser usada convenientemente; e este exemplo prova, melhor do que qualquer outro, que o caminho para a **sabedoria**, se deve ser assegurado e não tornar-se intransitável e desorientante, tem que passar, em nós, homens, inevitavelmente pela ciência, do que, porém – de que esta conduza àquele objetivo –, só se pode convencer-se depois da completude da mesma.

VIII
Do assentimento proveniente de uma carência da razão pura

Uma **carência**[210] da razão pura em seu uso especulativo conduz somente a **hipóteses**, mas a ◆

....

209. Segundo a Ak, a frase ressente-se de uma falta de conclusão. Cf. *Anmerkungen der Bände I-V*, p. 505.

210. Distintamente de *Notwendigkeit* (necessidade em sentido lógico, formal, empírico etc.), *Bedürfnis* tem sentido de carência, significando de modo geral uma necessidade prática subjetiva. De acordo com isso e na linha do que observou H. Paul, de que o termo até o século XIX significou *Dürftigkeit* (indigência), F. G. Born traduziu o termo kantiano para o latim por *indigentia*, L.W. Beck para o inglês por *need*, e L. Ferry e H. Wismann para o francês por *besoin*. Sobre as bases tanto objetiva quanto subjetiva da carência, em sentido prático, cf. principalmente, adiante, a nota sobre Wizenmann, *KpV* A 259 e ainda A 263.

reinen practischen Vernunft aber zu **Postulaten**; denn im ersteren Falle steige ich vom Abgeleiteten so hoch hinauf in der Reihe der Gründe, **wie ich will**, und bedarf eines Ungrundes, nicht um jenem Abgeleiteten (z. B. der Causalverbindung der Dinge und Veränderungen in der Welt) objective Realität zu geben, sondern nur um meine forschende Vernunft in Ansehung desselben vollständig zu befriedigen. So sehe ich Ordnung und Zweckmäßigkeit in der Natur vor mir, und bedarf nicht, um mich von deren **Wirklichkeit** zu versichern, zur Speculation zu schreiten, sondern nur um sie zu **erklären, eine Gottheit**, als deren Ursache, **voraus zu setzen**; da denn, weil von einer Wirkung der Schluß auf eine bestimmte, vornemlich so genau und so vollständig bestimmte Ursache, als wir an Gott zu denken haben, immer unsicher und mißlich ist, eine solche Voraussetzung nicht weitergebracht werden kann, als zu dem Grade der, für uns Menschen, allervernünftigsten Meinung *). Dagegen

*) Aber selbst auch hier würden wir nicht ein Bedürfniß der Vernunft vorschützen können, läge nicht ein problematischer, aber doch unvermeidlicher Begriff der Vernunft vor Augen, nemlich der, eines schlechterdings nothwendigen Wesens. Dieser Begriff will nun bestimmt seyn, und das ist, wenn der Trieb zur Erweiterung dazu kommt, der objective Grund eines Bedürfnisses der speculativen Vernunft, nemlich den Begriff eines nothwendigen Wesens, welches andern zum Urgrunde dienen soll, näher zu bestimmen, und dieses letzte also wodurch kenntlich zu machen. Ohne solche vorausgehende nothwendige Probleme

da razão prática pura conduz a **postulados**; pois, no primeiro caso, elevo-me do derivado na série das razões tão altamente **quanto eu quero** e preciso de uma ausência de fundamento <*Ungrundes*>[211], não para dar realidade objetiva àquele derivado (por exemplo, à vinculação causal das coisas e mudanças no mundo) mas somente para satisfazer completamente a minha razão investigadora em relação ao mesmo. Assim vejo na natureza diante de mim uma ordem e conformidade a fins e, para assegurar-me de sua **efetividade**, não preciso avançar até a especulação mas somente, para a **explicar**, **pressupor uma divindade** como sua causa; pois, visto que a inferência de um efeito a uma causa determinada, principalmente determinada de um modo tão exato e tão completo, é sempre insegura e precária ao termos de pensar em Deus, uma tal pressuposição não pode ser levada adiante senão até o grau da opinião maximamente razoável para nós homens*.

* Mas nem aqui poderíamos tomar como pretexto uma carência da razão, se não se encontrasse ante os olhos um conceito problemático mas inevitável da razão, a saber, o de um Ser absolutamente necessário. Este conceito quer ser agora determinado e nisto consiste, se a ele se acresce o impulso à ampliação, o fundamento objetivo de uma carência da razão especulativa, a saber, de determinar mais proximamente o conceito de um Ser necessário que deve servir a outros seres como fundamento originário <*Urgrund*> e, portanto, de caracterizar esse Ser de algum modo. Sem tais problemas ◆

211. De acordo com a 1ª, e da 4ª à 6ª edições. Na 2ª edição, adotada pela Ak, constou *Urgrundes* (de um fundamento originário). Cf. também a nota de Kant a seguir, onde consta *Urgrund*. A versão da 2ª ed. (*Urgrundes*) foi também proposta por Grillo. Segundo W. T. Krug (1832-1838), ambos os termos *Ungrund* e *Urgrund* eram tomados na época como metafisicamente equivalentes. Mais recentemente Heidegger entendeu *Un-Grund* no sentido negativo de fundamento ilusório. Cf. TRAPPE, T. verbete *Ungrund/Urgrund*. In: RITTER, J. et alii. *Historisches Wörterbuch der Philosophie*, 2001, v. 11, pp. 167-71,

gegen ist ein Bedürfniß der reinen practischen Vernunft, auf einer **Pflicht** gegründet, etwas (das höchste Gut) zum Gegenstande meines Willens zu machen, um es nach allen meinen Kräften zu befördern; wobey ich aber die Möglichkeit desselben, mithin auch die Bedingungen dazu, nemlich Gott, Freyheit und Unsterblichkeit voraussetzen muß, weil ich diese durch meine speculative Vernunft nicht beweisen, obgleich auch nicht widerlegen kann. Diese Pflicht gründet sich auf einem, freylich von diesen letzteren Voraussetzungen ganz unabhängigen, für sich selbst apodictisch gewissen, nemlich dem moralischen, Gesetze, und ist, so fern, keiner anderweitigen Unterstützung durch theoretische Meynung von der innern Beschaffenheit der Dinge, der geheimen Abzweckung der Weltordnung, oder eines ihr vorstehenden Regierers, bedürftig, um uns auf das vollkommenste zu unbedingt-gesetzmäßigen Handlungen zu verbinden. Aber der subjective Effect dieses Gesetzes, nemlich die ihm angemessene und durch dasselbe auch nothwendige **Gesinnung**, das practisch mögliche höchste Gut zu befördern, setzt doch wenigstens voraus, daß das letztere **möglich** sey, widrigenfalls es practisch-unmöglich wäre, dem Objecte eines Begriffes nachzustreben, welcher im Grunde leer und ohne Object wäre. Nun betreffen obige Postu-

bleme giebt es keine Bedürfnisse, wenigstens nicht der reinen Vernunft; die übrigen sind Bedürfnisse der Neigung.

Contrariamente, é uma carência da razão **prática** pura, fundada sobre um **dever**, tornar algo (o sumo bem) o objeto de minha vontade para promovê-lo com todas as minhas forças, em cujo caso porém tenho de pressupor a sua possibilidade, por conseguinte também as condições correspondentes, a saber, Deus, liberdade e imortalidade, porque por minha razão especulativa não posso provar estas condições, se bem que tampouco refutá-las. Este dever funda-se sobre uma lei, sem dúvida totalmente independente dessas últimas pressuposições e apodicticamente certa por ela mesma, a saber, a lei moral; e nessa medida não carece de nenhum ulterior apoio mediante uma opinião teórica sobre a natureza interna das coisas, o fim secreto da ordem cósmica ou de um governante que a presida, para vincular-nos do modo mais perfeito a ações incondicionalmente conformes a leis. Mas o efeito subjetivo dessa lei, ou seja, a **disposição** conforme a ela e por seu meio também necessária de promover o sumo bem praticamente possível pressupõe, contudo, pelo menos que este seja **possível**, do contrário seria praticamente impossível procurar atingir o objeto de um conceito que no fundo fosse vazio e sem objeto. Ora, os postulados referidos

necessários precedentes, não há carências, pelo menos da razão pura; as restantes são carências da inclinação. (K) ◆

Postulate nur die physische oder metaphysische, mit einem Worte, in der Natur der Dinge liegende Bedingungen der **Möglichkeit** des höchsten Guts, aber nicht zum Behuf einer beliebigen speculativen Absicht, sondern eines practisch nothwendigen Zwecks des reinen Vernunftwillens, der hier nicht **wählt**, sondern einem unnachlaßlichen Vernunftgebote **gehorcht**, welches seinen Grund, **objectiv**, in der Beschaffenheit der Dinge hat, so wie sie durch reine Vernunft allgemein beurtheilt werden müssen, und gründet sich nicht etwa auf **Neigung**, die zum Behuf dessen, was wir aus blos **subjectiven** Gründen **wünschen**, so fort die Mittel dazu als möglich, oder den Gegenstand wol gar als wirklich, anzunehmen keinesweges berechtigt ist. Also ist dieses ein **Bedürfniß in schlechterdings nothwendiger Absicht**, und rechtfertigt seine Voraussetzung nicht blos als erlaubte Hypothese, sondern als Postulat in practischer Absicht; und, zugestanden, daß das reine moralische Gesetz jedermann, als Gebot, (nicht als Klugheitsregel,) unnachlaßlich verbinde, darf der Rechtschaffene wol sagen: ich **will**, daß ein Gott, daß mein Daseyn in dieser Welt, auch außer der Naturverknüpfung, noch ein Daseyn in einer reinen Verstandeswelt, endlich auch daß meine Dauer endlos sey, ich beharre darauf und lasse mir diesen Glauben nicht nehmen; denn dieses ist das einzige, wo mein Interesse, weil ich von demselben nichts nachlassen **darf**, mein Urtheil unvermeidlich bestimmt,

concernem somente às condições físicas ou metafísicas, em uma palavra, às condições de **possibilidade** do sumo bem que se encontram na natureza das coisas, mas não em vista de um propósito especulativo qualquer e, sim, de um fim necessário da vontade racional pura que aqui não **escolhe** mas **obedece** a um inflexível mandamento da razão, que tem **objetivamente** seu fundamento na natureza das coisas do modo como elas têm de ser universalmente ajuizadas pela sua razão, e não se funda porventura sobre a **inclinação**, que de modo algum está autorizada a admitir imediatamente, para o fim do que **desejamos** a partir de fundamentos meramente **subjetivos**, os meios correspondentes como possíveis ou sequer o objeto como efetivo. Logo, essa é uma **carência desde um ponto de vista absolutamente necessário** e justifica sua pressuposição, não simplesmente como hipótese permitida mas como postulado desde um ponto de vista prático; e, concedendo-se que a lei moral pura enquanto mandamento (e não enquanto regra de prudência) obriga inflexivelmente a qualquer um, o homem honesto pode perfeitamente dizer: eu **quero** que exista um Deus, que minha existência neste mundo seja, também fora da conexão natural, ainda uma existência em um mundo inteligível puro, enfim, que inclusive minha duração seja infinita, eu insisto nisso e não deixo que me privem dessa fé; pois este é o único caso em que meu interesse, pelo fato de não me ser **permitido** relaxá-lo, inevitavelmente determina meu juízo sem ◆

stimmt, ohne auf Vernünfteleyen zu achten, so wenig ich auch darauf zu antworten oder ihnen scheinbarere entgegen zu stellen im Stande seyn möchte *).

* * *

Um bey dem Gebrauche eines noch so ungewohnten Begriffs, als der eines reinen practischen Vernunft-

*) Im deutschen Museum, Febr. 1787, findet sich eine Abhandlung von einem sehr feinen und hellen Kopfe, dem sel. Wizenmann, dessen früher Tod zu bedauren ist, darin er die Befugniß, aus einem Bedürfnisse auf die objective Realität des Gegenstandes desselben zu schließen, bestreitet, und seinen Gegenstand durch das Beyspiel eines Verliebten erläutert, der, indem er sich in eine Idee von Schönheit, welche blos sein Hirngespinst ist, vernarrt hätte, schließen wollte, daß ein solches Object wirklich wo existire. Ich gebe ihm hierin vollkommen recht, in allen Fällen, wo das Bedürfniß auf Neigung gegründet ist, die nicht einmal nothwendig für den, der damit angefochten ist, die Existenz ihres Objects postuliren kann, vielweniger eine für jedermann gültige Foderung enthält, und daher ein blos subjectiver Grund der Wünsche ist. Hier aber ist es ein Vernunftbedürfniß, aus einem objectiven Bestimmungsgrunde des Willens, nemlich dem moralischen Gesetze entspringend, welches jedes vernünftige Wesen nothwendig verbindet, also zur Voraussetzung der ihm angemessenen Bedingungen in der Natur a priori berechtigt, und die letztern von dem vollständigen practischen Gebrauche der Vernunft unzertrennlich macht. Es ist Pflicht, das höchste Gut nach unserem größten Vermögen wirklichzumachen; daher muß es doch auch möglich seyn; mithin ist es für jedes vernünftige Wesen in der Welt auch unvermeidlich, dasjenige vorauszusetzen, was zu dessen objectiver Möglichkeit nothwendig ist. Die Voraussetzung ist so nothwendig, als das moralische Gesetz, in Beziehung auf welches sie auch nur gültig ist.

prestar atenção a argumentações sutis, por menos que eu estivesse em condições de responder-lhes ou de opor-lhes outras mais plausíveis*.

* * *

Para evitar falsas interpretações no uso de um conceito ainda tão inusitado como o de uma fé

* No *Deutsches Museum*, de fevereiro de 1787, encontra-se um ensaio de um espírito muito fino e lúcido, do recentemente falecido Wizenmann* – cuja morte prematura é lastimável – onde ele contesta a faculdade <*Befugnis*> de deduzir de uma carência a realidade objetiva de seu objeto e elucida seu assunto com o exemplo de um enamorado que, tendo enlouquecido por uma idéia de beleza, que não passava de uma quimera de seu cérebro, queria concluir <daí> que um tal objeto efetivamente existe em algum lugar. Dou-lhe perfeitamente razão em todos os casos em que a carência funda-se sobre a inclinação, que jamais pode postular necessariamente a existência de seu objeto em favor daquele que é afetado por ela e, muito menos, contém uma exigência válida para qualquer um, sendo por isso um fundamento meramente subjetivo de desejos. Mas aqui se trata de uma carência da razão a partir de um fundamento determinante objetivo da vontade, a saber, que brota da lei moral, a qual obriga necessariamente cada ente racional, portanto autoriza *a priori* a pressupor na natureza as condições adequadas a ela e torna as últimas inseparáveis do uso prático completo da razão. É um dever tornar efetivo o sumo bem de acordo com a nossa máxima força; por isso ele também tem de ser possível; por conseguinte é também inevitável pressupor para todo ente racional no mundo aquilo que é necessário à sua possibilidade objetiva. A pressuposição é tão necessária quanto a lei moral, em relação à qual ela também unicamente é válida. (K) ◆

* O artigo de Thomas Wizenmann (1759-1787), publicado no *Deutsches Museum* de fev. de 1787 (I, 116-156), intitulava-se: *An den Herrn Professor Kant von dem Verfasser der Resultate Jacobi'scher und Mendelssohn'scher Philosophie*, e consistia numa réplica ao artigo de Kant, *Was heisst: sich im Denken orientieren?* (Que significa orientar-se no pensamento?), publicado na *Berlinische Monatsschrift* de out. de 1786. Wizenmann foi o único crítico mencionado nominalmente por Kant na *Crítica da razão prática*. Pois só as questões objetivas colocadas por seus adversários lhe interessavam, e não o entrar em controvérsia com eles.

glaubens ist, Mißdeutungen zu verhüten, sey mir erlaubt noch eine Anmerkung hinzuzufügen. — Es sollte fast scheinen, als ob dieser Vernunftglaube hier selbst als **Gebot** angekündigt werde, nemlich das höchste Gut für möglich anzunehmen. Ein Glaube aber, der geboten wird, ist ein Unding. Man erinnere sich aber der obigen Auseinandersetzung dessen, was im Begriffe des höchsten Guts anzunehmen verlangt wird, und wird man inne werden, daß diese Möglichkeit anzunehmen gar nicht geboten werden dürfe, und keine practische Gesinnungen fodere, sie **einzuräumen**, sondern daß speculative Vernunft sie ohne Gesuch zugeben müsse; denn daß eine, dem moralischen Gesetze angemessene, Würdigkeit der vernünftigen Wesen in der Welt, glücklich zu seyn, mit einem dieser proportionirten Besitze dieser Glückseligkeit in Verbindung, an sich **unmöglich** sey, kann doch niemand behaupten wollen. Nun giebt uns in Ansehung des ersten Stücks des höchsten Guts, nemlich was die Sittlichkeit betrifft, das moralische Gesetz blos ein Gebot, und, die Möglichkeit jenes Bestandstücks zu bezweifeln, wäre eben so viel, als das moralische Gesetz selbst in Zweifel ziehen. Was aber das zweyte Stück jenes Objects, nemlich die jener Würdigkeit durchgängig angemessene Glückseligkeit, betrifft, so ist zwar die Möglichkeit derselben überhaupt einzuräumen gar nicht eines Gebots bedürftig, denn die theoretische Vernunft hat selbst nichts dawider: nur

racional prática pura, seja-me permitido acrescentar ainda uma anotação. – Deveria quase parecer que esta fé racional seja ela mesma anunciada aqui como **mandamento**, a saber, de admitir o sumo bem como possível. Porém uma fé que seja ordenada é um disparate. Mas basta lembrar-se da anterior discussão sobre o que se requer como admissível no conceito de sumo bem e perceber-se-á que de modo algum é permitido ordenar a admissão dessa possibilidade e que nenhuma disposição prática exige **concedê**-la, mas que a razão especulativa tem de reconhecê-la sem ser consultada; pois certamente ninguém poderá querer afirmar que o merecimento – concordante com a lei moral – de um ente racional no mundo a ser feliz seja em si **impossível** em vinculação com uma posse dessa felicidade proporcional àquele merecimento. Ora, em relação ao primeiro elemento do sumo bem, ou seja, o concernente à moralidade, a lei moral dá-nos simplesmente um mandamento, e a possibilidade de pôr em dúvida esse componente[212] equivaleria a pôr em dúvida a própria lei moral. Mas, no que concerne ao segundo elemento daquele objeto, ou seja, à felicidade exaustivamente conforme com aquele merecimento, a possibilidade, em verdade, de em geral concedê-la não carece absolutamente de um mandamento, pois a própria razão teórica nada tem contra ela: somente ◆

212. Kant: *Bestandstücks*. Grillo cortou o "s" final.

die Art, wie wir uns eine solche Harmonie der Naturgesetze mit denen der Freyheit denken sollen, hat etwas an sich, in Ansehung dessen uns eine **Wahl** zukommt, weil theoretische Vernunft hierüber nichts mit apodictischer Gewißheit entscheidet, und, in Ansehung dieser, kann es ein moralisches Interesse geben, das den Ausschlag giebt.

Oben hatte ich gesagt, daß, nach einem bloßen Naturgange in der Welt, die genau dem sittlichen Werthe angemessene Glückseligkeit nicht zu erwarten und für unmöglich zu halten sey, und daß also die Möglichkeit des höchsten Guts, von dieser Seite, nur unter Voraussetzung eines moralischen Welturhebers könne eingeräumt werden. Ich hielt mit Vorbedacht mit der Einschränkung dieses Urtheils auf die **subjectiven** Bedingungen unserer Vernunft zurück, um nur dann allererst, wenn die Art ihres Fürwahrhaltens näher bestimmt werden sollte, davon Gebrauch zu machen. In der That ist die genannte Unmöglichkeit **blos subjectiv**, d. i. unsere Vernunft findet es **ihr unmöglich**, sich einen so genau angemessenen und durchgängig zweckmäßigen Zusammenhang, zwischen zwey nach so verschiedenen Gesetzen sich eräugnenden Weltbegebenheiten, nach einem bloßen Naturlaufe, begreiflich zu machen; ob sie zwar, wie bey allem, was sonst in der Natur zweckmäßiges ist, die Unmöglichkeit desselben nach all-

o modo como devemos representar uma tal harmonia das leis naturais com as da liberdade comporta algo acerca do qual uma **escolha** é procedente, porque a razão teórica não decide nada a respeito com certeza apodíctica, e em relação a ela pode haver um interesse moral que seja determinante.

Eu dissera anteriormente que, baseada num simples curso natural do mundo, a felicidade exatamente proporcionada ao valor moral não pode ser esperada no mundo e[213] deve ser considerada impossível e que, pois, sob este aspecto, a possibilidade do sumo bem só pode ser concedida sob a pressuposição de um Autor moral do mundo. Abstive-me deliberadamente da limitação desse juízo às condições **subjetivas** de nossa razão, para só então fazer uso dela quando o modo de seu assentimento devesse ser determinado mais de perto. De fato a citada impossibilidade é meramente **subjetiva**, isto é, a nossa razão considera **impossível a ela** tornar concebível a si, segundo um simples curso natural, uma interconexão tão exatamente adequada e exaustivamente conforme-a-fins entre duas ocorrências do mundo que se dão segundo leis tão diversas, se bem que ela em verdade – como em tudo o que, além do mais, na natureza é conforme-a-fins – tampouco possa provar segundo ◆

213. Grillo propôs a substituição de *und* (e) por ", *mithin*" (vírgula + "por conseguinte").

gemeinen Naturgesetzen, doch auch nicht beweisen, d. i. aus objectiven Gründen hinreichend darthun kann.

Allein jetzt kommt ein Entscheidungsgrund von anderer Art ins Spiel, um im Schwanken der speculativen Vernunft den Ausschlag zu geben. Das Gebot, das höchste Gut zu befördern, ist objectiv (in der practischen Vernunft), die Möglichkeit desselben überhaupt gleichfalls objectiv (in der theoretischen Vernunft, die nichts dawider hat,) gegründet. Allein die Art, wie wir uns diese Möglichkeit vorstellen sollen, ob nach allgemeinen Naturgesetzen, ohne einen der Natur vorstehenden weisen Urheber, oder nur unter dessen Voraussetzung, das kann die Vernunft objectiv nicht entscheiden. Hier tritt nun eine **subjective** Bedingung der Vernunft ein: die einzige ihr theoretisch mögliche, zugleich der Moralität (die unter einem **objectiven** Gesetze der Vernunft steht,) allein zuträgliche Art, sich die genaue Zusammenstimmung des Reichs der Natur mit dem Reiche der Sitten, als Bedingung der Möglichkeit des höchsten Guts, zu denken. Da nun die Beförderung desselben, und also die Voraussetzung seiner Möglichkeit, **objectiv** (aber nur der practischen Vernunft zu Folge,) nothwendig ist, zugleich aber die Art, auf welche Weise wir es uns als möglich denken wollen, in unserer Wahl steht, in welcher aber ein freyes Interesse der reinen practischen Vernunft für die Annehmung eines weisen Welturhebers entscheidet: so ist das Princip, was unser

Urtheil

leis naturais universais, isto é, mostrar suficientemente, a partir de fundamentos objetivos, a impossibilidade dessa interconexão.

Todavia entra agora em jogo um fundamento de decisão de outra espécie para resolver a hesitação da razão especulativa. O mandamento de promover o sumo bem é fundado objetivamente (na razão prática), e a possibilidade do mesmo em geral é igualmente fundada objetivamente (na razão teórica, que nada tem contra isso). Entretanto o modo como devemos representar essa possibilidade, se de acordo com leis naturais universais sem um sábio Autor da natureza que a presida, ou se somente de acordo com sua pressuposição, não pode ser decidido objetivamente pela razão. Aqui se apresenta agora uma condição **subjetiva** da razão: a única maneira teoricamente possível a ela, e ao mesmo tempo unicamente compatível com a moralidade (que está submetida a uma lei **objetiva** da razão), de representar a exata concordância do reino da natureza com o reino da moral como condição da possibilidade do sumo bem. Ora, visto que a promoção do mesmo, e, pois, a pressuposição de sua possibilidade, é **objetivamente** (mas somente em decorrência da razão prática) necessária, que ao mesmo tempo, porém, cabe a nós a escolha da maneira como queremos representá-lo como possível, mas na qual um livre interesse da razão prática pura decide pela aceitação de um sábio Autor do mundo: assim o princípio que no caso ◆

Urtheil hierin bestimmt, zwar subjectiv, als Bedürfniß, aber auch zugleich als Beförderungsmittel dessen, was objectiv (practisch) nothwendig ist, der Grund einer Maxime des Fürwahrhaltens in moralischer Absicht, d. i. ein reiner practischer Vernunftglaube. Dieser ist also nicht geboten, sondern, als freywillige, zur moralischen (gebotenen) Absicht zuträgliche, überdem noch mit dem theoretischen Bedürfnisse der Vernunft einstimmige Bestimmung unseres Urtheils, jene Existenz anzunehmen und dem Vernunftgebrauch ferner zum Grunde zu legen, selbst aus der moralischen Gesinnung entsprungen; kann also öfters selbst bey wohlgesinneten bisweilen in Schwanken niemals aber in Unglauben gerathen.

IX.

Von der der practischen Bestimmung des Menschen weislich angemessenen Proportion seiner Erkenntnißvermögen.

Wenn die menschliche Natur zum höchsten Gute zu streben bestimmt ist, so muß auch das Maaß ihrer Erkenntnißvermögen, vornehmlich ihr Verhältniß unter einander, als zu diesem Zwecke schicklich, angenommen werden. Nun beweiset aber die Critik der reinen speculativen Vernunft die größte Unzulänglichkeit dersel-

determina o nosso juízo é, em verdade, **subjetivamente** enquanto carência mas também ao mesmo tempo enquanto meio de promoção daquilo que é **objetivamente** (praticamente) necessário, o fundamento de uma **máxima** do assentimento de um ponto de vista moral, isto é, uma **fé racional prática pura**. Esta, portanto, não é ordenada, mas – enquanto determinação livre de nosso juízo, compatível com o propósito moral (ordenado) e, além disso, concordante com a carência teórica da razão de admitir aquela existência e de pô-la como fundamento do uso da razão – surgiu ela mesma da disposição moral; portanto ela pode às vezes vacilar mesmo entre pessoas bem-intencionadas, mas jamais cair na descrença.

IX
Da proporção, sabiamente adequada à destinação prática do homem, de suas faculdades de conhecer

Se a natureza humana está destinada a aspirar pelo sumo bem, também a medida de suas faculdades de conhecer, principalmente a relação delas entre si, tem que ser admitida como conveniente a esse fim. Ora, a crítica da razão **especulativa** pura prova a máxima insuficiência desta ◆

ben, um die wichtigsten Aufgaben, die ihr vorgelegt werden, dem Zwecke angemessen aufzulösen, ob sie zwar die natürlichen und nicht zu übersehenden Winke eben derselben Vernunft, imgleichen die großen Schritte, die sie thun kann, nicht verkennt, um sich diesem großen Ziele, das ihr ausgesteckt ist, zu näheren, aber doch, ohne es jemals für sich selbst, sogar mit Beyhülfe der größten Naturkenntniß, zu erreichen. Also scheint die Natur hier uns nur stiefmütterlich mit einem zu unserem Zwecke benöthigten Vermögen versorgt zu haben.

Gesetzt nun, sie wäre hierin unserem Wunsche willfährig gewesen, und hätte uns diejenige Einsichtsfähigkeit, oder Erleuchtung ertheilt, die wir gerne besitzen möchten, oder in deren Besitz einige wol gar wähnen sich wirklich zu befinden, was würde allem Ansehn nach wol die Folge hievon seyn? Wofern nicht zugleich unsere ganze Natur umgeändert wäre, so würden die Neigungen, die doch allemal das erste Wort haben, zuerst ihre Befriedigung, und, mit vernünftiger Ueberlegung verbunden, ihre größtmögliche und daurende Befriedigung, unter dem Namen der **Glückseligkeit**, verlangen; das moralische Gesetz würde nachher sprechen, um jene in ihren geziemenden Schranken zu halten, und sogar sie alle insgesamt einem höheren, auf keine Neigung Rücksicht nehmenden, Zwecke zu unterwerfen. Aber, statt des Streits, den jetzt die moralische Gesinnung mit den Neigungen zu führen hat, in

welchem,

para resolver, conformemente a seu fim, os mais importantes problemas que lhe são apresentados, ainda que ela não desconheça os acenos naturais da mesma razão, que não lhe podem passar despercebidos, bem como os grandes passos que ela pode dar para aproximar-se desse grande objetivo que lhe é posto, sem, contudo, alguma vez o atingir por si mesma com o auxílio do máximo conhecimento da natureza. Portanto parece que a natureza aqui nos proveu somente **como uma madrasta** em relação a uma faculdade necessitada para o nosso fim.

Ora, supondo-se que neste caso ela tivesse sido condescendente com nosso desejo e tivesse-nos outorgado aquela capacidade de perspiciência ou esclarecimento que gostaríamos de possuir, ou em cuja posse alguns até **imaginam** encontrar-se efetivamente, qual seria, de acordo com todas as aparências, a consequência disso? A não ser que nossa natureza interna fosse ao mesmo tempo alterada, as **inclinações**, que de fato sempre têm a primeira palavra, iriam pretender primeiro a sua satisfação e, vinculadas à reflexão racional, a sua máxima e mais duradoura satisfação possível, sob o nome de **felicidade**; a lei moral teria a palavra depois, para manter aquelas em seus limites convenientes e até para submetê-las em conjunto a um fim superior, que não tomasse em consideração nenhuma inclinação. Mas, em vez do conflito que agora a disposição moral tem de sustentar com as inclinações e no ◆

welchem, nach einigen Niederlagen, doch allmälig moralische Stärke der Seele zu erwerben ist, würden **Gott und Ewigkeit**, mit ihrer **furchtbaren Majestät**, uns unablässig **vor Augen** liegen, (denn, was wir vollkommen beweisen können, gilt in Ansehung der Gewißheit, uns so viel, als wovon wir uns durch den Augenschein versichern). Die Uebertretung des Gesetzes würde freylich vermieden, das Gebotene gethan werden; weil aber die **Gesinnung**, aus welcher Handlungen geschehen sollen, durch kein Gebot mit eingeflößt werden kann, der Stachel der Thätigkeit hier aber sogleich bey Hand, und **äußerlich** ist, die Vernunft also sich nicht allererst empor arbeiten darf, um Kraft zum Widerstande gegen Neigungen durch lebendige Vorstellung der Würde des Gesetzes zu sammeln, so würden die mehresten gesetzmäßigen Handlungen aus Furcht, nur wenige aus Hoffnung und gar keine aus Pflicht geschehen, ein moralischer Werth der Handlungen aber, worauf doch allein der Werth der Person und selbst der der Welt in den Augen der höchsten Weisheit, ankommt, würde gar nicht existiren. Das Verhalten der Menschen, so lange ihre Natur, wie sie jetzt ist, bliebe, würde also in einen bloßen Mechanismus verwandelt werden, wo, wie im Marionettenspiel, alles gut **gesticuliren**, aber in den Figuren doch **kein Leben** anzutreffen seyn würde. Nun, da es mit uns ganz anders beschaffen ist, da wir, mit aller Anstrengung unserer Vernunft,

qual, depois de algumas derrotas, contudo pode conquistar-se aos poucos uma fortaleza moral de alma, **Deus** e a **eternidade**, com sua **terrível majestade**, encontrar-se-iam incessantemente **ante os olhos** (pois aquilo que podemos provar completamente vale para nós, em relação à certeza, tanto quanto no-lo asseguramos pela vista). A transgressão da lei seria certamente evitada, o ordenado seria praticado; mas como a **disposição** desde a qual as ações devem ocorrer não pode ser infundida por nenhum mandamento e como o aguilhão da atividade está aqui logo à mão e é **exterior**, portanto, como a razão não precisa impor-se primeiro pelo trabalho para, mediante representação viva da dignidade da lei, reunir forças com vistas à resistência às inclinações, assim a maioria das ações conformes à lei ocorreria por medo, poucas por esperança e nenhuma por dever, porém não existiria um valor moral das ações, do qual, aos olhos da suma sabedoria, depende unicamente o valor da pessoa e mesmo o valor do mundo. Portanto a conduta do homem, enquanto a sua natureza continuasse sendo como atualmente é, seria convertida em um simples mecanismo, em que, como no jogo de bonecos, tudo **gesticularia** bem mas nas figuras não se encontraria, contudo, **vida alguma**. Ora, visto que conosco as coisas passam-se bem diferentemente, visto que com todo o esforço de nossa razão ◆

nur eine sehr dunkele und zweydeutige Aussicht in die Zukunft haben, der Weltregierer uns sein Daseyn und seine Herrlichkeit nur muthmaaßen, nicht erblicken, oder klar beweisen läßt, dagegen das moralische Gesetz in uns, ohne uns etwas mit Sicherheit zu verheißen, oder zu drohen, von uns uneigennützige Achtung fodert, übrigens aber, wenn diese Achtung thätig und herrschend geworden, allererst alsdenn und nur dadurch, Aussichten ins Reich des Uebersinnlichen, aber auch nur mit schwachen Blicken erlaubt; so kann wahrhafte sittliche, dem Gesetze unmittelbar geweihete Gesinnung stattfinden und das vernünftige Geschöpf des Antheils am höchsten Gute würdig werden, das dem moralischen Werthe seiner Person und nicht blos seinen Handlungen angemessen ist. Also möchte es auch hier wol damit seine Richtigkeit haben, was uns das Studium der Natur und des Menschen sonst hinreichend lehrt, daß die unerforschliche Weisheit, durch die wir existiren, nicht minder verehrungswürdig ist, in dem, was sie uns versagte, als in dem, was sie uns zu theil werden ließ.

Der

temos uma muito obscura e ambígua perspectiva do futuro, o Governante do mundo permite-nos apenas presumir e não avistar ou provar claramente sua existência e sua glória. Contrariamente a lei moral em nós, sem nos prometer algo com certeza ou ameaçar-nos, exige-nos um respeito desinteressado, mas de resto, se esse respeito tornou-se operante e dominante, permite pela primeira vez e só por esse meio perspectivas no reino do suprassensível mas ainda só com uma pálida visão: desse modo pode haver verdadeira disposição moral imediatamente consagrada à lei, e a criatura racional pode tornar-se digna da participação do sumo bem, que é conveniente ao valor moral de sua pessoa e não simplesmente às suas ações. Portanto aquilo que o estudo da natureza e do homem nos ensina suficientemente poderia também aqui estar certo: que a insondável sabedoria, pela qual existimos, não é menos digna de veneração naquilo que ela nos negou do que naquilo que ela nos concedeu. ◆

Der

Critik der practischen Vernunft

Zweyter Theil.

Methodenlehre

der

reinen practischen Vernunft.

Segunda Parte

Doutrina do método
da razão prática pura

Unter der Methodenlehre der reinen practischen Vernunft kann man nicht die Art (sowol im Nachdenken als im Vortrage) mit reinen practischen Grundsätzen in Absicht auf ein wissenschaftliches Erkenntniß derselben zu verfahren, verstehen, welches man sonst im theoretischen eigentlich allein Methode nennt, (denn populäres Erkenntniß bedarf einer Manier, Wissenschaft aber einer Methode, d. i. eines Verfahrens nach Principien der Vernunft, wodurch das Mannigfaltige einer Erkenntniß allein ein System werden kann). Vielmehr wird unter dieser Methodenlehre die Art verstanden, wie man den Gesetzen der reinen practischen Vernunft Eingang in das menschliche Gemüth, Einfluß auf die Maximen desselben verschaffen, d. i. die objectiv-practische Vernunft auch subjectiv practisch machen könne.

Nun ist zwar klar, daß diejenigen Bestimmungsgründe des Willens, welche allein die Maximen eigentlich moralisch machen und ihnen einen sittlichen Werth geben, die unmittelbare Vorstellung des Gesetzes und die objectiv-nothwendige Befolgung desselben als Pflicht, als die eigentlichen Triebfedern der Handlungen vorgestellt werden müssen; weil sonst zwar Legalität der Hand-

Pela **Doutrina do método** da razão **prática** pura não se pode entender o modo de proceder (tanto na reflexão quanto na exposição) com proposições fundamentais práticas puras com vistas[214] a um conhecimento **científico** das mesmas, o que, aliás, só no <campo> **teórico** chama-se propriamente de método (pois o conhecimento popular precisa de uma **maneira** mas a ciência, de um **método**, isto é, de um procedimento **segundo princípios** da razão, pelo qual, unicamente, o múltiplo de um conhecimento pode tornar-se um **sistema**). Muito antes entender-se-á por esta doutrina do método o modo como se pode proporcionar às leis da razão prática pura **acesso** ao ânimo humano, **influência** sobre as máximas do mesmo, isto é, como se pode fazer a razão objetivamente prática também **subjetivamente** prática.

Ora, em verdade é evidente que aqueles fundamentos determinantes da vontade – a imediata representação da lei e o objetivamente necessário cumprimento da mesma como dever –, que única e propriamente tornam morais as máximas e dão-lhe um valor moral, têm que ser representados como os autênticos motivos das ações; porque, do contrário, sem dúvida se produziria ◆

---

214. Kant: *in Absicht auf.* Segundo H. Paul, essa expressão foi tomada no século XVIII, e ainda em Thomas Mann, em sentido equivalente ao atual *in Hinsicht auf*: com vistas a, do ponto de vista de.

Handlungen, aber nicht **Moralität** der Gesinnungen bewirkt werden würde. Allein nicht so klar, vielmehr beym ersten Anblicke ganz unwahrscheinlich, muß es jedermann vorkommen, daß auch subjectiv jene Darstellung der reinen Tugend **mehr Macht** über das menschliche Gemüth haben und eine weit stärkere Triebfeder abgeben könne, selbst jene Legalität der Handlungen zu bewirken, und kräftigere Entschließungen hervorzubringen, das Gesetz, aus reiner Achtung für dasselbe, jeder anderer Rücksicht vorzuziehen, als alle Anlockungen, die aus Vorspiegelungen von Vergnügen und überhaupt allem dem, was man zur Glückseligkeit zählen mag, oder auch alle Androhungen von Schmerz und Uebeln jemals wirken können. Gleichwohl ist es wirklich so bewandt, und wäre es nicht so mit der menschlichen Natur beschaffen, so würde auch keine Vorstellungsart des Gesetzes durch Umschweife und empfehlende Mittel jemals Moralität der Gesinnung hervorbringen. Alles wäre lauter Gleißnerey, das Gesetz würde gehaßt, oder wol gar verachtet, indessen doch um eigenen Vortheils willen befolgt werden. Der Buchstabe des Gesetzes (Legalität) würde in unseren Handlungen anzutreffen seyn, der Geist derselben aber in unseren Gesinnungen (Moralität) gar nicht, und da wir mit aller unserer Bemühung uns doch in unserem Urtheile nicht ganz von der Vernunft los machen können, so würden wir unvermeidlich in unseren eigenen Augen als nichtswürdige

dige

legalidade das ações mas não **moralidade** das disposições. Entretanto não tem de parecer tão claro, muito antes, à primeira vista tem de parecer totalmente improvável a qualquer um que mesmo subjetivamente aquela apresentação da virtude pura possa ter **mais poder** sobre o ânimo humano e fornecer um motivo de longe mais forte para efetuar mesmo aquela legalidade das ações e produzir resoluções mais vigorosas que façam preferir a lei, por respeito puro a ela, a qualquer outra consideração, mais do que todas as seduções que alguma vez possam exercer-se[215] a partir de miragens de deleites e de tudo aquilo que se queira computar como felicidade, ou também mais do que todas as ameaças de dor e de males. Não obstante as coisas de fato se passam assim e, se a natureza humana não fosse constituída dessa maneira, tampouco um modo de representação da lei produziria alguma vez, por rodeios e por meios que recomendassem, a moralidade da disposição. Tudo não passaria de pura hipocrisia, a lei seria odiada ou até desprezada, ainda que fosse seguida em proveito próprio. A letra da lei (legalidade) seria encontrável em nossas ações, mas o espírito das mesmas[216] de modo algum em nossas disposições (moralidade). E uma vez que, com todo o nosso esforço, não podemos em nosso juízo livrar-nos inteiramente da razão, inevitavelmente teríamos de aparecer a nossos próprios olhos ◆

215. A Ak e Vorländer admitem a falta aí de um outro verbo para "mais do que... felicidade". Vorländer propõe *entspringen* (surgir): "possam surgir a partir de miragens". Parece, no entanto, que o verbo *wirken* (atuar, exercer-se) possa valer não apenas para a segunda parte da disjunção "ou também exercer-se mais... males" mas para o todo dela.

216. Kant: *derselben*, referindo-se neste caso a "ações", corrigido por Nolte para *desselben*, para referi-lo a "lei" ("o espírito da mesma"), adotado pela Ak.

dige, verworfene Menschen erscheinen müssen, wenn wir uns gleich für diese Kränkung vor dem inneren Richterstuhl dadurch schadlos zu halten versuchten, daß wir uns an denen Vergnügen ergötzten, die ein von uns angenommenes natürliches oder göttliches Gesetz, unserem Wahne nach, mit dem Maschinenwesen ihrer Policey, die sich blos nach dem richtete, was man thut, ohne sich um die Bewegungsgründe, warum man es thut, zu bekümmern, verbunden hätte.

Zwar kann man nicht in Abrede seyn, daß, um ein entweder noch ungebildetes, oder auch verwildertes Gemüth zuerst ins Gleis des moralisch-Guten zu bringen, es einiger vorbereitenden Anleitungen bedürfe, es durch seinen eigenen Vortheil zu locken, oder durch den Schaden zu schrecken; allein, so bald dieses Maschinenwerk, dieses Gängelband nur einige Wirkung gethan hat; so muß durchaus der reine moralische Bewegungsgrund an die Seele gebracht werden, der nicht allein dadurch, daß er der einzige ist, welcher einen Character (practische consequente Denkungsart nach unveränderlichen Maximen) gründet, sondern auch darum, weil er den Menschen seine eigene Würde fühlen lehrt, dem Gemüthe eine ihm selbst unerwartete Kraft giebt, sich von aller sinnlichen Anhänglichkeit, so fern sie herrschend werden will, loszureißen, und in der Unabhängigkeit seiner intelligibelen Natur und der Seelengröße, dazu

er

como homens indignos e abjetos, por mais que ante o foro interior tentássemos compensar essa humilhação mediante uma fruição dos deleites que uma lei natural ou divina admitida por nós tivesse vinculado, de acordo com o nosso delírio, com o mecanismo de sua polícia, que se guiasse simplesmente pelo que a gente faz sem preocupar-se com os motivos <*Bewegungsgründe*> pelos quais o faz.

Certamente não se pode negar que, para colocar pela primeira vez nos trilhos do moralmente-bom um ânimo inculto ou mesmo degradado, precisa-se de algumas instruções preparatórias para atraí-lo por seu próprio proveito ou atemorizá-lo pelo dano; só que tão logo este mecanismo, estas andareiras tenham produzido algum efeito, o motivo <*Bewegungsgrund*> moral puro tem que ser levado integralmente à alma, motivo que, não só pelo fato de ser o único que funda um caráter (uma consequente maneira de pensar prática segundo máximas imutáveis) mas também porque, ensinando ao homem a sentir sua própria dignidade, ele confere ao ânimo uma força, não esperada por ele mesmo de libertar-se de todo o apego sensível, na medida em que este quer tornar-se dominante, e de encontrar para os sacrifícios que ele representa uma rica compensação na independência de sua natureza inteligível e na grandeza de alma, à qual ◆

er sich bestimmt sieht, für die Opfer, die er darbringt, reichliche Entschädigung zu finden. Wir wollen also diese Eigenschaft unseres Gemüths, diese Empfänglichkeit eines reinen moralischen Interesse, und mithin die bewegende Kraft der reinen Vorstellung der Tugend, wenn sie gehörig an's menschliche Herz gebracht wird, als die mächtigste, und, wenn es auf die Dauer und Pünctlichkeit in Befolgung moralischer Maximen ankommt, einzige Triebfeder zum Guten, durch Beobachtungen, die ein jeder anstellen kann, beweisen; wobey doch zugleich erinnert werden muß, daß, wenn diese Beobachtungen nur die Wirklichkeit eines solchen Gefühls, nicht aber dadurch zu Stande gebrachte sittliche Besserung beweisen, dieses der einzigen Methode, die objectiv-practischen Gesetze der reinen Vernunft durch bloße reine Vorstellung der Pflicht subjectiv-practisch zu machen, keinen Abbruch thue, gleich als ob sie eine leere Phantasterey wäre. Denn, da diese Methode noch niemals in Gang gebracht worden, so kann auch die Erfahrung noch nichts von ihrem Erfolg aufzeigen, sondern man kann nur Beweisthümer der Empfänglichkeit solcher Triebfedern fodern, die ich jetzt kürzlich vorlegen und darnach die Methode der Gründung und Cultur ächter moralischer Gesinnungen, mit wenigem, entwerfen will.

Wenn man auf den Gang der Gespräche in gemischten Gesellschaften, die nicht blos aus Gelehrten

ele se vê destinado. Portanto queremos provar, por observações que cada um pode fazer, que esta propriedade de nosso ânimo, esta receptividade de um interesse moral puro e, por conseguinte, a força motriz da representação pura da virtude, se for transposta convenientemente ao coração humano, é o motivo mais poderoso e, no que depende da duração e exatidão no cumprimento de máximas morais, o único motivo para o bem. Neste caso, contudo, tem que ser lembrado ao mesmo tempo que, se essas observações provam somente a efetividade de um tal sentimento e não um melhoramento moral levado a cabo através dele, isto não prejudica – como se fosse uma vazia quimera – o único método de, mediante uma simples representação pura do dever, tornar subjetivamente práticas as leis objetivamente práticas da razão pura. Pois, visto que esse método nunca foi posto em prática, tampouco a experiência pode apresentar indícios de seu resultado mas apenas se podem exigir provas da receptividade de tais motivos, que agora quero expor brevemente, para então esboçar em poucas palavras o método da fundação e da cultura de autênticas disposições morais.

Se se presta atenção ao curso das conversações em sociedades heterogêneas, que não se constituem ◆

und Vernünftlern, sondern auch aus Leuten von Geschäfften oder Frauenzimmer bestehen, Acht hat, so bemerkt man, daß, außer dem Erzählen und Scherzen, noch eine Unterhaltung, nemlich das Räsonniren, darin Platz findet; weil das erstere, wenn es Neuigkeit, und, mit ihr, Interesse bey sich führen soll, bald erschöpft, das zweyte aber leicht schaal wird. Unter allem Räsonniren ist aber keines, was mehr den Beytritt der Personen, die sonst bey allem Vernünfteln bald lange Weile haben, erregt, und eine gewisse Lebhaftigkeit in die Gesellschaft bringt, als das über den **sittlichen Werth** dieser oder jener Handlung, dadurch der Character irgend einer Person ausgemacht werden soll. Diejenige, welchen sonst alles Subtile und Grüblerische in theoretischen Fragen trocken und verdrießlich ist, treten bald bey, wenn es darauf ankommt, den moralischen Gehalt einer erzählten guten oder bösen Handlung auszumachen, und sind so genau, so grüblerisch, so subtil, alles, was die Reinigkeit der Absicht, und mithin den Grad der Tugend in derselben vermindern, oder auch nur verdächtig machen könnte, auszusinnen, als man bey keinem Objecte der Speculation sonst von ihnen erwartet. Man kann in diesen Beurtheilungen oft den Character der über andere urtheilenden Personen selbst hervorschimmern sehen, deren einige vorzüglich geneigt scheinen, indem sie ihr Richteramt, vornehmlich über Verstorbene, ausüben, das Gute, was

simplesmente de sábios e de sutis raciocinadores mas também de homens de negócio ou de mulheres, observa-se que, além do narrar e do gracejar, ainda um outro entretenimento encontra aí lugar, a saber, o arrazoar: porque, se o primeiro deve comportar novidade e interesse, em pouco tempo se esgota, enquanto o segundo torna-se facilmente insosso. Mas entre todo o arrazoar não se encontra um que suscite mais a adesão das pessoas – que, do contrário, logo se aborrecem com toda argumentação sutil – e introduza uma certa vivacidade na sociedade, do que o arrazoar sobre o **valor moral** desta ou daquela ação, que deve constituir o caráter de qualquer pessoa. Aqueles aos quais, do contrário, toda a sutileza e profundidade sobre questões teóricas é árida e aborrecida, logo tomam parte na conversação quando se trata de estabelecer o conteúdo moral de uma boa ou má ação narrada e são tão exatos, tão profundos, tão sutis em descobrir tudo o que pudesse diminuir ou sequer tornar suspeita a pureza de intenção e, por conseguinte, o grau de virtude na mesma, como, aliás, não se espera deles com respeito a nenhum objeto da especulação. Nesses ajuizamentos pode-se frequentemente ver transparecer o caráter das próprias pessoas que julgam sobre outras, dentre as quais algumas, enquanto exercem a sua função judicativa principalmente sobre pessoas mortas, parecem inclinadas ◆

von dieser oder jener That derselben erzählt wird, wider alle kränkende Einwürfe der Unlauterkeit und zuletzt den ganzen sittlichen Werth der Person wider den Vorwurf der Verstellung und geheimen Bösartigkeit zu vertheidigen, andere dagegen mehr auf Anklagen und Beschuldigungen sinnen, diesen Werth anzufechten. Doch kann man den letzteren nicht immer die Absicht beymessen, Tugend aus allen Beyspielen der Menschen gänzlich wegvernünfteln zu wollen, um sie dadurch zum leeren Namen zu machen, sondern es ist oft nur wohlgemeynte Strenge in Bestimmung des ächten sittlichen Gehalts, nach einem unnachsichtlichen Gesetze, mit welchem und nicht mit Beyspielen verglichen der Eigendünkel im Moralischen sehr sinkt, und Demuth nicht etwa blos gelehrt, sondern bey scharfer Selbstprüfung von jedem gefühlt wird. Dennoch kann man den Vertheidigern der Reinigkeit der Absicht in gegebenen Beyspielen es mehrentheils ansehen, daß sie ihr da, wo sie die Vermuthung der Rechtschaffenheit für sich hat, auch den mindesten Fleck gerne abwischen möchten, aus dem Bewegungsgrunde, damit nicht, wenn allen Beyspielen ihre Wahrhaftigkeit gestritten und aller menschlichen Tugend die Lauterkeit weggeleugnet würde, diese nicht endlich gar für ein bloßes Hirngespinst gehalten, und so alle Bestrebung zu derselben als eitles Geziere und trüglicher Eigendünkel geringschätzig gemacht werde.

preferentemente a defender o bem, que é narrado acerca desta ou daquela ação das mesmas, contra todas as acusações ofensivas de impureza e, enfim, a defender o total valor moral da pessoa contra a acusação de dissimulação e de maldade oculta; outras pessoas, ao contrário, pensam mais em denúncias e incriminações que contestem esse valor. Apesar disso nem sempre se pode atribuir às últimas a intenção de quererem, com raciocínios sutis, eliminar completamente a virtude de todos os exemplos dos homens para torná-la com isso uma palavra vazia, mas frequentemente se trata só de um bem-intencionado rigor na determinação do verdadeiro conteúdo moral segundo uma lei incomplacente, na comparação com a qual e não comparada com exemplos reduz-se muito a presunção no <campo> moral, e a humildade, por assim dizer, não é simplesmente ensinada mas sentida num profundo exame de consciência de cada um. Todavia se pode frequentemente observar entre os defensores da pureza de intenção nos exemplos dados que também lá onde há uma suposição de probidade eles gostariam de limpar a mínima mancha, com base no motivo <*Bewegungsgrund*> de que, se a veracidade de todos os exemplos fosse questionada e a pureza de toda a virtude humana negada, esta não seja finalmente considerada uma simples quimera e assim todo o empenho até ela seja menosprezado como vaidosa afetação e enganosa presunção. ◆

Ich weiß nicht, warum die Erzieher der Jugend von diesem Hange der Vernunft, in aufgeworfenen practischen Fragen selbst die subtilste Prüfung mit Vergnügen einzuschlagen, nicht schon längst Gebrauch gemacht haben, und, nachdem sie einen blos moralischen Catechism zum Grunde legten, sie nicht die Biographien alter und neuer Zeiten in der Absicht durchsuchten, um Beläge zu den vorgelegten Pflichten bey der Hand zu haben, an denen sie, vornehmlich durch die Vergleichung ähnlicher Handlungen unter verschiedenen Umständen, die Beurtheilung ihrer Zöglinge in Thätigkeit setzten, um den mindern oder größeren moralischen Gehalt derselben zu bemerken, als worin sie selbst die frühe Jugend, die zu aller Speculation sonst noch unreif ist, bald sehr scharfsichtig, und dabey, weil sie den Fortschritt ihrer Urtheilskraft fühlt, nicht wenig interessirt finden werden, was aber das vornehmste ist, mit Sicherheit hoffen können, daß die öftere Uebung, das Wohlverhalten in seiner ganzen Reinigkeit zu kennen und ihm Beyfall zu geben, dagegen selbst die kleinste Abweichung von ihr mit Bedauern oder Verachtung zu bemerken, ob es zwar bis dahin nur ein Spiel der Urtheilskraft, in welchem Kinder mit einander wetteifern können, getrieben wird, dennoch einen dauerhaften Eindruck der Hochschätzung auf der einen und des Abscheues auf der andern Seite zurücklassen werde, welche, durch bloße Gewohnheit solche Handlungen als Bey-

Não sei por que os educadores da juventude não fizeram já há tempo uso dessa propensão da razão de proceder com prazer mesmo ao exame mais sutil de questões práticas levantadas e por que, depois de terem tomado por base um catecismo puramente moral, não esquadrinharam as biografias de épocas antigas e modernas com o propósito de terem à mão exemplos para os deveres apresentados, nos quais, principalmente pela comparação de ações semelhantes em circunstâncias diferentes, eles puseram em atividade o ajuizamento de seus educandos para observar o menor ou maior conteúdo moral dos mesmos. Com isso eles mesmos verão a juventude mais precoce, que, aliás, é ainda imatura para toda a especulação, tornar-se em pouco tempo muito perspicaz e não menos interessada, uma vez que ela sente o progresso de sua faculdade de julgar. Mas, o que é mais importante, podem com certeza esperar que a prática frequente em conhecer a boa conduta em toda a sua pureza e aprová-la e, contrariamente, em observar com lástima ou desprezo mesmo o menor desvio dela, embora até aí seja exercido somente um[217] jogo da faculdade de julgar no qual as crianças possam competir entre si, contudo deixa, de um lado, uma impressão duradoura de apreço e, de outro, de repulsa, que pelo simples hábito de considerar frequentemente ◆

217. Vogel, no exemplar de Erlangen: *als ein*. A correção foi também introduzida por Hartenstein, a quem Vorländer e Natorp (Ak) atribuíram sua autoria.

falls- oder Tadelswürdig öfters anzusehen, zur Rechtschaffenheit im künftigen Lebenswandel eine gute Grundlage ausmachen würden. Nur wünsche ich sie mit Beyspielen sogenannter edler (überverdienstlicher) Handlungen, mit welchen unsere empfindsame Schriften so viel um sich werfen, zu verschonen, und alles blos auf Pflicht und den Werth, den ein Mensch sich in seinen eigenen Augen durch das Bewußtseyn, sie nicht übertreten zu haben, geben kann und muß, auszusetzen, weil, was auf leere Wünsche und Sehnsuchten nach unersteiglicher Vollkommenheit hinausläuft, lauter Romanhelden hervorbringt, die, indem sie sich auf ihr Gefühl für das überschwenglich-Große viel zu Gute thun, sich dafür von der Beobachtung der gemeinen und gangbaren Schuldigkeit, die alsdenn ihnen nur unbedeutend klein scheint, frey sprechen. *)

Wenn

*) Handlungen, aus denen große uneigennützige, theilnehmende Gesinnung und Menschlichkeit hervorleuchtet, zu preisen, ist ganz rathsam. Aber man muß hier nicht sowol auf die Seelenerhebung, die sehr flüchtig und vorübergehend ist, als vielmehr auf die Herzensunterwerfung unter Pflicht, wovon ein längerer Eindruck erwartet werden kann, weil sie Grundsätze (jene aber nur Aufwallungen) mit sich führt, aufmerksam machen. Man darf nur ein wenig nachsinnen, man wird immer eine Schuld finden, die er sich irgend wodurch in Ansehung des Menschengeschlechts aufgeladen hat, (sollte es auch nur die seyn, daß man, durch die Ungleichheit der Menschen in der bürgerlichen Verfassung, Vortheile genießt, um deren willen andere desto mehr entbehren müssen,) um durch die eigen-

lie-

as ações como dignas de aprovação ou repreensão constituiriam na vida futura uma base segura de probidade. Desejo somente poupá-los de exemplos das ações ditas **nobres** (ultrameritórias), que tanto desperdiçam nossas publicações sentimentais, e reportar tudo simplesmente ao dever e valor que um homem pode e tem de dar a seus próprios olhos pela consciência de não o ter transgredido, porque o que acaba em desejos vazios e nostalgia de uma perfeição inatingível produz meros heróis de romances, que, enquanto se prevalecem de seu sentimento de grandeza excessiva, dispensam-se da observância da obrigação comum e corrente, que então lhes parece apenas insignificantemente pequena*.

* É totalmente recomendável louvar ações que se distinguem pela humanidade e disposição grandes, desinteressadas e compassivas. Mas aqui não se deve prestar atenção tanto à **elevação de alma**, que é muito fugaz e passageira, quanto à **submissão do coração** ao **dever**, do que se pode esperar uma impressão mais duradoura, porque ela envolve princípios <*Grundsätze*> (aquela porém apenas exaltações). Basta refletir um pouco e encontrar-se-á sempre uma culpa em que se incorreu de alguma maneira em relação ao gênero humano (ainda que fosse apenas aquela de que, pela desigualdade dos homens na constituição civil, fruem-se vantagens, devido às quais outros têm de suportar privações), para não reprimir ◆

Wenn man aber frägt: was denn eigentlich die reine Sittlichkeit ist, an der, als dem Probemetall, man jeder Handlung moralischen Gehalt prüfen müsse, so muß ich gestehen, daß nur Philosophen die Entscheidung dieser Frage zweifelhaft machen können; denn in der gemeinen Menschenvernunft ist sie, zwar nicht durch abgezogene allgemeine Formeln, aber doch durch den gewöhnlichen Gebrauch, gleichsam als der Unterschied zwischen der rechten und linken Hand, längst entschieden. Wir wollen also vorerst das Prüfungsmerkmal der reinen Tugend an einem Beyspiele zeigen, und indem wir uns vorstellen, daß es etwa einem zehnjährigen Knaben zur Beurtheilung vorgelegt worden, sehen, ob er auch von selber, ohne durch den Lehrer dazu angewiesen zu seyn, nothwendig so urtheilen müßte. Man erzähle die Geschichte eines redlichen Mannes, den man bewegen will, den Verleumdern einer unschuldigen, übrigens nichts vermögenden Person (wie etwa Anna von Bolen auf Anklage Heinrich VIII. von England) beyzutreten. Man bietet Gewinne, d. i. große Geschenke oder hohen Rang an, er schlägt sie aus. Dieses wird bloßen Beyfall und Billigung in der Seele des Zuhörers wirken, weil es Gewinn ist. Nun fängt man es mit Androhung des Verlusts an. Es sind unter diesen

liebige Einbildung des Verdienstlichen den Gedanken an Pflicht nicht zu verdrängen.

Se, porém, se perguntar que é então propriamente a moralidade **pura**, na qual se tem de testar como metal de ensaio o conteúdo moral de cada ação, tenho de confessar que somente filósofos podem tornar duvidosa a decisão sobre essa questão; pois na razão humana comum ela está há tempo decidida, em verdade não por fórmulas gerais abstratas mas pelo uso costumeiro, quase como a diferença entre a mão direita e a mão esquerda. Portanto queremos primeiro mostrar a característica provadora da virtude pura em um exemplo e, enquanto nos representamos que ele tenha sido porventura apresentado a um menino de dez anos para ajuizamento, ver se ele também por si, sem ser instruído pelo mestre, teria que julgar necessariamente do mesmo modo. Conte-se a história de um homem honesto que se quer instar a aderir aos caluniadores de uma pessoa inocente e, além disso, carente de posses (como talvez Ana Bolena, acusada por Henrique VIII, da Inglaterra). Oferecem-se vantagens a ele, isto é, grandes presentes e um alto posto e ele as recusa. Isto causará simples aplauso e aprovação na alma do ouvinte, pois se trata de proveito. Começa-se então com ameaça de perdas. Entre esses caluniadores

o pensamento do **dever** pela imaginação de **mérito**, inspirada no amor-próprio. (K) ◆

Verleumdern seine besten Freunde, die ihm jetzt ihre Freundschaft aufsagen, nahe Verwandte, die ihn (der ohne Vermögen ist,) zu enterben drohen, Mächtige, die ihn in jedem Orte und Zustande verfolgen und kränken können, ein Landesfürst, der ihn mit dem Verlust der Freyheit, ja des Lebens selbst bedroht. Um ihn aber, damit das Maaß des Leidens voll sey, auch den Schmerz fühlen zu lassen, den nur das sittlich gute Herz recht inniglich fühlen kann, mag man seine mit äußerster Noth und Dürftigkeit bedrohete Familie ihn um Nachgiebigkeit anflehend, ihn selbst, obzwar rechtschaffen, doch eben nicht von festen unempfindlichen Organen des Gefühls, für Mitleid sowol als eigener Noth, in einem Augenblick, darin er wünscht den Tag nie erlebt zu haben, der ihn einem so unaussprechlichen Schmerz aussetzte, dennoch seinem Vorsatze der Redlichkeit, ohne zu wanken oder nur zu zweifeln, treu bleibend, vorstellen: so wird mein jugendlicher Zuhörer stufenweise, von der bloßen Billigung zur Bewunderung, von da zum Erstaunen, endlich bis zur größten Verehrung, und einem lebhaften Wunsche, selbst ein solcher Mann seyn zu können, (obzwar freylich nicht in seinem Zustande,) erhoben werden; und gleichwol ist hier die Tugend nur darum so viel werth, weil sie so viel kostet, nicht weil sie etwas einbringt. Die ganze Bewunderung und selbst Bestrebung zur Aehnlichkeit mit diesem Character beruht hier

gänz-

encontram-se seus melhores amigos, que agora lhe retiram sua amizade, parentes próximos que ameaçam – a ele (que não tem posse) – deserdá-lo e poderosos que em cada lugar e circunstância podem persegui-lo e melindrá-lo, um soberano que o ameaça com a perda da liberdade e da própria vida. Mas, para que a medida da adversidade seja completa e para deixá-lo sentir também a dor que somente o coração moralmente bom pode sentir de maneira verdadeiramente íntima, represente-se a sua família ameaçada de extrema necessidade e penúria, **implorando-lhe transigência**; represente-se a ele mesmo, embora reto, contudo dotado de órgão de sentidos não empedernidos e insensíveis à compaixão e à necessidade própria, em um momento em que ele deseja jamais ter vivido o dia que o expôs a uma dor tão inexprimível, todavia permanecendo fiel, sem vacilar e duvidar, a seu propósito de honestidade: então o meu jovem ouvinte elevar-se-á, gradualmente, de uma simples aprovação à admiração e desta à estupefação, finalmente, à máxima veneração e a um vivo desejo de poder ser ele mesmo um tal homem (embora certamente não na sua circunstância); e, no entanto, a virtude é aqui a tal ponto valiosa somente porque ela custa tanto, e não porque ela traz alguma compensação. A total admiração e mesmo o esforço para assemelhar-se a esse caráter dependem aqui ◆

gänzlich auf der Reinigkeit des sittlichen Grundsatzes, welche nur dadurch recht in die Augen fallend vorgestellet werden kann, daß man alles, was Menschen nur zur Glückseligkeit zählen mögen, von den Triebfedern der Handlung wegnimmt. Also muß die Sittlichkeit auf das menschliche Herz desto mehr Kraft haben, je reiner sie dargestellt wird. Woraus denn folgt, daß, wenn das Gesetz der Sitten und das Bild der Heiligkeit und Tugend auf unsere Seele überall einigen Einfluß ausüben soll, sie diesen nur so fern ausüben könne, als sie rein, unvermengt von Absichten auf sein Wohlbefinden, als Triebfeder ans Herz gelegt wird, darum weil sie sich im Leiden am herrlichsten zeigt. Dasjenige aber, dessen Wegräumung die Wirkung einer bewegenden Kraft verstärkt, muß ein Hinderniß gewesen seyn. Folglich ist alle Beymischung der Triebfedern, die von eigener Glückseligkeit hergenommen werden, ein Hinderniß, dem moralischen Gesetze Einfluß aufs menschliche Herz zu verschaffen. — Ich behaupte ferner, daß selbst in jener bewunderten Handlung, wenn der Bewegungsgrund, daraus sie geschah, die Hochschätzung seiner Pflicht war, alsdenn eben diese Achtung fürs Gesetz, nicht etwa ein Anspruch auf die innere Meynung von Großmuth und edler verdienstlicher Denkungsart, gerade auf das Gemüth des Zuschauers die größte Kraft habe, folglich Pflicht, nicht Verdienst, den nicht allein bestimmtesten, sondern, wenn sie im rechten Lichte

totalmente da pureza do princípio <*Grundsatzes*> moral, a qual pode ser representada como saltando diretamente aos olhos somente porque dos motivos da ação é afastado tudo o que os homens possam computar somente como felicidade. Portanto a moralidade tem que ter tanto mais força sobre o coração humano quanto mais pura ela for apresentada. Do que, pois, segue-se que, se a lei moral e a imagem da santidade e virtude deverem exercer por toda parte alguma influência sobre a nossa alma, a moralidade[218] somente poderá exercê-la na medida em que ela for posta pura, sem mescla de intuitos do próprio bem-estar, como motivo no coração, porque é no sofrimento que ela se mostra do modo mais eminente. Aquilo, porém, cuja remoção fortalece o efeito de uma força motriz tem que ter sido um obstáculo. Consequentemente toda a mistura de motivos tomados da felicidade própria é um obstáculo à consecução da influência da lei moral sobre o coração humano. – Afirmo, além disso, que, se mesmo naquela ação admirada, o motivo <*Bewegungsgrund*> desde o qual ela ocorreu era a alta consideração do seu dever, então justamente este respeito pela lei, não porventura uma pretensão à opinião íntima de grandeza e de nobre e meritória maneira de pensar, tem diretamente sobre o ânimo do espectador a máxima força, consequentemente o dever e não o mérito tem que ter sobre o ânimo a influência não somente mais determinada mas, se ele for representado ◆

218. Kant: *sie* (ela), Vorländer aventa *es*, então referido à lei moral.

ihrer Unverletzlichkeit vorgestellt wird, auch den eindringendsten Einfluß aufs Gemüth haben müsse.

In unsern Zeiten, wo man mehr mit schmelzenden weichherzigen Gefühlen, oder hochfliegenden, aufblähenden und das Herz eher welk, als stark, machenden Anmaaßungen über das Gemüth mehr auszurichten hofft, als durch die der menschlichen Unvollkommenheit und dem Fortschritte im Guten angemeßnere trockne und ernsthafte Vorstellung der Pflicht, ist die Hinweisung auf diese Methode nöthiger, als jemals. Kindern Handlungen als edele, großmüthige, verdienstliche zum Muster aufzustellen, in der Meynung, sie durch Einflößung eines Enthusiasmus für dieselbe einzunehmen, ist vollends zweckwidrig. Denn da sie noch in der Beobachtung der gemeinsten Pflicht und selbst in der richtigen Beurtheilung derselben so weit zurück sind, so heißt das so viel, als sie bey Zeiten zu Phantasten zu machen. Aber auch bey dem belehrtern und erfahrnern Theil der Menschen ist diese vermeynte Triebfeder, wo nicht von nachtheiliger, wenigstens von keiner ächten moralischen Wirkung aufs Herz, die man dadurch doch hat zuwegebringen wollen.

Alle **Gefühle**, vornemlich die, so ungewohnte Anstrengung bewirken sollen, müssen in dem Augenblicke, da sie in ihrer Heftigkeit sind, und ehe sie verbrausen, ihre Wirkung thun, sonst thun sie nichts; indem

das

à luz correta de sua inviolabilidade, também a influência mais penetrante.

Em nossa época – quando se espera alcançar sobre o ânimo, com sentimentos langorosos e compassivos ou ambiciosos e enfatuados, com presunções que tornam o coração antes débil que forte, mais do que se espera alcançar sobre ele pela representação sóbria e séria do dever, que é mais adequada à imperfeição humana e ao progresso no bem – a alusão a este método é mais que necessária. Propor a crianças a título de modelo ações como nobres, magnânimas e meritórias, na crença de por uma infusão de entusiasmo conquistá-las para as mesmas, é completamente contraproducente <*zweckwidrig*>. Pois, visto que elas se encontram ainda muito distantes da observância do dever mais comum e inclusive do correto ajuizamento do mesmo, isto equivale a dizer que por vezes se faz[219] delas seres fantásticos. Mas também entre uma parte mais instruída e experiente dos homens esse pretenso motivo tem sobre o coração o efeito, que por esse meio se quis realizar[220], se não prejudicial pelo menos de modo algum autenticamente moral.

Todos os **sentimentos**, principalmente os que devem causar um esforço tão incomum, têm que produzir o seu efeito no instante de sua veemência e antes que se acalmem, do contrário não produzem efeito algum; depois disso ◆

219. Kant: *zu machen*. Grillo propôs a eliminação do *zu*.
220. Kant: *zuwegebringen*. Grillo propôs>: *hervorbringen*.

das Herz natürlicherweise zu seiner natürlichen gemäßigten Lebensbewegung zurückkehrt, und sonach in die Mattigkeit verfällt, die ihm vorher eigen war; weil zwar etwas, was es reizte, nichts aber, das es stärkte, an dasselbe gebracht war. **Grundsätze** müssen auf Begriffe errichtet werden, auf alle andere Grundlage können nur Anwandelungen zu Stande kommen, die der Person keinen moralischen Werth, ja nicht einmal eine Zuversicht auf sich selbst verschaffen können, ohne die das Bewußtseyn seiner moralischen Gesinnung und eines solchen Characters, das höchste Gut im Menschen, gar nicht stattfinden kann. Diese Begriffe nun, wenn sie subjectiv practisch werden sollen, müssen nicht bey den objectiven Gesetzen der Sittlichkeit stehen bleiben, um sie zu bewundern, und in Beziehung auf die Menschheit hochzuschätzen, sondern ihre Vorstellung in Relation auf den Menschen und auf sein Individuum betrachten; da denn jenes Gesetz in einer zwar höchst achtungswürdigen, aber nicht so gefälligen Gestalt erscheint, als ob es zu dem Elemente gehöre, daran er natürlicher Weise gewohnt ist, sondern wie es ihn nöthiget, dieses oft, nicht ohne Selbstverleugnung, zu verlassen, und sich in ein höheres zu begeben, darin er sich, mit unaufhörlicher Besorgniß des Rückfalls, nur mit Mühe erhalten kann. Mit einem Worte, das moralische Gesetz verlangt Befolgung aus Pflicht, nicht aus Vorliebe, die man gar nicht voraussetzen kann und soll.

o coração retorna espontaneamente ao seu movimento vital natural e moderado e, por conseguinte, recai na languidez que lhe era antes peculiar, porque na verdade lhe era oferecido algo que o estimulava mas nada que o fortalecesse. **Princípios** <*Grundsätze*> têm que ser estabelecidos sobre a base de conceitos; todos os outros fundamentos podem realizar somente veleidades, que não podem proporcionar à pessoa nenhum valor moral, nem sequer uma confiança em si mesma, sem a qual a consciência de sua disposição moral e de um tal caráter, o sumo bem no homem, não pode de modo algum realizar-se. Ora, esses conceitos, se devem tornar-se subjetivamente práticos, não têm que ficar parados diante das leis objetivas da moralidade para admirá-las e para apreciá-las em relação à humanidade, mas têm que considerar a sua representação em relação ao homem e sua individualidade; porquanto aquela lei aparece numa forma em verdade sumamente digna de respeito mas não tão aprazível, como se ela pertencesse ao elemento com o qual o homem está naturalmente acostumado e, sim, do modo como ela o coage a abandonar, não sem abnegação, esse elemento e envolver-se em um elemento mais elevado, no qual ele com incessante receio de recaída só com esforço pode manter-se. Em uma palavra, a lei moral reclama cumprimento por dever e não por uma predileção que não se pode e não se deve absolutamente pressupor. ◆

Laßt uns nun im Beyspiele sehen, ob in der Vorstellung einer Handlung als edler und großmüthiger Handlung mehr subjectiv bewegende Kraft einer Triebfeder liege, als, wenn diese blos als Pflicht in Verhältniß auf das ernste moralische Gesetz vorgestellt wird. Die Handlung, da jemand, mit der größten Gefahr des Lebens, Leute aus dem Schiffbruche zu retten sucht, wenn er zuletzt dabey selbst sein Leben einbüßt, wird zwar einerseits zur Pflicht, andererseits aber und größtentheils auch für verdienstliche Handlung angerechnet, aber unsere Hochschätzung derselben wird gar sehr durch den Begriff von **Pflicht gegen sich selbst**, welche hier etwas Abbruch zu leiden scheint, geschwächt. Entscheidender ist die großmüthige Aufopferung seines Lebens zur Erhaltung des Vaterlandes, und doch, ob es auch so vollkommen Pflicht sey, sich von selbst und unbefohlen dieser Absicht zu weihen, darüber bleibt einiger Scrupel übrig, und die Handlung hat nicht die ganze Kraft eines Musters und Antriebes zur Nachahmung in sich. Ist es aber unerlaßliche Pflicht, deren Uebertretung das moralische Gesetz an sich und ohne Rücksicht auf Menschenwohl verletzt, und dessen Heiligkeit gleichsam mit Füßen tritt, (dergleichen Pflichten man Pflichten gegen Gott zu nennen pflegt, weil wir uns in ihm das Ideal der Heiligkeit in Substanz denken,) so widmen wir der Befolgung desselben, mit Aufopferung alles dessen, was für die innigste aller unserer Neigungen nur immer einen

Vejamos agora, no exemplo, se na representação de uma ação como nobre e magnânima encontra-se mais força motriz subjetiva de um motivo do que se este é representado simplesmente como dever em relação à grave lei moral. A ação pela qual alguém com o máximo risco de vida procura salvar pessoas do naufrágio, enfim perdendo ele mesmo a sua vida nela, de um lado, em verdade, é considerada um dever mas de outro, e na maior parte das vezes, é também considerada ação meritória, contudo o nosso grande apreço pela mesma é enfraquecido extremamente pelo conceito de **dever para consigo mesmo**, que aqui parece sofrer alguma espécie de dano. Mais decisivo é o sacrifício magnânimo de sua vida pela preservação da pátria, e, contudo, permanece algum escrúpulo sobre se é um dever tão perfeito consagrar-se a esse propósito por si mesmo e sem ser mandado, e a ação não tem em si a plena força de um modelo e de um impulso à imitação. Mas, se se trata de um dever impreterível, cuja transgressão viola a lei moral em si e sem consideração do bem-estar humano e, por assim dizer, pisa com os pés sua santidade (semelhantes deveres costumam chamar-se deveres para com Deus, porque imaginamos nele o ideal da santidade em substância), neste caso dedicamos a mais perfeita estima ao seu cumprimento, com o sacrifício de tudo aquilo que alguma vez possa ter um valor para a mais íntima ◆

nen Werth haben mag, die allervollkommenste Hochachtung, und wir finden unsere Seele durch ein solches Beyspiel gestärkt und erhoben, wenn wir an demselben uns überzeugen können, daß die menschliche Natur zu einer so großen Erhebung über alles, was Natur nur immer an Triebfedern zum Gegentheil aufbringen mag, fähig sey. Juvenal stellt ein solches Beyspiel in einer Steigerung vor, die den Leser die Kraft der Triebfeder, die im reinen Gesetze der Pflicht, als Pflicht, steckt, lebhaft empfinden läßt:

Esto bonus miles, tutor bonus, arbiter idem
Integer; ambiguae si quando citabere testis
Incertaeque rei, Phalaris licet imperet, ut sis
Falsus, et admoto dictet periuria tauro,
Summum crede nefas animam praeferre pudori,
Et propter vitam vivendi perdere caussas.

Wenn wir irgend etwas Schmeichelhaftes vom Verdienstlichen in unsere Handlung bringen können, denn ist die Triebfeder schon mit Eigenliebe etwas vermischt, hat also einige Beyhülfe von der Seite der Sinnlichkeit. Aber der Heiligkeit der Pflicht allein alles nachsetzen, und sich bewußt werden, daß man es **könne**, weil unsere eigene Vernunft dieses als ihr Gebot anerkennt, und sagt, daß man es thun **solle**, das heißt sich gleichsam über die Sinnenwelt selbst gänzlich erheben, und ist in demselben Bewußtseyn des Gesetzes auch als Triebfeder eines die Sinnlichkeit beherrschenden Vermögens

unzer-

de todas as suas inclinações, e consideramos nossa alma fortalecida e elevada por um tal exemplo, se por ele podemos convencer-nos de que a natureza humana é capaz de uma tão grande elevação acima de tudo o que a natureza alguma vez possa fornecer em termos de motivos para o seu oposto: **Juvenal** apresenta um tal exemplo numa gradação que permite ao leitor sentir vivamente a força do motivo que reside na lei pura do dever enquanto dever:

Esto bonus miles, tutor bonus, arbiter idem
Integer; ambiguae si quando citabere testis
Incertaeque rei, Phalaris licet imperet, ut sis
Falsus, et admoto dictet periuria tauro,
Summum crede nefas animam praeferre pudori
Et propter vitam vivendi perdere causas[221].

Se pudermos introduzir em nossa ação algo de lisonjeiro quanto ao que é meritório, então o motivo já contém alguma mistura de amor-próprio, portanto tem algum apoio do lado da sensibilidade. Mas submeter tudo unicamente à santidade do dever e tornar-se consciente de que se **pode** fazê-lo porque a nossa própria razão reconhece isto como seu mandamento e diz que se **deve** fazê-lo, significa elevar-se totalmente sobre o mundo sensorial e é, na mesma consciência da lei também como motivo, inseparável de uma faculdade **que domina a** ◆

221. JUVENAL. *Sátiras* VIII, versos 79-84: "Sê um bom soldado, um bom tutor e também um juiz imparcial; se alguma vez fores solicitado como testemunha em um assunto duvidoso e incerto, então mesmo Fálaris pode ordenar-te um perjúrio, em presença do touro incandescente; <todavia> considera um sumo crime preferir a vida à honra e por causa da vida perder a razão de viver". – Fálaris foi, em torno de 560 a.C., tirano de Agrigento na Sicília. O artista Perillus teve que confeccionar-lhe um touro de bronze para nele serem mortos malfeitores mediante fogo aceso debaixo dele (cf. Vorländer, em nota à edição da *KpV*, 1993, pp. 181 s.).

unzertrennlich, wenn gleich nicht immer mit Effect verbunden, der aber doch auch, durch die öftere Beschäfftigung mit derselben, und die anfangs kleinern Versuche ihres Gebrauchs, Hoffnung zu seiner Bewirkung giebt, um in uns nach und nach das größte, aber reine moralische Interesse daran hervorzubringen.

Die Methode nimmt also folgenden Gang. **Zuerst** ist es nur darum zu thun, die Beurtheilung nach moralischen Gesetzen zu einer natürlichen, alle unsere eigene, sowol als die Beobachtung fremder freyer Handlungen begleitenden Beschäfftigung und gleichsam zur Gewohnheit zu machen, und sie zu schärfen, indem man vorerst frägt, ob die Handlung objectiv **dem moralischen Gesetze**, und welchem, **gemäß** sey; wobey man denn die Aufmerksamkeit auf dasjenige Gesetz, welches blos einen **Grund** zur Verbindlichkeit an die Hand giebt, von dem unterscheidet, welches in der That **verbindend** ist (leges obligandi a legibus obligantibus), (wie z. B. das Gesetz desjenigen, was das **Bedürfniß** der Menschen im Gegensatze dessen, was das **Recht** derselben von mir fordert, wovon das Letztere wesentliche, das Erstere aber nur außerwesentliche Pflichten vorschreibt,) und so verschiedene Pflichten, die in einer Handlung zusammenkommen, unterscheiden lehrt. Der andere Punct, worauf die Aufmerksamkeit gerichtet werden muß, ist die Frage: ob die Handlung auch (subjectiv) **um des mo-**

rali-

sensibilidade, ainda que nem sempre vinculada com um efeito, o qual, contudo, também pela mais frequente ocupação com esse motivo e as tentativas inicialmente pequenas do seu uso, dá esperança de realização daquela faculdade, para produzir em nós aos poucos o máximo interesse, todavia um interesse moral puro[222], por sua realização.

Portanto o método toma o seguinte curso. **Primeiro** se trata somente de tornar o ajuizamento segundo leis morais uma ocupação natural, que acompanhe todas as nossas próprias ações livres bem como a observação das ações livres de outros, e como torná-lo um hábito e aguçá-lo, na medida em que antes se pergunta se a ação é objetivamente **conforme à lei moral**, e à qual, em cujo caso, com efeito, se distingue a atenção àquela lei, que fornece meramente um **fundamento** da obrigatoriedade da lei que é de fato **obrigante** (*leges obligandi a legibus obligantibus*[223]) (como, por exemplo, a lei daquilo que a **carência** dos homens exige de mim, em oposição à que o **direito** dos mesmos me exige, onde a última prescreve deveres essenciais mas a primeira só deveres acidentais), e assim se ensina a distinguir deveres diversos que se reúnem em uma ação. O outro ponto ao qual a atenção tem de dirigir-se é a questão se a ação tem de ocorrer também (subjetivamente) ◆

....

222. Natorp aventou a substituição do adjetivo *reine* (fem. de "puro"), constante no texto, pelo correspondente advérbio *rein* (puramente), ao que corresponderia então "o máximo interesse, mas puramente moral". Vorländer, porém, advertiu a propósito que já na *KpV* A 272 encontra-se a mesma expressão *eines reinen moralischen Interesses* (de um interesse moral puro).

223. Leis de obrigação, distintas de leis que obrigam.

ralischen Gesetzes willen geschehen, und also sie nicht allein sittliche Richtigkeit, als That, sondern auch sittlichen Werth, als Gesinnung, ihrer Maxime nach habe. Nun ist kein Zweifel, daß diese Uebung, und das Bewußtseyn einer daraus entspringenden Cultur unserer blos über das Practische urtheilenden Vernunft, ein gewisses Interesse, selbst am Gesetze derselben, mithin an sittlich guten Handlungen nach und nach hervorbringen müsse. Denn wir gewinnen endlich das lieb, dessen Betrachtung uns den erweiterten Gebrauch unserer Erkenntnißkräfte empfinden läßt, welchen vornemlich dasjenige befördert, worin wir moralische Richtigkeit antreffen; weil sich die Vernunft in einer solchen Ordnung der Dinge mit ihrem Vermögen, a priori nach Principien zu bestimmen was geschehen soll, allein gut finden kann. Gewinnt doch ein Naturbeobachter Gegenstände, die seinen Sinnen anfangs anstößig sind, endlich lieb, wenn er die große Zweckmäßigkeit ihrer Organisation daran entdeckt, und so seine Vernunft an ihrer Betrachtung weidet, und Leibnitz brachte ein Insect, welches er durchs Microscop sorgfältig betrachtet hatte, schonend wiederum auf sein Blatt zurück, weil er sich durch seinen Anblick belehrt gefunden, und von ihm gleichsam eine Wohlthat genossen hatte.

Aber diese Beschäfftigung der Urtheilskraft, welche uns unsere eigene Erkenntnißkräfte fühlen läßt, ist

noch

em vista da lei moral e se, portanto, ela não tem unicamente a retidão moral como ato mas também valor moral como disposição concordante com a sua máxima. Ora, não há dúvida alguma de que esse exercício, bem como a consciência de uma – dele proveniente – cultura de nossa razão que julga meramente sobre o prático, tem de produzir aos poucos um certo interesse, inclusive pela lei da mesma, por conseguinte por ações moralmente boas. Pois nós nos afeiçoamos finalmente àquilo cuja contemplação deixa-nos sentir o uso ampliado de nossas faculdades de conhecimento, o qual é promovido principalmente por aquilo em que encontramos retidão moral; porque a razão, com a sua faculdade de determinar *a priori* segundo princípios o que deve acontecer, só pode sentir-se bem em uma tal ordem de coisas. Um observador da natureza, contudo, afeiçoa-se finalmente a objetos que de início chocam seus sentidos, se descobre neles a grande conformidade a fins de sua organização e deste modo nutre a sua razão na contemplação deles; e Leibniz restituiu diligentemente à sua folha um inseto que ele observara cuidadosamente ao microscópio, porque ele se considerou instruído pela sua contemplação e como que tinha fruído um benefício dele.

Mas esta ocupação da faculdade de julgar, que nos deixa sentir nossas próprias faculdades de conhecer, não ◆

noch nicht das Interesse an den Handlungen und ihrer Moralität selbst. Sie macht blos, daß man sich gerne mit einer solchen Beurtheilung unterhält, und giebt der Tugend, oder der Denkungsart nach moralischen Gesetzen, eine Form der Schönheit, die bewundert, darum aber noch nicht gesucht wird (laudatur et alget); wie alles, dessen Betrachtung subjectiv ein Bewußtseyn der Harmonie unserer Vorstellungskräfte bewirkt, und wobey wir unser ganzes Erkenntnißvermögen (Verstand und Einbildungskraft) gestärkt fühlen, ein Wohlgefallen hervorbringt, das sich auch andern mittheilen läßt, wobey gleichwol die Existenz des Objects uns gleichgültig bleibt, indem es nur als die Veranlassung angesehen wird, der über die Thierheit erhabenen Anlage der Talente in uns inne zu werden. Nun tritt aber die zweyte Uebung ihr Geschäfft an, nemlich in der lebendigen Darstellung der moralischen Gesinnung an Beyspielen, die Reinigkeit des Willens bemerklich zu machen, vorerst nur als negativer Vollkommenheit desselben, so fern in einer Handlung aus Pflicht gar keine Triebfedern der Neigungen als Bestimmungsgründe auf ihn einfließen; wodurch der Lehrling doch auf das Bewußtseyn seiner Freyheit aufmerksam erhalten wird; und obgleich diese Entsagung eine anfängliche Empfindung von Schmerz erregt, dennoch dadurch, daß sie jenen Lehrling dem Zwange selbst wahrer Bedürfnisse entzieht, ihm zugleich eine Befreyung von der mannigfaltigen Unzufriedenheit,

é ainda o interesse pelas ações e pela sua moralidade mesma. Ela faz simplesmente com que a gente de bom grado se entretenha com tal ajuizamento e dá à virtude ou à maneira de pensar segundo leis morais uma forma de beleza que é admirada mas nem por isso procurada (*laudatur et alget*)[224]; como <aliás> tudo aquilo cuja contemplação produz subjetivamente uma consciência da harmonia de nossas faculdades de representação e na qual sentimos fortalecida toda a nossa faculdade de conhecimento (entendimento e faculdade da imaginação), produz uma complacência que também pode comunicar-se a outros, em cujo caso, todavia, a existência do objeto permanece-nos indiferente enquanto essa complacência é considerada somente o ensejo para percebermos a superior disposição dos talentos em nós, acima da animalidade. Pois bem, o **segundo** exercício inicia o seu ofício, a saber, tornar perceptível em exemplos, na apresentação viva da disposição moral, a pureza da vontade, inicialmente apenas como sua perfeição negativa, na medida em que numa ação como dever não entra como fundamento determinante absolutamente nenhum motivo das inclinações. Deste modo o aprendiz é, contudo, mantido atento à consciência de sua **liberdade**. E, ainda que essa renúncia provoque uma sensação inicial de dor, todavia, pelo fato de que priva aquele aprendiz da coerção até de carências verdadeiras, ao mesmo tempo anuncia-lhe uma libertação do variado ◆

224. *Probitas laudatur et alget* (a honestidade é louvada e sente frio). JUVENAL, *Sátiras* I, 74.

darin ihn alle diese Bedürfnisse verflechten, angekündigt, und das Gemüth für die Empfindung der Zufriedenheit aus anderen Quellen empfänglich gemacht wird. Das Herz wird doch von einer Last, die es jederzeit ingeheim drückt, befreyt und erleichtert, wenn an reinen moralischen Entschließungen, davon Beyspiele vorgelegt werden, dem Menschen ein inneres, ihm selbst sonst nicht einmal recht bekanntes Vermögen, **die innere Freyheit**, aufgedeckt wird, sich von der ungestümen Zudringlichkeit der Neigungen dermaßen loszumachen, daß gar keine, selbst die beliebteste nicht, auf eine Entschließung, zu der wir uns jetzt unserer Vernunft bedienen sollen, Einfluß habe. In einem Falle, wo **ich nur allein** weiß, daß das Unrecht auf meiner Seite sey, und obgleich das freye Geständniß desselben, und die Anerbietung zur Genugthuung an der Eitelkeit, dem Eigennutze, selbst dem sonst nicht unrechtmäßigen Widerwillen gegen den, dessen Recht von mir geschmälert ist, so großen Widerspruch findet, dennoch mich über alle diese Bedenklichkeiten wegsetzen kann, ist doch ein Bewußtseyn einer Unabhängigkeit von Neigungen und von Glücksumständen, und der Möglichkeit sich selbst genug zu seyn, enthalten, welche mir überall auch in anderer Absicht heilsam ist. Und nun findet das Gesetz der Pflicht, durch den positiven Werth, den uns die Befolgung desselben empfinden läßt, leichteren Eingang durch die **Achtung für uns selbst** im Bewußtseyn unserer Freyheit. Auf diese, wenn sie wohl

ge-

descontentamento em que todas essas carências o enredam e o ânimo é tornado receptivo à sensação de contentamento a partir de outras fontes. Mas o coração é liberado e aliviado de um fardo que sempre o pressiona secretamente, se for descoberta em decisões morais puras, das quais são apresentados exemplos, uma faculdade interna ao homem, que ele não conhecia perfeitamente antes, **a liberdade interior** de desembaraçar-se de tal modo da impetuosa impertinência das inclinações, que absolutamente nenhuma, mesmo a mais benquista, tenha influência sobre uma resolução para a qual devemos servir-nos agora da nossa razão. Em um caso, em que **sou o único** a saber que tenho a injustiça de meu lado e em que – não obstante a livre confissão da mesma e o oferecimento de reparação encontrem uma tão grande oposição na vaidade, no interesse privado, mesmo na, afora isso, não ilegítima aversão contra aquele cujo direito é por mim restringido –, posso, contudo, não me importar com todas essas dificuldades: em tal caso certamente está contida uma consciência de independência das inclinações e da fortuna e a consciência da possibilidade de bastar-se a si mesmo, que por toda parte, também sob outro ponto de vista, me é salutar. E agora a lei do dever, pelo valor positivo que o cumprimento da mesma nos deixa sentir, encontra um acesso mais fácil pelo **respeito por nós mesmos** na consciência de nossa liberdade. Sobre este respeito, ◆

gegründet ist, wenn der Mensch nichts stärker scheuet, als sich in der inneren Selbstprüfung in seinen eigenen Augen geringschätzig und verwerflich zu finden, kann nun jede gute sittliche Gesinnung gepfropft werden; weil dieses der beste, ja der einzige Wächter ist, das Eindringen unedler und verderbender Antriebe vom Gemüthe abzuhalten.

Ich habe hiemit nur auf die allgemeinsten Maximen der Methodenlehre einer moralischen Bildung und Uebung hinweisen wollen. Da die Mannigfaltigkeit der Pflichten für jede Art derselben noch besondere Bestimmungen erfoderte, und so ein weitläuftiges Geschäffte ausmachen würde, so wird man mich für entschuldigt halten, wenn ich, in einer Schrift, wie diese, die nur Vorübung ist, es bey diesen Grundzügen bewenden lasse.

Beschluß.

Zwey Dinge erfüllen das Gemüth mit immer neuer und zunehmenden Bewunderung und Ehrfurcht, je öfter und anhaltender sich das Nachdenken damit beschäfftigt: **Der bestirnte Himmel über mir, und das moralische Gesetz in mir.** Beide darf ich nicht als in Dunkelheiten verhüllt, oder im Ueberschwenglichen, außer meinem Gesichtskreise, suchen und blos vermuthen; ich sehe

he

se ele é bem estabelecido, se o homem nada teme mais fortemente que, no exame interno de consciência, considerar-se desprezível e reprovável a seus próprios olhos, pode ora enxertar-se toda disposição moral boa; porque este é o melhor, mesmo o único guarda para preservar o ânimo da intrusão de impulsos ignóbeis e perniciosos.

Com isso eu quis referir-me somente às máximas mais gerais da doutrina do método acerca de uma cultura e exercício morais. Já que a multiplicidade dos deveres requer ainda determinações particulares para cada espécie deles e esta constituiria uma vasta tarefa, desculpar-me-ão se numa obra como esta, que é apenas um exercício preliminar, limito-me a esses traços fundamentais.

CONCLUSÃO

Duas coisas enchem o ânimo de admiração e veneração sempre nova e crescente, quanto mais frequente e persistentemente a reflexão ocupa-se com elas: **o céu estrelado acima de mim e a lei moral em mim**. Não me cabe procurar e simplesmente presumir ambas como envoltas em obscuridade, ou no transcendente além de meu horizonte; vejo-as ◆

he sie vor mir und verknüpfe sie unmittelbar mit dem Bewußtseyn meiner Existenz. Das erste fängt von dem Platze an, den ich in der äußern Sinnenwelt einnehme, und erweitert die Verknüpfung, darin ich stehe, ins unabsehlich-Große mit Welten über Welten und Systemen von Systemen, überdem noch in grenzenlose Zeiten ihrer periodischen Bewegung, deren Anfang und Fortdauer. Das zweyte fängt von meinem unsichtbaren Selbst, meiner Persönlichkeit, an, und stellt mich in einer Welt dar, die wahre Unendlichkeit hat, aber nur dem Verstande spürbar ist, und mit welcher (dadurch aber auch zugleich mit allen jenen sichtbaren Welten) ich mich, nicht wie dort!, in blos zufälliger, sondern allgemeiner und nothwendiger Verknüpfung erkenne. Der erstere Anblick einer zahllosen Weltenmenge vernichtet gleichsam meine Wichtigkeit, als eines **thierischen Geschöpfs**, das die Materie, daraus es ward, dem Planeten (einem bloßen Punct im Weltall) wieder zurückgeben muß, nachdem es eine kurze Zeit (man weiß nicht wie) mit Lebenskraft versehen gewesen. Der zweyte erhebt dagegen meinen Werth, als einer **Intelligenz**, unendlich, durch meine Persönlichkeit, in welcher das moralische Gesetz mir ein von der Thierheit und selbst von der ganzen Sinnenwelt unabhängiges Leben offenbart, wenigstens so viel sich aus der zweckmäßigen Bestimmung meines Daseyns durch dieses Gesetz, welche nicht auf Bedingungen und Grenzen dieses Lebens

ante mim e conecto-as imediatamente com a consciência de minha existência. A primeira começa no lugar que ocupo no mundo sensorial externo e estende a conexão, em que me encontro, ao imensamente grande com mundos sobre mundos e sistemas de sistemas e, além disso, ainda a tempos ilimitados de seu movimento periódico, seu início e duração. A segunda começa em meu si-mesmo <*Selbst*> invisível, em minha personalidade, e expõe-me em um mundo que tem verdadeira infinitude, mas que é acessível somente ao entendimento e com o qual (mas deste modo também ao mesmo tempo com todos aqueles mundos visíveis) reconheço-me, não como lá, em ligação meramente contingente mas em conexão universal e necessária. O primeiro espetáculo de uma inumerável quantidade de mundos como que aniquila minha importância enquanto **criatura animal**, que tem de devolver novamente ao planeta (um simples ponto no universo) a matéria da qual ela se formara, depois que fora por um curto espaço de tempo (não se sabe como) dotada de força vital. O segundo espetáculo, ao contrário, eleva infinitamente meu valor enquanto **inteligência**, mediante minha personalidade, na qual a lei moral revela-me uma vida independente da animalidade e mesmo de todo o mundo sensorial, pelo menos o quanto se deixa depreender da determinação conforme a fins de minha existência por essa lei, que não está circunscrita a condições e limites ◆

eingeschränkt ist, sondern ins Unendliche geht, abnehmen läßt.

Allein, Bewunderung und Achtung können zwar zur Nachforschung reizen, aber den Mangel derselben nicht ersetzen. Was ist nun zu thun, um diese, auf nutzbare und der Erhabenheit des Gegenstandes angemessene Art, anzustellen? Beyspiele mögen hiebey zur Warnung, aber auch zur Nachahmung dienen. Die Weltbetrachtung fing von dem herrlichsten Anblicke an, den menschliche Sinne nur immer vorlegen, und unser Verstand, in ihrem weiten Umfange zu verfolgen, nur immer vertragen kann, und endigte — mit der Sterndeutung. Die Moral fing mit der edelsten Eigenschaft in der menschlichen Natur an, deren Entwickelung und Cultur auf unendlichen Nutzen hinaussieht, und endigte — mit der Schwärmerey, oder dem Aberglauben. So geht es allen noch rohen Versuchen, in denen der vornehmste Theil des Geschäfftes auf den Gebrauch der Vernunft ankommt, der nicht, so wie der Gebrauch der Füße, sich von selbst, vermittelst der öftern Ausübung, findet, vornemlich wenn er Eigenschaften betrifft, die sich nicht so unmittelbar in der gemeinen Erfahrung darstellen lassen. Nachdem aber, wiewol spät, die Maxime in Schwang gekommen war, alle Schritte vorher wohl zu überlegen, die die Vernunft zu thun vorhat, und sie nicht anders, als im Gleise einer vorher wohl überdachten Methode, ihren Gang machen zu lassen, so bekam

dessa vida mas penetra o infinito.

No entanto admiração e respeito podem, em verdade, estimular a investigação mas não substituir a sua falta. Que é que se precisa, pois, fazer para pôr em marcha esta investigação de modo útil e adequado à sublimidade do objeto? Exemplos podem servir aqui de advertência, mas também para a imitação. A contemplação do mundo começou do mais grandioso espetáculo que só os sentidos humanos podem sempre oferecer e que só o nosso entendimento, em sua vasta abrangência, pode sempre suportar perseguir, e terminou – na astrologia. A moral começou na mais nobre propriedade da natureza humana, cujo desenvolvimento e cultura voltam-se a uma utilidade infinita, e terminou – no fanatismo <*Schwärmerei*> ou na superstição. Assim se passa com todas as tentativas ainda rudes, nas quais a parte mais nobre do ofício depende do uso da razão, que não se verifica por si mesmo, como o uso dos pés, pelo exercício frequente, principalmente se ele concerne a propriedades que não podem apresentar-se tão imediatamente na experiência comum. Mas depois que, embora tardiamente, entrou em voga a máxima de examinar antes bem todos os passos que a razão se propõe dar, e de não a deixar seguir o seu curso de outro modo que na linha de um método bem refletido anteriormente, o ◆

kam die Beurtheilung des Weltgebäudes eine ganz andere Richtung, und, mit dieser, zugleich einen, ohne Vergleichung, glücklichern Ausgang. Der Fall eines Steins, die Bewegung einer Schleuder, in ihre Elemente und dabey sich äußernde Kräfte aufgelöst, und mathematisch bearbeitet, brachte zuletzt diejenige klare und für alle Zukunft unveränderliche Einsicht in den Weltbau hervor, die, bey fortgehender Beobachtung, hoffen kann, sich immer nur zu erweitern, niemals aber, zurückgehen zu müssen, fürchten darf.

Diesen Weg nun in Behandlung der moralischen Anlagen unserer Natur gleichfalls einzuschlagen, kann uns jenes Beyspiel anräthig seyn, und Hoffnung zu ähnlichem guten Erfolg geben. Wir haben doch die Beyspiele der moralisch-urtheilenden Vernunft bey Hand. Diese nun in ihre Elementarbegriffe zu zergliedern, in Ermangelung der **Mathematik** aber ein der **Chemie** ähnliches Verfahren, der **Scheidung** des Empirischen vom Rationalen, das sich in ihnen vorfinden möchte, in wiederholten Versuchen am gemeinen Menschenverstande vorzunehmen, kann uns Beydes **rein**, und, was Jedes für sich allein leisten könne, mit Gewißheit kennbar machen, und so, theils der Verirrung einer noch **rohen** ungeübten Beurtheilung, theils (welches weit nöthiger ist) den **Genieschwüngen** vorbeugen, durch welche, wie es von Adepten des Steins der Weisen zu geschehen pflegt, ohne alle methodische Nachforschung

und

ajuizamento do sistema do universo tomou uma direção totalmente diversa e, com essa, ao mesmo tempo uma saída incomparavelmente mais feliz. A queda de uma pedra, o movimento de uma funda, resolvidos em seus elementos e nas forças que neles se mostram e elaborados matematicamente, produziram enfim na estrutura do mundo aquela perspiciência clara e imutável para todo o futuro, que pela observação continuada só pode esperar ampliar-se sempre mas jamais deve temer que tenha de voltar atrás.

Aquele exemplo <*Beispiel*>[225] pode aconselhar-nos a encetar agora este caminho no tratamento das disposições morais de nossa natureza e dar-nos esperança de um bom êxito semelhante. Pois temos à mão os exemplos da razão que julga moralmente. Ora, analisando-os em seus conceitos elementares, propondo-se – mediante repetidos ensaios sobre o entendimento comum – na falta da **Matemática**, um procedimento contudo semelhante à **Química**, de **separar** o empírico do racional suscetível de encontrar-se neles, podem ambos os elementos ser com certeza reconhecidos por nós em sua **pureza** e no que cada um possa por si só realizar. Deste modo pode em parte evitar-se a desorientação de um ajuizamento ainda **rude** e pouco exercitado e, em parte (o que é de longe mais necessário), as **extravagâncias do gênio**, pelas quais, como sói acontecer com os adeptos da pedra da sabedoria, sem nenhuma investigação metódica ◆

225. Sobre a diferença de sentido entre os termos alemães *Beispiel* e *Exempel*, cf. *MS/T* A 168, Ak 480, nota.

und Kenntniß der Natur, geträumte Schätze versprochen und wahre verschleudert werden. Mit einem Worte: Wissenschaft (critisch gesucht und methodisch eingeleitet) ist die enge Pforte, die zur **Weisheitslehre** führt, wenn unter dieser nicht blos verstanden wird, was man **thun**, sondern was **Lehrern** zur Richtschnur dienen soll, um den Weg zur Weisheit, den jedermann gehen soll, gut und kenntlich zu bahnen, und andere vor Irrwegen zu sichern; eine Wissenschaft, deren Aufbewahrerin jederzeit die Philosophie bleiben muß, an deren subtiler Untersuchung das Publicum keinen Antheil, wohl aber an den **Lehren** zu nehmen hat, die ihm, nach einer solchen Bearbeitung, allererst recht hell einleuchten können.

e nenhum conhecimento da natureza são prometidos tesouros sonhados e são dissipados tesouros verdadeiros. Em uma palavra, a ciência (buscada criticamente e introduzida metodicamente) é a porta estreita que conduz à **doutrina da sabedoria**, se por esta não se entender simplesmente o que se deve **fazer** mas o que deve servir de norma a **mestres** para aplanar bem e demarcadamente o caminho da sabedoria, que cada qual deve seguir, e proteger a outros de caminhos falsos; uma ciência cuja guardiã tem que permanecer sempre a Filosofia, em cuja investigação sutil o público não tem de tomar nenhuma parte, mas certamente nas **doutrinas**, que após uma tal elaboração podem tornar-se pela primeira vez verdadeiramente claras a ele. ◆

Notas complementares

Página 7, nota 3

No original: *ohne sie doch einzusehen*. Reelaboro aqui o que já observara sobre o termo *Einsicht* e seu correspondente latino *perspicientia* em KANT, I. *Crítica da faculdade do juízo*, 2ª ed. Trad. Valerio Rohden e António Marques. Rio de Janeiro: Forense Universitária, 1995, pp. 65-7. – 1) O termo *perspicientia* foi empregado filosoficamente por Cícero no sentido de um conhecimento completo de algo. Cf. CÍCERO, *De officiis* I, 15 (trad. bras. *Dos deveres*, São Paulo, Martins Fontes, 1999). Cf. também GEORGES, K. E. *Ausführliches Lateinisch-Deutsches Handwörterbuch*. Darmstadt: Wissenschaftliche Buchgesellschaft, 1988, v. 2, p. 1644. Segundo Georges, no domínio literário o verbo *perspicere* foi usado por PLAUTO, *Curc.* 144 G. *Perspicuitas*, no sentido de clareza, foi usado por PLÍNIO 37, 79. – 2) Kant empregou o termo predominantemente no sentido de Cícero – que o vinculara praticamente a prudência e sabedoria – ao distinguir, na Reflexão 426, entre *perceptio, cognitio, scientia, intellectio, perspicientia* e *compreensio*. Ao termo *perspicientia* Kant acrescentou: *Einsehen (durch Vernunft)* [perspiciência (pela razão)]. Na reflexão 437 distinguiu entre os princípios do *Einsehen* e do *Verstehen* (compreender), observando: "A faculdade de julgar *a priori* (concluir) é a razão. *Einsehen*". (Cf. KANT'S *Gesammelte Schriften*. Berlin: Walter de Gruyter, 1923, v. XV, pp. 170 e 180, respectivamente; cf. também KANT, I. *Lógica*. Trad. de Guido de Almeida. RJ: Tempo Brasileiro, 1992, p. 82, Ak 65; ou: *Manual dos cursos de lógica geral*. Trad. Fausto Castilho. Campinas/Uberlândia: IFCH-UNICAMP/EDUFU, 1998, p. 111). Num esboço de carta do verão de 1792 ao príncipe A. von Beloselsky, Kant observou: "A esfera da *perspicacité* é a da perspiciência <*Einsicht*> sistemática da interconexão da razão dos conceitos em um sistema" (cf. KANT'S *Gesammelte Schriften*, v. XI: *Briefwechsel* v. II, p. 346. Cf. a respeito também KANT, I., *Opus postumum*. Tradução, apresentação e notas de François Marty. Paris: PUF, 1986, p. 234). – 3) A língua alemã utiliza como equivalente de *perspicientia* / *Einsicht* o termo *Durschauung* / *durchschauen* = ver através de, ter uma visão perspicaz, pe-

netrante, interna, portanto desveladora, p. ex., daquilo que normalmente se oculta, ou esclarecer-se sobre algo, ter clareza. Para *durchschauen* possui ainda os equivalentes *durchsehen, durchblicken, durchlesen.* – 4) Correspondentemente, talvez pudéssemos adotar em português, para *Einsicht / einsehen,* ver com perspicácia, ter uma visão penetrante ou perspicaz, evidência. Mas, por outro lado, talvez pudéssemos incorporar "perspiciência" como um termo técnico para expressar uma forma de conhecimento racional. Contaríamos com o antecedente do tradutor latino de Kant, Born, que, na tradução da *Crítica da razão prática,* empregou para *Einsicht* o termo latino *perspicientia* e, para *einsehen, perspicere,* p. ex., na seguinte passagem: *Nun est aber alle menschliche* ***Einsicht*** *zu Ende* (*KpV* A 81): *Atqui omnis humana* ***perspicientia*** *haeret* (cf. IMMANUELIS KANTII. *Critica rationis practicae.* Trad. lat. Fredericus Gottlob Born. Lipsiae: Engelhard Benjamin Schwickerti, MDCCLXXXXVII, p. 39. Confesso alguma hesitação na adoção de um termo alheio ao uso comum, feita, no entanto, na esperança de que o leitor possa vir a oferecer sua própria contribuição a respeito. Para tanto convém ler a resposta de Kant, neste Prefácio, à crítica de que ele pretendesse introduzir uma "nova linguagem" na Moral (cf. *KpV* A 19 s.).

Página 11, nota 4

HORÁCIO, *Sátiras* I, 1, 19. A frase de Horácio situa-se no contexto de uma descrição da insatisfação de cada um com a própria sorte, imaginando sempre mais feliz o outro do que a si próprio: o velho guerreiro considera mais feliz o comerciante, e este ao soldado, o agricultor considera mais feliz o advogado, e assim inversa e indefinidamente. O Poeta imagina então que um deus, satisfazendo esses desejos, diga: muito bem, troquem os papéis! Ao que se seguem, na citação de Kant, as três últimas palavras de Júpiter, com o comentário de Horácio: "'Então, por que hesitais?' Eles renegariam o desejo; e contudo poderiam tornar-se agora tão felizes!" (cf. HORAZ. *Sämtliche Werke.* Lateinisch und deutsch. Darmstadt: Wissenschaftliche Buchgesellschaft, 1993, pp. 254-5). Conforme se pode verificar nesse texto e, comparativamente, em outras edições da *KpV,* a edição de Vorländer transcreve *nolunt* em vez de *nolint,* que aliás consta em todos os manuscritos, com exceção do Bernensis 363, onde se lê *nolent* (segundo carta de Eckhard Lefèvre ao Tradutor; cf. também KANT, I. *Kritik der praktischen Vernunft.* Ed. Karl Vorländer. Hamburg: Felix Meiner, 1993, p. 5). Em sua determinação do conceito de sátira em Horácio, E. Lefèvre cita uma definição recente de Gustav A. Seeck: ela é "uma tentativa de desacreditar, que envolve indignação e/ou mofa, bem como uma espécie e forma de apresentação como meio sugestivo para alcançar o assentimento do leitor" (*apud* LEFÈVRE, E. *Horaz: Dichter im augusteischen Rom.* München: Beck, 1993, p. 87). As sátiras de Horácio têm um sentido predominantemente moral: expressam o modo de vida correto, chamado entre os romanos *vita beata* e entre os gregos *eudaimonia,* mas sob uma forma argumentativa negativa, de insatisfação com o destino em decorrência da cupidez.

Página 49, nota 21

Este é um caso visível – nem sempre o é – em que, num mesmo parágrafo, os termos *Grundsatz* e *Prinzip* são tomados como sinônimos. Não obstante, para salvaguardar a índole do texto de Kant em geral e tornar viável em outros casos a própria tradução, os dois termos serão em geral traduzidos por "proposição fundamental" e "princípio", respectivamente. Veja-se, por exemplo, a seguinte passagem: "Esta justificação dos princípios <*Prinzipien*> morais como proposições fundamentais <*Grundsätze*> de uma razão pura..." (*KpV* A 164; cf. também A 57, A 72 e A 82). Na *Crítica da razão pura* encontramos uma diferenciação análoga: "A **proposição fundamental** <*Grundsatz*> da unidade sintética da apercepção é o **princípio** <*Prinzip*> supremo de todo o uso do entendimento" (*KrV* B 136, trad. 3. ed. 1987, p. 82). Mais expressiva ainda é a passagem: *Einige wenige* ***Grundsätze****, welche die Geometer voraussetzen... dienen... nicht als* ***Prinzipien*** (algumas poucas proposições fundamentais [aqui no sentido de axiomas] pressupostas pelos geômetras... não servem como princípios (*KrV* B 16, trad. 3. ed. 1987, p. 31). Peter Rohs, em suas considerações teóricas sobre a *KrV*, acentuou o caráter proposicional dos *Grundsätze*: "*Daß gewisse Sätze (die Grundsätze)...* – que certas proposições (as proposições fundamentais)... antes, formulam condições sob as quais unicamente tornam-se possíveis leis de experiência objetivamente válidas" (ROHS, P. *Transzendentale Logik.* Meisenheim: Anton Hain, 1976, p. 214). O termo *Grundsatz* foi introduzido na Filosofia e na linguagem científica por Christian Wolff (*Mathematisches Lexicon*, 1716) como tradução de "axioma" (cf. RITTER, J. [Ed.]. *Historisches Wörterbuch der Philosophie.* Darmstadt: Wissenschaftliche Buchgesellschaft, 1974, v. 3, p. 923). Kant empregou-o nesse sentido em *KpV* A 167, embora no sentido de axioma, segundo ele, o termo diga respeito apenas à parte dos princípios intuitivos, com exclusão dos princípios discursivos. J. G. Schottel, segundo H. Paul, deu-lhe antes (1641) um sentido gramatical de *lex vel regula fundamentalis.* A propósito, Kant utilizou numa mesma frase, na *KpV* A 110, como três expressões diferentes, *Prinzip, Grundsatz* e *Grundregel* (regra fundamental). Pela mesma época, segundo J. e W. Grimm, *Grundsatz* passou a ser usado no sentido de princípio prático: "ein man von grundsätzen" (um homem de princípios). Kant entendeu o princípio como *uma espécie* de proposição fundamental, reservando-lhe um sentido preferentemente objetivo: *Maxime heißt ein subjektiver Grundsatz. Ein objektiver heißt Prinzip. Eine Regel, die das Subjekt sich zum Prinzip macht, heißt Maxime* (Máxima significa uma proposição fundamental subjetiva. Uma proposição fundamental objetiva chama-se princípio. Uma regra, que o sujeito estabelece para si como princípio, chama-se máxima. KANT, I. *Logik Dohna-Wundlacken.* Ak v. XXIV.2, 1966, p. 738).

Página 65, nota 26

A opção de traduzir *allgemein* por "universal" e não por "geral", como o fez a maioria das traduções, com exceção da latina de F. G. Born, leva em

conta a distinção estabelecida por Kant entre o "geral" em sentido "comparativo", relativo e empírico, próprio do conhecimento *a posteriori*, e o "universal" em sentido estrito ou *a priori*, próprio do conhecimento de princípios ou leis (cf. *KpV* A 63). Mas a pretensão de estender este sentido de universalidade às máximas pode parecer problemática. Todavia, se a máxima consiste num princípio de ações e se o procedimento segundo princípios é racional, toda razão implica algum tipo de universalidade e a questão torna-se: que tipo de universalidade envolve a máxima como um princípio prático? A máxima kantiana não se enquadra nem numa generalidade obtida indutivamente, nem numa universalidade quantitativa da lei prática (cf., desde este ponto de vista, *Grundlegung* BA 58 e *KpV* A 35 e A 63), extensiva à vontade de todos os entes racionais. Enquanto princípio subjetivo, ela tampouco se identifica com a universalidade subjetiva *a priori* dos juízos estéticos, extensiva intersubjetivamente a toda a esfera dos que julgam (cf. *KU* B 24 e B 157, trad. bras. pp. 59 e 140, respectivamente, e ainda *KpV* A 211). Nem por isso a subjetividade da máxima, enquanto princípio de agir de um indivíduo, tem o sentido de uma limitação contingente, própria do "propósito" (*Vorsatz*), e sim o sentido de *pôr para si* uma regra, adotando-a como sua, o que significa adoção de um princípio (cf. em A 26 a nota sobre *Grundsatz*). Uma argumentação ainda mais forte na mesma direção partiria da liberdade de arbítrio, conforme a *Religion* BA 105. A Reflexão 5237, que distingue regra, lei e máxima, confirma esta interpretação: "A *regra* concerne somente ao modo como aquilo que se quer deve acontecer; a *lei* contém o imperativo do que deve acontecer (do fim); a máxima é a lei subjetiva, isto é, aquilo que a gente propôs universalmente a si mesmo de fazer" ["*die Maxime ist das subjective Gesetz, d.i. das, was man sich selbst allgemein zu thun vorgesetzt hat*"] (Ak v. XVIII, pp. 127-8). A *Allgemeinheit* da máxima concerne então a uma vontade que quer agir sempre, não apenas hoje, de uma determinada maneira, direcionando sua vida como um todo e definindo o tipo de homem que quer ser. Como uma autodeterminação ainda não necessariamente moral, a partir de uma experiência de mundo, a máxima adquire a universalidade de uma regra que se escolhe para toda a vida, embora com a possibilidade de revogá-la ou infringi-la. A vontade, no caso da máxima, é racional porque a universalidade, pela qual ela se determina e projeta uma forma de vida, é uma totalidade. Sobre essa concepção da máxima cf. sobretudo BITTNER, R. Maximen. In: FUNKE, G. (Ed.). *Akten des 4. Internationalen Kant-Kongresses: Kant-Studien*, Sonderheft II, 2, pp. 485-98, 1974.

Página 169, nota 84

Na Introdução à *Metafísica dos costumes* Kant definiu *Befugnis* (*facultas moralis*), em relação com o conceito de lícito, como "a liberdade que não é limitada por nenhum imperativo oposto a ela" (*MS* AB 21). O termo *Befugnis*, atualmente feminino e usado por Kant como masculino, costumeiramente traduzido por "direito", é aqui traduzido por "faculdade", de acordo com a

sugestão latina de Kant e sobretudo porque *Befugnis* pertence propriamente à exposição do conceito de direito, inclusive de moral: "A todo o dever corresponde um direito <*Recht*>, considerado como faculdade <*Befugnis*> (*facultas moralis generatim*), mas a nem todo o dever correspondem direitos <*Rechte*> de um outro (*facultas juridica*) de coagir alguém; esses, porém, se chamam particularmente *deveres jurídicos* (*MS/T* A 8, Ak 383). Mais clara fica essa diferença quando Kant, na Introdução à *Doutrina do direito*, estabelece que todo direito *vincula-se* a uma faculdade <*Befugnis*> de coagir: se uma coerção é justa, então "com o direito <*Rechte*> conecta-se ao mesmo tempo, de acordo com o princípio de contradição, uma faculdade <*Befugnis*> de coagir" (*MS/R* B 35, Ak 231). Mesmo que Kant afirme a seguir que o direito não se constitui de dois elementos, da *Verbindlichkeit* (obrigatoriedade) e da *Befugnis* (faculdade) de coagir, sem a distinção desses termos não se poderia sequer traduzir Kant quando afirma: "*Recht und Befugnis zu zwingen bedeuten einerlei*" ["direito e faculdade de coagir significam o mesmo"] (*MS/R* AB 36, Ak 232). Igualmente perderiam sentido uma expressão como *rechtliche Befugnis* (faculdade jurídica) e a definição, no caso não tautológica, de liberdade jurídica, apresentada em *À paz perpétua*: "Liberdade externa (jurídica) é a faculdade <*Befugnis*> de não obedecer a nenhuma lei externa à qual eu não tenha podido dar meu assentimento" (*EF* B 21). Sobre a tradução de *Befugnis* por "legitimidade" cf. a *Crítica da faculdade do juízo*, B 363, trad. bras., p. 256. Cf. tb. a *Crítica da razão pura*, trad. bras. 3ª ed., 1987, p. 74, B 116.

Página 249, nota 119

Na controvérsia sobre a tradução do termo *Triebfeder*, uma coisa é certa: que aqui, onde de acordo com o título do capítulo se trata dos *Triebfedern der* reinen *praktischen Vernunft*, o termo *Triebfeder* é tomado no sentido de motivo. A fonte da controvérsia sobre a tradução desse termo reside em que Kant, inicialmente na *Fundamentação da metafísica dos costumes*, distinguiu entre *Triebfeder* (literalmente "mola propulsora"), como um "fundamento subjetivo de apetência" e *Bewegungsgrund* (literalmente "razão movente"), como um "fundamento objetivo do querer", merecendo então apenas este o nome de "motivo" (cf. *Grundlegung* BA 63, e também BECK, L. W. *A Commentary on Kant's Critique of Practical Reason*, p. 91). A origem dessa distinção remonta, contudo, a Baumgarten, para quem os *Triebfedern des Gemüts* (*elateres animi*) dividem-se em *sinnliche Triebfedern* (*stimuli*) e *Bewegungs-Gründe* (*motiva*), determinando estes últimos a faculdade de apetição superior. Na *Metaphysik der Sitten Vigilantius*, cujas notas datam de 1793/94, essa distinção é mantida. Segundo o texto e com base na dupla natureza humana, *Triebfeder* tomado como *causa impulsiva* divide-se em *stimuli*, que o homem segue em comum com os animais = *arbitrium brutum*, também chamado *Triebfeder der Natur*, e *motiva* = *arbitrium liberum*: "Um *motivum* é sempre uma causa impulsiva moral" (Ak. v. XXVII, p. 493). Ele tem a ver diretamente com a razão e funda-se na capacidade de o homem determinar-se a si mesmo

pela razão. Mas que Kant não usou o termo *Triebfeder* univocamente, nem mesmo na *Grundlegung*, mostra-o uma outra passagem dele, onde esse termo é usado em sentido moral (cf. *Grundlegung* BA 126). *Triebfeder* passa, pois, a identificar-se com *Bewegungsgrund*, tomando ambos o sentido de um fundamento determinante subjetivo da ação. *Triebfeder* significa então tanto motivos morais quanto "outros motivos como os do proveito", portanto *Triebfedern der Vernunft* (motivos da razão) e *Triebfedern der Sinnlichkeit* (motivos da sensibilidade). Para completar este quadro, a *Crítica da razão prática* estende o sentido de *Bewegungsgrund* também a motivos não morais (cf. *KpV* A 231, A 271, bem como as *Reflexões* 6651, 6718, Ak v. XIX, pp. 124 e 140, sobre *motiva moralia* e *motiva der Klugheit* [prudência], e enfim *Über den Gemeinspruch*... [*Theorie und Praxis*] A 218 s). Em resumo, se, de acordo com L. W. Beck, Kant na *Crítica da razão prática* "is using *Triebfeder* in the sense in which the *Foundations* defined *Bewegungsgrund*", não há razão para, pelo menos em relação à *KpV*, traduzir ambos esses termos diversamente um do outro, com a diferença apenas de que, na presente tradução, sempre que o último caso ocorrer, o termo "motivo" virá acrescido da menção do termo *Bewegungsgrund*.

Página 253, nota 124

Selbstsucht (subst. fem.) equivale hoje a egoísmo e interesse privado, mas Kant identificou o termo a uma forma prática de solipsismo, que antecedeu em um século a concepção do solipsismo teórico. *Eigendünkel*, aqui traduzido por "presunção", foi entendido por Kant como sinônimo de arrogância. Sobre estas distinções, particularmente entre amor de si (*Selbstliebe*) e amor-próprio (*Eigenliebe*), é mais clara a *Metafísica dos costumes*: "Moderação nas pretensões em geral, isto é, livre limitação do amor de si de um homem pelo amor de si <*Selbstliebe*> de outros chama-se modéstia; a falta desta moderação (imodéstia), em relação ao merecimento de ser amado por outros, chama-se amor-próprio <*Eigenliebe*> (*philautia*). Mas a imodéstia da exigência de ser respeitado por outros chama-se presunção <*Eigendünkel*> (*arrogantia*)" (*MS/T* A 139, Ak 462). Sobre a história dessas distinções cf. DIERSE, U. / KNOCHE, S. Selbstliebe. In: RITTER, J. / GRÜNDER, K. (Ed.). *Historisches Wörterbuch der Philosophie*, 1995, v. 9, pp. 466-87; ALBRECHT, M. Selbstsucht. In: Idem, ib., pp. 535-9; GABRIEL, G. Solipsismus. In: Idem, ib., pp. 1018-23; MUÑOZ DELGADO, V. Amour-propre, amour de soi. In: RITTER, J. (Ed.). *Historisches Wörterbuch der Philosophie*, 1971, v. 1, pp. 206-9. Cf. ainda: WOOD, A. W. Self-Love, Self-Benevolence and Self-Conceit. In: ENGSTROM, S. / WHITING, J. (Ed.). *Aristotle, Kant and the Stoics*. Cambridge University Press, 1996, pp. 141-61. Em relação a Leibniz e ao humanismo cristão, cf. LAFOND, J. Avatars de l'humanisme chrétien (1590-1710). Amour de soi et amour-propre. In: HEINEKAMP, A. *Leibniz et la Renaissance*. Wiesbaden: Franz Steiner, 1983, pp. 76-90. Esse autor recomenda, sobre a relação entre *amour-propre* e *philautia* em Platão e Aristóteles, MESNARD, J. Les origines

grecques de la notion d'amour-propre. *Diotima*, nº 6, pp. 129-36. Segundo Lafond, Leibniz (*Nachlaß Phil.* IV 13b) considerou o *amour de soi* como um *amour-propre* bem entendido e considerou o *amour-propre* como um desregramento do *amour de soi*. Mas de Agostinho a Rousseau o *amour-propre*, diversamente do *amour de soi*, foi visto sob um signo negativo. Os seguintes autores trataram recentemente da questão do solipsismo teórico e prático em Kant, mas ignorando a própria perspectiva crítica de Kant a respeito, já mencionada: KUHLMANN, W. Solipsismus in Kants praktischer Philosophie und die Diskursethik. In: SCHÖNRICH, G. / KATO, Y. (Ed.). *Kant in der Diskussion der Moderne*. Frankfurt: Suhrkamp, 1996, pp. 360-95; HÖFFE, O. Eine republikanische Vernunft. Zur Kritik des Solipsismus-Vorwurfs. In: SCHÖNRICH, G. / KATO, Y. (Ed.). op. cit., pp. 396-407.

Página 301, nota 146

O termo *Schwärmerei*, formado a partir de *Schwarm* (enxame) e *schwärmen* (dispersar-se, vaguear), no contexto de disputas interconfessionais da Reforma, é aplicado em sentido pejorativo aos respectivos adversários e só é compreensível metaforicamente. Com base nisso, W. Schröder observou que esse conceito não encontra uma expressão congruente fora da língua alemã: "Apesar de certas intersecções semânticas, são estranhos aos termos latinos *fanatismus*, *enthusiasmus*, bem como a seus termos correspondentes franceses e ingleses <ou portugueses>, os dois momentos com os quais a metáfora energizou o conceito *Schwärmerei*" (SCHRÖDER, W. Schwärmerei. In: RITTER, J./GRÜNDER, K. *Historisches Wörterbuch der Philosophie*, 1992, v. 8, p. 1478). Por outro lado R. Spaemann observou, a propósito do termo "fanatismo": "De um modo geral os termos *Fanatismus*, *Enthusiasmus* e *Schwärmerei* são inicialmente usados, na Inglaterra e Alemanha, como sinônimos, e apenas mais tarde são diferenciados através de sutis discussões" (SPAEMANN, R. Fanatisch, Fanatismus. In: RITTER, J./GRÜNDER, K. *Historisches Wörterbuch der Philosophie*, 1972, v. 2, p. 905). Ora, se compararmos as passagens em que esses termos ocorrem na *Crítica da razão prática*, para nos atermos apenas a esta obra, notaremos que suas diferenças parecem irrelevantes, se não sutis. Veja-se, p. ex., *Schwärmerei* em *KpV* A 153, e *Fanatizismus* em *KpV* A 244-245. De qualquer modo, pela atenção que Kant dispensou ao assunto em diversas obras, o recurso a termos como "exaltação" ou "fanatismo" para traduzir *Schwärmerei* é um insatisfatório paliativo. Kant mesmo encarregou-se de uma aproximação entre esses termos ao escrever: "De modo totalmente diverso se passa com *Fanatiker* (*Visionär*, *Schwärmer*). Este é propriamente um enlouquecido por uma suposta inspiração imediata e uma grande intimidade com as forças celestes. A natureza humana não conhece ilusão mais perigosa" (KANT, I. *Versuch über die Krankheiten des Kopfes*, 1764, Ak v. II, p. 267). Além disso, Vorländer, na edição da Philosophische Bibliothek, v. VIII, publicou alguns pequenos ensaios dos anos 1788-1791, entre os quais *Über Schwärmerei und die Mitteln dagegen*.

Página 345, nota 168

O termo *Gewissen* significa consciência moral, que como tal se distingue do simples *Bewußtsein* (consciência em geral). Mas Kant, como anteriormente Baumgarten, cuja obra de filosofia prática ele comentou, utilizou o termo latino *conscientia* como equivalente a *Gewissen*. Também em português o termo "consciência" pode significar faculdade de julgamentos morais. O inglês, analogamente, emprega *consciousness* (*Bewußtsein*) e *conscience* (*Gewissen*). Baumgarten entendeu a *conscientia* como uma faculdade de autoimputação de ações: *Cum conscientia sit actus, vel facultas, vel habitus facta sibi imputandi et his leges aplicandi*... [consciência é o ato ou a faculdade ou o hábito de imputar-se fatos e de aplicar leis a estes] (Cf. *Erläuterungen Kants zu G. Baumgartens Initia philosophiae practicae primae*. Ak v. XIX, pp. 89-91). Kant, na *Metafísica dos costumes/Doutrina da virtude*, expressou-se de modo semelhante: *In einer Gewissenssache (causa conscientiam tangens)*... (*MS/T* A 102). Ele definiu-a aí como a consciência (*Bewußtsein*) de um tribunal interior: "Consciência moral <*Gewissen*> é a consciência <*Bewußtsein*> de um foro interior no homem ('diante do qual os pensamentos acusam-se ou desculpam-se reciprocamente')" (*MS/T* A 99). Mas, o que é importante, a consciência moral (como, aliás, também a animalidade) é no homem uma disposição (*Anlage*) constitutiva, devido à qual ele não pode portar-se de modo moralmente indiferente, sob pena de abdicar de sua humanidade.

Apêndices

Notas manuscritas de Kant em seu Handexemplar *da* Crítica da razão prática *(1788)*

A publicação, a seguir, de notas manuscritas de Kant que se encontram ao final de seu Handexemplar *da* Crítica da razão prática *parece constituir um complemento natural a uma edição e tradução que procurou identificar-se com a recuperação da discussão em relação com sua fonte original.*

Essas notas manuscritas, que excluem aqui aquelas correções feitas por Kant ao longo do texto, circunscrevem-se, do final da última página A 292, à sua última capa interna e a uma folha solta. Embora nelas se abordem três conjuntos de questões, a sua divisão em três seções feita por Gerhard Lehmann levou, antes, em conta aquela distribuição física no Handexemplar.

Apenas o título da folha avulsa requer algum esclarecimento: Quaestio Stolpiana. *Com o legado do holandês Janus Stolpe, falecido em 1753, criou-se um instituto, que a cada dois anos conferiria um prêmio por trabalhos vinculados a questões de filosofia da religião e filosofia moral, e cujas especificações temáticas foram transcritas por Lehmann: "O conteúdo dos textos deve variar: uma vez deve mostrar-se, a partir da contemplação do mundo criado ou de algumas partes dele, que um ser eterno, infinito, separado da matéria, sábio e onipotente criou-o a partir do nada e o conserva; outra vez deve-se lançar luz sobre a excelência da doutrina moral cristã do modo como se encontra nos livros do* Novo Testamento, *e a sua preeminência sobre todas as dou-*

trinas morais humanas. Ao mesmo tempo deve-se poder resgatar e demonstrar a concordância da doutrina moral cristã com a filosófica, e celebrar sua beleza e aceitabilidade..."[226]*. Kant interessou-se algumas vezes pelo prêmio; assim, por exemplo, explicitamente na Reflexão 41, v. 17, p. 435 e na Reflexão 6008, v. 18, p. 422, da edição da Academia. Curiosamente voltou ao assunto em uma dessas notas manuscritas, teoricamente vinculadas ao conteúdo de sua segunda Crítica.*

Por uma razão de clareza e segurança, a tradução dos textos manuscritos foi feita a partir de sua publicação por Gerhard Lehmann: LEHMANN, G. Kants Bemerkungen im Handexemplar der Kritik der praktischen Vernunft. Kant-Studien*, v. 72, n. 2, pp. 132-9, 1981 (os textos ocupam as páginas 137-9). Agradeço à Direção da revista* Kant-Studien *a autorização para uso dessa edição. A guarda do* Handexemplar *encontra-se desde 1910 aos cuidados do Arquivo da Martin-Luther-Universität, Halle-Wittenberg. Agradeço àquela Universidade, na pessoa da Sra. K. Keller, a grata oportunidade de ter podido consultá-lo.*

I

A vontade pura é seu próprio fim, mas a afetada por inclinações, não. Se do homem for dito: ele é fim em si mesmo, isto não significa: ele é seu próprio fim, mas sempre além disso[227] fim da natureza, um simples meio tanto da natureza quanto de outros entes.

226. Apud LEHMANN, G. Kants Bemerkungen im Handexemplar der Kritik der praktischen Vernunft, pp. 133 s.

227. Kant: *sondern auch jederzeit auch*. A expressão "além disso" traduz a repetição talvez involuntária de dois advérbios *auch* (também). Embora apa-

II

Se uma metafísica enganosa é uma tentativa de *conhecer* acima dos limites de uma experiência possível, uma religião fantástica é uma tentativa de *atuar* acima dos objetos de uma experiência possível e mediante as forças que se encontram além daqueles limites.

Assim como a razão especulativa torna-se, na teosofia, transcendente, porque seus princípios que podem ser regulativos unicamente em relação ao uso da experiência são então elevados a constitutivos: do mesmo modo a razão prática pura torna-se transcendente se ela pensa exercer ações sobre o suprassensível, sobre a divindade em uma religião como culto. Toda a [faculdade[228]] enfatuação de forças da natureza (portanto também de nossas próprias), que porém não atuam segundo leis da natureza, é superstição de uma receptividade dos efeitos em nós, mas não mediante causas na natureza, é uma insânia da razão (*NB* ruptura da lei moral). Todo o efeito que esperamos produzir no mundo através de Deus é superstição. Cremos então atuar sobre Deus, e este efeito é transcendente à nossa prática religiosa da conformidade <Nossas representações da conformidade>[229] que esperamos dar à vontade divina com a nossa são consideradas constitutivas e transcendentes, já que elas são [meramente] imanentes e meramente regulativas, para tornar a

rentemente repetitivo, o procedimento poderia servir para ressaltar um aspecto essencial da gramática moral kantiana: do "não só mas também".

228. Kant: *Vermögen*, riscado. Os colchetes neste texto significam que Kant escreveu uma palavra e riscou-a a seguir. Já o sinal <...> significa o acréscimo de uma palavra pelo Tradutor.

229. A frase de Kant está truncada. Lehmann propôs a seguinte complementação, depois do acréscimo de um ponto <.>: "Nossas representações da conformidade da vontade divina com a nossa são consideradas constitutivas e transcendentes..." ("*Unsere Vorstellungen von der Gemäßheit des göttlichen Willens mit dem unsrigen werden als konstitutiv und transehunt angesehen...*"). Minha tradução incorpora essa sugestão de Lehmann, adaptando-a ao texto de Kant.

nós mesmos conformes com a vontade divina. Toda a religião desta espécie é [uma tentativa delirante] como que [para] fazer magia ou feitiço. Aquilo que não se deixa efetuar mediante forças que são outorgadas à nossa natureza, espera-se conseguir mediante uma determinação de certas forças sobre a natureza através de nossos desejos ou de certas fórmulas e observâncias. Verdadeira religião é a disposição ao cumprimento de todos os deveres (que só podem ser exercidos no mundo) como mandamentos divinos (não os mandamentos divinos [de seu arbítrio] como um dever). A razão moral para considerá-los deste modo é a impossibilidade de representar o objeto de nossa [mediante] vontade seguidora da lei moral, o sumo bem, como possível apenas através de nossa vontade; e sem Deus, que conecta a outra parte [pela] à lei moral, o sumo bem viria a ser uma ideia vazia, o que levaria ao levantamento de objeções de lado da especulação contra a disposição moral. Não temos outra coisa a fazer do que cuidar que nos tornemos homens melhores. A felicidade, bem como a deficiência de nossa faculdade para, com todo o nosso esforço, tornar-nos dignos da mesma, temos de deixar aos cuidados de Deus e confiar nisso, quer conheçamos o modo como Deus o faz (o que é tanto melhor), quer não; assim não podemos ter influência sobre Deus para determiná-lo a tal, mas somente zelar para mediante uma boa conduta tornar-nos dignos [de tudo] daquilo que não se encontra em nossas forças. Este é o limite[230] de quanto um homem pode julgar pela razão; pois de acordo com isso ele também tem de vir a ser julgado futuramente enquanto homem natural.

O proveito que o Estado tem da liberdade das consciências em assuntos de religião, em decorrência da sinceridade que pode vincular-se unicamente a ela, enquanto a falta de liberdade corrompe o caráter. <...>

230. Kant: *So viel kann der Mensch durch Vernunft urtheilen.*

Uma religião natural (considerada objetivamente) tem de ser contraposta não à revelada (que também só pode ser [a] natural), mas à artificial, isto é, à religião erudita.

Dignidade somente coabita um objeto do respeito. Este não é nenhum outro que aquele que é legislação em relação com aquele que lhe[231] obedece. Ora bem, o homem é um ser sensível (obrigado) consciente como ente de sentidos, que portanto a si mesmo <...>[232]

III

Quaestio Stolpiana <.> *An dentur*[233] *[obligatio] officia ad quae obligari hominem demonstrari non possit nisi posita animi imortalitate.* 1. Todos os deveres são dessa espécie; pois jamais se pode considerar o dever como [importante] determinante da vontade, sem *ao mesmo tempo* vincular-lhe a esperança da imortalidade. 2. Nenhum dever é tal que comporte obrigatoriedade apenas na medida em que *pressuponha* a imortalidade da alma, pois teria de tratar-se então de um dever no qual alguém se obrigasse a prestar serviço a outros [retribuir] depois de sua morte, como o assumir a celebração de missas pela alma de alguém que estipulou algo a respeito no testamento, o que porém é um dever imaginário. 3. Daquele que nega a vida futura jamais pode provar-se a obrigação para qualquer ação, não porque faltem motivos mas porque o objeto da ação, a saber, o bem que se estende ao infinito de acordo com esses princípios seria desse modo uma simples quimera.

....

231. Kant: *auf den, der ihm* (com aquele que lhe), remete a *Gegenstand* (objeto). Mas objeto do respeito é aí identificado com "objeto que é legislação".

232. A frase foi interrompida por Kant.

233. Kant, no manuscrito: *detur*, no singular, em função do termo *obligatio*; que ele depois riscou e substituiu por *officia*, no plural. Lehmann em função disso corrigiu aquele verbo para *dentur*. Tradução: "Se há deveres em relação aos quais não possa ser demonstrado que o homem é obrigado, a menos que se introduza <*posita*> a imortalidade da alma."

Um caso (do dever) parece ser de tal tipo que a obrigatoriedade em relação a ele só ocorre sob a condição da pressuposição da vida futura, e este <caso> é o dever de evitar o suicídio. Pois visto que através deste, se não há outra vida, meu estado não será alterado, mas até meu próprio si-mesmo <*Selbst*> termina, assim esta ação é, como a última de tudo o que eu posso fazer, carente de consequências, quer relativamente a meu valor ou [ainda] desvalor pessoal, quer relativamente a meu [*Nachte*] proveito ou dano; como aliás de modo geral uma existência por si caduca e contrária à infinitude da duração que posso imaginar, nenhuma existência momentânea sem um mundo futuro pode ter absolutamente algum valor. Mas já que, apesar disso enquanto eu viver, desdenhar esta vida e a mim mesmo não pode ser concebido sem indignidade, assim a suposição, vinculada à consciência de meu dever, de uma outra vida pertence ao valor de minha existência; aqui, pois, em contrapartida, não é a expectativa de um outro mundo o fundamento da consciência do dever mas inversamente[234], todavia de modo tal que este dever não pode obrigar sem comportar ao mesmo tempo a posição da imortalidade.

....

234. Devido às muitas correções e intercalações, a frase de Kant tornou-se complicada e foi por isso traduzida segundo a sua reelaboração proposta por Lehmann. O texto de Kant é o seguinte: *Da aber dem ungeachtet, so lange ich lebe, dieses Leben und mich selbst wegzuwerfen ein Vorsatz ist, der ohne [Vern] Nichtswürdigkeit nicht gefasst werden kann, so führt die mit dem Bewußtsein meiner Pflicht zugleich (verbundene Vermuthung einer langeren Dauer) [die Vermuthung eines anderen] meines Lebens [welches] (als) zum Werthe meines Daseyns gehörth bey sich. Hier ist also wiederum nicht die [Hoffnung] Erwartung einer anderen Welt der Grund des Bewustseyns der Pflicht, sondern umgekehrt,* ... A sua reformulação por Lehmann (cf. p. 134) é a seguinte: *Da aber dem ungeachtet so lange ich lebe, dieses Leben und mich selbst wegzuwerfen ein Vorsatz ist, der ohne Nichtswürdigkeit nicht gefaßt werden kann, so gehört die mit dem Bewußtsein meiner Pflicht verbundene Vermutung eines anderen Lebens zum Werte meines Daseins; hier ist also wiederum nicht die Erwartung einer anderen Welt der Grund des Bewußtseins der Pflicht, sondern umgekehrt ...*

*Índice de autores**

Autores relacionados por Vorländer

* Os números de páginas constantes neste Índice de Autores são os da primeira edição original de 1788 (A). Já os algarismos romanos do Índice de autores citados pelo tradutor remetem às páginas da Introdução brasileira. Tanto o Índice de Autores como o Glossário seguem, com algumas alterações do tradutor, o conteúdo dos índices de Karl Vorländer, constantes em sua edição: KANT, I. *Kritik der praktischen Vernunft*, Neunte Auflage, Herausgegeben und mit Einleitung sowie einem Personen- und Sachregister versehen von Karl Vorländer. Der Philosophischen Bibliothek Band 38, Leipzig: Felix Meiner, 1929. Na tabela "Concordâncias de páginas", os números da edição Vorländer foram, no entanto, atualizadas de acordo com a 10ª edição de 1993, da mesma Editora. Os direitos públicos de tradução e reprodução desse Índice e Glossário foram reconhecidos pelo seu Editor, em correspondência com o tradutor.

Autores citados pelo tradutor

Glossário

As páginas referidas após os verbetes remetem diretamente às páginas da primeira edição original (A). A substituição das páginas da edição Vorländer pelas da edição original foi feita pelo tradutor, após consulta ao texto caso a caso. Asteriscos após uma palavra remetem ao respectivo verbete. Números em negrito chamam atenção sobre passagens mais especificamente relacionadas com o verbete.

A

B

C

D

E

F

G

H

I

M

N

O

P

Q

S

T

Concordância de páginas

Vorländer	A	Academia
3	3/4	3
4	5/6	4
5	7/8	5
6	9/10	6
7	11/12	7
8	13/14	7/8
9	15/16	8/9
10	16/18	9/10
11	19/21	10/11
12	21/23	12
13	24/25	12/13
14	26/27	13
15	28	14
16	29/30	15
17	31/32	16
18	32	16
19	33	17
21	35/36	19
22	36/37	20
23	38	20/21
24	39/40	21/22
25	41/42	22/23
26	42/43	23/24

Vorländer	A	Academia
27	43/44	24
28	44/45	24/25
29	46/47	25/26
30	47/48	26
31	48/49	27
32	50	28
33	51/52	28/29
34	53	30
35	54	30
36	55/56	31
37	56/57	31/32
38	57/58	32/33
39	59/60	33/34
40	60/61	34
41	61/62	34/35
42	62/63	35/36
43	63/64	36
44	65/66	37
45	66/67	38
46	67/68	38/39
47	68	39
48	69	40
49	70/71	41
50	72/73	41/42
51	73/74	42/43
52	75/76	43/44
53	76/78	44/45
54	77/79	45/46
55	80/81	46/47
56	81/82	47
57	83/84	48
58	85/86	49
59	87	50
60	88/89	50/51
61	90/91	51/52

Vorländer	A	Academia
62	91/92	52/53
63	93/94	53/54
64	94/95	55/55
65	96/97	55
66	97/99	56
67	99/100	56/57
68	100/101	57/58
69	102/103	58/59
70	103/105	59/60
71	105/106	60
72	107/108	61
73	108/109	62
74	110/111	62/63
75	112/113	63/64
76	113/114	64/65
77	115/116	65/66
78	117/118	66/67
79	119/120	67/68
80	120/121	68/69
81	122/123	69
82	123/124	70
83	125/126	71
84	126/127	71/72
85	128/129	72/73
86	130/131	73/74
87	130/132	74/75
88	133/134	75
89	134/135	76
90	136/137	76/77
91	138/139	77/78
92	140	78/79
93	141/142	79/80
94	142/144	80/81
95	144/145	81/82
96	146/147	82

Vorländer	A	Academia
97	148/149	83
98	149/150	84
99	151/152	84/85
100	152/154	85/86
101	154/155	86/87
102	156/157	87/88
103	157/159	88/89
104	159/160	89
105	161/162	90
106	162/163	91
107	164/165	92
108	165/167	92/93
109	167/168	93/94
110	169/170	94/95
111	170/172	95/96
112	172/173	96/97
113	174/175	97/98
114	175/177	98
115	177/178	99
116	178/180	99/100
117	180/181	100/101
118	182/183	101/102
119	183/185	102/103
120	185/186	103/104
121	187/188	104/105
122	188/190	105/106
123	190/191	106
124	192/193	107
125	193/195	107/108
126	195/197	108/109
127	197/198	109/110
128	199/200	110/111
129	200/202	111/112
130	202/203	112/113
131	204/205	113/114

Vorländer	A	Academia
132	205/207	114/115
133	207/208	115/116
134	209/210	116
135	210/212	117
136	212/213	117/118
137	214/215	118/119
138	214/217	119/120
139	217/218	120/121
140	219/220	121/122
141	220/222	122/123
142	222/223	123/124
143	224/225	124/125
144	225/226	125/126
145	227/228	126
146	228/230	127
147	230/231	128
148	232/233	128/129
149	233/234	129/130
150	235/236	130/131
151	237/238	131/132
152	238/239	132/133
153	240/241	133/143
154	241/242	134
155	243/244	135
156	244/246	135/136
157	246/247	136/137
158	248/249	137/138
159	249/251	138/139
160	251/252	140
161	253/254	140/141
162	254/255	141
163	256-257	142
164	257/259	143
165	260	144
166	260/262	144/145

Vorländer	A	Academia
167	262/263	145/146
168	263/265	146/147
169	265/266	147/148
171	267	149
173	269/270	151/152
174	270/272	152
175	272/273	153
176	274/275	153/154
177	276/277	154/155
178	277/278	155/156
179	279/280	156/157
180	280/282	157/158
181	282/283	158/159
182	283/284	159
183	285/286	160
184	286/288	160/161
185	288	161
186	288/290	161/162
187	290/291	162/163
188	292	163

1ª edição Junho 2003 | **2ª edição** Maio 2015
Papel Offset 75 g/m² | **Impressão e acabamento** Imprensa da Fé